HEYNE
BÜCHER

HINRICH MATTHIESEN

ATLANTIK-TRANSFER

Roman

WILHELM HEYNE VERLAG

MÜNCHEN

HEYNE ALLGEMEINE REIHE
Nr. 01/8865

ERSTER TEIL

1 Im nachtschwarzen Wasser des Atlantiks trieb eine Mine aus dem Zweiten Weltkrieg. Sie befand sich zweihundertfünfzig Seemeilen westlich der Kapverdischen Inseln, und eine etwa viermal so große Strecke trennte sie vom Äquator. Eigentlich sprach alles gegen diesen Standort. Die seit Jahrtausenden konstant gebliebenen, durch Druckverhältnisse, Windschub und Erdrotation erzeugten großen Meeresströmungen ließen es so gut wie ausgeschlossen erscheinen, daß das bauchige Relikt aus Europas dunkelster Zeit sich in diese Gegend verirrt hatte. Die mit Minen verseuchten Seegebiete waren längst geräumt worden, und wo die tückischen Kugeln nicht hatten geborgen werden können, waren sie zumindest geortet, registriert und in Seekarten eingetragen. Geriet dennoch so viele Jahre nach dem Krieg eine Mine auf einen der für die Seeschiffahrt freigehaltenen Kollisions-Schutzwege, so geschah das vornehmlich in den Gewässern der Nord- und Ostsee, in denen, wie allgemein bekannt, noch allerlei anderer bedrohlicher Schrott aus jener Zeit abgelegt worden war.

Das Exemplar von den Kapverden war eine Ankertaumine. Bei diesem Typ bedeutet gerade die Tatsache des Vagabundierens meistens die Bannung der Gefahr, weil das Losreißen vom Ankerstuhl in der Regel zur Zündunfähigkeit führt. Indes ist auf dieses Kausalgesetz kein hundertprozentiger Verlaß.

Der Ausreißer, der sich – westwärts treibend – ungefähr auf der Höhe von Tarrafal befand, stammte von der französischen Atlantikküste. Dort hatten nach der Besetzung durch Hitlers Armeen die Engländer in zahllosen nächtlichen Aktionen vor den deutschen Marinestützpunkten Brest, Lorient, St. Nazaire und La Rochelle ihre Minengürtel ausgelegt. Die auf die Reise gegangene Kugel stammte aus dem westlichsten dieser Unterwasserdepots. Sie hatte fast ein halbes Jahrhundert zwischen der Ile d'Oussant und dem Festland zugebracht, in der Schwebe gehalten durch ihren auf den bretonischen Schelfsockel gesetzten Ankerstuhl. Das Gebiet war in den Karten der europäischen Gewässer als *Danger Area* ausgewiesen; auch die von der britischen Admiralität herausgegebene Sammlung NEMEDRI – *North European and Mediterranean Routing Instructions* – führte es auf, also wurde es von den Schiffen weiträumig umfahren.

Daß die Mine sich aus ihrer Verankerung hatte lösen und aus der markierten Zone entfernen können, mochte auf ein unglückliches Zusammentreffen von Materialermüdung und Witterungseinfluß zurückzuführen sein, oder Herstellungsfehler hatten eine Rolle gespielt. Jedenfalls machte sie sich eines Tages unbemerkt auf den Weg, erwischte den Golfstrom, der in seiner Hauptstoßrichtung zwar nach Nordosten zielt, jedoch mit seinen südlichen Auslegern nahe der Biskaya und vor der portugiesischen Küste fast auf Gegenkurs geht. Mag sein, daß die im Durchmesser etwa metergroße Kugel mehrfach ihre Richtung änderte und im Spiel der freien Kräfte mal ein Stück nord-, dann wieder ein Stück südwärts trieb, vielleicht auch sich bei ihrem Tanz in den Wellen ebensooft nach Osten wie nach Westen bewegte. Genauso war es möglich, daß sie sich in einem Fischernetz verfingen und später, nach einigen hundert Meilen, wieder losgerissen hatte; aber irgendwann wurde sie von dem mächtigen Kanarenstrom gepackt, der dann für einen längeren Zeitraum ihren Kurs bestimmte. Sie driftete an Nordafrika vorbei, kam in die Nähe der Kapverden, hielt schließlich auf das allerdings noch weit entfernt liegende Guayanabecken zu und befand sich damit auf einer Route, die kein Ozeanograph oder Meteorologe, so ihm der bretonische Ausgangspunkt bekannt geworden wäre, vorausgesagt hätte.

Sie war solide gearbeitet, denn sie stammte aus den ersten Kriegsjahren, einer Zeit also, in der die Metallmäntel der Seeminen noch nicht aus dem billigeren Stahl, sondern aus einer korrosionsbeständigen Bronzelegierung hergestellt wurden. Das sprach für eine gewisse Haltbarkeit in ihrem Innern. Sie trug einen Bart aus Algen, Tang, Muscheln, Seesternen und anderen Organismen der Meeresflora und -fauna, so dicht und so dick, daß die zwölf Bleikappen fast darin verschwanden. Doch die Köpfe dieser im Volksmund als Hörner bezeichneten, etwa zwanzig Zentimeter langen Stäbe guckten noch heraus, und daher würde, sofern die Zündfähigkeit erhalten geblieben war, das massige Polster bei einem Aufprall der Mine auf ein Schiff, eine Bohrinsel oder eine Kaimauer die Detonation wohl nicht verhindern können. Vermutlich würde dann alles ablaufen, wie vor einer Ewigkeit geplant. Die im Horn befindliche Glasröhre würde bersten, die Säure auslaufen und das galvanische Element jenen kleinen Stromstoß erzeugen, der die Zündung bewirkt. Die ganze abscheuliche, von Experten ausgetüftelte Kettenreaktion käme in Gang, und das hieße im Endeffekt: Die zweihundert Kilogramm Sprengstoff, einst von den Arbeitern einer britischen Munitionsfabrik in den Mantel gepackt, würden ihr Zerstörungswerk vollbringen, sehr verspätet und ohne jeden Sinn. So gesehen, stellte die metallene Kugel eine zynische Version der Flaschenpost dar. Ihre Botschaft war die Bombe.

Ähnlich wie in den kalten Zonen die Eisberge hielt die Mine sich zu etwa neun Zehnteln unter Wasser. Da sie aber viel beweglicher war als die in den Polarmeeren treibenden weißen Blöcke, geriet sie hin und wieder, je nach Stärke und Verlauf der Wellen, ganz unter die Oberfläche. Ob sie je auf ein Schiff treffen würde, hing von verschiedenen Faktoren ab; von der Wachsamkeit des Ausguckpostens, von der Frage, ob das Radargerät ein so kleines Objekt überhaupt erfassen konnte, von den Lichtverhältnissen und natürlich in erster Linie von ihrem Kurs und dementsprechend vom Kurs der Schiffe.

Manchmal buckelte sie sich aus dem Wasser wie ein Stück Walrücken, aber selbst das weiß schimmernde Mondlicht ließ sie nicht aufglänzen, weil sie ihren flächendeckenden Bewuchs mit sich herumschleppte. Es waren Haie in der Gegend, und hin und wieder kam einer von ihnen dem Fremdling bedrohlich nahe, drehte dann aber ab. Vielleicht waren Hunger und Neugier nicht groß genug, um den Exoten näher in Augenschein zu nehmen oder gar sich auf einen Kontakt mit einem der zwölf

11

Fühler einzulassen. So konnte die Mine ihre Reise ungehindert fortsetzen, und wenn ihr vorher nichts in die Quere kam, würde ihr weiterer Weg wahrscheinlich auf halber Strecke zwischen dem afrikanischen und dem südamerikanischen Kontinent entschieden werden. Dort nämlich, wo die Passatdrift sich gabelt, hatte sie die Chance, weiter auf die brasilianische oder guayanische Küste zuzutreiben und dann von der südlichen Variante dieser so mächtigen Meeresströmung in die Karibische Straße und schließlich in den Golf von Mexiko transportiert zu werden oder aber auf der nördlichen Route zu verbleiben, an den Antillen und an Florida vorbeizugleiten und später, an der Küste der USA, überzuwechseln in den nordwärts führenden Golfstrom. Dann könnte sie – immer vorausgesetzt, sie kollidierte nicht und würde auch nicht entdeckt werden – den Nordatlantik diagonal überqueren, an Irland und Schottland vorbei in Richtung Spitzbergen schwimmen, vielleicht aber auch vorher nach rechts abbiegen und in einen der zahllosen Fjorde des norwegischen Festlandes einfahren. Sollte sie dort aus dem Wasser gefischt oder als Strandgut aufgefunden, also unversehrt geborgen werden, würden fachkundige Hände sie ausweiden. Ihr Deckel fände vielleicht in irgendeinem Vorgarten als Blumenschale Verwendung. Es wäre ein glückliches Ende ihrer langen Reise. Doch einstweilen war sie noch unterwegs. Und sie war intakt.

2 »Mein Gott, sind wir braun!«
Sigrid Thaden kämmte sich vor dem Spiegel, der links neben der Kabinentür hing, und hatte nicht nur sich selbst, sondern im Hintergrund auch ihren Mann, Jacob Thaden, und den kleinen Arndt, die auf den Kojen saßen, im Blick. Breitbeinig, wie eine Bäuerin auf dem Kartoffelacker, stand sie da, versuchte sich auf diese Weise Halt zu geben, denn das Schiff schlingerte stark.
Es war Mitte Januar, und die drei machten eine Seereise. Jacob Thaden, sechsunddreißig Jahre alt und Inhaber einer im Norden Hamburgs gelegenen Baumschule und Gärtnerei, hatte

sich für den Urlaub etwas Besonderes einfallen lassen: mit Frau und Kind auf einem Frachter den Atlantik zu überqueren. Dreieinhalb Wochen sollte die Reise dauern; eine war schon herum.

Ein Flugzeug hatte sie nach Brasilien gebracht, und in Tubarão waren sie an Bord gegangen. Das Schiff, der sechsundzwanzig-tausend Tonnen große Bulkcarrier MELLUM der Bremerhavener Reederei MAHRENHOLT & SÖHNE, befand sich jetzt auf der Fahrt nach Paramaribo in Guayana; von dort würde es nach kurzem Aufenthalt weitergehen nach Quebec und dann, wiederum nach nur kurzer Liegezeit, Richtung Rotterdam. Sie waren die einzigen Passagiere an Bord und hatten allen Grund, sich wohl zu fühlen. Tagsüber waren sie fast immer draußen, entweder achtern, wo die fünf Decks der MELLUM aufeinandergeschichtet waren und wo, auf der dritten Etage, auch das Schwimmbecken lag, oder vorn auf der Back, auf der sie ihre Sonnenbäder nehmen konnten, ohne daß die Geräusche der Maschine sie erreichten. Arndt dann stets bei Laune zu halten war nicht leicht, denn natürlich hatte er keine Lust, einfach nur in der Sonne zu liegen. Hin und wieder, wenn das Schiff ganz ruhig fuhr, gelangen ihnen im Windschutz des Schanzkleides Spiele wie MENSCH, ÄRGERE DICH NICHT, MEMORY oder MAU-MAU, zu denen Figuren und Würfel und Karten gehörten, lauter Dinge, die schon bei geringem Wind in Bewegung gerieten. Aber meistens mußten die Eltern sich reine Kopfspiele ausdenken: das Aufzählen von Pflanzen und Tieren mit einem bestimmten Anfangsbuchstaben oder Rechenexempel, oder sie erzählten ganz einfach Geschichten. Der Vorrat an solchen Einfällen war nicht unerschöpflich, und darum freuten sie sich, wenn Kapitän Baumann den Jungen holte und ihn auf die Brücke oder aufs Peildeck mitnahm. Arndt liebte seine Eltern und war gern mit ihnen zusammen, aber an der Hand von Herrn Baumann auf Entdeckungsreise zu gehen war im Moment das Größere. Einen Vater und eine Mutter hatte schließlich jeder, aber wer hatte schon einen Kapitän ganz für sich?

Sigrid Thaden kontrollierte im Spiegel ihr Aussehen, war zufrieden. Das ärmellose Kleid aus hellem Leinen unterstrich ihre Bräune, ebenso wie ihr blondes Haar es tat. Seit dem Auslaufen aus Tubarão hatte sie auf jegliches Make-up verzichtet. Das täglich frisch ins Schwimmbecken gepumpte Atlantikwasser, die Sonne und der Seewind hatten ihrem Teint eine Beschaffenheit verliehen, an der nichts zu korrigieren war. Auch Lippen- und Augenbrauenstift lagen seit Beginn der Seereise ungenutzt im Badezimmerschränkchen.

»So«, sagte sie, »von mir aus kann's jetzt zum Abendessen gehen.«

Sie begaben sich ein Stockwerk tiefer in die Offiziersmesse und setzten sich an den schon gedeckten Tisch. Eine Weile später kamen der Kapitän sowie die wachfreien Offiziere und Ingenieure. Es gab Rinderrouladen und Reis. Reis gab es zu fast jeder Mahlzeit, weil die Mannschaft zu achtzig Prozent aus Asiaten bestand; die meisten der Männer kamen von den Philippinen.

Der Erste Offizier, ein junger Inder aus Madras, hatte statt der Roulade ein halbes Hähnchen auf seinem Teller. Dem kleinen Arndt war eine ähnliche Abweichung vom allgemeinen Speiseplan schon am ersten Tag der Reise aufgefallen, und später, in der Kabine, hatte er seinen Vater gefragt, warum Herr Mahrani etwas anderes zu essen bekomme. Jacob Thaden hatte es ihm erklärt, und daraufhin hatte der Junge gemeint: »Wenn sie die Kühe verehren, müssen sie ihnen eigentlich auch immer ganz freundlich guten Tag sagen. Tun sie das?« – »Frag Herrn Mahrani danach!« hatte der Vater gesagt, »er kann ja ein bißchen Deutsch.« Das hatte Arndt bis jetzt noch nicht gewagt. Aber vor Ende der Reise sollte es unbedingt geschehen, denn es war etwas, wovon er zu Hause seinen Freunden erzählen wollte. Und bestimmt war es auch noch etwas für den Sommer, wenn es losging mit der Schule! Sein Lehrer würde staunen, wenn er das mit den heiligen Kühen erfuhr!

Das Schlingern war stärker geworden.

»Wir haben ein kleines Sturmtief erwischt«, sagte Frank Baumann. Er war Mitte Vierzig, nicht sehr groß, aber schlank und durchtrainiert, hatte fast schwarzes Haar und braune Augen. Man konnte ihn sich gut vorstellen als Kapitän auf einer Mittelmeer-Fähre. Aber er war Deutscher.

Das Geschirr geriet in Bewegung, und immer wieder griffen Hände über den Tisch, um eine Schüssel zu halten oder einen Teller oder ein Glas. Die Tischkante hatte zwar kleine erhabene Ränder, die das Herunterrutschen von Gegenständen verhindern sollten, aber bei zu starkem Seegang nützte selbst diese Barriere nichts. Arndt fand die unruhige Tafel lustig.

Der Zweite Offizier, Jürgen Krämer, war ein schweigsamer Mann, ein Deutscher aus Greifswald, der sich vor einigen Jahren in Kiel von einem DDR-Schiff abgesetzt hatte und seitdem auf der MELLUM fuhr. Er bedachte Sigrid Thaden mit bewundernder Aufmerksamkeit, reichte ihr die Platten und Schüsseln, auch wenn sie ihr zum Greifen nah waren, hätte ihr bestimmt vor jedem Essen den Stuhl zurechtgerückt, wenn der nicht am Fußboden festgeschraubt gewesen wäre, und streifte sie oft mit verstohlenen Blicken. Aber seine Bewunderung hatte nichts Aufdringliches, und Jacob Thaden rechnete sie der besonderen Lage zu, in die Seeleute kommen, wenn plötzlich eine schöne junge Frau an Bord ist. Er mochte den Mann, der sich auch ihm gegenüber freundlich verhielt und ihm schon das ganze Schiff gezeigt hatte.

Nach dem Essen wollte Jacob Thaden noch einmal aufs Vorschiff, um ein paar Fotos zu machen. Wegen des starken Seegangs und der Ölflecken, die sich hier und da auf den eisernen Platten ausbreiteten, scheuten Sigrid und Arndt den gut hundertfünfzig Meter langen Weg dahin, und so ging er allein.

Auf der Back stellte er sich an die Schanz und sah nach achtern. Das mußte ein beeindruckendes Bild geben: das Schiff in seiner gesamten Länge! Der Blick über die fünf Luken hinweg auf die emporragenden Aufbauten wie auf ein mitten im Meer errichtetes Haus! Dazu ganz im Vordergrund ein riesiges Gold, denn da verlief die Ankerkette, die mit ihrer leuchtenden Rostschicht wie tausendfach vergrößerter indianischer Schmuck aussah.

Und ganz hinten der Abendhimmel, ein ins Violett spielendes Rosa, durchsetzt vom Grau der schmalen, waagerecht gezogenen Wolkenstriche.

Er hob die Kamera an die Augen, drückte mehrmals auf den Auslöser, jeweils mit geringfügigen Positionsveränderungen, dachte dabei voraus, stellte sich vor, daß eins der Bilder schon bald nach der Rückkehr vergrößert und gerahmt in seinem Büro hängen würde, zur Erinnerung an die schönen Tage auf dem Atlantik, aber auch als Ausdruck dessen, was er unter Ferien verstand. Es wäre ihm nie in den Sinn gekommen, einen Musikdampfer zu besteigen, mit einer Heerschar von Pensionären an Quizveranstaltungen teilzunehmen, sich bei jeder Mahlzeit von mindestens drei im Range unterschiedlichen Stewards bedienen zu lassen und die durchorganisierten Tropennächte in der ganzen lärmenden Herde zu verbringen.

Jacob Thaden war ein in sich gekehrter Mann, und im Grunde gab es nur zwei Menschen auf der Welt, die Zugang zu seinem Innern hatten: seine Frau und sein Kind. Glück war für ihn das Glück zu dritt.

3 Die Mine war ein großes Stück weitergetrieben und hatte dabei einen Bogen geschlagen. Vom Guayana-Becken aus war sie nämlich nicht in die Karibische Straße eingefahren, sondern nordwärts gezogen, hatte die Kleinen und die Großen Antillen wie auch die Bahamas links liegengelassen und sich in die östlich von Georgia befindlichen Gewässer begeben. Dort war sie, weit entfernt von der Küste, in die Fänge des Golfstroms geraten und also doch noch, wenn auch erst nach Abschluß ihrer südlichen Eskapade und an einer ganz anderen Ecke der Welt, zum Spielball jener mächtigen Strömung geworden, die sie eigentlich schon von Brest aus nach Norden hätte führen müssen.

Wenn sie hätte denken und fühlen können, wäre sie vermutlich stolz gewesen auf ihren Standard. Freilich, sie war in die Jahre gekommen und vermochte mit den überzüchteten Artgenossen des ausgehenden zwanzigsten Jahrhunderts nicht zu konkurrieren, aber verglichen mit ihren Ahnen, war auch sie ein schon hochentwickeltes Geschöpf, neben dem zum Beispiel ihr vermutlich ältester Vorläufer, das *Griechische Feuer*, ein von Pech und Harz zusammengehaltenes und auch unter Wasser brennbares Gemisch aus Schwefel, Naphtha und Salpeter, drastisch abfiel. Dieser Neandertaler unter den nautischen Feuerwerkskörpern soll bereits vor über dreizehnhundert Jahren bei der Verteidigung von Konstantinopel eingesetzt worden sein. Aber wenn die ihm einverleibten Steine bei der Explosion auch mit Getöse durch die Gegend flogen, hier ein paar Schiffsplanken zerbrachen und dort einigen Seeleuten die Knochen zerschmetterten, so war ein solcher Effekt doch eher kläglich gegenüber der Sprengkraft, die der Ausreißerin von Brest innewohnte. Auch die bei der Belagerung von Antwerpen im Jahre 1585 mit Pulver und Steinen gefüllten Schiffe FORTUIN und HOOP, die gegen eine von den Spaniern errichtete Brücke in Marsch gesetzt wurden, gehörten, obwohl von eindrucksvoller Wirkung, noch zur primitiven Form, ebenso die *floating petards*, die schwimmenden Sprengbüchsen, mit denen die Engländer 1628 gegen die französische Flotte vorgingen. Da war die von David Bushnell konstruierte Unterwasserbombe, die erstmals im amerikanischen Freiheitskrieg zur Anwendung kam, schon eher eine richtige Mine. Sie bekam den Namen des elektrischen Fisches, des Zitterrochens, hieß also *torpedo*, was soviel wie Lähmung bedeutet und sehr treffend ist, wenn man sich den Zustand eines von ihr beschädigten Schiffes vor Augen führt. Sie wurde unter dem Kiel aufgesetzt und mit einem Zeitzünder versehen. Das Anbringen des Sprengkörpers war eine komplizierte Verrichtung. Er konnte lediglich mit einem eigens für seinen Transport konstruierten Kleinst-U-Boot vor Ort gebracht werden. Der Lenker dieses ebenfalls von Bushnell erbauten Unterwasserfahrzeugs hatte sich zu beeilen, denn ihm stand nur für eine halbe Stunde Sauerstoff zur Verfügung. Der Mann mußte einen mitgeführten Haken von unten in den

Schiffsrumpf schrauben, die Mine daran aufhängen und dann dem Wirkungskreis der Bombe so schnell wie möglich entfliehen.

Bushnells Konstruktion war, wie es bei Waffen so oft der Fall ist, eine zugleich geniale und teuflische Erfindung. Dennoch galt ein anderer als der eigentliche Vater der Seemine, nämlich Bushnells Landsmann Robert Fulton, jener amerikanische Ingenieur, der auch die CLERMONT, das erste einsatzfähige Dampfschiff, erbaute. Es mag grotesk erscheinen, daß ausgerechnet dieser Mann, der für die Weiterentwicklung der Seefahrt so viel geleistet hatte, auch – und das fast zeitgleich mit Bushnell – einen Apparat schuf, mit dem man Schiffe versenken konnte. Doch galt Fultons Leidenschaft beim Entwerfen seiner Mine allein dem Bemühen, das Meer von Kriegsschiffen freizuhalten. So war also schon in jenen Jahren, lange vor dem Atomzeitalter, eine Waffe immer nur so gut oder so schlecht wie ihr Verwender. Was Fulton erfand, mochte noch so nachdrücklich als Präventivmittel konzipiert gewesen sein, der Einsatz seiner Erfindung und ihrer Nachfolger machte zuletzt keinen Unterschied zwischen Kriegs- und Handelsschiffen. Allein im Zweiten Weltkrieg wurden 670 000 Seeminen entweder von Schiffen gelegt oder von Flugzeugen abgeworfen, und sie zerstörten neben zahlreichen Kriegsschiffen Tausende von Handelsdampfern. Auch diese zu treffen war erklärtes Ziel, weil sie militärischen Nachschub transportierten.

Nun, die Vagabundin von Brest konnte weder denken noch fühlen, und die Erfolge ihrer Ahnen waren ihr so gleichgültig wie ihr eigener Weg. Sie besaß keine Seele, war ein lebloses Ding. Dennoch mußte jeder, der ihr nahekam, sie fürchten, denn der Mensch hatte sie mit einer seiner übelsten Eigenschaften ausgestattet: der Tücke.

4 Als die MELLUM den guayanischen Hafen Paramaribo, wo sie Bauxit geladen hatte, verließ, legte – viertausend Seemeilen entfernt – ein anderes Schiff von einem Kai im irländischen Belfast ab. Es unterschied sich deutlich von Kapitän Baumanns Bulkcarrier, hatte nur sechstausend Tonnen und führte zwar, wie die MELLUM, eine ordnungsgemäß deklarierte Ladung, nämlich Stückgut und Container für Philadelphia, aber seit Jahren betrieb die Schiffsleitung nebenher ihr *monkey business*, beförderte heimlich Waffen, Drogen, Gold, Alkohol, lauter Waren, die strengen Ausfuhrbestimmungen unterlagen; und von Zeit zu Zeit befand sich sogar Diebesgut in der Ladung. Auch diesmal hatte die CAPRICHO – so hieß das im chilenischen Antofagasta beheimatete Schiff – etwas an Bord, was illegal außer Landes gebracht werden sollte.

Schon während des ersten Teils der Reise, auf der Strecke Antwerpen–Belfast, hatte es, neben seiner legalen Fracht, Waffen für die IRA befördert. Für den zweiten Abschnitt, den von Irland nach Nordamerika, waren in den beiden Ladeluken und auf Deck ganz normale Container mit Maschinenteilen verstaut worden, detailliert aufgeführt in den Manifesten; und für die dritte Phase, das Teilstück von Philadelphia nach Veracruz, war wiederum saubere Fracht in Containern vorgesehen. Aber auf der gesamten Strecke von Antwerpen über Belfast und Philadelphia nach Veracruz würde die CAPRICHO ein Geheimnis bergen, von dem nur der deutsche Kapitän, der chilenische Erste Offizier und der Chief-Ingenieur, ein Kolumbianer, wußten. Hätten Vertreter einer der großen Klassifikations-Gesellschaften wie der GERMANISCHE LLOYD, das BUREAU VERITAS, das NORSK VERITAS oder auch LLOYD'S REGISTER sich die Aufbauten der CAPRICHO genauer angesehen, so hätten sie auf dem *Captain's Deck* einen etwa sechs Kubikmeter großen Raum gefunden, den man nur durch eine verborgene Tür betreten konnte und der auf dem offiziellen Schiffsplan gar nicht vorhanden war. Man hatte ihn durch veränderte Maßangaben einfach weggezaubert.

Dieses nur an der Schiffsaußenseite von Stahl-, sonst von Holzwänden umschlossene Geviert lag zwischen dem Zoll-Store, der Zigaretten, Tabak, Getränke und einige weitere für den Verkauf an die Besatzung bestimmte Artikel enthielt, und dem Kapitänssalon, und natürlich hatte es kein Bullauge. Während der letzten Jahre waren in der *bodega*, wie die wenigen Mitwisser die kleine Kammer nannten, schon Hunderte von MPs und Schnellfeuergewehren, aber auch Edelmetalle und Kunstgegenstände übers Meer transportiert worden, natürlich gegen hohes Frachtgeld, das der Kapitän kassierte und nach einem festgelegten Schlüssel unter den Eingeweihten aufteilte.

Diesmal barg das Versteck einen Passagier: den Deutschen Ernst Pohlmann, der unter dem Namen Eberhard Leuffen in Antwerpen an Bord geschleust worden war.

Daß die *bodega* schon über so viele Reisen hin nicht nur den offiziellen Besuchern wie Maklern und Zollbeamten, sondern auch der Besatzung verborgen geblieben war, ließ sich leicht erklären. Die einzige Meßstrecke, mit deren Hilfe man die Existenz des nur anderthalb Meter breiten Raumes hätte nachweisen können, war der am Kapitänssalon und am Store entlang verlaufende Gang; aber wer käme schon auf die Idee nachzuprüfen, wie tief dahinter einerseits die Regale des Warenlagers waren und wieviel Wohnfläche andererseits dem Kapitän zur Verfügung stand? Achtundzwanzig Jahre war die CAPRICHO alt, und achtundzwanzig Jahre existierte auch das verschwiegene Gelaß. Der erste Eigner, ein Spanier mit Namen Francisco Ordaz Vizcaíno, der das Schiff auf einer Londoner Werft hatte bauen lassen, ein Reeder und Kapitän in Personalunion, hatte seinen Schiffszimmermann schon bald nach der Jungfernfahrt mit den von ihm gewünschten Änderungen beauftragt, und als das Schiff dann den Hafen von Málaga anlief, war die *bodega* fertiggestellt. Sie wurde auch bald eingeweiht, denn kaum war Doña Eugenia, Franciscos Frau, nach ihrem Besuch wieder von Bord gegangen, stieg die erste heimliche Geliebte des Kapitäns aufs Schiff. Für sie und ihre zahlreichen Nachfolgerinnen hatte Don Francisco das Seitengemach errichten lassen. Nun hätte man meinen können, ein Schiffsführer, der noch dazu der

Eigner war, müßte die Vollmacht haben, an Bord zu holen, wen er wollte. Wer so urteilte, hatte nicht mit Doña Eugenia gerechnet, die nämlich unvermutet in jedem Hafen der Welt auftauchen konnte. Einzig und allein für den Fall einer solchen Überraschung war die *bodega* geplant und erstellt worden. Die Sauerstoffzufuhr war übrigens durch ein Luftsieb geregelt, das jeder, der sich im Salon aufhielt, sehen konnte. Ein gleiches Sieb befand sich, in gleicher Höhe und mit gleichem Abstand von der Außenwand angebracht, im Store. Sah man sich die beiden Exemplare an, so war man sicher, es handelte sich um Vorder- und Rückseite ein und desselben Gegenstandes.

Damals, als die schmucke CAPRICHO überall, wo sie vor Anker ging, Staat machte, war der Steward Ingnacio Muñoz der Vertraute Franciscos. Während der Hafenliegezeiten bekam er ein Extrageld, und zwar dafür, daß er nicht an Land ging, sondern seinem Herrn diente, indem er an der Reling stand und Ausschau hielt, ob Doña Eugenia, wie so oft, mit einem Taxi vom Flughafen angebraust kam. Wenn es so war, verließ Ignacio, bevor sie auch nur die Gangway erreicht hatte, seinen Posten, klopfte an die Tür des Kapitänssalons und meldete lapidar: *»Señor capitán, tiene que esconder a Laura!«* Herr Kapitän, Sie müssen Laura verstecken! Oder María. Oder Patricia. Oder Susan.

Heinrich Nielson, der nun, fast drei Jahrzehnte später, das Schiff befehligte, wußte von den heimlichen Amouren des ersten CAPRICHO-Kapitäns. Der Steward Ignacio, den es noch einmal auf sein altes Schiff getrieben hatte, als es mal wieder in Málaga lag, hatte ihm davon erzählt und auch berichtet, daß Don Francisco und Doña Eugenia schon vor langer Zeit gestorben waren.

War die CAPRICHO in ihren jungen Jahren ein schmucker Kauffahrer gewesen, so präsentierte sie sich jetzt, im Januar des Jahres 1990, als ein völlig heruntergekommenes Schiff. Überall blätterte die Farbe ab, so daß die rote Mennige durchkam und der Schiffsrumpf aussah wie ein riesiger Scharlachbauch. Das Tauwerk war alt und verschlissen. Die Logis der Besatzung waren verwahrlost, und auch der Kapitän und die Offiziere hausten in Unterkünften, die seit Jahren einer gründlichen Renovierung bedurften. Selbst um das Herzstück der CAPRICHO, die Maschine, war es schlecht bestellt. Sie war nur bedingt funktionstüchtig, und das wirkte sich nachteilig auf die Geschwindigkeit des Schiffes aus, konnte aber auch zur Manövrierunfähigkeit führen. Immer wieder hatte Nielson die Reederei auf die dringende Notwendigkeit zahlreicher Reparaturen hingewiesen, aber die Herren in Antofagasta reagierten nicht, kassierten nur ihre Frachtgelder, die legalen, und hofften, ihr Seelenverkäufer dampfe noch möglichst lange und mit möglichst geringen Betriebskosten über die Weltmeere. So hatte sich Nielson schließlich für den Rest seiner Fahrenszeit eine Perspektive zurechtgeschustert, mit der er über die Runden zu kommen hoffte: Er war zweiundsechzig Jahre alt und wollte in den nächsten Jahren noch so viel Geld scheffeln, wie es seine Geschäfte, die sauberen und die schmutzigen, nur irgend erlaubten. Alles andere war zweitrangig. Da die Besatzung der CAPRICHO nicht gerade zur seemännischen Elite gehörte – wenn die Männer zusammenlegten, kamen sie auf gut zwei Dutzend Knastjahre –, wurden die zahlreichen Mängel kaum reklamiert, und das erleichterte ihm die Arbeit.

Dafür, daß der TÜV den Veteranen immer noch unbeanstandet ließ, war gesorgt. Nielson hatte prächtige Schiffspapiere, in Griechenland gefälscht, und wenn er sie vorzeigen mußte, pflegte er zu sagen: »Meine Herren, Sie werden die CAPRICHO doch nicht an ihrer Garderobe messen! Sie ist ein armes, aber gesundes Mädchen.« Die Armut hatten die Männer in Augenschein genommen; die Gesundheit stand in den Papieren, bei deren Lektüre allerdings ihn selbst das Gefühl beschlichen hatte, da habe ein korrupter Amtsarzt einer dahinsiechenden Alten ungebrochene Vitalität bescheinigt.

Es war früh am Morgen. Nielson saß in seinem schäbigen Salon und rechnete. Das tat er oft, und dabei ging es nicht um Kalkulationen, die Kurs und Geschwindigkeit der CAPRICHO betrafen – das machte der Erste Offizier –, sondern um seine private

Bilanz. Für den Waffentransport nach Belfast hatte er zwölftausend Dollar kassiert, von denen dem Ersten und dem Chief je dreitausend zustanden, so daß für ihn selbst sechstausend übrigblieben. Die vierzig schon reichlich betagten Sturmgewehre vom Typ STONER, die fünfzig auf abenteuerliche Weise vom israelischen Hafen Ashdod nach Belgien gelangten UZI-Maschinenpistolen, die vier Kisten mit den kompletten Bauelementen für die Herstellung einer Panzerabwehr-Kanone sowie einige weitere Kisten mit Munition waren diesmal nicht in der *bodega*, sondern in einem Container versteckt gewesen, dessen Begleitpapiere so harmlose Geräte wie Rasenmäher, Häckselmaschinen und Vertikutierer ausgewiesen hatten.

Sechstausend US-Dollar netto standen also auf seinem Block. Für die Strecke Belfast–Philadelphia machte er einen Strich auf dem Papier, ebenso für die von Philadelphia nach Veracruz. Aber am Ende der dann folgenden Reise von Veracruz nach Marseille war wieder ein hübscher Betrag fällig, nicht weniger als sechsunddreißigtausend Dollar, die er am Zielort für einen Drogentransfer bekommen sollte. Die Ware kam aus einem der riesigen peruanischen Coca-Anbaugebiete in den Kordilleren. Die kleinen blaßgrünen Blätter, die als wichtigstes Alkaloid das Rauschmittel Kokain enthalten, wurden noch im Land ihrer Herkunft chemisch aufbereitet, so daß schließlich das weiße, mehlig aussehende Pulver entstand, das vorwiegend in die Vereinigten Staaten geschmuggelt wurde. Das Río-Beni-Kartell, so hatte Nielson gehört, zahlte für einen solchen illegalen Transport satte dreißigtausend Dollar an Luftfracht. Für diese Flüge kamen in der Regel nur kleine, einmotorige Maschinen in Frage, weil es galt, den Radarkontrollen ein Schnippchen zu schlagen. Der Nachteil der wendigen Sportflieger: Sie mußten zweimal zwischenlanden, um nachzutanken. Fürs erste Mal wurde meistens Panama gewählt. Die zweite Station konnte Kuba sein oder Haiti oder auch die Dominikanische Republik, obwohl diese schon wieder etwas abseits vom Weg lag; schließlich noch die Republik Mexiko, die den Vorteil bot, daß von ihr aus der Weitertransport auch über Land möglich war. Da entfiel dann das Nachtanken. Statt dessen lud man um. Mexikos rund dreitausend Kilometer lange Nordgrenze wurde ohnehin, wenn in den USA die Baumwolle eingebracht werden mußte, von Tausenden mexikanischer Erntearbeiter illegal überschritten, und so bot die große, brüchige Flanke im Norden natürlich auch dem *golden dust*, dem begehrten Kokain, Einlaß.

Nielsons geheime, für Marseille bestimmte Fracht würde also zunächst auf einem der für den USA-Transport benutzten Vertriebswege befördert, aber in Mexiko für den europäischen Markt abgezweigt werden. Vorgesehen war dann: Weitertransport per Lkw zum Hafen von Alvarado am Golf, dort umladen auf einen Leichter, der die mit falschen Etiketten beklebten Eimer zusammen mit der für die CAPRICHO bestimmten legalen Fracht nach Veracruz zu bringen hatte, wo die Übernahme direkt erfolgen sollte, also von Schiff zu Schiff. Auf See würde dann der brisante Teil der Fracht in der *bodega* verschwinden, um am Ende der Reise, einige Meilen vor Marseille, von einem Fischerboot übernommen zu werden.

Nielson notierte weiter, schrieb mit großer Zufriedenheit den nächsten Betrag aufs Papier, die Fahrtkosten seines blinden Passagiers. Nach Abzug der für den Ersten und den Chief bestimmten Anteile und einiger kleinerer Posten, die im Hafen von Veracruz fällig sein würden, blieben ihm allein aus diesem Transfer zwanzigtausend Dollar. Er nahm sein Kontobuch von der AMROBANK in Rotterdam aus dem Schreibtisch, schlug es auf, rechnete die auf dem Block festgehaltenen Dollarbeträge in Gulden um, addierte die Summe und das im Buch ausgewiesene Guthaben. So allmählich, dachte er, geht's bergauf! Ein paar Jahre noch auf diesem Gammelkasten, und ich komm' wieder ins Lot.

Er schloß die Papiere weg, stand auf, sah aus dem Bullauge. Es herrschte kabbelige See mit Windstärke sechs, und der Wind kam fast von vorn, so daß die CAPRICHO nur etwa sieben Knoten über Grund machte. Eine große Verspätung durfte er sich nicht einhandeln. Natürlich wußten die Mittelsmänner in Veracruz, daß er seine Ankunft nicht auf den Tag genau angeben konnte, aber ein grober Zeitplan war für den Kokain-Transport doch abgesprochen worden, und den mußte er einhalten.

Er läutete dem Steward, bestellte das Frühstück, verlangte es reichhaltig. Es war halb acht, als John Conally, ein junger Schwarzer aus Norfolk/Virginia, das schwerbeladene Tablett hereinbrachte.

»Und jetzt möchte ich eine Stunde lang ungestört bleiben!« sagte Nielson. Conally, der diese Order seit Antwerpen jeden Morgen zu hören bekommen hatte, nickte nur kurz und verschwand.

Nielson verriegelte die Tür, wartete noch ein paar Minuten und klopfte dann dreimal an die Wand der *bodega*. Prompt kam als Antwort das gleiche Klopfzeichen. Daraufhin öffnete er die Kammer, indem er zwei der insgesamt acht vertikal über die Wand verlaufenden Zierleisten umklappte und ein etwa sechzig Zentimeter breites Türblatt aufzog.

Eberhard Leuffen trat ein. Obwohl er nur einen Bademantel trug, wirkte er imposant. Er war sehr groß, hatte volles, dunkelblondes, aber an den Schläfen schon leicht ergrautes Haar. Die Blässe seines Gesichts war auf den bereits eine Woche währenden Aufenthalt in der fensterlosen *bodega* zurückzuführen. Daß er dennoch vital wirkte, lag vor allem an seiner Mundpartie, deren stark ausgeprägte Konturen Entschlossenheit und Energie verrieten. Fast zwanzigmal hatten die beiden Männer einander nun schon gegenübergesessen, und noch immer war Nielson sich nicht klar darüber, ob der stets abwartende Blick der braunen Augen auf Vorsicht oder Verschlagenheit hindeutete.

Leuffen grüßte mit einem saloppen »Morgen, Käpt'n!«.

Nielson antwortete: »Guten Morgen! Ich hoffe, Sie haben heute besser geschlafen als gestern.«

»Danke, wesentlich besser.« Die beiden flüsterten; es war ihnen schon zur Gewohnheit geworden. »Ich habe den Eindruck«, fuhr Leuffen fort, »daß der Wind sich etwas gelegt hat.«

»Stimmt. Wir haben jetzt Stärke sechs, aber selbst bei Windstärke zwölf hätten Sie immer noch die beruhigende Gewißheit, niemals tiefer stürzen zu können als die zwanzig Zentimeter Ihrer Matratzenhöhe.«

Leuffen lächelte. »Ja, das ist ein Trost. Müßte auch im übertragenen Sinne gelten, wo man bekanntlich ebenfalls tief stürzen kann.«

Nach diesen Worten ging er ins Bad, und Nielson dachte: Genau das, den tiefen Sturz, will er wohl verhindern, indem er mit der CAPRICHO das Weite sucht! In einer der deutschen Zeitungen, die hin und wieder an Bord kamen, hatte er von einer grandiosen Durchstecherei gelesen, mittels derer der Boß eines Milliardenunternehmens jahrelang seinen Vorstand, seine Mitarbeiter, ein ganzes Heer von Aktionären und eine Vielzahl von Banken getäuscht hatte und dann mit mindestens zweihundert Millionen in der Versenkung verschwunden war. Der Mann war auch abgebildet gewesen, und obwohl man in der Regel Fotos von fremden Menschen schnell aus dem Gedächtnis verliert, hatte er beim ersten Anblick seines Schützlings sofort an diesen Fall gedacht. Bis jetzt hatte es allerdings noch keine Beweise dafür gegeben, daß der wirklich jener Mann war, aber auch keine dafür, daß er es nicht war. Bestimmt, dachte Nielson, benutzt er einen falschen Namen, und später, nach der Ankunft in Veracruz, wird es wieder ein neuer sein, damit seine Spur sich verliert.

Leuffen kam aus dem Bad, und dann saßen die beiden Männer einander beim Frühstück gegenüber. Sowenig der ockerfarbene Bademantel nach der Kleidung eines führenden Unternehmers aussah, sowenig entsprach Nielsons Aufzug dem eines Kapitäns: keine Jacke mit goldenen Ärmelstreifen, kein Hemd mit Goldlitzen auf den Schultern; nur ein grobgestrickter dunkelblauer Pullover und dazu eine graue, an Gesäß und Knien leicht abgewetzte Cordhose. Rasiert hatte er sich zuletzt in Antwerpen. Der silbern schimmernde Bewuchs wirkte ungepflegt, war noch kein richtiger Bart. Mit der Frisur hatte er keine Probleme. Da er oft in warme Zonen fuhr, hatte er sich für einen Bürstenschnitt entschieden, an dem der Steward nicht viel verderben konnte. Das kurze, dichte Grauhaar erinnerte an einen

Römerkopf, zumal ein gutgeschnittenes Gesicht hinzukam, wie er überhaupt bei mehr Sorgfalt in Körperpflege und Kleidung einen stattlichen Schiffsführer hätte abgeben können. Aber schon mit der Uniform haperte es. Sie hing, durch Plastikhülle und Mottenkugeln geschützt, in seinem Schrank. Jahrelang hatte er sie nicht angerührt, und vermutlich paßte sie gar nicht mehr, denn er hatte in letzter Zeit etwas zugenommen.

»Wo werden Sie eigentlich leben?« fragte er und musterte seinen Gast, der bereit war, das Fünfzigfache der normalen Passagekosten hinzublättern. Die eine Hälfte davon hatte er schon entrichtet, die andere war in Veracruz zu zahlen.

»Es ist besser für mich und auch für Sie, wenn Sie es nicht wissen«, lautete die Antwort.

»Mag sein. Ich hab' nur versucht, mir vorzustellen, was wohl als Ersatz für einen Chefsessel – denn einen solchen haben Sie doch sicher aufgegeben – in Frage kommt.«

»Nur etwas mit viel mehr Freiheit!«

Nielson nickte. »Ja, die Freiheit«, sagte er, und es klang sehnsüchtig.

»Sie sagen das so, als fehlte sie Ihnen auch; aber wer, wenn nicht ein Kapitän, sollte sie haben?«

»Das war einmal. Heute jagen wir mit der Uhr im Nacken um den Globus, und in den meisten Häfen reicht die Zeit nicht mal für einen kurzen Landgang. Selbst ein Hunderttausend-Tonnen-Erzfrachter wird an einem einzigen Tag beladen, und wenn man das miterlebt, kommt man nicht zu romantischen Empfindungen.«

»Na, Sie fahren doch einen eher gemütlichen Dampfer!«

»Nun ja, er ist schon alt und ziemlich klein, und in mancher Hinsicht macht er seinem Namen alle Ehre. Aber um das rasante Laden und Löschen kommen auch wir nicht herum. Kein Reeder kann heutzutage mithalten, wenn er seine Schiffe noch immer wie Anno dazumal belädt und entleert. Ein Container ersetzt schließlich eine Vielzahl an Säcken, Fässern und Kisten, die früher alle einzeln verstaut und hervorgeholt werden mußten.«

»Wann hat das eigentlich angefangen mit den Containern, und wer hatte die Idee?«

»Soviel ich weiß, ist das Prinzip eine Erfindung der amerikanischen Marine, die im Zweiten Weltkrieg den Nachschub für die Truppen beschleunigen mußte. Und was sich da bewährt hatte, war dann im Frieden auch gut für die Handelsschiffahrt.«

»Also mal wieder die Amerikaner, die den Ton angegeben haben.«

»Ja. Und wie drastisch diese Veränderung zu Buche schlägt, belegen zwei Zahlen. Die Lade- und Löschkosten pro Tonne waren vor der Einführung der Container zehnmal so hoch wie jetzt und die Kosten der Schäden etwa zwanzigmal so hoch. Aber die beschauliche Liegezeit ist natürlich verlorengegangen. Bei den Supertankern geht es noch schneller. Die fahren ja nicht mal mehr in die Häfen ein, sondern werden an vorgelagerten künstlichen Inseln be- und entladen, und der Weitertransport des Öls erfolgt durch Pipelines. Für die Mannschaft bedeutet das meistens den Verzicht auf Landgang.«

»Sie haben recht, die Romantik ist raus aus der Seefahrt.«

»Ja, und ich fürchte, es geht mit der Entwicklung, wie auf allen Gebieten, noch weiter. Denken Sie an die Luftkissenfahrzeuge! Wenn der Atlantik nicht seine hohen Wellen hätte, würde man die Flitzer wahrscheinlich auch da schon eingesetzt haben, aber als Dickschiffe mit sechzig Knoten. Das wäre, von der Zeit her gesehen, eine transatlantische Lkw-Fahrt. So ein Schiff würde die Strecke Liverpool–New York in fünfzig Stunden schaffen. Ein Alptraum, jedenfalls für mich! Aber da gibt es ja noch ganz andere Perspektiven. Das U-Boot von morgen! Es ist nicht mehr der tückisch lauernde Jäger, sondern der Massentransporter, der Großraumtanker, der, um schneller am Zielort zu sein, unter dem Polareis hindurchtaucht. Den Hein Mück, der an der Reling steht und tiefsinnig übers Meer sieht, gibt's dann erst recht nicht mehr.« Nielson lachte einmal kurz auf. »Gemütlicher Dampfer, sagten Sie vorhin. Das war einmal. Vor über vierzig Jahren – ich war damals Matrose – haben wir mal einen Bechsteinflügel von Bord gehievt, in Callao. Das Ding war mit

Kissen und Tüchern abgepolstert und mit Brettern verschalt. *Das* war gemütlich, denn es ging langsam, und mindestens zwanzig Indio-Hände schoben und zogen und drückten. Aber das Schöne war: Die Besitzerin, die von Boston mitgereist war, die Frau eines amerikanischen Diplomaten, schnappte sich einen unserer Klappstühle und bezog Posten auf dem Kai, um die Aktion zu beaufsichtigen. Ein herrliches Bild, wie sie da auf der Pier saß, mit einem Fächer gegen die vierzig Grad anwedelnd und ihr kostbares Instrument keine Sekunde aus den Augen lassend. Direkt neben ihr nahmen die Männer den Koloß in Empfang und sorgten dafür, daß er ganz sanft aufsetzte. Die Frau gab jedem der Beteiligten einen halben Peso; das war ein gutes Trinkgeld. Das Ganze hat fast eine Stunde gedauert. Ja, so was nenne ich gemütlich. Heute belädt man die Schiffe per Computer, der genau ausrechnet, wie die Container zu verteilen sind. Und dann kommen die Kräne, die gar nicht mehr wie Kräne aussehen, sondern wie die Stahlgerüste von großen Werkhallen. Sie kommen angerollt, packen den Kasten, der so groß ist wie ein Gartenhaus, und hieven ihn an Bord. Und wissen Sie, wie der Preis für diese Arbeit berechnet wird? Nicht nach Stunden, nicht nach Tonnen, sondern nach *moves*, nach Bewegungen! Der *move*, also eine Kranbewegung, ob nun von der Pier aufs Schiff oder umgekehrt oder auch an Land von Platz zu Platz, ist die Maßeinheit und kostet zum Beispiel in Deutschland hundertfünfundsechzig Mark, in Holland ungefähr hundert und in den südamerikanischen Häfen zwischen vier- und fünfhundert Mark.«

»Warum denn ausgerechnet in den ärmsten Ländern so viel?«

»Da werden die Preise von den Gewerkschaften hochgetrieben. Aber ist das nicht eine groteske Bemessung? Es ist, als würde man einen Maler nach der Anzahl seiner Pinselstriche bezahlen oder einen Berufsboxer nach seinen Schlägen. Oder stellen Sie sich mal vor, man würde eine Hure nach der Anzahl der stattfindenden *moves* bezahlen! Da ginge doch der ganze Reiz flöten. Und wer übernimmt das Zählen? Er? Sie?«

29

»Entsetzlich!« sagte Leuffen.

»Nicht wahr? Also: Romantik ist nicht mehr, nirgends, und schon gar nicht in der Seefahrt.«

Sie aßen beide mit nur mäßigem Appetit. Es gab Spiegeleier, Lachs, Aufschnitt, Käse, Toast, Konfitüre und Kaffee. Weil Geschirr nur für einen da war, trank Nielson aus einem Glas, und er benutzte sein privates Besteck. Teller waren genügend vorhanden durch die reichlichen Beilagen.

»Ich brauche dringend neue Lektüre«, sagte Leuffen. »Den Packen Zeitungen, den Sie mir gegeben haben, hab' ich von A bis Z durchgelesen.«

»Unsere Bordbücherei besteht fast nur aus englischen und spanischen Krimis.«

»Dann geben Sie mir bitte ein paar englische! Oder haben Sie vielleicht ein spanisches Lehrbuch für mich?«

Also wird er wohl in Mittel- oder Südamerika bleiben, dachte Nielson, aber er sprach seinen Gedanken nicht aus. »Ich hab' ein Wörterbuch, den SLABY-GROSSMANN. Zwei Bände. Die kann ich Ihnen geben. Der spanische Band hat auch eine gute Einführung in die Grammatik.«

»Sehr schön!« Leuffen lehnte sich zurück. »Ich hab' keinen rechten Appetit. Mir fehlt wohl die frische Luft.«

»Sie dürfen sich hier gern mal nachts ans geöffnete Bulleye setzen. Bei Tage geht das nicht, weil immer jemand reinkommen kann, und noch öfter als zu den drei Mahlzeiten sollte ich mich nicht einschließen.«

»Ist klar. Aber nachts mal 'ne Stunde, das wär schon was!«

Sie rauchten noch eine Zigarette, und dann verschwand Leuffen, unterm Arm die beiden dicken SLABY-GROSSMANN-Bände, in seiner *bodega*. Nielson schloß die schmale Tür und brachte die Zierleisten wieder in ihre normale Position. Anschließend ging er nach oben, kontrollierte die Brücke, telefonierte mit dem Wachhabenden in der Maschine und sorgte dafür, daß er selbst frische Luft bekam. Er wanderte hin und her auf der Backbordbrücken-Nock, sah aufs Wasser und dachte nach über den Frevel, den er beging, indem er einen von der Polizei Gesuchten gegen hohes Entgelt außer Landes brachte.

Schiffe, dachte er, haben zu allen Zeiten als letzte rettende Zuflucht gedient. Die CAP ANAMOUR kam ihm in den Sinn, deren Besatzung Flüchtlinge an Bord nahm, die niemand haben wollte und die mit ihren seeuntüchtigen Booten auf der Reise in den Tod waren. Aber natürlich konnte man diese Aktion mit der seinen nicht vergleichen; die eine war ein humanitäres Programm, die andere ein dunkles Geschäft. Er dachte auch an den letzten großen Krieg in Europa, zu dessen Beginn wie zu dessen Ende Schiffe zu Schicksalen wurden für Menschen, die sich retten wollten. Obwohl er 1939 noch ein Kind gewesen war, sah er sie vor sich, die deutschen Emigranten, die über Frankreich nach Spanien und Portugal geflüchtet waren und in den iberischen Häfen ein Schiff zu erreichen hofften, das sie nach Amerika bringen sollte. Und er sah die Abertausende, die sechs Jahre später von Danzig, Gotenhafen, Königsberg und Memel aus vor den Russen zu fliehen versuchten und für die es nur einen Wunsch gab: ein Schiff besteigen zu dürfen, das nach Westen fuhr.

Und schließlich erinnerte er sich eines persönlichen Erlebnisses aus jener Zeit. Er war siebzehn, von der Schulbank weg in den Krieg geholt und als Soldat auf der Insel Rügen eingesetzt. Dann kamen die Russen, und viele der Wehrmachtsangehörigen, die sich noch auf der Insel befanden, versuchten, den einzigen größeren Hafen zu erreichen, nämlich Saßnitz, um von dort aus mit einem Schiff nach Westen zu gelangen. Zwei Fragen beherrschten jeden der Flüchtenden: Schaffe ich es? Und wenn ja, ist das dann Fahnenflucht?

Heinrich Nielson und einige seiner Kameraden erwischten in letzter Minute ein Vorpostenboot, das nach Kopenhagen fahren sollte, und irgendwann auf See geschah etwas, was ihn von der Vorstellung befreite, desertiert zu sein. Im Schatten eines der Schiffsgänge sah er plötzlich die roten Biesen aufleuchten. Es dauerte nur einen Moment, eine Sekunde vielleicht, da zog sich der Mann auch schon wieder hinter eine Tür zurück.

Ein General an Bord! Nicht nur er hatte dieses erregende Rot über den glänzenden schwarzen Lederschäften gesehen; auch andere Landser raunten alsbald von dem hohen Tier, das an Bord versteckt war und sich vermutlich, zusammen mit dem gemeinen Volk, nach Westen absetzen wollte. Fortan wurde das Rot nicht mehr gesehen, jedenfalls nicht auf See. Doch das Raunen setzte sich fort, obwohl der Kommandant des kleinen Schiffes, ein junger Marine-Oberleutnant, den Männerhaufen zu beschwichtigen versuchte, indem er das Rot von Feuerlösch-Schläuchen und Signalflaggen anführte, das jemand gesehen haben könnte.

Die Biesen wurden erst wieder gesichtet, als die Kapitulation offiziell bekanntgemacht worden war und die Soldaten in Kopenhagen das Schiff verließen. Da ging auch ein General von Bord.

Durch die offene Schiebetür warf Nielson einen Blick auf seinen Rudergänger. Es war der zweiunddreißigjährige Holländer Piet Snock aus Terneuzen, der es trotz seiner seemännischen Tüchtigkeit nicht weiter als bis zum Matrosen gebracht hatte. Der Grund dafür lag in seinem Unvermögen, sich zu beherrschen. Viele Male war der vierschrötige Mann in Händel verwickelt gewesen, und immer hatte der Streit so geendet, daß seine Gegner sich ärztlich behandeln lassen mußten. Besonders groß war Snock nicht, aber seine Schulterpartie maß mehr als sechzig Zentimeter, und er hatte Hände wie Schaufeln.

Nielson hatte lange überlegt, ob er diesen «Dampfhammer», wie die anderen ihn schon nach der ersten Reise nannten, behalten sollte, und sich schließlich gesagt: Beim *monkey business* hab' ich es oft mit zwielichtigen Gestalten zu tun, und vielleicht muß ich mich irgendwann meiner Haut wehren. Dann ist es gut, einen Mann auf dem Schiff zu haben, der zuschlagen kann.

5 Seit ihrem Aufbruch hatte die Mine eine Strecke von fast siebentausend Seemeilen zurückgelegt, und im großen und ganzen waren die zwischen den zwölf Hörnern angesiedelten tierischen und pflanzlichen Lebewesen mitgereist; nur der jüngste Zuwachs, der beim Start noch ganz außen gesessen hatte, war unterwegs von den Turbulenzen des Meeres abgerissen worden.

Sie brauchte viele Tage, um die Saragassosee zu durchfahren, jene maritime Region, in der sich die Aale, einem geheimnisvollen Trieb folgend, versammeln, um dort zu laichen. Doch jetzt, im Winter, war nicht die Zeit dafür, und so herrschte ozeanischer Alltag in diesen Breiten.

Eines Abends – sie trieb zwischen Cape Hatteras und den Bermuda-Inseln und hielt weiterhin nördlichen Kurs – geriet sie gleich zweimal kurz nacheinander in eine Lage, die leicht ihr Ende hätte herbeiführen können. Zunächst kam sie nach Wochen einsamen Dahinfahrens bedrohlich nahe an einen kubanischen Frachter heran, der auf dem Weg von Baltimore nach Barbados war. Nur wenige Meter trennten sie vom Heck des etwa fünftausend Tonnen großen Schiffes. Das quirlige Schraubenwasser brachte sie sogar zum Tänzeln, doch dann fiel sie dank ihres Gewichts in die alte Trägheit zurück, und der Abstand vom Heck vergrößerte sich wieder. Die Männer aus Guantánamo hatten es gar nicht mitbekommen, daß sie mit ihrem Schiff ganz dicht am Tod entlanggeglitten waren.

Wenige Minuten später widerfuhr der Mine sogar ein wirklicher Kontakt, und der hatte, genaugenommen, noch immer mit dem davonziehenden Kubaner zu tun, denn eine einzelne verirrte Möve, die den Frachter begleitet hatte, flog zu der Kugel, umkreiste und beäugte sie, entdeckte vermutlich in ihrem Bewuchs ein paar helle Stellen, die Nahrung verhießen, setzte zur Landung an und... landete.

Es war eine noch junge Möve. Ihre Zehen krallten sich fest in dem Algengestrüpp, und während sie einige Meter auf dem wiegenden Untergrund mitfuhr, durchzauste sie mit dem Schnabel das Polster. Einmal wetzte sie ihn sogar an einem der

33

Hörner, doch die Berührung war so gering, daß die Bleikappe sie nicht weitergab ins Innere und die auf Verheerung ausgerichtete Kettenreaktion also ausblieb. Nach weiteren vergeblichen Versuchen, etwas Nahrhaftes aus dem Bewuchs herauszupicken, gab die Möve auf, erhob sich flatternd und segelte zum Schiff zurück.

Die Mine setzte ihre Reise fort, und es sah nun so aus, als hätte sie eine Chance, mit dem Golfstrom den Nordatlantik diagonal zu überqueren und nach Europa zurückzukehren, und vielleicht würde ihr Deckel eines Tages tatsächlich in einem norwegischen Vorgarten Blumen beherbergen. Aber eine Garantie dafür gab es nicht, denn wohin ihr Weg sie auch führen mochte, sie war und blieb bis hinein in ihren Kern unberechenbar.

6 Seit dem Auslaufen aus dem Hafen von Paramaribo hatte die MELLUM sechs Tagereisen mit nordnordöstlichem Kurs zurückgelegt und befand sich damit schon in winterlich kalten Breiten. Etwa auf der Höhe von Philadelphia durchpflügte sie die rauhe See, war jedoch, da sie nach Quebec wollte und also auf Neufundland zuhielt, tausend Seemeilen von der nordamerikanischen Küste entfernt.

Es war eine stürmische Nacht mit Windstärke acht. Jacob Thaden war durch die starken Schiffsbewegungen wach geworden und dann aufgestanden. Er hatte sich, weil er Sigrid und Arndt nicht wecken wollte, im Dunkeln angekleidet, wegen des schlechten Wetters auch seine Öljacke angezogen, war so leise wie möglich aus der Kabine geschlüpft und zur Brücke hinaufgegangen.

Die Schiebetür zum Ruderhaus war geschlossen, und so blieb er auf der Steuerbord-Brückennock. Der Mond war nicht zu sehen, aber ein paar Sterne blinkten. Er genoß den nächtlichen Aufenthalt an Deck, blickte zum Himmel hinauf und bildete sich ein, ein Rendezvous mit dem Großen Bären oder mit sonstwem da oben zu haben. Zu Hause in seiner Baumschule lebte er auch nahe an der Natur, doch spürte er jeden Tag aufs neue, wie eingeschnürt er war in ein Netz von Beeinträchtigungen. Ganz in der Nähe lag der Flugplatz, und das bedeutete ohrenbetäubende Starts und Landungen von früh bis spät. Mittlerweile betrachtete er deshalb das Haus, das er von seinen Eltern übernommen und ausgebaut hatte, als eine sehr zweifelhafte Errungenschaft. Und die vielen Flugzeuge waren nicht das einzige Übel. Lärm brandete auch von der anderen Seite gegen sein grünes Reich. Im Nordosten verlief, nur wenige hundert Meter entfernt, die Autobahn, und bei entsprechendem Wind hatte er den Eindruck, die Millionen PS braußten direkt durch seine Zimmer.

Das Schiff hier draußen auf dem Meer war eine andere Welt. Es erschien ihm als ein kleiner Kosmos für sich, dem das riesige Wasser lärmende Nachbarn vom Leibe hielt. Natürlich, da war die 12 000 PS starke Maschine, und – weiß Gott – sie flüsterte nicht, aber man lebte so einvernehmlich mit ihr wie mit dem eigenen Herzschlag. Sie sorgte dafür, daß man vorankam, daß man Licht hatte und warm duschen konnte. Und vor allem: Ihr mächtiges Getöse war kein Übergriff von außen.

Er trat an die Schiebetür, sah ins Ruderhaus, das dunkel gehalten war bis auf die kleinen Lichtquellen der Armaturen und der abgeschirmten Lampen über dem Kartentisch, auf dem die Seekarte lag. In der Nähe der Backbordtür glimmte eine Zigarette auf. Vom Wachplan her wußte er, daß jetzt der Zweite Offizier Dienst hatte, zusammen mit einem Filipino als Ausguck. An der Decke war ein dreigesichtiger Ruderlagenanzeiger befestigt, so daß der Wachhabende die Werte von jedem Punkt des Brückenhauses aus überprüfen konnte. Thaden entdeckte auch die kleine Gestalt des Filipinos, konnte in dem schwachen Licht das asiatisch geschnittene Gesicht erkennen. Dann sah er auf das Ruderrad. Es war winzig, kleiner als das Lenkrad eines Autos. Er hatte Bilder im Kopf von Schiffen im Sturm. Da hatten die Ruderräder noch einen Durchmesser von einem Meter, und in ihren Speichen hingen die keuchenden Matrosen.

Er wandte sich um, ging zur Treppe, mußte dabei Halt suchen, denn die Bewegungen der MELLUM waren stärker geworden. Er stieg hinunter bis zum Hauptdeck, wollte auf die Back. Das war ein langer Weg und ein doppelt beschwerlicher wegen des Seegangs und der Dunkelheit, aber er hatte es sich nun mal in den Kopf gesetzt, seinen Lieblingsplatz aufzusuchen.

Wieder mußte er sich gut festhalten, wählte aber dafür nicht die Reling, weil er dort die volle Wucht der in unregelmäßigen Abständen übers Deck schlagenden Brecher zu spüren bekommen hätte, sondern die Ketten der Lukendeckel, was allerdings bedeutete, daß er keinen durchgehenden Halt hatte. Als er zwischen den Luken zwei und drei die Garage passierte, in der der bordeigene Traktor untergebracht war, schlug eine Welle mit solcher Wucht gegen die Steuerbord-Schiffswand, daß der Stoß sich fortpflanzte und ihn gegen die stählerne Tür warf. Er konnte gerade noch den Griff packen, wäre sonst hingeschlagen. Nun sind meine beiden sicher auch wach geworden, dachte er. Aber Sigrid wird sich wegen meiner Abwesenheit keine Sorgen machen. Sie kennt meine Vorliebe für nächtliche Streifzüge durchs Schiff.

Er ging weiter, erreichte die letzte der fünf Luken, verharrte dort eine Weile, wurde hin und wieder von der Gischt besprüht, die über die Reling kam. Schon vor einigen Tagen hatten sie einen Sturm erlebt, bei dem die MELLUM stark ins Schlingern gekommen war. Aber der Zweite Offizier hatte sie beruhigt, hatte vom Schwerpunkt des Schiffes und vom Stehaufmännchen-Prinzip geredet und ihnen die Angst, bei sehr grober See könnten sie kentern, genommen.

Er setzte seinen Weg fort, gelangte an die Treppe, die zur Back hinaufführte, ergriff das Geländer, das vom Salzwasser feucht und klebrig war, stieg die Stufen hinauf und suchte auf dem geräumigen Vorschiff nach einem geschützten Platz. Er fand einen Poller, setzte sich darauf, gab sich dem Wiegen und dem gelegentlichen, von arhythmischen Wellen verursachten Zittern des Schiffskörpers hin, und das war wie auf dem Jahrmarkt, war wie Achterbahn und Schüttelmaschine zusammen. Zum Glück waren sie alle drei seefest, hatten das Gefeitsein gegen die Marter der Seekrankheit auf den Fahrten nach Helgoland, die sie jeden Sommer mindestens einmal unternahmen, immer wieder unter Beweis gestellt. Sonst hätten sie das Risiko, über den Atlantik zu fliegen und für die Rückreise ein Schiff zu nehmen, ja auch gar nicht eingehen dürfen. Zu groß wäre die Gefahr gewesen, dreieinhalb Wochen lang mit rebellierenden Mägen und käsigen Gesichtern in den Kojen zu liegen.

Er blickte hinüber zu den Aufbauten, deren Konturen im spärlichen Licht der Positionslampen nur schwach zu erkennen waren. Er ahnte es mehr, als daß er es sah, wie das fünfgeschossige Gebäude auf den Wellen tanzte.

Die MELLUM war ein modernes Schiff und hatte keine Bullaugen, sondern fünfzig mal siebzig Zentimeter große, nur an den Ecken leicht abgerundete Fenster. Die der Frontseite waren alle dunkel. Dennoch, das wußte er, konnten Sigrid und Arndt Licht gemacht haben. Es war strenge Vorschrift, nachts die nach vorn gerichteten Fenster beleuchteter Räume zu verdunkeln, damit der helle Schein nicht nach draußen fiel und die Sicht der Brückenwache beeinträchtigte. Sein Blick glitt über die gewaltigen Lukendeckel. Als sie in Tubarão an Bord gekommen waren und Baumann ihnen das Vorschiff zeigte, hatten die Ladearbeiten noch nicht begonnen. Luke drei war offen, und aus fünfzehn Metern Tiefe drang lautes Gejohle zu ihnen herauf. Dort unten nämlich, auf dem Grund des Laderaums und also weit unterhalb des Wasserspiegels, spielten die Seeleute Fußball. »An Deck geht das nicht so gut«, hatte Baumann mit dem ihm eigenen trockenen Humor gesagt.

Aber darüber, daß ein leerer Laderaum auch zu etwas ganz anderem als zu einem Ort fröhlicher Spiele werden konnte, war ihnen ein paar Tage später berichtet worden. Der Zweite Offizier hatte, als er noch Matrose war, während einer Finnlandreise seinen Freund verloren. Beim Lukensäubern auf See. Die Reste der als Schüttgut beförderten Kohlefracht wurden auf dem Grund der Laderäume zusammengefegt, in Fässern nach oben gehievt und dann über Bord geworfen. Dabei hatte sich die

Leine, an der ein Faß voller Kohlengrus hing, im Scharnier des Lukendeckels verhakt. Krämers Freund war vom Deck aus auf den Rand geklettert, um sie wieder loszumachen. Vielleicht ging er dabei übereifrig zu Werk oder war ungeschickt oder hatte Öl an seinen Schuhsohlen, jedenfalls glitt er von der metallenen Kante ab und stürzte auf den achtzehn Meter tief gelegenen Boden des Laderaums. Zwei Täge später starb er.

Jacob Thaden sah auf seine Armbanduhr, konnte jedoch die Leuchtziffern nicht deutlich genug erkennen und zündete deshalb sein Feuerzeug an. Der Wind blies es sofort wieder aus, aber das kurze Aufblitzen der Flamme hatte genügt. Es war achtzehn Minuten vor vier. Eine gute Viertelstunde noch, dachte er, dann ist Krämers Hundewache zu Ende, und der Erste kommt, um ihn abzulösen. Krämer würde dann von mittags zwölf bis nachmittags vier Uhr wieder an der Reihe sein. Die beiden anderen Offiziere wie auch die Ingenieure waren entsprechend eingeteilt, so daß für jeden pro Tag zwei Vier-Stunden-Wachen anfielen. Aber Sonn- und Feiertage gab es auf See nicht, dafür im Jahr drei Monate durchgehend Urlaub. Für den Kapitän entfielen die Arbeitsstunden nach dem Wachplan. Er erschien in unregelmäßigen Abständen auf der Brücke, war aber bei Nebel und starkem Sturm und natürlich beim Ein- und Auslaufen immer oben. Jetzt schläft er wohl, dachte Thaden, denn Stärke acht ist noch nichts, was ihn auf die Brücke treibt. Auch die Männer der Mannschaft, vom Koch und vom Funker abgesehen, arbeiteten nach einem Plan, der jeweils eine Tag- und eine Nachtwache von vier Stunden vorsah. Den Filipinos, auch das hatte er von Baumann erfahren, wurde nur ein kleiner Teil ihrer Heuer ausbezahlt; der größere ging direkt in ihre Heimat, damit die Versorgung der Familien gewährleistet war und Devisen ins Land kamen. Dieser Regelung lag eine gesetzliche Vorschrift der philippinischen Regierung zugrunde.

Er stand auf, ging auf die Treppe zu, erreichte sie auch. Doch dann geschah etwas, was nicht nur seinen kleinen Kosmos hier draußen auf dem Meer jäh zerriß, sondern darüber hinaus die Welt, die sein Leben war. Zunächst schien es sich um drei gleichzeitig erfolgende Attacken zu handeln, aber es waren nur die unterschiedlichen Auswirkungen ein und desselben Vorgangs. Die Augen schmerzten von dem plötzlich an Steuerbord aufschießenden gelbroten Blitz. Die Trommelfelle drohten zu zerplatzen von der gewaltigen Detonation. Und: Das Schiff bekam einen Stoß, so daß er, gerade als er das Geländer ergriffen hatte und den Fuß auf die erste Stufe setzen wollte, wie von einem Wirbelwind gepackt und mehrere Meter weit auf die Back zurückgeschleudert wurde. Der Aufprall auf die metallene Brüstung des Schanzkleides war so heftig, daß er glaubte, das Eisen habe ihm die Schulterblätter gebrochen.

Nach dem Sturz blieb er eine Weile benommen liegen, bis es ihm unter Mühen gelang, wieder aufzustehen. Er hob und senkte die Schultern, bewegte die Arme, stellte fest, daß seine Knochen heil geblieben waren, und ging erneut vor bis an die Treppe.

Auf dem Achterschiff ertönte die Alarmglocke. Ein Scheinwerfer blitzte auf. Das Licht glitt dorthin, wo die Detonation erfolgt war, und voller Entsetzen nahm er wahr, was da geschah: Die MELLUM zerbrach! Ihre Eisenplatten barsten, als wären sie aus Sperrholz! Soweit er es erkennen konnte, war der Riß zwischen dem Aufbau und dem fünften Laderaum entstanden. Der zerfetzte Lukendeckel hatte sich ein Stück geöffnet. Da der Scheinwerfer jeweils nur einen begrenzten Bezirk ausleuchtete, konnte er sich keinen genauen Überblick verschaffen, doch soviel war gewiß: Das Schiff war quer gespalten, und die Wellen rissen ihm das dunkle Bauxit aus dem Bauch. Jetzt spürte er auch, daß der Teil, auf dem er sich befand, Schlagseite bekam. Er stürzte die Treppe hinunter, wollte aufs Achterschiff, wollte zu Sigrid und Arndt, schrie ihre Namen in die Nacht, rannte übers Deck, vorbei an den vier noch geschlossenen Luken, hörte auch Rufe und Schreie von der anderen Seite. Aber es waren Männerstimmen.

Wenn die See vorher schon das intakte Schiff hin und her geworfen hatte, so tat sie es nun mit den beiden fast voneinander getrennten Teilen erst recht. Das Brechen von Eisen war zu vernehmen, und die Schieflage wurde immer bedrohlicher.

Von Krämer wußte er, daß Bauxit beim Zusammentreffen mit Wasser wie ein Schwamm reagiert. Es saugt die Flüssigkeit auf und quillt. Das also passiert jetzt, dachte er.

Als die beiden Teile des Schiffes sich endgültig voneinander trennten, ging noch einmal ein gewaltiger Ruck durch die stählerne Insel, auf der er sich befand. Er packte die Reling fester. Und dann begriff er, daß es keinen Weg mehr gab hinüber zu Frau und Kind. Ein letztes Mal rief er nach ihnen, und seine Stimme überschlug sich vor Angst um sie; aber er blieb ohne Antwort, hörte nur immer wieder die schrille Alarmglocke und zwischendurch Kommandos, deren Wortlaut er nicht verstand. Bald darauf wurden die Geräusche von drüben schwächer, und daran konnte er ermessen, mit welcher Geschwindigkeit die beiden Wrackteile sich voneinander entfernten.

Er war verzweifelt, weil er in dieser großen Gefahr nicht bei Sigrid und Arndt war, fragte sich auch, ob sie womöglich verletzt waren, wollte unbedingt zu ihnen, tat noch ein paar Schritte, mußte sich an der Reling festklammern, kam schließlich an die Bruchstelle, dorthin, wo es nicht mehr weiterging, stand auf dem stark abschüssigen Deck und hatte die tosende See zu seinen Füßen. Und weil an der Schmalseite des Wracks keine Bordwand die Brecher aufhielt, hatten sie leichtes Spiel, ergossen sich über ihn, der jetzt den Plan faßte, ins Wasser zu springen und auf das andere Wrackteil zuzuschwimmen. Doch die heraufpeitschenden Wassermassen machten ihm klar, daß ein Sprung in das aufgewühlte, stockfinstere Meer mit aller Wahrscheinlichkeit seinen Tod zur Folge haben würde. So blieb er stehen, sprang nicht, starrte nur voraus, sah aber nicht einmal mehr die Lichter des Achterschiffs. Und die Alarmglocke war verstummt. Vielleicht, schoß es ihm durch den Kopf, ist die Stromversorgung ausgefallen! Und was dann? Das Allerwichtigste ist doch unser SOS-Signal! Aber schließlich sagte er sich, daß die Funkstation vermutlich ein Hilfsaggregat hatte, und dann mußte Wilson, der schottische Funkoffizier, jetzt an seinem Gerät sitzen und die SOS-Meldung ohne Unterlaß in den Äther schicken.

Aber würde das Achterschiff nicht viel schneller sinken als der Teil, auf dem er sich befand? Unter den Aufbauten hatte ja die tonnenschwere Maschine ihren Platz. Bestimmt war beim Auseinanderbrechen auch der Maschinenraum aufgerissen worden, ja, wahrscheinlich war die Explosion in diesem Bereich überhaupt entstanden, und dort gab es so viele kompakte Eisenmassen wie nirgendwo sonst auf dem Schiff. Sprach nicht alles dafür, daß ein so enormes Gewicht das Achterschiff im Handumdrehen in die Tiefe ziehen würde?

Die Schlagseite wurde immer bedrohlicher. Er wollte zurück auf die Back, trat den beschwerlichen Weg an, kam nur langsam voran, blieb jetzt immer an der Reling, weil er verläßlichen Halt brauchte. Als er die Treppe endlich erreicht hatte, sah er sich noch einmal um, glaubte, in weiter Ferne ein winziges Licht zu erkennen. Hielt das Heck sich also noch, oder war es nur einer der mit Signallampen ausgestatteten Rettungsringe? Der Kapitän hatte an einem der ersten Tage Probealarm gegeben, und alle, auch die Besatzungsmitglieder, waren mit angelegten Schwimmwesten an Deck erschienen. Aber die Boote waren nicht zu Wasser gelassen worden. Und jetzt? Die Explosion war an der Steuerbordseite erfolgt, nahe der Brückennock, und unter der Nock lag das Bootsdeck. Noch einmal hatte er – in Gedanken – die emporschießende gelbrote Lohe vor sich, und ihm wurde klar, daß mit dem Einsatz des Steuerbord-Rettungsbootes nicht zu rechnen war. Hatten die Männer, fragte er sich, das andere, das Backbordboot, klarmachen und herunterlassen können? Aber wenn nicht, gab es dort auf dem Heck ja wenigstens noch die Rettungsinseln und die Rettungsringe!

Er stieg die Treppe hoch, kroch dann auf allen vieren, weil er sich sonst nur schwer hätte halten können, bis zur Ankerwinsch, stand auf, fand Halt an einem der gewaltigen Kettenglieder, deren goldglänzender Rost ihn noch vor wenigen Tagen so begeistert hatte, und sah immer wieder dorthin, wo das andere Stück der MELLUM verschwunden war. Wohin war es gegangen, in eine der vier Himmelsrichtungen oder in die Tiefe?

Natürlich wußte er, daß auch er selbst in Todesgefahr war, aber

41

mit dem eigenen Sterben, so empfand er, hatte es noch Zeit. Es war aufgeschoben, hing vor allem von der Frage ab, wie lange sich das hundertünfzig Meter lange Wrack aus Vorschiff und Laderäumen über Wasser halten würde. Wahrscheinlich war nur eine der fünf Luken aufgerissen, und so konnte es sein, daß die anderen noch eine ganze Weile für Auftrieb sorgten. Was ihn dagegen fast wahnsinnig machte, war die Unmöglichkeit, Sigrid und Arndt in die Arme zu nehmen und ihnen Trost zuzusprechen, und sei er noch so haltlos. Trennung, dieses tausendfach für das Auseinandergehen von Menschen verwendete Wort, hatte hier einen furchtbaren Doppelsinn: Die Explosion hatte sie völlig unerwartet vollzogen, hatte buchstäblich getrennt, und ein grausamer Zufall hatte es gewollt, daß die drei Menschen, die zusammengehörten, nicht zusammen waren.

Er flehte zu Gott, daß seine beiden unverletzt ins Rettungsboot gelangt waren. Nur darauf kam es an. Er selbst würde bestimmt noch eine Weile über Wasser bleiben, vielleicht sogar so lange, bis Hilfe kam.

Auf einem seiner vielen Wege zum Vorschiff hatte er gesehen, daß hinter der Back, in der Nähe der Treppe, eine kleine Rettungsinsel deponiert war. Er kletterte hinunter, tastete sich im Dunkel weiter, fand das verschnürte Bündel. Doch wie damit umgehen? Er kam auf eine Idee. Die Back war ja nicht nur eine Plattform, nein, ihre stählerne Fläche, auf der sie sich so oft gesonnt hatten, bildete das Dach eines großen Stores, eines Lagerraumes, dessen Tür er ebenfalls schon gesehen, aber noch nie benutzt hatte. Wieder tastete er, fand den Griff, hatte wegen der Schräglage und der unvermindert von Wind und Wellen erzeugten Turbulenzen große Mühe, das schwere eiserne Schott aufzuziehen. Schließlich gelang es ihm, und er trat ein. Automatisch faßte er nach rechts und drückte auf den Lichtschalter. Wie sinnlos das war, begriff er erst, als es dunkel blieb. Aber hier, geschützt vor dem Wind, würde es möglich sein, mit dem Feuerzeug zu leuchten. Also ging er wieder hinaus, löste, was ihm erst nach mehreren Minuten gelang, die Insel aus ihrer Halterung und schleifte sie in den Store. Er holte das Feuerzeug aus seiner Hemdtasche, und da es unter der Öljacke trocken geblieben war, funktionierte es. Im Lichtschein der Flamme las er die englischen Instruktionen, die auf dem weißen Fiberglasgehäuse standen. Danach wuchtete er sich das schwere Paket auf die Schultern, die sofort mit stechenden Schmerzen reagierten. Er biß die Zähne zusammen, schleppte den Ballen nach oben, ließ ihn, um alle für den späteren Gebrauch wichtigen Mechanismen unbeschädigt zu erhalten, vorsichtig herunter, setzte sich wieder auf seinen Poller.

7 Ganze zwanzig Meilen von der Unglücksstätte entfernt stampfte Nielsons Seelenverkäufer durch die hohe Atlantikdünung mit Kurs auf Philadelphia. Das SOS-Signal der MELLUM, das auf der CAPRICHO automatisch die Glocke des Auto-Alarmgeräts in Gang gesetzt hatte, riß den Funker Jonas Ellerup aus dem Schlaf. Er war ein trinkfreudiger Däne mit nicht gerade straffer Arbeitsmoral, aber ein SOS-Ruf war für ihn immer noch der triftigste Appell, den es auf See überhaupt geben konnte.

Bis zwei Uhr hatte er mit dem holländischen Koch Jan de Boers und mit Lee Hopkins, einem aus Liverpool stammenden Maschinisten, getrunken und gepokert und am Ende einundachtzig Dollar verloren. So hatte er sich spät und schlecht gelaunt in die Koje fallen lassen, und als nun die Glocke in seinen Schlaf hineinbrüllte, brauchte er eine geraume Zeit, um den schweren Kopf zu heben und in Gang zu kommen. Doch nachdem er begriffen hatte, was los war, lief alles Weitere in Sekundenschnelle ab. Er schlüpfte in seine Hose, zog sich das verschwitzte Hemd vom Vortag über, ließ die Knöpfe offen, verzichtete auf die Schuhe, griff sich aber noch schnell Zigaretten und Feuerzeug vom Nachttisch, stürmte zur Tür, riß sie auf, und mit dem nächsten Schritt war er auch schon im Funkraum, legte die Kopfhörer an, lauschte.

Und hörte den Notruf: »SOS-SOS-SOS-CSD-4657.« Nach kur-

zer Pause folgte die Meldung: »›Position 42-27 Nord, 62-24 West
– Explosion – starker Wassereinbruch – schwere Schlagseite –
25 Personen an Bord – benötigen dringend Hilfe.«

Der Text kam ein zweites Mal und wurde ergänzt durch die
Angaben: »... Steuerbordboot zerstört – Backbordboot in den
Davits verklemmt – Schiff ist auseinandergebrochen!«

Jonas Ellerup griff nach der internationalen Rufzeichenliste der
Seeschiffe, suchte, fand unter CSD-4657 den deutschen Frachter MELLUM, warf das Register auf den Tisch und wollte
gerade antworten, da ging die Außentür auf, und Kapitän Nielson stand da, noch nachlässiger angezogen als sein Funker,
denn er hatte einfach einen Pullover über den Schlafanzug
gestreift. Ellerup nahm die Kopfhörer ab.

»Was ist?« fragte Nielson. Die Bordsprache war Englisch, aber
da Ellerup aus dem nordschleswigschen Grenzland stammte,
konnte er mit ihm deutsch sprechen.

»Die MELLUM, ein deutsches Schiff, ist in Seenot.«

»Wie ernst ist es?«

»Ernster geht's nicht. Explosion. Das Schiff ist auseinandergebrochen.«

»Welche Position hat es?«

»42-27 Nord, 62-24 West. Das muß ganz nahe sein; die haben
mir fast den Empfänger dichtgeknallt.«

Zwar dachte Nielson sofort an seinen Zeitplan, an seinen Termin in Veracruz, dessen Einhaltung er durch ein Rettungsmanöver gefährden würde, und auch an Leuffen dachte er, dem
eine Verzögerung ebenso unwillkommen sein mußte wie ihm,
aber dann hatten für ihn die Menschen in Seenot absoluten
Vorrang, und so sagte er: »Also los! Antworten Sie, daß wir
sofort kommen!«

»Aye, aye, Captain!«

Ellerup stimmte den Sender kurz ab, holte sich die Morsetaste
näher heran und fing an zu senden, rief: »CSD-4657«, und
dann vergaß er vor Eifer oder weil in seinem Kopf der Alkohol
noch nachwirkte, als erstes das Rufzeichen der CAPRICHO
durchzugeben. Er legte gleich los: »Sind sehr nahe – kommen

sofort – ...« Die Tür zwischen dem zum Navigationsdeck führenden Gang und dem Funkraum, die Nielson nach seinem Eintritt nur angelehnt hatte, wurde ein zweites Mal aufgerissen. Leuffen stürmte herein, im Bademantel. Er schloß die Tür hinter sich. Nielson war so entsetzt und aufgebracht, daß er seinen Passagier anschrie: »Sind Sie verrückt geworden?«

Ellerup hatte mitten im Funkspruch innegehalten und dann die Kopfhörer abgenommen. Der so plötzlich aufgetauchte Mann erschien ihm wie ein Gespenst. Und nun sprach dieser Fremde ihn auch noch an, barsch und fordernd: »Was ist los? Was machen Sie da?«

»Ein deutsches Schiff ist in Seenot; ich melde, daß wir in der Nähe sind und kommen.«

Kaum waren seine Worte heraus, da sah er – und Nielson sah es auch – eine schwarze Pistole aus der Tasche des Bademantels hervorkommen, ganz langsam und ruhig, aber deshalb nicht weniger bedrohlich, als wenn sie mit einem Ruck gezogen worden wäre.

»Unterlassen Sie die Meldung!« befahl Leuffen dem Funker, und dann wandte er sich an Nielson: »Ich bleibe jetzt ...«, er sah auf die große an der Wand hängende Uhr, »drei Stunden hier oben, und Sie tun nichts! Absolut nichts! Sie lassen Ihren Mann nicht funken und geben auch keine Anweisungen für einen neuen Kurs auf die Brücke! Ich nehme an, nach drei Stunden sind wir so weit weg, daß eine Kursänderung keinen Sinn mehr hätte.«

»Das würde ein Nachspiel haben«, antwortete Nielson. »Für einen Seemann gibt es kein wichtigeres Gebot als das, Menschen, die sich in Seenot befinden, zu retten. Oder es jedenfalls zu versuchen.«

»Das gilt aber nicht«, sagte darauf Leuffen, »wenn dieser Seemann schon eine andere Verpflichtung eingegangen ist und dafür teures Geld nimmt.«

Ellerup bekam große Ohren. Er mochte seinen Kapitän, aber das hier klang nicht gut.

Nielson fragte ihn: »Haben Sie der MELLUM unsere Position durchgegeben?«

Ellerup überlegte. »Nein«, sagte er dann.

»Namen und Erkennungszeichen unseres Schiffes?«

»Nein, auch nicht.«

»Na, sehen Sie?« mischte sich Leuffen ein. Sein Tonfall war jetzt ganz jovial. »Meine Herren, diese Waffe hier…«, er hob die Pistole einmal kurz an, »ist natürlich weiterhin nötig, ich meine, für die nächsten drei Stunden, aber wenn dann alles überstanden ist, bekommen Sie jeder zehntausend Dollar extra, als Schmerzensgeld sozusagen.«

»Für welche Schmerzen denn?« fragte Ellerup.

»Na, die Gewissensqualen.«

»Wir sind dem Havaristen so nahe«, sagte Nielson, »daß er vielleicht unsere Lichter sieht. Dazu kommt der abgerissene Funkspruch. Bestimmt glauben die, es war nur eine momentane Störung, und wir melden uns gleich wieder. Vergessen Sie nicht: Wir sind hier mitten auf dem Atlantik und daher vermutlich deren einzige Hoffnung!«

»Die haben doch Rettungsboote«, entgegnete Leuffen, »und können sich darin tagelang am Leben halten.«

»Eben nicht«, sagte Ellerup. »Ihre Boote sind bei der Explosion kaputtgegangen; eins jedenfalls, und das andere können sie nicht bedienen, wahrscheinlich wegen der starken Schlagseite. Ist doch klar: Wenn es an Steuerbord gekracht hat und da also das Loch ist, legt sich das Schiff nach Steuerbord, und das heißt, daß sie das Backbordboot nicht wegfieren können, weil es sich nicht mehr ausschwingen läßt. So jedenfalls stell' ich mir das vor. Es hängt zwar noch heil in den Davits, drückt aber mit seinem ganzen Gewicht in die verkehrte Richtung. Wenn wir wirklich weit und breit die einzigen sind, die helfen könnten, und es trotzdem nicht tun, werden die Leute wahrscheinlich umkommen.«

»Quatsch!« Leuffen wischte mit der freien Hand Ellerups düstere Prophezeiung weg. »Die haben doch noch andere Möglichkeiten! Zum Beispiel Schwimmwesten, Ringe, Rettungsinseln. Ich bin Segler, kenn' mich da aus. Jedes Schiff ist heutzutage mit einer Vielzahl an Rettungsmitteln ausgerüstet, und die wiederum sind mit allem möglichen versehen, mit Trinkwasser, Proviant, meistens sogar mit einem Funkgerät.«

»Wer weiß«, sagte Nielson, »wieviel Zeit sie zur Verfügung haben! Jedenfalls, wenn sie nur mit Ring oder Schwimmweste unterwegs sind, dann gute Nacht! Dann sind sie in wenigen Stunden an Unterkühlung gestorben. Hier herrschen zur Zeit acht Grad Wassertemperatur.«

Leuffen ließ sich nicht beeindrucken. »Vielleicht«, antwortete er, »ist ja noch ein anderes Schiff in der Nähe.«

»Vielleicht! Vielleicht! Ich bitte Sie...«, Nielson wurde unterbrochen. Das Telefon klingelte.

»Wer kann das sein?« fragte Leuffen.

»Die Brücke«, sagte Ellerup. »Die haben die Glocke gehört und wollen jetzt bestimmt wissen, was los ist.«

Die Pistole ging wieder ein Stück in die Höhe, zielte auf die Schläfe des Dänen. »Sagen Sie, es ist alles in Ordnung! Falls Sie das nicht tun, werden Sie nie mehr etwas sagen!«

Ellerup hob ab, meldete sich, hörte eine Weile zu, und dann antwortete er: »Nein, nein, hier ist alles okay. Wahrscheinlich eine atmosphärische Störung, und unser Gerät hat darauf mit Alarm reagiert. Wär ja nicht das erste Mal. Gute Nacht!«

»Auf der Brücke«, sagte Nielson zu Leuffen, »ist in wenigen Minuten Wachwechsel. Der Zweite, der jetzt abgelöst wird, hat eben mit dem Funker gesprochen und weiß also, daß hier jemand ist, mit dem er noch ein paar Takte reden kann. Ich bin sicher, er steht gleich in der Tür. Wenn er Sie zu Gesicht kriegt, weiß morgen früh das ganze Schiff Bescheid, und dann ist Ihr heimliches Aussteigen in Veracruz nicht mehr gewährleistet.«

»Faule Tricks!« sagte Leuffen. »Ihr Zweiter wird froh sein, daß er sich aufs Ohr hauen kann. Verdammt noch mal, Nielson, Sie müssen mich nicht für dumm verkaufen wollen!«

Nielson hoffte, der Zweite käme tatsächlich noch in die Funkstation; das würde die Situation schlagartig verändern. Aber er glaubte nicht daran, denn Leuffen hatte schon recht: Nach der Hundewache war man darauf aus, schnell in die Koje zu kommen. »Ich bitte Sie«, sagte er daher, »gehen Sie zurück in Ihr

Versteck, und lassen Sie uns den Schiffbrüchigen helfen!« Er zeigte auf den Funker. »Jonas Ellerup weihe ich in die Hintergründe Ihrer Reise ein; das muß ich ja wohl, nachdem Sie hier – gegen unsere Vereinbarung – aufgekreuzt sind. Warum eigentlich?«

»Ich hörte die Glocke und war sicher, das Schiff sei in Gefahr. Es ist ja weiß Gott nicht das jüngste, und der Sturm hat zugenommen. Durch die Wand kriegte ich dann auch noch mit, daß Sie mit Gepolter und in einem Affentempo Ihre Kabine verließen. Also mußte ich mit der Möglichkeit rechnen, daß die CAPRICHO absäuft und Sie mich glatt vergessen.«

»Okay, nun sind Sie hier, und damit weiß Ellerup Bescheid. Aber er ist verschwiegen. Er wird dann auch derjenige sein, der die von Ihnen demolierte Wand repariert. Nochmals: Nehmen Sie doch Vernunft an! Was spricht denn dagegen, daß wir der MELLUM helfen?«

»So einiges«, sagte Leuffen. »Da kommen dann plötzlich zwanzig, dreißig Figuren zusätzlich auf dieses Schiff, und womöglich müssen ein paar von denen im Kapitänssalon untergebracht werden. Wie sollte ich dann wohl unbehelligt bleiben? Ich muß etwas essen, meinen Eimer ausleeren und das Bad benutzen. Die Gefahr, daß man mich entdeckt, wäre zu groß. Und es ist ein deutsches Schiff! Ich will von niemandem erkannt werden. Jemand könnte mein Foto gesehen haben. Und dann kommt Philadelphia oder irgendein anderer Hafen, den Sie anlaufen, um die Geretteten auszuschiffen! Auf jeden Fall hätten wir da die Presse an Bord und das Fernsehen und die Behörden! Man kennt das doch. Und ganz bestimmt auch Leute von der deutschen Botschaft. Hören Sie, Nielson, ich habe mir diese Passage für viel Geld gekauft, und der Handel schloß die Garantie ein, daß ich unentdeckt bleibe und in Veracruz so unauffällig vom Schiff runterkomme, wie ich in Antwerpen raufgekommen bin. Zum Glück hat Ihr Funker den Namen unseres Schiffes nicht genannt. Später wird also niemand in der Lage sein, uns zu identifizieren und Sie zur Rechenschaft zu ziehen.«

Nielson schüttelte den Kopf. »Irrtum! Das liegt ein bißchen

anders. Schließlich kennt meine Reederei die Route, auf der wir unterwegs sind. Außerdem: In Belfast weiß die Makler-Agentur, wohin wir fahren, ebenso, wie die Leute in Philadelphia wissen, woher wir kommen. Die Reederei eingerechnet, sind das also schon mal drei Personengruppen, die es sich – und das sind alles Fachleute – an den Fingern abzählen können, daß die CAPRICHO in der Nähe des Havaristen war. Und ganz bestimmt wird alle Welt von dem Unglück erfahren, denn daß ein Schiff auf dem Atlantik explodiert und in zwei Teile zerbricht, passiert ja nicht jeden Tag. Und wenn es dann auch noch Tote gibt...« Nielson ließ den Satz hängen.

Er und Leuffen standen immer noch, während Ellerup vor seinen Geräten saß. Aber die ins Spiel gebrachte Pistole bedeutete ja auch alles andere eher als die Aufforderung, es sich bequem zu machen, und so blieb die gepolsterte Sitzbank unter dem großen PLAYMATE-Poster weiterhin leer.

Der Funker setzte die Kopfhörer wieder auf, was Leuffen veranlaßte, seine Waffe zu entsichern. Hastig erklärte Ellerup: »Ich will bloß mal hören, ob sie immer noch senden.« Er lauschte eine Weile. »Ja, der Kollege sagt, daß das Achterschiff in wenigen Minuten weg ist und daß er seinen Posten gleich verlassen muß. Das bedeutet das Ende, jedenfalls fürs Schiff. Dann geht auch der Kapitän von Bord. Ich weiß nicht, wie die MELLUM ausgerüstet ist. Man kann nur hoffen, daß die Ärmsten einen transportablen Sender auf der Rettungsinsel haben.«

Mittlerweile war der große Zeiger über die Acht hinausgewandert, was vier Uhr Bordzeit bedeutete, und der Zweite Offizier war nicht erschienen. »Sehen Sie«, sagte Leuffen, »Ihr Wachmann hat gar keine Lust, hier nachts rumzuquatschen. Der liegt längst in seiner Koje.«

Er bekam keine Antwort.

Nielson überlegte, ob es Zweck hätte, seinen Passagier anzugreifen, prüfte die Chancen für eine überraschende Attacke, verwarf den Plan. Zu bedrohlich wirkte die entsicherte LUGER, und er zweifelte nicht daran, daß Leuffen im Notfall abdrücken würde. Also fügte er sich, dachte sogar schon darüber nach, wie er sich, sofern man ihm die unterlassene Hilfeleistung vorwerfen würde, rechtfertigen könnte. Da gab es Möglichkeiten. Es kam nur darauf an, daß er sich mit dem Dänen einig wurde. Das Funkgerät könnte zeitweilig ausgefallen sein. Eine Erklärung dafür fände sich immer, und damit wären er und Ellerup raus aus dem Schlamassel. Ja, so würden sie es wohl machen, und wenn irgend jemand von der Besatzung dann erklärte, er habe das Glockensignal gehört, könnten sie sich immer noch damit rausreden, daß die Glocke zwar angeschlagen habe, danach aber kein Funkkontakt zustande gekommen sei. Was Ellerup auf die Brücke gemeldet hatte, war durchaus glaubwürdig. Atmosphärische Störungen kamen immer mal vor. »Und was jetzt?« fragte er schließlich. »Sie können mich hier unmöglich drei Stunden festhalten. Spätestens um halb sieben klopft der Steward an meine Tür, aber meistens gehe ich schon um sechs kurz auf die Brücke. Wenn ich nicht erscheine und in meinen Räumen nicht zu finden bin, läßt der Wachoffizier jeden Winkel der CAPRICHO nach mir absuchen.«

»Wir machen es anders«, erklärte Leuffen. »Sie gehen jetzt nach unten, legen sich wieder hin und beginnen den Tag wie gewohnt. Ich bleibe bei dem Funker und passe auf, daß er nicht sendet. Sollte ich feststellen, daß unser Kurs sich ändert, erschieße ich den Mann.«

Es war ein ängstlicher Blick, mit dem Ellerup zu seinem Kapitän aufsah. Nielson beruhigte ihn: »Ich setze Ihr Leben nicht aufs Spiel.«

»Sehen Sie«, meldete sich nun wieder Leuffen, »so geht es doch recht gut.«

Ellerup hatte neuen Mut gefaßt, leitete seinen nun folgenden Kommentar sogar mit einem spöttischen Auflachen ein. »Mister, Sie mögen ja tatsächlich mal ein bißchen gesegelt sein, aber vom Betrieb in so einer Funkbude...«, er ließ seine Rechte einmal über dem Kopf kreisen, »haben Sie keine Ahnung. Sie müssen jederzeit damit rechnen, daß irgend jemand in die Station kommt, um zu telefonieren oder ein Telegramm aufzugeben.«

»Morgens vor sieben Uhr?« fragte Leuffen, und auch bei ihm hörte man Spott heraus.

»Jawohl, morgens vor sieben Uhr! Die Leute kommen nachts um zwei, um vier, um sechs, denn für sie spielt es keine Rolle, wie spät es hier ist. Entscheidend ist, wie spät es für denjenigen ist, den sie anrufen wollen. Vielleicht haben Sie schon mal was von Zeitzonen gehört.« An Bord hatte jeder sein eigenes Radio mit Fenster-Antenne und gutem Empfang; aber, dachte Ellerup, das weiß der Kerl ja nicht, also kann ruhig ein bißchen Seemannsgarn her: »Davon abgesehen, oft erscheinen sie mitten in der Nacht, bloß um die Nachrichten und den Seewetterbericht zu hören, weil man hier oben nämlich den besten Empfang hat. Kurzum, wenn einer kommt und Sie sieht, spricht sich das in Windeseile rum.«

Leuffen überlegte, und dann sagte er: »Es muß eine Möglichkeit geben, das zu verhindern.« Er öffnete die Tür zu der neben dem Funkraum liegenden Schlafkammer, behielt dabei seine Waffe im Anschlag. Von der Raumanordnung her war ihm sofort klar, daß es sich um Ellerups Logis handelte. »Wir gehen da hinein«, erklärte er, »und sollte hier einer aufkreuzen, stecken Sie nur Ihre Nase durch den Türspalt. Am besten sind Sie nackt, als ob Sie gerade unter die Dusche wollten. Dabei haben Sie meine Pistole im Rücken, und folglich erklären Sie dem Besucher, die Station sei momentan außer Betrieb; Sie würden den Fehler aber reparieren, und er solle in ein paar Stunden wiederkommen.«

»Um sieben«, sagte Ellerup, und es schien fast, als hätte er Spaß daran gewonnen, dem Eindringling immer neue Knüppel zwischen die Beine zu werfen, »klart der Steward meine Bude auf. Jeden Morgen.«

»Dann müssen Sie«, Leuffen wandte sich wieder an den Kapitän, »ihm eben erklären, daß es diesmal aus irgendeinem Grunde anders gemacht wird! Und um sieben Uhr schleusen Sie mich zurück in mein Kabuff. Dann gebe ich Ihnen auch die zwanzigtausend Dollar. Die Hälfte davon ist für ihn.« Er nickte kurz zu Ellerup hinüber. »Noch etwas! Sie könnten natürlich versuchen, mich zu täuschen. Wenn Sie gegen meinen Wunsch doch einen Kurswechsel vornehmen und dabei den Bogen riesig groß ziehen, krieg' ich das wahrscheinlich nicht mit. Aber sobald dann das Rettungsmanöver anläuft, weiß ich, daß Sie mich reingelegt haben, und dann ist immer noch Zeit. Vergessen Sie nicht: Ich sitze hier bei Ihrem Funker und würde ihn ganz bestimmt umlegen. Klar?«

Nielson nickte. Er hatte ein paar saftige Flüche auf der Zunge und für Leuffen ein paar Namen im Kopf, die diesem wenig geschmeichelt hätten, doch er schwieg, denn zum einen sah er keine Möglichkeit mehr, sich gegen die brutalen Verfügungen seines Passagiers zur Wehr zu setzen, zum anderen hatte er es noch mindestens zwei Wochen lang mit ihm auszuhalten, mußte die Mahlzeiten mit ihm zusammen einnehmen und ihm sein Bad zur Verfügung stellen, wenn er in Veracruz zu dem noch ausstehenden Geld kommen wollte. »Ich wußte gar nicht«, sagte er nur, »daß Sie bewaffnet sind.«

Leuffen warf einen geradezu zärtlichen Blick auf seine LUGER und antwortete: »Auf einer Reise wie dieser ist es gut, unangenehmen Überraschungen wirksam begegnen zu können. Unser Zusammentreffen hier beweist das zur Genüge. Außerdem entfallen, wenn man heimlich an Bord gebracht wird, alle Kontrollen.«

Beides leuchtete ein.

Leuffen dirigierte den Funker nach nebenan und befahl ihm, sich auszuziehen.

Nielson verließ die Station, voller Zorn, voller Scham. Er hatte sogar die Sicherheit seiner Schritte eingebüßt, konnte nur unter Mühen die Treppe hinabsteigen, hielt sich mit beiden Händen am Geländer fest.

Er öffnete die Tür zu seinem Logis, betrat den kleinen Vorraum, von dem aus es linker Hand in die Schlafkammer und rechter Hand in den Salon ging. »Sie legen sich wieder hin...«, hatte Leuffen ihm befohlen, und er, der Schiffsführer, hatte die Order schlucken müssen. Nun, er bog nicht nach links ab, denn natürlich würde er nicht schlafen können. Außerdem wollte er erst mal den Schaden sehen, den Leuffen beim gewaltsamen Verlassen der *bodega* angerichtet haben mußte.

Er schloß hinter sich ab und ging in den Salon. Die Geheimtür, noch im unteren Scharnier hängend, ragte schräg in den Raum, und die Leisten, die ihren Rahmen verdeckt hatten, waren von der Wand gesprungen. Aber auch die Wand selbst war in Mitleidenschaft gezogen. Ellerup würde einen ganzen Tag brauchen für die Reparaturen, und obendrein durfte der Steward von alledem nichts mitkriegen!

Er bahnte sich den Weg in die *bodega*, wo die an den kleinen Tisch geklemmte schwenkbare Lampe noch eingeschaltet war. In der Ecke lag die mit einem gelblichen Laken bespannte Matratze. Die Wolldecke war zurückgeschlagen. Neben dem Kopfteil der provisorischen Schlafstatt stand ein Metallkoffer. Er versuchte, ihn zu öffnen. Es gelang ihm nicht.

An einigen Wandhaken hingen Kleidungsstücke. Er griff in ihre Taschen, suchte den Kofferschlüssel, wollte spätestens jetzt wissen, wer dieser Leuffen war. Aber er fand den Schlüssel nicht. Wahrscheinlich trägt das Schwein ihn am Hals, dachte er und warf einen Blick auf den Tisch, der seinen Platz unmittelbar an der beschädigten Wand hatte. Darüber hing, an diese Wand geschraubt, ein kleines Bord. Die Bücher, die darauf gestanden hatten, waren heruntergefegt worden, ebenso der Aschenbecher. Dessen Inhalt, etwa ein Dutzend Zigarettenstummel und die dazugehörige Asche, fand Nielson über seine beiden SLABY-GROSSMANN-Bände verteilt, die aufgeschlagen nebeneinanderlagen. Alle vier Seiten waren übersät mit Kippen und Asche! Er hob den Aschenbecher vom Fußboden auf und schabte mit seiner Rechten den ganzen Dreck in die aus dickem Glas bestehende und mit einer Zigarettenwerbung versehene Schale. Dabei zog er, was ihn zusätzlich ärgerte, schwarze und graue Spuren über die Seiten. Zornig klappte er die Bücher zu und nahm sie mit, setzte sich im Salon an den runden Tisch, trank einen Kognak, gleich darauf einen zweiten und fragte sich, ob er Leuffen nicht doch irgendwie überlisten und den Schiffbrüchigen zu Hilfe kommen könnte, schob diesmal alle persönlichen Interessen beiseite.

Schließlich stand er auf, zog seine Cordhose an, holte den SMITH & WESSON aus dem Schreibtisch, steckte ihn ein und machte sich auf den Weg zum Funkraum. Doch er fand ihn abgeschlossen vor. Daher verließ er den Gang und trat hinaus aufs Navigationsdeck. Von der Backbord-Nock aus sah er sofort, daß auch von außen nichts zu machen war. Sowohl das Fenster der Funkstation als auch das von Ellerups Logis waren geschlossen und verdunkelt. Es gab also keine Chance, es sei denn, er bräche die Tür zum Funkraum auf und gefährdete das Leben des Dänen.

Da man ihn wahrscheinlich vom Ruderhaus aus gesehen hatte, ging er nun dorthin, sprach kurz mit dem wachhabenden Offizier über den starken Wind, der von vorn kam und dafür sorgte, daß die CAPRICHO nur sechs Knoten über Grund machte, und stieg dann die Treppe hinab.

Als er wieder im Salon war, setzte er sich zu seinem dritten Kognak an den Tisch. Vielleicht, dachte er, sind noch andere Schiffe in der Nähe der MELLUM, und dann gibt es doch noch Hoffnung für die Schiffbrüchigen.

8 Er hatte es wohl ein dutzendmal in Filmen gesehen: Jemand erwacht in einem weißen Zimmer, und das Weiß steht für Kranksein, aber auch, nach überstandener Gefahr, für Hilfe und Geborgenheit. Arztkittel und Schwesterntracht gehören ebenso zu diesem Bild, sind die Kleider der rettenden Engel. Manchmal, je nach der Schwere dessen, was vorausgegangen ist, gibt es dann noch Geräte in dem Raum, und von diesen ist der Monitor mit der Herzschlaglinie am eindrucksvollsten. Glück, wenn da, meistens geräuschuntermalt, der kleine rhythmische Hüpfer zu sehen ist und dann auch bleibt. Schlimm, wenn der Hüpfer nur ins Bild gebracht wird, weil sein Aufhören demonstrieren soll: Wo nichts mehr ausschlägt, schlägt nichts mehr.

In Jacob Thadens Zimmer standen keine Geräte. Er hatte soeben zum ersten Mal die Augen geöffnet, starrte an die Decke. Die Medikamente waren schuld daran, daß er nicht gleich in die Wirklichkeit zurückfand. Die Frage: Gerettet? oder gar: Gerettet woraus oder bewahrt wovor? fiel ihm noch nicht ein. Das Weiß als der große, dominierende Eindruck führte ihn einen anderen Weg, ließ ihn viel weiter zurückblicken als nur bis in die letzten Tage: Er war neunzehn und stand kurz vorm Abitur. Jeden Mittag, wenn er aus der Schule kam, besuchte er seinen kranken Vater in der Klinik. Auch da das weiße Zimmer. Sein Vater sitzt aufrecht im Bett, und die Schwester kommt herein. Sie tritt zu dem Kranken und sagt, während sie die Bettdecke zurückschlägt: »So, lieber Herr Thaden, jetzt müssen wir aber endlich Pipi machen!« Darauf der Vater, seine Entrüstung ummünzend in giftigen Spott: »Ach, haben Sie auch Schwierigkeiten damit?« Die Schwester stolziert beleidigt hinaus, und dann erfolgt der Ausbruch des vor wenigen Tagen Operierten: »Ja, mein Sohn, so gehen sie hier mit mir um! Wie mit einem Dreijährigen! Dieser verdammte heuchlerische Plural! ›Wir wollen schön essen, Herr Thaden!‹, ›Wir müssen aber noch unseren Tee trinken, Herr Thaden!‹, und jetzt will sie sogar mit mir pinkeln!«
Jacob Thaden lächelte, und mit dem Bild des aufgebrachten Vaters vor Augen schlief er wieder ein.
Das zweite, das eigentliche Erwachen erfolgte nur wenige Minuten später, und es schlug durch. Die beiden Kissen unter seinem Kopf sorgten dafür, daß er sich an die Rettungsinsel erinnerte. Stundenlang hatte er auf ihrem Luftpolster gelegen, sich mit den Händen an der Leine festgehalten und alle Kraft aufgeboten, um nicht von den Wellen aus der kleinen Mulde herausgeschleudert zu werden. Dieser verzweifelte Kampf war nun wieder da, und mit ihm kehrte die ganze Tragödie zurück.
Er griff zum Nachttisch, fand die Klingel, drückte. Wenig später ging die Tür auf, und sofort fragte er:

»Was ist mit meiner Frau und meinem Sohn?«
Die noch sehr junge Schwester hob leicht die Schultern, und mit
der Miene des Bedauerns antwortete sie:
»*Sorry, I can't understand.*«
Er fragte auf englisch, in welchem Ort er sei.
»*In Millsboro, Delaware*«, antwortete sie.
»USA?
»*Yes.*«
Noch einmal fragte er nach seiner Frau und seinem Kind.
Darauf erklärte sie, sie wisse nichts, aber draußen sei ein Herr,
ein Deutscher, der mit ihm sprechen wolle. »*Just a moment*«,
sagte sie und ging hinaus.
Jacob Thaden starrte zur Tür, wartete. Schon nach zwei Minuten hielt er es nicht mehr aus. Er riß die Bettdecke weg,
schwenkte die Beine herum und setzte die Füße auf den Lino-
leumfußboden, wollte auf den Flur hinauslaufen. Aber es ging
nicht. Seine Beine versagten, und er fiel aufs Bett zurück. So
harrte er, auf der hohen Kante hockend, der einen, alles entscheidenden Nachricht.
Er sah an dem weißen, schmucklosen Nachthemd hinunter, das
ihm wie ein riesiger Latz über den Bauch hing und mit dünnen
weißen Bändern an Hals und Hüften zusammengebunden war,
ließ dann seinen Blick durchs Zimmer gleiten, nahm jedoch
nichts wirklich in sich auf. Endlich wurde die Tür geöffnet, und
ein Mann kam herein. Er war mittleren Alters, hatte ein leicht
gerötetes Gesicht, trug einen Wintermantel und hielt eine
braune Pelzmütze in der Hand.
»Guten Tag, Herr Thaden! Mein Name ist Breckwoldt. Ich bin
von der Reederei MAHRENHOLT in Bremerhaven. Wie geht
es Ihnen?«
Und Jacob Thaden wußte: Das ist der Todesengel, der Bote mit
der bösen Nachricht! Sonst wäre er doch hereingestürmt und
hätte als erstes gesagt: Ihre Frau und Ihr Junge liegen nebenan!
Oder sind in Philadelphia oder in Wilmington oder in New
York, jedenfalls irgendwo in einem Zimmer, ähnlich diesem,
und nicht verschollen im Atlantik!

Breckwoldt zog sich den Stuhl, der neben dem Waschbecken stand, heran und setzte sich. Obwohl Thaden so gut wie sicher war, fragte er:

»Wo sind meine Frau und mein Junge?«

»Ich muß Ihnen leider sagen, daß kaum noch Hoffnung besteht, sie zu finden.«

Thaden saß immer noch auf der Bettkante. Jetzt legte er sich hin, deckte sich zu.

»Wieviel Hoffnung?« fragte er.

Breckwoldt schüttelte kaum merklich den Kopf. »Eigentlich gar keine. Sehen Sie, seit dem Unglück sind jetzt mehr als drei Tage vergangen. Das ist eine lange Zeit. Sie haben Glück gehabt, trieben mit Ihrer Insel da herum und wurden von einem amerikanischen Kriegsschiff geborgen. Ein ganzer Verband, der in Norfolk stationiert ist, war unterwegs und hatte vorher – das allerdings durch Zufall – eine andere Rettungsinsel gefunden. Auf der waren Wolbrügge, also der Bootsmann, und zwei Filipinos. Die haben berichtet, und dann wurde natürlich gesucht. Leider hat man nur Sie noch bergen können. Na, und als die Schiffe nahe genug an der Küste waren, wurden Sie und die anderen drei in Hubschraubern an Land gebracht.«

»Was . . . ist eigentlich passiert?«

»Man weiß es noch nicht genau.«

Thaden fragte mechanisch, als hätte er eine Rolle auswendig gelernt. Alles war unwichtig geworden, seit er wußte, daß es für Sigrid und Arndt kaum noch Hoffnung gab. So hätte er nun auch schweigen können, aber er fragte und war auch bereit zum Antworten, denn vielleicht würde der Dialog ja doch noch an einen Punkt geraten, der es sinnvoll erscheinen ließ, nachzufassen.

»Was sagt der Bootsmann?« fragte er.

»Den hat die Explosion im Schlaf überrascht, wie übrigens die meisten, denn es war ja morgens Viertel vor vier. Wolbrügge kann sich die Geschichte auch nicht erklären. Er weiß nur, daß an Steuerbord eine schwere Detonation stattgefunden hat. Die MELLUM brach auseinander, und das Heckteil sank innerhalb weniger Minuten. Die beiden Boote konnten nicht mehr gewassert werden.«

»Weiß er etwas von meiner Frau und meinem Jungen?«

»Er hält es für möglich, daß sie, zusammen mit einigen Besatzungsmitgliedern, auf einer der Rettungsinseln Platz gefunden haben. Eine wurde übrigens leer gefunden.«

»Mein Gott! Heißt das, daß sie gekentert ist?«

»Vielleicht. Es kann aber auch ganz anders gewesen sein. Manchmal passiert es, daß man eine Insel oder sogar ein Rettungsboot zu Wasser läßt, dann aber in der entstandenen Panik die Bergeleine verliert, so daß das Fahrzeug sich selbständig macht, bevor die Leute drauf sind. Bei schwerer See läßt es sich dann auch nicht wieder heranholen. Wir möchten jetzt natürlich gern wissen, wie Sie das Unglück erlebt und überstanden haben. Wolbrügge sagt, Ihre Frau sei sehr aufgeregt gewesen, weil Sie nicht da waren. Sie vermutete Sie auf dem Vorschiff und verlangte vom Kapitän, daß man Sie da weghole, was aber ja unmöglich war, weil das Heck sich schon vom übrigen Schiff gelöst hatte. Würden Sie mir bitte kurz erzählen, wie es Ihnen ergangen ist?« Breckwoldt zog Notizbuch und Kugelschreiber heraus. »Ich muß ein paar Stichworte festhalten für den Bericht an die Reederei.«

Jacob Thaden erzählte, sprach langsam, berichtete von der Explosion, von der Wucht, mit der sie ihn gegen das Schanzkleid geworfen hatte, und von seinem verzweifelten Wunsch, aufs Achterschiff zu gelangen. Er schilderte seine Erlebnisse bis hin zu dem Moment, als er sich wieder auf den Poller gesetzt hatte, um das Tageslicht zu erwarten, und dann fuhr er fort: »Es waren entsetzliche Stunden, weil ich nicht wußte, wie es um meine Familie stand und um die anderen. Ich empfand es als etwas durch und durch Zwiespältiges, dieses Dasitzen auf dem Poller und das Warten auf den Tag. Was würde er mir bringen? Eine leer gefegte See? Oder würden aus dem ersten Lichtschimmer doch noch Konturen heraustreten? Vielleicht sogar die Aufbauten der MELLUM? Oder wenigstens Boote? Irgendeine Szenerie, die noch nach einer möglichen Rettung für alle aussah? Aber da war nichts, als es dann endlich hell wurde. Gar nichts war da. Nicht mal ein paar treibende Planken, wie sie doch eigentlich zu einem Schiffsuntergang gehören. Nichts.« Er stockte, und Breckwoldt war so vernünftig zu warten.

»Da macht man sich dann«, ging es weiter, »sehr lustlos an die eigene Rettung. Das einzige, woraus ich noch ein bißchen Mut schöpfte, war die Vorstellung, der Sturm hätte die Rettungsboote vielleicht so weit weggetrieben, daß ich sie nicht mehr sehen konnte und daß ein Schiff sie fände oder ein Flugzeug. Ja, und dann startete ich mit meiner Rettungsinsel. Das hört sich so einfach an, aber bei dem Seegang und mit meinem Laienverstand war es ein ziemlich schwieriges Geschäft. Ich suchte mir den niedrigsten Platz des Wracks. Der war an der Bruchstelle. Da hing das Deck schon fast ins Meer, und so gelang es mir, mein Fahrzeug zu Wasser zu bringen, es an der Leine festzuhalten und dann einzusteigen.«

»Sie haben«, unterbrach ihn Breckwoldt, »ja nun Gott sei Dank überlebt. Aber was hat Sie bewogen, das Wrack zu verlassen? Es versprach doch eigentlich viel eher Rettung, weil es leichter entdeckt wird, sei es von See aus oder aus der Luft.«

»Ja, das hatte ich mir auch überlegt, aber dann trieb mich die Unruhe. Ich glaubte tatsächlich, auf meine Familie zu treffen, wenn ich mich mit der Rettungsinsel auf den Weg machte. Außerdem, irgendwann würde das Wrack ja doch sinken, und ich hab' mal gehört, daß bei so einem Schiffsuntergang ein Sog entsteht, der die Menschen mit in die Tiefe zieht. Beide Überlegungen waren sicher sehr naiv, aber so dachte ich nun mal. Ja, und dann muß ich Stunden um Stunden auf dem Atlantik getrieben sein. Die Kälte war schrecklich, aber das Schlimmste war, daß ich mir immer wieder ausmalte, wie meine Frau und mein kleiner Junge wohl mit einer solchen Rettungsinsel zurechtkämen, falls sie womöglich allein darin säßen. Schon das Sichfesthalten war schwer genug. Und natürlich hatte ich auch Angst, die beiden würden kentern. Wieviel Kraft haben denn schon eine Frau und ein sechsjähriges Kind! Unentwegt hielt ich Ausschau, aber mit jeder Viertelstunde, die verging, wurde die

Gewißheit größer, daß ich allein war. Irgendwann muß ich ohnmächtig geworden sein, und ich kann mir mein Überleben nur so erklären, daß wahrscheinlich genau zu dem Zeitpunkt der Sturm nachgelassen hat. Sonst wäre ich unweigerlich über Bord gegangen. Das Nächste, was ich dann sah, war dieses Zimmer. Ich glaube, man hat mich mit Medikamenten vollgepumpt; ich hab' schon versucht aufzustehen, aber es ging nicht.«

Thaden war erschöpft von seinem langen Bericht, doch wollte er sich jetzt keine Pause gönnen.

»Ist es nicht doch möglich«, fragte er, »daß da noch andere Rettungsinseln treiben, mit Überlebenden drin?«

»Die Suche ist noch nicht aufgegeben worden. Nur, die Aussichten, jemanden lebend zu finden, werden immer geringer.«

»Wie viele Flugzeuge sind im Einsatz?«

»Die Zahl kenne ich nicht, aber ich weiß, daß die Amerikaner alles Verfügbare für diese Rettungsaktion mobilisiert haben. Die lassen nichts unversucht, solange auch nur ein Fünkchen Hoffnung besteht.« Breckwoldt hielt kurz inne, und dann fragte er: »Können Sie sich erklären, wie es zu der Explosion gekommen ist?«

»Nein. Aber da eine Ladeluke zerfetzt wurde, frag' ich mich, ob wir womöglich Fässer mit irgendwelchen Chemikalien an Bord hatten, die nicht richtig gestaut waren und durch den Sturm in Bewegung geraten sind; ähnlich, wie's im vorigen Jahr auf dem Holländer war, nur daß es sich bei uns nicht um Gift, sondern um was Explosives handelte.«

»Ausgeschlossen! Die MELLUM hatte nur Bauxit geladen.«

»Offiziell, ja. Aber man hört doch immer wieder, daß nicht nur zu Lande, sondern auch auf dem Meer die reinsten Wahnsinnstransporte durchgeführt werden, und ... «

Breckwoldt unterbrach ihn: »Herr Thaden, natürlich gibt es auch in der Seefahrt schwarze Schafe, aber Kapitän Baumann und unsere Reederei gehören nicht dazu. Ich kann Ihnen versichern, in der Ladung der MELLUM befand sich nicht ein einziges Gramm gefährliche Fracht. Nur Bauxit.«

»Ein völlig intaktes Schiff explodiert nicht so ohne weiteres.«

»Natürlich nicht. Einer der Filipinos meinte sogar, es sei so gewesen, als hätte man das Schiff torpediert.«

»Torpediert? Ein U-Boot?«

»Nicht unbedingt ein U-Boot. Torpedos können ja auch von anderen Schiffen abgefeuert werden, obwohl ... na, so ein Schiff wäre dann von der MELLUM-Mannschaft gesehen worden. Aber der Mann sagte ja auch nur, daß es so gewesen sei, als ob. An eine solche Möglichkeit glaubt natürlich niemand.«

»Eine Kesselexplosion?«

»So was gab es früher bei den alten Dampfschiffen. Theoretisch kann es auf der MELLUM zu einer Kurbelwannen-Explosion gekommen sein, wenn nämlich die Lager heißgelaufen sind und niemand das mitgekriegt hat. Dabei entzünden sich die Öldämpfe, und dann geht da unter Umständen was hoch.«

»Wieso nur theoretisch?«

»Das will ich Ihnen gerade erklären. Gegen diese Version spricht, daß Sie die riesige Stichflamme gesehen haben. Das hätten Sie nicht gekonnt, wenn die Explosion innen erfolgt wäre, also im Maschinenraum. Ihre Schilderung und auch die des einen Filipino, der übrigens auf der Brücke stand, als es passierte, sprechen dafür, daß es ein Einwirken von außen war. Eine New Yorker Zeitung hat sogar einen Blitzeinschlag erwogen.«

»Aber wir hatten kein Gewitter.«

»Und selbst wenn, wäre ein Blitzeinschlag unwahrscheinlich gewesen.«

»Ach ja, der Faradaysche Käfig.«

Breckwoldt wiegte den Kopf. »Nein, so nicht. Der garantiert ja nur, daß die Menschen, die sich darin befinden, nicht vom Blitz getroffen werden. Flugzeug, Auto, Schiff. Aber der Käfig selbst kann getroffen werden. Trotzdem, ein Schiff hat Blitzableiter, und außerdem war es hier eine regelrechte Detonation, die die Schiffswand aufgerissen, den Lukendeckel zerfetzt und schließlich den Rumpf gespalten hat. So wirken TNT und Dynamit, aber nicht Blitze.«

»Verdammt noch mal, was war es dann? Eine Mine vielleicht?

Ich hab' neulich mal irgendwo gelesen, daß noch heute, nach so vielen Jahren, hin und wieder ein Schiff auf eine Mine läuft, die aus dem Zweiten Weltkrieg stammt.«

»In Europa, ja. Aber während des ganzen Krieges haben vor der amerikanischen Ostküste keine Minen gelegen. Wer hätte sie auch dahinpacken sollen? Etwa die Deutschen? Bei einer solchen Entfernung?«

»Also was dann?«

»Ich weiß es nicht.«

Sie schwiegen eine Weile, und dann fragte Jacob Thaden: »Warum ist die Rettungsaktion erst so spät angelaufen?«

»Vergessen Sie nicht: Das Unglück geschah mitten auf dem Atlantik! Von der Küste bis dahin ist es ein weiter Weg.«

»Waren denn keine Schiffe in der Nähe?«

»Nein. Zwar erzählt Wolbrügge da eine merkwürdige Geschichte, aber wir wissen nicht, was wir von ihr halten sollen. Nach der Explosion sammelten sich ein paar Männer vor der Funkstation, denn jeder wußte, daß Hilfe nur von anderen kommen konnte; mit Bordmitteln war da nichts zu machen. Und dann hieß es, schon nach dem Absetzen des ersten Notrufs habe sich ein Schiff gemeldet, das angab, ganz nahe zu sein.«

»Welches Schiff?«

»Wieder muß ich Ihnen sagen: Ich weiß es nicht. Entgegen den Vorschriften hat der fremde Funker nicht als erstes den Namen und das Erkennungszeichen durchgegeben, sondern sofort gemeldet: Wir kommen, sind euch ganz nah ... oder so ähnlich. Dann riß der Kontakt plötzlich ab, und leider kam er auch nicht wieder.«

»Vielleicht hat dieses Schiff Überlebende aufgenommen!«

»Eine Zeitlang haben wir das für möglich gehalten, aber auch da schwindet die Hoffnung mit jeder Stunde, die vergeht, immer mehr.«

»Mein Gott, ein Schiff!« Jacob Thaden richtete sich in seinem Bett auf. Sein vorher so blasses Gesicht bekam Farbe. »Vielleicht ... vielleicht ... ein Kriegsschiff, das in einer militärischen Mission unterwegs ist und seinen Standort nicht preisgeben darf! Auch das hat es schon gegeben. Denken Sie nur an die Russen, die manchmal heimlich in schwedischen und norwegischen Gewässern operieren! So ein Schiff kann es doch gewesen sein! Einerseits darf es seinen Standort nicht verraten, andererseits kann es einen in seiner Nähe stattfindenden Schiffbruch nicht einfach ignorieren. Also hilft es, macht das aber nicht publik, und nach beendeter Mission liefert es die Geretteten in irgendeinem Hafen ab, in Murmansk oder Leningrad oder wer weiß, wo!«

»Herr Thaden, das ist zu abenteuerlich. Mitten auf dem Atlantik darf jede Nation operieren. Da gibt es keine Hoheitsgewässer, also auch keine Geheimnisse. Nein, an dieses Gespensterschiff sollten wir keine Hoffnungen knüpfen.«

»Aber es muß doch dagewesen sein! Der Bootsmann saugt sich das doch nicht aus den Fingern!« Thaden begriff nicht, daß Breckwoldt dieser Nachricht sowenig Beachtung schenkte, ja, sie am Ende nicht einmal ernst nahm, so, als hätten die Männer der MELLUM sich den fremden Funkspruch nur eingebildet. »Glauben Sie etwa«, fragte er, und in seiner Stimme schwang die ganze Erregung mit, die er verspürte, »daß es für unseren Funker nur eine Art akustische Fata Morgana war?«

»In einer solchen Lage«, antwortete Breckwoldt, »geht manchmal die Phantasie mit einem durch. Man hört plötzlich das, was man hören will.«

»Aber Herr Wilson ist ... oder war ein ganz realistischer Mann. Ich habe mich oft mit ihm unterhalten.«

»Ja, ich kenne ihn seit Jahren, und was er sagt, hat Hand und Fuß. Aber das Ganze kann auch ein Mißverständnis gewesen sein. Vielleicht hat er – verzweifelt, wie er war, und um sich herum die anderen Verzweifelten – einen Blick nach oben geschickt und ausgerufen: Lieber Gott, jetzt bitte eine Antwort, die lautet: Wir sind ganz nahe, kommen sofort. Und der Bootsmann hat nur den Rest des Gebets mitgekriegt, nämlich den ersehnten Spruch, und ihn für eine Tatsache genommen.«

»Haben Sie ihn das gefragt?«

»Ja. Erst sagte er zwar, so sei es nicht gewesen, aber schließlich meinte er dann doch, ganz ausgeschlossen sei es nicht.«

»Weil Sie ihm das eingeredet haben!«

»Aber nein! Begreifen Sie doch, es wäre für mich viel leichter, Sie zu beschwichtigen und Ihnen zu sagen, es bestünde noch eine Chance. Aber irgendwann käme dann die böse Gewißheit. Die Praxis der Seefahrt sieht nun mal nicht so aus, daß da Gespensterschiffe unterwegs sind, die Wochen oder Monate nach einem Unglück an irgendeiner Ecke der Welt Schiffbrüchige abladen. Vor hundert Jahren, ja, da wäre so etwas denkbar gewesen, aber nicht heute. Ich bin ganz sicher: Es hat dieses Schiff nicht gegeben, denn sonst wäre es unserer MELLUM zu Hilfe gekommen.« Breckwoldt klappte sein Notizbuch zu und stand auf. »Ich glaube, ich sollte Sie jetzt wieder allein lassen. Sie brauchen Ruhe. Der Arzt hat mir zehn Minuten für dieses Gespräch gegeben, und die sind längst um.«

»Sind Wolbrügge und die beiden Filipinos auch in dieser Klinik?«

»Nein, sie sind in Philadelphia und fliegen morgen zurück nach Deutschland.«

»Und Sie? Wie lange bleiben Sie noch?«

»Ich fliege auch morgen. Heute oder morgen kommt noch jemand von der deutschen Botschaft hierher. Er klärt mit Ihnen die Frage Ihrer Papiere und Ihres Rückflugs.«

»Und drüben, zu Hause, kann ich da mit Wolbrügge reden und auch mit den beiden anderen?«

»Natürlich. Sie werden zwar wieder auf ein Schiff gehen, aber ganz sicher nicht sofort.«

»Und wo finde ich sie?«

»Wolbrügge wird vermutlich erst mal nach Hause fahren, ins Rheinland, und die Filipinos kommen, so nehme ich an, in einem Seemannsheim unter. Aber noch einmal, Herr Thaden: Machen Sie sich bitte keine Hoffnungen wegen dieses mysteriösen Schiffes!«

»In Ordnung. Trotzdem möchte ich mit den Männern sprechen, vor allem mit Wolbrügge. Immerhin hat er meine Frau und meinen Jungen noch gesehen, als ich sie nicht mehr sehen konnte.«

Die beiden Männer gaben sich die Hand.

»Der Arzt sagt, Sie kämen sicher schnell wieder auf die Beine, waren nur total erschöpft und auch unterkühlt. Alles Gute für Sie!«

»Danke.«

Breckwoldt ging hinaus.

9 Heinrich Nielson und Veracruz, das war, als kehrte da ein Mann zu seiner Geliebten zurück, so stark empfand er diese Stadt als einen Ort der Lebensfreude. Jedesmal, wenn der Lotse an Bord gekommen war und das Schiff mit langsamer Fahrt auf die alte spanische Festung San Juan de Ulua zuhielt, frohlockte er über die Aussicht, den zwar nicht sehr ansehnlichen, aber von seinem Flair her so betörenden Tropenhafen wieder zu betreten, durch die belebten Straßen zu schlendern, den Marimba-Klängen zu lauschen, den Männern bei ihren Geschäften und beim Müßiggang zuzusehen und die dunkelhäutigen *veracruzanas* wie auch die etwas helleren Kreolinnen, die auf der *plaza* flanierten, zu beobachten.

Diesmal war es anders.

Vierundzwanzig Stunden lag die CAPRICHO nun schon am Kai, und er hatte, abgesehen von einem kurzen Besuch bei der Hafenbehörde, sein Schiff nicht verlassen. Es war abends zehn Uhr, die Stunde, in der die Stadt zu pulsieren begann, die Straßenlokale sich füllten, die Musik sich endlich gegen den schwächer werdenden Autolärm durchsetzte und die Händler ihre beste Zeit hatten. Aber er saß noch immer in seinem Salon. Sie waren am Vortag bei Dunkelheit eingelaufen, und nachdem sie festgemacht hatten, waren nicht weniger als zehn Personen an Bord gekommen, Vertreter des Zolls und der Hafenpolizei, Angestellte des Maklerbüros und sogar zwei Indios mit ihren handgewebten Teppichen. Etwas später war noch ein Mann erschienen. Er wollte Leuffen abholen, und es gelang ihm ohne jede Schwierigkeit. Wenn so viele Menschen auf ein Schiff kommen und es zu unterschiedlichen Zeiten wieder verlassen, fällt eine solche Aktion nicht auf. Kurz vor der Übernahme des Lotsen hatte Leuffen die zweite Rate der Passagekosten bezahlt. Auf Nielsons nochmalige Frage, wohin es denn gehe, hatte er geantwortet: »Ein Stück landeinwärts, dann rechts, dann links und wieder rechts und dann ein paar tausend Meilen geradeaus.« Ein Händedruck hatte nicht stattgefunden. Leuffen mußte gespürt haben, daß eine solche Geste unangebracht gewesen wäre. Und er hatte sich nicht geirrt. Nielson, trotz seiner dunklen Geschäfte nicht ganz gewissenlos, hätte die ausgestreckte Hand ignoriert, wie er auch schon bei den Mahlzeiten mehr und mehr auf Distanz gegangen war, seinen Passagier meistens sogar allein hatte essen lassen. Ja, und nun war der weltweit gesuchte Deutsche ganz unbedenklich über die Gangway vom Schiff marschiert und mit dem Besteigen des am Kai wartenden Autos in sein zweites Leben eingetreten.

Nielson war froh, ihn los zu sein. Die andere illegale Aktion war ebenfalls überstanden. Der Leichter aus Puerto Alvarado war gleich am Morgen längsseits gegangen, und die Männer der CAPRICHO hatten die Waren mit dem bordeigenen Ladegeschirr übernommen. In der Mittagspause, als das Deck verlassen dalag, hatten Nielson, der Erste Offizier und der Chief-Ingenieur zwischen den dort abgestellten Eimern diejenigen herausgesucht, die an ihrer Unterseite mit einem Aufkleber versehen waren, und sie in die *bodega* gebracht. So war die Lage nun eigentlich entspannt. Das weitere Beladen des Schiffes nahm seinen gewohnten Gang, und er konnte, wenn er wollte, für ein paar Stunden von Bord gehen. Aber er blieb vorerst, saß an seinem Schreibtisch, trank einen Gin Tonic und rauchte mexikanische Zigaretten, die ihm einer der Besucher geschenkt hatte. Sie waren aus schwarzem Tabak und von minderwertiger Qualität, aber sein Faible für das kratzende dunkle

Kraut war ein Teil der Liebe, die er für dieses mittelamerikanische Land empfand.

Nun ist das Scheusal endlich von Bord, dachte er. In Philadelphia hatten Ellerup und er einen schweren Stand gehabt, als nämlich die Offiziere der US-Coastguard sie mit Fragen traktierten. Sie müßten doch, so hatten die Amerikaner ihnen vorgehalten, den Notruf der MELLUM gehört haben, seien ja in unmittelbarer Nähe des Havaristen gewesen. Am liebsten hätte er geantwortet, er habe einer Schlechtwetterzone ausweichen und einen nördlicheren Kurs fahren müssen, aber das war unmöglich. Wie auf jedem Schiff, so wurde auch auf der CAPRICHO die jeweilige Position vom wachhabenden Offizier in die Seekarte eingetragen, und da nur der Erste, nicht aber der Zweite und Dritte in die Machenschaften der Schiffsführung eingeweiht waren, ließ der notierte Kurs sich nicht nachträglich verändern. So blieb als angeblicher Grund für die unterlassene Hilfeleistung einzig und allein ein Ausfall des Funkgeräts, und das führte bei den Amerikanern zu der rigoros getroffenen Feststellung, er halte seinen Laden nicht in Ordnung, und deshalb hätten einundzwanzig Menschen den Tod gefunden.

Mehrere amerikanische Zeitungen hatten über den Untergang der MELLUM berichtet. In einer war von einem Rettung verheißenden Funkspruch die Rede, der aber plötzlich abgerissen und auch nicht wiedergekommen sei. Diesen Bericht hatte er sich ausgeschnitten, und jetzt holte er ihn aus dem Schreibtisch hervor, las ihn noch einmal, Wort für Wort. Neben dem Text war ein Bootsmann mit Namen Wolbrügge abgebildet als einer der wenigen Überlebenden und zugleich als derjenige, der Stein und Bein geschworen hatte, da sei ein Schiff ganz nahe gewesen und habe sofortige Hilfe zugesichert.

Er schloß den Zeitungsausschnitt wieder weg, dachte nach über Leuffens Schuld am Tod der Schiffbrüchigen und über seinen eigenen Anteil daran, denn wenn es auch die LUGER gewesen war, die ihn am Handeln gehindert hatte, so wußte er doch nur zu gut, daß sie nicht wie ein Blitz aus heiterem Himmel in die

Szene geriet, sondern – Leuffen selbst hatte daran erinnert – lediglich einer zuvor eingegangenen Verpflichtung Nachdruck verlieh. Und diese Verpflichtung war, daran führte kein Weg vorbei, seine, Heinrich Nielsons, Sache.

Seit er zu den Kokain-Händlern gestoßen und ihr Partner geworden war, hatte er sich schon oft mit der Frage auseinandergesetzt, wie denn wohl, wenn am Ende eines solchen Tuns der Tod stand, die Schuld aufzuteilen sei. Von den Indios, die auf ihren Feldern den Anbau betrieben, bis hin zum Konsumenten war es eine weite Strecke, die über eine ganze Kette von Zwischenstationen verlief, und so hatte er sich die Rechtfertigung eines kolumbianischen Kokain-Aufkäufers zu eigen gemacht, der einmal zu ihm gesagt hatte: »Man kann doch nicht, wenn da ein Selbstmörder vom Eiffelturm springt, Herrn Eiffel die Verantwortung aufladen!« Dieses Beispiel, so salopp es dahergeredet war und sowenig es für einen Vergleich taugte, hatte etwas Beschwichtigendes. Für ihn lag die übliche Argumentation nahe: Wenn nicht er den Transport übernahm, machten das andere. Seine Weigerung würde also nichts ändern. Und seine Route war mehr denn je gefragt. Der amerikanische Markt war gesättigt, nicht mehr ausbaufähig. Andererseits gab es große Produktionsüberschüsse. Da war für die Kokain-Barone das nicht minder dekadente und nicht minder versorgungsbedürftige Westeuropa genau das richtige Ziel, zumal die Droge dort etwa fünfmal so hoch gehandelt wurde wie in den USA.

Ich bin, sagte sich Nielson, ja nur der Postbote! Wenn ich mir überlege, daß der Preis auf dem langen, langen Weg vom armen Kokain-Bauern bis hin zum Verbraucher um zehn- bis zwölftausend Prozent steigt, dann weiß ich, daß es viele sind, die an dem Geschäft verdienen. Und noch etwas: Dieser Pablo, der damals auf die CAPRICHO kam, um mich weichzukneten, damit ich seine Transporte übernähme, hat mir immerhin auch einigen Unterricht in Wirtschaftsgeographie erteilt. Solange die Amis und die Europäer den Kolumbianern, Peruanern und Bolivianern für ihre anderen Anbauprodukte wie Orangen, Zitronen,

Bananen, Ananas, Mangos und vor allem für den Kaffee keine akzeptablen Preise zahlen, zwingen sie sie ja dazu, etwas zu produzieren, was gebraucht und angemessen bezahlt wird. Und das ist eben das Kokain, das den Indios als eines der letzten wirklich begehrten Produkte geblieben ist, nachdem man ihre Zinn-, Kupfer-, Silber- und Goldvorräte längst ausgebeutet hat. Und auch das hat Pablo mir erklärt: Die Barone haben die Sympathie der Landbevölkerung, weil sie ihr wieder auf die Füße geholfen haben! Natürlich verstehe ich die Gegner des Drogenhandels, aber man muß beide Seiten sehen.

Immer wieder versuchte er, seine Schuld zu relativieren. Der Mann, so sagte er sich, der einem Menschen eigenhändig den Schädel einschlägt, ist ein Mörder. Aber schon derjenige, der ihm verrät, zu welcher Zeit und in welcher schummerigen Gasse er sein Opfer antreffen kann, ist kein Mörder, allenfalls ein Judas. Und ein Dritter, der den Judas und den Mörder für ein paar Geldstücke zusammenbringt, wohl wissend, daß da etwas Böses ausgeheckt werden soll, ist noch ein Stück weiter weg von der Tat und damit auch von der Schuld. Ähnlich ist es ja auch mit denjenigen, die Waffen in die Krisengebiete der Welt verschachern. Wo soll man da nach der Schuld suchen? Sie ist auf dem langen Weg von der Fabrik zum Schlachtfeld in lauter Einzelteile zerbröckelt.

Doch diesmal war der Weg ganz kurz. Die MELLUM ruft ihn, und er hat es in der Hand, die fünfundzwanzig Menschen vor dem Tod zu bewahren. Und er fährt einfach vorbei! Zwar tötet er nicht, aber er fällt, obwohl er es könnte, dem Tod nicht in den Arm!

Er fühlte sich elend, und so tat er das einzige, was ihm immer noch half, wenn die Skrupel kamen. Er flüchtete sich in seine Bilanz, griff also wieder einmal in die Schublade, suchte ein paar Unterlagen heraus, blätterte darin, schrieb. Die Zahlen waren gut, sogar besonders gut angesichts des unerwarteten Zuwachses von zehntausend Dollar. Und also war auch gut, was ungeschrieben hinter diesen Zahlen stand: Er würde seine Schulden loswerden. Das war für ihn das Allerwichtigste. Wie seiner Vermutung nach Leuffen in der Bundesrepublik einen Scherbenhaufen hinterlassen hatte, so gab es auch, allerdings in viel kleinerem Maße, einen Nielsonschen Scherbenhaufen. Der lag an der Elbmündung in einem Ferienort, der Anfang der achtziger Jahre für mutige Investoren eine Goldgrube verheißen hatte. Der Platz bot nicht nur badelustigen Feriengästen einen vergnüglichen Aufenthalt, sondern – so sahen es jedenfalls Heinrich Nielson und sein dreißigjähriger Sohn Olaf – auch den Seglern. Die beiden beschlossen, ihr Geld zusammenzuwerfen, einen schon seit Jahren aufgegebenen Fischereihafen zu pachten, mit neuen Anlegebrücken zu versehen und dort eine kleine Flotte von Segelbooten zu stationieren, um sie an jene Freizeitkapitäne zu verchartern, denen es an eigenen Planken mangelte.

Sie stiegen groß ein in das Geschäft, kauften zwölf seetüchtige Boote, acht davon aus zweiter oder dritter Hand, und die vier restlichen baute ihnen eine Bremer Werft. Das ging in die Zahlen, aber schon der erste Sommer schien zu beweisen, daß sie eine gute Nase gehabt hatten. Ihre Boote waren ständig unterwegs und die dreihundert zusätzlich geschaffenen Liegeplätze meistens belegt. Durch den Anfangserfolg zu weiterer Initiative ermutigt, errichteten sie eine Bootstankstelle, eröffneten ein kleines Restaurant und vergrößerten ihr Sortiment an Artikeln für die Schiffsausrüstung. In der Hochsaison beschäftigten sie nicht weniger als acht Angestellte. Heinrich Nielsons großer Traum von der eigenen Flotte war – so sah es jedenfalls aus – Wirklichkeit geworden.

Er stammte aus einer alten Seefahrerfamilie der Insel Sylt. Fast alle Männer in seiner Ahnenreihe sowohl der väterlichen wie auch der mütterlichen Linie waren Kapitäne auf Großer Fahrt gewesen. Doch damit nicht genug. Sein Urgroßvater Manne Nielson und sein Großvater Rasmus Nielson hatten eigene Schiffe gehabt, und zwar nicht kleine Ewer, die im seichten Wattenmeer herumschipperten, sondern respektable Fahrzeuge – Großsegler zunächst, dann aber auch Dampfer –, die im Ostasiendienst fuhren. Jahrzehntelang gehörten die Nielsons zu den wohlhabendsten und damit auch zu den respektabelsten Familien der Insel. Doch dann führten Krieg und Inflation als allgemeine und nicht abwendbare Widrigkeiten und überdies eine familiäre Tragödie – Rasmus Nielson wurde schwermütig und nahm sich 1932 das Leben – zum Verlust der in Altona niedergelassenen Reederei.

So waren seine Vorfahren – vom Walfang und Robbenschlag in grönländischen Gewässern bis hin zur überseeischen Kauffahrtei – erfolgreich gewesen, und nicht selten hatte er als Abkömmling dieser einst so stolzen Friesenfamilie den heißen Wunsch verspürt, ihren verlorengegangenen Glanz zurückzuholen. Gewiß, die kleine Flotte von Segelbooten war der Tonnage seiner Väter nicht vergleichbar, aber sie war ein Anfang.

Leider blieb sie auch einer. Kaum waren die ersten Jahre, in denen sie gute Gewinne gemacht hatten, verstrichen, da brachen gleich mehrere Katastrophen auf einmal über das junge, mit einer viel zu dünnen Finanzdecke gegründete Unternehmen herein. Algenpest, Robbensterben und die von Funk, Fernsehen und Presse immer wieder beschworene Degradierung der Nordsee zur Kloake Europas drohten ihnen das Geschäft kaputtzumachen. Noch blieben die Freizeitskipper nicht aus, denn die meisten von ihnen hatten für zwei oder sogar drei Jahre im voraus Mietverträge abgeschlossen, aber sie ließen durchblicken, daß sie bereits Ausschau hielten nach einer Alternative zu der, wie sie sagten, unappetitlich gewordenen Elbmündung. Und das war noch nicht alles! Heinrich Nielson, der um der kleinen Schiffe willen die Große Fahrt an den Nagel gehängt hatte, verfolgte mit wachsender Sorge die Gefahren, die vom Transport gefährlicher Güter ausgingen. Da kamen nicht nur die nach und ab Hamburg gehenden Schiffe in Betracht, sondern unweit seines Yachthafens begann oder endete, je nach eingeschlagener Richtung, die meistbefahrene künstliche Wasserstraße der Welt. Zwar war die statistische Unfallquote der Schiffe, die auf dieser fast hundert Kilometer langen Verbindungsstrecke zwischen Nord- und Ostsee fuhren, mit ihren 0,2 Prozent sehr gering, aber bei fast sechsundsechzigtausend Schiffen, die jährlich den Kanal passierten, bekam diese minimale Bruchzahl dann doch wieder Gewicht. Die beiden Nielsons konnten die spektakulärsten Unfälle der letzten Jahre so sicher aufzählen wie die Küstenfriesen die Jahreszahlen ihrer großen Sturmfluten. Da war zum Beispiel der mit Ferrosilizium beladene niederländische Frachter MARIA, der in der Schleuse explodierte. Dann: der Zusammenstoß des DDR-Kühlschiffes HEINRICH HEINE mit der MATARAM, einem Indonesier, zwar nicht in der Schleuse, aber in der Zufahrt zur Schleuse. Bei dieser Kollision hatte ausgetretenes Öl ein Vogelschutzreservat vernichtet. Weiter: das Feuer auf der COMETA, die Ramming des Passagierdampfers PETER PAN gegen das Schleusenleitwerk, der Zusammenstoß des Fährschiffes BERLIN mit einem Kümo im Nebel und der Crash der CANABAL, eines Spaniers, am Schleusentor. Das alles waren keine kleinen Pannen, keine Bagatellfälle, sondern schwere Havarien, von denen so manche für das Umland zur Katastrophe hätte werden können. Ja, und dann kam die OOSTZEE mit ihren schlampig gestauten Epichlorhydrin-Fässern, die in einen Sturm geriet, so daß etliche der Behälter sich losrissen und leckschlugen. Einen ganzen Monat dauerte das Tauziehen um die komplizierte Entsorgung des Frachters, von dessen Besatzung einige Männer mit Vergiftungserscheinungen ins Krankenhaus eingeliefert werden mußten.

Mit einem Mal ging die Rechnung der beiden Nielsons nicht mehr auf. Ihre Boote, so schön und sicher sie waren, lagen am falschen Ort, und die roten Zahlen wurden größer statt kleiner. Heinrich Nielson schämte sich vor seinem Sohn. Er konnte es nicht verwinden, daß er, der Ältere, Erfahrenere, den Jungen zu einem Geschäft überredet hatte, das sich vielleicht als ruinös erweisen würde. Um jeden Preis wollte er den definitiven Niedergang abwenden, und darum suchte er sich wieder ein Schiff, aber keins, dessen Führung ihm Monat für Monat nur die reguläre Kapitänsheuer einbrachte – das hätte die Karre nicht aus dem Dreck gezogen –, sondern eins, das ein beachtliches Stück Geld nebenher abwarf. So kam er an die CAPRICHO und betrieb mit ihr das *monkey business*. Und hatte die Rechtfertigung gleich zur Hand. Es war die eines Michael Kohlhaas oder eben die eines Mannes, der glaubte, zurückschlagen zu dürfen, selbst wenn die Richtung seiner Gegenwehr nicht stimmte. Tief in ihm steckte etwas von der undifferenzierten Moral der einfachen Leute. Er reagierte nicht ganz so plump wie einer seiner Sylter Vettern, dem man eine Baugenehmigung verweigert hatte und der daraufhin seiner Entrüstung Luft machte: »... und überhaupt die in Kiel und in Bonn ... und die Starfighter ... und die Benzinpreise ... und die Gesundheitsreform ...«, so, als stünde das alles in ursächlichem Zusammenhang mit der Tatsache, daß er nicht bauen durfte, wo er bauen wollte. Aber eine gewisse Übereinstimmung mit derlei diffusen Schuldzuweisungen hatte Nielsons Einstellung doch, denn er sagte sich: Da gibt es Menschen, die die Gesetze mißachten und dadurch mein Projekt vielleicht zu Fall bringen. Also mißachte auch ich die Gesetze, damit ich wieder auf die Füße komme und den Bankrott abwende. Das ist mein gutes Recht.

So gingen in unregelmäßigen Abständen große Beträge an seine Bank in Rotterdam, und wenn es mit den Nebengeschäften weiterhin so gut lief, waren die zwölf Boote bald abbezahlt. Olaf und er würden sie verkaufen und etwas ganz Neues beginnen, vielleicht einen Frachter erwerben, der für die Große Fahrt in Frage kam. Ja, und dann würde die Geschichte der Nielson-Kapitäne wieder ein gutes Kapitel aufzuweisen haben.

10 Seit drei Wochen versuchte Jacob Thaden, sich in der vertrauten Umgebung zurechtzufinden, doch immer wieder wurde gerade das Vertraute ein Ort der Ödnis für ihn, weil Sigrid und Arndt nicht mehr da waren.

Gleich nach seiner Rückkehr hatten sich jene drei Menschen bei ihm gemeldet, die ihm nun die Nächsten waren, seine Eltern und sein Freund Wulf Maibohm, Reporter bei einer Hamburger Illustrierten. Sie hatten ihn angerufen und gesagt, sie würden, wenn er es wünsche, sofort kommen, um ihm beizustehen. Aber er hatte erklärt, er nehme noch immer Abschied und brauche dafür die völlige Zurückgezogenheit. Der Freund hatte ihn verstanden und in Ruhe gelassen. Die Eltern hatten ihn ebenfalls verstanden, waren aber trotzdem gekommen. Und das war gut gewesen. Er hatte gespürt, daß sie und nur sie sich über seinen Wunsch nach Alleinsein hinwegsetzen durften. Sie lebten, weil der Vater an Rheuma litt und auf Heilbäder angewiesen war, im bayerischen Griesbach, hatten sich dort ein kleines Haus gekauft, nachdem sie die Baumschule frühzeitig an ihn übergeben hatten. Sie waren drei Tage bei ihm geblieben. Ihr Versuch, ihn wenigstens ein kleines Stück aus seiner Verzweiflung herauszuholen, war gescheitert. So hatten sie sich schließlich auf praktische Hilfe beschränkt. Die Mutter hatte den Haushalt in Ordnung gebracht und auch eine Putzfrau eingestellt, die künftig jeden Vormittag für ein paar Stunden kommen würde, und der Vater hatte sich um die Angestellten gekümmert. Und noch etwas hatte er übernommen. Wie vor jeder großen Reise hatten Rolf und Sigrid auch diesmal eine Lebensversicherung abgeschlossen. Paul Thaden hatte sich von seinem Sohn eine Vollmacht geben lassen und den Antrag auf Zahlung der Versicherungssumme gestellt. Inzwischen hatte er aus Griesbach geschrieben, wegen der Verschollenheit auf See müsse noch eine gewisse Zeit verstreichen, aber dann stehe der Auszahlung nichts im Wege. Die Nachricht hatte in Jacob Thaden eine zusätzliche Erschütterung ausgelöst. Er kam nicht weg von der Vorstellung, der Betrag von einer Million Mark, der ihm da ins Haus stand, solle ein Äquivalent darstellen für das, was er verloren hatte.

Es war drei Uhr nachmittags und der zweiundzwanzigste Tag nach seiner Rückkehr. Er hatte sich angewöhnt, die Tage zu zählen, und mit jedem weiteren wuchsen die Selbstvorwürfe, so, als wäre es etwas Ungehöriges, am Leben zu bleiben.

Der Betrieb lief. Seine Leute verrichteten ihre Arbeit wie eh und je, angeleitet vom alten Ludwig Franzen, der schon seit drei

Jahrzehnten zur Firma gehörte. Jahreszeitlich bedingt, waren es nicht viele Besucher, die kamen, aber doch vier, fünf Dutzend jeden Tag. Die meisten der Winterkunden kannte Jacob Thaden persönlich, und früher hatte er sich immer gern mit ihnen unterhalten, entweder im Laden oder auf dem großen Platz davor oder auch in einem der Treibhäuser. Jetzt mied er den Kontakt mit ihnen. Sobald er sie kommen sah, verschwand er, flüchtete in die große, mit einem Kuppeldach versehene Halle, in der es ein umfangreiches Sortiment an Gartenbau-Zubehör, vom grünen Bindebast bis zum Elektromäher, gab. Und wenn zu erwarten stand, daß sie gerade in diese Halle wollten, floh er weiter und versteckte sich draußen zwischen den fast mannshohen Kiefern.

Natürlich konnte es so nicht bleiben. Ein paar Wochen Schonfrist, nun gut, die billigte man ihm wohl noch zu, aber dann würde auch in der Firma PAUL THADEN & SOHN die übliche lapidare Hinterbliebenenlosung gelten, das Leben gehe weiter, und er habe wieder zur Verfügung zu stehen.

Dabei hatte er erstklassige Mitarbeiter. Von den achtundvierzig Männern und Frauen hatten die meisten schon unter der Leitung seines Vaters gearbeitet. Die Firma zählte im norddeutschen Raum zu den führenden ihrer Branche, und man sah es dem drei Hektar großen Besitz nicht an, daß er aus einem winzigen Laden hervorgegangen war, in dem Gesine Thaden, seine Großmutter, Samen und Spezereien verkaufte, während ihr Mann als Landvermesser tätig war. Im Jahre 1950 hatte Paul Thaden nach Abschluß seiner gärtnerischen Ausbildung das kleine Geschäft übernommen. Er pachtete Land von den Bauern seines Dorfes, das damals noch nicht zur Hansestadt gehörte, und begann mit der Aufzucht und dem Verkauf von Kiefern, Tannen, Fichten, Eiben, Wacholdergewächsen, Zypressen und einigen immergrünen Laubgehölzen. Hamburgs Wiederaufbau umfaßte nicht nur die von den Bomben zerstörten Häuser und Straßen, sondern auch die während der Kriegs- und Nachkriegsjahre vernachlässigten oder weitgehend für den Anbau von Kartoffeln und Gemüse genutzten Gärten.

Sobald die Menschen wieder in Lohn und Brot standen und in den Läden kein Mangel mehr herrschte, besann man sich darauf, daß Gärten auch fürs Auge da waren. So lag Paul Thaden gut im Trend, und nach einigen Jahren war er in der Lage, die gepachteten Ländereien zu kaufen. Und es ging immer weiter bergauf. Er baute Treibhäuser, Ausstellungs- und Lagerhallen und schließlich auch ein Wohnhaus auf seinem Gelände, sorgte für Vielfalt im Angebot und eine trotz der Vielfalt gewährleistete Übersicht. Das Areal war in vierunddreißig Sektionen aufgeteilt und mit Wegweisern und Informationstafeln ausgestattet. Am Eingang, gleich neben dem Parkplatz, stand ein gutes Hundert an flachen Karren, mit denen die Kunden auf breiten Wegen die Phalanx der Blütensträucher und Heckenpflanzen, der Farne und Gräser, der Rosen und Obstgehölze, der Heidesorten und Teichgewächse abschreiten oder in den Treibhäusern ihre Bahnen ziehen und mühelos einsammeln konnten, was ihnen gefiel. Oft kamen Menschen, die nicht kaufen, sondern nur sehen wollten, so, als gälte es, einen botanischen Garten zu durchstreifen. Auch diese Besucher waren willkommen, denn es waren die Kunden von morgen.

Im Moment war es ruhig im Betrieb. Einige der Angestellten tranken in der Halle ihren Nachmittagskaffee, und die beiden Lehrmädchen versorgten die Schnittblumen im Laden mit frischem Wasser. Jacob Thaden ging ins Büro, setzte sich an den Schreibtisch, mochte wieder einmal die Pause nicht mit seinen Leuten verbringen. Auch sein Umgang mit ihnen hatte sich verändert. Auf beiden Seiten herrschte große Zurückhaltung. Die Angestellten spürten: Er war nicht mehr der, der er gewesen war. Natürlich wußte er, daß er ihnen entgegenkommen und sie aus ihrer Hilflosigkeit befreien müßte, aber noch war er nicht bereit zur Rückkehr ins Normale. Jeder Versuch wäre ihm wie Verrat vorgekommen.

Vielleicht, überlegte er, sollte ich alles verkaufen oder verpachten und wegziehen aus dieser Gegend, weit weg, weil hier jeder Meter Boden und im Haus jeder Winkel zur Falle wird, in die ich, wenn ich nicht aufpasse, hineintappe. Da gibt es ja nicht nur die Schränke mit Sigrids Kleidern. Deren Türen kann ich einfach geschlossen lassen. Und den Globus, der bei Hamburg und seit dem Herbst, als die Ferienpläne reiften, auch bei Brasilien schon ganz abgegriffen ist von Arndts Fingern und der bei Quebec sogar einen Schokoladenfleck hat, kann ich wegschließen oder verschenken. Aber es gibt ja auch die vielen versteckten Fallen, die nicht auf Anhieb zu erkennen sind. Zum Beispiel Ludwigs wettergegerbte Hand. Gestern erst. Ich sehe, wie sie, schnell und doch behutsam, die Gladiolenzwiebeln sortiert, denke an nichts Böses, und plötzlich ist sie da, die Falle, und schnappt auch sofort zu. Die Narbe! Der etwa vier Zentimeter lange, quer über Ludwigs Handrücken verlaufende Schnitt, der – es ist noch kein halbes Jahr her – genäht werden mußte. Arndt hatte unbedingt helfen wollen, war auf den dreistufigen Tritt geklettert und holte Blumentöpfe vom Regal herunter. Ludwigs rechte Hand lag auf dem obersten Trittbrett der kleinen Leiter, neben Arndts Füßen, so daß sie, sollte der Junge fallen, sofort zupacken konnte. Arndt fiel nicht, aber etwas anderes fiel, nämlich ein Turm von fünf ineinandergestellten Blumentöpfen. Wären es die leichten aus Plastik gewesen, hätte es nichts ausgemacht, aber es waren die dickwandigen aus Ton. Da Ludwig nicht nach oben, sondern auf Arndts Füße gesehen hatte, zog er die Hand nicht schnell genug zurück, und der schwere Stapel traf sie. Es gab Scherben, und eine messerscharfe Kante des zerspringenden Materials zog einen tiefen Schnitt. Das also passierte vor einem halben Jahr, und das Zwiebelsortieren war gestern, und nichts ließ befürchten, daß mein zufälliger Blick auf Ludwigs Hand zur Falle werden könnte. Aber er wurde zu einer, und von dieser Art gibt es unzählige, weil hier alles angefüllt ist mit Begebenheiten, an denen Sigrid und Arndt beteiligt waren. Überall lauern diese Begebenheiten mir auf und fallen über mich her.

Doch an diesem Abend gab es zunächst noch etwas anderes zu überstehen. Keine Falle, in die er tappen könnte, sondern eine Prüfung, die er selbst veranlaßt hatte. Er würde sich in Nordenham auf der BREKLUM mit dem Bootsmann Wolbrügge treffen.

Den Rest des Arbeitstages verbrachte er an seinem Schreibtisch. Um fünf Uhr verabschiedete er sich von Ludwig Franzen, stieg ins Auto und startete.

In Nordenham mußte er fast den ganzen langen Flußkai abfahren, bis er das Schiff fand, und als er es endlich vor Augen hatte, schnitt ihm der Anblick ins Herz. Die BREKLUM war, wie die MELLUM, ein Massengutfrachter. Sie war genauso groß und ebenso gebaut, hatte also fünf Laderäume und achtern die fünf aufeinandergeschichteten Decks. Daß ihn vom Schornstein her dann auch noch das Reedereizeichen grüßte, das rote M für MAHRENHOLT auf einem runden weißen Feld, tat besonders weh. Wie oft hatte Arndt es während der Reise gemalt!

Da das Schiff fast gelöscht war, lag es sehr hoch, und die Gangway verlief steil. Er beeilte sich hinaufzukommen, und wieder war es, genau wie in Tubarāo, ein Filipino, den er als erstes Besatzungsmitglied antraf. Der junge Asiate brachte ihn bis vor Wolbrügges Tür.

Er klopfte, und auf das »Herein!« betrat er das Logis. Wolbrügge war noch dabei, sich einzurichten. Er stieg über Koffer und Kartons hinweg und begrüßte seinen Gast mit den Worten: »Ach, Herr Thaden, daß wir uns auf diese Weise wiedersehen müssen!« Er schob einen Koffer zur Seite, zeigte auf einen Stuhl, von dem er dann noch rasch einen Stapel Hemden entfernte. »Bitte!« Er selbst setzte sich auf die Koje.

»Sie haben, wie ich sehe, viel zu tun«, sagte Thaden und setzte sich. »Hoffentlich störe ich Sie nicht allzusehr.«

»Das tun Sie nicht. Nur ist es eben noch ein bißchen ungemütlich. Wir könnten auch in die Messe gehen, aber da herrscht zur Zeit Hochbetrieb. Wir laufen morgen früh aus, und darum sind ein paar Frauen und Kinder an Bord, um Abschied zu nehmen.«

»Dann ist es besser hier.«

»Möchten Sie ein Bier oder eine Cola?«

»Ja, ein Bier ganz gern, wenn es nicht zuviel Aufwand macht.«

»Überhaupt nicht. Hab' selbst einen Riesendurst. Entschuldigen Sie mich bitte für einen Moment!«

Wolbrügge verschwand, kam wenig später mit Flaschen und Gläsern zurück und schenkte ein. Sie tranken, und dann fragte der Bootsmann:

»Wie lief es denn bei Ihrer Rettung?«

Thaden erzählte straff, ließ aber nichts Wesentliches aus. Zuletzt gab er das Gespräch wieder, das er mit dem Reedereiangestellten geführt hatte.

»Ja, der gute Breckwoldt«, antwortete Wolbrügge. »Bei uns war er auch. Dann ist Ihre Rettung also ganz ähnlich wie meine verlaufen, nur mit dem Unterschied, daß ich praktisch zweimal aus dem Atlantik gefischt wurde. Ich hatte nämlich nur meine Schwimmweste und sprang über Bord, kurz bevor das Achterschiff unterging. Nach mir sind noch der Funker und der Kapitän gesprungen.«

»Waren denn keine Rettungsinseln mehr da?«

»Eine noch, ja, und auf die hatten wir uns verlassen, aber als wir sie wassern wollten, stellten wir fest, daß sie beschädigt war. Durch die Explosion. Wir warfen sie trotzdem ins Wasser, aber sie blies sich nicht auf. Also sprangen wir und verloren einander natürlich sofort aus den Augen. War ja stockfinster. Ich rechnete mit dem Schlimmsten, hatte innerlich schon aufgegeben, denn das Wasser war so mörderisch kalt, daß ich das Gefühl hatte, mir würden Arme und Beine abgeschnitten. Und dann geschah das große Wunder. Nach ungefähr zehn Minuten hörte ich Geräusche und Stimmen. Ich schrie, und gleich darauf erwischte mich ein Taschenlampenstrahl. Wenige Zeit später hatten die beiden Filipinos mich in ihre Rettungsinsel gezogen. Ja, und im Laufe des Nachmittags wurden wir dann von einem amerikanischen Zerstörer aufgenommen.«

Nun hatten sie berichtet, und beiden war bewußt, daß sie um die entscheidende Frage herumgeredet hatten. Schließlich stellte Jacob Thaden sie doch: »Und meine Frau und mein Junge ... hatten sie auch ein Schlauchboot oder eine Rettungsinsel?«

Wolbrügge nahm zunächst Zuflucht zu seinem Bier, trank einen großen Schluck, und dann antwortete er:

»Ich kann es nicht mit Sicherheit sagen, aber ich glaube, daß sie zusammen mit anderen auf einer Rettungsinsel Platz gefunden haben.«

»Und warum glauben Sie das?«

»Weil keine andere mehr da war, als der Kapitän, der Funker und ich unsere Insel flottmachen wollten.«

»Hatten die beiden, also meine Frau und Arndt, die Schwimmwesten umgelegt?«

»Ja, das hatten sie.«

»Wann haben Sie sie zuletzt gesehen?«

»Kurz bevor ich zur Funkstation ging. Alle hatten sich auf dem Bootsdeck versammelt, wo Baumann seine Anweisungen gab. Dann übernahm der Erste Offizier das Weitere, und Baumann ging, wie ich, zum Funker.«

»Was ... was hatten die beiden an?«

Wolbrügge versuchte sich zu erinnern. »Schwer zu sagen«, antwortete er dann. »Wissen Sie, wenn jemand eine Schwimmweste trägt, sieht man eigentlich nur die. Aber ich bin sicher, sie hatten sich, wie alle anderen, warm angezogen.«

»Haben Sie sie sprechen hören?«

»Nur kurz. Ihre Frau wollte, daß man nach Ihnen suchte. Sie vermutete Sie auf dem Vorschiff. Aber das war ja schon abgetrennt.«

»Und Arndt? Hat er geweint?«

Wolbrügge hob die Schultern leicht an. »Verstehen Sie bitte, man nimmt in einer solchen Situation die Einzelheiten gar nicht so richtig wahr.«

»Und die Rettungsboote? Darin hätten doch alle überleben können!«

»Ja, aber sie kamen nicht zum Einsatz. Das Steuerbordboot war völlig zerstört, und das an Backbord war wegen der starken Schlagseite nicht auszubringen.«

»Haben Sie eine Idee, um was für eine Explosion es sich gehandelt haben könnte? Ich nehme an, man hat Sie das schon ein dutzendmal gefragt.«

»Immer wieder. Liegt ja auch nahe. Und immer wieder mußte ich passen. Hab' nicht den Schimmer einer Ahnung. Die Detonation riß mich aus tiefstem Schlaf. Consalvez, einer der beiden geretteten Filipinos, behauptet steif und fest, die MELLUM sei torpediert worden, aber das ist natürlich Unsinn.«

»Kann man es mit hundertprozentiger Sicherheit ausschließen?«

»Also, mit den berühmten hundert Prozent ist das so eine Sache. Zum Beispiel weiß man nicht, wieviel Prozent man der Möglichkeit geben soll, daß da *zufällig* ein Kriegsschiff in der Nähe war, die Torpedoabschußanlage *zufällig* einen Defekt hatte, so daß quasi Selbstauslösung stattfand, und daß die MELLUM *zufällig* im Zielgebiet lag. Oder auch: daß irgendeiner vom Bedienungspersonal *zufällig* durchdrehte und feuerte. Wenn man solche Unwahrscheinlichkeiten einkalkuliert, bleiben vielleicht neunundneunzig Komma neun Prozent. Und trotzdem würde ich dann immer noch sagen: Es ist ausgeschlossen.«

Thaden nickte. »Kann es eine Mine gewesen sein?«

»Glaub' ich nicht. Wenn's im Ärmelkanal gewesen wäre, okay. Aber da draußen?«

»Oder hatte die MELLUM etwas an Bord, was explodieren konnte?«

»Also, das nun mit hundertfünfzigprozentiger Sicherheit nicht. Ich war, als wir in Paramaribo das Bauxit übernahmen, beim Laden dabei. Von Anfang bis Ende.«

Sie sprachen noch eine ganze Weile über mögliche Ursachen, und auch hier wurde das Heißlaufen von Lagern in der Maschine erwogen, und ein Blitzeinschlag wurde genannt, aber das alles führte sie nicht weiter.

»Was ist mit dem geheimnisvollen Funkspruch«, fragte Thaden schließlich, »den es schon bald nach dem Absetzen des ersten Notrufs gegeben haben soll?«

Wolbrügge lachte kurz auf, aber es klang nach Resignation. »Ja, dieser verteufelte Funkspruch ...«

»... von dem Breckwoldt meint, der Funker hätte ihn sich eingebildet, oder Sie hätten irgendwas mißverstanden.«

»Ja, Breckwoldt hat mich da ganz konfus gemacht, so daß ich 'ne Zeitlang unsicher war. Aber nun, mit genügendem Abstand, bin ich doch wieder überzeugt davon, daß es diese kurze Antwort gegeben hat. Wir freuten uns ja alle, standen da herum mit fünf Mann, und Wilson war schließlich kein Spinner.«

»Und wie erklären Sie sich, daß es diesen Funkspruch zwar gegeben hat, das Schiff dann aber nicht weitergesendet hat und auch nicht zur Unglücksstelle gekommen ist?«

Wieder hob Wolbrügge die Schultern an, und was er dann antwortete, entsprach dieser Geste der Hilflosigkeit: »Eigentlich kann ich nur sagen: Das war das zweite große Rätsel dieser Nacht. Erst die Explosion und dann die merkwürdige Funkerei. Tut mir leid, ich hab' keine Erklärung, denn das gibt es ja wohl nicht, daß ein Schiff so nahe ist, die Kollegen auch kommen wollen, es sich dann aber noch mal überlegen und schließlich abhauen.«

»Könnten die Leute den Eindruck gewonnen haben, es sei gar nicht so schlimm?«

»Ausgeschlossen. Wilson hat die Sache so dramatisch geschildert, wie sie war. Die wußten genau, daß die MELLUM auseinandergebrochen war und die Rettungsboote nicht benutzt werden konnten. Was allerdings ein bißchen eigenartig ist: Normalerweise gibt jedes Schiff erst mal sein Erkennungszeichen und seine Position durch. Das geschah hier nicht, aber ich hab' dafür 'ne Erklärung. Der Mann wollte uns beruhigen und sagte darum als erstes: Wir sind ganz nah, und wir kommen.«

»Das wäre möglich«, sagte Thaden, und dann fragte er: »Könnte es sein, daß bei denen kurz darauf die Funkanlage ausgefallen ist?«

»Theoretisch denkbar, nur ergibt das keinen Grund für ihr Wegbleiben. Sie hatten ja unsere Position. Die ist bei einem Notruf das Allerwichtigste, und natürlich hatte Wilson sie durchgegeben.«

»Vielleicht sind sie zur Unglücksstelle gekommen, haben dann aber nichts mehr vorgefunden.«

»Kaum. Bei der geringen Entfernung? Sie selbst sind immerhin von vier Uhr bis zum Hellwerden auf Ihrem Wrack gewesen. Dieses Riesenstück Schiff hätten die jedenfalls vorfinden müssen, mit Ihnen drauf, wenn sie wirklich in Kürze dagewesen wären.«

»Könnte es bei dem Sturm so weit weggetrieben sein, daß die Positionsangabe absolut nicht mehr stimmte?«

»Nein. Bei so einer Meldung weiß jeder Kapitän, wo er suchen muß. Außerdem war ziemlich klare Sicht. Mit ihren Scheinwerfern hätten sie das lange Wrack entdecken müssen. Nicht unser Achterschiff, denn das soff ja viel schneller ab.«

Sie schwiegen eine Weile, und dann fragte Thaden: »Meinen Sie, daß es für mich einen Sinn hat, auch noch mit den beiden Filipinos zu sprechen?«

»Die sind schon wieder unterwegs. Am besten, Sie lassen sich die Protokolle geben, auch meins. Haben Sie Ihren Bericht schon abgeliefert?«

»Nein, bei mir lief das anders. Breckwoldt hat im Krankenhaus meine Angaben protokolliert, und als ich wieder zu Hause war, rief ein anderer Reederei-Inspektor mich an und ließ sich alles genau beschreiben. Ja, ich mach' mich jetzt auf den Weg. Vermutlich sehen wir uns bei der Seeamtsverhandlung wieder.«

»Kommt darauf an, in welcher Ecke der Welt ich dann gerade bin. Wenn ich in Honolulu sitze, wird bei der Verhandlung nur meine Aussage verlesen.«

Sie standen auf.

»Ich wünsche Ihnen gute Fahrt mit der BREKLUM!«

»Danke.«

»Meinen Sie ... es könnte noch jetzt ... irgendwo ein Schlauchboot treiben mit Überlebenden von der MELLUM?«

»Herr Thaden, es tut mir so leid für Sie, aber ich glaube, das ist nun wirklich ausgeschlossen! Dafür ist zuviel Zeit vergangen.«

11 Es waren insgesamt sieben Männer, die Ernst Pohlmanns prächtigen reetgedeckten Landsitz am Tegernsee durchsuchten: ein Staatsanwalt, ein Kommissar vom Bundeskriminalamt und fünf Polizisten. Sie suchten seit zwei Stunden, und das klägliche Ergebnis waren bis jetzt ein paar private Briefe, einige Fotos und vier Urkunden, von denen drei Pohlmanns Biographie betrafen. Sie sagten aus, daß er 1960 sein Abitur gemacht hatte, 1981 mit dem Bundesverdienstkreuz ausgezeichnet worden war und 1984 bei einem Waldlauf über zwölf Kilometer gesiegt hatte. Die vierte Urkunde wies das reine Geblüt seines Schäferhundes Rasputin nach. Die Fotos waren Familienaufnahmen. Sie zeigten den Gesuchten, seine Frau und seine Eltern in verschiedenen Gruppierungen und an verschiedenen Orten, meistens allerdings in dem Haus, das gerade unter die Lupe genommen wurde. Zwei der Bilder zeigten eine andere Umgebung. Das eine war eine Aufnahme von der Nordsee; der nur mit einer Badehose bekleidete Ernst Pohlmann zeigte stolz seine hochgewachsene, sportliche Gestalt. Das andere war fünfunddreißig Jahre alt. Auf dem postkartengroßen Foto war Pohlmanns Zuhause im niedersächsischen Celle abgebildet, ein viergeschossiger Altbau. Vor der Tür, die offenkundig die Tür von vielen war, standen der fünfzehnjährige Ernst Pohlmann und seine Eltern.

Staatsanwalt Gerold Becher und Kommissar Hans-Detlev Replin, beide Anfang Vierzig, saßen in der großen, modern eingerichteten Wohnhalle mit Blick auf den See. Das Opfer ihrer hartnäckigen Befragung war Pohlmanns Frau, aber entweder war sie abgefeimt oder über allen Kummer hinaus, jedenfalls antwortete sie ruhig, beinahe gelassen, und sobald die beiden Beamten sich Notizen machten, sprach sie bereitwillig langsamer. Die Blässe in ihrem flächigen Gesicht mochte das Ergebnis kosmetischer Behandlung oder das von Sorge und Leid sein, die Männer ergründeten es nicht.

»Wann«, fragte Staatsanwalt Becher, »hat Ihr Mann sich zum letzten Mal in diesem Haus aufgehalten?«

»Anfang Januar. Wir hatten Silvester gefeiert, und danach blieb er noch ein paar Tage. Am vierten oder fünften Januar fuhr er wieder ab.«

»Wohin?« fragte Becher. Der Kommissar schrieb mit.

»Ich weiß nur das, was er mir erzählt hat. Ob es die Wahrheit ist, kann ich nicht sagen.«

»Gut. Was erzählte er?«

»Rom. Er habe dort ein Treffen mit italienischen Geschäftspartnern.«

»Hat er vor seiner Abreise Unterlagen eingepackt oder vernichtet oder sonst irgend etwas getan, woraus Sie hätten schließen können, daß er Spuren beseitigen und sich dann absetzen wollte?«

»Dies ist ein Privathaus«, antwortete sie. »Geschäftliche Unterlagen gibt es hier nicht. Er kommt nur her, wenn er ausspannen will.«

»Wie oft?«

»Zu selten. Leider.«

»Was heißt das?«

»Zehn-, zwölfmal im Jahr.«

»Wie lange jeweils?«

»Drei, vier Tage. Oft bleibt er auch nur übers Wochenende.«

»Außer diesem Anwesen besitzt er noch andere Häuser, eins in Todtmoos, eins auf Amrum, eins in Frankfurt, um nur die deutschen Residenzen zu nennen, die man übrigens alle zu dieser Stunde durchsucht. Wie werden die Häuser genutzt?«

»Vorwiegend lädt er Geschäftsfreunde dorthin ein, jedenfalls nach Frankfurt und Todtmoos. Das Haus auf Amrum ist weder für die Familie noch für Geschäftspartner da. Es ist sein Refugium, der Ort, an dem er allein sein will, um in Ruhe nachdenken zu können.«

Becher nickte, als verstünde er, daß da jemand ein Haus eigens fürs Nachdenken brauchte. »Gab es«, fragte er weiter, »als er im Januar hier aufbrach, Anzeichen dafür, daß er außer Landes gehen würde? Ich meine nicht das Treffen mit Geschäftspartnern in Italien, sondern etwas Langfristiges. Und ich meine jetzt ebensowenig das Ordnen oder Beiseiteschaffen von Akten und anderen Unterlagen, sondern irgendwelche emotionalen Begleitumstände, von denen ja auch hartgesottene Manager manchmal nicht ganz frei sein sollen. Bitte, versuchen Sie, sich so genau wie möglich zu erinnern!«

»Alles war wie immer, und beim Abschied sagte er, wir sähen uns ja bald wieder. Damit bezog er sich auf meinen Geburtstag, den siebzehnten Januar.«

»An dem er sich dann aber nicht gemeldet hat?«

»Richtig.«

Becher sah seinen Begleiter von der Kripo kurz an, und daraufhin setzte der die Befragung fort: »Frau Pohlmann, Ihr Mann ist nun seit über fünfzig Tagen nicht mehr gesehen worden. Die Durchsicht unzähliger Firmenakten beweist eindeutig, daß er seinen Konzern jahrelang hintergangen und einen Schuldenberg von achthundert Millionen Mark aufgetürmt hat. Unserer Vermutung nach hat er sich ins Ausland abgesetzt, aber sein Verschwinden kann natürlich auch ganz anders zu deuten sein.«

Für einen Moment schloß sie die Augen. »Ein Verbrechen?« fragte sie dann.

»Ja, und da ist Mord nicht auszuschließen, steht sogar, wenn er nicht untergetaucht ist, an erster Stelle. Er hat ja nicht nur die Banken betrogen und seinen eigenen Vorstand hinters Licht geführt, sondern darüber hinaus viele Kleinaktionäre um ihre Ersparnisse gebracht. Jeder Zeitungsleser weiß das. Es hat sich also ein riesiges Vergeltungspotential herangebildet. Genauer: Es gibt ein paar tausend Leute, die ein Motiv haben. Die Presse hat ihnen in Wort und Bild vor Augen geführt, wohin ihr Geld geflossen ist, nämlich zu Ernst Pohlmann privat, also in ein einzelnes extravagantes Leben, in ein Dutzend teurer Autos, in eine zwanzig Meter lange Yacht, in einen Privatjet, in Immobilien von nicht errechenbarem Wert und in diverse umfangreiche ausländische Bankguthaben. Da läuft dem kleinen Mann, der sich das Geld für seine paar Aktien Monat für Monat vom Lohn abgezweigt hat, die Galle über. Mir jedenfalls würde es so gehen. Also, sollten Sie eine auch noch so vage Vorstellung haben, wo Ihr Mann sich aufhalten könnte, dann sagen Sie uns das bitte! Vielleicht ist ihm bis jetzt noch nichts passiert, aber es kann jeden Tag geschehen.«

»Sind Ihre Männer schon auf dem Dachboden gewesen?«

»Wieso?«

»Da ist ein Schrank, gleich rechts neben der Treppe. Auf dem obersten Bord steht ein Messingkästchen, ungefähr so groß wie eine Zigarrenkiste. Da ist was drin, das ich Ihnen wohl doch lieber zeigen sollte.«

Replin rief einen der Polizisten heran und beauftragte ihn, den Kasten zu holen. Dann fragte er: »Was ist es?«

»Es sind drei Drohbriefe.«

»Anonyme?«

»Ja.«

»Wann sind sie gekommen?«

»Der erste Ende November, der zweite Mitte Dezember und der dritte im Januar, als mein Mann schon ein paar Tage weg war.«

»Warum sind Ihr Mann und Sie mit diesen Briefen nicht zur Polizei gegangen?«

»Er nahm sie nicht ernst.«

»Und trotzdem hat er sie aufbewahrt?«

»Er wollte sie eigentlich zerreißen, aber ich meinte, wir könnten sie vielleicht mal brauchen, als Beweisstücke oder so, und dann fand auch er, wir sollten sie aufbewahren. Aber er nahm die Sache auf die leichte Schulter. Er sagte, jemandem zu drohen wäre eine Sache, die Drohung dann auch wahrzumachen eine ganz andere.«

Der Polizist kam zurück und stellte das Kästchen auf den Tisch. Replin nahm ein Paar hauchdünne, durchsichtige Handschuhe aus seiner Jackentasche, zog sie an und klappte den Deckel hoch.

»Sie liegen ganz unten«, sagte Luise Pohlmann.

»Er holte drei gelbliche Umschläge, alle vom gleichen Format, hervor. »Sind es diese?«

»Ja.«

»Also mal wieder die sattsam bekannten Buchstaben aus dem

87

Druckerkasten«, meinte er und sah sich die Anschriften, die Marken und die Stempel genau an. »Der älteste Brief ist vom 27. November, der nächste vom 14. Dezember und der letzte vom 8. Januar, alle drei in Wiesbaden abgestempelt.«

Er nahm die Bögen aus den Umschlägen und legte sie, in der Reihenfolge der Absendedaten, nebeneinander auf den Tisch. Dann las er vor:

»›Du Schwein hast uns um unsere Ersparnisse gebracht, aber wir kriegen Dich!‹ Darunter steht ›Vier Mitglieder des Vereins der Pohlmann-Geschädigten‹, natürlich nicht handschriftlich. Zweiter Text: ›Solltest Du demnächst verschwinden, so kannst Du sicher sein, wir werden Dich aufspüren, und wenn es Jahre dauert! Du wirst bezahlen für das, was Du uns angetan hast!‹ Und drittens: ›Nun hast Du sogar schon einen Toten auf dem Gewissen! Wie wir hörten, hat sich einer von den Bankleuten, die Du aufs Kreuz gelegt hast, das Leben genommen. Wir werden nicht zulassen, daß Du ungeschoren davonkommst!‹«

Replin hob den Blick, sah Luise Pohlmann an. »Damit ist wohl der Frankfurter Bankier gemeint, der sich eine Kugel durch den Kopf geschossen hat.«

»Ja, aber der hatte in Wirklichkeit vor allem familiäre Probleme.«

»Hat Ihr Mann irgendeinen Verdacht geäußert, von wem die Briefe stammen könnten?«

»Einmal sagte er, vielleicht wär es sogar jemand aus der Firma.«

»Ist es denkbar, daß diese Briefe, also die beiden ersten, für ihn der eigentliche Anlaß zum Verschwinden waren?«

»Nein! Dazu hat er sie, wie gesagt, nicht ernst genug genommen.«

»Vielleicht hat er Ihnen das nur vorgespielt, weil er Sie beruhigen wollte.«

»Das glaub' ich nicht. Ist nicht seine Art.«

Staatsanwalt Becher beugte sich über die Drohbriefe und verglich ihre Texte miteinander. »Aufs Kreuz legen und aufspüren«, sagte er dann, »sind Wörter aus verschiedenen Sprachebenen.«

»Und was schließen Sie daraus?« fragte Luise Pohlmann.

»Nicht gleich, daß unbedingt mehrere Leute daran gearbeitet haben müssen. Das kann durchaus ein einzelner gemacht haben. Wenn ja, dann war's jedenfalls einer, der den Begriff ›aufspüren‹ in seinem Wortschatz hat. Daß so einer auch ›aufs Kreuz legen‹ und ›Schwein‹ und ähnliches sagen kann, ist anzunehmen. Die umgekehrte Version, daß also die Sprache des Absenders vulgär ist und er sich hier mal zu etwas wie ›aufspüren‹ verstiegen hat, ist unwahrscheinlich.«

»Das meine ich auch«, erwiderte Replin. »Wir werden die Briefe gründlich analysieren, und unser Labor wird sich ebenfalls mit ihnen befassen. Aber nun zurück zu meiner Frage! Wissen Sie wirklich nicht, wo Ihr Mann sein könnte?«

Sie schüttelte den Kopf. Das dunkle, glatt auf die Schultern fallende Haar geriet dabei in eine leichte Schwingung. »Nein«, antwortete sie, »aber manchmal glaube ich, daß er nicht nur Deutschland für immer verlassen hat, sondern auch mich.«

»Entschuldigen Sie meine direkte Frage: Hatte er Liebschaften?« Replin streifte die Handschuhe ab, steckte sie ein.

»Ja, es gab ein paar Affären. Sie liegen lange zurück.«

»Nichts, was sich bis auf den heutigen Tag gehalten hat? Glauben Sie mir, das ist wichtig.«

»Sie meinen, er hat sich bei einer versteckt?«

»Wäre immerhin denkbar.«

»Die letzte, von der ich weiß, hat vor sechs oder sieben Jahren mit ihm einen Urlaub in Kalifornien verbracht, aber danach war's zu Ende.«

»Das ist lange her. Trotzdem, wer sich verstecken muß, wendet sich auch an Freunde, von denen er seit Jahren nichts gehört hat. Geben Sie uns bitte den Namen und, wenn möglich, auch die Adresse!«

»Tut mir leid, mir ist nur bekannt, daß sie Patricia heißt und aus London stammt, und das hilft Ihnen bestimmt nicht weiter.«

»Und seitdem war nichts? Keine einzige Eskapade?«

»Nicht, daß ich wüßte.«

Einer der Polizisten meldete, daß die Durchsuchung abgeschlossen sei, und so beendeten auch Becher und Replin ihren Teil der Aktion. Sie ließen sich noch die Namen und Anschriften von Pohlmanns Eltern geben, ebenso die von seinen engsten Freunden. Danach verließen sie das Haus.

Die beiden Polizeifahrzeuge setzten sich in Bewegung, Richtung München. Im Fond des ersten saßen Becher und Replin.

»Wenn ich«, sagte der Staatsanwalt, »ein paar Semester Betriebswissenschaft studiert hätte, bestünde vielleicht eine Chance für mich, Pohlmanns Machenschaften ganz zu begreifen. Wir haben eine komplette Lkw-Ladung von Akten der Firma EUROVIT in unserer Dienststelle, und meine Mitarbeiter wühlen sich wie die Maulwürfe da hindurch. Sie erstatten mir laufend Bericht, aber nicht einmal daraufhin kann ich klipp und klar sagen, was genau dieser Pohlmann gemacht hat. Fest steht, er hat die Bilanzen der EUROVIT so geschickt gefälscht, daß er jahrelang ihre enormen Verbindlichkeiten verstecken und immer neue Kredite aufnehmen konnte. Nach dem bisherigen Stand der Ermittlungen sind achtundvierzig Banken an der Geschichte beteiligt.«

»Die reingefallen sind«, warf Replin ein.

»Ja, und die jetzt in der Zwickmühle stecken. Sollen sie sich mit ihren Verlusten abfinden und ihre Wunden lecken oder dem schlechten Geld das gute hinterherwerfen, also den angeschlagenen Konzern mit neuen Krediten stützen in der Hoffnung, ihn zu sanieren und dann doch noch eines späten Tages ihre hohen Einsätze zurückzubekommen?«

»Aber wo ist das Geld geblieben?«

»Es heißt, Pohlmann habe als Vorstandsvorsitzender die EUROVIT ausgehöhlt und mit der flüssig gewordenen Finanzmasse einen zweiten Konzern im Ausland geschaffen, der sich unserer Kontrolle entzieht. Man weiß nicht mal, wo der sich befindet. In den USA? In Kanada? In einem karibischen Land? In Australien? Wahrscheinlich sind es mehrere Firmen, verstreut über den ganzen Globus.«

»Ist ja wirklich ein tolles Früchtchen, dieser Mann!«

»Kann man wohl sagen! Jedenfalls wartet das Gefängnis auf

ihn, wenn er sich hier wieder blicken läßt. Allein bei Konkurs-verschleppung, und die liegt ohne Zweifel vor, werden Strafen bis zu fünf Jahren verhängt. Außerdem hat er gegen das Bör-sengesetz verstoßen. Als die Banken ihm keine Kredite mehr geben wollten, ist er an die Börse gegangen, um gutgläubige Anleger für das marode Unternehmen zu gewinnen. Auch die Bilanzfälschungen sind natürlich nicht straflos. Ich glaube, unter Bankern nennt man solche manipulierten Analysen *inno-vative accounting*. Ganz schön zynisch. Na, und dann der Griff in die Unterstützungskasse der eigenen Angestellten. Sogar die hat er angezapft, angeblich, um die Firma vor dem Konkurs zu bewahren. Aber von den entnommenen hundertsechzig Millio-nen sind nur hundertzehn Millionen bei der EUROVIT gelan-det. Wo sind die restlichen fünfzig geblieben? Im Geschichtsun-terricht hab' ich gelernt, *Teile und herrsche!* sei von alters her ein bewährtes Regierungsprinzip. Ich glaube, das ist auch Pohl-manns Devise. Die EUROVIT besteht heute aus einem unent-wirrbaren Geflecht von über hundert Firmen, und die Besitz-verhältnisse sind so unklar, daß niemand durchsteigt. Der Mann hat in der Bundesrepublik einen Scherbenhaufen hinterlassen, aber er selbst sitzt wahrscheinlich irgendwo unter Palmen und genießt sein Leben, es sei denn, man hat ihn umgebracht. Ange-sichts der drei Briefe liegt ja auch diese Möglichkeit nahe.«

»Oder er hat die Drohungen doch ernst genommen und das Weite gesucht.«

»Kann auch sein. Vielleicht hat er sich abgesetzt, und sein Motiv dazu enthielt drei Komponenten: Angst vor Strafverfolgung, Angst vor privater Rache und obendrein die Chance, den Rest seines Lebens an irgendeinem paradiesischen Fleckchen Erde zu verbringen.«

»Meinen Sie, daß die Pohlmann mehr weiß, als sie zugibt?«

»Ja, und ich kann mir gut vorstellen, daß sie ihr luxuriöses Haus am Tegernsee eines Tages verläßt und ins Ausland verschwin-det.«

»Also müssen wir die Dame vorläufig im Auge behalten.«

»Unbedingt!«

12 Die Besprechung im Bremerhavener Kontor der Reederei MAHRENHOLT & SÖHNE war vorüber. Jacob Thaden schaffte es gerade noch, vor dem Einsetzen des Berufsverkehrs nach Hause zu kommen. Doch dort hielt es ihn nicht. Schon nach einer halben Stunde saß er wieder im Auto. Er wußte selbst nicht, was ihn bewog, ausgerechnet dorthin zu fahren, wo ihn der Anblick von Schiffen erwartete. Es geschah wie unter einem inneren Zwang.

Er fuhr zunächst nach Elmshorn, ging dann auf die B 431 und gelangte über Glückstadt und Wevelsfleth nach Brunsbüttel. Nahe der Kanalschleuse setzte er sich in ein Restaurant.

Da es Mai war und ein warmer Tag, war die Terrasse noch von vielen Ausflüglern bevölkert. Aber er nahm sie kaum wahr. Er bestellte Kaffee und holte die Notizen hervor, die er sich während des Gesprächs in Bremerhaven gemacht hatte, las alles noch einmal nach. Die Reederei hatte sich zu dieser internen Sitzung entschlossen, weil sie sich im Gespräch mit den Überlebenden und mit ihren eigenen Sachverständigen vor der offiziellen Seeamtsverhandlung, die erfahrungsgemäß noch mindestens ein Jahr auf sich warten lassen würde, einen Überblick verschaffen wollte.

Neue Aspekte waren im Verlauf der Konferenz nicht zutage getreten. Wolbrügges Aussage und die eines Filipinos waren verlesen worden, aber Consalvez, der Mann mit der Torpedo-Theorie, hatte kommen können, da sein Schiff in Rotterdam lag.

Seit dem Unglück waren nun fast vier Monate vergangen, und so gab es an der abschließenden Erklärung des Reeders, daß nur vier der fünfundzwanzig an Bord befindlichen Personen gerettet worden seien, keinen Zweifel mehr.

Zur Frage der Entschädigung für die Passagiere führte der Rechtsanwalt der Reederei aus, er wolle dem Spruch des Seeamts keinesfalls vorgreifen, vertrete jedoch die Auffassung, daß die Schiffsleitung kein Verschulden treffe und die Reederei daher auch nicht haftbar zu machen sei, so daß Zahlungen, die sich bei nachgewiesener grober Fahrlässigkeit bis auf dreihundertzwanzigtausend Mark belaufen könnten, entfielen. Jacob Thaden als der einzige in diesem Punkt Betroffene – für die Hinterbliebenen der Besatzungsmitglieder war die Seeberufsgenossenschaft zuständig – hatte erklärt, er vermute, daß auch der Richterspruch die Reederei von jeglicher Schuld freihalten werde, es sei denn, in der Ausstattung des Schiffes mit Rettungsmitteln würden Mängel bekannt. Daraufhin rechnete ihm einer der Reederei-Inspektoren vor, die MELLUM habe vorschriftsgemäß neben dem Fassungsvermögen der Boote beidseitig über eine Kapazität von fünfundzwanzig Plätzen verfügt, und zwar in Form einer Rettungsinsel für fünfzehn und einer weiteren für zehn Personen. Zusätzlich habe auf dem Hauptdeck, und zwar Hinterkante Back, noch die sechs Personen fassende Insel gelegen, mit deren Hilfe glücklicherweise er, Thaden, sich habe retten können. Und auf Jacob Thadens Frage, ob nicht doch das eine, das unbeschädigte Boot einsatzfähig hätte sein müssen, antwortete derselbe Mann, er habe noch einmal den jüngsten Prüfbericht, den vom November vergangenen Jahres, gelesen, und der belege zweifelsfrei, daß beide Boote den vorgeschriebenen Normen entsprochen hätten und daß sie, wie gefordert, auch noch bei einer Schlagseite von fünfzehn Grad hätten weggefiert werden können; demnach habe die Krängung der MELLUM mehr als fünfzehn Grad betragen, jedenfalls die des Achterschiffs. Der Matrose Consalvez hatte diesen Sachverhalt dann bestätigt.

Daß, wie aus einem der Reederei zugegangenen kanadischen Bericht verlautete, noch zweiunddreißig Tage nach dem Untergang ein Rettungsring mit der Aufschrift MELLUM von Fischern vor Neuschottland gefunden worden war, hatte auch keine neuen Erkenntnisse geliefert außer der belanglosen, daß der Wind nach der Havarie für eine längere Zeit aus Südosten geweht haben mußte. Aber in Jacob Thadens Phantasie hatte diese Mitteilung ein Bild erzeugt, das ihm zusetzte und von dem er wußte, daß es ihn noch oft quälen würde: Sigrid und Arndt, an diesen Ring geklammert und verzweifelt gegen die meterhohen Wellen ankämpfend; irgendwann bei Arndt das Nachlassen der Kräfte und also bei Sigrid die doppelte Anstrengung, um den Jungen und sich im Ring zu halten; und dann doch das Schwinden auch ihrer Kraft, das Ende.

Auch jetzt, an seinem Terrassentisch und mit dem Blick auf die vielen Schiffe in der Elbmündung, konnte er sich nicht wehren gegen dieses Bild. Es hatte sich bei ihm eingenistet, und ganz automatisch fügte sich noch hinzu, was der Bootsmann Wolbrügge erzählt hatte: daß die Kälte so gewirkt habe, als schnitte sie ihm Arme und Beine ab.

Er blieb lange sitzen. Das Lokal leerte sich zunächst, aber gegen Abend, zur Essenszeit, erfolgte ein neuer Ansturm von Gästen. Er bestellte sich eine Finkenwerder Ewerscholle und einen Schoppen Wein und sah weiterhin den Schiffen zu. Die meisten lagen noch draußen vor der Schleuse und warteten auf den Einlaß; ein Bulkcarrier war dabei, der etwa das Aussehen und die Größe der MELLUM hatte. Es war – er erkannte es an der Flagge – ein Schwede. Er malte sich aus, wie die Männer dort in der Messe zu Abend aßen, und es dauerte nicht lange, bis es für ihn das Schiff aus Bremerhaven war und Sigrid und Arndt und er mit am Tisch saßen. Der Zweite Offizier verschlang Sigrid mit seinen Blicken, Kapitän Baumann erzählte Arndt eine Geschichte von fliegenden Fischen, und Herr Mahrani, der Erste, hatte, weil es Schmorbraten gab, mal wieder ein halbes Hähnchen auf dem Teller.

Und er dachte an die erste Nacht auf See. Ihre Kojen wurden durch einen schweren Vorhang abgetrennt von dem Raum, in dem Arndt schlief. Sie hatten das Fenster geöffnet. Die feuchtwarme Tropenluft strich über ihre nackten Körper, und dann war es ein unvergeßliches Erlebnis, sich auf dem schwankenden Schiff zu lieben.

Der Schwede da draußen spielte weiterhin sein Spiel mit ihm, gaukelte ihm glückliche Bordtage vor, hielt ihn zum Narren. Erst als die Dunkelheit kam und schließlich nur noch die Lichter zu erkennen waren, wurde es erträglicher.

Plötzlich fiel ihm ein Begriff ein, der während der Besprechung in Bremerhaven mehrfach gefallen war und den er vorher nie gehört hatte: AMVER. Es war, wie er nun wußte, der Name für eine Schiffahrtsleitstelle, die ihren Sitz in New York hatte. Herr Domken, ein Angestellter der Reederei, hatte diese amerikanische Behörde im Zusammenhang mit den Reisedaten der MELLUM erwähnt, und der dann folgenden Erörterung war zu entnehmen gewesen, daß bei AMVER die auf dem Nordatlantik stattfindenden Schiffsbewegungen registriert wurden.

Wieso, ging es ihm jetzt durch den Kopf, ist AMVER hinsichtlich der MELLUM genannt worden, nicht aber in bezug auf das Gespensterschiff, das den Notruf beantwortet hat? Wenn in New York die Daten aller Schiffe, die sich auf dem Nordatlantik bewegen, zusammenlaufen, muß dieses Schiff dort doch auch registriert worden sein! Domken sieht, genau wie damals der Inspektor Breckwoldt, den abgerissenen Funkspruch als Produkt einer übersteigerten Phantasie an, aber AMVER bietet doch die Möglichkeit, das zu überprüfen! Sollte sich dann herausstellen, daß tatsächlich ein bestimmtes Schiff auf einer Route unterwegs war, die es, was nachträgliche Berechnungen ja zutage fördern würden, in jener Nacht an der Unglücksstätte vorbeigeführt hat, dann muß man den Kapitän zur Rechenschaft ziehen!

Er winkte den Kellner heran, zahlte, blieb dann aber noch sitzen, sagte sich: Ich werde bei AMVER nachfragen! Er beschloß es so leichthin, als handelte es sich darum, eine Auskunft beim Hamburger Verkehrsamt einzuholen. Und wie so oft bei seinen Entschlüssen, sollte die Idee möglichst sofort und nicht erst morgen in die Tat umgesetzt werden. Schon nach wenigen Augenblicken kam ihm ein weiterer Einfall. Er wollte sich durchaus nicht um das schwierige Telefonat über eine ihm fremde Materie und in einer fremden Sprache drücken, wollte nur auf jeden Fall ein hieb- und stichfestes Resultat erzielen, und das war eher zu erreichen, wenn nicht er, sondern Wulf Maibohm dieses Gespräch führte, der erstens das Englische wesentlich besser beherrschte als er und zweitens sein Blatt im Hintergrund hatte, das er, ob befugt oder nicht, als gewichtigen Initiator der Recherche anführen konnte.

Er ging in den Schankraum und fragte den Wirt, ob er telefonieren dürfe. Der Kopf des Mannes ruckte kurz in Richtung Kabine.

Er schloß die Tür hinter sich, wählte die Nummer des Freundes, mußte lange warten, und als der sich schließlich gemeldet hatte, sagte er:

»Du, entschuldige bitte die späte Stunde, aber . . .«

»Ist schon gut. Du weißt doch: jederzeit!«

»Ich brauche deine Hilfe.«

»Na, endlich!«

»Es ist was ganz Konkretes.«

»Um so besser. Schieß los!«

»Kannst du was anfangen mit dem Begriff AMVER?«

»Buchstabier das mal!«

Er tat es.

»Nein, nie gehört. Nur mit *pf.*, Sauerampfer zum Beispiel.«

Jacob Thaden erklärte die Funktion von AMVER und fuhr fort:

»Für mich ist wichtig, daß du jetzt da anrufst und fragst, welche Schiffe in der Nähe der MELLUM waren, als sie unterging. Zumindest eines muß dagewesen sein, denn es hat ja, wie du weißt, auf den Notruf geantwortet. Ich will herausfinden, welches es war. Paß auf, ich diktier' dir jetzt Datum, Uhrzeit, Kurs und Position der MELLUM . . .«, er blätterte in seinem Notizbuch, gab die Informationen durch und fragte dann: »Kannst du, ohne dir Ärger einzuhandeln, dein Blatt vorschieben, damit die drüben ihre Nachforschungen mit der nötigen Gründlichkeit betreiben?«

»Na klar! Als freier Journalist kann ich arbeiten, worüber ich will. Ob mein Blatt das dann auch druckt, ist 'ne andere Sache. Am besten, ich melde mich bei denen in New York als Korrespondent der Hamburger Zeitschrift KOMET.«

»Weißt du noch, mit welcher Überheblichkeit wir uns, als wir noch zur Schule gingen, die Zeitverschiebung gemerkt haben? Wegen ihrer viel längeren und reicheren Geschichte sei die Alte Welt der Neuen voraus, und darum müßten die sechs oder sieben Stunden zurückgerechnet werden. Kurzum, drüben ist jetzt später Nachmittag. Aber wahrscheinlich ist das Amt sowieso rund um die Uhr besetzt.«

»Hast recht. Also, ich ruf' dich danach an.«

»Machen wir's so, daß ich bei dir anrufe. Ich fahr' nämlich erst jetzt nach Hause, und das dauert eine bis anderthalb Stunden.«

»Wo hängst du denn herum?«

Er zögerte zwei, drei Sekunden mit der Antwort: »Am Nord-Ostsee-Kanal.«

»Findest du das sehr sinnvoll?«

»Ja. Immerhin hat es mich auf die AMVER-Idee gebracht.«

»Okay.«

»Also, bis nachher.« Er hängte ein, kehrte zum Tresen zurück, bezahlte das Gespräch, verließ das Lokal und machte sich auf den Weg.

Er kam, da die Straßen wenig befahren waren, schnell voran, erreichte sein Haus genau um Mitternacht, rief den Freund gleich an:

»Ich bin's wieder. Hat es geklappt?«

»Deine AMVER-Gesellschaft hab' ich erreicht, ja. Mit vollem Namen heißt sie *Automated Mutual Assistance Vessel Rescue* und dient vor allem in Seenotfällen der schnellen Alarmierung von Schiffen, die zu Hilfe kommen können, ist also für eine solche Nachfrage durchaus die richtige Adresse. Aber das Ergebnis ist leider negativ.«

»Das kann doch nicht sein! Haben die wirklich alles überprüft?«

»Ja, da bin ich ganz sicher. Ich bekam nach einigem Hin und Her einen Mann an die Strippe, der ein Faible für *Old Germany* hat und sich darum nach Kräften bemühte. Er wollte allerdings zwischendurch auch wissen, ob die Reeperbahn noch existiert. Also: Damals befanden sich auf dem Nordatlantik etliche Schiffe mit Kurs auf die ostamerikanischen Häfen, oder sie hatten diese Häfen verlassen, nur waren sie zu weit weg von der MELLUM. Er wußte alles über den Untergang, aber, wie gesagt, die Handelsschiffe kamen für die Rettung nicht in Betracht. Das klägliche Ergebnis von vier Überlebenden schafften schließlich nur die Kriegsschiffe.«

»AMVER hat den abgerissenen Funkspruch also nicht aufgefangen?«

»Nein, eben wegen der großen Entfernung. Sie haben nur den telefonischen Notruf von einem der Kriegsschiffe erhalten. Das lief über die Marineleitung. Übrigens hat auch die Reederei bei AMVER nachgefragt. Die Antwort: Wenn es das mysteriöse Schiff überhaupt gab, so war es jedenfalls nicht eingebunden in das AMVER-System.«

»Was heißt das?«

»Die rechnergestützte Erfassung der Schiffe erfolgt freiwillig. Die meisten Reedereien machen da natürlich mit, zumal sie dadurch beim Aus- und Einklarieren in den amerikanischen Häfen Erleichterungen genießen, aber eine Pflicht zur Teilnahme besteht nicht. Wenn du die private Meinung eines Kollegen hören willst, der 'ne Menge von der Seefahrt versteht und den ich vor meinem Gespräch mit New York noch angerufen hab', dann ist AMVER eine phantastische Möglichkeit für die Amis, den gesamten Warentransport über den Nordatlantik von West nach Ost und umgekehrt nahezu perfekt unter Kontrolle zu halten; das gleiche haben sie übrigens kürzlich für den Pazifik eingerichtet. Aber nun weiter! Es hat sich also bei deinem Verweigerer um ein Schiff gehandelt, dessen Leute von AMVER nichts halten und offenbar nicht nur von AMVER, sondern von Rettungsaktionen allgemein. Und nach so einem Schiff zu suchen, meinte der Mann, sei zwecklos, zumal seit dem Ereignis fast vier Monate verstrichen sind.«

»Aber das Verrückte ist«, antwortete Jacob Thaden, »daß der erste Impuls der Leute offensichtlich doch der war zu helfen! Gleich darauf müssen sie es sich anders überlegt haben.«

»Da würde ich auf Zoff an Bord tippen.«

»Ich auch.«

»Und auf entsprechende Hintergründe.«

»Wie meinst du das?«

»Ist doch klar: Die Leute konnten es sich nicht leisten, ihren Dampfer vorzuzeigen, aus welchen Gründen auch immer.«

Jacob Thaden war mutlos geworden. »Verdammt! Und ich

hatte eine gehörige Portion Hoffnung, dieses Schiff ausfindig zu machen.«

»Auch damit bekämst du Sigrid und Arndt nicht zurück.«

»Weiß ich ja. Aber wenn es jemanden gibt, der schuld ist an ihrem Tod, dann will ich ihn in die Finger kriegen.«

»Das kann ich gut verstehen.«

»Ich hab' sogar schon daran gedacht, alle Häfen rund um den Nordatlantik abzuklappern und mich da nach den Schiffsabfertigungen des letzten Winters zu erkundigen.«

»Du würdest es allein schon zeitlich nicht schaffen.«

»Oder ich grase die Seemannsheime der ganzen Welt ab in der Hoffnung, in einem von ihnen auf einen *sailor* zu stoßen, der an Bord dieses Schiffes war, und zwar genau während der in Frage kommenden Reise. Klar, diese Methode hat auch etliche Haken. Zum Beispiel: Wenn die Besatzung noch vollzählig an Bord ist, hält sich keiner der Männer in einem Seemannsheim auf. Sollte inzwischen aber doch einer von Bord gegangen sein, dann hat er bestimmt nur das Schiff gewechselt oder ist nach Hause gefahren. Drittens: Wenn ich entgegen aller Erwartung meinen Mann tatsächlich finde, dann weiß ich noch lange nicht, ob er bereit ist, mit mir zu reden. Vielleicht gehört er zu einer Crew, die vom Käpt'n bis runter zum Moses Dreck am Stecken hat, und dann wird er wohl kaum den Mund aufmachen.«

»Mit Sicherheit nicht. Also, Jacob, daß deine beiden Methoden entfallen, weißt du ja selbst. Du wärst wie der Regentropfen, der auf die Sahara niedergeht mit dem Ziel, auf ein bestimmtes Sandkorn zu treffen, von dem aber nicht bekannt ist, wo es liegt. Nein, wir brauchen, um im Bild zu bleiben, keinen Regentropfen, sondern den ganz großen Regen. So, und jetzt weg von den Arabesken und hin zum Klartext! Mein Blatt hat eine Auflage von anderthalb Millionen, was etwa fünf Millionen Leser bedeutet. Ich schreibe einen spannenden Bericht über den Untergang der MELLUM, und zwar in mehreren Folgen. Kern meiner Geschichte wird die unterlassene Hilfeleistung sein, und wer weiß, vielleicht läßt der Text sich dann auch noch an eine Zeitung in den USA verkaufen. Damit, mein Lieber, regnet es sozusagen flächendeckend, und wir haben eine realistische Chance, Leute zu erreichen, die was wissen.«

»Und du meinst, dein Chef wird bei so einer Sache mitziehen?«

»Wird er. Unterlassene Hilfeleistung ist immer ein Thema.«

»Dann schreib die Geschichte! Du könntest sogar einen Köder auslegen. Für brauchbare Zeugenaussagen setze ich, aber ohne daß mein Name erwähnt wird, eine Belohnung von fünfzigtausend Mark aus.«

»Phantastisch! Das erhöht die Gesprächsbereitschaft. Wir fangen morgen an. Vielleicht haben wir Glück, und es handelt sich um eine Crew, in der es Neid und Rivalität und Rachegelüste gibt und darum auch mindestens einen, der bereit ist auszupacken. Dann kommt es nur noch darauf an, daß dieser eine unsere Story zu Gesicht kriegt. Also, morgen abend! Wenn möglich, bei mir, denn ich hab' vorgestern beim Schweine-Bingo einen riesigen Karbonadenstrang gewonnen, und der nimmt mir im Kühlschrank den Platz fürs Bier weg.«

Jacob Thaden mußte lachen.

»Also gut. Bei dir.«

13 Für Ernst Pohlmann alias Eberhard Leuffen alias James Hamilton war Mexiko das Gelobte Land, so, wie er für einen, wenn auch nur winzigen, Teil dieses Landes der rechte Mann war, denn durch ihn wurde die seit Jahrzehnten darniederliegende, dreihundert Hektar große Hacienda *La Madrugada* in der Provinz Tlaxcala zu neuem Leben erweckt. Noch von Deutschland aus hatte er vor Jahresfrist den verwahrlosten Landsitz mit Hilfe eines in Mexico City ansässigen Geschäftspartners erworben und es mithin erreicht, eines der am stärksten kontrollierten mexikanischen Gesetze zu umgehen, nämlich die Bestimmung, daß Ausländer dort keinen Grundbesitz haben dürfen. Zwar hätte er die *Madrugada* auch unter Einbeziehung eines einheimischen Strohmannes kaufen können, doch hatte er eine damit vorprogrammierte Abhängigkeit für zu gefährlich gehalten. Lieber hatte er sich für viel Geld einen Paß auf den Namen James Hamilton und dazu die mexikanische Staatsbürgerschaft besorgt, die in der Regel frühestens nach fünfjähriger Residenz erteilt wurde.

Die gleich nach der grundbuchlichen Übertragung von einem ganzen Heer mexikanischer Bauarbeiter in Angriff genommene Restaurierung der während der Revolutionszeit zerschossenen Gebäude war bei seiner Ankunft so weit fortgeschritten gewesen, daß er den aus neun Zimmern bestehenden Westflügel des Herrenhauses sofort hatte beziehen können. Und da auch jetzt noch viele Hände am Werk waren, stand zu erwarten, daß das im Jahre 1905 von einem englischen Adligen zwischen den Ortschaften Huamantla und Cuapiaxtla geschaffene Anwesen schon bald in seiner alten Pracht wiedererstanden sein würde.

Ernst Pohlmann oder vielmehr Señor Hamilton galt in der Tat als ein Geschenk des Himmels für diesen kargen mexikanischen Hochlandbezirk, denn er gab vielen Menschen Arbeit, zunächst mit der Renovierung der Gebäude, dann aber auch – und das waren dann langfristige Beschäftigungsverhältnisse – durch die Bestellung der Felder, die Viehhaltung und durch die Besetzung der zahlreichen in Haus und Garten anfallenden Posten. Eine herausragende Rolle hatte die Köchin Rosario Maldonado inne, die mit ihrem resoluten Wesen über die drei Dienstmädchen, die Wäscherin und die Küchengehilfin herrschte. Die jungen Männer Rodrigo und Lázaro, beide im nahen Huamantla aufgewachsen, besorgten den fast hektargroßen Garten, der viele Monate hindurch künstlich bewässert werden mußte. Jorge, ein dreiunddreißigjähriger Mann aus Tzompantepec, der einige Jahre im VOLKSWAGEN-Werk von Puebla gearbeitet hatte, war der Chauffeur, und da sich sein fachliches Wissen nicht auf Autos beschränkte, oblag ihm auch die Wartung der zahlreichen in den Gebäuden installierten technischen Geräte. So hatte die Hacienda, obwohl auf der gleichen geographischen Breite gelegen wie die subtropischen Inseln Jamaika und Haiti oder auch der nördliche Sudan, ein alle Räume versorgendes

Heizungssystem bekommen, denn schon bei seinem ersten Aufenthalt in den Ruinen der *Madrugada* hatte der Deutsche gespürt, daß es in den Höhenlagen seiner zukünftigen Wahlheimat Mexiko unangenehm kalt werden konnte.

Zu den in Haus und Garten Beschäftigten kamen außerdem, vor allem zur Erntezeit, viele ungelernte Männer und Frauen, so daß Señor Hamilton, den man für einen frühzeitig in den Ruhestand getretenen Großindustriellen aus London hielt, manch einheimischer Familie Brot gab und darüber hinaus an die *Municipalidad* von Huamantla willkommene Steuern in beträchtlicher Höhe abführte.

Da er selbst von der Landwirtschaft nichts verstand und sich darüber hinaus in den mexikanischen Gesetzen und Gepflogenheiten nicht genügend auskannte, war der Verwalter Luciano Morro sein wichtigster Mann. Er hatte ihn durch ein überaus großzügiges Gehalt und durch eine hohe Gewinnbeteiligung an sich gekettet. Vor diesem Luciano Morro, einem wahren Energiebündel, hatten die anderen sogar noch mehr Respekt als vor ihrem *patrón*, denn in ihm, dem Fremden, sahen sie fast so etwas wie ein Wesen von einem anderen Stern und einen Gringo allemal. Das störte ihn nicht. Im Gegenteil, es gefiel ihm. Er hatte ohnehin nicht die Absicht, dem großen landwirtschaftlichen Betrieb je vorzustehen. Er wollte ihn nur besitzen und damit an einem Ort, der fernab aller Erwägungen des deutschen Bundeskriminalamtes liegen mußte, ein luxuriöses Refugium haben.

Lange hatte er erwogen, einen Teil seiner deutschen Habe – die Möbel, Antiquitäten, Bilder und Bücher aus dem Amrumer Haus – nach Mexiko zu bringen, sich schließlich aber doch zur rigorosen Loslösung von allem alten Besitz entschlossen. Was nützt mir, hatte er sich gesagt, die mühsam erworbene Verfremdung, wenn mich zu guter Letzt eine Degas-Zeichnung oder ein Biedermeierschrank verrät? Und dann war er ganz anders verfahren, hatte Möbel im mexikanischen Kolonialstil anfertigen lassen und bei einer Versteigerung eine siebentausendbändige englischsprachige Bibliothek erworben. Mit einem solchen Interieur fühlte er sich sicherer.

So war der Mann, der vor fast einem halben Jahr als Ernst Pohlmann Deutschland verlassen hatte, dann als Eberhard Leuffen von Antwerpen über Belfast und Philadelphia nach Veracruz gereist war und schließlich als James Hamilton oder auch Don Jaíme im Hochland von Tlaxcala eine neue Existenz gegründet hatte, zu einem mit Grundbesitz und gültigen Papieren ausgestatteten Mexikaner geworden. Für sein zweites Leben stand ihm ein Privatvermögen von zweihundertachtzig Millionen Dollar zur Verfügung. Das war mehr als ausreichend, um in dem von Wirtschaftskrisen und Dauerinflation gebeutelten Land wie ein Feudalherr zu leben, womit er denn auch gleich nach seiner Ankunft begonnen hatte.

Dabei stammte er aus kleinen Verhältnissen. Als er im Jahre 1956 sechzehnjährig in seiner Heimatstadt Celle eine Lehre als Textilverkäufer antrat, war er, was soziale Gewichtungen anbelangte, ein höchst sensibler und kritischer junger Mann. Dem recht bescheidenen Einstieg ins Berufsleben waren heftige psychische Turbulenzen vorausgegangen. Als Vierzehnjähriger wurde er der Freund von Raimund Köppler, dem Sohn eines Möbelfabrikanten, der ein großes Haus führte und in dessen Familie der ebenso intelligente wie fleißige und schon damals unter dem niedrigen Lebensstandard seiner Eltern leidende Ernst Pohlmann hineingeriet wie ein Ackergaul in einen Stall voller Rennpferde. Daß es ausschließlich der Besitz war, den die Köpplers seiner Familie voraus hatten, begriff der Junge nicht gleich, reifte dann aber doch zu dieser Einsicht heran, und das machte alles noch schmerzlicher. Zunächst jedoch sah er nur, daß es in Raimunds Elternhaus anders zuging als bei ihm. Da war auf seiner Seite die ärmliche Wohnung mit drei Zimmern, Küche und Bad sowie Gemeinschaftskeller und Gemeinschaftsdachboden für acht Mietparteien und auf der anderen die pompöse Vierzehn-Zimmer-Villa, ockerfarben verputzt, mit zwei Balkons und einer Sonnenterrasse, einer Garage für drei Autos und einem Garten, der fast die Größe eines Fußballplatzes hatte und eindrucksvoll hinabreichte bis an die Aller, was so Beglückendes wie die Möglichkeit des Angelns, Bootfahrens und

Schwimmens in privater Atmosphäre mit einschloß. Dann waren da die plumpen Keramikteller und -tassen seiner Mutter und das zarte, kunstvoll bemalte Porzellan der Frau Köppler. Und die Kleidung natürlich: die von der Stange gekauften Jacken und Hosen seines Vaters aus billigem Stoff und die maßgeschneiderten Anzüge von Herrn Köppler, ganz zu schweigen von der Fülle und Vielfalt, die Raimunds Muter in ihren Kleiderschränken verwahrte und die der Freund ihm einmal, begleitet zwar von abfälligen Bemerkungen über spleenige Frauen, aber doch auch mit einem gewissen Stolz gezeigt hatte. Und dann gab es die weniger augenfälligen Unterschiede, etwa in der Beschaffenheit der Hände, in den Frisuren, in der Art, wie mit Messer und Gabel umgegangen wurde oder wie die Väter, wenn sie von ihrem Arbeitstag nach Hause kamen, ihre Frauen begrüßten. Herr Köppler küßte die seine auf die Wange, der eigene Vater dagegen rief nur, sobald er die Wohnung betreten hatte: »Hunger!« oder kniff, wenn er gut gelaunt war, seiner Margarete in den fülligen Hintern. Schließlich war da der riesige Bereich der Gespräche, der zuhauf Indizien lieferte für die Verschiedenheit der Lebensformen. Die bei Köpplers geführte Unterhaltung bei Tisch drehte sich immerhin um Politik und Mode und Fragen der Erziehung, während es bei ihm zu Hause um den Inhalt der Lohntüte ging, um den hundsgemeinen Chef, um die Preise für Lebensmittel, um den Schrebergarten und die Mitbewohner des alten Mietshauses.

Der junge Ernst Pohlmann sah die Güter der Welt ungerecht verteilt, und schon früh, mit fünfzehn Jahren, prägte er für sich den Begriff vom kleinen und vom großen Leben und war entschlossen, alles daranzusetzen, daß er aus dem engen Rahmen seiner Herkunft herausfände.

Ein besonderes Ereignis gab seinem bis dahin nur diffusen Drang nach Steigerung der Lebensqualität einen mächtigen Antrieb. Danach war es vor allem Zorn, der sich in die Bemühung um ein besseres Dasein mischte und ihm die Kraft zu einem neuen Anfang und später zum Durchhalten verlieh.

In dem prunkvollen Haus an der Aller gab es auch noch Beate,

Raimunds um zwei Jahre jüngere Schwester. Sie war ein lebhaftes und listenreiches Mädchen, hatte es einmal sogar geschafft, mit Hilfe eines gefälschten Schulzeugnisses den Eltern monatelang zu verheimlichen, daß sie sitzengeblieben war. Natürlich hatte er ihre Entwicklung vom Kind zum Teenager aufmerksam verfolgt, aber sein sozialer Instinkt hatte ihn davor gewarnt, sich ihr zu nähern. Und trotzdem wurde sie für ihn zum Verhängnis oder – auf später bezogen – zum Signal. Es hatte sich ergeben, daß er hin und wieder in der Villa übernachtete. Er bekam dann ein unter dem Dach gelegenes Giebelzimmer. Solche Nächte vor allem waren es, die dem Sechzehnjährigen, der damals kurz vor seinem Schulabschluß stand, die Nähe zum großen Leben vorgaukelten. Er genoß die Daunendecke, den dicken Teppich, die hellen Schleiflackwände, das eigene Badezimmer und nicht zuletzt den Blick aus dem offenen Fenster über den Garten hinweg bis zum Fluß.

An einem Augusttag, bald nach den großen Ferien, war es dann mal wieder soweit. Die Freunde waren gemeinsam von der Schule zur fünfzehn Gehminuten entfernten Villa aufgebrochen und hatten sich nach dem Essen zum Angeln ans Ufer gesetzt. Einmal war Beate erschienen, hatte einen dämlichen Spruch über Tierquälerei abgelassen, wobei unklar blieb, ob sie die Würmer meinte, die über den Haken gezogen wurden, oder die Fische, und war wieder gegangen, nicht ohne vorher die Angler durch einen raschen Steinwurf ins Wasser geärgert zu haben. »Blöde Ziege!« rief Raimund ihr nach, und als sie gegangen war, sagte er: »Schwestern sind eine Plage! Sei froh, daß du keine hast.«

Ernst Pohlmann, bei aller inneren Auflehnung gegen die ungerechte Verteilung der Güter schüchtern veranlagt und stets eher auf Beschwichtigung aus als auf Konfrontation, antwortete:

»Sie meint es nicht so. Hättest ihr auch 'ne Angel geben sollen; dann hätte sie mitgemacht.«

»Soweit kommt es noch, daß wir uns mit der abgeben!«

Drei Fische hatten sie schließlich in ihrem Eimer, alles Rotaugen, aber keiner war groß genug, daß er für die Pfanne taugte, und so bekam sie der Kater Caesar.

An diesem Abend saß Ernst Pohlmann wieder am Giebelfenster und war glücklich, für ein paar Stunden das Wohlleben der reichen Leute genießen zu können, und zugleich traurig, weil es nicht sein eigenes Leben war. Erst gegen Mitternacht legte er sich ins Bett und löschte das Licht.

Er hatte noch nicht geschlafen, als leise die Tür aufging, sich wieder schloß und einen Atemzug später Beate in seinem Bett lag. Sie hatte überhaupt nichts an. Es war grotesk: Wie ein verängstigtes Tier drängte sich der um zwei Jahre Ältere gegen die Wand, um nur ja nicht in Berührung zu kommen mit der nackten Haut des Mädchens.

»Das dürfen wir nicht!« versuchte er sie abzuwehren, aber statt zu antworten, verschloß sie ihm einfach den Mund mit ihren wilden, ungezügelten Lippen. Und dann drückte sie ihm etwas in die Hand, einen kleinen Gegenstand aus Metall.

»Was ist das?« flüsterte er.

»Ein Talisman. Den hab' ich bei meinem Vater im Schreibtisch gefunden. Ich hatte Lust, ihn dir mal zu zeigen.«

Er befühlte das offenbar an einer Kette befestigte, bizarr geformte Stück, wollte gerade die Nachttischlampe einschalten, um es betrachten zu können, als die Zimmertür sich abermals öffnete und gleich darauf das Deckenlicht anging. Und da stand er, der Fabrikant Köppler, in einem weinroten Schlafanzug, mit einem fast genauso roten Gesicht und mit Augen voller Zorn.

Er trat ans Bett, packte seine Tochter am Handgelenk, zog sie in die Mitte des Zimmers, ließ sie los und versetzte ihr ein paar Ohrfeigen von solcher Wucht, daß sie gegen die Wand fiel und dort zu Boden ging.

Ernst Pohlmann lag starr unter seiner Decke. Er hätte es durchaus als angemessen empfunden, wenn eine physische Attacke gleicher Vehemenz auch auf ihn niedergeprasselt wäre, aber davor schreckte der aufgebrachte Herr Köppler dann doch zurück. Statt dessen kamen Worte, und eins davon sollte dem Jungen nie wieder aus dem Kopf gehen:

»Es ist ungeheuerlich! Ein Prolet im Bett mit meiner Tochter, die noch ein Kind ist! Und das unter meinem Dach! Steh auf, zieh dich an und laß dich hier nicht wieder blicken!«

Das Herauskommen aus dem Bett, das Anziehen mit der zur Faust geschlossenen Rechten, die noch immer den Talisman umschlossen hielt, das Aufnehmen der Schultasche, die Schritte über die Treppe und das Verlassen des Hauses unter den Augen des Mannes, der ihn noch bei Tisch als jemanden bezeichnet hatte, von dem sein Sohn eine Menge lernen könne, waren so demütigend, daß er das Gefühl hatte, gleich fahre die Kraft aus seinen Beinen und er falle um. Noch hundert Schritte vom Haus entfernt wankte er. Er brauchte eine Pause, setzte sich auf die Bordsteinkante. Im Licht der Straßenlampe besah er sich, was Beate ihm in die Hand gedrückt hatte. Es war ein mit ausgebreiteten Flügeln versehener, gereckter Penis in Silber. Obwohl er allein war, schoß ihm die Röte ins Gesicht. Er steckte den Talisman ein. Noch immer spürte er die Kraftlosigkeit in seinen Beinen. Erst nach etwa zehn Minuten stand er wieder auf. Aber er wollte nicht nach Hause, wollte um keinen Preis seinen Eltern von dieser Schmach erzählen, schlich sich daher in den nahe gelegenen Park und übernachtete auf einer Bank. Von dort aus ging er am Morgen in die Schule.

Raimund und er mieden einander fortan. Zum Glück saßen sie in der Klasse nicht nebeneinander, und das Ende der gemeinsamen Schulzeit war ohnehin nahe.

Das Erlebnis dieser Nacht wurde zum Meilenstein in Ernst Pohlmanns Leben. Denen werd' ich's zeigen! sagte er sich, und aus Selbstmitleid und sozialer Anklage wurde ein erster entschlossener Schritt.

Er machte seinen Schulabschluß, begann die Lehre, besuchte aber vom ersten Tag an nebenher eine Abendschule, hielt das aufreibende Doppelprogramm drei Jahre lang durch und hatte dann das Abitur in der Tasche. Nach der Bundeswehr fing er mit dem Studium der Volkswirtschaft an, erzielte, obwohl er sich durch nächtliches Taxifahren den Lebensunterhalt verdienen mußte, glänzende Ergebnisse, machte Examen, und nach zweijähriger Tätigkeit in einer Mineralöl-Gesellschaft trat er in der mittleren Management-Ebene bei der EUROVIT an, reüssierte in dem Baumaschinen-Konzern wie kein Angestellter je zuvor, bekam umfassende Vollmachten, saß bald in der Direktion und schließlich an deren Spitze. Das war eine wahrhaft steile Karriere. Aber sie war ihm nicht zugefallen wie ein Lotteriegewinn, sondern er hatte dafür geschuftet, hatte Arbeitstage gehabt von sechzehn, manchmal achtzehn Stunden und niemals Zeit für sich selbst. Doch nach zwölf Jahren unter seiner Führung begann der Konzern zu schlingern. Durch ungebremste Expansion wuchs die Verschuldung des Milliardenunternehmens bedrohlich an, und es war allein seiner raffinierten Finanzpolitik zu verdanken, daß der Konkurs noch verzögert werden konnte. Mit Hilfe gefälschter Bilanzen gelang es ihm, immer neue Kredite hereinzuholen, und gleichzeitig begann er, Firmengelder für seinen eigenen Bedarf ins Ausland zu transferieren. Bald führten Bankhäuser in Houston/Texas, in New York, Mexico City, Zürich und London Konten, zu denen nur er Zugriff hatte. Im Jahre 1986 erkannte er, daß die EUROVIT, bis vor kurzem in Europa ein Gigant der Branche, nicht mehr zu retten war. Noch einmal kam die ganze ihm innewohnende Energie in Gang, aber nicht zum Wohle des Unternehmens, sondern zu seinem eigenen. Wie er einst geschworen hatte, sich aus den engen Verhältnissen seiner Herkunft zu befreien, so schwor er sich nun, niemals auf jenen kläglichen Stand zurückzufallen, koste es, was es wolle. Er kam aus dem kleinen Leben, hatte sich nach dem großen gesehnt, es schließlich errungen, und er würde es um nichts in der Welt wieder preisgeben. Immer mehr Geld ließ er ins Ausland fließen, setzte seine weltweiten Kontakte rücksichtslos ein für die Sicherung seiner privaten Existenz. Er hatte ein Bild vor Augen: Ein Zug fährt auf den Abgrund zu, und niemand kann ihn stoppen. Da ist dann nur noch eines zu tun: auf der allerletzten Teilstrecke soviel wie möglich aus den Waggons herauszuschaffen. Und genau das tat er. Das Ergebnis waren zweihundertachtzig Millionen Dollar. Als er im Januar des Jahres 1990 sein Haus am Tegernsee verließ und nach Antwerpen fuhr, um die mit einem herunter-gekommenen Kapitän ausgehandelte Flucht anzutreten, tat er es in dem Gefühl, trotz des in seinem Rücken einstürzenden Konzerns Sieger geblieben zu sein.

Der Mond über Huamantla war derselbe wie der vom Tegern-see, und doch empfand James Hamilton ihn wie ein neues, großes, verheißungsvolles Licht am Himmel. Er hatte die *cantina* verlassen, hatte dort einen Mescal getrunken und ging nun langsam über die *plaza* des kleines Ortes zu seinem Jeep, stieg ein und startete. Er verließ Huamantla auf der Carretera 136 in Richtung Osten und durchfuhr dann eine Landschaft, die ganz sicher keiner von denen, die nach ihm suchten, als eine für seine Zuflucht in Frage kommende Region angesehen hätte. Sie war öde und karg, gekennzeichnet von staubigen Feldern, trocke-nen Flußläufen, dürren Weiden, von Buschwald und dornigen Sträuchern, vergilbtem Gras und Kakteen. Dennoch oder gerade deshalb hatte er sich diese Gegend ausgesucht. Niemand würde ihn hier vermuten. Und völlig trostlos war sie nun auch wieder nicht, jedenfalls nicht das Land, das zur *Madrugada* gehörte. Dort hatte er für genügend Wasser gesorgt, so daß die Viehhaltung und der Anbau von Mais und anderem Gemüse möglich waren. Den größten Teil des Besitzes machten jedoch die Agavenfelder aus. Indes war ihm der Ertrag seiner Lände-reien nicht wichtig. Es kam nur darauf an, daß Luciano Morro den Betrieb in Gang hielt und er selbst im Hintergrund bleiben konnte. In einem halben Jahr, so plante er, würde er mit einem Teil seines Kapitals in jenen Bereich der mexikanischen Wirt-schaft vorstoßen, der noch am ehesten Gewinn, mindestens aber Bestand verhieß, ins Ölgeschäft. Die großen Erdölvorkommen auf der *Faja de Oro*, dem entlang der Golfküste verlaufenden *Goldenen Pfad*, hatten zwar nicht, wie die Mexikaner es erhoff-ten, die Republik aus ihrer wirtschaftlichen Misere erlöst, aber dieser Umstand entwertete schließlich nicht das Öl, sondern deckte nur das Mißmanagement auf, und dem konnte abgehol-fen werden. Für einen Mann mit Geld gab es daher keinen

Grund, sich diesem Geschäftszweig zu verschließen. Ja, er würde am Handel mit dem noch immer wichtigsten Rohstoff dieser Erde, von dem Mexiko so viel besaß, teilhaben. Auch deshalb hatte er sich in der Provinz Tlaxcala niedergelassen. Von dort waren die Ölzentren, ob nun Madero oder Tampico, Poza Rica oder Minatitlán, schnell zu erreichen, und zudem lag der Nabel der Republik, die Metropole Mexico City, ganze hundert Kilometer von seiner Hacienda entfernt. Doch neben aller Rationalität, mit der er das Projekt angegangen war, gab es auch emotionale Regungen, die ihn dazu bewogen hatten, denn er war nicht frei von Aberglauben und von der Neigung, aus einzelnen Begriffen oder Namen bedeutungsvolle Hinweise herauszulesen. *La Madrugada*, so hatte nicht er seine Hacienda genannt, nein, sie hatte immer so geheißen, und das war ihm wie ein Wink erschienen, als er zum ersten Mal durch ihre verfallenden Mauern streifte. Schon nach dem ersten Blick auf den in Kacheln eingebrannten und über dem Tor angebrachten Namen hatte er sich das wohlklingende Wort von einem *campesino* erklären lassen und beifällig genickt. *Tagesanbruch* oder auch *der frühe Morgen* waren Wörter, die sich in Einklang bringen ließen mit dem Vorsatz, etwas ganz Neues zu beginnen.

Nach etwa sieben Kilometern verließ er die Straße, bog nach links ab auf einen nur mit Schotter befestigten Weg. Im Rückspiegel sah er, wie der vom Mondlicht weißgefärbte Staub hochaufwirbelte.

Der Schotterweg verlief in nördlicher Richtung und endete nach fünfzehn Kilometern bei dem Dorf Altzayanca. Aber so weit fuhr er nicht. Nach abermals sieben Kilometern, kurz hinter der Ortschaft Zitlaltepec, bog er erneut nach links ab, kam damit wieder auf Asphalt. Nun handelte es sich um seine eigene Straße, die nach zwölfhundert Metern in den mit Kopfsteinen gepflasterten Vorplatz der Hacienda mündete.

Kurz vor Mitternacht erreichte er sein Haus. Der Rottweiler, ein ausgewachsener Rüde, begrüßte ihn mit freudigem Gebell. Das Tier begleitete ihn bis zur Haustür und ließ dann von ihm ab. Er ging über die breite, von der Diele aus nach oben führende

Treppe hinauf in die Bibliothek. Josefina, das jüngste der Hausmädchen, erschien und fragte nach seinen Wünschen. Er bat um Zitronensaft mit Eis. Bald darauf brachte die Siebzehnjährige mit den stark indianisch geprägten Gesichtszügen einen fast bis zum Rand gefüllten Krug und dazu ein rustikales, blauschimmerndes Longdrink-Glas. Er wünschte ihr eine gute Nacht und setzte sich mit seinem Getränk ans Fenster, wo ein kleiner Zedernholztisch und zwei Korbsessel standen. Er schenkte ein und trank. Er trank viel in dieser trockenen Hochlandluft, aber nur selten etwas Alkoholisches.

Er sah aus dem Fenster, und es dauerte nicht lange, da kamen die Erinnerungen. Sie holten die Stunden zurück, die er als Junge am Giebelfenster der Köppler-Villa verbracht hatte, davon träumend, daß irgendwann einmal auch ihm der Blick in den eigenen Garten vergönnt sei.

Beate fiel ihm ein, aber für den nächtlichen Eklat und seinen schmählichen Auszug aus dem Haus an der Aller hatte er jetzt nur ein kurzes Auflachen. Viel ausführlicher dachte er an das zufällige Wiedersehen gut zwei Jahrzehnte später, auf der Bootsausstellung in Hamburg, wo sie für eine der Herstellerfirmen als Hosteß tätig war. Eigentlich wollte er eine Yacht kaufen, verschob es jedoch auf den nächsten Tag, hatte plötzlich nur ein einziges Interesse. Er wollte die alte Schmach, die ihn so oft gequält hatte, ausgleichen. Unverblümt sagte er zu Beate, daß er eine Nacht mit ihr verbringen wollte, und stieß zu seinem Erstaunen auf ihre Bereitschaft. Am Abend trafen sie sich in seinem Hotel, und dann hatte er nicht nur mit ihr geschlafen, sondern darüber hinaus eine noch viel größere Genugtuung erlebt. Er erfuhr, daß die Möbelfabrik den Köpplers nicht mehr gehörte. Beates Eltern lebten zurückgezogen in einer kleinen Hamburger Wohnung, und Raimund hatte seine zweite Scheidung hinter sich. Die Unterhaltszahlungen für die auf der Strecke gebliebenen Frauen und Kinder fraßen ihn auf.

In einem langen, fast gierigen Zug trank er von dem würzigen Saft, setzte das Glas ab, hielt sich noch eine Weile in der Vergangenheit auf, dachte auch an Luise. Doch die Beschäftigung mit ihr war ihm lästig, und so brachte er sie schnell zu Ende. Luise, sagte er sich, wird gut zurechtkommen dank der fünf Millionen auf ihrem Schweizer Konto. Ich halte das für mehr, als ihr eigentlich zusteht, aber aus der Ehefrau ist nun mal, als es brenzlig wurde, die Komplizin geworden, und eine unzufriedene Komplizin ist gefährlicher als eine unzufriedene Ehefrau. Darum soll sie in Gottes Namen ihr Luxusleben weiterführen, und im Notfall kann sie mich über meinen Kontaktmann in Mexico City sogar erreichen. Ein Glück, daß wir keine Kinder haben. Allein schon die Sache mit dem Vaterherzen würde meinen deutschen Abgang erschwert haben.

Erst um zwei Uhr ging er schlafen. Im Bad stand er lange vor dem Spiegel, prüfte sein Gesicht. Er hatte einige Korrekturen vorgenommen, hatte sich einen Kinnbart wachsen lassen und war zu Kontaktlinsen übergegangen. Er, der Braunäugige, hatte sich für die graublaue Einfärbung entschieden. Und dann die andere Frisur! Seit der Studentenzeit hatte er sein Haar lang getragen und rechts gescheitelt, wobei die rechte, die kürzere Partie immer noch fingerlang herabhing und die andere wie eine mächtige, in der Bewegung erstarrte Woge aussah. Jetzt war die Mähne nicht mehr da. Auf der CAPRICHO hatte er sich entschlossen, es Nielson gleichzutun und das Haar, sobald er nach Mexiko kam, rigoros zu stutzen.

Mit dem Bild, das er im Spiegel sah, war er zufrieden. Bürstenschnitt, Bart, Augenfarbe, tiefbraune Gesichtshaut ... die Summe dieser Veränderungen machte alle Fahndungsfotos wertlos. Ich bin fast sicher, dachte er, sogar Luise ginge an mir vorbei, wenn wir uns irgendwo träfen, zumal auch die Zeit der Nadelstreifen hinter mir liegt. Wer hat mich je in hellem Leinenzeug gesehen, außer beim Segeln? Aber das war dann ganz anders geschnitten. Ja, du da im Spiegel, selbst ich erkenne dich kaum wieder!

14 Jonas Ellerup schwankte durch die schmale Straße. Wie in jedem Urlaub, nutzte er auch diesmal den Aufenthalt im heimatlichen Apenrade zu einem Sprung über die Grenze, um sich in Flensburgs Rotlicht-Viertel zu amüsieren. Es war sein letzter freier Tag. Morgen abend mußte er sich im holländischen Delfszil wieder an Bord einfinden, und diesmal würde sein Schiff – es war immer noch die CAPRICHO – nach Kolumbien fahren und dann nach New Orleans. Das bedeutete erst mal zwanzig Tage durchgehend auf See. Es lohnte sich also, in einer langen Nacht des Abschieds noch etwas zu tun für den großen Durst und die große Lust, und da waren der Flensburger Rum und die Flensburger Amüsiermädchen genau das Richtige.

Sein Schwanken hielt sich noch in Grenzen. Ganz leicht nur kam er manchmal vom Kurs ab, hatte sich aber unter Kontrolle.

Endlich fand er die Tür, die er schon seit geraumer Zeit im Kopf gehabt hatte und von der er wußte, daß sich dahinter großartige Dinge taten. Jonas Ellerup hielt sich gern in Bars auf, die halb Kneipe und halb Bordell waren und in deren schummerigen Nischen man ungeniert zur Sache gehen konnte. Ein verheißungsvoll angefangenes Vorgefecht abbrechen und in irgendein Hotel überwechseln zu müssen war nicht nach seinem Geschmack.

Vor einer Viertelstunde, bei Bockwurst und Bier am Stand, war ihm plötzlich die rotblonde Iris eingefallen, die letztes Mal an der Theke gesessen hatte, zwei Meter von ihm entfernt. Er war an jenem Nachmittag der einzige Gast gewesen und hatte von seinem Hocker aus dem Wirt zugerufen: »Ich brauch' was gegen den Durst!« Daraufhin hatte ihm Iris eine wunderschöne volle weiße Brust hingehalten und gesagt: »Durst hast du? Hier!« Wenig später hatten sie hinter einem der roten Samtvorhänge gewaltig Spaß gehabt. Die Erinnerung an die kecke Brust war es gewesen, die ihn vom Kiosk in die kleine Gasse getrieben hatte. Nun riß er die glücklich wiederentdeckte Tür auf, steuerte den Tresen an und setzte sich.

Doch dann mußte der Mann aus Apenrade erkennen, daß die

pikanten Szenen, die einem im Kopf sitzen und denen man nachjagt, um sie erneut zu erleben, nur ganz selten ein zweites Mal in gleicher Weise ablaufen. Es war Nacht und nicht Nachmittag, und Iris war nicht mehr da, schon lange nicht mehr, wie der Barmann Jonny ihm mitteilte. Dennoch kam Jonas Ellerup zu seinem Vergnügen. An einem der kleinen Tische saß eine hübsche Dunkelhaarige, die, so schien es wenigstens, ihn mit ihren wohlgeratenen Beinen heranwinkte. Sie schlug sie so provozierend übereinander, daß es schon ein Signal war.

Er setzte sich zu ihr, und nach einer kurzen Unterhaltung gingen sie hinter den Vorhang. Jonny brachte eine Flasche Sekt und zwei Gläser. Als sie wieder allein waren, zündete das Mädchen eine auf dem Tisch stehende Kerze an, zog den Vorhang ganz zu und sagte: »Ich heiße Melanie. Und du?«

»Jonas«, antwortete er. Es gab für ihn keinen Grund, aus seinem Namen ein Geheimnis zu machen.

Die Schöne mit dem fast schwarzen Haar bewies, daß sie sich in der Bibel auskannte, denn sie erwiderte lachend: »Doch nicht der aus dem Walfisch?«

Ellerup, obwohl Träger dieses Namens, kannte die Geschichte nicht.

»Nein«, sagte er brav, »aus Apenrade.«

Da war nun sie, die aus Augsburg stammte und erst kürzlich in den hohen Norden gekommen war, überfordert und fragte: »Wo liegt denn das?«

»Gleich nebenan. In Dänemark.«

»Und wieso sprichst du so gut Deutsch?«

»Fast alle Leute an der Grenze können beide Sprachen; außerdem hab' ich eine deutsche Großmutter.«

So ging es noch eine Weile weiter mit Fragen und Antworten zur Person, aber dann besann Jonas Ellerup sich darauf, daß er nicht dafür den teuren Sekt bestellt hatte. Seine Hände begannen, an der Ausstattung des Mädchens zu scharmützeln, und sie schenkte derweil fleißig nach. Es dauerte denn auch nicht lange, da waren sie beide nackt, und die Flasche war leer. Auf Melanies Ruf hin kam die zweite, und als der Barmann merkte, daß der spendable Gast nicht mehr ganz frisch war, brachte er den üblichen Spruch vom Schichtwechsel an und erklärte, er müsse abkassieren.

Jonas Ellerup kratzte sein letztes deutsches Geld zusammen, neunzig Mark in Scheinen, und das war natürlich nicht genug. Als dann nur noch Münzen auf den Tisch kamen, die sich lächerlich ausnahmen neben dem silbern glänzenden großen Eiskübel, verlor der Barmann die Geduld. Er klaubte kurzentschlossen die Jacke aus dem Kleiderhaufen und entnahm ihr mit raschem Griff die Brieftasche, schlug sie auf, hatte im Sichtfach eine Kennkarte vor sich, las laut daraus vor:

»Jonas Ellerup.«

»Stimmt.«

»Beruf?«

»Klar.«

»Na, welchen denn?«

»Seemann natürlich. Aber nun geben Sie mir gefälligst die Brieftasche zurück, damit ich meine Zeche bezahlen kann!« Er entriß dem Barmann die abgewetzte dunkelbraune Lederhülle, faßte in eins der kleineren Fächer, zog einen bis zur Winzigkeit gekniffenen Schein hervor, faltete ihn langsam und genüßlich auseinander und legte ihn dann auf den Tisch. Dort glättete er die grüne Banknote, indem er sie mit Daumen und Zeigefinger an einer Ecke festhielt und mit der anderen Hand sorgsam, ja, fast liebevoll darüber hinstrich.

»Reichen hundert Dollar?« fragte er.

»Da kriegen Sie sogar noch was raus.«

Jonny verschwand mit den neunzig Mark und dem amerikanischen Geldschein. Erst nach zehn Minuten brachte er das Wechselgeld. Er habe sich nach dem Kurs erkundigen müssen, erklärte er, legte dreißig Mark auf den Tisch und verschwand.

Die Nebelschwaden in Ellerups Kopf waren dichter geworden, aber das tat seiner Lust auf Melanie keinen Abbruch. Er zog sie zu sich heran, sagte: »Steig auf, Mädchen!« und half ihr auf seinen Schoß. Dort saß sie dann rittlings, und er sang: »Hoppe, hoppe, Reiter, wenn er fällt, dann schreit er ...« Doch brach er seinen Gesang gleich wieder ab und sagte: »Meine Großmutter hat mir das beigebracht.«

»Das darf doch nicht wahr sein!« rief sie und lachte schallend.

»Nur das Lied natürlich. Mann, wenn die wüßte, was ich hier mache! Die würde mich glatt enterben!«

»Lebt sie denn noch? Du bist doch sicher schon vierzig.«

»Ich bin zweiundvierzig, und meine Großmutter feiert nächste Woche ihren neunzigsten Geburtstag. Da kommt die ganze Familie zusammen, bloß ich nicht. Ich bin dann längst wieder auf See.«

Beide schätzten den Ritt hinter dem Vorhang nicht so ein, daß sie meinten, ihn unbedingt schweigend genießen zu müssen, und so plauderten sie munter weiter, bis Jonas Ellerup den Jubelpunkt erreichte, wie er die vier, fünf seligen Sekunden für sich nannte. Da wurde er still, begann zu zittern und mit den Zähnen zu knirschen. Sein Kopf ging rasch hin und her zwischen Melanies Brüsten, als schüttelte er sich den letzten Rest an Lust aus dem Hirn. Danach saß er eine ganze Weile reglos da, sagte schließlich: »Das war's dann wohl!« und hob sie herunter, machte es mühelos, fast beiläufig.

Aber die beiden waren einander sympathisch, und darum drängte es ihn nicht, wie sonst meistens nach Beendigung erkaufter Zärtlichkeit, zu raschem Aufbruch, und auch sie sah keinen Grund, den Seemann mit der noch halbgefüllten Flasche allein zu lassen. Sie schenkte wieder ein. Ja, und dann meldete sich plötzlich das Schicksal in Gestalt eines ganz kleinen Tieres, einer Fliege, ohne daß freilich die beiden auch nur im entferntesten ahnen konnten, was der winzige, zunächst nicht einmal sichtbare, sondern nur durch sein Gesumm wahrgenommene Störenfried in Gang setzen würde.

»Woher kommt die denn?« fragte Jonas.

»Faule Gerüche gibt's hier genug«, antwortete Melanie, »vor allem hinten, wo die Abfalleimer stehen. Und es ist Hochsommer und sehr warm.«

Nun sahen sie die Fliege. Sie kreiste über dem Tisch, und im Licht der Kerze war, wenn auch jeweils nur für einen Moment, der grünblau schimmernde Leib zu erkennen.

»Gleich verbrennt sie sich die Flügel«, sagte das Mädchen.

Jonas Ellerup holte aus, wartete, bis das Tierchen sich wieder über dem Tisch befand, und dann sauste seine Rechte durch die Luft, traf die Fliege im Flug. Der kräftige Schlag sorgte dafür, daß sie in sein Sektglas fiel. Trotz der Wucht war sie nicht betäubt. Sie zappelte an der Oberfläche des eisgekühlten Getränks, und Jonas Ellerup, bei Kleingetier wie Insekten und Würmern nicht zimperlich, so, als gälte das Verbot, Tiere zu quälen, erst vom Frosch und vom Vogel an aufwärts, nahm schnell einen der auf dem Tisch verstreut liegenden Bierdeckel zur Hand und schob ihn auf sein Glas. Da lag nun das runde Stück Pappe wie ein Flachdach auf einem Glashaus, und darunter bemühte sich die so jählings Herabgestürzte, wieder aufzusteigen. Aber sie schaffte es nicht. Einmal erreichte sie die Wand, versuchte, sie zu erklimmen, glitt jedoch wieder ab und trieb erneut zur Mitte.

»Verbrannt ist sie nicht«, sagte Jonas Ellerup und sah der Fliege von der Seite her zu, »statt dessen ertrinkt sie.«

»Ja«, meinte Melanie, »denn sie hat ja nicht mal 'ne Schwimmweste.«

Die Erwähnung der Schwimmweste war es wohl, die in dem alkoholisierten Kopf des Funkers plötzlich doch ein so winziges Exemplar der Tierwelt zu einem Geschöpf werden ließ, das in der Lage war, zu leiden und durch einen Todeskampf zu gehen mit all seinen Schrecknissen. Er nahm den Bierdeckel vom Glas, tauchte Daumen und zwei Finger ins Getränk, fischte mit einer Behutsamkeit, die in krassem Gegensatz stand zu dem erst vor wenigen Minuten gegen dasselbe Tier ausgeführten Schlag, die Fliege heraus und legte sie, ebenso behutsam, auf den Teller seiner linken Hand. Sie schüttelte die Flügel und setzte mehrmals zum Start an. Doch es gelang ihr nicht abzuheben. Vorsichtig hauchte Ellerup sie an, und dabei sahen er und das Mädchen, die immer noch dasaßen, wie Gott sie geschaffen hatte, fasziniert auf die kleine, langsam zu normalen Bewegungen zurückkehrende Kreatur, die auf seiner Hand hin und her zu laufen begann, so, als wollte sie es nun erst mal mit den Beinen und später wieder mit den Flügeln versuchen. Plötzlich hielt sie inne, hob die Vorderbeine an und zwirbelte sie.

»Sie reibt sich die Hände«, meinte Ellerup, »will uns wohl sagen: Jetzt, Leute, muß es klappen!« Kaum hatte er es ausgesprochen, da flog die Fliege davon. »Bravo«, rief er, »sie hat's geschafft!« Melanie schüttete Ellerups Sekt in den Eiskübel, schenkte einen Fingerbreit nach, um damit das Glas auszuspülen; erst dann füllte sie es neu.

»Danke«, sagte er. Und dann: »Sie war… ja, sie war wie ein Mensch im Wasser, wie einer von uns, wie ein Seemann, der im Ozean gegen das Ertrinken ankämpfte.«

»Bist du schon mal untergegangen mit einem Schiff oder in Seenot gekommen?«

»Nein, aber ich hab' mitgekriegt, wie einundzwanzig Menschen im Atlantik ertranken.« In seinem Kopf gab es nach dem Genuß von so viel Alkohol kaum noch Barrieren, und da er sich, wie es vielen anderen auch ergeht, darin gefiel, die Gefahren seines Berufes herauszustellen, redete er weiter. Doch mischte er Wahres und Ersonnenes, um nicht die schmachvolle Rolle offenbaren zu müssen, die sein Kapitän und er damals gespielt hatten. »Es war im letzten Winter«, fuhr er fort, »und wir hatten Windstärke zwölf. Da explodierte ganz in unserer Nähe ein Schiff. Es ging sofort unter. Wir hörten die Leute schreien, und mit unseren Scheinwerfern sahen wir sie in den zehn Meter hohen Wellen um ihr Leben kämpfen. Wir selbst, mein Schiff ist nicht sehr groß, wurden hin- und hergeworfen. Klar, daß wir bei dem Seegang keine Boote ausbringen konnten. Die Ärmsten schwammen auf uns zu. Natürlich warfen wir Rettungsringe ins Wasser und auch Leinen, aber es nützte nicht viel. Vier nur konnten wir bergen, und die anderen einundzwanzig mußten elendig ersaufen.«

Er machte eine Pause, denn ganz plötzlich war ein lichter Moment über ihn hereingebrochen. Er fragte sich, ob er nicht doch besser geschwiegen hätte. Aber die Zweifel kamen zu spät, und also beendete er seine Geschichte etwas abrupt mit der Feststellung: »Das war das traurigste Kapitel in meiner zwanzigjährigen Laufbahn als Seemann.«

Melanie hatte aufmerksam zugehört, und sie konnte sich, als ihr Gast nun nach seinen Kleidern griff und sich anzuziehen begann, durchaus eine Vorstellung machen von der Tragödie, die sich da auf dem Atlantik abgespielt haben mußte. Auch sie zog sich an, und dann folgte der Abgesang ihrer Begegnung, in der die immer wieder kuriose Mischung aus Intimität und Unverbindlichkeit die Spielregeln bestimmt hatte. Sie küßten sich nicht, gaben sich aber die Hand und vereinbarten, wieder füreinander dazusein, wenn sein Weg und ihr Job es so fügen sollten. Jonas Ellerup verließ das Lokal, und Melanie stellte sich an die Theke. Noch war kein Feierabend, aber da es ohnehin an Gästen fehlte, ließ der Keeper seine Mädchen dann doch eine Viertelstunde vor der Zeit gehen.

Melanie fuhr nach Hause. Sie hatte eine kleine Wohnung in einem Stadtrandbezirk, wo niemand von ihrem Gewerbe wußte. Sie duschte, legte sich hin, war zufrieden mit den Einnahmen dieser Nacht, denn vor dem Dänen hatte sie einen Geschäftsmann aus Bayern gehabt, dem die Besinnung auf die gemeinsame Heimat nicht nur die Zunge, sondern auch das Geld gelokkert hatte. Zwar war bei ihm nur eine Flasche auf den Tisch gekommen, aber dafür hatte er ihr einen Hundertmarkschein extra zugesteckt.

Sie schlief lange, und nach dem Frühstück, das zugleich Mittagessen war, beschloß sie, sich einen Friseurbesuch zu leisten. Sie rief in ihrem Salon an und bekam einen Termin für siebzehn Uhr. In der bis dahin verbleibenden Zeit machte sie die Wohnung sauber, bügelte ein paar Blusen und schrieb an ihre Mutter.

Um Viertel nach fünf saß sie unter der Trockenhaube, in der Hand eine Illustrierte. Da die Hitze um ihren Kopf sie nicht gerade zum Lesen animierte, begnügte sie sich mit dem weniger mühevollen Betrachten der Bilder. Und plötzlich sah sie ein

119

Schiff. Es war kein Foto, sondern eine Zeichnung. Das Heck ging mit fast waagerechtem Schornstein in die Tiefe, und ringsherum schwammen Menschen. Der dazugehörige Bericht hatte den Titel »SOS UND KEINE HILFE...«. Darunter stand, etwas kleiner im Druck: »Der rätselhafte Untergang der MELLUM/Vierte Folge«. Noch kam ihr nicht der Gedanke, dieser Fall eines Schiffbruchs und das Unglück, von dem ihr letzter Gast erzählt hatte, könnten identisch sein; sie fand es nur seltsam, daß sie innerhalb so kurzer Zeit zweimal mit einer Tragödie in Berührung kam, die sich auf dem Meer abgespielt hatte. Sie wollte schon weiterblättern, da fiel ihr Blick auf einen Kasten, der mitten in der Geschichte saß und einen fettgedruckten Text enthielt. Er lautete: »50 000,– DM Belohnung zahlen wir demjenigen, der Auskunft geben kann über das Schiff, von dem im nebenstehenden Tatsachenbericht die Rede ist und das möglicherweise in der Unglücksnacht an der MELLUM vorbeigefahren ist, so daß nur vier der insgesamt fünfundzwanzig Schiffbrüchigen gerettet werden konnten.« Am Fuße des roten Rahmens, der den Text einfaßte, stand eine Telefonnummer.

Die Zahlen waren es, die den Kopf des jungen Mädchens noch um einige Grade heißer werden ließen, die Vier und die Fünfundzwanzig und damit natürlich auch die Einundzwanzig, von der ihr Gast gesprochen hatte. Nun las sie den Bericht, und da er sehr lang war, setzte sie sich, als sie frisiert war und bezahlt hatte, noch einmal zu den Wartenden, um ihre Lektüre zu beenden. Zwar stieß sie auf ein paar Ungereimtheiten, die es zwischen dem gedruckten Bericht und der Erzählung des dänischen Seemanns gab, aber die Vier und die Fünfundzwanzig und also auch die Einundzwanzig stimmten überein. Das konnte doch kein Zufall sein! Diese Übereinstimmung beschäftigte sie um so mehr, als da noch eine weitere, sehr gewichtige Zahl eine Rolle spielte: die Fünfzigtausend!

Sie notierte sich die Telefonnummer, fuhr mit dem Taxi nach Hause, war so erregt, daß sie sich nicht einmal hinsetzte. Sie wählte, und während sie wartete, wuchsen ihrer Phantasie Flügel, und das führte zu immer neuen Zahlen: achthundert für

120

eine Tiefkühltruhe, zweitausend für einen neuen Teppich, achttausend für den Gebrauchtwagen, der seit zwei Wochen vor dem Autohaus KRASEMANN steht und den ich schon viele Male umrundet hab', sechstausend für die Ablösung des leidigen Kleinkredits, vier-, nein, fünftausend, um endlich mal mit Mama nach Gran Canaria oder Marbella zu fliegen, dreitausend...

»Maibohm.«

Das Wort riß sie aus ihren Träumen. Es klang so komisch, paßte eigentlich nicht.

»Spreche ich nicht mit der Zeitschrift KOMET?«

»Doch, doch! Worum geht es?«

»Ich hab' Ihren Bericht gelesen, den über das untergegangene Schiff, und gestern bin ich mit einem Mann zusammengetroffen, der dabeigewesen ist. Er hat mir davon erzählt, von den einundzwanzig, die ertrunken sind, und von den vier Geretteten. Und da dachte ich...«

»Er war dabei, sagen Sie? Gehört er zu den Geretteten?«

»Nein. Er war auf einem anderen Schiff und hat gesehen, wie die Leute ertranken. Sein Schiff konnte nicht helfen, weil so ein starker Sturm war.«

»Wann passierte das?«

»Im letzten Winter.«

»Von wo aus rufen Sie an?«

»Aus Flensburg.«

»Und wie ist Ihr Name?«

»Agnes Huntinger.«

»Und Ihre Adresse?«

Sie nannte ihre Privatanschrift.

»Frau Huntinger, ist hundertprozentig wahr, was Sie mir da erzählt haben? Wir hatten schon fast dreißig Anrufe von Leuten, die sich trotz der ernsten Geschichte einen Jux erlauben wollten, oder von solchen, die meinten, sie könnten mit ihren Hirngespinsten das große Geld ziehen: Also, ich würde mich jetzt gleich auf den Weg machen, um mit Ihnen zu sprechen, aber das bedeutet eine Autofahrt von zwei Stunden, und da

121

muß ich natürlich sicher sein, daß Ihre Aussage Hand und Fuß hat.«

»Hat sie ja auch.«

»Wie heißt der Seemann, mit dem Sie gesprochen haben?«

»Jonas. Ein Däne.«

»Ist das der Nachname?«

Plötzlich hatte sie das Gefühl, ihre schönen Informationen gratis wegzugeben, und so sagte sie: »Ich will nicht alles am Telefon ausplaudern, denn ich bin an der Belohnung interessiert. Wenn Sie kommen, red' ich weiter. Aber vorher müssen wir eine schriftliche Vereinbarung machen, damit ich hinterher auch was in der Hand hab'.«

»Das geht in Ordnung. Wo finde ich Sie? In Ihrer Wohnung?«

»Wann kommen Sie?«

»Gegen halb neun.«

»Dann an meinem Arbeitsplatz. Das ist eine Bar.« Sie diktierte ihm die Adresse und fügte hinzu: »Sie müssen nach Melanie fragen.«

»Und wer ist das?«

»Das bin ich. So heiß' ich da.«

»Okay. Aber zwei Fragen können Sie mir vielleicht noch am Telefon beantworten. Wie heißt das Schiff, auf dem dieser dänische Seemann fährt?«

»Das weiß ich nicht.«

»Und wo ist der Mann jetzt?«

»Das sag' ich Ihnen, wenn Sie hier sind. Sonst fahren Sie womöglich gleich zu ihm und kommen gar nicht zu mir.«

»Gut, in zwei Stunden sehen wir uns. Wahrscheinlich bringe ich noch jemanden mit.«

»Sie kommen bestimmt?«

»Worauf Sie sich verlassen können!«

15 In Wulf Maibohms BMW hatten sie bis zur Ausfahrt Flensburg nur siebzig Minuten gebraucht, und so war es, als sie den Wagen auf dem Parkplatz abstellten, erst kurz nach acht. Das Lokal war schnell gefunden. Sie gingen hinein, setzten sich an die Theke, bestellten jeder ein Bier und fragten den Barmann nach Melanie.

»Sie ist noch nicht da, aber ich könnt' Ihnen auch was anderes bieten. Sehen Sie doch mal! Die dahinten links am Tisch, ich sag' Ihnen, die ist vom Allerfeinsten.«

»Nein, wir wollen Melanie und keine andere«, sagte Wulf Maibohm, der sich kurz umgewandt hatte, und Jacob Thaden fragte: »Sie kommt doch bestimmt?«

Der Mann hob die Schultern. »Manchmal bleiben sie einfach weg, aber Melanie gehört zu denen, auf die man sich verlassen kann.«

»Das klingt gut«, sagte Wulf Maibohm.

»Wollen wir nicht lieber woanders hingehen und später wiederkommen?« fragte Jacob Thaden den Freund, als der Barmann außer Hörweite war.

»Dann hat sie womöglich einen Gast, und wir müssen stundenlang warten.«

»Sie kann doch zwischendurch auch mal mit uns reden.«

Maibohm lachte. »Zwischendurch? Wohl kaum. Was meinst du denn, was sich hinter all diesen Vorhängen tut?«

»Ach so.«

»Klar ist das hier ein Puff. Darum müssen wir so tun, als ob es uns um einen flotten Dreier ginge.«

Der Wirt kam wieder näher. Er stellte ein Glas, das er poliert hatte, hinter sich ins Regal. »Sind Sie etwa Bullen?« fragte er dann.

»Sehen wir so aus?« fragte Jacob Thaden zurück.

»Könnte man sagen, ja.«

Wulf Maibohm grinste den Mann an. »Wenn ich bloß wüßte, ob das ein Kompliment ist oder womöglich das Gegenteil.«

»Dürfen Sie halten, wie Sie wollen. Aber da kommt Ihr Täubchen!«

Maibohm rutschte von seinem Hocker und ging auf das Mädchen zu. »Hallo!« sagte er.

Sie gab ihm und dann auch Jacob Thaden die Hand, als wären sie alte Bekannte. »Jonny«, sagte sie zu dem Wirt, »sei so gut und hol mir 'ne Packung Zigaretten aus dem Automaten! Kennst ja meine Marke.« Sie schob ihm zwei Münzen hin. Der Mann ging, und sie fragte: »Macht es Ihnen was aus, wenn wir uns in einem der Séparées unterhalten und Sie eine Flasche Sekt bestellen?«

»Das ist okay«, antwortete Wulf Maibohm, und ein paar Augenblicke später saßen die drei hinter der geschlossenen Portiere. Sekt und Gläser waren auch schon da.

Wulf Maibohm legte ein Papier auf den Tisch, das den Briefkopf seiner Zeitschrift trug, und las vor:

»Sollte das in unserer Serie SOS UND KEINE HILFE gesuchte Schiff durch die Angaben von Frau Agnes Huntinger gefunden werden, so steht ihr eine Belohnung von fünfzigtausend DM zu.« Er sah auf und fügte hinzu: »Dann kommen Unterschrift und Datum. Sind Sie einverstanden?«

Sie nahm das Schreiben zur Hand, prüfte es eingehend und steckte es in ihre Handtasche. »Ja, ist in Ordnung so.«

»Gut, jetzt sind Sie dran.«

Und Melanie berichtete, erzählte sogar von der Fliege und ihrem Sektbad und endete mit den Worten: »Er hat gesagt, das Unglück auf dem Atlantik wäre das traurigste Kapitel in seiner zwanzigjährigen Seemannslaufbahn.«

Jacob Thaden war skeptisch. Er wollte dem Mädchen ein paar Fragen stellen, unterließ es dann aber doch, denn sie hatten vereinbart, daß er sich nach Möglichkeit zurückhalten sollte.

»Wie hieß das Schiff?« fragte Wulf Maibohm.

»Das hat er mir nicht erzählt. Aber er sagte, nächste Woche, wenn seine Großmutter ihren neunzigsten Geburtstag hat, ist er längst wieder auf See.«

»Wohin?«

»Hat er nicht gesagt.«

»Jonas heißt der Mann also. Jetzt frage ich Sie noch einmal: Ist das der Vor- oder der Nachname?«

»Der Vorname.«

»Verdammt!« Maibohm hob einen Bierdeckel hoch und knallte ihn auf den Tisch zurück. »Jonas aus Apenrade, das ist wie Fritz aus Flensburg!« Er hatte wenig Hoffnung auf eine positive Antwort, als er nun fragte: »Und sein Nachname? Hat er Ihnen den zufällig ins Poesie-Album geschrieben?«

Um so überraschter war er, als das Mädchen erwiderte: »Das nicht, aber Jonny hat seinen Ausweis gesehen und den Namen sogar laut vorgelesen. Ellery oder Elleby, ich weiß nicht mehr genau, aber so ähnlich klang es.«

»Jonny ist der Mann an der Theke, nicht?«

»Ja.«

»Wie kam es denn zu der Ausweiskontrolle?«

Melanie erzählte, was vorgefallen war, und dann sagte Maibohm: »Wenn Jonny den Namen vor Augen gehabt hat, wird er ihn wahrscheinlich noch wissen.«

»Mist!« sagte Melanie, und es kam von Herzen.

»Wir können ihn doch fragen!« meinte Thaden.

Sie verzog den Mund. »Er achtet sehr darauf, daß man seinen Gästen nicht nachspioniert. Er sagt immer: Wenn hier einer Fragen stellt, und er ist kein Bulle, dann steckt garantiert ein Eheproblem dahinter, und da hab' ich meine Kunden natürlich zu schützen.«

»Das krieg' ich schon hin«, erklärte Wulf Maibohm.

»Muß ich die Belohnung dann etwa mit ihm teilen?«

»Nein, nein! Dem schieb' ich einen Lübecker über den Tresen.« Maibohm verließ die Nische, und sofort fühlte Jacob Thaden sich unbehaglich neben dem Mädchen, das eine fast durchsichtige Bluse trug und einen Rock, der kaum länger war als ein Paar Hot pants.

»Sind Sie auch von der Zeitung?« fragte sie.

»Nein, ich bin von der Reederei des untergegangenen Schiffes.«

»Glauben Sie, daß meine Spur die richtige ist?«

»Es ist möglich, kann aber auch ganz anders sein, zum Beispiel so: Dieser Jonas prahlt gern herum, fährt in Wirklichkeit nur auf einem kleinen Apenrader Fischkutter, möchte Ihnen aber unbedingt was von der großen Seefahrt erzählen und greift auf die Geschichte zurück, die er ein paar Tage vorher in der Zeitung gelesen hat.«

Diese Version gefiel Melanie nun überhaupt nicht, und sie hatte sogar ein stichhaltiges Gegenargument: »Also, das halt' ich für ausgeschlossen! Ich hab' die Geschichte ja auch gelesen, hab' mir, bevor ich zu meiner Schicht ging, sogar noch die vorletzte Folge von meiner Nachbarin geliehen. Da stehen so viele spannende Sachen drin, daß er die doch bestimmt miterzählt hätte, wenn er nur angeben wollte.«

»Mag sein.«

Maibohm kam zurück, sagte nur »Ellerup« und setzte sich.

»Natürlich, Ellerup!« Melanie klatschte sogar in die Hände.

»War es schwierig?« fragte Thaden.

»Nein, aber teuer.«

Etwa zehn Minuten später brachen sie auf und suchten sich ein Hotel.

Am nächsten Morgen passierten sie um kurz nach neun Uhr die Grenze und fuhren auf der A 10 weiter in Richtung Norden.

»Und was«, fragte Wulf Maibohm, »wenn nun alles ganz schnell geht, wir also das Schiff finden und damit den Kapitän und du in, sagen wir mal, zwei Wochen dem Mann gegenüberstehst? Was hast du dann mit ihm vor?«

»Ich werde ihn fragen: Warum?«

»Und wenn er dir antwortet: Maschinenschaden!? Und dir erklärt, daß sein Schiff plötzlich manövrierunfähig war, also nicht von der Stelle kam und folglich niemanden retten konnte?«

»Dann glaube ich ihm nicht, denn das hätte der dänische Seemann doch ganz bestimmt erzählt. Außerdem wäre dann der Kontakt nicht einfach abgerissen, sondern sie hätten gefunkt: Tut uns leid, wir können nichts machen, haben plötzlich selbst 'ne Havarie.«

»Und wie würdest du dem Kapitän beweisen wollen, daß er lügt? Ich meine, sofern er lügt.«

»Wenn wir das Schiff haben, haben wir zwanzig Leute, die wir nach Strich und Faden ausfragen können.«

Wulf Maibohm war hartnäckig: »Gut. Und was, wenn du rauskriegst, daß der Kapitän ein elender Schuft ist, der aus irgendwelchen Vorteilserwägungen heraus einundzwanzig Menschen ertrinken ließ? Was machst du dann mit ihm? Willst du ihn über den Haufen schießen?«

»Natürlich nicht. Er soll sich vor einem Gericht verantworten und seine Strafe kriegen.«

»In Ordnung. Er kriegt seine Strafe. Und dann? Wirst du dann zur Ruhe kommen?«

Jacob Thaden sah den Freund von der Seite an: »Was soll diese Fragerei? Bist du plötzlich dagegen, daß wir die Aktion durchziehen?«

»Keineswegs. Ich will nur dein Motiv etwas genauer ausloten.«

»Wulf, versteh doch! Daß ich hinter dem Schiff und seinem Kapitän herjage, ist keine sportliche Veranstaltung, die zu Ende ist, wenn ich gesiegt habe. Ach was! Ich werde niemals siegen in dieser Sache, werde immer der Verlierer bleiben; aber ich kann nicht zulassen, daß Sigrid und Arndt geopfert wurden und der Mann, der sie auf dem Gewissen hat, sein Leben weiterlebt, als wäre seine Welt noch in Ordnung. Sie ist es nicht, und wenn er das nicht weiß, wird es Zeit, daß er es erfährt.«

»Du denkst also noch genauso wie damals, als es passiert ist.«

»Ja, und das wird sich auch nicht ändern. Ich wache jede Nacht zigmal auf und stell' mir den Mann vor, der das getan hat. Ich will die Wahrheit über ihn und sein Handeln und dann die Konsequenz daraus. So große Rechnungen dürfen nicht offenbleiben.«

Eine halbe Stunde später hatten sie Apenrade erreicht.

»Guck mal, die Stadt«, sagte Wulf Maibohm, »adrett und übersichtlich wie im Bilderbuch!«

»Hoffentlich sieht's auch im Meldeamt übersichtlich aus.«

»Ja, hoffentlich.«

»Oder gehen wir besser zur Polizei?«

»Nur im Notfall. Polizisten sind immer neugierig. Ehe ich denen eine Frage gestellt hab', stellen dir mir drei.«

Sie hatten Erfolg. Im Register war ein Ehepaar Ellerup aufgeführt, zu dessen Haushalt zwar kein weiteres Familienmitglied gehörte, aber einer der Angestellten wußte, daß die Ellerups einen etwa vierzigjährigen Sohn hatten, der zur See fuhr. Sie bekamen die Adresse, mußten wieder heraus aus der Stadt und fanden, auf einer Anhöhe gelegen, das dunkelrot gestrichene Holzhaus, hielten davor. Vom Auto aus konnten sie über die Apenrader Bucht sehen. »Schön hier!« sagte Wulf Maibohm. »Auch wenn der Knabe zu Hause ist, hat er das Meer vor der Nase.«

Sie gingen durch den kleinen Vorgarten, klingelten an der Tür. Aber niemand öffnete.

»Und was nun?« fragte Jacob Thaden.

»Warten. Bleibt uns nichts anderes übrig.«

»Und wenn sie gestern für drei Wochen weggefahren sind? Vielleicht sollten wir mal im Nachbarhaus fragen.«

Das taten sie und erfuhren, daß zumindest Frau Ellerup eigentlich dasein müßte, also vermutlich nur eine Besorgung machte. Sie setzten sich wieder ins Auto.

»Du, mir fällt da grad was ein!« sagte Jacob Thaden.

»Was?«

»Vielleicht gehört Jonas Ellerup zur Besatzung des amerikanischen Kriegsschiffes, das die vier Menschen gerettet hat, mich eingeschlossen. Dann wäre sein Dampfer nicht unser Gespensterschiff, und wir könnten wieder bei Null anfangen.«

»Er hat der Kleinen doch erzählt, sie hätten die Menschen – und zwar nicht nur vier, sondern alle – im Wasser gesehen, und das haben die Amis nicht. Die haben sehr viel später, als alles längst vorbei war, erst die Rettungsinsel mit den beiden Filipinos und dem Wolbrügge gefunden und dann dich.«

»Er kann die Ausschmückungen erfunden haben, so, wie er die Windstärke zwölf erfunden hat. Fast immer, wenn jemand Seemannsgarn spinnt, herrscht Windstärke zwölf.«

Nun wurde auch Wulf Maibohm nachdenklich, aber schließlich

128

sagte er: »Die Chancen stehen immer noch fünfzig zu fünfzig. Warten wir ab, was die Mutter erzählt!«

Erst nach einer halben Stunde war es soweit. Eine einfach gekleidete alte Frau mit einem Einkaufsnetz in der Hand kam die Anhöhe herauf, schloß das rote Haus auf und ging hinein. Sie warteten noch ein paar Minuten, und dann traten sie erneut an die Tür und klingelten. Die Frau öffnete ihnen. Sie war von Anfang an freundlich, ließ ihre Besucher, nachdem sie sich vorgestellt und ihr Anliegen genannt hatten, herein, bot ihnen sogar einen Fruchtsaft an, auf den sie aber verzichteten.

»Und da dachten wir«, setzte Wulf Maibohm das an der Haustür begonnene Gespräch fort, »wir gucken mal nach, ob Jonas zufällig zu Hause ist.«

»Woher kennen Sie ihn denn?«

»Wir hatten mal alle drei im Hamburger Hafenamt zu tun, mußten lange warten, wie das auf den Behörden so ist, und da haben wir uns angefreundet. Wirklich schade, daß wir ihn um einen Tag verfehlt haben!«

»Ja, gestern morgen hätten Sie ihn noch angetroffen. Er kam in der Nacht von Flensburg zurück, hat einen Freund besucht, dessen Schiff grad da liegt. Sie haben fast die ganze Nacht an Bord gefeiert.«

Nun, die beiden wußten es besser. Trotzdem fragte Wulf Maibohm: »Hat er zufällig erwähnt, auf welchem Schiff sie gefeiert haben?«

»Ja, auf der MELANIE.«

Sie mußten schmunzeln.

»Frau Ellerup«, begann nun Wulf Maibohm den entscheidenden Teil des Gesprächs, »wir fahren auch zur See, sind immer unterwegs, und manchmal hat man Glück, und ein guter Freund liegt mit seinem Schiff im selben Hafen. Aber wenn man den Namen seines Schiffes nicht kennt, gibt's trotzdem kein Wiedersehen. Auf welchem fährt denn Ihr Jonas zur Zeit?«

Als die letzten Worte heraus waren, bemächtigte sich beider eine kaum erträgliche Spannung, und sie wünschten inständig, daß die alte Frau ihnen nicht mit Begriffen wie »Navy« oder

»US-Marine« antworten würde. Thaden schloß sogar für einen Moment die Augen. Aber dann kam, so selbstverständlich, als teilte sie den Namen einer Blume aus ihrem Garten mit, die Antwort:

»Auf der CAPRICHO.«

Sie sahen einander an, erleichtert, erfreut, aber nur ganz kurz, denn Maibohm faßte sofort nach: »Ah, auf der CAPRICHO! Zu welcher Reederei gehört das Schiff eigentlich?«

»Zu einer chilenischen. Sie sitzt in Antofagasta. Den Namen vergesse ich immer wieder; es ist irgendwas mit *Marítima*.«

Von Interesse war auch, welchen Job Ellerup an Bord hatte, aber alte Freunde, als die sie sich ausgegeben hatten, mußten darüber Bescheid wissen. Dem findigen Wulf Maibohm kam eine gute Idee: »Ist Jonas inzwischen eigentlich mal befördert worden?«

»Wieso? Kann er doch gar nicht als Funker.«

»Doch, auf großen Schiffen gibt es mehrere Funkoffiziere.«

»Aber die CAPRICHO ist nicht sehr groß. Sechstausend Tonnen hat sie nur.«

»Ach so.«

»Frau Ellerup«, meldete sich nun Jacob Thaden zu Wort, »jetzt haben wir Jonas schon zum zweiten Mal um Haaresbreite verpaßt. Im Winter waren wir mit unserem Schiff in Baltimore, drüben in den USA. Und stellen Sie sich vor, da trafen wir meinen Bruder, der auch zur See fährt und der kurz vorher Ihren Sohn gesprochen hatte; ich weiß nicht mehr, in welchem Hafen, aber es war irgendwo in der Nähe. Anfang Februar muß es gewesen sein.« Thaden sah den Freund an: »Du sagtest noch, du hättest Jonas so gern wiedergesehen, weil er ein so netter Kerl ist.« Und dann wandte er sich wieder an die Mutter dieses *netten Kerls:* »Wissen Sie, wo er damals mit der CAPRICHO lag?«

»Warten Sie!« Die Frau verschwand, war aber nach wenigen Augenblicken zurück, in der Hand einen Stapel Luftpostbriefe. »Anfang Februar?« fragte sie und setzte ihre Brille auf.

»Ja, so ungefähr.«

Mit großer Sorgfalt ging sie nun die Briefe durch, fand schließlich den, nach dem sie gesucht hatte, entnahm dem Umschlag einen engbeschriebenen Bogen, faltete ihn auseinander und legte ihn auf den Tisch. »Ja«, sagte sie, »achter Februar, Philadelphia.«

»Das ist ganz nah bei Baltimore«, meinte Wulf Maibohm. Und dann log er der alten Frau die Hucke voll: »Es ist doch immer wieder ein Glücksspiel! Wir Seeleute fahren ein Leben lang um die Welt, immer ohne unsere Angehörigen, und oft sind mehrere Männer aus ein und derselben Familie unterwegs, und wenn sich dann mal zwei von ihnen treffen, in Hongkong vielleicht, dann ist das ein Fest, größer als jeder Geburtstag. Mein Großvater war auch Seemann und zwei seiner Söhne ebenfalls. Und, was soll ich Ihnen sagen? Einmal lagen ihre Schiffe zur selben Zeit in Kalkutta! Das war der reinste Wahnsinn. Der Vater und seine beiden Jungs treffen sich durch Zufall zehntausend Kilometer von zu Hause entfernt. Da war vielleicht was los!«

Jacob Thaden, der genau wußte, daß es in der Familie seines Freundes gerade mal einen angeheirateten Vetter gab, der Medizin studiert und anschließend zwei Reisen als Bordarzt gemacht hatte, fand die Geschichte ein bißchen zu dick, aber dann sah er der betagten Seemannsmutter in die leuchtenden Augen und war beruhigt.

»War die Reise nach Philadelphia, also die vom Februar, genauso schlimm wie unsere?« fragte Maibohm. »Wir hatten einen furchtbaren Sturm. Woher kam die CAPRICHO denn, als sie Philadelphia anlief?«

»Ich glaub', aus Irland.« Wieder durchsuchte sie die gestapelten Briefe, holte schließlich eine Ansichtskarte hervor. »Ja, die ist aus Belfast.«

»Von wann?«

»Vom sechzehnten Januar.«

»Und die Fahrt über den Atlantik ging ganz glatt?«

Sie nahm noch einmal den Philadelphia-Brief auf, überflog ihn. »Von einem Sturm schreibt er nichts, aber er beklagt sich über das vergammelte Schiff. Das tut er immer. Seine Kammer nennt er nur sein Elendsquartier.«

»Und wer ist der Kapitän auf der CAPRICHO? Vielleicht kennen wir ihn.«

»Das ist ein Deutscher. Nielson heißt er.«

Die Freunde, so schön am Ball, setzten das Gespräch fort und speicherten in ihren Köpfen jede Einzelheit, die ihnen wichtig erschien.

Zum Schluß fragte Jacob Thaden: »Und wohin fährt Ihr Sohn jetzt?«

»Erst nach Kolumbien und dann nach New Orleans. Aber für Kolumbien liegt der Hafen noch nicht fest. Es kann Santa Marta werden, aber auch Baranquilla oder Cartagena. Er hat mir die drei Häfen auf dem Atlas gezeigt. Welcher es dann wird, das entscheidet sich erst kurz vor der Ankunft. Nur New Orleans ist sicher.«

Sie bedankten sich bei der alten Frau und wollten gehen, da sagte sie: »Ich hab' vorhin an der Tür Ihre Namen nicht so richtig verstanden.«

»Ich bin Fred Esser«, antwortete Maibohm, »und mein Freund heißt Rüdiger Pahlke.«

Sie schrieb die Namen auf einen der Briefumschläge.

Als sie im Auto saßen, atmete Jacob Thaden tief durch. »Ich glaube, wir haben das Schiff gefunden!«

»Sagen wir mal, wir haben eine Spur, und nun kommt's darauf an, unsere Informationen abzusichern.«

»Wo willst du nachfassen?«

»Da gibt es mehrere Möglichkeiten. Vielleicht ist die CAPRICHO irgendwann in die Schlagzeilen geraten, und damit wäre sie im Archiv meiner Zeitung. Dann haben wir Theo Hagemeister in der Redaktion, unseren Schiffahrtsexperten; der weiß 'ne Menge. Außerdem ruf' ich beim VERBAND DEUTSCHER REEDER an; vielleicht kennt da jemand den Kapitän Nielson. Die Reederei der CAPRICHO kriegen wir auch raus, wahrscheinlich über LLOYD'S SHIPPING INDEX. Die US-Coastguard in Philadelphia weiß sicher auch was, zum Beispiel über die Liegezeit der CAPRICHO im Februar, und möglicherweise kann mir der Mann bei AMVER jetzt doch weiterhelfen, weil ich mit exakten Angaben komme.«

»Und wenn wir alles beieinanderhaben und dann immer noch sagen, es könnte unser Schiff sein, was machen wir dann?«

»Dann fliegen wir Anfang September nach New Orleans.«

»Oder schon vorher nach Kolumbien.«

»Nein, das ist bei drei in Frage kommenden Häfen zu unsicher. Außerdem besteht ja die Möglichkeit, daß wir den Kapitän gleich bei unserem ersten Besuch überführen, und dann träten auch die Behörden auf den Plan. Mit denen aber hätten wir es in den USA viel leichter als in Kolumbien, allein schon wegen der Sprache. Vielleicht würden die Kolumbianer sogar versuchen, uns mit ihrem *mañana, mañana* abzuspeisen. Stell dir vor, wir haben sie trotzdem endlich soweit, daß sie sich diesen Nielson vorknöpfen wollen, und die CAPRICHO ist gerade abgedampft! Dann stehen wir da und gucken dumm übers Meer. Also New Orleans!«

ZWEITER TEIL

1 Heinrich Nielson befand sich mit seiner CAPRI-CHO am nördlichen Rand des Golfs von Mexiko, und für diese Reise, die vom kolumbianischen Hafen Cartagena nach New Orleans ging und nun fast zu Ende war, hatte er keine heiße Ware an Bord genommen. Er hatte also auch keinen neuen Posten in seiner privaten Bilanz verbuchen können, und dennoch fühlte er sich zufriedener als mit gefüllter *bodega*. Der Laster, der das Kokain zur Küste hatte fahren sollen, war von Regierungstruppen beschlagnahmt worden. Das kam schon mal vor, brachte aber das Geschäft der großen Bosse nicht ernstlich in Gefahr, da derlei Verluste nur einen verschwindend geringen Teil darstellten im Vergleich zu den Mengen, die die Endverbraucher unangefochten erreichten. Zum Glück war aus den als Tarnung verwendeten Kaffeepäckchen nicht hervorgegangen, für welches Schiff die Sendung bestimmt war, und der Lkw-Fahrer schien geschwiegen zu haben, denn sonst hätten die Fahnder das Auslaufen verhindert. Es war nur ein Bote gekommen, ein junger Kolumbianer, um *la pequeña desgracia*, das kleine Malheur, zu melden.

Ja, Nielson war glücklich, endlich mal wieder eine saubere Reise zu machen. Es erinnerte ihn an die Jahre, in denen alles noch einigermaßen sauber gewesen war, angefangen bei seinen Schiffen, fortgeführt über die Uniform und die Fingernägel bis hin zur Moral. Damals war er über die Meere gefahren in dem Bewußtsein, den Spuren seiner Väter zu folgen, und das war eine große Sache gewesen, Auszeichnung und Verpflichtung zugleich. Das Leben, oder wie man die vielen von außen eingreifenden Tücken sonst nennen mochte, hatte ihm dieses Hochgefühl längst genommen.

Es war Mittag. Er hatte in der Messe gegessen, war danach auf die Brücke gegangen und schritt seit einer halben Stunde die Nock ab, immer hin und her, und obwohl er seit sechs Tagen, nämlich seit der Abfahrt von Cartagena, so heiter gewesen war, kam er nun doch ins Grübeln, und dann dauerte es nicht lange, bis er sich mit alten Erinnerungen plagte.

Seine Ehe war ein Fiasko gewesen. Schon nach wenigen Jahren führte Tina sich auf, als wäre sie sein Reeder. In allem hatte er sich zu fügen, und zuletzt wollte sie ihm sogar vorschreiben, wie er mit seinem Schiffsvolk umzugehen habe. Mehr und mehr wurde ihm das Nachhausekommen zur Qual, und schließlich ging er dazu über, ihr hin und wieder falsche Auskünfte über seine Fahrtrouten zu geben. So konnte er, wenn er einen belgischen, holländischen oder gar deutschen, jedenfalls einen von seinem Wohnort Kiel nicht weit entfernten Hafen anlief, an Bord bleiben, statt für ein paar Tage oder Stunden nach Hause zu fahren. Es tat ihm allerdings jedesmal in der Seele weh, daß er dann auf seinen kleinen Jungen verzichten mußte.

Er fuhr zu jener Zeit als Erster Offizier auf einem kanadischen Schiff, dem achttausend Tonnen großen Massengutfrachter MANITOBA, und daher war der Kontakt zwischen Reederei und Seemannsfrau nicht ohne weiteres gegeben. Tina sprach kein Englisch, und außerdem war sie mittlerweile knauserig geworden, so daß sie sich Telefonate nach Übersee versagte. Als die Scheidung schon beschlossen war und sie wieder sachlich miteinander reden konnten, hatte sie ihm erzählt, wie ein nach ihrer Meinung besonders drastischer Fall seines Verrats auf sie gewirkt habe, und ihre Schilderung war so anschaulich gewesen, daß er sich noch heute bis in die Einzelheiten daran erinnerte.

Ein Junitag des Jahres 1967. Tina, fünfunddreißig Jahre alt und schön anzusehen, sobald sie das Herrschen seinließ, Bewohnerin eines Einfamilienhauses im Kieler Vorort Wellingdorf, hatte ihren Olaf von der Schule abgeholt und wollte das Mittagessen zubereiten. Da erschien Nora Sanders, Freundin, Nachbarin und ebenfalls Seemannsfrau, mit dem Vorschlag, den schönen Sonnentag zu nutzen für eine Fahrt an den *Graben*. So nannten die Frauen den Nord-Ostsee-Kanal, denn Heinrich Nielson und Meinhard Sanders, der bei einer Hamburger Tanker-Reederei fuhr, hatten, wenn sie im privaten Kreis über ihre berufliche Zukunft sprachen, immer wieder betont, sie würden niemals den von vielen Kollegen begehrten Posten eines Kanal-Lotsen annehmen; das hieße ja, nur in einem Graben hin- und herzufahren. Mit den Kindern ein Picknick an eben diesem Graben zu veranstalten war also Noras Vorschlag gewesen, und Tina hatte zugestimmt.

Die beiden Jungen, Olaf und Peter, im Alter gleich, liebten es, auf der grasbewachsenen Kanalböschung zu sitzen, die vorbeifahrenden Schiffe zu betrachten und dabei einen Wettkampf durchzuführen, der allerdings mit keinerlei Leistung verbunden war, denn es ging darum, daß der eine die von Westen und der andere die von Osten kommenden Schiffe als seine eigenen ansah, und wer am Schluß die größere Anzahl für sich verbucht hatte, war Sieger. Was den Kindern außerdem großes Vergnügen bereitete und auch den beiden Frauen gefiel, war die gründliche Inspektion der Vorbeiziehenden und ihrer Eigenheiten wie Namen, Flaggen und Heimathäfen; auch Größe, Typ und Zustand wurden begutachtet.

Sie packten also Proviant und Wolldecken ins Auto und fuhren zunächst um die Hörn und ins Zentrum von Kiel, dann aber nicht zur Holtenauer Schleuse, weil es ihnen da zu städtisch war, sondern nach Kronshagen und Ottendorf und weiter bis an die gut hundert Meter breite Wasserstraße. Dort suchten sie sich einen Platz.

Die Kinder begannen sogleich mit ihrem Spiel. Zunächst galt es, jedem eine Fahrtrichtung zuzuweisen. Olaf, der beim Werfen mit der Münze gewonnen hatte, durfte wählen. Er entschied sich für die von Westen kommenden Schiffe. Sie hielten Notizblöcke und Stifte bereit, um ihre Strichlisten zu führen, nicht nur über die eigenen Schiffe, sondern auch über die des anderen, damit sich keine Mogeleien einschleichen konnten.

Zunächst kam, von links wie von rechts, das wechselvolle Aufgebot einer normalen Kanalstunde mit Kümos und Frachtern, Segelyachten und kleinen Tankschiffen. Auch waren von Schleppern gezogene Schuten dabei, die aber, da aneinandergekoppelt, als eine Einheit galten. Um zwei Uhr, als gegessen werden sollte, stand es neun zu sieben für Peter, und weder von Ost noch von West waren Schiffe gekommen, die wegen ihrer Größe oder ihrer Herkunft Anlaß zum Staunen gegeben hätten. Auch während des Essens wurde gezählt, denn der Gefahr, durch die Pause womöglich ins Hintertreffen zu geraten, wollte keiner der beiden sich aussetzen.

Um Viertel vor drei hatte Olaf aufgeholt. Es stand vierzehn zu vierzehn. Dann kamen, kurz nacheinander, zwei aufregende Schiffe. Die von Peter verbuchte Nummer fünfzehn war ein U-Boot der Bundesmarine, und diesmal fiel das Winken der beiden Jungen besonders heftig aus. Es begeisterte sie, daß ihnen vom Turm mit einer Signalflagge geantwortet wurde. Olafs Nummer fünfzehn, die nur drei Minuten später auftauchte und schon von weitem als ein *dicker Brocken* auszumachen war, stammte aus Frankreich und hatte mindestens 30 000 Tonnen. Es war ein Passagierschiff. Beim Anblick der schneeweißen Bordwände und Aufbauten und der vielen Menschen auf den verschiedenen Decks wurde nicht nur den kleinen Buchhaltern das Herz weit, sondern auch den beiden Frauen, die sogleich meinten, ein solcher Luxusliner stünde ihren Männern gut an, besser als alle noch so gewaltigen Kohle- und Erzdampfer, Stückgutfrachter und Containerschiffe. Etwas wehmütig sahen Tina Nielson und Nora Sanders dem in Richtung Ostsee dahinziehenden Franzosen nach, der in ihnen Bilder weckte von eleganten Speisesälen und blitzsauberen Promenadendecks, von Bordfesten und Sonnenbädern am Schwimmbad und nicht zuletzt vom Kapitänstisch, an dem jeder Passagier wenigstens einmal während der Reise gespeist haben wollte. Doch dann kehrten sie in die Wirklichkeit zurück. Nora wußte ihren Mann mit einer Ladung Öl im Persischen Golf, und in Heinrich Nielsons letzter Nachricht an seine Frau war von einer Weizenlieferung nach Honduras die Rede gewesen.

Bei den Kindern stand es inzwischen neunzehn zu achtzehn zugunsten Olafs, doch das Unentschieden bahnte sich bereits an, und zwar in Form eines respektablen Frachters, der von

Osten nahte. Peter meinte, das Ding habe an die fünfzehntausend Tonnen, aber seine Mutter widersprach ihm. Sie sagte, das Schiff sei höchstens halb so groß; es wirke nur so gewaltig, weil es leer sei und deshalb weit aus dem Wasser rage.

Langsam kam der Frachter näher. Olaf kniff, obwohl er die Sonne im Rücken hatte, die Augen zusammen und versuchte, den Namen vom Vorsteven abzulesen: »MA ... MA ... MAN ...«

Da meldete sich, ganz leise, auch seine Mutter: »Mein Gott!«

»MANITOBA!« schrie Olaf plötzlich, und die kleine Stimme überschlug sich fast. »Das ist die MANITOBA, Papis Schiff!«

Alle vier starrten auf den mittlerweile nahe herangekommenen Bulkcarrier, dessen Maschinengeräusche dumpf ans Ufer drangen. Tina konnte es nicht fassen. Das Schiff vor ihren Augen war das einzige der Welt, das an diesem Nachmittag nicht an diesem Ort sein durfte.

Nora wandte sich an die Freundin: »Bestimmt gibt es etliche Schiffe mit diesem Namen.«

»Laß!« antwortete Tina. »Es ist Heinrich. Da ist auch die kanadische Flagge, und schließlich hab' ich mindestens ein Dutzend Fotos von seinem Kasten. Übrigens, ich seh' ihn schon, meinen Mann. Sein Gesicht kann ich nicht erkennen, wohl aber seine Gestalt. Und er hat mir Honduras geschrieben, dieser ...« Sie brach ab wegen der Kinder.

Olaf aber, noch nicht eingeweiht in die Abgründe eines matrimonialen Nachrichtenwesens und deshalb auch alles andere als bedrückt, sprang auf, war einen Moment lang unschlüssig, was günstiger sei, ein paar Meter höher zu stehen und weiter weg oder etwas tiefer und dafür näher, entschied sich für den höchsten Punkt der Böschung, rannte also hinauf, stellte sich sogar auf die Zehenspitzen und winkte und schrie sich die Seele aus dem Leib: »Papi! Papi!«

Auf der Brücke entstand Bewegung. Der Mann, den Tina inzwischen definitiv erkannt hatte, wodurch nun auch die Möglichkeit eines überraschenden Schiffswechsels entfallen war, winkte zurück, das heißt, er hob die Rechte halb hoch, aber dann erstarrte sie mitten in der Bewegung, verhielt einen Moment, sank wieder herab, und kurz darauf kam mit einem Ruck das Glas vor die Augen.

Jetzt war das Heck auf gleicher Höhe mit den vier Menschen am Ufer. Auch Nora und Peter winkten. Tina winkte nicht. Wie versteinert saß sie auf der Wolldecke, sah nicht mehr hinüber zur MANITOBA, sah ins Gras. Sie war verletzt, kam sich vor wie eine Frau, die soeben das Auto ihres Mannes vor der Tür seiner Geliebten entdeckt hat. Sie wußte genau, für diese fast unheimliche Begegnung gab es keine Erklärung, die geeignet wäre, sie zu besänftigen. Da das Schiff von der Ostsee kam, der letzte Brief ihres Mannes jedoch in den USA geschrieben worden war, mußte es kürzlich sogar schon einmal eine Kanaldurchfahrt gegeben haben, nämlich in entgegengesetzter Richtung, und also wohl auch einen nahen Hafen für die Liegezeit, Kopenhagen vielleicht, vielleicht Malmö, am Ende Rostock oder gar Lübeck, jedenfalls einen Ort, von dem aus Kiel in Stundenfrist zu erreichen gewesen wäre. Selbst Leningrad wäre vermutlich nicht zu weit gewesen, und wenn doch, dann existierten ja immer noch die Kanalstationen, an denen sie für die Dauer der Durchfahrt an Bord gestiegen wäre. Ein kurzer Anruf von See, und sie hätte Bescheid gewußt. Aber offenbar sollte sie nicht Bescheid wissen! Und womöglich würde in den nächsten Tagen ein verlogener Brief aus Honduras im Kasten sein; mit Briefmarken, die stimmten, weil irgendein Seemann ihn in perfider Solidarität an Ort und Stelle aufgegeben hatte!

Heinrich Nielson, der noch immer auf der Nock hin und her ging, verscheuchte die alte Geschichte. Das Wasser unter seinem Schiff war nicht der Graben, sondern *Ol' Man River*, der Mississippi, und New Orleans war fast erreicht.

Er freute sich auf den Landgang. Zwar war sein *puerto favorito*, sein Lieblingshafen, nach wie vor Veracruz, aber gleich danach rangierte New Orleans, das als Folge der wechselvollen Südstaatengeschichte mit so unterschiedlichen architektonischen Hinterlassenschaften aufwartete wie französischen Mansarden, spanischen Patios und maurischem Zierat, wenn auch heute

mehr und mehr die Betonklötze der Neuzeit das Erscheinungsbild bestimmten. Ja, er liebte das Flair dieser Stadt, war einmal
sogar, zusammen mit Abertausenden ihrer Bewohner, durch
die Straßen gezogen und hatte den Karneval mitgefeiert, den
Mardi gras, wie das Fest hier genannt wurde. Da mit einer
Liegezeit von drei, vier Tagen zu rechnen war, wollte er alte
Freunde wiedersehen, Mortimer Grove zum Beispiel, den Rin-
derzüchter, der im Westen der Stadt einen Palast besaß und der
ihn vor langer Zeit fast dazu überredet hätte, der Seefahrt den
Rücken zu kehren und Verwalter einer Plantage zu werden.
Und Bruce Brenton würde er besuchen, den schwarzen Barmann aus der *Bourbon Street*, dem er eine ganze Nacht lang sein
Leben erzählt hatte, und vielleicht sogar Rosalie, die PAN-AM-
Stewardeß, mit der er ebenfalls eine Nacht verbracht hatte,
allerdings ohne ihr sein Leben zu erzählen.
Er drehte sich um, sah achteraus. Da war immer noch der kleine
weiße Flitzer, den er schon vor einer halben Stunde im Kielwas-
ser der CAPRICHO entdeckt hatte und der, wenn er wollte,
bestimmt seine dreißig Meilen machen konnte. Vielleicht,
dachte er, hat er 'ne defekte Maschine und stottert sich langsam
nach Hause.
Er wandte sich wieder nach vorn, wo jetzt das Lotsenboot ange-
schaukelt kam. Es dauerte noch einige Minuten, bis es längsseits
ging. Der Ami kletterte über die heruntergelassene Leiter an
Bord und stieg auf die Brücke. Nun ging es wieder etwas schneller voran, und bald darauf war schon die *New-Orleans-Bridge* zu
erkennen, die sich in einem gewaltigen Bogen über den Fluß
spannte.
Nielson warf einen Blick nach Backbord, sah zum Ufer hinüber,
und noch einmal mußte er an jenes Ereignis denken, das ihn
damals so erschüttert hatte: Olaf am Kanal, auf Zehenspitzen
stehend, so, als brächten ihn die drei Zentimeter dem Vater
noch ein Stück näher, Herz und Hals voller Jubel. Er hatte sogar
die zarte, helle Stimme im Ohr. Doch an diesem Ufer war
niemand. Da standen nur die Kühlhäuser der UNITED FRUIT
COMPANY.

Um vier Uhr erreichten sie den Hafen, hielten auf den Kai zu, wo die Männer fürs *clearing* und die Zollbeamten bereits warteten. Die werden auch immer dreister, dachte er, kommen jetzt schon in der Stärke einer Fußballmannschaft.

Als die Gangway unten war, stiegen die Amerikaner an Bord, und sein Traum von einem nächtlichen Streifzug durch die Straßen von New Orleans war vorerst ausgeträumt. Er begriff es, als die Männer nähergetreten waren. Nur drei von ihnen kamen wegen des Einklarierens; sie gingen in die Messe, machten sie zu ihrem Office und spielten Einwanderungsbehörde, indem sie die Musterrolle verlangten und dann jedes einzelne Besatzungsmitglied zur Vorlage der Personalpapiere an ihren Tisch zitierten. Die anderen entpuppten sich als Beamte des Rauschgiftdezernats. Sie wurden angeführt von einem Einsatzleiter, der etwa einssiebzig groß und um die fünfzig Jahre alt war, links nur ein halbes Ohr hatte, sich mit dem Namen Jefferson vorstellte und ihm erklärte, es bestehe der dringende Verdacht, daß die CAPRICHO fünfzig Kilo Kokain an Bord habe. Seine Männer würden daher die *very old lady* von Kopf bis Fuß durchsuchen und ihr auch unter die Röcke sehen. Sie standen noch immer auf der Nock, und ohne Nielsons Antwort abzuwarten, gab Jefferson seinem Begleiter, der mit ihm auf die Brücke gekommen war, Anweisungen, wie er die Männer aufzuteilen habe. Nielson beobachtete unterdessen, daß jetzt auch noch ein Mannschaftswagen voller uniformierter Polizisten auf dem Kai vorfuhr.

»Ich protestiere ganz entschieden gegen diese Maßnahme! Mein Schiff ist sauber!« sagte er zu Jefferson.

»Das wird sich zeigen.«

»Und wer bezahlt meiner Reederei den Zeitausfall und den Schaden, den Ihre Leute womöglich anrichten?«

»Der Verursacher. Wenn nichts gefunden wird, wir. Andernfalls Sie. Ich vermute, Sie werden es sein.«

Die Arroganz des Mannes brachte Nielson auf, aber er wußte, daß er nichts machen konnte, und so schlug er einen versöhnlichen Ton an: »Ich wette mit Ihnen um zwanzig Flaschen

Whisky, daß Sie nicht ein einziges Gramm von dem Zeug auf meinem Schiff finden.«

Jefferson wollte von dieser geselligen Variante seines Jobs nichts wissen, lachte nur und schüttelte den Kopf.

Nielson warf einen Blick über sein Schiff, sah die ausschwärmenden Zivilbeamten, denen sich jetzt die uniformierten Polizisten anschlossen. Auf dem Kai stand ein Posten an der Gangway; also durfte kein Besatzungsmitglied von Bord.

»Wirklich, Sie suchen vergebens«, sagte er, »aber es wird lange dauern, und darum warten wir lieber in meinem Salon.«

Sie gingen nach unten, und als sie sich am Tisch gegenübersaßen, sagte er noch einmal: »Mein Schiff ist sauber!« Und dann fragte er: »Wie sind Sie überhaupt zu Ihrem Verdacht gekommen?«

»Wir haben unsere V-Leute«, erwiderte Jefferson nur.

Nielson war sicher, der Hinweis stammte aus Cartagena, und dem Informanten war entgangen, daß die Sendung gar nicht an Bord gelangt war.

Nach etwa einer Stunde kam einer der Beamten in den Salon und verkündete seinem Vorgesetzten: »Wir haben es! Lag auf dem Boden eines Öltanks. Fünfzig Kilo.«

Nielson verschlug es die Sprache. Einen Moment lang dachte er an jenen üblen Trick, von dem er gehört hatte: Die Fahnder kehren das Unterste zuoberst, und in dem ganzen Durcheinander gelingt es ihnen, das, was zu finden sie sich vorgenommen haben, erst mal zu verstecken, um es später mit allen gespielten Anzeichen der Überraschung und des Triumphes hervorzuholen. Doch dann verwarf er diese Möglichkeit. So etwas konnte man mit ein paar Heroin-Briefen veranstalten oder mit einer Tafel Afghan, vielleicht noch mit einem Kilopaket Koks, aber nie und nimmer mit einem ganzen Zentner Stoff, zumal die Öltanks verschlossen waren und ihre Deckel nur mit viel Mühe geöffnet werden konnten. Was war geschehen?

»Das ... das kann nicht sein!« sagte er, doch es klang halbherzig.

»Kommen Sie mit! Überzeugen Sie sich!« Jefferson stand auf. Er und Nielson und auch der Mann, der die Meldung über-bracht hatte, stiegen hinunter in den Maschinenraum. Das waren viele Treppen, zunächst die bis zum Hauptdeck und dann noch einmal drei Stockwerke durch Hitze und Öldunst. Und ganz unten, auf den Flurplatten über dem Doppelboden, standen die fünf Männer, die fündig geworden waren. Sie bilde-ten einen Halbkreis um ihre Beute, zwei geöffnete und acht noch verschweißte Kanister. Für einen Moment hatte Nielson die Vorstellung von Jägern, die für ein Foto um das erlegte Wild versammelt waren. Ihn packte die Wut. Da hatte er sich gefreut, endlich mal wieder ein sauberes Schiff zu fahren, und mußte nun feststellen, daß auch seine Untergebenen das *monkey busi-ness* betrieben! Hinter seinem Rücken! Aber wer war es? Und wie würde die Sache ausgehen? Würde man ihm, dem Schiffs-führer, glauben, daß er von diesen verdammten Kanistern nichts gewußt hatte? Wahrscheinlich nahm man ihn jetzt in Haft und seine Männer vielleicht auch. Es wäre nicht das erste Mal, daß eine ganze Besatzung eingebuchtet wurde. Darin waren die Amerikaner rigoros. Und nicht nur sperrten sie die Leute ein, sondern ebenso hemmungslos beschlagnahmten sie die Trans-portmittel, mit denen die heiße Ware befördert worden war: Autos, Flugzeuge, Schiffe. Noch einmal überlegte er, wer es gewesen sein könnte. In erster Linie war natürlich das Maschi-nenpersonal verdächtig, denn wie hätte einer von den Decksleu-ten eine solche Menge an den Maschinisten vorbei in die Öltanks bringen sollen!

»*Captain*, Sie sind festgenommen!« hörte er Jefferson sagen. »Die Ware ist beschlagnahmt, das Schiff vorläufig auch. Der Erste Offizier und der Chief bleiben an Bord, natürlich unter Bewachung. Der Rest kommt mit. Der Bus wird inzwischen am Kai stehen.«

Es dauerte noch eine knappe Stunde, bis ein erstes Protokoll aufgenommen war, die auf dem Schiff Verbleibenden ihre Anweisungen erhalten hatten und die Verhafteten von Bord gebracht werden konnten. Sie hatten an diesem Abend fröhlich an Land stürmen wollen, die CAPRICHO-Männer, aber nun war es ein trauriger Zug, der sich langsam und niedergeschlagen die Gangway hinabbewegte.

Unten auf dem Kai sah Nielson zwei Männer in Zivil stehen. Der eine trug eine Lederjacke und Jeans, der andere hatte einen Trenchcoat an. Sie waren noch jung, Mitte Dreißig vielleicht, und da sie sich eher am Rande des Geschehens aufzuhalten schienen, glaubte er, daß sie nicht zur Polizei gehörten. Als die Hälfte des Trupps den Kai erreicht hatte, trat der Mann in der Lederjacke auf die aus Uniformierten und Zivilisten zusammengewürfelte Menge zu und fragte auf deutsch:

»Entschuldigen Sie, ist Kapitän Nielson noch an Bord? Wir kommen aus Deutschland und . . .«

Nielson blieb stehen. »Das bin ich«, antwortete er. »Aber leider bin ich im Moment nicht zu sprechen. Wie Sie sehen . . .«

»*Get away!*« Mit diesen Worten und einer barschen Armbewegung mischte sich einer der Polizisten ein. »*These people are arrested and you are not allowed to talk to them!*«

Inzwischen war auch der Mann im Trenchcoat herangekommen. Der Beamte schob beide um einige Meter zurück.

Achtzehn Besatzungsmitglieder waren es, die in den bereitstehenden Bus dirigiert wurden. Fünf Polizisten stiegen ebenfalls ein. Die restlichen Amerikaner verteilten sich auf den Mannschaftswagen und drei Pkws. Die Fahrzeugkolonne setzte sich in Bewegung.

2 Nun saßen sie fest, die beiden Rechercheure, und das, obwohl sie in Flensburg eine so vielversprechende Fährte aufgenommen, sie in Apenrade zu einer wahrhaft heißen Spur ausgebaut und sich schließlich mit hochgesteckten Erwartungen nach New Orleans begeben hatten. Vor ihren Augen war der Kapitän der CAPRICHO als mutmaßlicher Drogenschmuggler, wie der Posten an der Gangway ihnen erklärt hatte, abgeführt worden! Sie konnten ihn nicht mehr in die Zange nehmen, und so saßen sie am nächsten Morgen enttäuscht und deprimiert in ihrem Hotel beim Frühstück. Auch waren sie lange unschlüssig in der Frage, was als nächstes, ja, ob überhaupt noch etwas in ihrer Sache zu tun sei. Schließlich sahen sie eine kleine Chance in dem Versuch, wieder einmal eine Telefonaktion zu starten. Wulf Maibohm war es, der meinte, zumindest könnten sie durch Gespräche mit den örtlichen Polizeibehörden und mit der chilenischen Botschaft in Washington in Erfahrung bringen, ob Nielson wohl demnächst wieder auf freien Fuß komme oder ob für ihn mit einer längeren Haft zu rechnen sei. Diese Anfragen wollte er selbst übernehmen. Jacob Thaden, so beschlossen sie, würde derweil noch einmal zum Kai fahren und erkunden, ob die Bewachung der CAPRICHO inzwischen etwas gelockert worden war und er vielleicht sogar Gelegenheit bekäme, an Bord zu gehen. Wenn er dort auch nur einen einzigen Mann der Besatzung anträfe, müßte er alles daransetzen, ihn über die Februarreise seines Schiffes von Belfast nach Philadelphia auszuhorchen. Und vielleicht stieße er ja sogar auf Ellerup, der für sie – nach dem Kapitän – der zweitwichtigste Mann war.

Um halb zehn trennten sie sich. Maibohm nistete sich mit einer weiteren Kanne Kaffee im Hotelzimmer ein. Thaden stieg in eins der vor dem Portal aufgereihten Taxis.

Der Fahrer war ein Schwarzer. Er hielt, weil es zu einem ganz bestimmten Hafenbecken ging, seinen Kunden für einen Seemann und fragte sogleich nach dem Woher und Wohin. Als er dann erfahren hatte, daß er nur einen deutschen Touristen beförderte, der hoffte, auf dem Schiff, zu dem er wollte, einen Bekannten zu treffen, erlosch das Interesse. Vielleicht, dachte Thaden, ist er früher zur See gefahren und trauert, weil es jetzt nur noch ein Auto ist, den alten Zeiten nach.

Es war für den Chauffeur nicht einfach, sich in dem unübersichtlichen Hafengelände mit den vielen Lagerhäusern, Getreidesilos, Gantry-Kränen und Containern zurechtzufinden. Viermal mußte er nach dem Weg fragen. Endlich glaubte Thaden, den Kai, auf dem er am Vortag gestanden hatte, wiederzuerkennen, aber dann war es doch nicht die CAPRICHO, die, nachdem sie eine riesige Lagerhalle umfahren hatten, sichtbar wurde, sondern ein israelischer Frachter, doppelt so groß wie der chilenische und in wesentlich besserem Zustand.

»Verdammt, es muß woanders gewesen sein«, sagte er.

»Aber es ist der Kai, den Sie mir genannt haben; die Nummer des Lagerschuppens stimmt auch.«

»Warten Sie bitte einen Moment!«

Thaden stieg aus, ging auf einen vor der Halle stehenden uniformierten Polizisten zu und fragte ihn nach der CAPRICHO. Der Mann antwortete zunächst nicht. Statt dessen packte er ihn am Handgelenk und zog ihn einige Meter hinter sich her, so weit, bis sie freie Sicht aufs offene Wasser hatten. Dann erst sagte er: »Da! Ihre CAPRICHO liegt auf Reede! Oder glauben Sie, diese verfluchten Kokain-Kapitäne dürfen tagelang unsere Liegeplätze mit ihren Gangsterschiffen blockieren?«

»Was meinen Sie, ob es möglich ist, mit einem gemieteten Boot rüberzufahren?«

»Was wollen Sie denn da?«

Wieder brachte Thaden seine Touristen-Version.

Der Polizist schüttelte energisch den Kopf. »Ausgeschlossen! Da kommt niemand an Bord.«

»Na gut. Trotzdem vielen Dank!« Er kehrte zu seinem Taxi zurück und stieg ein.

»Ich dachte schon«, sagte der Fahrer, »der Mann würde Sie verhaften.«

»Er wollte mir nur zeigen, wo das Schiff liegt; es muß draußen warten, bis es abgefertigt werden kann«, sagte Thaden und ließ sich in die Stadt zurückfahren.

Die Hitze hatte ihn durstig gemacht, und so ging er in ein Lokal, ließ sich eine Cola mit Eis bringen. Laut brandete der Verkehrslärm der *Canal Street* gegen die Fensterscheibe, an der er saß, und an seinem Nachbartisch wurde eine erregte Unterhaltung geführt. Zu allem Überfluß brüllte auch noch die Musikbox, die neben dem Tresen stand, und trotzdem gelang es ihm, sich ganz nach innen zu wenden. Er dachte an Sigrid und Arndt, und dann war, wie so oft, das grauenvolle Geschehen jener Nacht im Atlantik wieder da, nicht sein eigenes verzweifeltes Ausharren auf dem Vorschiff, nein, es war der andere, der zweite Schauplatz der Tragödie, den er vor sich hatte. Die Männer der MELLUM in ihrer Funkstation! Alle Hoffnung auf Nachrichten von außen konzentriert! Immer wieder setzt Wilson den Notruf ab. Etwa so: »Unser Schiff ist auseinandergebrochen... die Boote sind nicht einsatzfähig... wir sinken schnell...!« Und dann die erlösende Antwort! »Wir kommen sofort...« Aber gleich darauf der Schnitt! Die Stille! Und natürlich das fieberhafte Warten der Männer darauf, daß der andere sich erneut melde und sie die wunderbare Botschaft noch einmal zu hören bekämen. Doch es bleibt still im Äther.

Thaden hatte sie alle im Kopf, die einzelnen Phasen der Hoffnung, und so auch diese, das andere Schiff sei schon unterwegs zur MELLUM, obwohl es nicht mehr sendete. Also noch einmal: das Warten! Zugleich aber, und es scheint ein Wettlauf zu werden, das fortschreitende Einsinken des schwer beschädigten Achterschiffs.

Und hier, in dem kleinen Lokal in der *Canal Street*, bekam zum ersten Mal auch dieses andere Schiff deutlich Kontur. Es hatte ein Reedereizeichen, eine Flagge, einen Namen und war ein echter Never-come-back-Liner. Aber auch ein verwahrlostes Schiff konnte schließlich zum Retter werden. So sah er nun die CAPRICHO durch dieselbe aufgewühlte See stampfen, in der die Wrackteile der MELLUM trieben.

Die Scheiben des Lokals zitterten, in Schwingung versetzt von vorbeifahrenden Schwerlastern. Aus der Musikbox erscholl, überlaut, Madonnas Popgesang, und die Debatte von nebenan war zum Streit geworden. Doch Thaden hörte etwas anderes. Ganz tief lauschte er in sich hinein, wo jetzt ein Dialog ablief, wie er stattgefunden haben könnte zwischen Jonas Ellerup und seinem Kapitän.

»Aber, *Captain*, die Menschen da draußen... das können wir nicht machen! Das wäre nicht nur gegen die internationalen Regeln, sondern ginge mir auch persönlich gegen den Strich.

150

Deren Boote sind kaputt, und wer weiß, was alles noch kaputt ist bei denen. Vielleicht treiben sie im Wasser, und wir haben es in der Hand...«

»Ellerup, denken Sie mal nach! Wir würden uns eine Riesenlaus in den Pelz setzen. Sie wissen genau, daß wir Konterbande an Bord haben, sind ja selbst an dem Geschäft beteiligt. Wir würden unter Umständen die Ware verlieren, das Geld, das Schiff, unsere Jobs, und das nur, weil wir uns auf eine Aktion einlassen, die andere genausogut durchführen können. Es steht einfach zuviel auf dem Spiel.«

»Aber für die da draußen steht noch viel mehr auf dem Spiel.«

»Weiß man das so genau? Mensch, Ellerup, Sie haben doch gut verdient bis jetzt! Jede Reise ein paar tausend Dollar extra. Das soll doch so bleiben, oder?«

»Natürlich.«

»Na also.«

»Okay, wenn Sie meinen, *Captain*.«

»Ja, das meine ich. Sie werden sehen, in ein paar Tagen lesen wir in der Zeitung, daß glücklicherweise alle gerettet worden sind. Und nun hauen Sie sich in die Koje! Und wenn Sie nicht schlafen können, dann überlegen Sie sich, was mit unserem Funkgerät los gewesen sein könnte für den Fall, daß es doch zu Fragen kommt.«

»In Ordnung, *Captain*.«

Verdammt, dachte Thaden und rieb sich die Schläfen, ich muß meine Phantasie aus dem Spiel lassen! Muß bei den Tatsachen bleiben. Was, wenn die CAPRICHO es nun doch nicht gewesen ist? Er rekapitulierte die Anhaltspunkte, die sie besaßen, fand drei. Erstens: den Bericht des Funkers mit den Zahlen Vier und Einundzwanzig. Dazu eine Zeit- und eine Ortsangabe, nämlich den Winter und den Atlantik, beides untermauert durch die Auskünfte der alten Frau in Apenrade.

Zweitens: die von Wulf mit Hilfe seiner Redaktion eingeholten Informationen, nach denen tatsächlich in diesem Zeitraum ein Schiff mit dem Namen CAPRICHO von Belfast nach Philadelphia gefahren war. Seine Reisedaten belegten, daß es zur Zeit des Unglücks in der Nähe der MELLUM gewesen sein mußte. Drittens: Die CAPRICHO war höchstwahrscheinlich ein Schmuggelschiff und konnte aus diesem Grunde an der MELLUM vorbeigefahren sein. Zwar hatte sie sicher kein Kokain von Belfast nach Philadelphia gebracht, aber es gab ja noch andere illegale Waren. Entscheidend war die Erkenntnis, daß es sich bei dem Kapitän und seinen Leuten allem Anschein nach um Dunkelmänner handelte.

Das wär's, dachte er, und wenn man den abgerissenen Funkspruch noch hinzurechnet, ist es schon eine Kette von Indizien. Ja, ich glaube, wir können zu achtzig Prozent davon ausgehen, daß wir unser Schiff gefunden haben!

Er kehrte ins Hotel zurück und erzählte dem Freund von dem neuen Platz der CAPRICHO, wählte dabei den bissigen Vergleich mit einem Pestschiff in Quarantäne.

»Bei mir lief's auch nicht viel besser«, sagte Maibohm. »Ich hab' zwar die Leute, die ich sprechen wollte, an die Strippe gekriegt, aber kaum was erreicht. Sogar mit dem Anwalt, den die Reederei hier in Marsch gesetzt hat, einem gebürtigen Chilenen, hab' ich geredet. Der sagt, es ist alles offen. Wenn von den Inhaftierten sich keiner als schuldig bekennt und auch keine Beweise auftauchen, muß man anfangen, die Leute laufen zu lassen; aber auf jeden Fall ist der Kapitän der letzte, der freikommt.«

»Du hast doch nicht unsere Karten aufgedeckt?«

»Natürlich nicht. Hab' nicht mal gesagt, daß es Nielson ist, an den wir ranwollen.«

»Ich glaub', wir sollten uns jetzt auch nicht um eine Besuchserlaubnis bemühen. Es käme ja doch nur zu einem Gespräch mit zeitlicher Begrenzung und einem Beamten dabei, und das wäre bestimmt nicht gut. Stell dir vor: Wir verschießen womöglich unser Pulver, während die Gegenseite, ob nun Nielson oder Ellerup, sich klug zurückhält und, wenn wir wieder weg sind, in aller Ruhe eine Strategie ausheckt!«

»Hast recht«, antwortete Maibohm, »dazu darf es nicht kommen. Übrigens hab' ich bei allen Telefongesprächen falsche

Namen benutzt, aber nicht die, die wir in Apenrade angegeben haben. Die hat Frau Ellerup ja bestimmt ihrem Sohn nach Kolumbien mitgeteilt. Wenn die Leute von der CAPRICHO wieder frei sind und wir an sie herantreten, dürfen sie noch nie was von uns gehört haben.«

»Und was machen wir jetzt?«

»Ich meine, wir sollten zurückfliegen. Von Deutschland aus rufen wir in Abständen hier an, am besten bei dem Anwalt, um zu hören, wann die Crew auf freiem Fuß und die CAPRICHO wieder flott ist.«

»Einverstanden.«

»Okay, dann mach' ich bei der Airline unsere Flüge klar.«

3 Luise Pohlmann machte sich einen Lemon-Genever und ging damit auf die Terrasse, nahm einen Schluck, stellte das Glas auf den Tisch und ließ sich in einen der Korbsessel fallen. Sie hörte das Auto der beiden Beamten davonfahren. Es war der vierte Besuch der Staatsanwaltschaft und der Polizei in ihrem Haus gewesen, und wieder, wie jedesmal, hatte sie darauf hingewiesen, daß nicht nur ein Konzern, eine Vielzahl von Banken und etliche tausend kleine Anleger von ihrem Mann hintergangen worden seien, sondern daß sie ebenfalls zu den Opfern seiner Machenschaften gehöre. Sie war sicher, auch bei dem heutigen Besuch der Herren Replin und Becher hatten sich keine Anhaltspunkte dafür ergeben, daß sie in den Pohlmannschen Wirtschaftskrimi, als den die Medien das Verschwinden ihres Mannes und der EUROVIT-Millionen hin und wieder bezeichneten, schuldhaft verwickelt sei.

Allerdings konnte für sie von einem Verlust nicht die Rede sein, weder in finanzieller noch in irgendeiner anderen Hinsicht, denn Geld hatte der Hasardeur ihr reichlich hinterlassen, und was die durch seinen Weggang aufgekündigte Ehe betraf, so hatte es sich ohnehin schon seit langem um eine nur noch locker geknüpfte Verbindung gehandelt, durch die weder er noch sie sich eingeschränkt fühlte. Er hatte sich von Anfang an nebenher mit anderen Frauen vergnügt, während es bei ihr erst zu Eskapaden gekommen war, nachdem sie von seinen Seitensprüngen erfahren hatte. Da war sie zunächst empört und verletzt gewesen, hatte aber keinen Atemzug lang erwogen, sich von ihm zu trennen. Sie wollte weiterhin in Reichtum leben, und also arrangierte sie sich mit seiner Treulosigkeit und sorgte für gehörigen Ausgleich, indem sie sich zum einen hemmungsloser denn je seiner Millionen bediente und zum anderen nach Männern Ausschau hielt, nicht wahllos, aber, wenn sie dann eine Wahl getroffen hatte, ohne alle Bedenken.

Bei der ersten Befragung durch den Staatsanwalt und den Kommissar hatte sie ausgesagt, nichts habe, als ihr Mann im Januar abreiste, auf einen Abschied für lange oder gar für immer hingedeutet. Aber es war eine Lüge gewesen. In Wahrheit hatten sie damals zwar ihre Lebensgemeinschaft endgültig aufgegeben, ein gewisses konspiratives Einvernehmen jedoch bestehen lassen. Es sah vor, daß sie, die er von Anfang an in seine Geschäftsmanöver eingeweiht hatte, ihm für die Übermittlung von Nachrichten erhalten bleiben sollte. An welchem Ort in Mexiko er sich aufhielt, wußte sie nicht, kannte nur Adresse und Telefonnummer eines Kontaktbüros in der *Avenida Insurgentes* in Mexico City. Diese geheime Anlaufstelle, MUNDIAL benannt, hatte er schon vor einem Jahr eingerichtet. Sie war getarnt als Touristik-Office, das von einem Mexikaner mit dem Namen Gregorio Morro geleitet wurde und tatsächlich Gruppenflüge in die USA und nach Europa organisierte. Morros Sekretärin war deutschstämmig und trug den, wie Luise Pohlmann fand, grotesken Namen Miranda Schulze Olloquiegui.

Bisher hatte sie sich noch kein einziges Mal mit dem Büro in Verbindung gesetzt. Ihr war eingeschärft worden, jede Kommunikation, sollte sie denn unumgänglich sein, nur verdeckt herzustellen, einen Brief weder mit ihrem Namen zu versehen, noch ihn an ihrem Wohnort abzusenden, die Aufgabe eines Telegramms ebenso zu handhaben und ein Telefongespräch grundsätzlich nicht von zu Hause aus zu führen. An diese Vorsichtsmaßnahmen würde sie sich, das hatte sie versprochen, strikt halten. Die wiederholten Befragungen und die Hausdurchsuchung waren kein Grund gewesen, das Office einzuschalten, denn mit solchen Maßnahmen hatte ihr Mann ohnehin gerechnet. Was er hingegen für mitteilenswert hielt, waren eventuelle Nachforschungen von anderer Seite, und das nicht, weil sie sich als effizienter, sondern weil sie sich als bedrohlicher erweisen könnten als alle von der Polizei angestrengten Ermittlungen. »Wenn die Jungs von INTERPOL«, so hatte er zu ihr gesagt, »mir auf den Fersen sind, ist das schlimm genug, aber sollten sie mich erwischen, geht alles seinen zivilisierten Gang. Man liefert mich aus und macht mir hier in Deutschland den Prozeß, und dann hat die Gegenseite ja immer noch mit der Raffinesse meiner Anwälte fertig zu werden. Wenn sich dagegen eine Meute zähneknirschender Kleinaktionäre zusammenrottet, um mich in die Finger zu kriegen, fehlt denen zwar der riesige Polizeiapparat, aber dafür werden sie die Staatsdiener an Entschlossenheit übertreffen, und sollten sie mich wirklich aufspüren, geht es bestimmt um mehr als nur ein paar Jahre Gefängnis; dann geht es mir ans Leder, dann wird es Lynchjustiz. Darin sind zornige kleine Leute ganz groß, kennst doch deren Rübe-ab-Mentalität, die bei manchen schon durchkommt, wenn man ihnen nur ein paar Groschen weggenommen hat.«

Da nun aber von den Geschädigten bislang niemand auf den Plan getreten war, hatte sie keine Veranlassung gesehen, bei MUNDIAL anzurufen. Ja, selbst die Tatsache, daß die Häuser in Frankfurt und Todtmoos und auf Amrum inzwischen beschlagnahmt worden waren, mußte nicht mitgeteilt werden, denn auch damit war zu rechnen gewesen. Das Haus am Tegernsee hatte er ihr bereits vor sieben Jahren überschrieben, und damit war es unantastbar. Ihr noch kurz vor der Flucht auch die anderen Immobilien zu übertragen wäre nicht nur sinnlos, sondern darüber hinaus für die Zurückbleibende auch schädlich gewesen. Zum einen hätte der Konkursbetrug den ganzen Vorgang hinfällig gemacht, weil er vor weniger als zwei Jahren erfolgt wäre, zum anderen hätte ein solches Vorgehen auf ihre Mitwisserschaft schließen lassen, und das wiederum hätte ihre Rolle als Kontaktperson erschwert.

So lebte sie denn, als der Sommer sich neigte und die Abstände zwischen den Befragungen immer größer und die Befragungen selbst mehr und mehr zu Formalien wurden, in der beruhigenden Gewißheit, daß ihr Mann auf dem anderen Kontinent Fuß gefaßt hatte, die Empörung über den EUROVIT-Skandal sich allmählich zu legen begann und sie selbst sorgenfrei und unabhängig das Abenteuer ihrer zweiten Lebenshälfte anpacken konnte.

Mit ihren zweiundvierzig Jahren sah sie dank intensiver Kosmetik noch immer jung aus. Für eine Frau, so hatte sie sich, sobald sie erwachsen war, gesagt, ist alles – jeder Erfolg, jede Niederlage, jede Erwartung, jeder Verzicht – eine Frage des Erscheinungsbildes, weil auf der Gegenseite, nämlich bei den Männern, die erste und entscheidende Wahrnehmung über das Auge erfolgt. Ist das Ergebnis dieser Wahrnehmung negativ, kommt es meistens gar nicht zum Ausspielen all der anderen schönen Trümpfe. Man bleibt auf ihnen sitzen, den Kochkünsten, der inneren Harmonie, dem aufrichtigen Wesen, der Liebe zu Tieren und Blumen, dem Hang zur Musik und zum Wandern und derlei Qualitäten mehr, wie man sie in den einschlägigen wohlformulierten Notrufen findet. Sie lebte also nach der Devise *Schönsein ist die erste Frauenpflicht* und freute sich darüber, daß die Natur sie mit einer passablen Grundausstattung versehen hatte.

Sie war mittelgroß und schlank, aber nicht von der kantigen Schlankheit der Mannequins, sondern durchaus versehen mit weiblich-weichen Konturen. Der schöne Schwung von der Taille bis zu den Hüften wurde nicht etwa durch einen straff gezogenen Gürtel geschaffen, nein, er war einfach vorhanden, und ebenso bedurfte es bei ihrer Brust keiner textilen Tricks, weil da, egal, was sie trug, und vor allem, wenn sie nichts trug, zwei schöne Händevoll zu sehen waren, wie sich ihr Mann in seiner burschikosen Art gern ausgedrückt hatte. Ihr seidiges schwarzes Haar, meistens aus der Stirn gekämmt, damit die großen braunen Augen besser zur Geltung kamen, fiel ihr bis auf die Schultern.

Für die Garderobe wählte sie an Materialien stets das Erlesene, das Teure, und vom Design her nur Modelle mit ausgeprägt femininer Wirkung. Sie verabscheute Kleidungsstücke, die für irgendwelche Gestelle gemacht schienen, aber nicht für den Körper und für den weiblichen schon gar nicht. Flattergewänder, Pluderhosen und herkulisch ausladende Blazer waren ihr zuwider, und sie bedauerte die vielen Frauen, die sich mit derlei Kreationen drapierten und offenbar nicht wußten, daß Ästhetik etwas mit Ebenmaß zu tun hat.

Ihren Teint hielt sie für ihr kostbarstes Gut, gab diesem Begriff allerdings eine sehr persönliche Bedeutung, sagte, bei ihr reiche der Teint von der Stirn bis zu den Zehen. Sonnenbräune lehnte sie als unerotisch ab, war vielmehr der Meinung, nur ein heller Körper sei sinnbetörend. Sie setzte alles daran, ihre Haut weiß und glatt und geschmeidig zu erhalten, und wenn sie sich auch nicht, wie Neros Gemahlin, einen Stall voller Eselinnen hielt, um täglich in deren Milch zu baden, so ließ sie sich doch die erlesensten Tinkturen aus Paris und Rom kommen und logierte sich zweimal jährlich in einer Schönheitsfarm ein.

Sie blickte über den See. An den Ufern brannten schon einige Lampen, aber noch war drüben die kleine, auf einer Anhöhe errichtete Kapelle von Bad Wiessee zu sehen. Sie mußte an ihren Mann denken. Nicht, daß er zu den Kirchgängern gehörte. Nein, das nun wirklich nicht! Aber oft hatte er mit ihr zusammen das nur wenige hundert Schritte von der Kapelle entfernte Casino besucht und am Roulette-Tisch das Glück herausgefordert. Es war wie im Großen, war wie in seinem Beruf, nur daß es an den grünbespannten Tischen nicht gleich um Millionen ging. Der unbeugsame Wille, das Spiel oder auch den Kampf für sich zu entscheiden, bestimmte hier wie dort sein Verhalten. Er gewann auch meistens, weil er stets mit langem

Atem spielte, also genügend Geld eingesteckt hatte, um sich aus defizitären Situationen befreien zu können.

Wie ihm das exotische Mexiko wohl bekommt? dachte sie. Mit seinen gerade erst fünfzig Jahren wird er sich bestimmt nicht unter Palmen setzen und ausruhen, sondern irgend etwas Neues anfangen. Sie verlor sich, weil es ein so ruhiger, beschaulicher Abend war und sie kein Programm hatte, in Erinnerungen an den Mann, den sie bewundert, geliebt und gehaßt hatte und nun erneut bewunderte, da ihm das Kunststück gelungen war, aus einem maroden Unternehmen als Krösus hervorzugehen, und bei diesem insgeheim gezollten Lob spielte eine Rolle, daß er auch ihr Schäfchen ins trockne gebracht hatte.

Schon bald nach der Heirat war ihr klargeworden, daß er auf der einen Seite zwar den wendigen und mit allen Wassern gewaschenen Erfolgsmenschen verkörperte, sich auf der anderen jedoch immer noch verfolgt fühlte von seiner kleinbürgerlichen Herkunft. In der Regel lebten die großen Wirtschaftsbosse unauffällig. Sie arbeiteten im Hintergrund, hatten kein Bedürfnis nach Selbstdarstellung. Bei Ernst Pohlmann war das anders. Jede Hauptversammlung und jede Pressekonferenz nutzte er, um die Macht, die er sich in so kurzer Zeit erkämpft hatte, auch zu zeigen. Und sie hatte sogar Verständnis dafür, sah in seinem Geltungsbedürfnis ein Relikt aus vergangenen Zeiten. Er glaubte eben immer noch, er hätte es nötig, die Dimension seines Aufstiegs sichtbar zu machen. Sie liebte ja an den Männern nicht zuletzt deren Schwächen, und Ernst Pohlmanns Schwäche war es, seine Erfolge nicht leise bekanntzugeben, wenn es auch laut ging. Jetzt allerdings meinte sie, den Nachteil dieser Gewohnheit zu erkennen. Vielleicht, so sagte sie sich, hätte die Öffentlichkeit sein Abtreten als weniger spektakulär empfunden, wenn er bei seinem Auftreten zurückhaltender gewesen wäre.

Kann sein, dachte sie, daß sogar seine Frauengeschichten ein Aufholenwollen waren! Ihr fiel der Tag ein, an dem sie seiner Treulosigkeit auf die Spur kam. Es war im vierten Jahr ihrer Ehe. Ein Spätnachmittag auf der Top-Etage. Das achtzehnte

Stockwerk der EUROVIT-Zentrale im Herzen der City. Ein langer Gang. Auf dem Fußboden Marmor, an den Wänden Edelholz aus dem Libanon. Kühl und gespenstisch leer war dieser etwa dreißig Meter lange und sechs Meter breite Korridor, als handelte es sich hier oben nicht mehr um die Gefilde Sterblicher. Sie hatte den Lift verlassen und sich in einen der drei Sessel gesetzt, die auf halber Länge des Flurs standen und zur Tür ihres Mannes hin abgeschirmt waren durch ein in mächtigen Bodenvasen gezogenes Geflecht bis an die Decke reichender exotischer Pflanzen.

Sie wollte ihn abholen, ihn überraschen mit der Nachricht, daß endlich einmal auch sie einen Tisch fürs Abendessen bestellt habe, in einem Restaurant, das er gern besuchte, wollte aber nicht bis zu ihm vordringen, sondern das Ende seines Arbeitstages abwarten.

Die Tür zu seinem Büro befand sich am Ende des Korridors. Es gab noch weitere Türen, und zwar an den beiden Längsseiten. Eine von ihnen öffnete sich, als etwa fünf Minuten verstrichen waren. Heraus trat eine junge blonde Frau mit einer blauen Akte in der Hand. Das Gesicht hatte sie so schnell nicht erkennen können, aber nun sah sie durch das Blattwerk der botanischen Wand die schlanke Gestalt von hinten, registrierte wohlgeformte Beine. Die Frau steuerte das Chefbüro an, und als sie davor stehenblieb, erwartete die unfreiwillige Beobachterin alles Erdenkliche, so etwa, daß die Gerufene noch rasch einen Blick in einen Taschenspiegel warf, ihr Haar ordnete, vielleicht den Sitz der Bluse korrigierte, ja, manches in dieser Art erwartete sie, aber bei Gott nicht das, was sie dann tatsächlich zu sehen bekam.

Die Blonde drehte sich um und warf einen raschen Blick den Flur entlang, vermutete offenbar niemanden hinter der grünen Barriere, legte den Ordner auf den Rand der rechts neben der Tür stehenden, mit Sand gefüllten Schale, richtete sich aber nicht gleich wieder auf, sondern nutzte das Gebücktsein noch für etwas anderes. Sie hob ihren Rock an, streifte mit wenigen flinken Bewegungen ihren Slip bis zu den Knöcheln herunter und gleich darauf – ruck-zuck, rechts-links – über die Schuhe, nahm den Ordner wieder auf, öffnete ihn und legte das winzige, hell schimmernde Dessous zwischen die blauen Pappdeckel. Dann erst klopfte sie, trat ein und zog die Tür hinter sich zu. Es war alles so akrobatisch und schnell gegangen, daß die Wartende ein paar Sekunden brauchte, um das Ausmaß ihrer Beobachtung zu begreifen. Doch dann nützte alles ausweichende Deuteln nichts mehr. Sie war gerade Zeugin eines unerhörten Vorgangs geworden, natürlich nicht eines grundsätzlich unerhörten, aber doch insofern, als es ihr Mann war, dem dieser Ordner vorgelegt und dem gleichzeitig die Zugänglichkeit der Überbringerin angezeigt werden sollte. Da gab es nur zwei Lesarten, und beide fand sie bedrückend. Entweder hatte er die Frauen in seiner Firma, zu denen er sich physisch hingezogen fühlte, auf irgendeine Weise gefügig gemacht, oder er wurde von ihnen so eingeschätzt, daß frivole Offerten bei ihm verfingen! Sie erhob sich, ging auf seine Tür zu, streckte die Hand schon aus nach dem Griff, da empfand sie plötzlich, daß sie, wenn sie jetzt einträte, wohl doch nicht, wie ihr zunächst vorgeschwebt hatte, den triumphalen, sondern eher den beschämenden Part zu übernehmen hätte. Sie zog die Hand wieder zurück, kehrte um, verließ die Etage, verließ das Gebäude, ja, sie verließ die Stadt, um durch den Wald zu laufen und dabei Ordnung zu schaffen in ihrem aufgewühlten Innern. Und es gelang ihr sogar. Später aß sie in einem Forstgasthof zu Abend und fuhr erst gegen zehn Uhr nach Hause, wo ihr Mann sie mit Anzeichen aufrichtiger Besorgtheit erwartete. Sie erklärte ihm, sie habe eine Freundin getroffen, deren neues Haus besichtigt und darüber die Zeit vergessen, stellte ihn also nicht sofort zur Rede, sondern ließ die gemeinsame Stunde am Kamin ganz normal anlaufen. Erst als er im Zusammenhang mit einem Ressortleiter, der jede Konferenz durch viel zu lange Beiträge unnötig auszudehnen pflegte, mal wieder verkündete, daß Zeit schließlich Geld sei, erwiderte sie, mit dieser strapazierten Formel solle man es nicht übertreiben. So müsse beispielsweise eine Sekretärin, nur um für ihren Chef zweieinhalb Sekunden einzusparen,

160

sich nicht unbedingt schon vor seiner Tür ihres Höschens entledigen; immerhin entzöge sie ihm damit ja auch das reizvolle Vorgeplänkel, dessen Ausbleiben wohl kaum dadurch wettgemacht werde, daß sie ihm das Ding in der Unterschriftenmappe präsentiere.

Sie gerieten in Streit, weil er sofort den Spieß umdrehte und es sich energisch verbat, daß man ihm nachspionierte. Diese Reaktion verletzte sie fast noch mehr als der degoutante Vorfall selbst.

Sie stand auf und ging vor bis an die steinerne Brüstung der Terrasse. Ein mit Lampions geschmückter Ausflugsdampfer, von dem Musik herüberwehte, fuhr über den See. Eine Weile sah sie den davonziehenden bunten Lichtern nach; dann ging sie ins Haus und machte sich fertig für die Nacht. Am nächsten Morgen würde sie früh aufstehen, um von einem der bayerischen Schlösser aus an einer Jagd teilzunehmen, zu der ein alter Freund sie eingeladen hatte. Sie hatte ihn lange nicht gesehen, ihn schon fast aus den Augen verloren, aber nun gab es eine Chance, die einst so gute Beziehung erneut anzuknüpfen und vielleicht auch neue Verbindungen einzugehen.

Es war nicht der Wecker, der sie aus dem Schlaf holte, sondern ein Geräusch, das sich anhörte, als knackte da jemand Nüsse, und im ersten Moment glaubte sie auch, sie hätte von Weihnachten geträumt. Doch gleich darauf war ihr klar, daß es die Dachbalken waren, in denen es knackte. Sie drückte auf den Schalter der Nachttischlampe, aber es blieb dunkel. Sie sprang aus dem Bett, lief zum Fenster, ließ mit einem nervösen Handgriff das Rouleau hochschnellen, prallte zurück. Das Reetdach, das die Gaube umgab, brannte lichterloh. Sie rannte in ihrem weiten weißen Nachthemd durchs Zimmer bis an die Tür, die zum Flur führte, und riß sie auf. Rauch schlug ihr entgegen, und so lief sie noch einmal zurück, tastete ihr Bett nach dem Kissen ab, hielt es sich vors Gesicht, eilte erneut zur Tür und dann weiter auf den Gang hinaus, und da sah sie voller Entsetzen, daß der untere

161

Teil der breiten, in die Wohndiele hinabführenden hölzernen Treppe auch in Flammen stand. Sie hastete ein paar Stufen hinunter und entdeckte das ganze Ausmaß des Infernos, in dem sie gefangen war. Die Diele war ein einziges riesiges Feuer. Die Möbel, die Teppiche, die Tapete, die Bücher, die Vorhänge, alles brannte, und sie begriff sofort, da hatte nicht irgendeine defekte elektrische Leitung zu schmoren begonnen und war dann zu einem kleinen Brandherd geworden! Um das Haus herum wütete ein Ring aus Feuer, und im Erdgeschoß loderte ein regelrechter Flächenbrand! So etwas entstand nicht durch einen Defekt. Nein, das war von Hand gemacht.

Sie erkannte: Durch die Diele gab es kein Entweichen. Also wieder nach oben. Der Rauch war jetzt so dicht, daß sie Mühe hatte zu atmen. Immer wieder schlug sie sich das Kissen vors Gesicht, auch wenn es viel zu dick war, um als Filter dienen zu können; eher nahm es ihr noch zusätzlich Luft. Eine Tür nach der anderen riß sie auf, aber überall war der Brand schon ins Gebälk vorgedrungen und hatte die Räume zu Giftschleusen gemacht. Noch einmal lief sie zurück in ihr Schlafzimmer. Eine Lampe brauchte sie nun nicht mehr, denn das Feuer, das die Gardinen erfaßt hatte, leuchtete jeden Winkel aus. Warum hat dieser Vollidiot Ernst Pohlmann in einer bayerischen Landschaft unbedingt ein Amrumer Reetdach haben wollen? schoß es ihr durch den Kopf. Sie machte kehrt, erreichte die Treppe. Das Feuer war ein paar Stufen höher geklettert, aber sie glaubte keinen anderen Ausweg zu haben und tastete sich ein Stück hinab, schrie wenige Sekunden später auf. Die Flammen hatten ihr Nachthemd erfaßt. Sie lief zurück, schlug wie wild auf den Saum des langen Gewandes ein, und es gelang ihr, wenigstens dort das Feuer zu löschen.

Plötzlich hörte sie die Sirene, dachte: Endlich kommen sie und holen mich hier raus! Aber die nächste Minute verging, ohne daß jemand erschien, und eine Minute war eine Ewigkeit in dieser Gluthitze, in diesem Rauch und in der furchtbaren Angst, die sich ihrer bemächtigt hatte.

Sie stand noch immer am Rand der Treppe, überlegte, ob sie es

162

durch eins der Fenster versuchen sollte, verwarf den Plan. Sie könnte von dort aus nicht senkrecht ins Freie springen, sondern hätte zunächst einen etwa zwei Meter langen Abschnitt der brennenden Dachschräge zu bewältigen, und hinzu kam, daß mittlerweile auch die Fensterrahmen in Flammen standen und sie also erst mal wie ein Tier im Zirkus durch einen brennenden Reifen springen, nein, klettern müßte.

Sie nahm allen Mut zusammen, rannte ein letztes Mal ins Schlafzimmer, schaffte es, unter dem Bett, das am Fußende bereits brannte, ihre Pantoletten hervorzuziehen und hineinzuschlüpfen. In ihr Bad konnte sie nicht, weil das Feuer ihr den Zugang versperrte, aber da war ja auf dieser Etage noch das kleine Gästebad. Sie lief hin, riß die Tür auf. Auch hier dichter Rauch. Im Dunkeln fingerte sie das Handtuch von der Stange, drehte die Dusche auf und hielt es unter den Strahl, stellte sich schließlich auch selbst darunter. Und dann lief sie, das nasse Tuch über dem Kopf, wieder zur Treppe, machte an der obersten Stufe gar nicht erst halt, sondern rannte hinunter, schrie, als die Flammen sie packten, schrie laut und schrill, lief aber weiter, durchquerte die lichterloh brennende Diele, erreichte die Terrassentür, wollte sie öffnen, zuckte zurück, weil sie sich an dem glühendheißen Metallgriff verbrannt hatte, versuchte es ein zweites Mal mit Hilfe des nassen Handtuchs, schaffte es, die Tür zu öffnen, rannte hinaus, rannte die Böschung ihres Gartens hinab, zehn Meter, zwanzig Meter, warf sich ins Gras und sog gierig die klare Luft ein.

Sie mochte fünf, sechs Sekunden gelegen haben, da spürte sie die Brandwunden. Als hätten die Schmerzen nur den Moment der Befreiung abgewartet, setzten sie jetzt ein, an den Beinen, an den Armen, im Gesicht. Aber noch viel schlimmer war ihre heillose Angst, die verbrannten Hautpartien könnten zu untilgbaren Narben werden.

Sie hörte die Autos der Feuerwehr herannahen, hörte laute Männerstimmen, und dann hatten die Retter das weiße Bündel auf dem Rasen entdeckt. Sie kamen zu ihr.

Zwei Stunden später hatte man sie in der Klinik versorgt. Sie war am ganzen Körper bandagiert. Nur die Augen hatte man frei gelassen. Sie verspürte, weil sie Morphium bekommen hatte, keine Schmerzen, nahm den an ihrem Bett stehenden Mann nur verschwommen wahr, wie durch einen Schleier, glaubte aber, daß es ein Arzt war, denn er fühlte ihren Puls, und hinter ihm standen andere Personen.

»Na, das ist ja noch mal glimpflich abgegangen!« Die Stimme klang beruhigend, aber was wußte der Mann schon von ihren Ängsten!

»Und mein Teint?«

»Kein Problem, Frau Pohlmann! Wir holen uns ein Stückchen vom Po oder vom Bauch, und – das verspreche ich Ihnen – ein paar Wochen später können Sie wieder ganz unbeschwert in den Spiegel lächeln.«

Da weinte sie.

4 Noch war in der Baumschule der große Ansturm der herbstlichen Pflanzzeit nicht da, und trotzdem packte Jacob Thaden an diesem Septembertag mit an, half bei den Arbeiten, die vor allem Kraft erforderten, beim Kompostieren und beim Transport der schweren Säcke mit Düngemitteln, Bittersalz und Torf.

Um siebzehn Uhr machte er, wie alle anderen, Feierabend. Er ging ins Haus, duschte und wechselte die Kleidung. Er fühlte sich gut. Er hatte es einfach mal wieder gebraucht, dieses stundenlange Sichabrackern. Zwar taten ihm nun die Knochen weh, aber das störte ihn nicht, denn er wußte, solche Schmerzen waren heilsam fürs Gemüt.

Am Abend fuhr er nach Hamburg, jedoch nicht in die City, sondern außen herum nach Blankenese und dort zur höchsten Erhebung der Hansestadt, dem Süllberg. Er parkte, stieg die Treppe empor zu dem berühmten Restaurant gleichen Namens, trat ein, suchte sich einen Fensterplatz und hatte damit den Ausblick, um den es ihm, als er sich zu der abendlichen Fahrt entschlossen hatte, gegangen war. Unterhalb des in etwa achtzig Metern Höhe errichteten Restaurants sah er die Lichter des alten Fischerdorfes und auch die Elbe mit den vorbeiziehenden beleuchteten Schiffen. Im Verlauf des zurückliegenden halben Jahres hatte sich bei ihm eine leidenschaftliche Affinität zu allem, was die Seefahrt betraf, herangebildet, fast so, als sei da ein geheimnisvoller Zwang entstanden, auch räumlich die Nähe zum schmerzlichsten Ereignis seines Lebens zu bewahren. Dieses beharrliche Aufsuchen maritimer Plätze hatte mit seiner Liebe zu tun und mit seiner Sehnsucht. Auf einem Schiff, so dachte er oft, war sein eigentliches Leben stehengeblieben. Da hatte jemand plötzlich die Uhr angehalten, und alle Zeit, die danach kam, war anders zu zählen. Distanziert, nüchtern, ohne wirkliche Teilnahme, weil sie nicht mehr ausgerichtet sein konnte auf den beglückenden Zustand, eine Frau und einen Sohn zu haben und mit ihnen so eng und so innig verbunden zu sein, als wäre jeder für sich gar nichts, alle drei zusammen aber etwas ganz Großes. So spürte er tief in sich das Verlangen, immer wieder jenen Ort vor Augen zu haben, an dem diese Gemeinschaft ihre letzten glücklichen Tage und Stunden gehabt hatte, und dieser Ort war nun mal das Meer, konnte aber auch ein Fluß sein, der zum Meer führte; wichtig war allein, daß es da Schiffe gab. Gewiß, es war das Meer gewesen, in dem Sigrid und Arndt den Tod gefunden hatten, aber die Schuld daran trug aller Wahrscheinlichkeit nach ein Mensch, der diesen Tod herbeigeführt hatte, indem er ihn einfach in Kauf nahm.

Ihm ging ein Satz durch den Kopf, der das moderne Zusammenleben von Menschen treffend beschrieb: *Mit Behinderungen muß gerechnet werden.* Diese lapidare Feststellung, hundertfach vernommen in den täglichen Verkehrsdurchsagen der Rundfunksender und bezogen auf vorübergehende lokale Beeinträchtigungen, ließ sich, wie er fand, als Lebensformel unserer Zeit verwenden. Natürlich, gemeint war eine Straßenbaustelle, an der sich die Autofahrer mühsam vorbeizudrücken hatten.

Oder eine Ölspur, die jemand hinterlassen hatte und die den Nachfolgenden zum Verhängnis werden konnte. Vielleicht auch hatte ein Orkan dicke Äste auf die Straße geschleudert, oder es gab andere von der Witterung geschaffene Erschwernisse wie Überschwemmungen, Schnee, Glatteis, Nebel. Aber, dachte er, während auf dem Fluß unter ihm gerade zwei Schiffe aneinander vorbeifuhren, diese fünf Wörter *Mit Behinderungen muß gerechnet werden* gelten auch für Beeinträchtigungen von ganz anderer Dimension! Zum Beispiel, wenn ein Kraftwerk im Ruhrgebiet seine Gifte in den Himmel jagt und daraufhin, weil nun mal auch der Wind zu unserem Leben gehört, im Harz die Bäume sterben. Oder wenn die Fabriken ihren Chemiemüll in die Gewässer leiten und danach die Fische mit Geschwüren geschlagen sind und die Fischer sich einen anderen Beruf suchen müssen. Oder wenn der törichte Ehrgeiz von Luftschau-Veranstaltern dazu führt, daß eine Maschine in die Zuschauermenge rast und Männer, Frauen und Kinder zersäbelt oder verbrennt.

Er mußte an seinen Vater denken, der einmal gesagt hatte. »Wer einen Garten hat, muß darauf achten, daß seine Bäume nicht zu hoch werden, damit sie, wenn sie ihn mit ihrem Grün erfreuen, nicht zugleich mit ihrem Schatten den Nachbarn ärgern.«

Vater hat recht, dachte er; es geht immer wieder um die Einhaltung von Spielregeln. Das Gesetz kennt, glaub' ich, zwar noch den einschränkenden Begriff der Zumutbarkeit, aber was ist zumutbar? Ich kann meinen Nachbarn nicht zwingen, doch – bitte schön! – auf das Grün meiner Bäume zu achten und nicht auf deren Schatten. Rücksichtnahme ist alles, im Kleinen wie im Großen. Wenn ich ein Bangladesch-Mann wäre und Bescheid wüßte über den fatalen Zusammenhang zwischen dem Kohlendioxid-Ausstoß der Fabriken in den Industrieländern und meinem wildgewordenen Fluß, also keinen Zweifel daran hätte, daß meine Familie und tausend Menschen mehr nur deshalb ertrinken mußten, weil andere ihr Wohlleben nicht einschränken wollen, ja, ich glaube, dann würde ich mich auf den Weg

166

machen, um die Schuldigen aufzuspüren. Und wenn man mich nicht einließe, würde ich in der Nacht heimlich wiederkommen, über den Zaun klettern und versuchen, wenigstens einen ihrer Giftöfen kaputtzumachen ...

Er kehrte zu seiner eigenen Katastrophe zurück. War es das Wohlleben, das Nielson – oder wer es denn auch gewesen war – im Auge hatte, als er an der MELLUM vorbeifuhr und damit meine Frau und meinen Sohn und Baumann und Wilson und Mahrani und all die anderen dem Tod überantwortete? Zwar hat er die Rettung nicht behindert, aber er hat sie verhindert und damit auf jeden Fall Regeln außer acht gelassen, die zu befolgen seine Pflicht gewesen wäre.

Er hatte einen Käse-Toast gegessen, bestellte sich jetzt einen Kaffee. Wenn er ohnehin die halbe Nacht nicht schlafen konnte, spielte es keine Rolle, ob das mit oder ohne Kaffee geschah.

Herrlich waren sie, dachte er, unsere Atlantik-Tage in den tropischen Breiten! Jeden Morgen, jeden Mittag und jeden Abend ging's in das kleine Schwimmbecken. Besonders Arndt konnte davon gar nicht genug bekommen. Immer wieder sprang er vom eisernen Geländer hinunter in das glasklare Wasser, das von den Schiffsbewegungen hin und her geworfen wurde, aber infolge seiner Trägheit den Rhythmus des Wiegens nicht einhielt, so daß Gegenschläge und Turbulenzen entstanden. Ich sagte zu ihm, auch ein so kleines Wasser könne gefährlich sein, und seine Antwort war: »Mir passiert nichts, du bist ja da und Mami auch!« Sigrid nannte unser Herumtollen im Wasser das doppelte Schwimmen, und das war's ja auch, weil der Tank, in dem wir schwammen, umschlossen war von einem Schiff, das seinerseits schwamm.

Ihm fiel ein Erlebnis ein, das mit einem anderen Schwimmbad zu tun hatte: Winter 1986. Er mit Sigrid und dem zweijährigen Arndt in einem Sporthotel in Bayern. Morgens sieben Uhr. Die beiden schliefen noch. In Badehose und Bademantel schlich er sich aus dem Zimmer, fuhr mit dem Lift hinunter ins Schwimmbad, dessen besonderer Reiz darin lag, daß es eine Art Schleuse hatte, die in ein Außenbecken führte. So konnte man die Halle verlassen und seinen Schwimmsport unter freiem Himmel fortsetzen, indem man sich von den Schultern abwärts im geheizten Wasser warm hielt, den Kopf aber den eisigen Minusgraden aussetzte. Er liebte diesen Wechsel von drinnen nach draußen, empfand es als erfrischendes Erlebnis, die plötzliche Kälte im Gesicht zu spüren und durch die Schwaden des aufsteigenden Dunstes in den verschneiten Hotelpark zu blicken.

Für das Überwechseln von dem einen in das andere Becken gab es, je nach Befindlichkeit, verschiedene Methoden. Gebrechliche Personen bewegten sich behutsamen Schrittes durch die etwa meterbreite Schleuse, die natürlich nicht Schleuse war im Sinne eines Ausgleichs unterschiedlicher Wasserspiegel, sondern nur von ihrer Bestimmung als Durchlaß her. Sie hoben die bis ins Wasser herabhängenden Gummimatten, die das Eindringen der Kaltluft verhindern sollten, leicht an, bückten sich, schlüpften unter der biegsamen Barriere hindurch und gingen auf der anderen Seite weiter, bis es wieder tief wurde, streckten die Arme aus und begannen, gemächlich ihre Bahnen durchs Wasser zu ziehen.

Er machte es anders, denn er empfand es als ein besonderes Vergnügen, schon in der warmen Halle unterzutauchen und den ganzen Weg, zunächst bis zur Schleuse, dann unter den Matten hindurch und weiter ins Außenbecken und dort bis zur Mitte, zu schwimmen, ohne zwischendurch aufzutauchen. Da dieses Manöver von der Strecke her keine besonderen Anforderungen stellte – im ganzen mochten es fünfundzwanzig Meter sein, die zu bewältigen waren –, versorgte er sich vor dem Untertauchen auch nur mäßig mit Luft, zumal er jederzeit wieder auftauchen konnte.

An diesem Morgen war er der einzige Hotelgast im Schwimmbad. Abends hatte im großen Festsaal ein Ball stattgefunden, und so lagen jetzt wohl auch die Frühaufsteher noch in den Federn. Nachdem er ein paar Runden geschwommen hatte, steuerte er seine Ausgangsposition an und ließ sich dort von dem starken Zulaufstrom, der unterhalb der Wasseroberfläche aus der Düse kam, den Bauch massieren. Dann drehte er sich um, genoß noch für eine Weile den Anprall des Wassers gegen den Rücken, holte sich seinen Vorrat an Luft und tauchte.

Mit ruhigen, gleichmäßigen Schwimmzügen legte er Meter um Meter zurück und sah schon bald die Stelle, an der die Kachelwand unterbrochen war, deutlich vor sich. Mit einem besonders kräftigen Schwimmstoß gab er sich Schwung, um dann mit angelegten Armen die Schleuse zu durchgleiten. Er machte gute Fahrt, spürte, als er das andere Becken erreicht hatte, sofort die um vier, fünf Grad verringerte Wassertemperatur, schoß auch gleich, wie er es gewohnt war, mit den wiederaufgenommenen Schwimmzügen bis fast auf den Grund hinab. Denn das war der größte Spaß am Wechsel von drinnen nach draußen: wie ein Delphin aus der Tiefe emporzuschnellen und dann mit dem gestreckten Körper möglichst weit aus dem Wasser und in die eisige Luft zu geraten. Jetzt war der Ort, an dem er für gewöhnlich auftauchte, erreicht. Er merkte es vor allem daran, daß er bald neue Luft brauchte. Seine Füße ertasteten den Boden. Er ging in die Knie, um den festen Grund als Abstoßrampe zu benutzen. Ganz flüchtig registrierte er, daß irgend etwas anders war als sonst. Ja, sonst war es heller. Man hatte wohl vergessen, die Außenlampen einzuschalten. Endlich der Abstoß. Wie er wenige Sekunden vorher in waagerechter Haltung mit angelegten Armen durch die Schleuse geglitten war, so schoß er nun senkrecht durch das Wasser nach oben.

Rums! machte es, und es war nicht die Kälte, die ihm einen Schock versetzte, sondern die starre hölzerne Abdeckung des Außenbeckens, gegen die er geprallt war. Er war so benommen, daß er in einem Reflex nach Luft schnappte und dabei Wasser schluckte. Das brachte ihn zur Besinnung. Was war zu tun? Hatte er noch genug Luft für den Rückweg? Er bezweifelte es, fühlte schon Stiche in der Brust, bestimmt wegen des Sauerstoffmangels, und sie verstärkten sich durch die schlagartig einsetzende Panik.

Noch einmal hinauf! Prüfen, ob das Holz direkt auf der Wasseroberfläche lag oder ob es da noch eine kleine Zwischenzone gab, und sei sie nicht mehr als eine Handbreit hoch! Es käme ja nur darauf an, die Nase in die schmale Luftschicht zu halten. Er erkannte sofort: Da war kein Platz! Das Holz begann, wo das Wasser aufhörte. Mit verzweifelter Anstrengung versuchte er, die Abdeckung hochzudrücken. Es ging nicht. Ihm fehlte der feste Untergrund. In dem unter seinen Füßen nachgebenden Wasser konnte er nur einen minimalen nach oben gerichteten Schwung erzeugen, und der reichte nicht aus, um die Holzdecke auch nur einen einzigen Zentimeter anzuheben.

Also zurück! Er hielt ihn fast nicht mehr aus, diesen immensen Druck, den das Ausbleiben der Luftzufuhr erzeugte. Seine Brust schien zu bersten, ebenso sein Kopf. Er wußte jetzt, es ging um sein Leben. Mit Arm- und Beinstößen, die gewaltig hätten sein müssen, wegen der nachlassenden Kräfte aber nur schwach ausfielen, steuerte er die Schleuse an. Vor sich sah er den Lichtschimmer, der aus der Halle kam und in den ersten Metern des Außenbeckens versickerte. Er war der Ohnmacht nahe, schaffte es dann aber doch, seine allerletzten Reserven zu mobilisieren, erreichte die Zone des Lichtes. Noch ein Schwimmzug, noch einer. Eigentlich waren es gar keine Züge mehr, eher unkontrollierte Zuckungen; sonst hätten sie ihn schneller voranbringen müssen. Aber voran ging es schließlich doch, und endlich, endlich war er in der Nähe des Deckelrandes, drehte sich um, und so, aus der Rückenlage, griff er mit beiden Händen nach der über ihm befindlichen hölzernen Kante, gab sich noch einen letzten Schub, kam vollends unter dem Deckel hervor, tauchte auf, stellte sich hin, kippte aber sofort wieder um. Doch da in der Schleuse das Wasser nur flach war und seine Hände an den Seitenwänden Halt fanden, fing er den Sturz ab. Halb stand er, halb hing er, aber er atmete, atmete, atmete.

Es waren etliche Minuten, die er in dem Durchlaß zubrachte. Ganz allmählich kehrten seine Kräfte zurück, und der Atem wurde ruhiger. Schließlich passierte er mit langsamen Schritten die Schleuse und schwamm dann in das Innenbecken, überquerte es, erreichte die Treppe, stieg aus dem Wasser und legte sich auf den gekachelten Boden.

Unwillkürlich atmete er sogar jetzt, als er an seinem Tisch mit Elbblick saß, tief durch, so, als hätte er diese lange zurückliegende Strapaze soeben noch einmal erlebt. Trotzdem, sein Kampf im Wasser war sicher nichts im Vergleich zu dem, den Sigrid und Arndt im Atlantik gekämpft hatten! Welche Qualen mußten sie erlitten haben, vor allem bei diesem mörderischen Atmen, das keins mehr war, keins mehr sein konnte, weil da nicht Luft, sondern Wasser in die Lungen gepumpt wurde! Bis dann ein gnädiger Augenblick für die Ohnmacht sorgte! Er hoffte, sie war schnell eingetreten. Wohl zum hundertsten Mal sagte er sich: Ich kann diesen furchtbaren Tod nicht auf sich beruhen lassen! Mit Behinderungen muß zwar gerechnet werden in dieser Zeit der Eigensucht, und natürlich hat auch die Sache mit dem Kraftwerk, das im Harz den Bäumen den Tod bringt, eine andere Seite der Medaille. Der Filter, der das Baumsterben verhindern könnte, kostet Millionen. Wird er angeschafft, geht der Strompreis in die Höhe. Wird er nicht angeschafft und das Kraftwerk stillgelegt, fehlt uns der Strom. Es ist, dachte er, die unentwirrbare Verflechtung vom Fortschritt und seinen Folgeschäden, aus der wir nicht mehr herauskommen. Aber mit Sigrids und Arndts Tod verhält es sich anders. Ihr Sterben ist aller Vermutung nach die direkte Folge davon, daß ein einzelner Mensch selbstsüchtig gehandelt hat.

Er zahlte, verließ den Süllberg, fuhr nach Hause, diesmal auf Straßen, die durch die Innenstadt führten. Beim Anblick der vielen Fenster links und rechts mußte er ein weiteres Mal an die Spielregeln denken, die es um so mehr einzuhalten galt, wenn die Menschen auf dichtem Raum zusammenlebten. Keine laute Musik nach zehn Uhr! Kein Badewasser nach zehn Uhr! Kein Hämmern und Bohren und Sägen morgens um sechs! Es ging nicht anders, nur hatte man leider oft den Eindruck, daß die großen Übergriffe auf Mensch und Natur weniger geahndet wurden als die kleinen.

Zu Hause erwartete ihn eine Überraschung. Er hatte gerade das Wohnzimmer betreten, da ging das Telefon. Es war Wulf Maibohm.

»Ich glaube, es ist mein achter Versuch, dich zu erreichen. Wo treibst du dich bloß rum?«

»Mir fällt eben manchmal die Decke auf den Kopf.«

»Ich hab' Neuigkeiten von drüben. Nielson ist frei, und die CAPRICHO fährt wieder.«

»Wirklich?«

»Ja.«

»Woher weißt du das?«

»Hab' mal wieder mit dem Anwalt in New Orleans gesprochen.«

»Wohin fährt das Schiff?«

»Es ist unterwegs nach Philadelphia. In vier Tagen kommt es da an, und anschließend fährt es nach Veracruz.«

»Und Nielson ist an Bord?«

»Natürlich.«

»Das ist gut.«

»Ja, aber es kann sein, daß er nun doch nicht unser Mann ist, weil er zumindest mit dem Kokain-Schmuggel nichts zu tun hatte. Das waren zwei Maschinisten.«

»So kann es sein, muß es aber nicht. Als wir nach New Orleans flogen, wußten wir ja noch gar nichts von dem Kokain. Da hatten wir nur Melanies Bericht, die Aussagen von Mutter Ellerup und die Informationen, die du zusätzlich eingeholt hast, und das alles haben wir jetzt immer noch.«

»Das stimmt.«

5 James Hamilton hatte sich am frühen Morgen ins Zentrum von Mexico City fahren lassen, diesmal aber seinen Chauffeur nicht angewiesen, zu warten oder ihn zu einer bestimmten Zeit irgendwo abzuholen. Er hatte ihn zur *Madrugada* zurückgeschickt.

Am *Alameda*-Park war er ausgestiegen, und nun ging er langsam durch die zu dieser Stunde noch wenig besuchten Grünanlagen. Hier und da sah er jemanden im Gras liegen, Männer, die ihren Rausch ausschliefen, oder vielleicht waren es Obdachlose, die den Park zu ihrem Nachtquartier gemacht hatten.

Seit halb sieben war er auf den Beinen. Nun hörte er vom nahen *Zócalo* her die Uhr der Kathedrale neun schlagen. In der Rechten trug er eine Leinentasche, die den Reisebedarf für drei, vier Tage enthielt. Über seiner linken Schulter hing, an einem Tragriemen, ein ledernes Futteral mit einer Videokamera; auch diese Ausrüstung paßte zu einem Mann, der für ein paar Tage in die Ferien fahren wollte.

Er setzte sich auf eine der zahlreich vorhandenen Bänke, legte sein Gepäck neben sich. Es war ein Zufall, daß er eine der über den Park verteilten weißen Marmorstatuen im Blick hatte, eine Nackte in fast natürlicher Größe. Er fand die Figur sehr erotisch, fragte sich, ob die katholischen Mexikaner wohl immer einverstanden gewesen waren mit der zur Schau gestellten weiblichen Blöße, bezweifelte es zumindest für die sechziger Jahre und die Zeit davor. Es war die glatte, weiße Oberfläche, die ihn an Luise erinnerte, an ihr intensives Bemühen um helle, makellose Haut, und da war es kein Wunder, daß ihm nun die beiden Meldungen in den Sinn kamen, die im Abstand von elf Tagen eingegangen waren. Die erste hatte Howard Foreman, ein in Cancún lebender Anglo-Mexikaner, von dem er sich in einem Hotel der Hauptstadt hatte anrufen lassen, erstattet. Es war eine Vollzugsmeldung gewesen. Obwohl sie sonst englisch miteinander sprachen, hatte Foreman, vielleicht aus lauter Enthusiasmus, aufs Spanische zurückgegriffen und gesagt: *»De veras, la paja da un fuego fulminante!«* Wirklich, Stroh erzeugt ein prächtiges Feuer! Bei diesem Gespräch hatten sie das Treffen arrangiert, das jetzt bevorstand.

Die zweite Meldung war in Form eines Telegramms im MUNDIAL-Büro eingegangen. Luise hatte es in einem Schweizer Kurort aufgegeben. Der deutsche Text war etwas verstümmelt angekommen, aber er hatte trotzdem keine Mühe gehabt, die Botschaft zu verstehen. Sie hatte gelautet: DER VEREIN HAT

WORT GEHALTEN – VORERST NUR DAS HAUS – ICH MACHE MIR SORGEN – MEIN TEINT IST HIN – GRUSS PAOLA. Auch wenn er nur den Informationsstand gehabt hätte, von dem Luise beim Absenden ihres Telegramms ausgegangen war, hätte er diese Nachricht entschlüsseln können. Schon seit dem ersten Drohbrief hatten sie den *Verein der Pohlmann-Geschädigten* immer nur den *Verein* genannt, und daß das Worthalten hier nichts anderes bedeutete als das Wahrmachen der Drohungen, lag auf der Hand. »Vorerst nur das Haus« war leicht zu interpretieren, wenn man die Tatsache heranzog, daß die Drohungen Ernst Pohlmann galten. Wer von seinen Gegnern wußte schon, daß es gar nicht sein Haus war, sondern das seiner Frau? Und schließlich war auch die Verbindung zwischen einem zerstörten Haus und einem von Brandwunden gezeichneten Teint plausibel. Doch für ihn bedurfte es all dieser Kombinationen gar nicht, war er doch viel besser unterrichtet, als Luise ahnen konnte.

Nachdem er seinem Komplizen Foreman vor einigen Wochen die *Aktion Tegernsee* erläutert hatte, war als erstes dessen Frage gekommen, ob denn auch niemand in dem Haus lebe. Er hatte ihn beruhigt, hatte erklärt, es existiere eine Alarmvorrichtung, die schon auf die geringste Rauchentwicklung reagiere. Das stimmte zwar nicht, aber er hatte befürchtet, daß Foreman ohne diese Zusicherung den Auftrag ablehnen würde, denn dessen Devise lautete: Bei mir ist, wenn die Kasse stimmt, vieles möglich, aber Mord nicht!

Er sah wieder auf den gemeißelten weißen Frauenkörper, bildete sich sogar ein, er bewegte sich, und dann stellte er sich vor, wie Luise, die oft nackt schlief, aus dem brennenden Haus herauszugelangen versuchte. Und dachte: Hat sie es also doch geschafft! Nun denn, ein Unglück ist das auch nicht. Zwar bleibt jetzt die einzige Schwachstelle meines neuen Lebens erhalten, aber für meinen Seelenfrieden ist es wahrscheinlich besser so.

Er stand auf, nahm sein Gepäck und ging die wenigen Schritte bis zur *Avenida Juarez*, die den *Alameda*-Park flankierte. Er winkte ein Taxi heran und fuhr zum Flughafen. Am PAN-AM-

Schalter kaufte er sich ein Ticket nach Houston. Bei der Kontrolle legte er seinen auf James Hamilton lautenden mexikanischen Paß vor.

Er ging an Bord. Die Maschine flog pünktlich ab. Sie brauchte für die tausendzweihundert Kilometer lange Strecke anderthalb Stunden. In Houston angekommen, verließ er das Flughafengebäude nicht, sondern suchte sofort den sanitären Bereich auf und schloß sich in einer WC-Kabine ein. Er holte aus seiner Reisetasche einen kleinen Spiegel, eine Blechschüssel und den Toilettenbeutel, verließ noch einmal das enge Geviert, um die Schüssel mit heißem Wasser zu füllen. Nachdem er die Tür wieder verriegelt hatte, begann er mit einer für den Zweck seiner Reise äußerst wichtigen Maßnahme. Er hängte den Spiegel an den ins Türblatt geschraubten Kleiderhaken, und dann rasierte er sich, wie er es auch vor dem ersten Treffen mit Foreman getan hatte, den Bart ab, entfernte die Kontaktlinsen, so daß seine natürliche Augenfarbe sichtbar wurde, entnahm der Reisetasche eine Perücke, versah sie innen mit einem Spezial-Klebeband und streifte sie über sein Stoppelhaar. Nach diesen Korrekturen zeigte ihm das Bild im Spiegel unverkennbar jenen Ernst Pohlmann, wie er noch vor einem Dreivierteljahr in der EUROVIT-Zentrale präsidiert hatte und wie er seitdem auf zahlreichen Pressefotos der deutschen Öffentlichkeit als einer der meistgesuchten Wirtschaftskriminellen vorgestellt worden war. Aus einem Seitenfach der Reisetasche zog er den Leuffen-Paß hervor, steckte ihn in die Innentasche seiner Jacke und zwängte den Hamilton-Paß in die Gesäßtasche.

Ein letztes Mal überprüfte er sein Aussehen. Der helle Anzug, den er trug, stammte aus den USA, das weiße Batisthemd ebenfalls. Die weichen, anthrazitfarbenen Schnürschuhe waren noch aus Deutschland, und die goldene Schweizer Armbanduhr hatte Luise ihm schon vor über zehn Jahren geschenkt.

Er verließ die Kabine, ging zum Schalter der CONTINENTAL-Fluglinie, löste ein Ticket nach Cancún und füllte das kleine, für die Einreise nach Mexiko erforderliche Formblatt mit Leuffen-Personalien aus. Das Verlassen der WC-Kabine im alten Habitus hatte zwar eine im Hinblick auf seine Sicherheit kritische Phase eingeleitet, und sie würde auch noch etwa dreißig Stunden andauern, aber dieses Risiko mußte er eingehen. Indes nahm er an, daß auf den internationalen Flughäfen zwar der Name Ernst Pohlmann gespeichert war, nicht jedoch sein Bild, und ebenso vertraute er darauf, daß er nicht gerade an diesem und am nächsten Tag deutschen Touristen begegnen würde, die ihn womöglich wiedererkannten und ihre Entdeckung sofort meldeten. Wenn sie sich dagegen in einigen Tagen, vielleicht unterstützt durch neue Presseberichte, daran zu erinnern vermeinten, daß sie in Houston oder auf dem Flug nach Cancún den flüchtigen Ernst Pohlmann gesehen hatten, und sich dann an die Behörden wandten, sollte ihm das nur recht sein.

Er gelangte ohne Schwierigkeiten in die Maschine, nahm seinen Platz in der ersten Klasse ein und ließ sich von der Stewardeß amerikanische Zeitungen bringen. Er schwitzte unter seiner Perücke, nahm das kleine Übel aber gern in Kauf, zumal er, wenn er in einigen Tagen auf die *Madrugada* zurückkehrte, nie wieder mit dem leidigen kosmetischen Hin und Her zu tun haben würde.

Bis zum Essen war er mit der Zeitungslektüre beschäftigt. Danach nahm er sie nicht wieder auf, sondern ging noch einmal seinen Plan durch, der – übers Ganze gesehen – schon fast ein Jahr alt war und dessen vierter und vorletzter Teil nun in die Tat umgesetzt werden sollte. Bereits im Oktober des vergangenen Jahres hatte er eine Fünf-Stufen-Strategie entwickelt, die für sein Überwechseln in das andere Leben ein Höchstmaß an Absicherung bot. Die Drohbriefe, das Untertauchen, das Feuer, der Tod und die Korrektur, das waren die Stationen, die es zu durchlaufen galt und von denen er bereits drei als erledigt abgehakt hatte. Alle fünf waren in rekonstruierbarer Folgerichtigkeit aufeinander abgestimmt: Aufgrund der Drohbriefe taucht er unter, und die Rächer suchen nach ihm. Die Brandstiftung entspricht dem Inhalt der Drohbriefe, stellt aber erst einen Teilerfolg seiner Gegner dar. Sein Tod ist für sie die Krönung, und danach wird es still werden um Ernst Pohlmann. Einen

Toten kann man nicht mehr zur Rechenschaft ziehen. Die Nummer fünf seines Plans erschien ihm als besonders raffiniert ersonnen, denn er wußte genau: Wie sorgfältig auch immer er seinen eigenen Tod durch Unglück in Szene setzte, angesichts der Vorgeschichte würden ein paar Leute übrigbleiben, die trotz des überzeugenden Beweismaterials ein listig berechnetes Täuschungsmanöver nicht ausschlössen. Denen galt die Nummer fünf. Sie würde ihnen die Chance bieten zu sagen: Seht ihr? Wir hatten doch recht! An diesem Tod stimmte was nicht. Aber ausgerechnet diese Leute sollten dann zu Opfern eines noch feiner ausgeklügelten Tricks werden, und danach würde man die Akte Pohlmann endgültig schließen.

Um halb fünf landete die Maschine der CONTINENTAL nach einem Dreistundenflug auf dem Flughafen von Cancún. Da er kein großes Gepäck hatte, brauchte er nicht am Förderband zu warten, sondern konnte gleich durch die kleine Halle nach draußen gehen und sich ein Taxi nehmen. In einem der Prospekte, die in seiner MUNDIAL-Agentur bereitlagen, hatte er sich das Luxushotel VILLAS PLAZA ausgesucht und telefonisch für vier Tage einen der am Strand gelegenen Bungalows gemietet.

Auf der Fahrt ins Hotel bestaunte er wieder, wie er es schon während des ersten Treffens mit Howard Foreman getan hatte, die bizarre geographische Beschaffenheit Cancúns. Der Ort bestand aus zwei Teilen, der auf dem Festland errichteten Stadt mit Geschäftshäusern, Banken, Verwaltungsgebäuden, Märkten, Schulen, Krankenhäusern, Büros und allem, was sonst noch zu einer urbanisierten Zone gehörte, und der vorgelagerten Insel, einem etwa fünfundzwanzig Kilometer langen und stellenweise nur wenige hundert Meter breiten Landstreifen, auf dem die Hotels standen und der an seinen beiden Endpunkten jeweils über eine Brücke zu erreichen war. Er hatte schon mehrfach gelesen, und der Taxifahrer bestätigte es ihm erneut, daß Cancún noch vor zwanzig Jahren ein winziges Fischerdorf gewesen war, selbst in Mexiko kaum bekannt, vom Rest der Welt gar nicht zu reden. Und dann hatte man herausgefunden, was sich aus dieser Nehrung, die an ihrer Vorderseite einen der schönsten weißen Karibikstrände und in ihrem Rücken die malerischen, von Mangrovengürteln gesäumten Lagunen besaß, machen ließe. Aus dem ärmlichen Fischerdorf wurde eine respektable Stadt und aus der Insel, die sich wie ein riesiger Krakenarm durchs Wasser wand, ein begehrtes Ferienparadies. Eigentlich hätte die Fahrt vom Flughafen zum Hotel nicht durch die Stadt geführt, aber James Hamilton oder vielmehr Eberhard Leuffen, als der der Ankömmling hier in Erscheinung treten und seinen dramatischen Abgang von dieser Welt in Szene setzen wollte, legte es darauf an, dem Fahrer im Gedächtnis zu bleiben. So zog er den jungen Maya-Indianer immer wieder ins Gespräch, fragte ihn aus, ließ mehrmals anhalten, einmal sogar, um an einem Imbißstand ein Bier mit ihm zu trinken.

Obwohl es schon auf den Abend zuging und die Fenster des Autos heruntergekurbelt waren, litt er unter der Hitze, und überdies machte ihm die Perücke immer mehr zu schaffen. Die Temperatur war hier viel höher als in der Hauptstadt und in Tlaxcala, und das hatte nichts mit den Koordinaten zu tun, denn schließlich lag Cancún nördlicher als Mexico City, nein, was hier für das heiße Klima sorgte, war die tropische Niederung, das Null-Niveau also; in der Hauptstadt und auch auf der *Madrugada* wäre es genauso heiß, wenn das Land dort nicht zweitausend Meter hoch läge. Aber nach wie vor war es ein großer Trost, daß das zusätzliche dichte Fell auf seinem Kopf sich in Kürze für immer erübrigen würde.

Als sie das Stadtgebiet verlassen und die Brücke passiert hatten, wurde es erträglicher, denn nun mischte sich in den Fahrtwind die kühle Brise vom Meer.

Die Adresse seines Hotels war ein Kuriosum. Die Insel hatte, wenn man von den beiden Zufahrten und einigen kleinen Nebentrassen absah, nur die von Brücke zu Brücke reichende Hauptstraße. Um mit den Hausnummern nicht ins Uferlose zu geraten und sie wegen der vielen noch unbebauten Grundstücke in Zukunft auch nicht dauernd ändern zu müssen, hatte man sich darauf verständigt, die einzelnen Standorte mit der Kilometerzahl anzugeben. Das VILLAS PLAZA befand sich bei Kilometer 11.

Sie fuhren vor das Hauptportal. Die mit dem Einzug verbundenen Formalitäten waren in wenigen Minuten erledigt. Was er in mexikanischen Hotels schon häufiger erlebt hatte, geschah auch hier: Sein Paß wurde einbehalten. Morgen, so hieß es, werde er ihn zurückbekommen. Da er die Prozedur kannte, beunruhigte sie ihn nicht.

Ein Boy trug ihm die Tasche zu seinem Bungalow, wies ihn in den Gebrauch des Fernsehers, des Telefons und des Safes ein und ging wieder. Als er allein war, hängte er seine Kleidung in den Schrank. Die Videokamera stellte er neben dem Bett ab, und seine Wertsachen verschloß er im Safe. Dann band er sich den Safeschlüssel ums Handgelenk, zog die Badehose an und ging hinunter an den Strand. Eine ganze Stunde lang schwamm er, ließ es sich wohl sein in dem sauberen türkisfarbenen 25-Grad-Wasser, paßte dabei jedoch auf, daß seine Perücke nicht naß wurde.

Um acht Uhr saß er am Bartresen. Von dem Keeper, dem etwa dreißigjährigen Eugenio, mit dem er sich ausgiebig über Land und Leute unterhielt, hatte er sich eine Bloody Mary servieren lassen. Als etwa eine Viertelstunde verstrichen war, kam Howard Foreman, der sich neben ihn setzte und einen Tequila bestellte.

Der achtunddreißigjährige Halb-Mexikaner, dessen Mutter aus der nördlichen Grenzstadt Nogales stammte, war in seinem äußeren Erscheinungsbild überwiegend von der väterlichen Seite her geprägt, so daß er, der schon einige Jahre in Cáncun lebte, meistens für einen Amerikaner gehalten wurde, zumal auch sein Name für diese Herkunft sprach. Er war groß, muskulös, hatte rötlichbraunes Haar und, als Erbgut seiner Mutter, dunkle Augen. Er sprach das Spanische akzentfrei und galt im Freundes- und Kollegenkreis als ehrenwert und verläßlich. Daß er es zumindest mit der Ehre nicht immer so genau nahm und sich, sobald das Entgelt stimmte, auch zu Unredlichkeiten bereitfand, hing mit seinem Werdegang zusammen. Sein Vater war Trinker gewesen und mit noch nicht einmal vierzig Jahren gestorben. Die Mutter hatte dann ihren Sohn Howard und ihre beiden Töchter nur unter größten Schwierigkeiten durchbringen können. In dieser Zeit war der heranwachsende Howard mit Dieben und Hehlern in Berührung gekommen, hatte aber später das Glück, an eine junge Mexikanerin mit etwas Vermögen zu geraten. Das brachte ihn, jedenfalls nach außen hin, auf den rechten Weg, doch eine heimliche Sympathie für dunkle Geschäfte war geblieben. Er heiratete, zog mit seiner Frau nach Cancún, kaufte ein großes Sportfischerboot, das er gegen gutes Geld vermietete. Er stellte allerdings immer die Bedingung, daß er selbst als Skipper an Bord bleibe. Der Ankauf des mit acht Kojen ausgestatteten Bootes, das von einer Werft im texanischen Galveston erbaut worden war, hatte nicht nur das von seiner Frau in die Ehe eingebrachte Geld verschlungen, sondern auch noch die Aufnahme eines Kredits erfordert. So kamen ihm die Aufträge des Deutschen, für den Geld offenbar keine Rolle spielte, sehr entgegen. Allein der Lohn für die *Aktion Tegernsee* deckte den Rest der Kreditsumme ab, und die Einnahme aus dem noch bevorstehenden Unternehmen würde ihn in die Lage versetzen, sich ein kleines Haus zu bauen, zumal vereinbart worden war, daß ihm noch über einen Zeitraum von zehn Jahren hin jährlich weitere, immer gleichbleibende Beträge zufließen würden.

Die von Leuffen als *Finale* bezeichnete Aktion begann in dem Augenblick, als Foreman sich gesetzt und seinen Tequila bekommen hatte.

Es war von großer Bedeutung, daß der Barkeeper ihr Gespräch oder jedenfalls Teile davon mitbekam. Sie führten es auf englisch, denn wie fast alle Angestellten des Hotels beherrschte auch er die Sprache des großen Nachbarn im Norden soweit, daß es keine Verständigungsschwierigkeiten gab und Leuffen eine spätere ausführliche Zeugenaussage des Mexikaners als gewährleistet ansehen konnte.

»Zwanzig Dollar für die Stunde«, sagte Foreman, »aber Sie dürfen meine CARABELA auch für den ganzen Tag mieten. Das kostet dann hundert Dollar.«

»Garantieren Sie mir denn auch ein paar schöne Fische?«

»Selbstverständlich. Ich bin noch nie ohne einen ordentlichen Fang nach Hause gekommen. Fragen Sie Eugenio! Der kennt mich. Ich habe oft Gäste aus dem VILLAS PLAZA auf meinem Schiff, meistens Amerikaner.«

Der soeben Erwähnte wandte sich den beiden zu: »Sie sprechen von mir? Worum geht's?«

»Mister Leuffen«, antwortete Foreman, »will mein Boot mieten, und er fragt, ob es bei uns denn auch Fische gibt.«

Eugenio lachte. »Wenn wir von allem soviel hätten, wie wir Fische haben, wären wir ein reiches Volk.«

Und dann war der Barkeeper für eine ganze Weile einbezogen in das Gespräch, in dem es ums Sportangeln ging, um Fischarten, Bootstypen und um die Ergiebigkeit der vor Cancún, vor der Isla Mujeres und der Isla Cozumel liegenden Gründe. Schließlich wurde Eugenio Zeuge des Handschlags zwischen dem deutschen Gast und Foreman. Das genügte.

Sie blieben noch eine halbe Stunde, und dann zogen sie sich in Leuffens Bungalow zurück. Dort zählte der Deutsche seinem Besucher zunächst die zweite Quote für die *Aktion Tegernsee* auf den Tisch und dazu, aus technischen Gründen, auch schon den gesamten Lohn für das *Finale* und noch zehntausend Dollar extra für einen Traumjob, wie er sich ausdrückte, über den er aber erst am nächsten Tag mit ihm sprechen werde. Anschließend führte er ihn in den Gebrauch seiner PANASONIC-Super-VHS-Kamera ein. Foreman war als Eigner eines mit leistungsstarker Maschine und kompletter Funkanlage ausgestatteten Bootes technisch versiert, und so hatte er die Handhabe des japanischen Geräts schnell begriffen. Leuffen ließ ihn sogar ein paar Probeaufnahmen machen, von denen er anschließend meinte, sie störten nicht, denn Urlauber filmten bekanntlich alles um sich herum, nicht zuletzt ihre Unterkunft, und überdies könne es nicht schaden, wenn den entscheidenden dramatischen Bildern ein paar harmlose vorausgingen.

Sie tranken ein Bier aus der Zimmerbar und besprachen ihr gemeinsames Vorhaben noch einmal in allen Einzelheiten. Zum Schluß ging es um einen Punkt, der für Leuffen von besonderer Wichtigkeit war. »Wo genau«, fragte er, »findet die Aktion statt?«

Foreman legte einen Cancún-Prospekt auf den Tisch, schlug die erste Seite auf, die eine Landkarte enthielt, und erläuterte: »Hier verläuft die Ostflanke der Insel, und da, nur ein kleines Stück nach Norden, ist das Festland mit der Stadt. Wenn wir jetzt die Küstenlinie weiterverfolgen, kommen wir in ein Gebiet, das unsere Bedingungen hervorragend erfüllt. Da gibt es keine Straße und keinen Weg. Man trifft nicht eine einzige Menschenseele, sieht höchstens ein paar Seevögel. Der große Vorteil liegt darin, daß das Wasser vor diesem Landstreifen nicht so klar ist wie das offene Meer. Es wird zum Teil aus einer Lagune gespeist, ist ein Mischwasser, und genau das brauchen wir. Wenn es zu klar wäre, müßte der Hai, der Sie angreift, auf dem Film zu erkennen sein, und sei's auch nur als dunkler Schatten.«

»Und wie erklären Sie später die gewisse Trübung des Wassers?«

»Ist Plankton«, sagte Foreman.

»Wie nah am Ufer sind wir?«

»Bis zum Land sind es nur wenige Meter.«

»Und da gibt es ganz bestimmt keine Haie?

»Sie können sich darauf verlassen, da gibt es keine! Also, wir legen das Boot parallel zum Ufer, und wenn ich filme, sind Sie, vom Land aus gesehen, hinter dem Boot. Dann haben wir als Hintergrund nur das Meer. Folglich wird man mir glauben, wenn ich behaupte, daß wir weit draußen waren, nämlich da, wo es tatsächlich Haie gibt.« Foreman tippte auf die Landkarte. »Wirklich, die Gegend ist ideal.« Er steckte den Prospekt ein.

»Sehr gut!« sagte Leuffen und stand auf. »Dann wollen wir jetzt Schluß machen. Wir treffen uns morgen früh um neun Uhr, und vergessen Sie nicht das Wichtigste!«

»Sie meinen den Beutel?«

»Genau den.«

»Den kann ich gar nicht vergessen. Er liegt nämlich seit gestern abend in meinem Kühlschrank, wohlgefüllt.«

»Und Ihre Frau? Denkt sie, das ist Himbeersaft?«

»Ich rede nicht von dem Kühlschrank in meiner Wohnung, sondern von dem auf meinem Schiff.«

6 Sie waren an ihrem Platz, hatten, damit das Boot sich nicht drehen konnte, zwei Anker geworfen, einen vorn, einen hinten. Es war heiß, denn die Sonne stand im Zenit. Vier Fische hatten sie gefangen, einen kleinen Schwertfisch und drei *dorados*, die nun in einer Plastikwanne lagen. Ganz sicher würden auch sie später begutachtet und als Nachweis einer normalen Boots-Charter in den Polizeibericht aufgenommen werden. Viel lieber hätte Leuffen jetzt den Fang an Land gebracht, ihn in der Hotelküche abgeliefert und am Abend ein Stück davon, köstlich zubereitet, verspeist. Doch es ging ja gerade darum, sich derlei Vergnügungen auf alle Zeiten zu sichern, ob er sie dann in Acapulco genießen würde oder auf den Bermudas, in Miami oder sogar mal wieder an der Côte d'Azur, denn wer kannte dort schon einen James Hamilton!

Auf dem Tisch in der Kajüte lagen die Gegenstände bereit, die zu Asservaten werden sollten: der Paß auf den Namen Eberhard Leuffen, seine Brieftasche mit etwa vierhundert Dollar, seine Armbanduhr, sein Feuerzeug, eine angebrochene Packung amerikanischer Zigaretten, ein Kugelschreiber, ein Notizbuch mit Eintragungen in der Handschrift Ernst Pohlmanns und schließlich sein Talisman, der geflügelte Penis in Silber, den Howard Foreman lange und andächtig betrachtet und von dem er gesagt hatte, er würde ihn gern als Erbstück übernehmen, woraufhin Leuffen erklärt hatte, das Ding müsse leider unbedingt mit nach Deutschland.

Sie aßen an Deck, tranken eisgekühltes *Agua Tehuacán*, ein heimisches Mineralwasser, und rauchten. Es ging noch einmal um die Einzelheiten des Vorhabens.

»Howard, es ist verdammt wichtig, daß Sie die Kamera nicht zu lange im Anschlag haben! Sonst geht die ganze Geschichte in die Hose, weil sie zu makaber und damit unglaubwürdig wäre. Zwei, drei Sekunden, so lange kann es dauern, bis Sie begriffen haben, was da vor Ihren Augen passiert, aber dann muß die Kamera unbedingt weg, weil Sie beide Hände brauchen, um zu helfen. Außerdem kann niemand so kaltblütig sein, daß er das qualvolle Sterben seines Kumpels oder auch nur seines Kunden bis zum Ende filmt. Ist das klar?«

»Natürlich.«

»Und Ihren Report für hinterher, haben Sie den im Kopf?«

»Der steht. Mit allen Einzelheiten.«

»Auch mit der Wiedergabe unseres kleinen Vorgesprächs?«

»Ja.«

»Okay, spielen wir das noch mal durch! Aber aufgenommen wird's nicht, weil das schon wieder zu perfekt wäre. Also, fangen wir an! Mister Foreman, ehe die Sonne mir das Fell verbrennt, nehm' ich jetzt lieber ein kühles Bad.«

»Ich glaube, das sollten Sie sich überlegen. Könnte sein, daß Sie beim Schwimmen nicht allein sind.«

»Meinen Sie etwa Haie?«

»Es gibt sie hier, keine Frage. Natürlich kommt es dann immer noch darauf an, ob sie gerade in der Nähe sind und Hunger haben. Meistens passiert ja auch nichts, aber Sie sind der Fremde, und ich bin der Einheimische, und ich will Sie wenigstens gewarnt haben.«

»Mit jedem Wasser ist doch irgendwas! Bei mir zu Hause sind die Flüsse zu dreckig, und meine Nordsee ist zehn Monate des Jahres zu kalt. Hier hab' ich nun endlich mal die Reinheit *und* die Wärme, und dann kommen Sie mir mit Ihren Haifischen!«

»Sie können vom Strand aus ohne jedes Risiko schwimmen, aber hier draußen…«

»Verdammt, ich brauch' das jetzt einfach…« Leuffen legte seine Handgelenke aneinander und klatschte, so, als schlüge er

184

eine Synchronklappe zu. »Okay, der Dialog steht. Daß Sie sagen ›meine Nordsee...‹ ist sehr wichtig; vergessen Sie das nicht!«

»Meine Nordsee, meine Nordsee«, wiederholte Foreman und pochte sich an die Stirn.

»Auf geht's!« sagte Leuffen. »Wo ist unser wichtigstes Requisit?«

Foreman kletterte nach unten und holte aus der Pantry einen prall gefüllten Vinylbeutel, gab ihn Leuffen und sagte: »Es sind drei Liter.«

Leuffen wog den flexiblen, an seiner Oberkante zugeschweißten Behälter in der Hand. »Großartig!« sagte er. »Und das Messer?«

Foreman griff in seine Hosentasche und zog ein Federmesser hervor. Es war so klein, daß es in der Linken seines Auftraggebers verschwinden konnte.

Doch die beiden Utensilien landeten zunächst auf der Ducht.

»Wir machen«, sagte Leuffen, »vorweg ein paar Aufnahmen, ohne daß die Sachen mich behindern. Sie können also erst mal munter drauflosfilmen. Aber anschließend, wenn ich zum zweiten Mal im Wasser bin, dürfen Sie die Kamera nur laufen lassen, wenn garantiert weder der Beutel noch das Messer zu sehen sind. Ich werde mir das dicke Kissen in die Badehose schieben, auf'n Arsch, und das Messer halte ich im Mund, zusammengeklappt natürlich, und Sie filmen mich von vorn. Dann machen Sie den Schwenk zum Horizont. Derweil nehme ich das Messer aus dem Mund, öffne es, halte es aber unter Wasser. Sie schwenken auf mich zurück und behalten diese Einstellung bis zum Schluß bei.«

»Geht klar! Ich hab' das alles schon gestern abend begriffen. Aber Sie dürfen auch keinen Mist machen, zum Beispiel nicht den Beutel zurechtrücken wie 'n Korsett, das schief sitzt, oder zu spät mit dem Schreien anfangen.«

»Ich kann meine Rolle, hab' sie in Gedanken hundertmal gespielt. Also los! Erst mal ohne.«

Außer dem Bungalow hatten sie auch schon die vier Fische auf dem Film, und zwar deren ganzen Weg vom Einholen der

Schnur bis zum Gezappel in der Wanne. Mal hatte Leuffen aufgenommen, mal Foreman. Auch das Auslaufen in Cancún war festgehalten, ebenso der Junge, der die Leinen losgemacht hatte.

Nun filmte Foreman seinen Kunden, wie er sich, noch ohne das belastende Beiwerk, in seiner weißen Badehose an Deck erging. Er sorgte dafür, daß er dabei kein Stück Land vor die Linse bekam. Auch ein paar Worte wurden gespeichert:

»Ich schwimme mal eben rüber nach Kuba; sind ja bloß hundertfünfzig Meilen«, sagte Leuffen.

Foremans Antwort kam, wenn auch ohne Bild, ebenso aufs Band: »Ich hab' Sie gewarnt. Aber wenn Sie hinkommen, dann grüßen Sie meine Tante Celia in Pinar del Río!«

Jetzt ging Leuffen zum Heck, kletterte über die kleine Leiter ins Wasser und begann zu schwimmen. Und Foreman filmte. Auch die Zurufe wurden festgehalten, so Leuffens Begeisterung über das erfrischende Bad und Foremans Mahnung: »Nicht zu weit weg vom Boot!«

Dann kam die Drehpause. Leuffen stieg an Bord, verstaute den Beutel hinter seinem Rücken, schnürte noch einmal das Band der Badehose, nahm das Federmesser in den Mund und ging erneut ins Wasser, hielt sich längsseits. Als er einige Meter entfernt war, drehte er sich zu Foreman um, hob die Hand und senkte sie wieder. Die Kamera begann zu surren. Da er das Messer im Mund hatte, unterblieben nun seine Zurufe. Beide, Kameramann und Darsteller, hatten die Regie im Kopf, und so schwenkte Foreman, nachdem er etwa eine halbe Minute lang Leuffen von vorn aufgenommen hatte, die Kamera von ihm weg übers Wasser und langsam wieder zurück. In diesen wenigen Sekunden hatte Leuffen das Messer aus dem Mund genommen und aufgeklappt, und als die Kamera dann erneut auf ihn gerichtet war, hatte er die Hände unter Wasser, hielt sich durch Treten oben und lächelte in die Linse, wie kein Urlauber zufriedener hätte lächeln können.

Aber plötzlich schrie er auf, schlug mit den Armen um sich und nutzte die Turbulenz seiner Bewegungen für einen raschen, hinter seinem Rücken geführten Schnitt in den Beutel, ließ das Messer los, griff hinter sich, so, als wäre er dort gepackt worden. Dabei drückte er das Schweineblut aus dem Beutel. Während des ganzen Manövers schrie er wie in äußerster Panik und führte im Wasser einen wahren Hexentanz auf, und dann kamen Worte: »Ein Hai! Ein Hai! Bitte, Howard, hilf mir! Mein Bein! Hilfe!«

Blutschwaden stiegen nach oben und mischten sich mit dem Blaugrün des Wassers.

»Hilfe! Hilfe!« Mit diesen schrillen Schreien ging das Theater zu Ende. Leuffen sah, daß Foreman die Kamera abgelegt hatte. Er kam an Bord, befreite sich von dem nun schlaffen Beutel und von seiner Badehose. Foreman gab ihm ein Handtuch. Als er sich abgetrocknet hatte, warf er beides ins Wasser. Er zog sich die für die Rückreise mitgebrachte Kleidung an, und dann war es für ihn das Wichtigste, den ganzen Film, von den Hotelaufnahmen bis zum Beginn seines Todeskampfes, zu überprüfen. Da dieser Test nur die kleinen Schwarzweißaufnahmen bot, war die volle Wirkung natürlich nicht da, aber er war zufrieden, vor allem, als er seinen weit aufgerissenen Mund, seine wilden Bewegungen und das aufsteigende Blut sah. Auch das abrupte Ende entsprach ganz seinen Vorstellung.

»Es ist phantastisch!« sagte er. »Wenn ich noch am Leben wäre, würde ich Sie für den Oscar vorschlagen.«

Foreman hatte zwei *Cuba libres* bereitgestellt. Sie tranken einander zu wie ein Film-Team, das den Abschluß der Dreharbeiten feiert.

Wenig später lichteten sie die Anker und fuhren mit Höchstgeschwindigkeit ins offene Meer hinaus und dann auf Cozumel zu, jene Insel, an deren Nordstrand Leuffen später abgesetzt werden sollte.

»Jetzt kommt die Generalprobe für den nächsten Akt«, sagte er.

Foreman schaltete die automatische Steuerung ein. »Von mir aus kann's losgehen.«

»Ich bin«, begann Leuffen, »*comisario* Pérez oder wie der Knabe heißt. Sie haben mir Bericht erstattet, mir die Sachen des Toten ausgehändigt, und dann haben wir uns, vielleicht sogar im Beisein des deutschen Konsuls, den Film angesehen. Also, *señor* Foreman, was glauben Sie, was da passiert ist?

»Glauben? Ich weiß es! Hab' ja seinen Tod mit eigenen Augen angesehen. Ein *tiburón*. Oder auch mehrere. Zu erkennen waren sie nicht, haben ihn also wahrscheinlich von unten angegriffen. *Señor comisario*, es war grauenhaft! Ich bin sicher, schon beim ersten Zuschnappen wurde ihm das Bein abgesäbelt. Das Blut schoß nur so nach oben. Und er schrie ja auch: Mein Bein! Ja, und da hab' ich natürlich die Kamera hingeschmissen und den Bootshaken geholt. Aber der reichte nicht. Dann hab' ich den Motor angeworfen, um näher an *señor* Leuffen ranzukommen, aber auch, um mit dem Geräusch die Bestien zu vertreiben. Aber sie ließen sich nicht beeindrucken.«

»Ist das nicht ungewöhnlich? Haie sind doch allergisch gegen Lärm.«

»Das sagt man, ja, aber die hier bei uns haben bestimmt schon tausendmal ein Boot gehört; die kratzt das nicht mehr.«

»Na gut. Sie legten also die Kamera ab. Wie ging es dann weiter?«

»Als ich nahe genug war, versuchte ich es noch einmal mit dem Bootshaken, aber *señor* Leuffen war überhaupt nicht mehr in der Lage, nach dem Stab zu greifen. Ja, er war schon gar nicht mehr da, war schon in die Tiefe gezogen worden. Und da unten... ja, da haben sie... da haben sie ihn wohl verzehrt. Vor lauter Blut, das nach oben kam, konnte ich nicht mehr viel erkennen. Glauben Sie mir, *señor comisario*, es war mörderisch! Es war mir fast nicht möglich hinzugucken. Sagen Sie mir, sagen Sie mir bitte ganz ehrlich: Wären Sie hinterhergesprungen?«

»Natürlich nicht. Sie haben es schon richtig gemacht. Wie lange sind Sie dann noch an der Stelle geblieben?«

»Eine Viertelstunde ungefähr. Ich war völlig fertig. Ach, und gefunkt hab' ich natürlich, aber da weiß man ja vorher, daß das in einer solchen Lage nichts bringt. Irgendwann kam ein anderes Boot vorbei. Ich winkte, wollte nicht allein sein mit diesem Scheiß-Erlebnis, aber entweder haben die mich gar nicht gesehen, oder sie wollten weiter.«

»Wie weit war das Boot entfernt?«

»Nicht sehr weit. Vielleicht drei-, vierhundert Meter.«

»Okay. Aber wirklich gesehen haben Sie die Haie nicht?«

»Nein. Doch da gibt es nicht den leisesten Zweifel, sie haben ihn mit sich in die Tiefe gerissen. Eigentlich ist unser Wasser ja sehr klar, und man kann normalerweise weit nach unten gucken, aber nicht, wenn oben eine dicke Wolke aus Blut schwimmt. Ja, und dann bin ich zurückgefahren.«

»Hatte er Ihnen die Bootsstunden schon bezahlt?«

»Nein, ich sollte hinterher mein Geld kriegen, aber daraus wird nun wohl nichts.«

Leuffen lachte schallend, griff in seine Hosentasche, holte ein Bündel Dollarscheine hervor und gab Foreman zwei Fünfziger.

»Hier! Nach diesem furchtbaren Erlebnis sollen Sie nicht auch noch um Ihren Lohn gebracht werden. Aber natürlich hab' ich Ihnen das Geld vorher gegeben. Klar?«

Nun lachte auch Foreman. »Klar.«

Leuffen ging hinunter in die Kajüte, um einen dort abgestellten Campingbeutel zu holen. Es war das unverfängliche Gepäck, mit dem der *patrón* der *Madrugada* von seiner kleinen Reise zur Hacienda zurückkehren würde.

Als er wieder oben war, öffnete er ihn und nahm einen weißen Briefumschlag im DIN-A6-Format heraus. Er reichte ihn Foreman und sagte: »Nun passen Sie gut auf! Ich habe Ihnen gestern abend zehntausend Dollar extra gegeben. Die sind für einen allerletzten Auftrag bestimmt, der in einigen Tagen fällig sein wird. Ich werde Sie anrufen und nur sagen: Es ist soweit! Dann holen Sie aus diesem Umschlag einen kleineren gelben heraus. Er ist adressiert und frankiert. Mit diesem Brief fliegen Sie nach Deutschland. Sie nehmen die Maschine, die in Frankfurt landet, wie beim letzten Mal. Sie fahren nach Wiesbaden, das ist nicht weit, und stecken da diesen Brief ein, ganz normal, weder als Expreß noch als Einschreiben. Einfach in den Kasten werfen. Damit wäre auch dieser Auftrag erledigt. Noch zwei wichtige Punkte, Howard! Erstens: Wenn Sie mich nach Cozumel gebracht haben und dann zurückfahren, dürfen Sie nicht vergessen, den Funkspruch abzusetzen. Und er muß so abgefaßt sein, als wäre das Unglück gerade erst passiert oder noch im Gange.«

»Ist mir klar. Und mir ist auch klar, warum wir nicht schon jetzt funken. Sollte nämlich ganz zufällig ein Helikopter in der Nähe sein, wäre er in wenigen Minuten hier, und Sie säßen noch an Bord. Zweitens?«

»Wenn Sie Ihr Boot festgemacht haben, müssen Sie als erstes nach Hause fahren, um den Wiesbaden-Brief zu verstecken. Immerhin ist damit zu rechnen, daß die Polizei die CARABELA von oben bis unten durchsucht.«

»Geht in Ordnung.«

»Aber Ihre Frau darf den Brief nicht sehen!«

»Tut sie auch nicht.«

»Und wenn jemand mitkriegt, daß Sie nicht direkt zur Polizei, sondern erst nach Hause gefahren sind, und man Sie nach dem Grund für diesen Abstecher fragt, was sagen Sie dann?«

Foreman überlegte einen Moment, und dann antwortete er: »Ich war einfach fertig, war am Zusammenbrechen, wollte die Geschichte erst mal meiner Frau erzählen, und die mußte mich wieder ins Lot bringen. Also werde ich ihr die Sache auch wirklich erzählen und mich von ihr mit einem starken Kaffee wieder aufmöbeln lassen, denn falls ich so eine Erklärung abgebe, fragt man ja vielleicht auch sie.«

»Howard, Sie haben Ihr Geld wirklich verdient!«

Als viereinhalb Stunden später James Hamilton auf dem Flughafen von Cozumel in eine Maschine der MEXICAN AIR stieg, um in die Hauptstadt zu fliegen, ging es schon auf den Abend zu. Die Perücke war verschwunden, die Augen waren wieder von graublauer Farbe, und sogar ein kleiner aufgeklebter Kinnbart zierte den Herrn der *Madrugada*.

Nach dem Start lehnte er sich in seinen Sessel zurück, schloß die Augen. Howard Foreman, dachte er, wird seine Sache gut machen. Er hat seine Fähigkeiten mehrfach unter Beweis gestellt. Durch ihn wird mir kein Schaden entstehen. Die beträchtlichen Summen, die unter falschem Absender und von wechselnden Poststationen aus noch zehn Jahre lang auf sein Konto überwiesen werden, halten ihn bestimmt davon ab, sein Geheimnis je preiszugeben. Sollte ihn aber doch irgendwann der Teufel reiten, und er meint, er könnte mich erpressen: Es geht nicht! Für ihn existiert keinerlei Verbindung zwischen Eberhard Leuffen und James Hamilton. Er kennt weder die *Madrugada* noch das MUNDIAL-Office, noch weiß er überhaupt, daß ich in Mexiko lebe. Für ihn bin ich ein Deutscher, der in die USA geflüchtet ist und, um die Behörden zu täuschen, in Cancún seinen Tod inszeniert hat. Also, eine Schwachstelle ist er bestimmt nicht, eher ein stützender Pfeiler in meinem Lügengebäude. Da ist Luise schon gefährlicher, aber zum Glück sind ihr die Hände gebunden. Außerdem, sie wird an meinen Tod glauben, weil es den Film gibt und weil sie in meiner Hinterlassenschaft meinen Talisman findet, von dem ich ihr mal gesagt hab', ehe ich den aufgäbe, würde ich lieber mich selbst aufgeben. Sie weiß, daß ich keinen Tag, keine Stunde ohne ihn war, es sei denn, ich schlief, und er steckte in meinem Anzug. Ja, auch sie wird davon ausgehen, daß ich tot bin. Rein theoretisch könnte das natürlich dazu führen, daß sie doch plaudert, weil es mir ja nicht mehr schaden würde. Aber dagegen bin ich gleich zweimal abgesichert. Erstens müßte sie dann ihren früheren Aussagen widersprechen, und das hätte zur Folge, daß sie die Kripo aufs neue an den Hals bekommt. Folglich wird sie auch nach meinem Tod kein Wort über ihren Kontakt zur MUNDIAL-Agentur verlieren. Zweitens: Schon bald wird es die MUNDIAL gar nicht mehr geben. Sie hat ausgedient. Gregorio und Miranda verlassen die Hauptstadt, gehen nach Zihuatanejo, bauen sich da etwas auf und werden, wie Howard Foreman, noch zehn Jahre lang von mir unterstützt. Klar, das alles kostet Geld, aber wer zweihundertachtzig Millionen Dollar auf der hohen Kante hat, kann für die eigene Sicherheit gern ein paar hunderttausend ausgeben. Fazit: Luise wird keinen Ärger machen! Und was ist mit Kapitän Nielson und seinem Funker? Auch bei ihnen hab' ich keine Sorge. Die Illustrierten-Serie mit dem albernen Preisausschreiben wird die beiden wohl kaum zum Reden bringen, weil sie ganz genau wissen, daß sie dann hinter Gitter kämen. Sollte aber wider Erwarten Reue sie überfallen und ihre Zungen lösen, würde jede Recherche in Veracruz steckenbleiben.

Er ließ sich von der Stewardeß einen Scotch bringen, trank einen Schluck, sah aus dem Fenster, aber weder das weiße Wolkengebirge, das sie überflogen, noch die auf der silbergrauen Tragfläche reflektierende Abendsonne fanden seine Aufmerksamkeit. Nach wie vor war er mit der Brücke zwischen seinem ersten und seinem zweiten Leben befaßt und mit der Frage, ob sie stabil genug sei:

Die Geschichte meines Todes wird nun ihren Weg machen. Foreman berichtet von dem fürchterlichen Unglück. Der deutsche Konsul wird eingeschaltet und vermutlich auch die deutsche Botschaft in Mexico City. Anschließend wird der Fall in die Bundesrepublik geleitet, mit dem vorhandenen Beweismaterial, zu dem die auf dem Boot hinterlassenen Sachen ebenso gehören wie die aus meinem Hotel, die Leinentasche, die Kleidung, das Geld aus dem Safe, der Leuffen-Paß und mein Rückflug-Ticket nach Houston. Eine ganz große Rolle spielt natürlich der Film in meiner Videokamera. Er und die vielen Fingerabdrücke auf meinen Sachen werden ganz schnell zu der Erkenntnis führen, daß Eberhard Leuffen der verschwundene Ernst Pohlmann war. Daraufhin fliegt ein Staatsanwalt nach Cancún, und Foreman muß seine Geschichte noch einmal zum besten geben. Aber das weiß er. Na, und dann fragen sich die Leute im BKA, ob dieser Pohlmann denn nun wirklich tot ist oder nicht. Das heißt, es wird zwei Lager geben, ein größeres, das an der Fülle der Indizien nicht vorbeikommt, und ein kleineres, das grundsätzlich zu Zweifeln neigt, wenn bei einem Todesfall die Leiche fehlt, egal, wie viele blutrünstige Haie in der Karibik herumschwimmen, und egal auch, wie gestochen scharf das Sterben gefilmt wurde. Die Befürworter meines Todes werden ein gutes Argument haben und es immer wieder ins Feld führen: Wenn Pohlmann darauf aus gewesen wäre, seinen Tod vorzutäuschen, dann hätte er das doch unter seinem richtigen Namen gemacht! Ja, ich glaube, das ist ein verdammt starkes Argument. Trotzdem werden die Zweifler nicht nachgeben, auch wenn dieser Punkt sie ohne Frage verunsichert. In einigen Tagen – den genauen Zeitpunkt werde ich bestimmen, sobald die Haie von der Presse ausreichend über die Haie von Cancún berichtet haben – wird der in Wiesbaden aufgegebene Brief bei der Zeitung eintreffen...

Als er sich jetzt vorstellte, wie die Redakteure sich über den gelben Brief hermachten und fieberhaft an ihren Schlagzeilen bastelten, hatte er jedes Wort des brisanten Textes im Kopf, ja, sogar das bläßliche Blau der Buchstaben hatte er vor Augen, denn auch das war ein wichtiges Detail in seinem Plan gewesen: den Druckerkasten, mit dessen Hilfe schon die drei Drohbriefe entstanden waren, mitzunehmen nach Mexiko. Genüßlich wiederholte er jetzt in Gedanken den Inhalt der vierten Botschaft:

»ENDLICH EIN SCHWEIN WENIGER AUF DER WELT! DER SKIPPER DER CARABELA HAT SICH GEIRRT. DEN TOD VON CANCUN HABEN NICHT DIE HAIE HERBEIGEFÜHRT, SONDERN WIR. SEIT MONATEN WAREN WIR POHLMANN-LEUFFEN AUF DER SPUR. WIR SIND IHM VON HOUSTON NACH CANCUN GEFOLGT. DORT HABEN WIR IHN HARPUNIERT UND IN DIE TIEFE GEZOGEN. WIR ATMEN AUF.

VEREIN DER POHLMANN-GESCHÄDIGTEN«

Vor allem die Eingangsfeststellung, daß es nun ein Schwein weniger auf der Welt gebe, gefiel ihm wegen ihres Wahrheitsgehalts, denn er erinnerte sich der Antwort Howard Foremans auf die Frage, wie er das viele Blut beschaffen werde: »Wir veranstalten zu Hause ein kleines Schlachtfest. Unser Schwein muß dran glauben.«

7 Jacob Thaden war von Hamburg über Brüssel nach New York geflogen, dort umgestiegen und am Abend in Philadelphia gelandet. Er war allein gereist, denn jetzt ging es um einen Plan, dessen Ausführung viel Zeit in Anspruch nehmen würde, und die hatte Wulf Maibohm nicht. Die Freunde waren sich darin einig gewesen, daß es nicht, wie noch für New Orleans vorgesehen, ausreichte, dem Kapitän der CAPRICHO einen Besuch abzustatten und ihn dann, je nach dem Ergebnis, weiterziehen zu lassen oder die Behörden einzuschalten; nein, um dem geheimnisvollen Funkspruch endlich auf die Spur zu kommen, war es notwendig, daß er, Thaden, in Philadelphia an Bord ging und die zehn- bis zwölftägige Reise nach Veracruz mitmachte. Sie hatten lange überlegt, wie er unverdächtig zu seiner Passage kommen könnte. So aus dem Nichts heraus bei Nielson aufzutauchen und zu fragen, ob er eine Kabine frei habe, schien kein aussichtsreicher Weg zu sein. Er brauchte dann nur nein zu sagen, und der Flug über den Atlantik wäre wieder mal vergebens gewesen. Also hatte Wulf Maibohm sich von der Redaktion aus an die Reederei in Antofagasta gewandt, und dort hatte man gegen einen zahlenden Passagier nichts einzuwenden gehabt. Die Angelegenheit war den üblichen Weg gegangen; die Reederei hatte die MORTON GREEN COMPANY, ihre Maklerfirma in Philadelphia, benachrichtigt, und dort sollte Thaden seine Reisedokumente abholen. Nielson würde es also nicht mit einer Bitte zu tun haben, sondern mit einer Order, ob sie ihm nun genehm war oder nicht.

Am Flughafen nahm Jacob Thaden ein Taxi. Er fuhr sofort zum Maklerbüro, traf dort, weil es schon spät war, nur noch einen einzigen Angestellten an, der zwar die Papiere für ihn bereithielt, dazu aber auch, wie er sich ausdrückte, *very bad news*. Mein Gott, dachte Thaden, nun hat man die CAPRICHO-Crew womöglich schon wieder beim Schmuggeln erwischt! Doch es war etwas anderes. Das Schiff war mit dem Beladen früher als erwartet fertig geworden und hatte am späten Nachmittag Philadelphia verlassen. Er reagierte verärgert, mußte sich aber sagen lassen, daß es in der wilden Trampfahrt keine festen

Fahrpläne gebe; der Preis für nur eine Stunde Verzögerung übersteige die Einnahmen aus einer Passage bei weitem, und daher könne auf Fahrgäste nicht gewartet werden. Der Angestellte las ihm sogar den entsprechenden Paragraphen in den Reisebestimmungen vor.

»Und was nun?« fragte Thaden.

»Sie haben Glück im Unglück! Die CAPRICHO geht nicht direkt nach Veracruz, sondern nimmt vorher noch Fracht in Norfolk auf, und diesen Hafen rechtzeitig zu erreichen dürfte für Sie kein Problem sein. Ich guck' mal nach, welches Flugzeug Sie nehmen können.« Er schlug in einem Plan nach, aber dann sagte er: »Tut mir leid, die letzte Maschine, es ist eine der US-AIR, geht in einer Viertelstunde, und das schaffen Sie natürlich nicht.«

»Vielleicht hat sie Verspätung«, sagte Thaden.

Der Mann griff zum Telefon, fragte beim Flughafen an, lauschte, bedankte sich, legte den Hörer wieder auf und sagte: »Der Flug ist schon aufgerufen; aber schließlich ist das nicht die einzige Möglichkeit, nach Norfolk zu kommen. Mit einer Nachtfahrt im GREYHOUND-Bus geht es auch.« Wieder sah der freundliche, noch sehr junge Amerikaner in seinem Plan nach. »Ja, es gibt eine Verbindung über Washington und Richmond. Dann wären Sie um sechs Uhr in Norfolk.«

»Und wann läuft die CAPRICHO ein?«

»Morgen mittag gegen eins. Aber sie fährt noch am selben Tag weiter.«

»An welchem Kai finde ich sie?«

»Das schreibe ich Ihnen besser auf.« Er notierte einen Namen und eine Zahl und schob den Zettel über den Schreibtisch. »Sie könnten allerdings auch in ein Hotel gehen und morgen die erste Maschine nehmen.«

Thaden, der nach den Erfahrungen von New Orleans und dieser neuerlichen Panne mittlerweile auf alle nur denkbaren Querschläger eingestellt war, antwortete:

»Ich nehme lieber den Bus. Womöglich gibt's Frühnebel, und die Maschine startet nicht.«

Das Telefon läutete. Der Mann nahm den Hörer ab und führte dann ein längeres Gespräch, in dem es um ein Schiff im St.-Lorenz-Golf zu gehen schien, dessen Ladung verrutscht war. Thaden freute sich, daß er mit dem Englischen wieder ganz gut zurechtkam. Er hatte in letzter Zeit so manche Stunde über seinen alten Lehrbüchern verbracht.

Er hörte noch eine Weile zu, und dann fragte er sich, ob er mit seinen Nachforschungen nicht doch schon in dieser Agentur beginnen sollte. Immerhin stand sie mit der Reederei der CAPRICHO in geschäftlicher Verbindung. Er hatte sich diese Frage bereits zu Hause gestellt und auch mit Wulf Maibohm darüber gesprochen, der aber zu dem Schluß gekommen war: »Nur mal angenommen, die CAPRICHO hat den Notruf der MELLUM ignoriert, weil sie in Eile war, und die Agentur hatte irgendwie mit dieser Eile zu tun, was ja bei einem Frachtkontor so abwegig nicht wäre, und nun horchst du die Leute aus, bevor du an Bord gehst, dann werden die den Kapitän darüber informieren, und damit haben wir unsere Trümpfe von vornherein verspielt.«

Das Argument hatte ihm eingeleuchtet, und nach einigem Überlegen sagte er sich auch jetzt wieder, daß der Freund recht hatte. Aber ein paar allgemeine Fragen zur Reise durfte er ja wohl stellen; die gehörten zur üblichen Neugier eines Passagiers, und so wollte er, als das Telefongespräch beendet war, wissen:

»Was für ein Schiff ist die CAPRICHO eigentlich?«

»Also, ein Luxus-Liner ist sie nicht gerade; eben ein Frachtschiff.«

»Gibt es ein Schwimmbad an Bord?«

»Nein.«

»Und der Kapitän? Ist er ein...«, er kannte das englische Wort für »umgänglich« nicht, fuhr daher fort, »sympathischer Mann?«

Der andere nickte. »Ja, das kann man sagen. Er ist übrigens ein Landsmann von Ihnen.«

»Und die Offiziere?«

»Alle an Bord sind freundliche Leute.« *Nice people*, so drückte der Mann sich aus. Daß zumindest zwei so *nice* nicht waren – immerhin hatten sie Kokain geschmuggelt –, verschwieg er. Aber, hielt Thaden ihm zugute, die beiden saßen ja, also war es wohl korrekt, sie nicht mehr zur Crew zu zählen.

Er steckte seine Reise-Unterlagen ein und verabschiedete sich. Ein Taxi brachte ihn zum GREYHOUND-Terminal. Da die Fahrt erst um Mitternacht losgehen sollte, hatte er Zeit, im Restaurant der Station ein Sandwich zu essen. Kurz vor vierundzwanzig Uhr gab er seinen Koffer ab und stieg ein.

Der Bus war nur zur Hälfte besetzt. Nach der langen Reise – in Deutschland war es jetzt schon sechs Uhr morgens – schlief er bald ein und wachte erst um drei Uhr, kurz vor der Ankunft in Washington, auf. Dort mußte er umsteigen, und so bequem der erste Teil der Fahrt verlaufen war, so entnervend sollte sich der zweite gestalten.

Diesmal war der Bus gefüllt. Thaden bekam in der Mitte einen Fensterplatz, hätte aber lieber einen am Gang gehabt, denn draußen war es dunkel, so daß er von der Landschaft nichts sehen würde, und auf dem anderen Sitz hätte er etwas mehr Beinfreiheit gehabt. Zu seiner Überraschung waren von den etwa fünfzig im Fahrzeug anwesenden Personen der Fahrer und er die einzigen Weißen.

Bis zur Abfahrt fehlten noch ein paar Minuten. Neben ihm saß eine richtige Mammy, etwa fünfzig Jahre alt, groß, stämmig, mit breiten, runden Schultern, von denen die rechte mindestens eine Handbreit in sein Revier hineinragte. Das verhieß nicht gerade bequemes Reisen. Die Hoffnung, weiterschlafen zu können, war zunichte.

Er guckte aus dem Fenster. Ungefähr zwanzig Busse standen auf dem beleuchteten Platz. Zwischen ihnen liefen Passagiere, vorwiegend Schwarze, mit Koffern, Taschen und Kartons umher. Hier und da hingen übermüdete Kinder an den Rockschößen der Erwachsenen. Der Kleidung und den Gepäckstükken nach zu urteilen lebten fast alle diese Menschen in Armut.

197

Die gibt's also sogar in Washington! dachte er, aber ihm war
natürlich klar, daß die großen Bus-Terminals der Ostküste sich
alle glichen und also nichts auf diesem unwirtlichen Platz
typisch war für die Metropole der Vereinigten Staaten.

Sigrid und er hatten Washington schon oft als Reiseziel oder
zumindest als Zwischenstation erwogen, und bestimmt wären
sie eines Tages auch hierhergefahren, hätten sich das Weiße
Haus, das Washington-Monument, das Capitol, das Smithso-
nian, Arlington und vieles mehr angesehen, doch jetzt kam ihm
nicht einmal der Gedanke, daß die eine oder andere der
berühmten Touristenattraktionen nur ein paar Taximinuten
von ihm entfernt war.

Er sah sich im Bus um. Das Licht war noch eingeschaltet. Er
bemerkte, daß die meisten der Fahrgäste Radios oder Kasset-
tenrecorder bei sich hatten. Jenseits des Ganges hatten zwei
nebeneinandersitzende junge Burschen – der eine war in einen
Poncho gehüllt, der andere trug einen Parka – ein geradezu
monströses Radio vor sich. Es stand auf ihren vier Knien. Er
hoffte, alle diese Geräte seien nur deshalb zum Handgepäck
geworden, weil sie für eine Beförderung im Frachtdeck zu
empfindlich waren.

Vor ihm saß ein kleiner alter Mann. Sein Graukopf ragte um
nicht mehr als einen Fingerbreit über die Rückenlehne hinaus.
Die Frau daneben war wesentlich größer. Ihr Haar war unter
einem lila Tuch verborgen. Philemon und Baucis, dachte er,
oder Vater und Tochter. Jedenfalls gehörten die beiden zusammen; auf der Suche nach seinem Platz hatte er gesehen, daß sie
sich bei den Händen hielten.

Es war laut im Wagen. Die halbe Hundertschaft – fast jedes
Lebensalter war vertreten – schnatterte drauflos wie eine unge-
bändigte Schulklasse.

Der Motor sprang an, und das Licht ging aus. Die Fahrt begann.
Es dauerte eine ganze Weile, bis der Bus in dem von Lichtern
übersäten Gewirr der zahllosen Highway-Stränge seinen Weg
gefunden hatte.

Und dann war die Hölle los. Zunächst kam von den hinteren

Plätzen Radiomusik. Sie war noch zu ertragen, obwohl da kein Wiegenlied, sondern hämmernder Pop ertönte. Aber irgend jemand fühlte sich veranlaßt, darauf zu antworten und sogar dafür zu sorgen, daß seine eigene Musik sich gegen die andere durchsetzte. Im Handumdrehen entstand dann ein allgemeines musikalisches Gegeneinander, unter dem diejenigen, die an dem Wettkampf nicht beteiligt waren, besonders zu leiden hatten, fehlte ihnen doch die Chance, sich über einen Sieg zu freuen. Es wurde immer lauter, nicht zuletzt durch das Schreien der wach gewordenen Kleinkinder und das Lamentieren ihrer Mütter. Doch die eigentliche Konfrontation sollte noch erst kommen. Nach einer halben Stunde etwa wurde der Lärm auch dem Fahrer zuviel. Er scherte nach rechts aus, hielt auf der Kriechspur an und stellte sich vorn in den Gang, das Gesicht seinen Passagieren zugewandt. Für einen Moment wurde es ruhig. Die Stimmen verebbten, und die Lautstärke der Musik wurde heruntergedreht. Dann kam die Strafpredigt. Was sie sich denn wohl dächten? Schließlich brauche er seine ganze Konzentration für das Fahren! Er sei auch nur ein Mensch, habe Nerven, und die lägen nach fünfzehn Jahren Musik-Terror bloß. Er bitte also um Ruhe, und wenn sie nicht zu wahren sei, rufe er die *Highway-Patrol*. Die werde die Krachmacher auf freier Strecke rauswerfen.

»*Shut up!*« war noch ein relativ zahmer Zuruf, doch dabei blieb es nicht. Ein baumlanger, bunt wie ein Clown angezogener Bursche erhob sich. Er mußte, als er stand, seinen Kopf einziehen. Sie alle seien freie Bürger der Vereinigten Staaten, rief er aus, und hätten das Recht zu musizieren. Es erfolgte lebhafte Zustimmung, und im weiteren Verlauf mußte der Fahrer, ein etwa vierzigjähriger, mittelgroßer Mann, in dessen Gesicht Thaden merkwürdige Zuckungen wahrnahm, gröbste Beschimpfungen über sich ergehen lassen. Aufgeboten war die ganze ehrabschneidende Skala von »*crazy*« und »*ashole*« über »*son of a bitch*« bis hin zu »*fuck your mother!*«.

Thaden war erschrocken, hütete sich jedoch vor einer Einmischung. Es gab auch ein paar Besonnene unter den Fahrgästen.

Sie mahnten zur Mäßigung, aber das hatte zur Folge, daß der Zorn der anderen sich nun gegen sie richtete. Wenige Augenblicke später schien es hinten zu einer Prügelei zu kommen, und in der Tat: Ein Junge, vielleicht siebzehn Jahre alt, flog durch den Gang und schlug hin. Unwillkürlich zog Thaden den Kopf ein, denn nun hielt er auch eine Schießerei nicht mehr für ausgeschlossen. Der Fahrer griff sich das Sprechfunkgerät, rief die Zentrale an und bat um polizeiliche Hilfe. Dann sprach er noch einmal zu seinen Passagieren, diesmal durchs Mikrofon: »Okay, hier ist die Reise erst mal zu Ende. Ich warte jetzt auf die Polizei. Wenn daraufhin jemand in Richmond seinen Anschluß verpaßt, ist es nicht meine Schuld.«

Auch das noch! dachte Thaden. Wär' ich doch in Philadelphia in ein Hotel gegangen!

Erst jetzt stand der Junge wieder auf. Er sah voller Wut nach hinten, hielt es dann aber wohl für zu gefährlich, einfach loszumarschieren auf den streitbaren Haufen, wandte sich um und ging ganz nach vorn. Dort war der Fahrer inzwischen ausgestiegen. Thaden sah ihn neben der Tür stehen und eine Zigarette rauchen. Auch der Junge stieg nun aus.

Die Menge im Bus hatte sich beruhigt. Nur noch vereinzelt gab es Ausrufe, die aber niemandem im besonderen zu gelten schienen. Hier und da flatterte ein kurzes, nervöses Gelächter auf. Wieder fühlte Thaden sich an eine Schulklasse erinnert, diesmal an eine, deren Lehrer hinausgegangen war, um den Direktor zu holen. Er konnte die soeben erlebte Aggressivität nicht begreifen. Sie mußte ganz obenauf gelegen haben, abrufbereit, denn der Streit war ja im Nu entbrannt. Im stillen gab er dem Fahrer recht; er selbst hätte lieber einen Laster mit Nitroglycerin durch die Nacht gesteuert als diesen Bus. Mit Behinderungen muß gerechnet werden, dachte er; wo gilt das eigentlich nicht?

Nach etwa zehn Minuten war das Polizeiauto da. Zwei uniformierte Männer stiegen aus, sprachen mit dem Fahrer. Dann kamen sie in den Bus, bauten sich vor der nun schweigenden Menge auf. Es waren Weiße, ein älterer und ein noch junger

Mann. Sie trugen schwarze Hosen und hellblaue Hemden, und mit ihren Polizeimützen auf den Köpfen und ihren Colts an den Hüften beherrschten sie zwar die Szene, aber Thaden hatte den Eindruck, daß die Ruhe nur ein ganz flüchtiger Effekt war, wie etwas, das nun mal zu diesem Spiel gehörte. Er glaubte es den angespannten schwarzen Gesichtern mit den dunkelglänzenden Augen anzusehen, daß der Tumult von neuem beginnen würde, sobald die Beamten das Feld geräumt hätten.

»Okay«, sagte der ältere Polizist, »wir bleiben in der Nähe, und wenn ihr noch einmal verrückt spielt, ist die Fahrt zu Ende.«

Dann gingen die beiden. Sie stiegen in ihr Auto und fuhren davon. Es wirkte wie eine Bestrafung und war wohl auch eine, daß der Busfahrer sich draußen eine zweite Zigarette anzündete und gemächlich neben seinem Fahrzeug auf und ab ging. Aber endlich stieg er doch ein und nach ihm der Junge.

Die Fahrt ging weiter, und es blieb sogar ruhig. Sie holten einen Teil der verlorenen Zeit auf, und so war, als sie in Richmond ankamen, der Bus nach Norfolk noch da.

Thaden stand, seinen Koffer in der Hand, draußen an der langen Fensterreihe, sah hinter den Scheiben auch dieses Fahrzeugs die vielen schwarzen Gesichter. Er hatte immer gemeint, er habe keine Vorbehalte gegen die Farbigen, meinte das auch jetzt noch, wollte aber um keinen Preis den nächsten Anschluß gefährden, den zur Weiterfahrt auf der CAPRICHO, und so stieg er nicht ein, sondern suchte sich ein Taxi.

Sein Fahrer war wieder ein Schwarzer, ein freundlicher, ungefähr fünfundzwanzigjähriger Mann mit Namen Jeremias. Gleich zu Beginn der Fahrt erzählte Thaden ihm von seinem Erlebnis im Bus. Jeremias lachte über die Geschichte, und dann sagte er:

»Manche von uns sind wie falsch erzogene Kinder. Unsere Eltern haben uns immer wieder erklärt: Ihr seid frei und dürft alles! – Das nehmen wir wörtlich und nehmen es so, als gälte es für jede Situation. Wenn ein Busfahrer mit uns schimpft, glauben wir zuallererst, er will uns unsere Rechte wieder wegnehmen und uns dahin bringen, wo wir früher waren. Das macht uns böse.

»Ich hatte schon Angst, es könnte zu einer Schießerei kommen«, sagte Thaden.

»Nein, das passiert selten. Im Grunde sind wir friedliche Leute, aber unsere Angst macht uns unsicher, und unsere Unsicherheit macht uns aufsässig, und wenn wir aufsässig sind, verlieren wir schnell das Maß.«

Diese bündige Psychologie überraschte Thaden, und er fragte: »Was machen Sie, wenn Sie nicht gerade ein Taxi fahren?«

»Ich studiere Archäologie.«

»Oh, dann wäre das Land, in das ich fahre, für Sie wahrscheinlich eine...«, er wollte »Fundgrube« sagen, aber wieder fehlte ihm das Wort, und so wich er aus, »...eine interessante Gegend. Ich gehe in Norfolk auf ein Schiff und fahre nach Mexiko.«

»Mexiko? Da war ich mindestens ein dutzendmal, meistens in Yucatán, wo noch tausend ungehobene Schätze in der Erde liegen.«

Thaden genoß die Fahrt, nicht zuletzt deshalb, weil keine breite Mammy ihm den Platz streitig machte, aber auch wegen der Unterhaltung. Sie hörten mit ihrem Gespräch erst auf, als sie in Norfolk ankamen. Da war es fünf Uhr morgens. Jeremias brachte ihn zu einem Hotel, und dann verabschiedeten sie sich wie zwei gute Freunde.

Thaden legte sich sofort hin. Er hatte für zehn Uhr einen Weckauftrag erteilt, sicherheitshalber aber auch noch seinen Reisewecker gestellt.

Er schlief durch, bis das Telefon ihn weckte. Nach dem Frühstück ließ er sich in einem Taxi zum Hafen fahren.

Um Punkt zwölf Uhr saß er auf seinem Koffer und sah übers Wasser. Links und rechts und hinter ihm türmte sich die Kohle zu einem schwarzen, archaisch wirkenden Gebirge auf. Gewaltige Lademaschinen füllten die Leiber der Schiffe.

Nach einer halben Stunde sah er, wie die CAPRICHO von Schleppern ins Hafenbecken bugsiert wurde. Um Viertel nach eins war die Gangway heruntergelassen. Er ging an Bord. Kaum hatte er das Schiff betreten, da glaubte er, unter Halluzinationen zu leiden. Der Mann, der ihn an Deck empfing und ihm den Koffer abnahm, war ein Schwarzer. Daß der Steward Conally der einzige Farbige auf der CAPRICHO war, erfuhr er erst später.

Und dann, nach einem Weg durch verwinkelte Gänge und über schmale, steile Treppen, stand er dem Kapitän gegenüber. Es war wie ein Schock: Der große, schlanke Mann mit dem kurzen Grauhaar, den blauen Augen und dem melancholischen Lächeln war ihm auf Anhieb fast unerträglich sympathisch.

8 Während des Nachmittags hatte Jacob Thaden sich auf der CAPRICHO umgesehen, und obwohl sie so veraltet war und ganz offensichtlich dringend überholt werden mußte, waren doch auf Schritt und Tritt Erinnerungen an die MELLUM in ihm wach geworden. Auch hier gab es die Brücke mit Backbord- und Steuerbordnock, das Heck und die Back, das *Captain's Deck,* das Boots- und das Peildeck, die Funkstation und die Messe. Und unter den Männern herrschte die gleiche Rangordnung, nur daß vom Kapitän bis zum Moses alle etwas nachlässiger zu sein schienen als Baumann und seine Crew, und das reichte von der Kleidung über Tischsitten bis hin zur Wahl der Gesprächsthemen. Trotzdem, ein Schiff war ein Schiff, der Kapitän hatte das Kommando, es gab einen Wachplan, nach dem der Dienst versehen wurde, sie machten Fahrt, und die große Kulisse des Meeres war nun wirklich die gleiche wie damals.

Es war jetzt halb elf am Abend. Beim Essen hatte er die Offiziere und Ingenieure kennengelernt, soweit sie nicht Wache hatten. Mit besonderem Interesse hatte er sich den Funker Jonas Ellerup angesehen, aber nur wenige Worte mit ihm wechseln können, denn der Däne hatte sein Essen im Handumdrehen verschlungen und war schon nach zehn Minuten wieder gegangen. Nielson war nicht erschienen. Señor Quiroga, der kolumbianische Chief-Ingenieur, hatte ihm gesagt, der Kapitän nehme seine Mahlzeiten häufig allein ein.

Thaden saß in seiner Kabine, die auf dem *Captain's Deck* lag. Sie war einfach möbliert und nur etwa zehn Quadratmeter groß. Zu ihr gehörte ein winziges Bad mit WC und Waschbecken und einem an der Wand befestigten Schränkchen, dessen Tür einen Spiegel hatte.

Das Bullauge seiner Kabine ließ sich nicht öffnen. Die Ölfarbe, an der es dem Schiff vielerorts mangelte, war hier so dick aufgetragen, daß Verschluß und Scharnier festsaßen.

Er dachte an Heinrich Nielson, war gespannt auf ein erstes Gespräch mit ihm, zu dem es hoffentlich bald kommen würde. Nielson selbst hatte gesagt, daß er sich darauf freue, denn so oft habe er nicht Gelegenheit, sich mit Landsleuten zu unterhalten. Bei der Begrüßung hatte der Kapitän allerdings zurückhaltend, ja, sorgenvoll gewirkt, und so galt es, den richtigen Zeitpunkt abzuwarten. Aber in der Zwischenzeit wollte er nicht untätig sein. In etwa einer halben Stunde, wenn anzunehmen war, daß Nielson schlief, würde er zum Navigationsdeck hinaufgehen, für eine Weile auf einer der Nocks bleiben, aber nicht das nächtliche Meer anstaunen und die Sterne zählen, sondern dieses uralte Passagiervergnügen nur vortäuschen, um dann ganz beiläufig und unverdächtig ins Brückenhaus überwechseln zu können. Die Wache hatte um diese Zeit der Zweite Offizier, ein Jugoslawe, dessen Familienname so schwer auszusprechen war, daß man ihn durchweg mit seinem Vornamen Jesko anredete. Er würde also dem Zweiten und seinem Ausguckmann einen späten Besuch abstatten, sich vielleicht den Kompaß und das Selbststeuer erklären lassen, und dann, ja, dann wollte er versuchen herauszufinden, ob es den einen oder anderen bordinternen Hinweis auf die Februar-Reise der CAPRICHO gab. Wenn es ihn gab, dann nur dort, wo die Navigation stattfand, auf der Kommandobrücke.

Vorerst aber war er noch mit seinem Bullauge beschäftigt, mochte es nicht hinnehmen, daß er die Nacht in stickiger Luft verbringen sollte. Dreimal hatte er nun schon versucht, die

Korbmutter des Schraubverschlusses zu drehen, aber die rührte sich nicht. Er verließ seine Kabine, ging ein Deck tiefer, klopfte trotz der späten Stunde beim Steward an und bat ihn um Hilfe. Wenige Minuten danach machte Conally sich über das Fenster her, steckte eine armlange eiserne Brechstange in den Ring, mußte dann aber feststellen, daß die Hebelkraft nicht ausreichte. Erst als er mit einem schweren Hammer auf die Stange einschlug, sprangen einzelne Farbpartikel von der dicken Schraube ab, und kurz darauf ließ der Ring sich drehen. Sobald das Fenster geöffnet war, rauschte der Fahrtwind in die Kabine. Conally hatte auch ein Fläschen Öl mitgebracht. Er fettete das Gewinde ein, und dann sagte er: »Aber bei Seegang müssen Sie das Bullauge schließen! Sonst kriegen Sie nasse Füße.«

»Klar«, antwortete Thaden und fuhr fort: »Wie es scheint, haben Sie nur selten Passagiere an Bord, oder kamen die Leute immer ohne frische Luft aus?«

»Ich bin nun schon zwei Jahre auf diesem Schiff, und Sie sind mein erster. Wie sind Sie bloß darauf gekommen, sich die CAPRICHO auszusuchen?«

»Ich hab' keine Eile, weil ich in den Ferien bin. Außerdem reise ich viel lieber mit dem Schiff als mit dem Flugzeug.«

»Aber mit der CAPRICHO?«

»Die gefällt mir ganz gut. Na ja, sie hat ein paar Schönheitsfehler, aber Hauptsache, sie ist seetüchtig. Ich hab' gehört, daß sie vor kurzem in New Orleans ein paar Tage festgehalten wurde. Was war denn da los?«

»Ach, die verdammten Schnüffler hatten bei uns ein bißchen Koks gefunden, und da ging es dem Käpt'n und den meisten anderen an den Kragen.«

»Dann ist Nielson ein ganz neuer Kapitän?«

»Nein, er hatte ja mit dem Schmuggel nichts zu tun. Das waren zwei Männer aus der Maschine, und die sitzen nun erst mal. Nein, nein, Nielson ist okay.«

»Ja, er macht einen freundlichen Eindruck; ist übrigens ein Landsmann von mir, aber ich hab' ihn bisher noch kaum gesehen. Ist er krank?«

Conally wiegte den Kopf. »Krank nicht gerade.«

An dieser Antwort fehlte etwas, doch der Steward redete nicht weiter, und so faßte Thaden nach: »Er machte auf mich einen bekümmerten Eindruck. Hängt das etwa mit mir zusammen? Vielleicht paßt es ihm nicht, daß die Reederei ihm einen Passagier aufs Schiff gesetzt hat.«

»Das glaub' ich nicht. Mir scheint eher, er hat 'ne schlechte Nachricht von zu Haus gekriegt. Jedenfalls ist die gedrückte Stimmung da, seit in Philadelphia die Post an Bord kam. Aber so genau weiß ich das natürlich nicht, und bestimmt legt sich das wieder.« Conally sammelte sein Werkzeug ein. »Dann werd' ich jetzt gehen. Gute Nacht, Sir!«

»Gute Nacht! Und vielen Dank!«

Als Thaden wieder allein war, steckte er erst mal seinen Kopf durch das offene Bullauge, sog die frische Seeluft ein. Dann prüfte er den Verschluß, brauchte fürs Drehen noch immer eine Menge Kraft, aber das Gewinde war wenigstens gangbar. Er ließ das Fenster geöffnet.

Das Schiff befand sich ungefähr auf der Höhe von Cape Hatteras, also in einer noch kühlen Zone, aber da sie mit Südkurs fuhren, mußte es nun von Tag zu Tag wärmer werden. An der Flanke von Florida und im Golf, so stellte er sich vor, würde es dann in der Kabine ohne Zufuhr frischer Luft gar nicht mehr auszuhalten sein, und eine Klimaanlage hatte sie nicht.

Gegen elf Uhr ging er nach oben. Es war fast windstill. Die CAPRICHO lag ruhig im Wasser. Zu seiner Überraschung sah er Nielson auf der Steuerbordnock stehen. Er erkannte ihn nicht sofort, aber als seine Augen sich an das Dunkel gewöhnt hatten, wußte er, daß es der Kapitän war, der da mit den Armen auf der Brüstung lehnte und nach vorn sah.

»Guten Abend, Herr Nielson!«

Der Kapitän drehte sich um. »Hallo, Herr Thaden! Na, was spricht man denn so in Passagierkreisen? Oder vielmehr: Was denkt man? Für Selbstgespräche sind Sie ja noch zu jung.«

»Ich bin zufrieden.«

»Tatsächlich? Sie haben doch sicher schon ganz andere Schiffe gesehen! Was, um alles in der Welt, hat Sie bloß auf meinen verrotteten Dampfer getrieben?«

»Ich mag solche Schiffe. Wenn mir auf einer Seereise bei den Mahlzeiten drei Stewards im Nacken sitzen und die Bordabende bis zum letzten Tanz und bis zur letzten Quizfrage durchorganisiert sind, fühl' ich mich nicht wohl.«

Nielson lachte. »Gefällt mir, was sie da sagen. Wir müssen uns irgendwann bei einem guten Tropfen zusammensetzen.«

»Das würde mich freuen.«

»Aber jetzt ruft mich die Koje. Wenn Sie die CAPRICHO mal steuern wollen«, im Halbdunkel sah Thaden Nielsons ausgestreckten Arm, der auf die Tür zum Brückenhaus zeigte, »dann nur immer hinein da! Und fragen Sie Jesko, wenn Sie was wissen wollen! Der versteht 'ne Menge von der Seefahrt. Aber auch die anderen, Koch, Steward und so weiter, erfüllen Ihre Wünsche gern. Ist überhaupt 'ne gute Mannschaft. Vielleicht ein bißchen polterig und verlottert, aber im Kern passabel, genau wir ihr Käpt'n. Also bis bald mal! Ich werd' uns eine Flasche JANNEAU spendieren.«

»Was ist denn das?«

»Ein Armagnac, ein wirklich großer.« Nielson wählte, um nach unten zu gelangen, den Innenweg, und Thaden nutzte die Gelegenheit, mit ihm zusammen das Brückenhaus zu betreten.

»Sie müssen«, sagte Nielson zu Jesko, »ihn nicht unbedingt heute nacht zum Kapitän ausbilden, aber wenn er vernünftige Fragen stellt, geben Sie ihm Auskunft!«

»Das geht klar.«

Nielson verschwand. Thaden stellte sich, in einigem Abstand zum Ausguckmann, wieder mal einem Filipino, ans Ruderrad und sah nach vorn auf die Back. Jetzt war alles fast so wie in den vielen Nachtstunden, die er auf der Brücke des anderen Schiffes zugebracht hatte. Er dachte an die Männer, die, bevor sie sterben mußten, von ihrem erhöhten Standort aus die gewaltige Explosion erlebten und kurz darauf ihr Schiff auseinanderbrechen sahen.

Er wischte die dunkle Erinnerung weg, ging zu Jesko, der an der Backbord-Schiebetür lehnte. Wie er jetzt vorzugehen hatte, wußte er ganz genau.

»Wann ungefähr werden wir an Cape Canaveral vorbeifahren?« fragte er.

»Das können wir leicht ausrechnen. Kommen Sie mal mit!«

»Sie sprechen gut Deutsch.«

Sie gingen in den hinteren Teil des Brückenhauses, in den Kartenraum, dessen Tür immer offenstand.

»Ja, meine Familie lebt schon lange in Deutschland«, sagte Jesko. Er schaltete eine Lampe ein, deren heruntergedimmtes Licht auf eine ausgebreitete Seekarte fiel. Thaden sah die mit Bleistift gezogene Kurslinie, die in Philadelphia begann, nach Norfolk führte und dann, steil nach unten, südwärts verlief. Jesko setzte den Zirkel auf die Karte und rechnete halblaut: »Bis Cape Canaveral sind es noch circa fünfhundert Seemeilen. Wir fahren im Schnitt zehn pro Stunde, brauchen also noch fünfzig Stunden, gut zwei Tage. Aber Sie werden, obwohl wir den Nehrstrom ausnutzen und dicht unter die Küste gehen, nichts sehen können, weil es dann Nacht ist.«

Thaden beugte sich über die etwa einen Meter mal siebzig Zentimeter große Karte, betrachtete die gelblichen Landteile, die blauen Küstengewässer und das Weiß des offenen Ozeans. Er studierte die Zahlenangaben, stellte fest, daß vor Cape Hatteras das Meer nur zweiunddreißig Meter, aber schon zwei Fingerbreit daneben viertausend Meter tief war, gab seinem Erstaunen darüber Ausdruck.

»Die flachen Schelfmeere«, erklärte ihm Jesko, »gehören noch zum Festlandsockel, und wo der aufhört, fällt der Grund steil ab. Das ist überall so. Sehen Sie mal hier, die Bermudas! Der eigentliche Inselsockel ist riesig, aber was wirklich rausguckt aus dem Wasser, ist verschwindend wenig.«

Thaden betrachtete noch eine ganze Weile die vielen Zahlen, die auch in dem weißen Feld große Unterschiede aufwiesen, nahm sie in sich auf: 3720, 5238, 4312, 2347, 1894, 4731 ... und machte sich ein Bild von der gebirgigen Landschaft des Meeresgrundes. Schließlich hob er den Blick und fragte: »Werfen Sie die Karte weg, wenn wir in Veracruz angekommen sind?«

Jesko drehte sich um, zeigte auf ein an der Rückwand stehendes Möbel, eine gigantische Kommode, die viele flache Schubladen hatte. »Dann kommt sie da hinein.« Er zog eine der Laden heraus; sie war angefüllt mit gestapelten Seekarten.

»Donnerwetter! Sind das alle Reisen, die die CAPRICHO seit ihrem Stapellauf gemacht hat?«

»Nein, dafür würde der Platz nicht ausreichen. Die alten Karten werden in bestimmten Abständen aussortiert.«

»Darf ich da mal ein bißchen herumstöbern und mir angucken, wo überall das Schiff schon gewesen ist?«

»Bedienen Sie sich! Die letzten Reisen liegen in der obersten Schublade. Sie dürfen Sie gern herausnehmen und unter die Lampe legen.«

Jesko ging wieder zum Rudergänger, und Thaden machte sich an die Arbeit. Er öffnete die oberste Schublade, hob den ganzen Stapel Karten heraus, trug ihn zum Tisch, lud ihn dort ab und ging ihn durch, indem er nur die oberen Kanten umschlug. Jedesmal, wenn er die Bezeichnung NORTH ATLANTIC, NORTHERN PART las, besah er sich das Blatt genauer, überprüfte die neben der Bleistiftlinie angegebenen Daten. Nur wenige Minuten dauerte es, bis er fand, wonach er gesucht hatte: die Karte der Februar-Reise von Belfast nach Philadelphia. Er legte sie nach oben. Ihm war nicht wohl bei dem Gedanken, Jesko kehrte womöglich zurück und bekäme mit, welche Reise da einer genaueren Prüfung unterzogen wurde, aber er hatte keine Wahl.

Links sah er die Ostküste der USA, rechts Großbritannien und das europäische Festland. Und da war sie, die Linie, um die es ging! Sie begann bei Belfast, war durch den *North Channel* gezogen, führte nach Westen und dann, leicht abfallend, über den Nordatlantik in die *Delaware-Bay*, die Einfahrt zu den Häfen von Wilmington und Philadelphia. Wie auf allen anderen Karten auch, war täglich um zwölf Uhr mittags der Standort des Schiffes auf der Bleistiftlinie vermerkt worden. Flüchtig stellte er fest, daß die Teilstrecken, die jeweils das Etmal, die Leistung von Mittag bis Mittag, angaben, von unterschiedlicher Länge waren; ja, manchmal war der Abstand zwischen zwei Mittagspositionen nur halb so groß wie der Durchschnittswert. Von der MELLUM her wußte er, daß an Tagen mit kurzer Strecke Wind und Strom die Geschwindigkeit vermindert hatten. Er folgte mit dem Finger der Linie von rechts nach links, also in Richtung der Reise, stieß auf das Datum, dem sein Hauptinteresse galt, und dann beugte er sich weit über den Tisch, lauschte nach vorn, vernahm aber nur die Geräusche der Maschine. Wenn Jesko sich wenigstens mit dem Rudergänger unterhalten würde! Dann wäre halbwegs sicher, daß er nicht im nächsten Augenblick am Kartentisch erschien. Aber da vorn herrschte Schweigen. Trotzdem, er mußte es tun, und zwar jetzt. Eine Chance wie diese würde so schnell nicht wiederkommen. Aus der Innentasche seiner Jacke zog er ein Blatt Papier hervor. Es enthielt die verkleinerte Wiedergabe der MELLUM-Seekarte, die man nach den damals an die Reederei durchgegebenen Positionsmeldungen angefertigt hatte. Mit einem Kreuz war die Stelle des Untergangs markiert. Er begann, die beiden Karten miteinander zu vergleichen, wobei ihm die auf der großen wie auf der kleinen vorhandenen Koordinaten halfen. Schon nach wenigen Augenblicken stand es fest: Die CAPRICHO hatte sich zum Zeitpunkt der Havarie in unmittelbarer Nähe des Unglücksortes befunden! Was bis jetzt nur Vermutung gewesen war und sich allein auf allgemeine Angaben wie Abfahrts- und Zielort und die dazugehörigen Daten bezogen hatte, hier war es dokumentiert, und das in einer Weise, die an Exaktheit nichts zu wünschen übrigließ! Er steckte die kleine Karte wieder ein, ordnete den großen Stapel und legte ihn in die Schublade zurück. Als er die Lade geschlossen und sich wieder dem Tisch zugewandt hatte, fiel sein Blick auf das Logbuch. Er öffnete es, blätterte darin, überflog die Eintragungen, die – neben nautischen Angaben – vorwiegend Notizen über das Wetter enthielten. Wiederum suchte er nach dem entscheidenden Datum. Er fand die Seite, aber da stand nur eine ganz kurze Notiz: »Windstärke 8–9; schwere See«.

Er klappte das Buch zu, schaltete die Lampe aus, ging nach vorn zu den beiden Männern, unterhielt sich noch eine Weile mit ihnen und machte sich auf den Weg in seine Kabine.

Er legte sich angekleidet aufs Bett. Seine Freude darüber, daß er im Kartenraum Erfolg gehabt hatte, begann sich abzuschwächen. Es war eigentlich zu glatt verlaufen. Zwar hatte er das Gesuchte entdeckt, aber wäre es nicht ein größerer Erfolg gewesen, wenn er die eine, die entscheidende Karte nicht gefunden hätte? Wäre ihre vorsorgliche Entfernung nicht ein viel überzeugenderes Indiz dafür gewesen, daß die Männer der CAPRICHO schuldig waren? Oder zumindest einer von ihnen, der Kapitän? Sprach die Tatsache, daß die Karte da war, nicht für ein reines Gewissen? Andererseits, wenn Nielson, genau wie damals Baumann, täglich die Position seines Schiffes durchgeben mußte, hätte er die Karte ja gar nicht entfernen können, ohne sich verdächtig zu machen, und eine nachträgliche Korrektur der Bleistiftlinie, technisch ein Kinderspiel, wäre aus demselben Grund entfallen!

Verdammt, dachte er, nun weiß ich nicht mal, ob ich Erfolg gehabt hab', weil ich nicht weiß, wie der beschaffen sein muß!

Er zog sich aus, legte sich dann wieder hin, versuchte einzuschlafen. Es wollte ihm nicht gelingen. Er kam sich vor wie jemand, der eine prächtige exotische Banknote gefunden hat, aber nicht weiß, wieviel sie wert ist.

9 Am nächsten Morgen ging er zu Jonas Ellerup, dessen Logis und Arbeitsraum sich, wie die Brücke, auf dem Navigationsdeck befanden. Was schon für den nächtlichen Aufenthalt bei Jesko und dem Rudergänger gegolten hatte, galt auch für den Besuch in der Funkstation: Es war wichtig, die Nachforschungen so zu betreiben, daß sein Interesse als die normale Neugier eines Passagiers aufgefaßt wurde. Aber dem Dänen lieferte er zusätzlich einen ganz konkreten Anlaß für sein Erscheinen. Er überreichte ihm den Entwurf eines Telegramms an Wulf Maibohm, das an dessen Hamburger Privatadresse gehen sollte: REISE GUT ANGELAUFEN – BEFINDEN GROSSARTIG – SCHIFF ERFÜLLT MEINE ROMANTI-SCHEN ERWARTUNGEN – ANKUNFT VERACRUZ VOR-AUSSICHTLICH 20. 9. – GRUSS – JACOB.

»Wird sofort erledigt«, sagte Ellerup und machte sich an die Arbeit. »Setzen Sie sich doch!«

Thaden nahm auf der kleinen Bank unter dem PLAYMATE-Poster Platz.

Als der Funker fertig war, drehte er sich zu seinem Gast um. »Sind Sie auch aus Hamburg?« fragte er.

»Ja.«

»Eine schöne Stadt! Zehnmal schöner als Norfolk. Haben Sie sich da ein bißchen umsehen können?«

»Nein, dazu reichte die Zeit nicht. Ich hatte die größte Mühe, überhaupt das Schiff zu erreichen.«

»Hab' davon gehört.«

Thaden sah sich in der Funkstation um.

»Ist ja enorm, was es hier an Instrumenten gibt«, sagte er.

»Ja, die braucht man nun mal. Sehen Sie zum Beispiel hier!« Ellerup zeigte auf die grauen Kästen, vor denen er saß. »Haupt- und Ersatzempfänger für den Seefunk; der Empfang liegt im Bereich zwischen zehn Kilohertz und dreißig Megahertz. Daneben die Sender, Seefunk, Mittel-, Grenz- und Kurzwelle, zwischen vierhundertzehn Kilohertz und fünfundzwanzig Megahertz.«

»Und was ist das?« Thaden zeigte auf einen in Deckenhöhe angebrachten Apparat, an dem eine Glocke saß.

»Das ist unser Auto-Alarmgerät. Damit können wir das Alarmzeichen vom Telegraphen-Funk empfangen.«

»Und wozu ist die Glocke da?«

»Für den Fall, daß ein Notruf kommt, und die Station ist nicht besetzt. Ich hab' meine Kammer nebenan; wenn ich schlafe, und es gibt einen Notruf, dann weckt mich die Glocke.« Ellerup legte seine Rechte auf ein anderes Gerät. »Und das hier ist sozusagen das Gegenstück dazu. Wenn wir selbst in Schwierigkeiten sind und Hilfe brauchen, hämmer' ich auf diese Drucktasten und hoffe, daß ich eine Antwort kriege.«

»Und ist der Empfang immer klar?«

»Mehr oder weniger. Wir haben starke Sender, gute Empfänger, abgesetzte Sende- und Empfangsantennen; das alles sorgt dafür, daß die Störungen minimiert werden. Nur gegen atmosphärische Einflüsse sind wir machtlos.«

Thaden besah sich noch einmal das Gerät mit den Tasten. »Eine lebenswichtige Erfindung«, sagte er, und dann folgte, in beiläufigem Tonfall, die Frage: »Sind Sie denn schon mal in Seenot gewesen?«

»Mit der CAPRICHO noch nicht, aber mit einem anderen Schiff.«

»Und? Kam Ihnen da jemand zu Hilfe?«

»Gott sei Dank, ja. Das war in der Biskaya. Wir hatten Maschinenschaden und trieben im Sturm. Ist ein Scheißgefühl, wenn man genau weiß: Jetzt müßte man dieses oder jenes Manöver fahren, um den Brechern auszuweichen, aber die Maschine macht nicht mit. So ungefähr muß es sein, wenn ein Löwe hinter Ihnen her ist, und Sie sind plötzlich gelähmt. Wir hatten Glück. Zwei französische Schlepper, die nach Vigo unterwegs waren, reagierten auf unser SOS-Signal. Sie nahmen uns auf den Haken.«

Plötzlich hatte Thaden das Mädchen Melanie im Kopf, wie sie den Worten genau dieses Mannes, der jetzt einen halben Meter von ihm entfernt vor seinen Instrumenten saß, lauschte und voller Entsetzen vernahm, daß er gesehen hatte, wie einundzwanzig Menschen ertranken. Aber er kehrte ganz schnell in die Gegenwart zurück: »Und den umgekehrten Fall? Hatten Sie den auch schon mal? Ich meine, daß Sie einem Schiff zu Hilfe kommen mußten?«

Er versuchte, in Ellerups Gesicht zu lesen, denn wenn der abgerissene Funkspruch von der CAPRICHO gekommen war, müßte den Dänen jetzt die Erinnerung plagen. Doch dessen Erwiderung kam ganz locker:

»Ja, aber auch das passierte nicht auf diesem Schiff. Ein dänischer Frachter. Da wurden wir im Kattegat von einem norwegischen Fischdampfer gerufen. Als wir ankamen, war er längst gekentert, und die Leute trieben im Wasser. Fünf Mann. Wir haben sie aufgefischt. Sie waren halb erfroren.«

»Wie weit ist denn so ein Alarmruf überhaupt zu empfangen?«

»Zwei- bis dreihundert Seemeilen. Bei schlechtem Wetter, wenn's zum Beispiel stark regnet oder die Luft viel Salz hat, kann es auch weniger sein.«

»Und bei solchen Entfernungen lohnt es sich noch hinzufahren? Ich meine, ist es da nicht von vornherein klar, daß man zu spät kommt?«

»Das hängt vom jeweiligen Fall ab. Manchmal ist ein Schiff in Seenot, kann sich aber noch tagelang über Wasser halten. Und zweitens kommt es darauf an, ob andere Schiffe näher dran sind. Dann spricht man sich ab, denn zwanzig Stunden Fahrt in eine andere Richtung, das bringt, wenn's für nichts war, 'ne Menge Ärger mit der Reederei.«

Das Gespräch erregte Jacob Thaden, ging es nun doch ganz präzise um jenen Sachverhalt, der ihn an Bord dieses Schiffes geführt hatte, und vermutlich sogar um eben den Mann, der auch darin verwickelt war. Ob seine Fragen ihn womöglich schon mißtrauisch gemacht hatten? Egal, er mußte weiterkommen: »Eine Menge Ärger, sagen Sie. Wird der Verlust, der durch eine Rettungsaktion entsteht, der Reederei denn nicht ersetzt?«

»Damit sieht es in der Praxis oft finster aus.«

»Könnte ein Reeder aus diesem Grund seine Kapitäne anweisen, sich bei einem SOS-Signal die Augen zuzuhalten oder vielmehr die Ohren?«

»Ausgeschlossen! Ein internationales Übereinkommen verpflichtet den Schiffsführer, in Notfällen zu helfen, und da hat ihm auch der Reeder nicht dazwischenzureden.«

»Und wenn der Reeder es trotzdem tut und der Kapitän seine Weisung befolgt, weil er, was weiß ich, nicht gefeuert werden will?« Die Frage war kaum heraus, da beschlich Thaden das Gefühl, die Schraube nun vielleicht doch überdreht zu haben, und er bereute, daß er sich dazu hatte hinreißen lassen; aber zurücknehmen konnte er seine Worte nicht. Gespannt wartete er auf die Antwort. Es schien gutgegangen zu sein, denn Ellerup gab weiterhin ohne Zögern Auskunft:

»Das hätte Folgen. Wenn ein solcher Fall vorliegt und auch bekannt wird, kommt es zu einer Seeamtsverhandlung, und da haben sich dann vor allem zwei Leute zu verantworten. Einmal der Funker, denn er ist ja derjenige, der den Notruf aufgenommen hat, und dann der Kapitän, der als Schiffsführer auch die Funkstation in seiner Verantwortung hat. Und wenn es sich um ein Schiff handelt, das keine Telegraphie-Ausrüstung hat, sondern nur mit Sprechfunk fährt, ist auch der Offizier dran, der gerade Wache hatte, denn der Sprechfunk läuft ja über die Brücke.«

»Also hat nicht jedes Schiff die Telegraphie-Ausrüstung?«

»Nein. Das hängt von der Größe des Fahrgebiets ab. Das Seeamt wird dann feststellen, daß die Funkwachen nicht ordnungsgemäß wahrgenommen wurden oder daß der Sicherheitsempfänger, mit dem die Notfrequenz 2182 Kilohertz auf der Brücke abgehört wird, gar nicht eingeschaltet war oder aus irgendeinem Grund nicht gehört wurde. Dann kann der Spruch des Seeamts durchaus lauten: Patententzug für soundso viele Jahre wegen grober Fahrlässigkeit oder wegen unterlassener Hilfeleistung, und dabei fällt natürlich auch ins Gewicht, ob es Tote gegeben hat.«

»Aber Haftstrafen werden nicht verhängt.«

»O doch! Aber nicht vom Seeamt. Wenn dessen Spruch vorliegt, und der lautet auf, sagen wir mal, grobe Fahrlässigkeit oder unterlassene Hilfeleistung, dann schaltet sich der Staatsanwalt ein. Meistens schließen sich noch die geschädigte Reederei, also die des Havaristen, und vielleicht auch die Angehörigen von Seeleuten, die zu Tode gekommen sind, mit einer Zivilklage an. Dann kann es durchaus zu Freiheitsstrafen kommen.«

»Aber vielleicht war da nur ein Gerät ausgefallen, und die Männer haben den Notruf gar nicht gehört.«

»Dann liegt der Fall natürlich anders, und die Seeamtsverhandlung bringt das auch zutage. Selbstverständlich kann ein Defekt vorgelegen haben, zum Beispiel in der Stromversorgung oder im Zeichenauswahlgerät der Alarmanlage, so daß...«

»Was bedeutet das?«

»Dann hat das Gerät den SOS-Ruf falsch gelesen, so daß es zum Alarm gar nicht kommen konnte. Diese Anlage ist so wichtig, daß sie jeden Tag überprüft werden muß.«

»Donnerwetter! Jeden Tag!«

»Ja. Das ist sozusagen mein Morgengebet.«

Jetzt muß ich allmählich etwas allgemeiner werden, dachte Thaden; sonst schöpft er doch noch Verdacht. »Wie wird man eigentlich Funker?« fragte er also.

»Die meisten kommen aus dem Elektrofach, haben an Land gelernt, vielleicht in einer Radiowerkstatt, und wenn sie dann auf ein Schiff wollen, müssen sie noch ein paar Semester auf der Seefahrtsschule büffeln. Sind sie damit durch, kriegen sie ihr Funkerpatent.«

Thaden stand auf. »Wann kommt denn mein Telegramm in Hamburg an?«

»In ein bis zwei Stunden. Drüben ist es jetzt...«, Ellerup sah auf die große an der Wand angebrachte Uhr, deren Zifferblatt rote und grüne Markierungen aufwies, »...nachmittags fünf; also, zum Abendbrot haben die Ihr Lebenszeichen. Ach ja, die Uhr da oben gehört auch noch zu unserer Ausrüstung. Ihre Größe ist vorgeschrieben, ebenso die Ganggenauigkeit. Die roten Felder kennzeichnen die Funkstille der Frequenz 5oo Kilohertz, das betrifft also die Morse-Telegraphie, und die grünen sind für die Funk-Telephonie auf der Frequenz 2182 Kilohertz.«

»Und was bedeutet das alles?«

»In den markierten Zeiten darf auf diesen Frequenzen kein Funkverkehr stattfinden. Aber sie müssen intensiv abgehört werden, damit keine Notmeldung verlorengeht. Wenn Sie zu Hause die Feuerwehr anrufen müßten, wären Sie bestimmt auch ganz schön verärgert, wenn da dauernd besetzt wäre.«

Thaden lachte. »Das leuchtet ein. Ja, jetzt werd' ich mich auf die Socken machen. Haben Sie vielen Dank für die interessanten Informationen!«

»Das hab' ich gern gemacht. Hab' ja nicht so oft Gelegenheit, mit anderen zu reden. Auf so einem Schiff drehen die Gespräche sich manchmal im Kreis, weil es immer dieselben Leute sind. Wir könnten übrigens auch mal ein paar Runden Skat dreschen. Oder spielen Sie keinen Skat?«

»Doch, sehr gern. Und wer kommt als dritter Mann in Frage?«

»Nielson zum Beispiel, aber auch Jesko und der Koch. Sie fahren nur bis Veracruz mit, oder?«

»Ja.«

»Dann werde ich dafür sorgen, daß wir einen anständigen Preisskat veranstalten, bevor Sie von Bord gehen.«

»Ich hab bestimmt keine Chance zu gewinnen, aber ich bin dabei. Wiedersehen, Herr Ellerup!«

»Wiedersehen!«

Thaden ging in seine Kabine und setzte sich an den Tisch. Immer wieder fragte er sich, ob die Worte »Sind sehr nahe, kommen sofort!« tatsächlich dort oben in dem kleinen, mit technischen Geräten vollgestopften Raum ihren Ausgang genommen hatten. Und immer wieder auch sagte er sich: Es muß so gewesen sein, weil eben alles stimmt, die Zeit, der Ort, das Wetter und nicht zuletzt die Zahlenkombination aus der Vier und der Einundzwanzig! Nur galt auch diesmal: Davon hatte er vorher gewußt, und Neues war nicht hinzugekommen. Also beschränkte sich das Resultat seines Besuchs in der Funkstation darauf, daß er nun die Geräte und die technischen Abläufe, die damals eine Rolle gespielt haben mußten, besser kannte und sich ein bißchen Hintergrundwissen über rechtliche Fragen zum Funkwesen verschafft hatte. Viel war das nicht! So hoffte er nun auf das Gespräch mit dem Kapitän, wünschte sich, daß es ihm gelänge, aus Nielson eine unbedachte Äußerung herauszulocken, zählte dabei auch auf den Armagnac.

10 Sie fuhren durch Interlaken. Kommissar Replin saß am Steuer, und Staatsanwalt Becher hatte den Stadtplan vor sich. »Immer geradeaus und nachher rechts ab«, sagte er.

»Ich versteh' nicht«, meinte Replin, »daß sie schon jetzt eine Nachkur macht. Hauttransplantationen sind doch langwierige Geschichten mit etlichen Wochen Klinikaufenthalt!«

»Man hat noch gar nicht transplantiert. Das soll erst später gemacht werden. Zunächst geht es um die Behandlung der Brandwunden, und dafür hat sie sich die Schweiz ausgesucht. Wollen Sie es ihr sagen? Ich glaube, es fällt mehr in Ihr Ressort.«

»Ich mach' es.« Replin gähnte. »Wie die Dinge liegen, war's wohl nicht grad 'ne Traumehe, und das erleichtert mir die Sache. Hab' da schon die reinsten Horrorsituationen erlebt. Manche reagieren in einer Weise, als wäre ich schuld an dem, was passiert ist.«

»Das kann ich mir gut vorstellen. Also, bei Ernst Pohlmann hab' ich alles für möglich gehalten, Mord, Selbstmord, Verschollenheit auf Lebenszeit und auch, daß es uns gelingt, ihn aufzustöbern, aber an ein Unglück wie dieses hab' ich nicht gedacht.«

»Trauen Sie der Sache nicht?«

»Mir scheint, wir müssen sie akzeptieren. Wie ist denn Ihre Meinung? Sie haben ja bestimmt mehr Erfahrung als ich mit den Winkelzügen und Finessen von Leuten, die untergetaucht sind.«

»Aber Sie waren es, der drüben mit diesem Ami gesprochen hat, diesem Howard Foreman, und auch mit den dortigen Behörden und dem Vertreter unserer Botschaft. Mit dem Foreman, möchte ich mal sagen, steht und fällt die ganze Geschichte.«

»Dann steht sie, denn der Mann wirkt glaubwürdig.«

»Und meine Kollegen drüben?« fragte Replin. »Was sagen die?«

»Sie glauben dem Mann auch. Er ist übrigens kein richtiger Ami, sondern Anglo-Mexikaner. Jedenfalls ist er die Schlüsselfigur, und da er uns alle überzeugt hat, wird es mit Pohlmanns Tod seine Richtigkeit haben.«

»Und da gibt es wirklich Haie?«

»Ja. Über Unfälle dieser Art hört man nur deshalb so wenig, weil sie nach Möglichkeit verschwiegen werden. Sonst könnte ja der Tourismus darunter leiden. Da vorn müssen wir rechts abbiegen!«

Luise Pohlmann empfing sie in der Suite, die sie sich im Kurhotel genommen hatte. Die Brandwunden in ihrem Gesicht – eine runde am linken Jochbein, so groß wie ein Fünfmarkstück, eine kleinere etwas darunter und eine etwa fünf Zentimeter lange, die sich rechts bis zum Hals herunterzog – waren zwar gut verheilt, damit aber nicht verschwunden. Im Gegenteil, gerade der Heilungsprozeß hatte die schöne Frau mit dunklen, unansehnlichen Hautverkrustungen geschlagen, die sie zwar überpudern, aber wegen der erhabenen Beschaffenheit nicht hatte unsichtbar machen können. Die beiden Männer waren taktvoll genug, sich jeder Äußerung über diesen traurigen Anblick zu enthalten.

»Wir haben Ihnen leider eine schlimme Nachricht zu überbringen«, sagte Kommissar Replin, nachdem sie sich gesetzt hatten. »Unser Telefongespräch heute vormittag erschien mir dafür nicht geeignet, und darum sind wir nun hier.«

»Ist er tot?« Angst schien nicht mitzuschwingen in ihrer Frage.

»Ja«, sagte Replin.

»Dann hat man die Drohung also wahrgemacht.«

»Nein, es war ein Unfall. Beim Schwimmen in der Karibik. Ein Hai.«

»Oh, wie entsetzlich!« Sie war aufgestanden, machte ein paar Schritte auf die Fenster zu, kehrte dann abrupt um und setzte sich wieder in ihren Sessel.

Jetzt war Staatsanwalt Becher an der Reihe. Er erzählte in groben Zügen, was die Ermittlungen der Mexikaner und auch seine eigenen bisher ergeben hatten, und sagte schließlich: «Wir möchten Ihnen gern einen Videofilm vorführen, der Ihren Mann beim Schwimmen zeigt. Zwar haben wir die Sachen des Verunglückten, und sie enthalten eindeutig die Fingerabdrücke von Ernst Pohlmann, aber theoretisch besteht die Möglichkeit, daß sie einer anderen Person gehören. Wissen Sie, ob es hier im Hause ein Videogerät gibt?«

»Unten in der Halle steht eins.«

Sie gingen hinunter an die Rezeption, erhielten vom Empfangschef die Erlaubnis, die Anlage zu benutzen, und begaben sich zu dritt in die Halle, in der sich zu dieser frühen Nachmittagsstunde niemand aufhielt. Replin legte die Kassette ein. Die Kopie war im Bundeskriminalamt um die blutige Schlußszene gekürzt worden, und so sah Luise Pohlmann nur den gelösten, gutgelaunten Urlauber, sah ihn im Bungalow, beim Ablegemanöver, schließlich beim Fischen und Schwimmen. Einmal war auch Foreman zu sehen, und zwar, wie er die Angel einholte und einen Fisch vom Haken löste.

Immer wieder sagte sie: »Er ist es!« Und am Schluß: »Es besteht nicht der geringste Zweifel. Es ist sein Gesicht, sein Körper, seine Stimme, und es sind seine Bewegungen.«

Als sie wieder im Zimmer saßen, breitete Becher Pohlmanns Hinterlassenschaft auf dem Tisch aus. Auf die Mitnahme der Kleidungsstücke hatten sie verzichtet, und daher lagen nun fünf Gegenstände vor ihren Augen: der auf den Namen Eberhard Leuffen ausgestellte Paß, die Armbanduhr, der Kugelschreiber, das Notizbuch und schließlich der silberne Talisman, den Luise Pohlmann sofort in die Hand nahm. »Ja, dieses geschmacklose Schmuckstück hat er immer bei sich getragen, nicht gerade seit seiner Kindheit, aber erwachsen war er auch noch nicht, als er an das Ding kam.« Sie legte den etwa vier Zentimeter langen und über die Flügelspanne ebenfalls vier Zentimeter messenden Gegenstand auf den Tisch zurück. »Es hängt mit einem Erlebnis zusammen, das er als Schüler hatte. Daß das Stück jetzt hier ist, sagt einiges aus.«

»Was denn?« fragte Becher.

»Daß es mit dem Tod seine Richtigkeit hat. Sonst wären mir vielleicht Zweifel gekommen.«

»Aber Frau Pohlmann! Ein lächerlicher Schlüsselanhänger macht Sie so sicher?«

»Sie kennen ... Sie kannten meinen Mann nicht. Einmal war er auf dem Weg zu einer wichtigen Sitzung. Nach hundertzwanzig Kilometern kehrte er um, weil er das Ding vergessen hatte. Mit zwei Stunden Verspätung ging er in die Konferenz, und damals war er noch nicht der Chef!«

»Nun«, Becher schob das anzügliche Objekt ein Stück näher an die anderen Sachen heran, »wir haben andere Beweise für seinen Tod.«

»Mir genügt dieser. Mein Mann war ein eiskalter Geschäftsmann und zugleich krankhaft abergläubisch. Für ihn bedeutete das Stück Männlichkeit da«, ihre Rechte wischte über den Tisch, wie es abfälliger nicht hätte geschehen können, »viel mehr als nur die sexuelle Potenz. Er war tatsächlich der Meinung, im Grunde gehe alle Macht letztlich von jenen paar gereckten Zentimetern aus, für die sein Talisman Symbol war. Sie müssen meine Offenheit schon in Kauf nehmen, denn ohne sie würde es Ihnen wahrscheinlich noch schwerer fallen, mir zu glauben. Er sagte mal: Wenn ich ihn nicht mehr hochkriege, dauert es nicht lange, und ich selbst bin auch nicht mehr oben. Ja, das hat er wirklich gesagt. Ich weiß, Menschen, die normal denken, sträuben sich gegen eine so verquere Theorie, aber er war ja auch nicht normal. Sie kennen doch sicher aus dem Film über die CAINE den Mann mit den Kugeln.«

»Commander Queeg«, sagte Becher, »von Humphrey Bogart gespielt.«

»Ja. Bei Ernst war es die gleiche neurotische Besessenheit. Keine wichtige Entscheidung im Aufsichtsrat, ohne daß er heimlich in seiner Hosentasche das silberne Ding bearbeitet hat.«

»Aber«, warf Replin ein, »mittlerweile ist Ihr Mann nicht mehr an der Spitze, und vielleicht ist es ihm daher leichtgefallen, sich von diesem Symbol zu trennen. Damit will ich nicht sagen, daß wir seinen Tod anzweifeln, nur: Wir ziehen unsere Schlüsse aus anderen Erkenntnissen.«

Noch einmal sagte sie: »Mir genügt dieser Beweis!« Und sie fuhr fort: »Sie haben recht, er wäre, wenn er noch lebte, nicht mehr oben, aber das hieße dann nur, daß er alles daransetzen würde, wieder dorthin zu kommen, und also würde dieses Stehaufmännchen für ihn weiterhin die Rolle spielen, die es immer gespielt hat. Glauben Sie mir, wenn er am Leben wäre, läge sein Talisman nicht hier, es sei denn, man hält ihn gefangen und hat ihm alles, was er bei sich hatte, abgenommen. Wie zuverlässig ist denn Ihr Zeuge?«

»Foremans Darstellung«, antwortete Becher, »ist hieb- und stichfest.«

»Sie halten es für völlig ausgeschlossen, daß er meinen Mann da draußen auf dem Boot umgebracht hat?«

»Warum sollte er?«

»Vielleicht hatte Ernst einen großen Geldbetrag bei sich. Oder Foreman ist gekauft worden von den Leuten, die uns die Drohbriefe ins Haus geschickt haben.«

»Dafür gibt es nicht den geringsten Anhaltspunkt.«

»Das mit dem Hai... können es auch mehrere gewesen sein?«

»Vielleicht. Wir wissen es nicht.«

»Ob es lange gedauert hat, bis sie ihn... bis er tot war?«

»Laut Foreman ist es sehr schnell gegangen.«

»Gibt es noch andere Zeugen?«

»Nein. Zwar fuhr in einigem Abstand ein Boot vorbei, aber da war es schon passiert.«

»Und von der Küste aus hat man nichts gesehen?«

»Sie waren zwölf bis fünfzehn Meilen entfernt.«

»Muß man so weit draußen nicht damit rechnen, daß da Haie sind?«

»Durchaus. Foreman hat Ihren Mann auch gewarnt, aber er wollte, weil es so heiß war, sich unbedingt im Wasser abkühlen.«

»In einem Wasser mit Haien?«

»Ja.«

»Noch einmal zu den einzelnen Gegenständen!« übernahm nun wieder Replin die Befragung. »Den Silberschweif...«, er stockte, als das Wort heraus war, fuhr dann aber doch gleich fort, »können Sie also eindeutig als den Talisman Ihres Mannes identifizieren?«

»Eindeutig. Sicher kursieren ein paar tausend von diesen grotesken Exemplaren in Deutschland und auch anderswo, aber

222

bei dem hier ist, wie ich gesehen habe, der linke Flügel leicht verbogen, und das war er schon immer.«

»Und der Kugelschreiber?«

Sie nahm ihn in die Hand. »Mein Mann hatte so einen.«

»Und die Uhr?«

Sie griff nach der Armbanduhr. »Die hab' ich ihm vor zehn Jahren zum Geburtstag geschenkt. Hier!« Sie zeigte auf die Rückseite des goldenen Gehäuses. »Das Datum und meine Initialen.«

»L. C.?« fragte Becher.

»Luise Clarissa.« Sie legte die Uhr auf den Tisch.

Replin gab ihr den Paß. Sie besah sich das Foto. »Mit dem Namen kann ich nichts anfangen, aber das Foto zeigt eindeutig meinen Mann.« Sie gab den Paß zurück, prüfte dann das Notizbuch, las darin. »Ja, ganz ohne Frage ist das seine Handschrift! Die übertriebenen Ober- und Unterlängen. Und hier das große P in dem Wort Presse, genau wie das P in seiner Unterschrift.«

»Können Sie«, fragte Replin weiter, »an einigen Eintragungen feststellen, wann sie gemacht worden sind, vor allem, ob vor oder nach seinem Verschwinden?«

Sie blätterte in dem Büchlein. »Da steht zum Beispiel: ›Emmersons Zusage evtl. heute nachmittag‹. Emmerson ist ein Londoner Kunde der EUROVIT, ein Großabnehmer. Also stammt die Notiz noch aus der Zeit, als er hier war. Sie wurde unter dem Datum 28. November eingetragen, aber damit muß er sie nicht unbedingt an dem Tag geschrieben haben. Für genaue Daten und Uhrzeiten benutzte er seinen Terminkalender. Und hier! ›Donnerstag Einladung bei Grassmanns‹. Die war im Dezember, und da war ich dabei.«

»Und die späteren Eintragungen?« fragte Becher.

Sie schlug die nächste Seite auf, las laut vor: »›Mittwoch 5 pm Brewster in L.A.‹. Das wird er nach seiner Abreise geschrieben haben, denn sein letzter mir bekannter Aufenthalt in Los Angeles liegt drei oder vier Jahre zurück. Oder hier! ›Dienstag zum Fischen mit Howard F.‹. Es ist die letzte Eintragung. War es ein Dienstag?«

»Ja«, antwortete Replin. »Wir fragen uns, wieso er ein Notizbuch vom Vorjahr in Gebrauch hatte.«

»Das hatte er oft. Er benutzte manchmal gleich mehrere Seiten für ein Redekonzept, und dabei kümmert man sich ja nicht um die Daten. Und ich kann mir vorstellen, daß er gerade dieses besonders mochte«, sie strich mit dem rechten Zeigefinger über den schwarzen Deckel, »das feine Leder und das kleine Format. Wie gesagt, für das Exakte hatte er seinen Terminkalender; ein Notizbuch dagegen war ihm so was wie ein, ja, wieder wie ein Talisman. Und wenn das Leder schmiegsam und edel war wie bei diesem, dann hatte es für ihn sogar etwas Sinnliches. Haben Sie denn schon feststellen können, ob er in Mexiko gelebt hat?«

»Wir glauben«, antwortete Becher, »daß er in die Staaten gegangen ist und dort unter dem Namen Leuffen gelebt hat. Und dann ist er wahrscheinlich für ein paar Strandtage nach Cancún geflogen. In Houston hat er eine Maschine der CONTINENTAL AIR genommen. Das Ticket, Hin- und Rückflug, war bei seinen Sachen.«

»Frau Pohlmann«, Replin nahm das Notizbuch an sich, »Sie sind vermutlich der Ansicht, die Gefühlslage von Hinterbliebenen gehe die Polizei nichts an. Trotzdem frage ich Sie, wie es kommt, daß Sie die Nachricht vom Tod Ihres Mannes mit so erstaunlicher Fassung aufgenommen haben.«

»Und warum wollen Sie das wissen?«

»Wenn jemand uns allzu gefaßt erscheint, besteht die Möglichkeit, daß die Nachricht für ihn gar nichts Neues ist.«

»Ja, das leuchtet ein. Wissen Sie, für mich ist mit Ernst Pohlmann ein alter Bekannter gestorben oder, wenn Sie wollen, ein Partner aus längst vergangener Zeit. Es rührt mich durchaus an, und die Art, wie er gestorben ist, finde ich grauenhaft, aber verloren habe ich diesen Mann schon vor langer Zeit, und man verliert ja niemanden zweimal. Die Trauer, sofern es Ihnen auf dieses Wort ankommt, fand damals statt. Genügt Ihnen das?«

»Ja«, antworteten beide. Sie standen auf, aber nun war es Luise Pohlmann, die noch etwas wissen wollte, und so setzten sie sich wieder.

»Wie weit sind Sie mit Ihren Ermittlungen in der Brandsache?«

»Leider treten wir auf der Stelle«, antwortete Replin. »Dieser sogenannte VEREIN DER POHLMANN-GESCHÄDIGTEN kann aus zwei Leuten bestehen, aber genausogut aus zwanzig oder zweihundert, wobei wir allerdings von einer kleinen Gruppierung ausgehen. Nur, wie sollen wir sie ausfindig machen? Wissen Sie, wie viele Kleinanleger es bei der EUROVIT gibt?«

»Sehr viele. Mein Mann sprach mal von über sechzigtausend.«

»Es sind zweiundsiebzigtausend«, erklärte Replin, »und die können wir nicht alle auf Herz und Nieren überprüfen. Wir müssen uns mit Stichproben begnügen. Aber, wie gesagt, bis jetzt sind wir noch keinen Schritt weitergekommen.«

»Noch eine Frage: Ist jetzt, da mein Mann tot ist, die Gefahr für mich geringer geworden?«

»Ganz sicher«, meinte Becher. »Aber auch der Anschlag auf Ihr Haus galt ja vermutlich gar nicht Ihnen, sondern Ihrem Mann. Wirklich, Sie sind aus der Schußlinie, wenn ich das mal so sagen darf. Nach dem Tod Ihres Mannes werden die Rächer Ruhe geben.«

»Gott sei Dank!«

Replin und Becher dankten für die so bereitwillig erteilten Auskünfte und verabschiedeten sich.

Von ihrem Fenster aus blickte Luise Pohlmann dem davonfahrenden Wagen nach. Als er verschwunden war, sah sie weder den Parkplatz noch die kleine Straße, auch nicht die Sonne, die schon ein gutes Stück nach rechts herumgeschwenkt war, und ebensowenig das rote und gelbe Herbstlaub der im Hintergrund stehenden Bäume. Sie sah das Wasser und das Boot und den Hai und ihren Mann und dachte nach über einen merkwürdigen Widerspruch. So großzügig, wie die zwei Männer gemeint hatten, war sie mit ihren Informationen nun auch wieder nicht gewesen. Immerhin hätte sie ihnen sagen können, was ihr von Anfang an Kopfzerbrechen bereitet hatte: Der neurotische Aberglaube war eine der beiden Besonderheiten im Wesen Ernst Pohlmanns; die andere war seine nicht minder neurotische Angst vor jeder Art physischer Gefährdung. Nie und nimmer, dachte sie, ist dieser Mann in ein Wasser gesprungen, von dem er wußte, daß es darin Haie gibt!

11 Am vierten Abend der Reise – sie hatten Key West passiert – begann Jacob Thaden, ungeduldig zu werden. Er lag auf seiner Koje und las im Lexikon der Seefahrt. Das Buch informierte ihn zwar umfassend vom Buchstaben A, dem Koeffizienten der Deviationsformel, bis hin zu Zyklon und Zylinder, doch es brachte ihn in seiner Sache keinen Schritt weiter. Er brauchte eine andere Quelle: den Kapitän. Der war jedoch zur Zeit nicht ansprechbar. Der Abend zu dritt, wie Nielson noch beim Mittagessen das vereinbarte Treffen genannt und womit er seinen Passagaier, sich selbst und die Flasche mit dem großen Armagnac gemeint hatte, sollte eigentlich jetzt in vollem Gange sein, aber um sieben Uhr war Conally erschienen und hatte gesagt, der Kapitän lasse ausrichten, das Treffen finde nicht statt. Nichts weiter; keine Angabe des Grundes; kein Ausdruck des Bedauerns; nur die karg formulierte Absage.
Er legte das Buch beiseite, konnte sich nicht konzentrieren. Warum so plötzlich, so kurz vorher die Verweigerung? War der Mann vielleicht doch krank? Waren die Sorgen, von denen der Steward gesprochen hatte, nicht behoben? Waren sie am Ende drückender geworden? Oder, dachte Thaden, bestimmen auf einem Schiff, das den Namen CAPRICHO trägt, die Launen derer, die es fahren, den Gang der Dinge? Aber, so überlegte er weiter, der rasche Wechsel zwischen Lust und Unlust, wenn er denn wirklich der Grund sein sollte, muß ja nicht zugleich die Höflichkeit über Bord gehen lassen! Und einen anderen Abend hat er auch nicht vorgeschlagen! Vielleicht sollte ich mich gar nicht auf diesen Mann festlegen; vielleicht tut's der Erste Offizier genauso. Oder Jesko. Oder ich rede ein zweites Mal mit Ellerup, aber nicht über *Was wäre, wenn?*, sondern über *Was war?*. Nämlich damals, in jener Nacht, als er vor seinen Geräten

226

saß und wußte, daß ganz in seiner Nähe Menschen um ihr Leben bangten!

Er stand auf. Die drei Reisetage hatten das Schiff ein beträchtliches Stück nach Süden versetzt, und es war schon die warme Golfbrise, die durchs Bullauge hereinstrich. Den ganzen Tag über war er in Shorts herumgelaufen; nun trug er einen Jogging-Anzug, hatte sich, nachdem Nielsons Absage erfolgt war, wieder leger angezogen. Er verspürte Lust, noch einen Teil des lauen Abends an Deck zu verbringen. So verließ er seine Kabine. Kaum war er auf den Gang hinausgetreten, da stutzte er. Einen Meter von ihm entfernt stand, gegen die Wand gelehnt und offenbar mit nichts anderem als dem Dastehen beschäftigt, Piet Snock, der vierschrötige holländische Matrose, von dem Nielson ihm gesagt hatte, er sei der Mann fürs Grobe und bei Landgängen eine begehrte Begleitung. In einigen Häfen könne es passieren, daß ein plötzlicher Überfall aus dem Hinterhalt erfolge, vor allem, wenn die Männer einzeln oder zu zweit unterwegs seien, aber mit Snock an der Seite fühle sich jeder sicher. Einmal, so hatte Nielson mit unverkennbarem Stolz gesagt, habe der Dampfhammer aus Terneuzen in weniger als einer Minute vier finstere Gestalten zermalmt.

Und nun stand dieser Mann vor seiner Kabine, stand da wie ein Posten! Thaden drückte sich an ihm vorbei, sagte »Guten Abend!«, doch Snock erwiderte den Gruß nicht. Statt dessen folgte er Thaden durch den Gang, dann die Treppe hinunter zum *Officer's Deck* und weiter zum Bootsdeck. Jetzt wollte Thaden es genau wissen. Er trat nicht hinaus ins Freie, sondern machte vor der Tür kehrt, drückte sich ein zweites Mal an dem massigen Mann vorbei und ging wieder nach oben. Prompt polterte auch Snock die Stufen hinauf. Thaden hielt mitten auf der Treppe inne, sah sich um, sagte aber nichts, setzte seinen Weg fort, erreichte die Kabinentür. Als er sie geöffnet hatte, drehte er sich erneut um. Und was tat Snock? Er lehnte schon wieder an der Wand, und diesmal grinste er Thaden an.

»Warum stehen Sie hier?« Thaden hatte deutsch gesprochen, denn er wußte, daß Snock die Sprache beherrschte.

»Ich passe auf.«

»Worauf?«

»Auf Sie.«

»Warum?«

»Order vom *Captain*.«

Thaden schwieg, sah noch zwei, drei Sekunden in das grinsende Gesicht des Matrosen und ging dann in die Kabine, schottete sogar hinter sich ab. Eine Weile stand er ratlos da. War er in der Funkstation oder auch schon im Kartenhaus zu leichtsinnig gewesen? Aber, verdammt noch mal, beides, das Interesse für die Funkerei und das Studium von Seekarten, gehörte doch zum normalen Passagierverhalten! Schließlich fragte er sich, ob er womöglich in Gefahr sei. Wer weiß, dachte er, was alles diese Männer auf dem Kerbholz haben und wozu sie fähig sind, wenn es darum geht, ihre Vergangenheit zu vertuschen!

Er setzte sich auf die Koje. Vielleicht war das, was die Männer der CAPRICHO zu verbergen hatten, so ungeheuerlich, daß es ihnen nun auch nichts mehr ausmachte, einen Kundschafter zu beseitigen. Auf See war das ein leichtes. Hoppla, und man ging außenbords. Nur, Nielson sah nicht aus wie ein Mörder! Aber, dachte er dann, weiß ich überhaupt, wie Mörder aussehen? Manch einer kommt ja nur deshalb zu einem Mord, weil er Aufdeckung befürchtet, und das, was diese Reise bringen soll, ist nichts anderes als Aufdeckung! Hat Nielson mich durchschaut?

Wieder wollte er es genau wissen. Er verließ die Kabine, stürmte, an Snock vorbei, durch den Gang, klopfte bei Nielson an.

»Yes!« ertönte es von drinnen.

Er öffnete, trat ein, machte die Tür hinter sich zu.

»Ah, Herr Thaden, was gibt es? Ich ließ Ihnen doch ausrichten: heute abend nicht!«

»Was soll dieses Theater?«

»Welches Theater?«

»Daß dieser Mann da wie ein Aufpasser vor meiner Tür steht und mir auf Schritt und Tritt nachläuft.«

»Ich hatte ... aber setzen Sie sich erst mal!« Thaden nahm vor dem Schreibtisch Platz, und Nielson begann noch einmal: »Ich hatte zwei Möglichkeiten: entweder Sie ins Kabelgatt zu sperren oder Sie bewachen zu lassen. Mit dem Arrest hätte ich möglicherweise meine Kompetenzen überschritten und mir eine Klage eingehandelt. Also tat ich das, was ich durfte, denn meine Leute und mein Schiff vor dem Ausspionieren bewahren, das darf ich. Wir sind im Augenblick ohne Zeugen, und darum sag' ich Ihnen mal ganz offen, was ich von Ihnen halte: Sie sind ein mieser Zeitgenosse!«

»Ach was! Und Sie? Was sind Sie?«

»Sicher auch nicht gerade ein Ausbund an Tugend, aber das geht Sie nichts an. Was Sie dagegen an Bord meines Schiffes tun, geht mich sehr wohl etwas an.«

»So? Und was tue ich?«

Nielson griff hinter sich in ein Regal, zog aus den dort liegenden Papieren eine Ausgabe der Zeitschrift KOMET hervor und schob sie über den Schreibtisch. Thaden sah unter dem blonden, barbusigen Covergirl einen in rote Balken eingefaßten Hinweis: »SOS UND KEINE HILFE – DER RÄTSELHAFTE UNTERGANG DER MELLUM, Seite 103«.

»Ein knackiges Geschöpf«, sagte er.

»Tun Sie nicht so, als ob es darum ginge!«

»Und worum geht es?«

»Herr Thaden, ich fand den Boulevard-Journalismus schon immer zum Kotzen. Er schlägt Kapital aus dem Privatleben von Menschen und kümmert sich einen Dreck um die Folgen. Die Hauptsache ist, daß der Rubel rollt.«

»Ich hab' keine Ahnung, worauf Sie hinauswollen.«

»Okay, kürzen wir das Verfahren ab!« Nielson zog die Zeitschrift zu sich heran und schlug die Seite 103 auf. »Hier! Der Bericht über den Untergang der MELLUM! Der Verfasser ist nicht genannt. Ich hab' die Story übrigens in New Orleans gelesen, im Untersuchungsgefängnis. Wir saßen da wegen des Verdachts auf Drogen-Schmuggel. Unser Anwalt brachte uns einen Stoß Zeitschriften, und weil er wußte, daß ich Deutscher bin, hatte er auch dieses Machwerk dabei. Und nun hören Sie mal schön zu, wie es weitergeht! Als wir rauskamen – es hatte sich erwiesen, daß wir, bis auf zwei Männer aus der Maschine, sauber waren –, hab' ich die Redaktion des Blattes angerufen, hab' gesagt, ich wüßte etwas und brauchte den Namen des Reporters, der die Serie schreibt. Ohne zu zögern, hat die Sekretärin mir gesagt, das sei ein Hamburger Journalist namens Wulf Maibohm, ein freier Mitarbeiter. Ich bedankte mich und legte auf. Und nun, Mister Thaden, müssen Sie nur zwei und zwei zusammenzählen, um zu begreifen, weshalb Piet Snock vor Ihrer Tür steht und Ihnen, wenn Sie die Kabine verlassen, auf den Fersen ist.«

Thaden war wie vor den Kopf gestoßen. Also nicht die Schnüffelei im Kartenhaus und nicht die vielen Fragen an Ellerup! Beides hätte er vielleicht noch zurechtrücken, nämlich als normale Neugier hinstellen können. Er hatte ganz einfach einen fatalen Fehler gemacht, und der war nicht mehr zu korrigieren.

»Nicht wahr? Hat es da oben in Ihrem Gehirnkasten jetzt geschnackelt? Wenn mir der Name Wulf Maibohm schon mal als der eines dieser elenden Schreiberlinge im Gedächtnis sitzt und dann ein Passagier, übrigens der erste seit Jahren auf meinem Schiff, diesem Wulf Maibohm ein Telegramm schickt, dann kann der Passagier mir hundertmal erzählen, daß ihm drei Stewards im Nacken ein Greuel sind und er durchorganisierte Bordnächte verabscheut! Er gehört zu dem Schreiberpack oder ist scharf auf die Belohnung.«

»Eins zu null für Sie«, sagte Thaden, »aber jetzt kommt der Konter! Warum regen Sie sich über diesen Bericht derartig auf, daß Sie von New Orleans aus die Redaktion anrufen und sich den Namen des Verfassers geben lassen? Warum reagieren Sie auf mein Telegramm in der Weise, daß Sie mir einen Wächter vor die Tür stellen? Da gibt es nur eine Antwort: Die CAPRICHO ist das Schiff, nach dem wir suchen! Ich wäre schon noch an Sie herangetreten mit Fragen, die Sie in die Zwickmühle gebracht hätten, aber nun ist die Sache mit dem

Telegramm dazwischengekommen. Wieso übrigens erst heute? Ich hab' es doch bereits vor zwei Tagen aufgegeben.«

»Bei Ellerup brauchte es 'ne Weile, bis der Groschen fiel. Na, und dann hat er mich informiert.«

»Okay, Sie wissen jetzt, weshalb ich hier bin, und so kann ich mich mit einer einzigen Frage begnügen, die eigentlich am Schluß eines mühsamen Herantastens stehen sollte. Nun steht sie eben am Anfang, aber ich glaube, das schadet der Sache nicht mal. Also, warum hat die CAPRICHO, als die MELLUM ihr SOS aussandte, spontan Hilfe zugesagt und sie dann doch nicht geleistet?«

Sie sahen einander an. Erwartung, ja, Spannung war im Gesicht des Jüngeren abzulesen. Geringschätzung, wenn nicht Verachtung war es, was die Miene des anderen ausdrückte. Endlich, das Schweigen hatte wohl eine halbe Minute gedauert, sagte Nielson:

»Eins zu eins. Aber glauben Sie ja nicht, daß dieses Unentschieden der Endstand ist!«

Noch einmal drehte er sich zu seinem Regal um. Wieder streckte er die Hand aus, und diesmal kehrte sie mit einer bauchigen Flasche zum Schreibtisch zurück. Hart stellte er sie auf den Busen des Covergirls.

»Ah, Sie brauchen jetzt einen Schluck!«

»Das ist nicht irgendein Schluck!« Nielson nahm die Hand von der Flasche, und Thaden las: Grand Armagnac JANNEAU. »Es sollte«, fuhr Nielson fort, »ein fröhlicher Umtrunk werden. Nun wird es einer unter Gegnern.« Er stand auf, holte aus einem Schrank zwei Gläser. Dann öffnete er die Flasche und schenkte ein. »Gegnerschaft«, sagte er, »ist noch keine Feindschaft. Also Prost!«

Thaden, durch diese Worte irritiert, konnte nicht anders als angemessen antworten, und da »Prost« ihm weniger lag, sagte er: »Zum Wohl!«

Sie tranken, setzten die Gläser ab.

»Der ist wirklich gut«, sagte Thaden. Es war, als herrschte für ein paar Minuten Waffenruhe.

»Ja, für mich ist es der beste Tropfen der Welt. Wo waren wir stehengeblieben? Ach ja! Sie glauben, mich überführt zu haben. Dazu kann ich Ihnen eine Geschichte erzählen.«

»Seemannsgarn?«

»Nein, die bittere Wahrheit.«

»Ich höre.«

»Es ist Nacht auf dem Nordatlantik, und wir befinden uns ungefähr tausend Meilen östlich von Philadelphia. Da reißt uns die Alarmglocke aus dem Schlaf. Ich stürze in die Funkstation und kriege gerade noch mit, daß Jonas Ellerup auf den SOS-Ruf eines Schiffes antwortet. Als ich dann vor ihm stehe, unterbricht er seinen Funkspruch und erzählt mir, was los ist. Na, und was da los war, brauche ich Ihnen nicht zu erklären, denn in Ihrem Revolverblatt steht's ja haargenau beschrieben. Ich sag' zu Ellerup, wir fahren hin, und will grad auf die Brücke gehen, da steht plötzlich ein Dritter vor uns, und ehe wir beide uns versehen, hat Ellerup eine Pistole an der Schläfe. Um es kurz zu machen: Der Mann hielt den Funker drei Stunden lang in seiner Gewalt und zwang mich damit, den alten Kurs beizubehalten, also die Rettungsaktion zu unterlassen. Ich hatte die Wahl, an die Unglücksstätte zu fahren und meinen Funker zu opfern oder den Kurs zu halten und ihm dadurch das Leben zu retten. Nun können Sie natürlich sagen, daß auf der MELLUM über zwanzig Leute in Gefahr waren und hier an Bord nur einer. Das ist dann eben Ihre Abwägung. Meine sah anders aus. Als Seemann wußte ich, daß den Schiffbrüchigen möglicherweise auch von anderer Seite zu helfen war. Vier wurden dann ja auch tatsächlich geborgen. Okay, das sind verdammt wenig, aber das konnte ich nicht im voraus wissen. Was ich dagegen wußte, war: Mein Funker wäre über den Haufen geschossen worden, wenn ich auch nur den geringsten Versuch unternommen hätte, den Kurs zu ändern. So weit die Geschichte.«

»Also hatten Sie einen Verrückten an Bord.«

»Ja ... das könnte man ... das könnte man sagen.«

»Zwei zu eins für Sie. Unter Vorbehalt. Es kommt darauf an,

was es mit diesem Irren auf sich hat. Sie kennen doch DAS BOOT. Buch oder Film, ist egal.«

»Ja.«

»Da dreht auch einer durch, ein Mann aus der Maschine. War es bei Ihnen ein ähnlicher Fall?«

»Nein. Der U-Boot-Mann hält, soweit ich mich erinnere, die akute Gefahr nicht aus. Da fallen ja jede Menge Wasserbomben. Bei meinem Verrückten war es anders. Auch für ihn gab es eine Gefahr, aber sie war weniger akut.«

»War es jemand von Ihrer Besatzung?«

»Nein.«

»Ein Passagier also?«

»Ja, aber ein illegaler.«

»Von dem Sie nichts wußten?«

»Von dem die Besatzung nichts wußte.«

»Also hatten Sie ihn an Bord genommen?«

Nielson schenkte nach, trank. Schließlich nickte er. »Ja.«

»Dann gibt es jetzt wohl noch eine Geschichte?«

»Muß es wohl.«

12 Nielson zog die oberste Schublade seines Schreibtisches auf, schien dort etwas Bestimmtes zu suchen, blickte zwischendurch hoch und fragte: »Haben Sie Kinder?«

Thaden schüttelte den Kopf.

Ein Foto im Format einer Postkarte kam auf den Tisch. »Das ist mein Sohn«, sagte Nielson. »Olaf. Er ist jetzt einunddreißig Jahre alt.«

Thaden nahm das Foto in die Hand. Es war die Porträtaufnahme eines gutaussehenden blonden Mannes, der ein verhaltenes Lächeln zeigte, wie er es auch schon bei dem Kapitän beobachtet hatte. Es drückte eine eigenartige Mischung von Witz und Melancholie aus. Er legte das Foto wieder auf den Schreibtisch. »Hat er etwas mit Ihrer Geschichte zu tun?«

»Er *ist* meine Geschichte. Wir haben uns glänzend verstanden, mein Sohn und ich, haben sogar zusammen ein Geschäft aufgezogen, einen Bootsverleih an der Elbe, der auch vielversprechend anlief, dann aber ins Stocken kam. Die Kunden blieben weg, so, als hätte das Segeln plötzlich seinen Reiz eingebüßt. Aber natürlich hatte nicht das Segeln seine Attraktion verloren, sondern der Fluß. Würden Sie in eine Badewanne steigen, wenn Sie wüßten, gerade vorher hat jemand reingepinkelt? Dabei ist Urin ein harmloser Stoff im Vergleich zu dem, was die Großindustrie tonnenweise in unseren Fluß pumpt. Die Fische werden aussätzig, die Vögel krepieren oder ziehen weg, das Wasser ist eine stinkende, trübe, giftige Brühe. Okay, Segeln ist nicht gleich Baden, aber man gleitet lieber durch sauberes Wasser, und irgendwann will man vielleicht doch mal reinspringen oder sich einen Fisch rausholen. Ich versteh' es schon, wenn die Skipper sich nach anderen Revieren umsehen. Was soll ich lange reden, unser Geschäft ging den Bach runter. Mein Sohn, der früher einen guten Job in einer Schiffsausrüstungsfirma hatte, war von mir zu dem Projekt überredet worden. Das müssen Sie sich mal vorstellen: Ein Vater redet auf seinen Sohn ein und bringt ihn dazu, seinen Job hinzuschmeißen und fast hunderttausend Mark an Ersparnissen in ein Geschäft einzubringen, das danebengeht. Zwar haben Sie keine Kinder, aber vielleicht können Sie trotzdem ermessen, wie man sich als Vater dann fühlt. Einfach beschissen!«

»Ihr Sohn ist ein erwachsener Mensch. Er hätte nein sagen können.«

»Ja, aber er hat mir vertraut, hat auf meine Erfahrung gesetzt.«

»Ich fänd's besser, Sie würden jetzt zur Sache kommen.«

»Warten Sie doch ab! Ich wollte das alles wieder ausbügeln, wollte um jeden Preis dafür sorgen, daß wir die Hypotheken loswerden, mußte also irgendwie zu Geld kommen. Mein Gehalt reichte dafür nicht aus, aber es bot sich die Möglichkeit, durch illegale Transporte etwas nebenher zu verdienen.«

»Und der Irre auf der CAPRICHO war so ein illegaler Transport?«

»Richtig. Meistens waren es Waffen, manchmal auch Drogen, und diesmal war's ein Mensch, ein Flüchtling.«

»Flüchtling ... das ist ein weiter Begriff. Da gibt's ja eine ganze Skala, angefangen bei dem zu Unrecht Verfolgten und endend bei dem Ganoven, dem ein Ausbruch aus dem Gefängnis gelungen ist. Zu welcher Kategorie gehörte denn Ihrer?«

»Zur kriminellen, nehme ich an. Er war zwar nicht aus dem Gefängnis geflohen, aber er wäre bestimmt hineingekommen, wenn er nicht rechtzeitig das Weite gesucht hätte.«

»Sie wissen, wer er ist?«

»Wenn ich richtig liege, ist er der Mann, der einen Baumaschinen-Konzern runtergewirtschaftet und sich dann mit einigen hundert Millionen aus dem Staub gemacht hat.«

»Etwa Ernst Pohlmann, von dem seit Monaten in den Nachrichten die Rede ist?«

»Ja, ich bin fast sicher. Er kam in Antwerpen als Eberhard Leuffen an Bord, aber ich hatte in der Presse Fotos von Ernst Pohlmann gesehen, und mit dem hatte er verdammt viel Ähnlichkeit.«

»Wohin brachten Sie ihn?«

»Er stieg in Veracruz aus.«

»Und dieser Mann hat die Rettung der Schiffbrüchigen vereitelt?«

»Ja, mit gezogener Waffe.«

Noch einmal erzählte Nielson, diesmal ganz ausführlich, was sich im Funkraum der CAPRICHO abgespielt hatte. Aber von der Extra-Prämie sagte er nichts. Er fand, Bedrohung und Belohnung paßten nicht gut zueinander und brächten seinen Zuhörer womöglich auf die Idee, die zwanzigtausend Dollar hätten Ellerup und ihn gefügig gemacht, und die Pistole hätte es gar nicht gegeben.

»Wo hatten Sie ihn denn versteckt?«

Nielson stand auf, trat zur Wand, klappte die Zierleisten um, öffnete die Tür zur *bodega* und machte dort Licht.

»Hier! Als er den Alarm hörte, hat er die Tür zertrümmert und ist in den Funkraum gelaufen.«

Thaden stand ebenfalls auf, betrat den winzigen Raum, sah sich darin um, ging zurück in den Salon. Nielson schloß die Tür, legte die Leisten vor, und gleich darauf saßen die beiden wieder auf ihren Plätzen. Thaden war aufgewühlt. Er hatte das Rätsel des geheimnisvollen Funkspruchs gelöst, doch den Schuldigen noch immer nicht gefunden! Natürlich, Nielsons Weste war alles andere als weiß, aber verdammenswert war er nicht. Das war der andere.

»Zwei zu zwei«, sagte er schließlich.

»Und jetzt?« fragte Nielson. »Jetzt muß Ellerup wohl wieder ein Telegramm nach Hamburg durchgeben. Gratuliere! Was mich allerdings noch interessiert: Gehören Sie zu den Pressefüchsen, oder sind Sie der, der die Fünfzigtausend kassiert?«

Thaden blickte zu Boden, schwieg lange, und als er dann endlich antwortete, kam etwas ganz anderes: »Erzählen Sie mir doch noch ein bißchen von Ihrem Sohn, bitte!«

Überrascht sah Nielson ihn an. »Warum?«

»Ich finde, er hat eine tragende Rolle in diesem Drama. Weil Sie ihn nicht verlieren wollten, haben Sie sich auf illegale Geschäfte eingelassen und auch diesen Leuffen an Bord genommen. Wäre der nicht gewesen, hätten Sie die Schiffbrüchigen wahrscheinlich gerettet.«

»Ja, das stimmt. Übrigens wissen Sie noch nicht alles. In Philadelphia hatte ich Post von meinem Sohn. Er hat sich von mir losgesagt. Geschäftlich. Will ausgezahlt werden. Er traut es mir nicht mehr zu, daß ich den Karren wieder aus dem Dreck ziehe. Das ist eigentlich das Schlimmste von allem, daß er nicht mehr an mich glaubt.«

»Ich finde, das Schlimmste sind die Toten der MELLUM.«

»Natürlich! Ja, und jetzt werden Sie in Ihrer nächsten Folge das große Geheimnis lüften. Aber Sie haben meine Frage noch nicht beantwortet. Sind Sie nun Journalist, oder wollten Sie sich die ausgesetzte Belohnung verdienen?«

»Ich möchte Ihnen was zeigen, bin in einer Minute wieder da.«

»Okay.«

Thaden ging, an Piet Snock vorbei, in seine Kabine, und als er, mit seiner Brieftasche in der Hand, zurück war, hatte Nielson nachgeschenkt. Eine merkwürdige Gegnerschaft, dachte Thaden. Man rechnet miteinander ab, und zwischendurch trinkt man und das auch noch aufs gegenseitige Wohl.

»Was wollen Sie mir zeigen?«

Thaden öffnete die Brieftasche, holte ein Foto heraus – es hatte ebenfalls das Postkartenformat – und legte es auf den Schreibtisch. Es war aus dem vergangenen Jahr und zeigte Sigrid und Arndt in der Abteilung für Zimmerpflanzen. Sie standen vor einer Ansammlung von hohen Farnen, Gummibäumen und Palmen. Wenn nicht an einer der Palmen das Preisschild zu sehen gewesen wäre, hätte man meinen können, die Aufnahme sei im Unterholz eines Tropenwaldes gemacht worden.

Nielson nahm das Foto, betrachtete es, sah dann fragend auf.

»Meine Frau und mein Sohn«, sagte Thaden.

»Ich denke, Sie haben keine Kinder! Das haben Sie doch gesagt!«

»Als die MELLUM unterging, waren drei Passagiere an Bord, meine Frau, mein Sohn und ich. Gerettet wurden außer mir nur der Bootsmann und zwei Filipinos.«

Nielson gab das Foto zurück, stützte die Ellenbogen auf, legte den Kopf in beide Hände. »Mein Gott!« sagte er leise, und dann schwieg er lange, bewegte sich nicht, war wie versteinert. Endlich nahm er die Hände vom Gesicht, und was er sagte, klang, als sollte da ein Wettkampf fortgesetzt werden; aber Thaden begriff sofort, daß viel mehr gemeint war: »Vier zu null für Sie.«

13 James Hamilton freute sich. Vor einer Woche hatte er Howard Foreman angerufen und ihm das Signal gegeben, hatte gesagt: »Es ist soweit!«, und jetzt lag das Ergebnis vor ihm auf dem Tisch. Er hatte sich in der Hauptstadt zwei deutsche Zeitungen besorgt, ein Boulevard-Blatt und eine seriöse Tageszeitung. Schon auf dem Rückweg zur *Madrugada*, im Fond seines Wagens, hatte er die groß aufgemachten Artikel

237

über die neue Version seines Sterbens gelesen. Nun, zu Hause, las er sie ein zweites Mal.

Der Tenor der Berichterstattung war für das postmortale Ansehen Ernst Pohlmanns zwar nicht gerade förderlich, für den quicklebendigen James Hamilton aber außerordentlich beruhigend. Übereinstimmend verurteilten die beiden Zeitungen, was der einstige EUROVIT-Chef getan hatte. Ihre Kommentare zum VEREIN DER POHLMANN-GESCHÄDIGTEN, vor allem zu dessen nunmehr erwiesener Brutalität, fielen hingegen unterschiedlich aus. Das Räuberblatt, im Umgang mit blutigen News nicht gerade zimperlich, hatte die Nachricht vom Tode Ernst Pohlmanns mit den Worten überschrieben: EIN HAI FRISST DEN ANDEREN. Nun sprach es von VOLKES STIMME, die sich im Harpunen-Anschlag von Cancún artikuliert habe, und meinte dazu, wenn eine so grausame Vollstreckung auch nicht die richtige Methode sei, so lenke sie doch die öffentliche Aufmerksamkeit auf den berechtigten Zorn der vielen, die mit ihrem sauer Ersparten das Luxusleben eines einzelnen finanziert hätten. Die Tageszeitung aber schrieb von einem verwerflichen Akt der Selbstjustiz, der, wenn er Schule mache, der Anarchie Tür und Tor öffne.

Ja, James Hamilton war sehr zufrieden, denn nirgendwo stand auch nur ein einziges Wort des Zweifels. Im Gegenteil, beide Blätter bezeichneten den Tod von Cancún als den ebenso definitiven wie letztlich auch gerechten Abschluß einer facettenreichen bundesdeutschen Gaunergeschichte.

Er verbrannte die Zeitungen im Kamin, ging hinunter ins Schwimmbad, entkleidete sich und zog dann seine Bahnen durch das mit kostbaren Talavera-Kacheln ausgelegte Becken, genoß das Schwimmen, das nicht beschwert war von der Notwendigkeit, für eine kritische Nachwelt die Rolle des Sterbenden spielen zu müssen. Nun war er endgültig und auf alle Zeit James Hamilton. Einen Ernst Pohlmann gab es nicht mehr. Auch die Zwischenexistenz eines Eberhard Leuffen hatte ausgedient. Perücke und aufgeklebter Bart waren passé; jetzt galt für immer der kurze Bürstenschnitt, und die graue Zierde am Kinn war wieder echt. An die Kontaktlinsen hatte er sich längst gewöhnt, brauchte sie nicht einmal mehr vor dem Schwimmen zu entfernen.

Ihm war, während er an den blauen und gelben Kachelornamenten entlangschwamm und sie als schmückende Randerscheinungen seines neuen Lebens empfand, nach Feiern zumute. Aber noch mangelte es ihm an Menschen, die seine Gäste hätten sein können, und darum entschloß er sich, am Abend noch einmal nach Mexico City zu fahren. In der pulsierenden Stadt würde es ihm sicher gelingen, sich selbst eine kleine Fiesta zu bereiten.

Da er auf eine lange Nacht eingestellt war, hatte er Jorge, seinen Chauffeur, wieder zurückgeschickt und betrat nun das im Stadtteil *San Angel* gelegene Restaurant *La Hacienda*, dessen gute Küche er kannte. Der große, rustikal eingerichtete Speiseraum mit dem vielen Holz an Decke und Wänden und den alten Kolonialmöbeln verriet, daß hier ein Stück Mexiko vergangener Jahrhunderte bewahrt wurde. Die Serviererinnen trugen lange weiße Maya-Gewänder, die Musikanten waren *Mariachi*-Spieler, und das Eßgeschirr entstammte der kunstvollen Töpferarbeit aus Puebla.

Vorweg aß er geschmorte Pilze mit Knoblauch und Chili und danach Truthahn und die berühmte Mole, jene scharf-würzige dunkelbraune Soße, die aus der mexikanischen Küche nicht wegzudenken war und mit der er in den ersten Monaten seine Schwierigkeiten gehabt hatte. Aber das war längst vorbei, und so genoß er auch diesmal das zarte Geflügelfleisch und die exotische Melange aus Anis, Pfeffer, Zimt, Schokolade, Knoblauch, Sesam, Mandeln, Erdnüssen, Chili, Mais, Tomaten, Brot und weiteren Zutaten.

Als Nachtisch ließ er sich ein Hibiskusblüten-Sorbet auf der Zunge zergehen, und danach wollte er dann auch den Kaffee nicht so, wie er ihn von Deutschland her gewohnt war, sondern trank *café de olla*, die mit Zimtstangen zubereitete und mit braunem Zucker gesüßte mexikanische Variante.

Nach dieser wahrhaft lukullischen Einstimmung auf seine Fiesta verließ er das Restaurant, durchstreifte ein paar Straßen zu Fuß, erreichte die große Nord-Süd-Achse der Stadt, die achtspurige *Avenida de los Insurgentes*, winkte ein Taxi heran, gab dem Fahrer zwanzig Dollar und sagte ihm in seinem zwar noch unvollkommenen, aber für einen Ausländer doch schon respektablen Spanisch, er möge ihn zu einem der Häuser fahren, in denen es *chicas* gebe, Mädchen also. Der junge Mestize küßte den Geldschein und antwortete: »Dafür fahre ich Sie in den Himmel.«

»Lieber nicht!« erwiderte Hamilton.

»*Bueno*«, antwortete der Fahrer und schlug die geballte Rechte in die Innenfläche seiner Linken, »*entonces vamos al infierno!*« Fahren wir also zur Hölle.

Aber dann fühlte James Hamilton sich doch wie im Himmel, so wunderschön waren die blutjungen Mexikanerinnen in der großen prächtigen Villa in der *Calle Amsterdam*. Dem Pförtner am Eingang hatte er fünf Dollar gegeben, und der hatte ihn daraufhin nicht nur ins Haus geleitet, sondern ihm auch noch einen heißen Tip zugeraunt. »*Pregunte Vd. por Enriqueta!*« Fragen Sie nach Enriqueta! Doch er brauchte, sobald er die geräumige Halle betreten hatte, keine Ratschläge mehr. Es mochten zwanzig, vielleicht sogar fünfundzwanzig in hauchdünne Dessous oder Gewänder gekleidete Mädchen sein, die in den mit dunkelroter Seide bezogenen Fauteuils saßen oder abwartend am Geländer der breiten, nach oben führenden Treppe standen. Andere waren mit ihren Gästen beschäftigt, tranken, plauderten, scherzten oder tanzten mit ihnen, alles in großer Freizügigkeit. Vor dem langen Tresen, an dem drei ganz in Weiß gekleidete Barkeeper für die Getränke sorgten, tanzte ein groteskes Pärchen sogar in unbekümmerter Nacktheit. Er war ein Herkules und sie so klein, daß eine ihrer zierlichen Brüste in der Mulde seines Nabels ruhte. Weltvergessen schoben sich die zwei nach den Klängen einer zarten Melodie am Tresen entlang, hin und her.

James Hamilton hatte schon immer ein Faible für Prostituierte gehabt. Er sah in den Frauen, die sich verkauften, nicht die sittlich Verkommenen ihres Geschlechts, sondern die Klugen, die das Kapital, mit dem die Natur sie ausgestattet hatte, nicht an einen einzelnen verschwendeten, sondern es weise feilhielten zu einem Preis, der den Vorteil hatte, daß er ihnen Nacht für Nacht neu gezahlt werden mußte.

Er setzte sich, bestellte einen Wodka-Lemon, und schon das Kredenzen dieses Allerweltsgetränks wurde zum erotischen Auftakt. Ein schwarzhaariges Mädchen stellte das Glas auf den flachen Tisch. Sie trug einen Umhang aus feinstem Musselin, und an den Ohren saßen große, dunkelgrüne Clips. Durch das hauchdünne Gewebe sah er die straffe, wohlgeformte Brust, den schlanken Leib, das schwarze Dreieck in ihrem Schoß und die makellosen Beine. Ja, er sah das alles wohl, und doch schien es durch den Schleier wie in ein diffuses Licht getaucht. Aber schon schickte die Schöne sich an, ihm mehr zu gewähren. Sie löste ein Bändchen am Hals und öffnete dann mit graziöser Geste ihr langes, wallendes Gewand.

»Me llamo Alicia, a tus órdenes!« Ich heiße Alicia, zu deinen Diensten.

Er spürte sein Geschlecht hart werden.

»Und wie heißt du?« wollte sie wissen.

»Jaime«, antwortete er.

Sie kniete sich hin, lächelte ihn an.

»Du bist sehr schön«, sagte er.

»Wollen wir nach oben gehen?« fragte sie.

»Ja.«

Sie half ihm aus dem tiefen Sessel, und auch als sie dann die Treppe hinaufgingen, ließ sie seine Hand nicht los.

Im Zimmer, das mit schönen schweren Möbeln und einem weniger schönen riesigen Deckenspiegel ausgestattet war, kam er dann wirklich zu seinem Fest. Zum ersten Mal seit seiner Flucht ließ er sich mit einer Frau ein, und es mochte an der langen Entbehrung liegen oder ganz einfach an der Freude, die ihn erfüllte, daß er in einen Rausch der Sinne geriet, wie er ihn so mächtig und so beglückend nie zuvor erlebt hatte. Alicia gab ihm alles, Leidenschaft und zugleich große Zärtlichkeit, und als es zu Ende war, fragte sie: »Kommst du wieder?«

»Zu dir immer«, antwortete er und drückte sie an sich.

»Qieres otra vez?« Möchtest du noch einmal?

»In ein paar Tagen«, antwortete er, und es war ihm ernst damit.

Als er wieder draußen war, ließ er sich noch eine Weile durch die *Zona rosa* treiben, das Glanz- und Glitterviertel der Zwanzig-Millionen-Stadt, in dem die teuren Läden, die exklusiven Restaurants, die eleganten Bars und die gepflegten Boulevards darüber hinwegtäuschten, daß nur ein paar Schritte weiter die Armen mit ausgestreckten Händen am Straßenrand saßen und ihre Kinder neben ihnen in Pappkartons schliefen.

Er blieb vor dem Schaufenster eines Juweliergeschäfts stehen, betrachtete die Auslagen, staunte über die Phantasie und die Kunstfertigkeit der Mexikaner im Umgang mit ihren edlen und halbedlen Materialien. Da gab es breite Goldringe mit eingravierten indianischen Motiven, lange Halsketten aus eingefaßten Granat-, Malachit- und Achatsteinen und vor allem Silberschmuck aus Taxco. Aber plötzlich stockte ihm der Atem! Auf einem kleinen gläsernen Bord lag, flankiert von einem winzigen Tennisschläger und einer ebenfalls nur wenige Zentimeter großen Pistole, ein geflügelter Penis! Die drei Miniaturen waren aus Silber gearbeitet und mit Kettchen und Ringen versehen, stellten also Schlüsselanhänger dar. Bei dem Penis war es die gleiche Ausfertigung wie die jenes Stückes, das er zur Bekräftigung seiner Pohlmann-Identität in Cancún zurückgelassen hatte.

Gleich den meisten anderen Geschäften der *Zona rosa* war auch dieses trotz des späten Abends noch geöffnet. Er trat ein. Um dem Verkäufer klarzumachen, worum es ihm ging, mußte er ihn mit nach draußen bitten.

»La cosita con las alas«, sagte er. Das kleine Ding mit den Flügeln. Als sie wieder im Laden waren, holte der junge Mann das Gewünschte, legte es sogar auf ein blaues Samtkissen. *»Un objeto muy bonito«*, sagte er. Ein sehr schönes Stück.

Hamilton nickte und nahm das Abbild seines Talismans auf, sah es sich genau an. Er war unschlüssig, ob er es kaufen sollte.

Würde es ihm Glück bringen? Konnte man überhaupt die Funktion des Originals auf die Kopie übertragen? Wahrscheinlich nicht. Vielleicht beschwor sie sogar das Gegenteil, Gefahr und Unheil, herauf. Mit einer heftigen Geste drückte er dem verdutzten Mann das Stück in die Hand. »Nein«, sagte er, »lieber eine Armbanduhr.«

Auf dem Rückweg, im Taxi, dachte er an die Zukunft, an seinen Einstieg ins Ölgeschäft. Er hatte sich im Laufe der letzten Monate gut informiert und wußte, daß das Öl im Nationalgefühl der Mexikaner eine große Rolle spielte. Für sie war es nicht nur ein bedeutender Wirtschaftsfaktor, sondern es hatte darüber hinaus einen hohen Prestigewert, war Bestandteil ihrer Selbstachtung. Und ebenso wußte er, daß das *schwarze Gold*, so reichlich es auch zutage trat, dem Land noch nicht den ersehnten Reichtum gebracht hatte. Schon im Jahre 1884 hatte Mexiko einen verhängnisvollen Schritt getan, hatte, bevor noch das erste Öl im Lande gefunden wurde, zugunsten ausländischer Investoren auf alle unterirdischen Ressourcen verzichtet. Als dann 1901 aus Tampico und bald darauf vom Isthmus die ersten Funde gemeldet wurden, machten die fremden Ölgesellschaften sich im Lande breit. Die Quellen begannen zu sprudeln, und die täglichen Förderquoten wuchsen stetig an. Später wurden die Ölgesellschaften verstaatlicht, doch auch diese Maßnahme brachte dem Land nicht den gewünschten Erfolg. Korruption, Mißwirtschaft und die Schwankungen auf dem Weltmarkt führten sogar dazu, daß für den Eigenbedarf Öl aus Venezuela eingeführt werden mußte.

Trotz alledem stand es für James Hamilton fest: So wechselvoll das Geschäft mit dem weltweit begehrtesten Rohstoff in Mexiko auch sein mochte, Geld ließ sich in dieser Branche immer verdienen, wenn man die für den Einstieg notwendigen Eigenmittel besaß. Er hatte auch schon die ersten Kontakte geknüpft, hatte mit den wichtigsten Männern der staatlichen Ölgesellschaft PEMEX gesprochen, auch mit führenden Funktionären der Gewerkschaft, und die Zeichen standen gut. In zwei, drei

Monaten, so schätzte er, würde er in konkrete Verhandlungen eintreten.

Ja, er hatte, wie es schien, wirklich allen Grund zur Freude, und als er gegen drei Uhr am Morgen seine *Madrugada* erreichte, glaubte er einen Vorgeschmack zu verspüren von neugewonnener Macht, und das, obwohl er keinen Talisman in der Tasche hatte.

DRITTER TEIL

1 Luise Pohlmann stand nackt vor dem großen Spiegel des Ankleidezimmers. War es seit der Brandnacht das zwanzigste, das fünfzigste oder gar schon das hundertste Mal, daß sie ihren einst so makellosen Teint überprüfte? Sie wußte es nicht, wußte nur, daß der Spiegel ihr Feind geworden war, allerdings einer, zu dem es sie immer wieder hinzog.

Sie war noch in dem Schweizer Kurhotel. Zwar hatte sie sich inzwischen eine Wohnung in Rottach-Egern genommen, in der nun die wenigen geretteten Möbel standen, doch da sie Provisorien verabscheute, war sie dort noch nicht eingezogen.

Kommissar Replin hatte sie, diesmal telefonisch, von der dramatischen Wende in den Ereignissen um ihren Mann unterrichtet. Er hatte Wert darauf gelegt, der Zeitung, an die der Bekennerbrief gegangen war, zuvorzukommen, damit sie von dem grauenhaften Mord in der Karibik nicht durch die Presse erführe.

Mit der Rechten strich sie über die Narben in ihrem Gesicht. Was nützen, dachte sie, die ausdrucksvollsten Augen und der einladendste Mund, wenn in ihrer unmittelbaren Nachbarschaft eine solche Verheerung sich breitmacht? Wendet nicht jeder Mann mit Geschmack sich instinktiv ab von einer, die so aussieht? Gut, die Ärzte sagen, wenn's endlich soweit ist, daß sie operieren können, kriegen sie mich wieder hin, aber ich bin sicher, da bleibt was zurück.

Sie trat einen Schritt zurück, prüfte im Spiegel ihre Narben an Armen und Beinen. Eine kleinere befand sich oberhalb des linken Fußgelenks. Wenn man nur flüchtig hinsah, konnte man die Stelle für den von einem Stoß herrührenden blauen Fleck halten. Am linken Oberschenkel war eine etwa handtellergroße Fläche betroffen. Sie hob sich dunkel ab von der übrigen Haut. Mit kosmetischen Mitteln war da natürlich etwas zu machen, aber eine dicke Schicht Puder an einer solchen Stelle? Was hielte die schon aus? Oder soll ich, fragte sie sich, in Zukunft etwa die Schüchterne spielen und auf Dunkelheit bestehen, wo ich doch genau weiß, wie gierig die Augen der Männer sind?

Am rechten Knie gab es noch eine kleine Stelle, aber sie fiel nicht sehr auf, wirkte wie eine fast verheilte Schürfwunde. Da waren die länglichen Spuren an beiden Unterarmen schon schlimmer. In einer Liebesnacht würden sie sich nicht verbergen lassen.

Ja, die Gegner hatten böse zugeschlagen, und die Zerstörung war ihnen dreifach gelungen, an ihrem Körper, an ihrem Haus und an ihrem Mann, wobei sie, was ihn betraf, unsicherer war denn je.

Sie zog ihren Bademantel an, ging ins Wohnzimmer, schenkte sich, obwohl es früher Vormittag war, einen Kognak ein, setzte sich und trank. Also nicht die Haie! dachte sie. Ich frag' mich, ob es womöglich gar kein von Haien verseuchtes Wasser war, in das er gesprungen war. Dann könnte ich an seinen Tod glauben. Andererseits, man ist bei der ersten Lesart von Haien ausgegangen, und das wäre Unsinn gewesen, wenn's da überhaupt keine gibt. Jedenfalls ist es ihm durchaus zuzutrauen, das ganze Drama in einen harmlosen Binnensee zu verlegen und da, mit Hilfe von diesem Howard Foreman, eine blutrünstige Story in Szene zu setzen. Ich glaub', es war seine kümmerliche Jugend, die ihn zu einem so verbissenen Egoisten gemacht hat. Alles einmal Erworbene wurde doppelt und dreifach abgesichert, und auch der ganze EUROVIT-Schwindel war nichts anderes als ein gigantisches Schutzprogramm. Man kann darüber denken, wie man will, aber ich finde, sein Verschwinden aus Deutschland unter gleichzeitiger Absicherung der herausgeschleusten Millionen war ein Bravourstück. Was, wenn er mit dem karibischen Theater diesem Projekt die Krone aufgesetzt hat? Der eigene Tod als Alibi! Dann gehört natürlich auch der Bekennerbrief zu diesem makabren Modell, denn ...

Der Schreck fuhr ihr in die Glieder. Sie setzte sogar das Glas wieder ab, das sie gerade in die Hand genommen hatte. Wenn der Tod ihres Mannes kein Unglücksfall und auch kein Racheakt war, sondern ein raffiniert ersonnenes Alibi, dann war auch

248

der Brief Bestandteil des Täuschungsmanövers. Replin hatte am Telefon gesagt: »Das gleiche Papier, die gleichen Druckbuchstaben und wieder der Poststempel von Wiesbaden!«

Sie preßte die Hände gegen die Schläfen. Von einem Moment zum anderen hatten sich bohrende Kopfschmerzen eingestellt. Sie lief ins Bad, nahm ein Aspirin, kehrte zu ihrem Sessel zurück und überdachte noch einmal, etwas ruhiger nun, das ganze Ausmaß ihres Verdachts: Wenn er tatsächlich sein Sterben nur vorgetäuscht hat und also noch lebt, ist der Bekennerbrief sein Werk. Und wenn das so ist, dann hat er auch die vorangegangenen Drohbriefe geschrieben. Das aber würde bedeuten, daß es einen VEREIN DER POHLMANN-GESCHÄDIGTEN vielleicht gar nicht gibt! Und dann... ja... wieder versuchte sie, den schmerzhaften Druck in ihrem Kopf mit dem Gegendruck der Hände zu mildern ...dann muß es Ernst Pohlmann gewesen sein, der mein Haus in Brand gesetzt hat, ohne sich darum zu kümmern, ob ich dabei zu Schaden kommen, ja, womöglich unter entsetzlichen Qualen sterben könnte.

Sie stand auf und ging, die Hände noch immer an den Schläfen, in dem großen Zimmer hin und her, konnte nicht fassen, was da plötzlich aus der fast amüsiert erwogenen Möglichkeit, ihr Mann hätte nun auch noch die Polizei hereingelegt, geworden war. Aber dann kam sie auf eine Idee, die sie ein wenig besänftigte. Es bestand auch noch die Möglichkeit, daß er seinen Tod zwar vorgetäuscht und dennoch den Bekennerbrief nicht selbst geschrieben hatte. Bei spektakulären Fällen gab es ja meistens irgendwelche Trittbrettfahrer. Könnte, so überlegte sie, der VEREIN auf einen solchen Schritt verfallen sein? Vielleicht, um Entschlossenheit zu demonstrieren? Vielleicht auch nur aus Enttäuschung darüber, daß nicht seine Mitglieder es gewesen waren, die Ernst Pohlmann zur Strecke gebracht hatten? Das würde dann natürlich sowohl für den Fall gelten, daß es das Unglück tatsächlich gegeben hatte, wie auch für den, daß es nur vorgetäuscht worden war.

Aber wie sie es auch drehte und wendete, sie gelangte immer wieder zu derselben Einsicht: Es gab auf der ganzen Welt nur einen Menschen, der sie über das Schicksal ihres Mannes aufklären konnte, und das war Howard Foreman. Darum stand, noch ehe der Vormittag verstrichen war, ihr Entschluß fest: Ich fahre nach Cancún!

2 Dreißig Stunden vor der Ankunft in Veracruz saßen sie, wie sie es in den letzten Tagen oft getan hatten, wieder einmal zusammen, Jacob Thaden, der einsame Verfolger, der seine Karten aufgedeckt hatte, und Heinrich Nielson, der so vieles war: Seemann, Schmuggler, Träumer, Filou.

Es war schon spät. Vier Stunden lang hatten sie miteinander geredet, und Mitternacht war längst vorüber.

»Keinen blassen Schimmer«, sagte Nielson, »wirklich, nicht den Hauch einer Ahnung! Auf meine Frage sagte er so ungefähr: Erst links, dann rechts, dann wieder links und dann ein paar tausend Meilen geradeaus. – Also kommen zig Millionen Plätze zwischen Alaska und Feuerland in Frage. Oder es ist noch schlimmer, wenn nämlich schon seine Landung auf diesem Doppelkontinent ein Bluff war. Vielleicht hat der schwarze Wagen, der in Veracruz an der Pier stand, ihn direkt zum Flughafen von Mexico City gefahren, und von da aus ist er nach Honkong oder Sydney geflogen. Wo sollte man also ansetzen? Dabei dürfen Sie mir glauben, daß ich richtig scharf darauf bin, Ihnen zu helfen.«

»Ich fürchte«, erwiderte Thaden, »wir kommen nicht darum herum, den Faden am anderen Ende aufzunehmen, bei seiner Frau in Deutschland.«

»Der hat man neulich das Dach überm Kopf angezündet. Das hab' ich in der Zeitung gelesen. Seit ich den Kerl an Bord hatte, bin ich hinter jedem Bericht her, der sich mit ihm befaßt. Die Brandstifter sollen Leute sein, die er durch seine Betrügereien geschädigt hat und die mit ihm abrechnen wollten. Es traf aber nur seine Frau. Klar, denn er war ja längst über alle Berge. Sie soll ganz schön was abgekriegt haben. Brandwunden. Aber Sie haben recht, wenn es überhaupt jemanden gibt, der was weiß, muß sie es sein. Nur nehme ich an, sie hält dicht. Sonst hätte sie der Polizei doch irgendwelche brauchbaren Tips gegeben. Apropos Polizei. Mir ist natürlich klar, was Sie demnächst tun müssen.«

»Was denn?«

»Mich der Meute zum Fraß hinwerfen, entweder den Behörden oder den Leuten vom KOMET. Wer von einer Straftat Kenntnis hat, muß sie melden.«

Thaden dachte lange nach, bevor er darauf antwortete. Schließlich sagte er: »Ich unterlasse es. Vorläufig. Mir liegt nichts daran, die CAPRICHO ins Gerede und Sie vor den Kadi zu bringen. Ich will den anderen.«

»Aber das Preisrätsel ist auch ohne Pohlmanns Auffindung gelöst. Es wurde nicht nach einer Person gefragt, sondern nach einem Schiff. Sie haben dieses Schiff gefunden und können die Fünfzigtausend kassieren.«

Thaden schüttelte den Kopf. »Das geht nicht. Ich selbst hab' nämlich die Belohnung ausgesetzt, und verdient hat sie sich ein Flensburger Flittchen.«

»Sie selbst...? Mensch, Thaden, ich würde Ihnen so gern helfen! Wenn ich doch nur einen einzigen Anhaltspunkt hätte!«

»Irgendwie müssen wir den Burschen kriegen.«

»Ein Flensburger Flittchen, sagen Sie? Wie denn das?«

»Einer von Ihren Leuten war bei der Kleinen und hat geplaudert.«

»Das kann nur Ellerup gewesen sein. Erstens stammt er aus der Ecke da oben, und zweitens hurt er bei jedem Landgang herum.«

»Es war nicht Ellerup.«

»Aber außer ihm und mir wußten ja nur der Erste und einer von der Maschine Bescheid, und die sind nie in Flensburg gewesen.«

»Verdammt, warum konnte ich nicht den Mund halten! Ja, es war der Däne. Nielson, Sie haben was gutzumachen. Bitte, sagen Sie dem Funker nicht, wie mein Freund und ich drauf gekommen sind, daß es die CAPRICHO war! Womöglich hätte das üble Folgen für das Mädchen.«

»Ich versprech's Ihnen.« Nielsons Hand ging über den Tisch, und Thaden schlug ein.

»Also, Sie haben mein Wort. Aber noch mal zur Justiz! Wenn Sie von einer krummen Sache was wissen, müssen Sie das melden. Sonst sind Sie selbst dran.«

Wieder sagte Thaden: »Ich will den anderen.« Und er fuhr fort: »Sollten wir ihn finden, erübrigt sich meine Meldung; dann wird er es sein, der Ihren Namen ins Spiel bringt. Ist doch klar, daß die aus ihm rausquetschen werden, wie er die Bundesrepublik verlassen hat. Aber das alles finde ich zweitrangig. Viel wichtiger ist mir die Frage, ob wir überhaupt eine Chance haben, ihn in die Finger zu kriegen.«

»Da sehe ich schwarz, denn der Kerl ist gerissen. So, wie er seinen Konzern und die Banken und die Aktionäre reingelegt hat, so legt er bestimmt auch seine Verfolger rein. Und das macht er knallhart. Hab's ja erlebt. Er geht über Leichen. Nur um zu verhindern, daß hier ein paar Leute an Bord kommen, die die Geretteten in Empfang nehmen wollen, reißt er mit Waffengewalt das Kommando an sich.«

»Aber danach hatten Sie ihn doch wieder in der Hand! Ihn hätten Sie wirklich, im Gegensatz zu mir, ins Kabelgatt sperren können, ohne befürchten zu müssen, Ihre Kompetenzen zu überschreiten.«

Nielson hörte die Ironie heraus, nahm sie hin, wehrte sich nicht dagegen, antwortete nur: »Das sagt sich so leicht.«

»Ganz im Ernst, das hätten Sie doch machen können.«

»Eben nicht! Ich war ja von ihm bezahlt worden.«

»Die Ehrlichkeit des Hanseaten?«

»Okay, Thaden, spotten Sie nur! Verdient hab' ich's.«

»Ich nehme Sie nicht auf den Arm. Ich finde wirklich, daß er es war, der die Spielregeln verletzt hat. Ihr gemeinsames Geschäft sah schließlich nicht vor, daß Sie Ihre Pflichten als Schiffsführer außer acht lassen.«

»Doch. Das ist ja schon dadurch passiert, daß ich ihn überhaupt an Bord nahm. Es ist immer wieder die alte Geschichte von den Konsequenzen. Man lädt eine kleine Schuld auf sich, ohne zu bedenken, daß daraus ganz leicht eine große werden kann.«

»Ich meine, wir sollten jetzt nicht über Moral reden, sondern überlegen, wie wir Pohlmann finden. Sie haben ihn wochenlang an Bord gehabt, haben zig Mahlzeiten mit ihm eingenommen, sich mit ihm unterhalten. Könnte Ihnen nicht, wenn Sie intensiv nachdenken, irgendeine Bemerkung einfallen, die er gemacht hat und in der vielleicht doch ein Hinweis steckt? Kein Mensch ist vollkommen, auch ein Ernst Pohlmann nicht, und also macht auch er Fehler. Denken Sie nach! Jetzt, morgen, übermorgen! Und auch noch, wenn ich in Veracruz ausgestiegen bin, denn wir bleiben in Kontakt. Hat er Sie irgendwas gefragt, woraus wir vielleicht schließen könnten, daß die Antwort darauf eine Bedeutung für seine Zukunft hatte?«

»Moment mal!« Nielson stand auf und zog die beiden dickleibigen SLABY-GROSSMANN-Bände aus dem Regal, legte sie auf den Tisch. »Danach hat er gefragt, das heißt, er fragte nach einem spanischen Lehrbuch, und weil ich keins hatte, gab ich ihm diese Wörterbücher.«

Thaden nahm den oben liegenden Band zur Hand, schlug ihn auf, blätterte kurz darin, legte ihn zurück. »Genau solche Hinweise meine ich. Wenn er sich fürs Spanische interessiert hat, dürfen wir davon ausgehen, daß er in ein Land wollte, in dem spanisch gesprochen wird, und damit ist, wenn wir mal auf dem Kontinent bleiben, das Suchgebiet erheblich eingeschränkt. Nicht mehr von Alaska bis Feuerland, sondern nur noch vom Río Grande bis Feuerland, und das riesige Brasilien können wir auch ausklammern. Dadurch schrumpft das Jagdrevier doch schon ganz erheblich zusammen. Noch ein paar solcher Tips, und wir haben...«

»...ihn noch lange nicht«, fiel Nielson ihm ins Wort. »Erstens bleibt immer noch ein Gebiet von, na, ich schätze mal, zehn bis zwanzig Millionen Quadratkilometern übrig, und zweitens kann das Ausleihen der Bücher ja auch wieder ein Bluff gewesen sein. Zum Verwischen der richtigen Fährte gehört es nun mal, eine falsche sichtbar zu machen.«

»Gut, so kann es gewesen sein, muß es aber nicht. Bitte, Herr Nielson, denken Sie weiter nach! Malträtieren Sie Ihren Kopf! Rufen Sie sich alles in Erinnerung, was der Mann Ihnen erzählt hat, auch die scheinbar belanglosen Äußerungen! In ihnen steckt manchmal mehr, als man denkt.« Thaden stand auf. »Ich glaube, wir haben jetzt die nötige Bettschwere.«

Nielson ging mit bis an die Tür. »Wenn ich an seiner Stelle gewesen wäre«, sagte er, »hätte ich mir Mexiko ausgesucht. Es ist ein herrliches Land.«

»Wer weiß«, antwortete Thaden, »vielleicht ist er wirklich da. Gute Nacht!«

»Gute Nacht!«

Nielson schloß die Tür und setzte sich dann an seinen Schreibtisch. Er war zwar müde, aber zugleich von einer großen inneren Unruhe erfüllt. Wieder einmal hatte das Gespräch mit Thaden sein Gewissen wachgerüttelt. Wie schwerwiegend, wie sträflich Pohlmanns oder Leuffens Attacke im Zusammenhang mit dem Untergang der MELLUM auch gewesen sein mochte, sie hätte ja gar nicht stattgefunden, wenn in den einschlägigen Kreisen sein eigener Name nicht bekannt gewesen wäre als der eines Kapitäns, den man kaufen konnte.

Er mochte Jacob Thaden, fühlte sich auf eine geheimnisvolle Weise hingezogen zu diesem Mann, der seltsam nachsichtig mit ihm verfuhr, indem er offenbar die Schuld am Tod seiner Frau und seines kleinen Jungen aufteilte in eine direkte für Leuffen und eine indirekte für ihn, den Schiffsführer. Aber leider gab es jemanden, der nicht so milde mit ihm umging, und das war Olaf.

Er zog eine Schublade auf und nahm den Brief seines Sohnes heraus, den er in Philadelphia bekommen hatte. Er hatte ihn schon so oft gelesen, daß er die Passagen, die ihn am meisten beschäftigten, gleich wiederfand:

»... waren mir Deine holländischen Kontoauszüge, die Du bei jedem Besuch stolz auf den Tisch gelegt hast, nie so ganz geheuer. Und als ich dann von der Reederei erfuhr, daß man Dich in New Orleans wegen Drogenschmuggels verhaftet hat, war mir alles klar. Zwar bist du schnell wieder freigekommen, aber das überzeugt mich nicht von Deiner Unschuld. Irgendwoher muß das viele Geld ja stammen...«

»... will ich nicht länger der Partner eines Mannes sein, der womöglich dazu beiträgt, daß junge Menschen, manchmal sind es noch die reinsten Kinder, sich zugrunde richten...«

»... hat unser Umsatz sich in den beiden letzten Monaten wieder etwas verbessert, vielleicht, weil der Fluß längere Zeit nicht im Gerede war. Aber selbst wenn wir den Laden noch einmal in Schwung bringen könnten, will ich nicht mehr mitmachen. Versteht Du? Ich habe keine Freude an einem Geschäft, von dem ich weiß, daß schmutziges Geld drinsteckt. Meine Einlage hätte ich gern so schnell wie möglich zurück...«

»... hast mir immer so viel erzählt von unseren Vorfahren, den Grönlandfahrern, den großen Kommandeuren und tüchtigen Kapitänen. Es ist etwas Wunderbares, solchen Vorbildern nachzueifern, aber mit dem schönen Schein ist es nicht getan...«

»... müssen wir offen über alles sprechen, sobald Du wieder in Deutschland bist...«

Er legte den Brief in die Schublade zurück. Ich glaube, dachte er, ich werde in Veracruz für eine Reise aussetzen. Hab' noch massenhaft Urlaub gut, und die Weiterfahrt nach Cartagena und zurück in den Golf kann der Erste übernehmen. Ja, ich telefoniere mit der Reederei und fliege dann nach Deutschland, um mit Olaf zu sprechen. Schön wäre es natürlich, ihm erzählen zu können, ich hätte für Thaden diesen Pohlmann alias Leuffen gefunden, also auch mal was Gutes getan.

Drüben, auf dem Tisch in der Sitzecke, lagen noch immer die beiden SLABY-GROSSMANN-Bände. Es war ein beinahe feindseliger Blick, mit dem er die in graues Leinen gebundenen Bücher streifte, denn der widerliche Leuffen hatte sie in seinen Händen gehabt und sich vielleicht doch etwas aus ihnen herausgesucht, was er für den neuen Start brauchte. Aber, um alles in der Welt, was konnte das gewesen sein?

Er holte sich den spanisch-deutschen Band, schlug ihn ungefähr in der Mitte auf, blätterte dann Seite für Seite um, las auf jeder die beiden oberhalb der drei Spalten stehenden fettgedruckten Stichwörter.

So las er links *lugares* und *lustre* und rechts *lustrina* und *llamar*. Dann blätterte er um, las links *llamara* und *lleno*, rechts *lleona* und *lluvioso*. Blätterte wieder. Auf der nächsten Seite begannen die Wörter mit dem Buchstaben M. Er las *M* und *madre* auf der linken, *madrecita* und *mago* auf der rechten Seite. Dachte: Mit dem Mütterchen und dem Zauberer hat er wohl kaum was im Sinn gehabt. Jetzt erst fiel ihm auf, daß hier die Unansehnlichkeit nicht die übliche, die altersbedingte, war, sondern von den dunklen Spuren herrührte, die in jener dramatischen Nacht entstanden waren, als Leuffen die *bodega* gewaltsam geöffnet und dabei den gefüllten Aschenbecher vom Wandbord gefegt hatte. So verweilte er bei dieser Doppelseite etwas länger, las nicht nur die obenstehenden fettgedruckten Eckwörter, sondern auch ein paar Vokabeln aus der Mitte, erfuhr, daß *macilento* auf deutsch abgezehrt und hager heißt, aber auch traurig und niedergeschlagen, daß eine *madraga* eine Zange ist und eine *madrina* sowohl eine Taufzeugin wie auch eine Leitstute. Als er schließlich unten rechts bei dem *mago*, dem Zauberer, angekommen war, wurde ihm klar, was für einen Unsinn er trieb. Er war so schlau wie zuvor, konnte sich jedenfalls mit dem besten Willen nicht vorstellen, nach welchem Wort Leuffen gesucht haben mochte, neigte dann auch schnell zu der Annahme, es habe sich um einen Zufall gehandelt, daß der Band an dieser Stelle, nämlich bei den Seiten 430 und 431, aufgeschlagen gewesen war. Er schloß ihn, wollte ihn hinter sich ins Regal stellen, da fiel ihm ein, daß damals beide Bände aufgeklappt dagelegen hatten und daß auch beide mit Zigarettenkippen und Asche übersät gewesen waren. Ja, er entsann sich sogar, daß er die Verschmutzung hatte beseitigen wollen, dabei aber den Aschenstaub nicht tilgte, sondern breite Streifen aufs Papier rieb. Und ebenso erinnerte er sich seiner Wut, die ihn dazu gebracht hatte, Leuffen die Bücher wieder wegzunehmen.

Er tauschte nun die Bände aus, nahm den viel dickeren deutsch-spanischen mit zum Schreibtisch, schlug wieder ungefähr die Mitte auf, las auch hier das obenstehende Fettgedruckte. Die Doppelseite umfaßte alles, was es an Wörtern gab zwischen Kalkablagerung und Kammerlakai. Doch diesmal ging es ihm nicht um die Vokabeln, sondern um die zweite Aschenspur, und so hörte er mit dem Lesen auf, blätterte nur und warf jeweils einen raschen oberflächlichen Blick aufs Papier. Vielleicht befand die gesuchte Spur sich weiter vorn, aber er beließ es bei der Willkür, mit der er begonnen hatte, blätterte und blätterte. Mehrmals feuchtete er zwischendurch die Spitze seines Zeigefingers an, indem er sie kurz an die Zunge führte. Blätterte und blätterte, erfaßte höchstens mal eine Seitenzahl. Das Kuriose an seiner Bemühung war, daß er sich auch jetzt nichts von ihr versprach und dennoch in Eifer geriet. 621, 623, 625. Immer aufs neue das Rascheln und der schnelle, prüfende Blick über die beiden Seiten. Schließlich nahm er doch wieder einzelne Wörter in sich auf: Läuterbottich. Was das wohl war? Weiter! 663, 665, 667. Weiter! Immer weiter! Logarithmentafel. Was für ein Glück, daß er die vielen Vokabeln nicht lernen mußte! Marketenderwagen und Maschinenwechsel. Der reinste Stumpfsinn, aber er hatte nun wenigstens einen neuen Hunderter erreicht. Weiter! 711, 713, 715. Michaelisferien und Milchgebiß. Wie viele Wörter es gab und wie verrückt sie wirkten, wenn man sie so unvermittelt vor sich hatte! Und immer mal wieder den Finger zum Mund. Mittelmäßigkeit und Mixtur. Weiter! 725, 727, 729. Na endlich! Da waren sie! Deutlicher als in dem anderen Band zogen sich dunkle Striche über die Doppelseite. In der Faltlinie hatten sich sogar winzige Aschenpartikel angesammelt. Er wollte sie gerade herauspusten, da hielt er in einem Anflug verstiegenen Spürsinns die Luft zurück. Konnte der Dreck in der Falz nicht ein kostbares Indiz sein? Er kam wieder zur Vernunft, pustete dennoch nicht, starrte nur die beiden Seiten an, erst die linke, dann die rechte, las die Eckwörter: Moralgesetz und Motte.

Und was nun? Das Ergebnis lag vor, und er konnte nichts damit anfangen!

Oder doch?

Er überlegte. Ja, es gab durchaus die Möglichkeit, daß die aufgeschlagenen Seiten der beiden Bücher etwas miteinander zu tun hatten. Mir selbst, dachte er, ist es schon passiert, daß ich wissen wollte, wie ein bestimmtes Wort auf spanisch heißt, und als ich's dann gefunden hatte, hab' ich in dem anderen Band nach seiner deutschen Übersetzung gesucht. Wirklich, das hab' ich manchmal gemacht, aber nicht, um zu kontrollieren, ob die Leute sorgfältig oder schlampig gearbeitet haben, sondern weil ich auf diese Weise zu anderen Wörtern mit gleicher Bedeutung kommen konnte.

Wollte er den Begriff herausfinden, den Leuffen einmal in der einen und einmal in der anderen Richtung nachgeschlagen haben könnte, dann mußte er sämtliche Wörter, die auf der Doppelseite des spanischen Bandes standen, mit allen, die die Doppelseite des deutschen Bandes enthielt, vergleichen.

Verdammt, was für ein Aufwand!

Er fing auch gar nicht erst damit an, sondern überlegte sich lieber, ob es vielleicht eine andere, eine nicht gar so verzwickte Methode gab. Und fand eine. Sie war zwar weniger exakt, würde aber schneller und bequemer zum Ziel führen. Er sagte sich: Ich nehme mir jetzt die beiden Seiten in dem deutschen Band vor und lese alle Wörter, die da stehen, mit größtmöglicher Konzentration. Danach kann ich sie natürlich nicht auswendig, aber ich hab' sie doch gespeichert, so daß es mir auffallen muß, wenn eins dieser Wörter zum zweiten Mal auftaucht, nämlich beim Lesen der spanischen Seiten.

Und so machte er es, las sehr langsam und aufmerksam die sechs Spalten deutscher Vokabeln, begann mit dem Moralgesetz und endete bei der Motte, brauchte dafür eine halbe Stunde. Danach gönnte er sich eine Pause, trank einen JANNEAU und griff dann zum zweiten Band, setzte die Arbeit fort.

Nach zwanzig Minuten stieß er auf ein Wort, das unter den vielen anderen in seinem Kopf steckte und ihn nun durch sein

zweimaliges Auftreten elektrisierte. Es hieß: *madrugada*. Auf
deutsch: Morgenfrühe. Allein schon der Umstand, daß tatsächlich ein Wort doppelt auftauchte, war sensationell. Die aufgeschlagenen Seiten des einen Bandes mußten also mit denen des
anderen etwas zu tun haben!

Er las. In beiden Büchern stand im Umfeld dieses Wortes auch
das Sprichwort »Morgenstunde hat Gold im Munde«. Die spanische Entsprechung lautete *Al que madruga, Dios le ayuda*. Soviel
Spanisch konnte er, daß er, als er diese Version jetzt zurück-
übersetzte, zwar auf denselben Sinn, nicht aber auf denselben
Satz kam, denn der lautete *Wer früh aufsteht, dem hilft Gott*. Entscheidend jedoch war der Begriff *madrugada*; er tauchte in abge-
wandelter Form auch in dem Sprichwort auf.

Was, überlegte er, bedeutet dieses Wort, auf Leuffen bezogen?
Wer sich entschließt, in Zukunft früh aufzustehen, schlägt doch
nicht nach, wie das auf spanisch heißt!

Eine neue Frage tauchte auf. Wenn die aufgeschlagenen Seiten
kein Zufallsergebnis waren und Leuffen also diesen einen
Begriff in beiden Richtungen überprüft hatte, war er dann vom
Deutschen oder vom Spanischen ausgegangen? Ich nehme an,
dachte er, *madrugada* war das Ausgangswort. Es könnte ihm als
der Name eines Lokals, einer Firma, eines Vereins bekannt
gewesen sein, einer Einrichtung vielleicht, mit der er es auf
seiner Flucht zu tun haben würde.

Madrugada also, *la madrugada*! Er war so erregt, daß er aus dem
Salon lief, den Gang durcheilte und an Thadens Tür klopfte,
laut und anhaltend. Als sie geöffnet war und sein verschlafener
Passagier vor ihm stand, sagte er: »Ich hab' was entdeckt. Kommen Sie mal mit«

»Moment«, antwortete Thaden, »ich zieh' mir schnell was über.
Wie spät haben wir es denn?«

»Halb drei.«

Thaden schlüpfte in seinen Bademantel und folgte dem Kapitän. Als die beiden wieder im Salon saßen, sagte Nielson: »Etwas
total Verrücktes!« Und dann erzählte er von seiner Entdek-
kung, begann noch einmal mit der dramatischen Auseinander-

setzung im Funkraum und der anschließenden eiligen Durchsuchung des Leuffen-Verstecks, bei der ihm die Aschenspuren ins
Auge gefallen waren, leitete über zu seiner soeben beendeten
Beschäftigung und schloß mit den Worten: »Ja, und dabei hab'
ich das Wort *madrugada* gefunden; auf deutsch heißt es Morgenfrühe.«

Thaden gähnte.

»Na, das scheint Sie ja nicht gerade vom Hocker zu reißen!«
Nielson schob ihm die beiden noch immer aufgeklappten
Bücher hin, zeigte erst in dem einen, dann in dem anderen auf
die Stelle, an der er fündig geworden war.

Thaden las, und dann sagte er: »Die Methode ist genau die
richtige. Das meinte ich vorhin, als ich sagte, auch das scheinbar
Belanglose kann Bedeutung haben. Nur glaube ich, daß es
diesmal noch kein Volltreffer ist. Es kann reiner Zufall gewesen
sein. Vielleicht hat er in beiden Büchern etwas nachgeschlagen,
irgendwelche Wörter, die nichts miteinander zu tun haben.
Wenn es aber wirklich um die Morgenfrühe oder die *madrugada*
ging, er also, wie Sie vermuten, diesen Begriff einmal so herum
und einmal andersherum nachgeschlagen hat, bringt es uns
auch nicht weiter, weil dieses Wort bis ins Uferlose interpretiert
werden kann. Ich finde, es wäre ein Faß ohne Boden. *La madrugada*, das klingt gut, klingt wie der Name eines Musikstücks, wie
die spanische Cousine des italienischen Madrigals. Aber auch
ein Restaurant könnte so heißen, eine Kneipe, eine Versiche-
rungsgesellschaft, ein Club der Frühaufsteher, was weiß ich!
Oder vielleicht eine Autowerkstatt, eine Fabrik, ein Transport-
unternehmen. Eigentlich gibt es nichts, was man nicht so nennen könnte, und ich bin sicher, wenn wir das Telefonbuch von
Mexico City aufschlagen, haben wir es seitenlang mit *madrugadas* zu tun.«

»Da bin ich gar nicht so sicher«, antwortete Nielson. »Es entspricht nicht der mexikanischen Mentalität, den frühen Morgen
zu preisen. *Mañana*, morgen also statt heute, das könnte ich mir
vorstellen. Man weiß ja, wie gern die Mexikaner etwas vor sich
herschieben. Also: *mañana* wohl, aber nicht *madrugada*, und

darum halte ich meine Entdeckung für nicht ganz so wertlos wie Sie.«

»Okay, vielleicht haben Sie recht.«

»Wenn der Bursche tatsächlich nach Mexiko gegangen ist, wird er sich vermutlich in der Hauptstadt aufhalten. Vielleicht hat er da längst einen Baumaschinenbetrieb aufgezogen, der MADRUGADA heißt und in dem das Geld von zigtausend deutschen Kleinaktionären steckt. Also, sobald wir Land unter den Füßen haben, studieren wir das Telefonbuch von Mexico City!«

3 Einen Teil der letzten Bordnacht verbrachte Jacob Thaden auf dem Peildeck, dem höchstgelegenen Aufenthaltsort des Schiffes, wenn man einmal vom Krähennest absah, jener kleinen, auf halber Masthöhe installierten Station für den Ausguckposten. Es war auch einer der stillsten Plätze, weitab von der Maschine, und falls man sich nicht gerade an die Lüftungsklappen des Schornsteins stellte, hörte man den Motorenlärm nur gedämpft, zumal der Fahrtwind und das Rauschen des Wassers für Nebengeräusche sorgten.

Er stand an der Brüstung, spürte im Gesicht die feuchtwarme subtropische Luft, empfand sie als angenehm, wäre gern gänzlich eingetaucht in das Erlebnis von Himmel, Meer und Wind. Aber er schaffte es nicht. In Stunden wie dieser, in denen das Dasein sich vertiefte und verdichtete, war seine Sehnsucht nach Sigrid und Arndt noch größer, noch verzweifelter als sonst.

Er dachte an Nielsons *madrugada*, versprach sich auch jetzt nicht viel von dieser Spur, war aber gerührt vom Eifer des Kapitäns. Na gut, sagte er sich, ein paar Betriebe mit diesem Namen können wir ja aufsuchen. In dem einen trinken wir vielleicht ein Bier, in dem anderen essen wir ein Steak, und im nächsten gucken wir zu, wie ein Schuster Stiefel besohlt oder ein Gärtner Palmen umtopft.

Er verließ seinen Platz und ging hinunter in die Kabine. Sein

Koffer war gepackt, das heißt, er lag aufgeklappt auf dem Fußboden, um am Morgen die Dinge aufzunehmen, die bis dahin noch gebraucht wurden. Er duschte und ging dann schlafen.

Um acht Uhr traf er sich mit dem Kapitän zum Frühstück in dessen Salon.

»In einer halben Stunde«, sagte Nielson, »kommt der Lotse, und dann heißt es: Auf nach Veracruz! Die Stadt ist nicht besonders schön, aber sie hat viel Charme. Am Abend müssen Sie unbedingt über die *plaza* gehen! Die Musik, die Tänze, die gefüllten Restaurants direkt an der Straße, die schönen Mädchen und ihre Begleiter, die Schuhputzer, die Bettler, ja, auch die Bettler, alles das zusammen bietet ein so vitales und fröhliches Bild, daß man meint, da würde gerade ein großes Fest gefeiert. Übrigens sind Sie nicht der einzige, der heute von Bord geht.«

»So?«

»Ich werde der CAPRICHO auch den Rücken kehren; allerdings nur für eine Reise. Der Erste übernimmt dann das Kommando.«

»Das kann er?«

»Er hat sein Kapitänspatent längst in der Tasche, und es geht ja auch nur mal eben rüber nach Cartagena, dann zurück nach Mexiko und anschließend wahrscheinlich nach Hamburg. Aber dann bin ich schon wieder an Bord.«

»Wollen Sie Urlaub machen?«

»Könnte man sagen, ja. Ein paar Tage in Veracruz, ein paar in der Hauptstadt, und dann möchte ich einen Freund in Puebla besuchen. Aber als erstes sehen wir uns im Telefonbuch Ihre fünfhundert *madrugadas* an, von denen ich glaube, daß es höchstens fünf sind.«

Nach dem Frühstück ging Thaden auf die Brücke. Er beobachtete das Herannahen des Lotsenbootes. Als es längsseits kam, wechselte er, um den Betrieb im Ruderhaus nicht zu stören, über auf die Steuerbord-Nock. Durchs Fernglas besah er sich

San Juan de Ulua, die alte Festung der Spanier, und bald darauf machte die CAPRICHO an einem der Kais von Veracruz fest.

Die Männer vom *clearing* und ein paar Händler kamen die Gangway herauf. In der Messe mußte Thaden sich seinen Paß stempeln lassen, um von Bord gehen zu können. Als er wieder auf den Gang hinaustrat, stieß er auf Nielson, der ihn am Arm packte und in seinen Salon zog.

»Thaden, tun Sie ein gutes Werk! In diesem Moment kommt da so ein langer, gelackter Kerl anmarschiert. Für den sind Sie Mister Hippensteel, ein Beamter aus Washington, Abteilung Rauschgift. Sie brauchen nichts zu sagen, nur dazustehen und ein bißchen grimmig zu gucken. Falls es aber doch zu einem Gespräch kommt, reisen Sie mit nach Cartagena und auch wieder zurück. Laufen Sie jetzt also nicht mit Ihrem Koffer durch die Gegend!«

Ehe Thaden etwas erwidern konnte, wurde an die Tür geklopft. Der Besucher war ein großer und hagerer Mann, der – im Gegensatz zu den anderen, die das Schiff in lässiger Tropenkleidung bestiegen hatten – einen eleganten dunklen Anzug trug.

»Hallo, Pablo!« sagte der Kapitän, und dann stellte er vor: »*Señor* Mendoza, ein Freund von mir; Mister Hippensteel aus Washington, der mit uns reist.« Ein Händeschütteln, ein »*Mucho gusto conocerle*« des Hageren und Thadens Antwort: »*Nice to meet you.*« Danach erklärte Nielson, er habe versprochen, seinem Freund das Schiff zu zeigen, und draußen waren die beiden! Thaden blieb allein zurück, aber schon nach wenigen Minuten war Nielson wieder da.

»Danke«, sagte er.

»Okay, aber jetzt hätte ich ganz gern gewußt, wozu das gut war.«

»Es war gut für mich.« Nielson setzte sich mit an den Tisch. »Ich hab' Ihnen doch vom *monkey business* erzählt.«

»Weiß Gott! Wir sprechen ja fast nur noch über Ihren blinden Passagier.«

»Ja, aber da gibt's ja auch andere Frachten. Ein Passagier ist eher die Ausnahme. Sie müssen wissen, Pablo Mendoza gehört zur Kokain-Mafia. Er wollte mit mir den nächsten Transport perfekt machen, und wenn ich ihm offen gesagt hätte, daß ich nichts mehr damit zu tun haben will, wäre es möglicherweise schlecht ausgegangen. Aussteigen aus einem solchen Geschäft bedeutet nicht selten Aussteigen in einem viel weiteren Sinn, und so total wegtreten wollte ich eigentlich noch nicht.«

»Läßt sich denken.«

»Ja, und darum hab' ich Sie vorgeschoben, hab' dem Kerl weisgemacht, seit der Panne in New Orleans, bei der zwei meiner Männer aufgeflogen sind, hätten die Amis ein Auge auf mich, und folglich wären manchmal Schnüffler an Bord.«

»Und er hat Ihnen abgenommen, daß ich ein solcher Schnüffler bin?«

»Hat er! Und gleich darauf das Schiff verlassen.«

Nielson trug eine khakifarbene Litewka, allerdings ohne die Schulterlitzen und Ärmelstreifen. Er griff in die Innentasche der leichten Bordjacke, zog einen Briefumschlag hervor und schob ihn über den Tisch. »Ein Telex für Sie. Der Makler brachte es mit.«

Thaden öffnete den Umschlag, holte den dünnen Bogen heraus und las.

»Hoffentlich was Erfreuliches!« sagte Nielson.

»Mein Freund kommt. Wulf Maibohm, der Journalist vom KOMET.«

»Er kommt hierher?«

»Ja. Wie gut, daß ich noch nicht von Bord gegangen bin.«

»Wir hätten Sie schon irgendwo gefunden, denn erst mal gehen Sie doch sicher in ein Hotel.«

»Ja.«

»Ich hätte Ihren Freund ins DILIGENCIAS geschickt, danach ins HOTEL VERACRUZ und dann ins EMPORIO. Nein, als erstes wohl besser ins MOCAMBO. Es liegt zwar ein paar Kilometer außerhalb der Stadt, ist aber für Leute wie Sie genau das richtige, und darum wären Sie vermutlich da gelandet. Es ist im Stil einer Hacienda gebaut, und vielleicht war's früher eine. Wirklich, irgendwo hätten wir Sie bestimmt aufgestöbert. Aber jetzt will ich Ihnen mal wieder was zeigen!«

Auf dem Tisch lag eine prall gefüllte Plastiktüte. Nielson zog sie zu sich heran und holte zwei dicke Wälzer heraus. »Die Telefonbücher«, sagte er. »Ich hab' vor dem Frühstück in der Agentur angerufen und um die Dinger gebeten. Da sind sie nun. Das eine ist das normale Telefonbuch von Mexico City und das andere die *sección amarilla*, das Branchenverzeichnis.«

»Und? Haben Sie schon reingesehen?«

»Ja.«

»Wie viele sind's denn ungefähr?«

»Nicht nur ungefähr, sondern haargenau!«

»Na?«

»Null.«

»Das kann doch nicht sein!«

»Sehen Sie selbst nach!«

Thaden schlug erst in dem einen Band nach, dann in dem anderen, schüttelte den Kopf. *»La madrugada«*, sagte er dann, »das klingt so gut, und weil's die Morgenfrühe ist, drückt es was Positives, was Tatkräftiges aus, und darum dachte ich, es gäbe viele Betriebe mit diesem Namen. Okay, es war ein Irrtum.«

»Wir haben uns beide geirrt«, sagte Nielson, »jedenfalls, was die Hauptstadt betrifft. Aber Mexiko ist ein riesiges Land. Es hat, glaube ich, neunundzwanzig Bundesstaaten. Wir könnten also noch eine ganze Reihe anderer Telefonbücher durchgehen, und ich finde, das sollten wir auch tun.«

»Wir? Sie fahren doch in Urlaub!«

»Thaden, ich hab' mir in den letzten Tagen 'ne Menge durch den Kopf gehen lassen. In Ihren Ohren klingt es vielleicht theatralisch, aber das läßt sich nicht ändern. Es hängt mit meinem Sohn zusammen. Und mit Ihrem. Und mit Ihrer Frau. Die drei haben mich wachgerüttelt. Ich weiß, es kommt oft vor, daß jemand sagt, er will sein Leben ändern, und er hört auf zu rauchen oder zu trinken oder herumzuhuren. Oder aber er macht weiter wie bisher, und dann waren es nur hohle Worte. Mir ist es ernst. Ich will ein für allemal Schluß machen mit dem verfluchten *monkey business*, will drüben meinen Betrieb verkaufen und meinen Sohn auszahlen, und wenn Sie und Ihr Freund sich daranmachen, Pohlmann aufzuspüren, wäre ich gern dabei.«

Mehr und mehr gefällt mir dieser Mann! dachte Thaden, und er sagte: »Ich bin sicher, wir können Ihre Hilfe brauchen. Willkommen an Bord!«

Vom Gang her waren Stimmen zu hören. Gleich darauf klopfte es an die Tür.

»Yes!« rief Nielson.

Wulf Maibohm kam herein. Die Freunde begrüßten sich, und dann stellte Thaden vor: »Das ist Herr Maibohm, Ihnen ja schon ein Begriff. Wulf, das ist Herr Nielson, Kapitän der CAPRICHO, die damals den halben Funkspruch in den Äther geschickt hat.«

Die drei Männer setzten sich. Maibohm schien unter der Hitze zu leiden; der Schweiß lief ihm in ausgewachsenen Rinnsalen von der Stirn. Er zog seine Jacke aus und öffnete ein paar Hemdknöpfe, so daß auch seine schweißnasse Brust sichtbar wurde.

»Ich glaube, du solltest erst mal duschen«, sagte Thaden.

»Das hat Zeit. Ich hör' da was von einem Funkspruch. Du hast den Fall also geklärt?«

»Es ist eine lange Geschichte. Willst du dich nicht doch lieber erst frisch machen?«

»Nein. Was Kaltes trinken, das würde ich gern.«

Nielson stand auf und drückte die Klingel. Als der Schwarze kam, wurde er beauftragt, Scotch und Soda zu bringen. Doch Maibohm und Thaden wollten keinen Alkohol, und so verzichtete auch Nielson darauf, bestellte statt dessen Cola, Mineralwasser und Eis. Da die Pantry ganz in der Nähe war, kamen die Getränke sofort. Danach ging es ans Erzählen. Innerhalb von zehn Minuten war Wulf Maibohm unterrichtet. Nur der Name des blinden Passagiers fehlte noch. »Und willst du wissen«, schloß Thaden seinen Bericht, »wer dieser Mann war?«

»Was, ihr kennt ihn?«

»Ich bin so gut wie sicher«, sagte nun Nielson, »daß es Ernst

266

Pohlmann ist, der EUROVIT-Chef, der seinen Konzern in den Konkurs getrieben hat.«

»Ernst Pohlmann?« Maibohm atmete tief durch, und beide, Nielson wie Thaden, erwarteten als nächstes: Mußte es unbedingt der sein? Oder auch: Den kriegen wir nie und nimmer!, aber sie bekamen etwas ganz anderes zu hören: »Der ist tot.«

Eine Weile war es still am Tisch, bis Thaden sagte: »Damit ist die Jagd also zu Ende.«

Jetzt war die Reihe an Maibohm, einen Bericht zu geben. Er schilderte zunächst die Version mit dem Hai, machte es so dramatisch, als wäre er dabeigewesen, und dann folgte die Korrektur. Den Text des Bekennerbriefes kannte er fast auswendig. »Unsere Zeitschrift«, sagte er, »bringt in der nächsten Ausgabe eine große Reportage über den Mann und sein schreckliches Ende, vielleicht sogar mit Bildern aus dem Videofilm. Aber wieso wißt ihr nichts von dem Fall? Gibt's hier an Bord denn kein Radio?«

»Zur Zeit nur das der Mexikaner«, antwortete Nielson, »und die sind, was die Haie an ihren Küsten betrifft, eher zurückhaltend in der Berichterstattung, und darum haben sie es mit der Fortsetzung der Story wohl auch nicht so genau genommen, zumal dieser Pohlmann für sie ja ganz uninteressant ist.«

»Der Zeuge lebt also in Cancún?« fragte Thaden.

»Ja. Er heißt Howard Foreman.«

»Ein glaubwürdiger Mann?« wollte Nielson wissen.

»Davon geht man aus.«

»Ich muß schon sagen«, Thaden beugte sich vor und legte beide Hände flach auf den Tisch, »Pohlmann ist auf die grausamste Weise, die man sich nur denken kann, abgetreten.« Und dann wandte er sich an den Freund: »Ich finde, wir fliegen morgen zurück.«

»Stop!« Nielson hob sogar die Hand. »Das dürfen Sie nicht! Ein paar Tage Veracruz muß ich Ihnen einfach verschreiben! Ich weiß, wie sehr Sie um Ihre Familie trauern, aber Sie sind noch jung und sollten sich dem Leben nicht ganz entziehen. Maibohm, was meinen Sie?«

»Ich gebe Ihnen recht.«

»Wissen Sie was?« Nielson zwängte die Telefonbücher in die Plastiktüte. »Ich lade Sie ein zu einem Abendessen auf der Straße. In einem der vielen Boulevard-Restaurants werden wir uns einen ganzen Berg Golfkrabben servieren lassen, und dazu trinken wir Tequila. Einverstanden?«

»Einverstanden«, erwiderte Maibohm, »und ich sag' das gleich für ihn mit.« Dabei zeigte sein Daumen nach links, dorthin, wo Thaden saß.

4 Luise Pohlmann war im VILLAS PLAZA abgestiegen, demselben Hotel, in dem unter dem Namen Eberhard Leuffen auch ihr Mann gewohnt hatte. Die Einzelhäuser am Strand waren alle besetzt. So hatte sie vorliebnehmen müssen mit einem Zimmer im dritten Stock des Hauptgebäudes.

Sie war am Morgen in Frankfurt abgeflogen und den ganzen Tag unterwegs gewesen. Dazu kamen der Zeitunterschied und das andere Klima, und so war sie, als es in Cancún Abend wurde, todmüde, machte sich nachtfertig und ging ins Bett. Doch schlafen konnte sie noch nicht; zu sehr beschäftigte sie, was ihr am nächsten Tag bevorstand. Im Touristik-Office der Lounge hatte sie sich, zunächst ganz allgemein, nach Möglichkeiten erkundigt, ein Boot zu mieten. Der Angestellte hatte ihr AQUA TOURS und OCEAN SPORTS und noch zwei andere Firmen genannt, doch dann hatte sie beiläufig erklärt, von Freunden sei ihr ein Skipper namens Howard Foreman empfohlen worden; dessen Boot hätte sie gern und den Mann dazu. Ja, auch der sei im Hotel gut bekannt, hatte die Antwort gelautet, und dann war die Charter mit einem Telefongespräch perfekt gemacht worden. Foreman selbst würde sie am nächsten Morgen um neun Uhr abholen. Ihren Namen hatte sie mit Clarissa Steinburg angegeben, ihrem zweiten Vor- und ihrem Mädchennamen. An der Rezeption hatte man bei der Anmeldung ihren alten, auf Luise Clarissa Steinburg lautenden Führerschein akzeptiert.

Sie war auf das Treffen mit dem Amerikaner vorbereitet, hatte in der Schweiz einen breitrandigen Sonnenhut gekauft und ihn an den Seiten mit langen Seidenschals versehen lassen, die Schläfen und Wangen bedeckten und dann in lockerer Form um den Hals geschlungen wurden, so daß sie auch noch ihr Kinn verbargen. Dazu hatte sie sich eine Sonnenbrille mit extrem breiten Bügeln besorgt. Sie hielt es für äußerst wichtig, daß ihre Wunden vorerst unsichtbar blieben. Sollten der grauenhafte Tod in der Karibik und das Bekennerschreiben wirklich fingiert sein, dann lag es nahe, in Howard Foreman einen Komplizen ihres Mannes zu vermuten, der nicht nur als Augenzeuge aufgetreten war, sondern obendrein den Brief nach Deutschland befördert hatte, denn bei einem so gewagten Unternehmen wie der Vortäuschung des eigenen Todes mußte es ja vor allem darauf angekommen sein, den Kreis der Mitwisser begrenzt zu halten.

Mit der Begründung, sie fürchte nun doch weitere Anschläge der POHLMANN-GESCHÄDIGTEN auch auf sie selbst, hatte sie sich von Kommissar Replin die näheren Umstände der Briefzustellung erläutern lassen und auf diese Weise das Datum des Wiesbadener Poststempels erfahren. Ja, und dann hatte sie eine Detektei beauftragt, ihren besten Mann in Marsch zu setzen, damit er herausfinde, ob zu diesem Zeitpunkt ein Passagier namens Howard Foreman von Mexiko nach Deutschland und wieder zurück geflogen war. Im letzten Moment hatte sie den Auftrag noch erweitert und um Aufklärung darüber gebeten, ob dieser Mann vorher schon einmal mit dem gleichen Flugziel unterwegs gewesen war, und sie hatte das Datum der Brandnacht genannt.

Die Verwendung von Hut, Schal und Brille sollte also verhindern, daß der Skipper Foreman, sofern er denn ein Mitwisser war, die Wunden in ihrem Gesicht mit dem Brandanschlag in Verbindung brachte. Immerhin hatte sie in dem Telegramm an die MUNDIAL von ihren Verletzungen berichtet, und so stand zu vermuten, daß auch er von den Folgen des Attentats erfahren hatte.

Irgendwo auf See wollte sie dann die Maske fallenlassen. Das konnte ein heikler Augenblick werden, aber die Erkenntnisse der Detektei würden ihn hoffentlich einschüchtern.

Am nächsten Morgen ließ sie sich um acht Uhr das Frühstück aufs Zimmer bringen. Die Eier mit Schinken rührte sie nicht an, nahm nur Toast und Marmelade und reichlich Kaffee.

Danach machte sie sich fertig für die Bootsfahrt, zog einen schwarzen Bikini und darüber einen Jeansanzug an, der die Feuermale ihres Körpers verdeckte, setzte dann den Hut auf und drapierte die Stoffülle der Schals so, daß auch in ihrem Gesicht die Spuren der Brandnacht nicht zu sehen waren. Schließlich kam die Sonnenbrille an ihren Platz; ihre Bügel hielten die Seide an den Schläfen fest.

Sie fuhr hinunter in die Lounge, ging dort zum Touristik-Büro, gab wieder ihren Namen mit Clarissa Steinburg an und bat, Mister Foreman, wenn er sich melde, zu ihr zu schicken. Dann setzte sie sich in Sichtweite an einen der über die weitläufige Halle verstreut stehenden Tische und wartete.

Der Amerikaner war pünktlich. Zwar hatte sie ihn vorher nur ganz kurz in dem Videofilm gesehen, und die Erinnerung daran reichte nicht aus, aber da es neun Uhr war und er sich sofort an den für ihn zuständigen Tresen begab, war sie sicher, daß es der richtige Mann war, zumal er sportliche Kleidung und eine weiße Schiffermütze trug. Er kam zu ihr, nachdem der Office-Angestellte auf ihren Tisch gezeigt hatte.

»Mrs. Steinburg?«

»Ja, und Sie sind also Mister Foreman.«

Sie gaben sich die Hand. Da sie ein gutes, fast perfektes Englisch sprach, war die Verständigung vom ersten Augenblick an ausgezeichnet.

Sie saß neben ihm in seinem offenen Jeep. Ihre Tasche aus Segeltuch hatte er auf den Rücksitz gestellt.

»Und Sie wollen sich also ganz allein zum Fischen aufs Meer begeben?«

»Nicht allein, sondern mit Ihnen.«

»Klar, aber meistens sind es mehrere Personen, mit denen ich unterwegs bin.«

»So gesehen, bin ich allein, ja. Aber die Fische sind bestimmt nicht gefährlich, und der Käpt'n ist es ebensowenig, nehme ich an.«

Er lachte. »Da haben Sie recht.«

Sie bemerkte, daß er sie mit einem raschen Seitenblick musterte. Das ist einer, dachte sie, den ich, wenn ich's drauf anlegte, rumkriegen würde, jedenfalls solange er meine Brandflecken nicht gesehen hat. Er könnte mir – groß, stark und männlich, wie er ist – sogar gefallen. Aber auch ich hätte da ja meine Vorbehalte, und also gäb's ein doppeltes Handicap. Ihn würde mein Aussehen hindern und mich all das, was er wahrscheinlich getan hat.

Nach etwa zehn Minuten erreichten sie die Mole, und weitere zehn Minuten später waren sie schon ein gutes Stück vom Ufer entfernt.

Er war mit *full speed* gefahren. Nun drosselte er den Motor und stellte die Ruder-Automatik ein. Die CARABELA machte langsame Fahrt hinaus aufs Meer.

Sie saßen einander im offenen Steuerhaus auf den mit wasserfesten Polstern bezogenen Bänken gegenüber, und wieder registrierte sie, daß sein Blick über ihre Gestalt streifte.

»Mrs. Steinburg«, sagte er, »eigentlich sind Sie für diese sportliche Unternehmung nicht richtig angezogen. Hier an Bord trägt man Shorts und ein T-Shirt und sonst nichts. Wie wollen Sie in diesem kompakten Anzug einen großen Fisch halten?«

»Will ich das denn?«

»Oder schwimmen? Oder sich sonnen?«

»Muß ich das?«

»Nein, natürlich nicht. Sie sind der Boß, und der hat zu bestimmen. Denken Sie an ein besonderes Ziel? Isla de Mujeres zum Beispiel? Oder Cozumel? Oder nur das Meer?«

»Ja, ich habe ein Ziel.«

»Okay, wohin also?«

»Dorthin, wo angeblich mein Mann, Ihnen bekannt als Mister

Leuffen, unter grauenvollen Umständen gestorben ist. Erst hieß es, es wären die Haie gewesen, und dann wurde behauptet, es hätte sich um eine persönliche Abrechnung gehandelt. Ich bin hier, um zu beweisen, daß beide Versionen nicht stimmen. Aber vorweg muß ich Ihnen etwas Wichtiges mitteilen. Eine für mich tätig gewordene Detektei weiß, daß ich heute auf Ihrem Schiff bin, und sie wird sich mit Ihnen befassen, falls mir an Bord etwas passiert. Sollten Sie, Mister Foreman, also glauben, mich in irgendeiner Weise außer Gefecht setzen zu müssen, wird gerade das Ihnen zum Verhängnis werden. Auf der anderen Seite besteht für Sie eine gute Chance, unbehelligt davonzukommen. Ich bin nämlich nicht interessiert daran, Sie vor den Richter zu bringen. Ich will nichts weiter als Klarheit über das Schicksal meines Mannes.«

Sie schwieg, wollte ihrem Gegenüber Zeit geben, das Gehörte zu überdenken. Foreman hatte sich, wie sie fand, erstaunlich gut in der Gewalt. Er lächelte sie an, wie ein Mann eine Frau anlächelt, die er für sich gewinnen, vielleicht sogar verführen will, charmant und mit einem schalkhaften Glanz in den Augen. Das machte sie stutzig, aber sie sagte sich: Wer fähig ist, Polizei und Staatsanwaltschaft mit einer so gerissenen Show zu täuschen, der hat wohl starke Nerven und kann auch dann lächeln, wenn ihm zum Fluchen zumute ist.

»Señora«, sagte er, »ich bin ratlos. Es täte mir leid, wenn Sie den weiten Weg von Deutschland hierher nur unternommen haben, um mir Ihre Zweifel an meiner Glaubwürdigkeit mitzuteilen, die ich längst unter Beweis gestellt habe. Mehrfach. Vor den hiesigen Behörden. Vor deutschen Beamten. Vor Ihrem Konsul. Ich habe ausgesagt, was sich vor meinen Augen in diesem Gewässer abgespielt hat. Von dieser Darstellung weiche ich nicht einen Fingerbreit ab, egal, ob man sich nun auf den Hai oder auf Mord einigt. Ich kann nur wiederholen, was ich gesehen habe, daß nämlich mein Kunde, Mister Leuffen, übrigens trotz meiner Warnung, ins Wasser gestiegen ist, dort zerrissen wurde und in einem furchtbaren Blutschwall in die Tiefe ging. Und nicht nur hab' ich das mit eigenen Augen angesehen, sondern sogar gefilmt. Das heißt, die Kamera war auf Mister Leuffen gerichtet, als das Unglück geschah, und gleich darauf hab' ich sie natürlich hingeworfen und versucht, ihn zu retten. Leider vergeblich.«

»Mister Foreman, Sie lügen, und ich werde es Ihnen beweisen. Aber noch einmal: Ich will Ihnen nicht an den Kragen! Ich will Ihnen auch nicht das Geld streitig machen, das mein Mann Ihnen wahrscheinlich gezahlt hat. Ich will nur eines: wissen, ob er noch lebt.«

Wieder lächelte der Amerikaner, und wieder spürte sie, daß er ihr gefiel und daß es ihr schwer wurde, sich seiner physischen Ausstrahlung zu entziehen. »Sie sind«, sagte er, »eine schöne, mutige und kluge Frau, und ich würde Ihnen gern eine Geschichte erzählen, die Ihren Beifall findet, aber ich... ich müßte sie mir ausdenken, und damit wäre Ihnen nicht gedient. Also bleibt mir nichts anderes übrig, als immer wieder die Wahrheit zu sagen, und die lautet nun mal: Ihr Mann ist tot, vorausgesetzt, Mister Leuffen war Ihr Mann.«

Noch einmal sagte sie. »Sie lügen!« Und dann fuhr sie fort: »Ich bin sicher, daß Sie beide diesen Coup lange geplant und gründlich vorbereitet haben. Bestimmt haben Sie sich, um jede Einzelheit zu besprechen, mehrere Male getroffen, in den USA, in Mexiko, vielleicht sogar in Deutschland. Waren Sie mal in Deutschland, Mister Foreman?«

»Nein, und ich bedaure das. Es soll sehr schön sein.«

»Was? Sie haben es nie gesehen, das Land, aus dem Ihr Mister Leuffen stammt?«

»Nie. Aber er hat mir davon erzählt. Bevor die entsetzliche Geschichte passierte, haben wir, so wie wir beide jetzt, auf diesen Bänken gesessen und uns gegenseitig von unserer Heimat erzählt.«

»Mister Foreman, meine Detektei hat herausgefunden, daß der Bootseigner, der Leuffens, also Ernst Pohlmanns, Tod bezeugt hat, zweimal in Deutschland gewesen ist. Einmal, um mein Haus abzubrennen, was ihm auch gelang und wofür eine Organisation, die es gar nicht gibt, die Schuld bekam. Beim zweiten Mal gab er in Wiesbaden jenen Brief auf, der fälschlicherweise als Bekennerbrief angesehen wird, in Wirklichkeit aber von meinem Mann stammt. Sollten wir uns jetzt nicht einig werden, schaltet die Detektei die deutschen und die mexikanischen Behörden ein, und die werden überprüfen, wann Sie in Deutschland waren und wo und wie lange und zu welchem Zweck. Ebenso werden sie überprüfen, ob sich auf dem in Wiesbaden aufgegebenen Brief Ihre Fingerabdrücke befinden.« Sie machte eine Pause und sah mit Genugtuung, daß er nun nicht mehr lächelte. »Ich weiß noch eine ganze Menge mehr, aber was Sie bis jetzt gehört haben, dürfte vorerst genügen. Nur eins noch, und das sag' ich jetzt zum dritten Mal: Ich habe nicht vor, Sie anzuzeigen! Ich will Ihre Kooperation und biete Ihnen dafür mein Schweigen.«

»*Señora*«, es war der alte, fast werbende Tonfall, in dem er sprach, »nur mal angenommen, alles wäre so gewesen, wie Sie sagen, und ich würde es auch zugeben, hätte ich es dann nicht mit einem krassen Widerspruch zu tun? Auf der einen Seite beteuern Sie, nichts gegen mich unternehmen zu wollen, und auf der anderen Seite wünschen Sie von mir den Nachweis, daß Ihr Mann noch lebt. Folglich könnten Sie mich gar nicht heraushalten aus der Sache! Es bliebe Ihnen ja gar nichts anderes übrig, als den Behörden von meinem Geständnis Mitteilung zu machen. Wie wollten Sie sonst Ihre Behauptung, Ihr Mann lebe noch, begründen?«

»Mir scheint«, antwortete sie, »wir kommen uns näher. Was Sie da sagen, hat seine Logik, und trotzdem stimmt es nicht. Ich will nur für mich selbst Klarheit haben. Wenn Ernst Pohlmann noch lebt, will ich ihn mit Ihrer Hilfe ausfindig machen und dann mit ihm verhandeln. Es geht einzig und allein um meine endgültige Abfindung. Kein Polizist und kein Staatsanwalt wird je davon erfahren, und daher brauchen Sie sich keinerlei Sorgen zu machen.«

»Aber wir sind ja nur von einer Annahme ausgegangen«, sagte er, »von einer Theorie. Tatsache ist und bleibt, daß ich Mister Leuffen habe sterben sehen.«

»Dann muß ich den offiziellen Weg einschlagen.«

»Und wenn schon! Mir passiert nichts, denn ich war nie in Deutschland, und die Geschichte mit Ihren Schnüfflern ist ein glatter Schwindel, ein Bluff. Sonst wären Sie doch längst bei der Polizei gewesen.«

»Eben nicht! Die will ich ja viel lieber heraushalten. Wenn die Behörden mitmischen, komme ich nicht mehr zu meinem Geld, weil alles, was mein Mann besitzt, dann konfisziert wird.«

»Dürfte ich vielleicht mal erfahren, was die Detektive über mich herausgefunden haben wollen?«

»Gern.« Sie nannte ihm die Flugnummern und Uhrzeiten von vier Flügen, nämlich von seinen beiden Hin- und Rückflügen Cancún–Mexico City, die zeitlich mit der Brandstiftung und der Beförderung des Bekennerbriefes übereinstimmten. »Mir ist klar«, sagte sie dann, »daß Sie für die große Strecke rüber nach Deutschland und zurück falsche Papiere benutzt haben. Sie mußten ja damit rechnen, daß die Polizei den einzigen Augenzeugen gründlich unter die Lupe nehmen würde. Im Inland sind Sie wahrscheinlich nur deshalb unter Ihrem richtigen Namen gereist, weil die Angestellten auf dem Flughafen von Cancún Sie kennen. Meine Leute haben Sie übrigens fotografiert und die Aufnahmen einigen LUFTHANSA-Stewardessen gezeigt. Resultat positiv. Jedenfalls gilt das für die zweite Reise, die ja noch nicht lange zurückliegt. Um die erste haben wir uns noch nicht gekümmert.« Sie beobachtete ihn genau. Sein Gesicht hatte sich verfinstert, und es dauerte eine ganze Weile, bis er sich zu einer Antwort bereitfand:

»Wieder nur angenommen, *señora*, es wäre so, wie Sie es darstellen, und ich wäre auch bereit, Ihnen das zu bestätigen, welche Garantie hätte ich, daß Sie die Polizei nicht einschalten?«

»Eine Garantie gibt es nicht; Sie müssen mir einfach glauben. Vielleicht fällt es Ihnen leichter, wenn Sie meine Motive für die Suche nach Ernst Pohlmann etwas genauer kennen. Es sind Haß und Rache und eben meine finanzielle Forderung.«

»Rache wofür?«

»Er hat mir das Haus überm Kopf anzünden lassen.«

»Dafür müßten Sie, wenn Sie mit Ihrer Darstellung recht hätten, mich genauso hassen.«

»Ach, Foreman, jeder Mensch ist in irgendeiner Weise käuflich. Aber wenn ein Mann auf seine eigene Frau einen Brandanschlag ausführen läßt, dann verdient er Rache.«

»*Señora*, was ist schon ein Haus? Ein Schaden für die Versicherung. Sonst ist ja nichts passiert.«

»Sonst nichts?« Sie stand auf. Da die See ruhig war und das Boot nur ganz leicht schwankte, brauchte sie sich nicht festzuhalten. Sie nahm ihre Sonnenbrille ab, legte sie auf die Sitzbank, band die Schals los, ganz langsam, nahm dann den Hut ab, legte ihn neben die Brille und strich sich mit beiden Händen durch ihr schönes schwarzes Haar.

Beklommen starrte er in ihr Gesicht. Aber sie war noch nicht fertig, machte weiter, zog die Jacke aus, und das Oberteil ihres schwarzen Bikinis wurde sichtbar. Foreman kam gar nicht dazu, die Schönheit ihrer straffen und nur knapp bedeckten Brust wahrzunehmen, denn Luise Pohlmann hatte sofort, nachdem die Jacke auf die Gräting gefallen war, die Hände hinter dem Nacken gefaltet, so daß die langen dunklen Brandspuren an ihren Armen zu erkennen waren. Und noch immer war sie nicht fertig mit ihrer Show! Sie schlüpfte aus den Tennisschuhen, öffnete den Knopf am Hosenbund, zog den Reißverschluß herunter und stand wenig später in ihrem Bikini-Höschen da. Kein Pflaster, kein Puder, keine Emulsion verdeckte die bläulich-violetten, verkrusteten Partien ihrer sonst so weißen und glatten Haut.

»*Por Dios!*« Mein Gott! Er preßte die Worte heraus, und während sein entsetzter Blick sich an ihrem gezeichneten Körper geradezu festsaugte, flüsterte er: »Also doch! Und dabei hat er mir versichert, keinem Menschen passiert was, niemand kommt zu Schaden, und sollte doch jemand im Haus sein, gäbe es ja die Alarmanlage! Und nun...« Er senkte den Kopf, sank in sich zusammen. Luise Pohlmann trat auf ihn zu, der jetzt noch einmal aufstöhnte: »*Por Dios!*« Sie bückte sich, nahm seine rechte Hand auf und führte sie an ihren linken Oberschenkel, dorthin, wo die häßlichste der Wunden saß. Zuerst zuckten seine Finger zurück, doch dann gingen sie ganz langsam wieder nach vorn, berührten, nun ohne Führung, die Stelle, strichen über die verhärtete Haut.

»Nicht wahr?« sagte sie. »Da packt doch jeden gesunden Mann das Grausen!«

Immer wieder strichen seine Fingerspitzen über die verbrannte Fläche, hin und her, hin und her, aber dann gerieten sie über deren Rand hinaus. »Nein«, flüsterte er, »nein, nein! Kein Grausen! Nicht die Spur eines Grausens! Wenn ... alles andere ... so schön ist, so weich, so glatt, so zart, dann ... dann vergißt man diese kleine unbedeutende Stelle.« Seine Hand schob sich zwischen ihre Beine, bewegte sich dort ganz leicht und sanft. »Kein Grausen«, sagte er noch einmal, »im Gegenteil!« Und als er nun die andere Hand hob und ihr den schwarzen Slip auszog, ließ sie es geschehen.

Kurz darauf standen sie beide nackt auf der Gräting, dicht aneinandergeschmiegt, während die CARABELA ruhige Fahrt machte und weiterhin auf das offene Meer zuhielt. Und dann hob er Luise Pohlmann auf und trug sie über die schmale Treppe nach unten in den Kajütraum, bettete sie auf seine Koje. Sie lag auf dem Rücken, hielt die Augen geschlossen, und sie sagte: »Nein, bitte nicht so! Mein Gesicht ... es soll nicht dabeisein. Bitte!« Sie wollte sich umdrehen, aber er hinderte sie daran. »Ich will dein Gesicht«, sagte er, »will deine Augen, sonst ist es nichts!« Er küßte die Wunden, die er ihr zugefügt hatte, küßte sie immer wieder, und dann streichelte er ihre verschorfte Kniescheibe und meinte: »Da bist du sicher beim Schlittschuhlaufen hingefallen.« »Komm!« sagte sie nur und lächelte.

Später, auf dem Rückweg, erzählte er ihr alles. Sie saßen wieder im offenen Ruderhaus, er in seinen Shorts, sie in ihrem Jeansanzug. Auch den Hut hatte sie aufgesetzt, aber die Schals flatterten im Fahrtwind.

»Er hat es sehr geschickt gemacht«, sagte Foreman. »Es gibt keine Verbindung zwischen uns, außer daß er mir in Abständen Geld schicken wird. Aber es kommt dann aus irgendeiner Ecke der Welt, ohne daß man es zurückverfolgen kann. Und natürlich wird er, wo er sich auch aufhält, weder den Namen Pohlmann noch den Namen Leuffen benutzen.«

Luise glaubte zu wissen, wo sie ansetzen konnte, hatte sie doch mit der MUNDIAL monatelang eine Kontaktadresse gehabt. Aber sie hütete sich, Foreman einzuweihen, mochte auch jetzt noch nicht ausschließen, daß er sich ebenfalls an die Agentur wenden würde, um seinen Mister Leuffen, der ihn zwar belogen, aber eben auch sehr gut bezahlt hatte, zu warnen.

Als sie am Abend gegen sieben Uhr im Hotel ankam, war sie mit dem Tag zufrieden, und das in doppelter Hinsicht. Ja, sie hatte sogar beschlossen, noch eine Weile in Cancún zu bleiben. Für die nächsten fünf Tage jedenfalls hatte sie die CARABELA gemietet. Mit Skipper.

5 Der Kapitän und die beiden Freunde verbrachten schon den dritten Tag in Veracruz, und ein weiterer war vorgesehen. Danach wollte Nielson seinen Besuch in Puebla machen, und Thaden und Maibohm würden, mit einer Unterbrechung in der Hauptstadt, die Heimreise antreten.

Sie wohnten im DILIGENCIAS, einem schon betagten und traditionsreichen, immer noch gut besuchten Haus, das direkt an der *plaza* lag. Das MOCAMBO hatten sie sich angesehen und dort dann auch zu Abend gegessen, aber zum Wohnen hatte das eindrucksvolle, rustikale Hotel sie nicht verführen können, weil es zu weit außerhalb lag. Vor allem Maibohm hatte darauf gedrängt, irgendwo im Zentrum Quartier zu nehmen. »Wenn ich in einer fremden Stadt bin«, hatte er gesagt, »will ich aus der Tür treten und mich sofort hineinziehen lassen in ihren Pulsschlag, in ihren Lärm und in ihre Gerüche. Was sollte ich denn auch wohl zu Hause über sie berichten, wenn ich von meinem Fenster aus immer nur auf das Wasser und den Mond geguckt hätte?«

An diesem Abend hatten sie sich eine Cafeteria ausgesucht, saßen aber nicht drinnen, sondern an einem der Tische auf dem Bürgersteig. Gegessen hatten sie in ihrem Hotel. Jetzt tranken sie *coco loco*, einen Mix aus Kokosmilch, Gin und Eis, der in der kompakten Nuß serviert wurde und dem deshalb nur mit einem Strohhalm beizukommen war. Nielson hatte seinen beiden Begleitern den deutschen Namen dieses exotischen Getränks genannt: verrückte Kokosnuß.

Auf der *plaza* war Ruhe eingekehrt. Ein paar letzte wehmütige Marimba-Klänge tönten herüber, und durch die Grünanlagen bummelten nur noch vereinzelte Nachtschwärmer. Trotz der späten Stunde war es warm; die drei Männer hatten ihre Jacken ausgezogen und über die Stuhllehnen gehängt.

»Ich muß Ihnen etwas verraten«, sagte Nielson, »aber bremsen Sie mich, rufen Sie mich zur Ordnung, wenn Sie der Meinung sind, die Sonne von Veracruz habe mein Gehirn aufgeweicht. Ich halte dann sofort den Mund.«

Die ungewöhnliche Präambel machte die beiden Jüngeren neugierig. Sie sahen den Graukopf, der ihnen mit so viel Hingabe die Nummer eins auf der Rangliste der Häfen gezeigt hatte, voller Erwartung an, waren sicher, jetzt kam der Vorschlag zu einer weiteren und diesmal vielleicht etwas verwegenen landeskundlichen Unternehmung. Maibohm antwortete: »Nur zu, *Captain*! Was also steht für morgen auf dem Programm?«

»Ja, kann durchaus sein, daß es von morgen an allerlei zu tun gibt, falls nämlich meine Idee bei Ihnen auf fruchtbaren Boden fällt. Am besten komme ich sofort zur Sache! Ich bin einfach skeptisch, wenn einem weltweit gesuchten Gauner so was Schreckliches passiert wie Aufgefressen- oder Harpuniertwerden und er dann auch gleich seinen Kameramann zur Hand hat. Damit plag' ich mich herum, seit ich von diesem spektakulären Tod weiß.« Als habe er nach dieser Eröffnung einen guten Schluck verdient, beugte er sich über sein bauchiges grünes Gefäß und begann, am Strohhalm zu saugen.

»Was?« Thaden sah den Kapitän fassungslos an. »Sie glauben nicht an die Geschichte?«

279

Und Maibohm sagte: »Das schreit geradezu nach einer weiteren Runde, und die geht auf meine Rechnung. Zu etwas Verrücktem gehört ein verrückter Drink.« Er rief nach dem Kellner und bestellte.

»Hab' immer wieder sein Gesicht vor mir«, sagte Nielson. »Diese Augen! So was Heimtückisches! Nein, das ist nicht das richtige Wort. Eher verschlagen, durchtrieben, gerissen. Und wenn ich mir jetzt noch mal in Erinnerung rufe, wie er sich auf meinem Schiff aufgeführt hat, traue ich ihm alles zu. Und dann seine raffinierten Finanzmanöver! Die Mitarbeiter in seiner Firma und die Banker, mein Gott, das sind doch nicht durchweg Nieten, sondern Leute, die zu ihren Jobs gekommen sind, weil sie was können. Trotzdem gelang es ihm, sie reinzulegen, und also konnte er mehr als sie. Maibohm, Sie sind von der Zeitung, und soviel ich weiß, sind die Leute in Ihrer Branche doch auch eher skeptisch. Sie müssen Ihren Lesern täglich was Neues auftischen, aber ich nehme an, daß Sie bei mancher Story selbst Ihre Zweifel haben oder sogar genau wissen, daß sie von vorn bis hinten nicht stimmt. Mal ganz scharf nachgedacht, junger Freund: Haben Sie und Ihre Kollegen dieses Pohlmann-Grusical ohne Wenn und Aber geschluckt?«

»Na, Sie scheinen ja keine gute Meinung von uns zu haben.«

»Sagen wir, eine gemischte. Immerhin ist durch Ihre Initiative die CAPRICHO gefunden worden. So etwas verdient schon mal Respekt.«

»Aber der wirklich Schuldige«, antwortete Maibohm, »ist uns durch die Lappen gegangen, und so, wie es aussieht, ist er ein bißchen zu weit weg, als daß wir ihn noch einholen könnten.«

Die Getränke wurden gebracht. Nachdem der Kellner wieder gegangen war, sagte Nielson: »Okay, Sie schlucken die Geschichte offenbar. Und wie ist es mit Ihnen, Thaden? Haben auch Sie keine Zweifel?«

Thaden antwortete nicht gleich. Erst als Nielson mit einem kurzen, fast herausfordernden »Na?« noch einmal nachfragte, erwiderte er:

»Wenn wir neulich von den Millionen amerikanischer Quadratkilometer gesprochen haben, die er fürs Untertauchen zur Verfügung hatte, und wir es sogar für möglich hielten, daß er Sie mit dem Doppelkontinent nur gebluff hat, und wir jetzt auch noch davon ausgehen müssen, daß es ihn aller Wahrscheinlichkeit nach gar nicht mehr gibt, dann … ja, dann hab' ich meine Zweifel, ob das Weitersuchen sinnvoll wäre.«

»Danach hab' ich Sie nicht gefragt. Ich hab' gefragt, ob Sie keine Zweifel an der Todesnachricht haben.«

Wieder kam Thadens Antwort nicht sofort, doch nach einigem Überlegen erklärte er: »In einem Punkt muß ich Ihnen zustimmen. Ein Mann mit viel Phantasie und mit ebensoviel Tatkraft könnte wirklich einen so makabren Plan aushecken und ihn dann auch realisieren. Und daß Pohlmann diese beiden Eigenschaften hatte oder meinetwegen auch hat, steht ja wohl fest.«

»Sehr gut! Ich bin also nicht ganz allein mit meiner Meinung, daß ein Kerl mit solcher Chuzpe auf die Idee kommen kann, einen Horrorfilm über seinen eigenen Tod drehen zu lassen, damit die Nachwelt ihn ein für allemal in Ruhe läßt.«

»Wie sicher sind Sie eigentlich«, fragte Maibohm, »daß es sich bei Ihrem Passagier tatsächlich um Ernst Pohlmann gehandelt hat?«

»Sicherer denn je. Mir ist da nämlich noch was eingefallen. Als es ihm darum ging, die Rettung zu verhindern, betonte er, daß es sich bei dem untergehenden Schiff schließlich um ein deutsches handelte und also viele Deutsche auf die CAPRICHO kommen würden, nicht nur Besatzungsmitglieder, sondern später dann noch die Presse und die Leute von der Botschaft. Dem einen oder anderen könnte sein Foto bekannt sein, sagte er. Schon das spricht dafür, daß es Pohlmann war, denn so viele untergetauchte Deutsche, deren Fotos durch die Medien geistern, gibt es ja nicht. Hinzu kommt meine eigene Erinnerung, die immerhin auch auf die Kenntnis solcher Pressefotos zurückgeht. Ich habe keine Zweifel, daß unser Mann Ernst Pohlmann ist.«

»Oder war«, sagte Maibohm. »Die Polizei scheint seinen Tod ja auch für bare Münze genommen zu haben.«

»Die kann sich irren«, sagte Nielson.

»Ich finde, Sie haben recht«, meinte Thaden. »Wir sollten zumindest für möglich halten, daß das karibische Greuelmärchen inszeniert worden ist, damit die Suche eingestellt wird. Ich mache einen Vorschlag: Wir jagen nun schon monatelang nach dem Mann, der die Toten der MELLUM auf dem Gewissen hat; was spricht dagegen, daß wir noch ein paar Tage drangeben?« Dieser Abwägung mochte Maibohm sich nicht verschließen, und so stimmte er zu und ergänzte: »Dann müßte man wohl bei dem amerikanischen Skipper ansetzen.«

»Oder bei Frau Pohlmann«, sagte Thaden.

»Warum nicht bei beiden?« fragte Nielson. »Und dann sind da ja auch noch die vier oder fünf Dutzend Telefonbücher. Hat Thaden Ihnen davon erzählt?«

Maibohm nickte. »Hat er. Keine schlechte Idee! Ich könnte mich auch in so ein einzelnes Wort verbeißen.«

»Dann geh' ich morgen hier zu *Teléfonos de México*«, erklärte Nielson. »Vielleicht kommt ja was dabei heraus.«

»Sie tippen also«, fragte Thaden, »nach wie vor auf Mexiko?«

»Ja. Anfangs sagte ich Ihnen, das sei nur so ein Gefühl, aber eigentlich ist es mehr. Der Wagen, wissen Sie! Die schwarze Limousine, die da auf den Kai gerollt kam! Sie nahm den Flüchtigen auf, als wäre er ein Staatsmann. Ich hatte erwartet, er würde sich ein Taxi suchen und damit zum Bahnhof oder zum Flughafen brausen. Diese stinknoble Karosse mit Chauffeur und dunklen Scheiben ... so was kann's doch nur geben, wenn es von langer Hand vorbereitet ist. So ein Fahrzeug, das dann auch noch unmittelbar nach dem Festmachen des Schiffes, also pünktlich auf die Minute, zur Stelle ist, läßt auf einflußreiche Helfer schließen, die im Land sitzen; und auch darauf, daß der Bursche hier in ein fertiges Nest geschlüpft ist.«

»Klingt plausibel«, sagte Thaden, und Maibohm sagte: »Das finde ich auch. Es sieht nicht nach einer Zwischenstation aus, eher nach einem Hauptquartier.«

»Und danach müssen wir suchen!« Nielsons Worte klangen fast wie ein Triumph, und dann trug er zur Überraschung der beiden anderen sogar schon eine Strategie vor: »Wir haben drei Ansatzmöglichkeiten. Sie, Maibohm, machen einen Besuch bei Frau Pohlmann, sobald Sie wieder in Deutschland sind. Sie, Thaden, fliegen nach Cancún, und ich kümmer' mich um die Telefonbücher. Allerdings... damit wäre ich schon in zwei bis drei Stunden fertig. Wir können es aber auch ganz anders machen: Alle drei sind an allen drei Aktionen beteiligt! Wir durchforsten morgen gemeinsam die Telefonbücher, fliegen anschließend zu Howard Foreman und dann nach Deutschland.«

»Ich bin für die zweite Methode«, sagte Thaden, und Maibohms »Ich denke genauso!« kam sofort hinterher.

»Darauf sollten wir«, sagte Nielson, »nun nicht gerade anstoßen, weil's mit unseren klobigen Gläsern ein bißchen schwierig wäre, und es gäbe wohl auch keinen schönen Klang, aber wir sollten darauf trinken!«

Und das taten sie.

6 Am Abend waren sie im ARISTOS CANCUN eingetroffen. Mit seinen Tausenden von Lichtern hatte das gigantische Gebäude wie ein maurischer Palast gewirkt, aber am nächsten Morgen entpuppten die einzelnen Flügel sich als schmucklose, nüchterne Betonklötze. Die drei nebeneinanderliegenden Zimmer fanden jedoch ihre Zustimmung, ebenso die Lage des Hauses. Es war auf einer der schmalsten Stellen der Insel errichtet worden, unmittelbar an der *Playa Chac Mol*, einem nach dem Regengott der Mayas benannten Strandabschnitt. Auf der rückwärtigen Seite des Hotels lag die Lagune *Bojórquez* mit ihrem grünen Saum aus Mangroven.

Sie hatten bereits im Meer geschwommen und saßen nun auf Nielsons Balkon, tranken eisgekühlten Orangensaft und erörterten die Lage. Die letzten vierundzwanzig Stunden hatten ihnen nichts gebracht außer dem Ortswechsel, durch den sie knapp tausend Kilometer nach Osten versetzt worden waren.

Die noch in Veracruz vorgenommene Überprüfung der Telefonbücher war gescheitert. Heinrich Nielson hatte bei der Durchsicht des vierzehnten der winzig klein gedruckten *Guías de Teléfono* – es war der Band des Staates Jalisco mit der Millionenstadt Guadalajara – plötzlich den Wälzer zugeschlagen, ihn hochgehoben und mit solcher Wucht auf den Tisch zurückgeworfen, daß es knallte und die Umstehenden erschrocken aufblickten. »*Les pido perdón*!« hatte er gleich darauf gesagt und dann seinen beiden Begleitern erklärt, das Ganze sei ein Riesenblödsinn, denn immerhin bestehe ja auch noch die Möglichkeit, daß da irgendwo in dieser Republik, die fast sechsmal größer sei als Deutschland, eine *Madrugada* existiere, die im Register gar nicht aufgeführt sei. In Deutschland gebe es schließlich, wie jeder wisse, Geheimnummern. Warum nicht auch in Mexiko? Nielsons Wutanfall hatte dazu geführt, daß sie die Aktion abbrachen.

Über den zweiten Fehlschlag, der sich aus einem noch vor dem Frühstück geführten Telefonat ergeben hatte, sprachen sie jetzt.

»Wieso muß«, schimpfte Maibohm, »jemand dieses verdammte Boot gleich für fast eine ganze Woche mieten!«

»Kein Beinbruch«, erwiderte Nielson. »Klar, auf See hätten wir die besseren Chancen gehabt, ihn in die Zange zu nehmen, aber nun erwarten wir ihn eben heute abend an der Mole.«

»Und dann?« fragte Thaden. »Sollen wir an ihn herantreten und erklären, wir müßten ihn unbedingt sprechen wegen des kürzlich von seinem Fahrzeug aus zu Tode gekommenen Ernst Pohlmann? Wenn an diesem Tod irgendwas nicht stimmt, und davon gehen wir ja eigentlich aus, wird er uns was husten! Aber auf dem Boot, möglichst weit draußen, wäre er uns zumindest nicht gleich wieder losgeworden. Wie viele Tage ist er denn noch besetzt?«

»Jetzt noch zwei«, antwortete Maibohm. »Ich hab' sogar versucht, ihn mit einem Aufpreis zu ködern, aber das hat ihm ganz und gar nicht geschmeckt. Er halte seine Verträge, raunzte er mich an, und im übrigen sei es gleich neun Uhr, und er müsse seinen Kunden abholen. Ja, und dann meinte er, ich solle mich in drei Tagen wieder melden. Ich hab' dann noch gefragt, ob nicht auch eine Abendtour möglich wäre, aber er sagte, eine Tages-Charter dauert bis fünf Uhr, und danach hat er Feierabend.«

»Okay«, meinte Nielson, »stehen wir eben an der Mole, wenn er einläuft! Vielleicht zeigt er uns sein Schiff, und wir können uns bei einem Gespräch in der Kajüte langsam an ihn herantasten.« So ergab es sich, daß sie den Tag getrennt verbrachten. Nielson blieb im Hotel, wollte schlafen, lesen, schwimmen und sich sonnen, und die Freunde machten sich auf den Weg in die Stadt.

Um halb fünf trafen sie sich wieder, und dann fuhren sie in einem Mietwagen, den Maibohm lenkte, zum Anleger, warteten dort auf Foremans Boot, von dem Nielson inzwischen erfahren hatte, daß es CARABELA hieß. Doch es kam nicht um fünf, nicht um sechs und auch nicht um sieben Uhr. Daß sie dennoch so lange ausharrten, war auf die Auskunft des mexikanischen Jungen zurückzuführen, der bei den An- und Ablegemanövern half und ihnen erzählt hatte, die CARABELA sei in den letzten Tagen immer sehr spät zurückgekommen. Er wüßte nicht genau, warum, weil er dann schon zu Hause gewesen sei, aber am nächsten Morgen habe das Boot jedesmal dagelegen.

Um zwanzig Minuten vor acht lief die CARABELA endlich ein. Die drei hatten sich vorgenommen, Howard Foreman erst anzusprechen, wenn er allein war, aber nun mußten sie beobachten, daß er in Begleitung einer Frau, die einen breitrandigen Hut und trotz der schon eingetretenen Dunkelheit auch noch eine Sonnenbrille trug, von Bord ging und sich dann nicht, wie sie erwartet hatten, auf der Mole von ihr verabschiedete, sondern in einem Jeep mit ihr davonbrauste.

Sie folgten dem Wagen, der zunächst über den nordsüdlich verlaufenden Krakenarm der Insel fuhr, bis der scharfe Knick nach Westen kam. Und weiter ging es, vorbei am ARISTOS CANCUN und vielen anderen Hotels. Schließlich hielt der Jeep vor dem VILLAS PLAZA. Mit Erstaunen sahen sie, daß Foreman seine Kundin ins Hotel begleitete.

»Aha«, sagte Maibohm, »ein *special service*, womöglich rund um die Uhr.«

Sie hielten mit ihrem Wagen auf dem *Paseo Kukulcán*, der Uferstraße, waren unschlüssig, ob sie die Verfolgung nun zu Fuß fortsetzen sollten. Schließlich machte Maibohm sich allein auf den Weg. Nielson und Thaden sahen ihn etwa zwanzig Meter hinter dem Amerikaner und der Frau, die ihren Jeep auf dem Parkplatz des Hotels abgestellt hatten, die breite Auffahrt zum Eingang hinaufgehen. Nach etwa fünf Minuten kam er zurück, setzte sich wieder auf den Fahrerplatz. »Ich glaube«, sagte er, »wir kriegen gleich eine gute Gelegenheit für die weitere Observierung. Offenbar wohnt sie in diesem Hotel, hat jedenfalls an der Rezeption ihren Schlüssel abgeholt und ist dann zum Lift gegangen. Er lungert derweil in der Halle herum, wartet vermutlich auf sie. Wenn sie wiederkommt, so schätze ich, fahren sie entweder zusammen weg, und wir können ihnen folgen, oder sie essen im Hotel zu Abend, was wir dann natürlich auch machen.«

»Aber wozu?« fragte Thaden. »Wir müssen doch an ihn, an Foreman, rankommen, und solange die Frau ihn mit Beschlag belegt, haben wir keine Chance.«

»Es kann«, antwortete darauf Nielson, »nie schaden, einen wichtigen Augenzeugen, dessen Glaubwürdigkeit man anzweifelt, mal etwas eingehender unter die Lupe zu nehmen. Wir...«

Das Pärchen trat durchs gläserne Portal nach draußen, ging aber nicht zum Parkplatz, sondern überquerte die Straße, schlenderte ein paar Schritte an der Lagune entlang und bog dann ab auf den breiten hölzernen Steg, an dessen Ende ein reetgedeckter runder Pfahlbau aus dem Wasser ragte.

»Das Lorenzillo's«, rief Maibohm aus, »das Restaurant, von dem der Mann in unserer Rezeption gesprochen hat! Das trifft sich gut. Es ist Essenszeit, wir haben Hunger, und Mister Foreman wird mit seiner Lady in unserer Nähe speisen.«

Auch sie stellten nun ihren Wagen auf dem Parkplatz des

VILLAS PLAZA ab, gingen über die Straße und betraten den Holzsteg. Vor dem Restaurant sorgte Nielsons erstaunter Ausruf »Donnerwetter!« für eine kleine Verzögerung. Und dort, wohin er dann zeigte, gab es in der Tat etwas zum Staunen. Auf dem Schild neben der Eingangstür war unter dem Namen Lorenzillo's zu lesen: *Desde* 1683. »Hier haben vielleicht schon spanische Eroberer ihre Mahlzeiten eingenommen«, sagte Nielson.

Drinnen hielten sie sogleich nach Foreman und seiner Begleiterin Ausschau, entdeckten sie an einem der Tische an der Wasserseite. Auch die anderen Plätze an der Peripherie des Rundbaus waren besetzt, aber sie bekamen einen Tisch in der zweiten Reihe und waren damit nur wenige Schritte von den beiden entfernt.

Nielson konnte sie am besten sehen, denn sie saßen in seiner Blickrichtung, so daß es nicht auffiel, wenn er sie dann und wann musterte. Da auch hier, wie in den meisten Restaurants der lateinamerikanischen Länder, zum Essen Musik gehörte, war von den Gesprächen, die an den Nachbartischen geführt wurden, fast nichts zu verstehen.

Sie bestellten. Alle drei hatten Appetit auf Fisch. Sie wählten Seezungenfilets, die mit einer Füllung aus Krabbenfleisch angeboten wurden, und dazu einen trockenen weißen Bordeaux.

Es war ein gemütliches Lokal, üppig bestückt mit maritimen Accessoires wie Ankern, Tauen, Flaggen, Schäkeln. Wohin man auch sah, vermittelte das Interieur den Eindruck, daß man auf einem Schiff war, was Nielson zu der Bemerkung veranlaßte: »Nun speist man schon mal an Land und ist doch wieder an Bord!«

»Sie haben«, sagte Thaden zu ihm, »die beiden genau im Visier. Wie sieht Foreman denn aus? Vorhin, auf der Mole, war es schon ziemlich dunkel, und auch vom Auto aus hab' ich nicht viel von ihm sehen können.«

»Markante Züge«, antwortete Nielson. »Dunkle Augen. Nicht unsympathisch. Ich schätze ihn auf... na, sagen wir mal, auf

Anfang Vierzig. Aber ob er nun tatsächlich mit Pohlmann dieses karibische Ding gedreht hat, kann ich ihm leider nicht von der Nase ablesen.«

»Und die Puppe?« fragte Maibohm.

»Wohl eher 'ne Dame, jedenfalls der Kleidung nach. Mit ihrem Gesicht ist sie knauserig, versteckt es noch immer hinter Hut und Sonnenbrille.«

Am Tisch des Skippers wurde die Suppe aufgetragen. Nielson sah, daß die vom Teller aufsteigenden Dämpfe die Frau in Schwierigkeiten brachten. Offenbar beschlug ihre Brille. Sie nahm die Serviette auf, wischte damit von außen über die Gläser, schüttelte dann den Kopf, griff an die Bügel, zog sich die Brille vom Gesicht und legte sie auf dem Tisch ab. Nielson sah an der ihm zugewandten Schläfe ein dunkles Mal zum Vorschein kommen. Wie ein riesiger Leberfleck trat die verschrundete Hautpartie in Erscheinung, doch nur für einen Augenblick, denn gleich darauf zupfte die Frau den Schal, der an ihrem Hut befestigt war, zurecht. Und dann war er es, Foreman, der seine Serviette in die Hand nahm und damit die Brille putzte, was Nielson seinen Tischnachbarn sofort flüsternd mitteilte und als eine doch recht intime Dienstleistung bezeichnete. Und er fuhr fort: »Los, unterhaltet euch, aber guckt nicht rüber! Ich erzähl' euch gleich was, will nur eben abwarten, ob das, was ich entdeckt hab', noch mal zum Vorschein kommt.«

Prompt setzte zwischen den Freunden ein engagiertes Gespräch ein. Thaden zeigte auf einen Anker und redete drauflos, sprach sehr laut über die Karavellen der spanischen Eroberer, woraufhin Nielson ihm zuraunte, er möge doch bitte von etwas anderem reden, sonst dächte Foreman womöglich, seine CARA-BELA sei gemeint. So plauderten sie nun munter über die kleinwüchsigen Mayamädchen, die sie am Morgen in der *downtown* hinter den Verkaufstresen der Geschäfte erlebt hatten. Doch Nielson wartete vergeblich. Der Fleck erschien kein zweites Mal, und als die Brille wieder an ihrem Platz saß, sagte er: »Leute, ich muß euch erneut bitten, mich zu bremsen, wenn meine Phantasie mal wieder mit mir durchgegangen ist. Die

Schöne da drüben hat soeben mit den heißen Suppendämpfen gekämpft, die ihre Brille attackierten, woraufhin sie sie abnahm und ich ein bißchen mehr von ihrem Gesicht sehen konnte. Entweder hat sie Lepra, oder es ist ein Brandmal, was da für einen winzigen Moment unter dem Tuch hervorkam.«

Unwillkürlich wandten seine Zuhörer sich dem Foremanschen Tisch zu. »Nicht rübergucken!« zischte Nielson, und ruckartig, wie zwei Ertappte, drehten Thaden und Maibohm sich wieder um. »Ich weiß«, fuhr Nielson fort, »im Augenblick nur von einer einzigen Frau, der man das Gesicht verbrannt hat. Drüben. In Deutschland. Hab' das in den Zeitungen gelesen.«

»Mein Gott!« entfuhr es Thaden.

»Klar«, sagte Maibohm, »das Haus am See. Die Feuersbrunst. Die Rettung in letzter Minute, aber mit einigen Blessuren. Der KOMET hat auch darüber berichtet.«

Eine Weile schwiegen die drei. Wieder riskierte Nielson einen Blick auf die Halbverschleierte, konnte aber keine weitere Auffälligkeit entdecken.

»Möglichkeit Nummer eins«, sagte Maibohm. »Sie ist nur eitel und will verhindern, daß ihr Skipper diesen häßlichen Fleck dauernd vor Augen hat. Dann kann sie irgendwer sein, natürlich auch die Pohlmann. Möglichkeit Nummer zwei: Sie will nicht erkannt werden, schon gar nicht in Gesellschaft dieses Mannes. Dann ist sie mit großer Wahrscheinlichkeit die Pohlmann. Ich hab' einen Vorschlag.« Nielson und Thaden schoben ihre Köpfe noch dichter an ihn heran, denn jetzt sprach er so leise, daß sie ihn kaum verstehen konnten. »Ich geh' mal rüber ins Hotel und versuch' herauszubekommen, wer sie ist.«

»Willst du«, fragte Thaden, »einfach ihren Namen nennen? Vielleicht benutzt sie einen anderen.«

»Weiß ich noch nicht.«

»Und deine Seezunge?«

»Die stelle ich zur Verfügung unter der Bedingung, daß mir 'ne neue serviert wird.« Er stand auf, verließ das Lokal, ging über den Holzsteg und dann – ohne Eile, denn er wußte die Frau für noch mindestens eine halbe Stunde mit dem Essen beschäftigt –

289

zum Hotel, legte sich auf dem kurzen Weg eine Strategie zurecht.

In der Halle trat er ohne Zögern an die Rezeption, überlegte es sich jedoch im letzten Moment anders, ging an dem langen Tresen entlang und dann weiter in Richtung auf die Schwingtür aus Glas, die zum Schwimmbad und zum Strand führte, verließ die Halle aber nicht, sondern schlug einen Bogen, ging wieder zurück zum Haupteingang und wandte sich, auf englisch, an den jungen Mann im Touristik-Office, das sich neben dem Portal befand.

»Guten Abend, ich habe ein kleines Problem. Heute morgen telefonierte ich mit Ihnen oder mit Ihrem Kollegen, weil ich die CARABELA mieten wollte. Ich bekam dann die Nummer von Mister Foreman.«

»Heute morgen? Das war mein Kollege.«

»Sie wissen wohl nicht, wie lange die Dame aus Deutschland das Boot noch mit Beschlag belegt hat, oder?«

»Leider nicht. Ich weiß nur, daß Howard Foreman die *señora* Steinburg jeden Abend zum Hotel zurückbringt. Aber ich kann Ihnen leicht ein anderes Boot vermitteln.«

»Nein, es sollte schon die CARABELA sein.« Er bedankte sich, trat zum zweiten Mal an die Rezeption, suchte sich unter den sechs dienstbaren Geistern den jüngsten heraus, einen zierlichen, schüchtern wirkenden Mexikaner, sprach wiederum englisch, spulte erneut sein Klagelied über die ständig ausgebuchte CARABELA ab und sagte dann: »Am besten weiß natürlich die *señora* Steinburg selbst, wie lange sie das Boot noch braucht. Kann ich sie von der Halle aus anrufen?«

»Natürlich.« Der Jüngling zeigte auf die über die Lounge verteilten Telefonapparate.

»Und die Zimmernummer?«

Der Mexikaner sah in den Belegungsplan und antwortete: »Dreihundertsechzehn«, warf dann auch noch einen Blick auf die hinter ihm aufgereihten Schlüssel, legte den Finger an das Fach 316 und sagte: »Sie ist gar nicht da, denn ihr Schlüssel hängt hier.«

»Dann werde ich warten. Vielen Dank!«

»Aber die Zimmernummer ist nicht die Telefonnummer!«

»So? Wie lautet denn die?«

Sie wurde ihm aufgeschrieben. Er steckte den Zettel in die Hemdtasche, bedankte sich ein weiteres Mal und verschwand.

Er ging nicht sofort zu den Aufzügen, sondern durchstreifte noch eine Weile die große Halle, nahm dann den Lift und fuhr in den dritten Stock, ging den Korridor entlang und hatte schon nach wenigen Augenblicken das Zimmer mit der Nummer 316 gefunden. Er überlegte nicht lange, hatte angesichts der mysteriösen Ereignisse um Ernst Pohlmann keine Skrupel, sich bei seinen Nachforschungen illegaler Mittel zu bedienen, blickte kurz nach links und nach rechts und stellte fest, daß der Gang leer war. Er zog seine Kreditkarte heraus, und das flache Stück Plastik tat, wie er es schon oft im Film gesehen hatte, auch hier seinen Dienst, drückte nämlich, nachdem er es in den Türspalt geschoben hatte, mühelos die Falle ins Schloß. Die Tür ging auf. Rasch trat er ins Zimmer, lief sofort zum Fenster und zog die Vorhänge zu. Dann schaltete er das Licht ein und begann zu suchen. Wenig später wußte er, warum der Eintritt so leicht gewesen war. In der Rückwand des Kleiderschranks hatte er den Safe entdeckt. Wer seine Kostbarkeiten so sicher verwahren kann, dachte er, braucht sich um die Zimmertür keine Sorgen zu machen. Zugleich aber erkannte er, daß dadurch kaum eine Chance bestand, an aufschlußreiches Material heranzukommen, denn natürlich verwahrte jeder Hotelgast sein Ticket, seinen Paß und was es sonst an persönlichen Papieren geben mochte, in diesem Stahlkasten und führte den Schlüssel mit sich.

Er setzte sich in einen der Sessel, überlegte, stand dann wieder auf, sah systematisch alle Schubladen und Schrankfächer durch, fand in Deutschland hergestellte Kleidungsstücke, was jedoch für eine Identifizierung nichts hergab. In Cancún, das wußte er, fielen mittlerweile ganze Heerscharen von Landsleuten ein. Was also tun? Den Flughafen anrufen und unter dem Vorwand, für seine Frau, *señora* Luise Pohlmann, die Rückflugdaten ändern zu wollen? Das verwarf er sofort wieder, denn erstens wußte er nicht, ob die Dame, die jetzt mit Howard Foreman im Lorenzillo's speiste, überhaupt mit dem Flugzeug hergekommen war, und falls sie doch diesen Weg genommen hatte und tatsächlich Luise Pohlmann war, konnte er nicht davon ausgehen, daß sie ihren richtigen Namen benutzt hatte. Immerhin hieß sie im Hotel Frau Steinburg, und wenn er nach eben dieser im Airport fragte und sogar Auskunft bekäme, wäre nichts geklärt. Zweitens glaubte er nicht, daß er um diese Zeit jemanden erreichen würde. Also was dann? Während er noch überlegte, sah er, daß unter dem breiten Bett eine Kofferecke hervorguckte. Er trat an die Kante heran, wollte sich gerade bücken, da klopfte es an die Tür. Ein Mann wie er, der einen großen Teil seiner Zeit in Hotelzimmern verbrachte, wußte sofort: Das war nur jemand vom Personal. Das Klopfen war nämlich mit dem Schlüsselring oder dem Schlüssel erfolgt. Aber es hieß auch, daß in Kürze die Tür aufgehen würde, wenn aus dem Zimmer keine Antwort käme. Mit einem Satz war er im Bad, warf sich eins der dicken, flauschigen, fast zwei Quadratmeter großen Handtücher um die Schultern, zerzauste sein Haar, griff sich Luise Pohlmanns oder wessen Zahnbürste auch immer und schob sie sich in den Mund, so daß sie schräg herausragte. Inzwischen hatte er schon vom Zimmer her die Geräusche vernommen. Er öffnete die Tür, schob seinen zahnbürstenbewaffneten Wuschelkopf und seinen weißbemäntelten Oberkörper durch den Spalt und grüßte den Boy, der vor der Minibar kniete und den Tagesverbrauch notierte, mit einem undeutlichen »Hey!«.

Der Junge richtete sich erschrocken auf und sah ihn an. »*Perdone, señor...*«

»*It's okay!*« rief Maibohm ihm zu und verschwand wieder im Bad, überlegte, ob es nicht besser gewesen wäre, sich ganz still zu verhalten und zu warten, bis der Boy gegangen war. Aber schließlich hätte es auch das Mädchen mit neuen Handtüchern sein können, und die wäre dann ins Bad gekommen. Also machte er sich nichts daraus, daß er gesehen worden war, zählte darauf, daß die Hotelangestellten, vor allem die unteren Chargen, über die Bewohner der von ihnen betreuten Zimmer selten Bescheid wußten.

Er verfolgte die Geräusche, hörte, wie die Tür des Eisschranks zugeschlagen wurde und kurz darauf auch die des Zimmers. Er legte das Handtuch über den Wannenrand, stellte die Zahnbürste zurück ins Glas und machte sich dann über den Koffer her. Es war ein großer grauer SAMSONITE, der sich zwar öffnen ließ, aber leer war. Als er ihn wieder geschlossen hatte, entdeckte er am Griff das kleine lederne Namensschild, das mit einem Deckblatt versehen war. Er zog den Druckknopf auf und las den vermutlich aus einem Briefkopf oder einer Visitenkarte stammenden Text: Luise Pohlmann, 8180 Tegernsee. Und dann die Adresse. Er drückte den Knopf wieder zu, schob den Koffer zurück unters Bett, löschte das Licht, zog die Vorhänge auf, ging zur Tür. Dort wartete er eine Weile, lauschte, vernahm vom Korridor her keine Geräusche, trat hinaus und drückte hinter sich die Tür ins Schloß.

Auf dem Gang kam ihm ein Zimmermädchen entgegen. Er setzte sein charmantestes Lächeln auf und grüßte mit einem freundlichen *»Buenas noches, señorita!«*, was mit einem nicht minder freundlichen *»Buenas noches, senor!«* erwidert wurde.

Vor den Fahrstühlen warteten viele Gäste, und so nahm er den Weg über die Treppe, sprang mehr, als daß er ging. In der Halle mäßigte er dann seinen Schritt, und auch draußen ging er gemächlich.

Als er an seinem Tisch im Lorenzillo's eintraf, waren die Seezungen gerade erst aufgetragen worden. Er sah auf die Uhr und stellte fest, daß er für seinen Erkundungsgang nur siebzehn Minuten gebraucht hatte. Er setzte sich und sagte: »Sie ist es!« Und dann erzählte er, wieder im Flüsterton, wie er zu der für die weiteren Nachforschungen so bedeutsamen Information gelangt war.

Doch über seinem Bericht vergaßen sie nicht das Essen. Nach dem ersten Bissen geriet Nielson ins Schwärmen, und Thaden schwor, nie zuvor so köstlich zubereiteten Fisch gegessen zu haben. Als Maibohm alles erzählt hatte, sagte Nielson: »Ich sehe zwei Möglichkeiten. Entweder wird die Frau von ähnlichen Zweifeln geplagt wie wir und ist hier aufgekreuzt, um den

293

Augenzeugen auszuhorchen, oder sie war von vornherein mit von der Partie, und das hieße dann wohl, daß das Vögelchen, das wir fangen wollen, ebenfalls in dieser Gegend herumschwirrt. Jedenfalls glaube ich, die Chancen, daß unser Mann noch am Leben ist, sind gestiegen.«

»Oder auch nicht.« Es war Maibohm, der diesen Einwurf brachte. »Vielleicht«, fuhr er fort, »hab' ich eine zu miese Meinung von unseren Zeitgenossen, aber wenn man zwölf Jahre lang die Abgründe der Menschenseele ausgelotet und darüber berichtet hat, hält man grundsätzlich das Böse eher für möglich als das Gute. Was meint ihr zu folgender Version: Wenn ...«

Der Kellner kam, nahm die leere Weinflasche vom Tisch und fragte, ob er eine neue bringen solle. Nielson nickte, und als der Mann wieder gegangen war, sagte er: »Herr Maibohm, eben hab' ich es wieder bemerkt; Sie haben Schwierigkeiten, Ihren Freund und mich zusammen anzureden. *Ihr* ist natürlich falsch, aber andererseits können Sie nicht plötzlich dazu übergehen, Ihren Freund zu siezen. Sie, Herr Thaden, haben die gleichen Schwierigkeiten. Vier Tage quälen Sie beide sich nun schon mit diesem Problem herum, das wirklich ganz leicht zu lösen wäre. Lösen wir es?«

Die beiden anderen lachten, und dann sagte Maibohm: »Sehr gern! Ist für mich 'ne Premiere. Bist der erste Käpt'n, zu dem ich Heinrich und du sage.«

Auch Thaden zeigte sein Einverständnis, indem er sein Glas hob. Alle drei hatten noch einen Rest Wein vor sich, und damit stießen sie an. Aber auch dann kam Maibohm noch nicht zu seiner Analyse, denn der Kellner erschien aufs neue an ihrem Tisch. Als er nachgeschenkt hatte und wieder gegangen war, sagte Thaden: »Du wolltest gerade 'ne Rede halten.«

»Ja. Wenn ich mir dieses einträchtige Duo so ansehe – ich will jetzt nicht rübergucken, aber vorhin erhaschte mein wachsames Auge sogar ein inniges Händchenhalten –, also, wenn ich den tagelangen Törn zu zweit und das zärtliche Dinner interpretieren soll und mir dabei vor Augen führe, daß der bei einer solchen Liaison in der Regel störende Dritte sehr passend verstorben ist und das sogar noch an oder auf oder vielleicht unter demselben Vergnügungsdampfer, auf dem die beiden so ausdauernd unterwegs sind, dann, ja, dann drängt sich mir die Vorstellung auf, ein zünftiger Gattenmord habe die Pohlmann-Affäre beendet. Wer weiß, vielleicht bumsen die beiden jeden Tag fröhlich in der Karibik herum, und hundert Meter unter ihnen liegt der Verblichene mit einem Basaltklotz am Hals.«

»Aber der Film!« sagte Thaden. »Die Videoaufnahme! Ich finde, sie läßt deine Version nicht zu.«

»Doch. Es könnte sogar so gewesen sein, daß die Lady gefilmt hat, während der Ami unten mit der Harpune auf der Lauer lag.«

Thaden schüttelte heftig den Kopf. »Entschuldige, aber das ist einfach grotesk. Ich glaube viel eher, sie hat ihre Zweifel gehabt und ist deshalb Foreman zu Leibe gerückt. Ob das dann auch noch wörtlich zutrifft, steht auf einem ganz anderen Blatt. Für diese Theorie spricht, daß sie hier unter falschem Namen aufgetaucht ist. Vielleicht hat sie sich dem Skipper erst mal als Frau Steinburg genähert, um überhaupt an ihn heranzukommen, und dann ihr Geheimnis gelüftet. Daraufhin hat er sie vom Tod ihres Mannes überzeugt, und so könnte das Händchenhalten auch ganz anders zu deuten sein. Sie hat, mit Blick aufs Wasser, an ihren Mann gedacht, also gerade einen traurigen Schub gehabt, und er hat das mitgekriegt und ihr ein bißchen Trost gespendet.«

»Ich gäb' was drum«, sagte Nielsen, »mal eine Viertelstunde lang das Gespräch der beiden belauschen zu können. Ich glaube, danach sähen wir klarer.«

»Die Chance kriegen wir nicht«, antwortete Thaden. »Schließlich können wir auf der CARABELA keine Abhöranlage installieren.« Er sah den Freund an: »Oder?«

»Ausgeschlossen«, sagte Maibohm. »Der Zugang zur Mole ist, wie wir gesehen haben, bewacht und nachts vermutlich sogar dicht. Außerdem haben wir eine solche Anlage nicht, und selbst wenn wir sie uns beschaffen könnten, würde das nichts nützen. Wie sollten wir die einbauen?«

»Hast recht«, sagte Nielson, »und sowieso, er würde es merken. Wir müßten auf seinem Boot Drähte ziehen und was weiß ich alles! Aber sogar wenn es unentdeckt bliebe, wär's für die Katz, weil wir nämlich nichts weiter zu hören bekämen als die laute Maschine; es sei denn, sie ankern irgendwo oder lassen sich treiben. Aber angesichts so komplizierter Vorbereitungen darauf zu hoffen . . .«, er ließ den Satz hängen, sagte dann nur noch: »Nein, aussichtslos.«

»Was machen wir?« fragte Thaden.

»Wir sollten«, antwortete Maibohm, »unseren ursprünglichen Plan, ihn auszuquetschen, erst mal fallenlassen und uns an ihre Fersen heften. Ich glaub', wir vermeiden jetzt lieber die Namen; vielleicht weht ja doch mal so ein einzelnes Wort rüber zu deren Tisch. Daß wir deutsch reden, haben sie natürlich längst mitgekriegt. Also, wir verfolgen die Frau, sobald sie abreist. Fliegt sie aber nach Deutschland, bleiben wir in Mexiko und knöpfen uns . . .«, er sah Nielson an, »deinen Kollegen vor.«

»Und wie stellen wir fest, wohin sie fliegt?« fragte Nielson.

»Ach, das ist denkbar einfach«, antwortete Maibohm. »Ich schreib' 'ne Postkarte an meine Tante. Die zück' ich auf dem Flughafen und frag' die Lady, ob sie zufällig nach drüben reist und sie dort einstecken könnte. Falls ja, drück' ich ihr sechzig Pfennig in die Hand, und meine Tante fällt drei Tage später vom Stuhl, weil sie seit meiner Taufe nichts mehr von mir gehört hat. Fliegt die Pohlmann nicht nach Deutschland, bleiben wir ihr auf den Hacken, denn dann besteht die Chance, daß sie uns zu ihrem Mann führt.«

»Also bist du«, fragte Thaden, »von deiner Gattenmord-Theorie abgerückt?«

»Noch nicht ganz. Aber auf jeden Fall ist dadurch, daß wir hier auf seine Frau gestoßen sind, die ganze Affäre P. viel farbiger geworden, allerdings auch verwirrender. Es ist ein Puzzle, und uns fehlen noch etliche Stücke. Suchen wir nach ihnen!«

7 Maibohm hielt Mexico City für die aufregendste Stadt, die er je gesehen hatte; Thaden fand sie mörderisch, und für Nielson, der sie schon lange kannte, war sie das vertraute Chaos, das ihn zugleich abstieß und faszinierte.

Sie waren bei ihrem Entschluß geblieben, die Foremansche Fährte einstweilen fallenzulassen und statt dessen Luise Pohlmann zu folgen. Im Flugzeug hatten sie sich für getrennte Plätze entschieden, weil sie befürchteten, die Frau könnte sich, wenn sie zusammen säßen, eher an die kleine deutsche Tischrunde im Lorenzillo's erinnern und mißtrauisch werden. Doch war sie während des anderthalbstündigen Fluges nicht ein einziges Mal von ihrem Platz in einer der vorderen Reihen gewichen, und so durften sie wohl davon ausgehen, daß sie unbemerkt geblieben waren.

Aber nach der Landung in Mexico City hatte sich beim Warten aufs Gepäck eine Schwierigkeit ergeben. Einer der ersten Koffer, die auf dem rotierenden Band erschienen, war der dunkelgraue SAMSONITE Luise Pohlmanns. Maibohm erkannte ihn an dem kleinen ledernen Anhänger, und da war dann eine prompte Reaktion vonnöten, denn sollten sie ihr Opfer jetzt aus den Augen verlieren, hätten sie mit Sicherheit größte Mühe, die Fährte wiederaufzunehmen. Die Zahl der in Frage kommenden Hotels würde in die Hunderte gehen, und außerdem konnte es ja auch ein Privathaus sein, in dem Luise Pohlmann abstieg, vielleicht sogar das ihres Mannes. In Sekundenschnelle – der Gepäckträger hatte den SAMSONITE bereits auf seine Karre geladen – vereinbarten sie, daß Maibohm sich zunächst allein an ihre Fersen heften würde; Nielson und Thaden sollten im SHERATON auf seinen Anruf warten.

Und dann setzte die Jagd ein. Zum Glück hatte Maibohm einen Fahrer erwischt, der sich, angespornt durch die in Aussicht gestellte Erfolgsprämie, geradezu einen Sport daraus machte, das vor ihm fahrende Taxi nicht aus den Augen zu verlieren. Einen Vorteil hatte der Mann: Der verfolgte Wagen war ein *cocodrilo*, ein grün-schwarzes Auto mit auffällig gezackter Zeichnung. Aber die Rush-hour hatte bereits eingesetzt, und das hieß: Abertausende von mehr oder weniger verkehrssicheren, lärmenden und stinkenden Fahrzeugen waren unterwegs. Auf der *Avenida Churubusco* und dem *Viaducto*, den breiten Hauptverkehrsadern, verlief alles noch halbwegs geordnet, weil die großen Ströme dort übersichtlich blieben, aber als es in das völlig überfüllte Straßennetz der City ging, war's vorbei mit der Übersicht. Da hieß es bloß: durch! Und das war nur mit Stoßstangenkontakt zu schaffen, der einzigen Methode, die von links und rechts in die eigene Reihe drängenden Fahrzeuge abzuwehren. Was Maibohm zusätzlich nervös machte, waren die vielen Kinder, die jeden Stop fürs Geschäft nutzten. Sie turnten zwischen und sogar auf den Autos herum, um blitzschnell für ein paar Pesos die Windschutzscheiben zu säubern oder den Insassen Kaugummi, Süßigkeiten oder Zeitungen zum Kauf anzubieten. Allerdings richtete sich das Interesse der kleinen dunkelhäutigen und schwarzäugigen Gestalten vorwiegend auf Privatwagen.

Als sie schließlich vom *Paseo de la Reforma* in die *Avenida Juarez* einbogen und es, nach einigen erfolgreich überstandenen Trennungen, wieder das *Krokodil* war, das unmittelbar vor ihnen fuhr, atmete er auf, zumal der Chauffeur gerade erklärt hatte, nun werde es wohl nicht mehr lange dauern, denn wahrscheinlich sei eins der großen Hotels im Zentrum das Ziel. Und tatsächlich, kurz danach fand die Fahrt vor dem Hotel ALAMEDA ihr Ende.

Um sechs Uhr hatten sich auch die drei Männer im ALAMEDA einquartiert. Und nicht nur das! In der Auffahrt stand ein CHEVROLET, den sie gemietet hatten. Der Fahrer würde Tag und Nacht bereit sein, damit es, falls Luise Pohlmann plötzlich aufbrechen sollte, nicht erst zu einer langen und womöglich erfolglosen Suche nach einem Taxi käme.

Jetzt saßen sie im Foyer und hielten verstohlen Ausschau.

Um halb sieben trat Luise Pohlmann aus dem Lift. Sie gab den Zimmerschlüssel ab und ging hinaus. Maibohm und Thaden eilten ihr nach und sahen, daß sie ein Taxi nahm. So galt es, ein zweites Mal an diesem Tag einem Wagen durchs Verkehrsgewühl zu folgen. Doch die Fahrt war nur kurz. Auf der *Avenida Insurgentes* hielt das Taxi vor einem modernen Gebäude, einem sechsstöckigen Kubus, der unten einige Geschäfte und in den oberen Stockwerken offenbar nur Büros beherbergte. Maibohm und Thaden beobachteten, wie Luise Pohlmann sich in dem breiten, überdachten Entree umsah, dann eine große Messingtafel studierte und schließlich die rechter Hand gelegene Cafeteria betrat.

»Hinterher?« fragte Thaden.

»Ja«, antwortete Maibohm, »aber nicht wir beide. Ich übernehme das.«

»Und wenn sie da nur was trinken will?«

»Wer im ALAMEDA wohnt, geht nicht gezielt in diese Cafeteria, um da was zu sich zu nehmen. Paß auf: Falls sie schon bald wieder rauskommt, ich da aber noch ein bißchen rumschnüffeln will, fährst du ihr allein nach. Wir sehen uns dann im Hotel.«

»Okay.«

Maibohm stieg aus, ging in das kleine Lokal und setzte sich sofort an einen der Tische. Es waren nur wenige Gäste da, ein Eis essendes Pärchen und ein alter, mit einem Poncho bekleideter Mann, der ein Kind bei sich hatte. Der Alte trank ein Bier, und das etwa achtjährige Mädchen hatte eine Coca-Cola vor sich.

Luise Pohlmann hatte sich nicht gesetzt. Sie sprach mit gedämpfter Stimme auf den etwa vierzigjährigen, muskulösen Mexikaner hinter dem Tresen ein, der anscheinend Wirt, Barmann und Kellner in einem war. Maibohm verstand nicht, was die beiden miteinander beredeten, hörte nur das Englische heraus und sah, daß Luise Pohlmann ein Foto in der Hand hielt. Jetzt aber ließ der Mann sie stehen und kam zu ihm an den Tisch, fragte, was er wünsche.

»Einen Espresso«, sagte er.

Der Mexikaner, der zu seiner nicht mehr ganz sauberen Drillichhose ein kurzärmeliges Hawaii-Hemd trug und ein tiefbraunes, grobporiges Gesicht hatte, kehrte zurück hinter den

Tresen, bediente die Espresso-Maschine und unterhielt sich mit seiner Besucherin, besah sich auch das Bild. Mehrmals schüttelte er den Kopf.

Maibohm bekam den Espresso, bezahlte ihn gleich, trank, rauchte eine Zigarette und bemühte sich, von dem Gespräch, das wiederum fortgesetzt wurde, wenigstens ein paar Bruchstücke zu verstehen. Einmal schnappte er das Wort MUNDIAL auf. Schließlich sah er, daß Luise Pohlmann sich Notizen machte und dann einen Geldschein auf den Tresen legte, den der Mexikaner nicht in die Kasse tat, sondern einsteckte. Sie ging, und Maibohm verfolgte durchs Fenster, wie sie mit ihrem Taxi, das sie hatte warten lassen, davonfuhr. Gleich darauf setzte sich auch der CHEVROLET in Bewegung.

Er winkte den Wirt heran, legte drei Zehndollarnoten vor sich auf den Tisch, nebeneinander, und sagte so leise, daß die anderen Gäste ihn nicht verstehen würden: »Dieses Geld können Sie sich ganz leicht verdienen.«

»Und was muß ich tun?«

»Mir nur ein paar Auskünfte geben.«

»Was für ein verrückter Tag! Meine Cafeteria wird zum Auskunftsbüro, und wenn ich Ihre dreißig Dollar einrechne, hab' ich heute mit Reden mehr kassiert als mit dem Servieren von Getränken, Eis und Sandwiches. Erst die *señora* und nun Sie! Um was für Auskünfte handelt es sich?«

»Ich muß erfahren, wonach die Frau, die gerade rausgegangen ist, gefragt hat.«

Der Mexikaner pfiff durch die Zähne. »Und wenn sie mich nun gebeten hat, es nicht weiterzuerzählen?«

»Hat sie das denn?«

»Nicht direkt. Aber sie tat sehr geheimnisvoll, und was sie wissen wollte, war bestimmt wichtig für sie.«

Ohne ein Wort zu sagen, schob Maibohm zwei der drei Geldscheine ein Stück nach vorn. Auch der Wirt schwieg zunächst. Er fixierte eine Weile den dritten Schein, und dann sagte er: »Der Ärmste ist etwas langsamer als seine beiden *compañeros*; helfen Sie ihm doch, damit er in Gang kommt!«

300

Maibohm mußte lachen. Er schob den dritten Schein ebenfalls vor, so daß nun wieder alle drei wohlgeordnet nebeneinanderlagen.

»Sie fragte nach dem Reisebüro MUNDIAL«, sagte der Wirt.

Im ersten Augenblick war Maibohm enttäuscht. Hatte sie in diesem Haus nichts weiter vorgehabt, als ihren Rückflug zu buchen oder sich nach Reisen durch das Land zu erkundigen? Aber nein, sie hatte dem Mann ja ein Foto gezeigt!

»Und? Wo ist dieses Reisebüro?«

»Nicht mehr hier. Bis vor kurzem war es nebenan, aber die Leute haben aufgegeben, sind nach Guadalajara gezogen.«

»Hat sie auch nach Personen gefragt?«

»Ja.«

Maibohm schob die Scheine noch ein Stück weiter nach vorn.

»Nach *señor* Morro und *señorita* Miranda. Die haben das Büro geführt.«

»Kennen Sie die vollständigen Namen?«

»Ja. Gregorio Morro und Miranda Olloquiegui; die *señorita* hat dazu noch einen deutschen Namen, aber den weiß ich nicht mehr.«

Auch Maibohm machte sich nun Notizen. Dann fragte er: »Und sie sind jetzt also in Guadalajara?«

»Ja.«

»Wie sehen die beiden aus?«

Der Wirt beschrieb sie, und danach stand für Maibohm fest, daß Gregorio Morro nicht Ernst Pohlmann war.

»Haben Sie die neue Adresse?«

»Nur Guadalajara; mehr weiß ich nicht. Ach so, ja, sie wollten da ein Hotel eröffnen.«

»Wie soll es heißen?«

»Das weiß ich leider nicht.«

»Fragte die Frau Sie auch nach einem *señor* Pohlmann?«

»Ja, genau! Ich hatte den Namen vorher noch nie gehört.«

»Erwähnte sie den Namen Leuffen?«

»Ja. Auch den hab' ich noch nie gehört.«

Maibohm griff in seine Jackentasche, holte einen der Zeitungsberichte, die Nielson ihm gegeben hatte, hervor und tippte mit dem Zeigefinger auf Pohlmanns Porträt. »War es dieser Mann, dessen Foto sie Ihnen gezeigt hat?«

»Ja, der war's!«

»Und den haben Sie leibhaftig noch nie gesehen?«

»Bestimmt nicht.«

»War die Agentur MUNDIAL ein ganz normales Reisebüro?«

»Ja, aber es wundert mich nicht, daß sie ihren Laden dichtmachen mußten. Da kamen am Tag nicht mehr als drei oder vier Kunden, manchmal auch kein einziger. Ich hab' die Tür ja dauernd vor der Nase.«

»Wie lange hat die Firma existiert?«

»Na, so ungefähr ein Jahr.«

»Haben Sie mal was von einer *Madrugada* gehört?«

»*Madrugada*? Natürlich kenn' ich das Wort, aber sonst ... nein. Ich weiß nur, daß der Abend mir sympathischer ist.«

»Keine Kneipe, keine Werkstatt, kein Geschäft mit diesem Namen? Straße? Ort? Nichts?«

Der Wirt schüttelte den Kopf. Maibohm schob die dreißig Dollar ganz über den Tisch, und sofort verschwanden sie in der Hosentasche des Mexikaners.

»Danke, *señor*!«

»Wer hat denn jetzt die Räume nebenan? Wird wieder ein Reisebüro daraus?«

»Nein, da kommt ein Friseur rein. Im Moment sieht's aus wie auf 'ner Baustelle. Nackte Wände, Leitern, Farbeimer, Tapetenrollen. Es sind zwei Zimmer, und die werden total renoviert. Ich hab' den Schlüssel. Wenn Sie wollen, können Sie mal reinsehen, aber es lohnt sich nicht.«

»Das weiß man nie. Gehen wir rüber!«

Einen Augenblick später standen die beiden Männer in dem ehemaligen Reisebüro, das in der Tat so aussah, als böte es nicht die geringste Chance für irgendwelche Entdeckungen.

»Die Handwerker haben schon Feierabend gemacht«, sagte der Wirt.

Als sie sich zum Gehen wandten, sah Maibohm neben der Tür

einen großen Pappkarton, der bis zum Rand mit Papier gefüllt war. Er griff hinein und holte einen Reiseprospekt von Kalifornien heraus, blätterte kurz darin, warf ihn zurück.

»Was ist mit diesem Karton?« fragte er.

»Das ist Müll. Er wird morgen abgeholt. Die allerletzten Reste der AGENCIA MUNDIAL.«

»Wenn ich Ihnen noch einmal zwanzig Dollar hinstrecken würde, könnte es dann sein, daß Sie die Augen zumachen, während ich diesen Müll da weghole?« Maibohm hatte den Geldschein schon in der Hand.

»Dafür trag' ich Ihnen das Ding sogar zum Auto! Ist doch egal, wer das Zeug mitnimmt, die Müllmänner oder Sie.« Mit diesen Worten hatte er sich den schweren Karton bereits auf die Schultern geschwungen.

Sie gingen nach draußen, wo Maibohm ein Taxi heranwinkte. Der Wirt verstaute seine Last im Kofferraum. »Was für ein verrückter Tag!« sagte er noch einmal und steckte das Geld ein.

»Besuchen Sie mich bald wieder! Ihren Espresso haben Sie dann gratis.«

»Okay. Ich weiß übrigens Ihren Namen gar nicht.«

»Antonio Reyes, *señor*, immer zu Ihren Diensten.«

»Und ich heiße Peter Schumacher und komme aus Österreich.«

Maibohm stieg ein, und das Taxi fuhr los.

8 Die drei Männer saßen in Maibohms Zimmer auf dem dicken, flauschigen Teppichboden, um sich herum Berge von Papier. Es war schon halb zwölf in der Nacht, und sie hatten gemeint, in der Hotelhalle sei jetzt keine Beobachtung mehr nötig. Luise Pohlmann war nach ihrem kurzen Besuch in der Cafeteria gleich wieder ins ALAMEDA gefahren, hatte dort zu Abend gegessen, anschließend in der Bar zwei Kognaks getrunken und sich um zehn Uhr zwanzig zurückgezogen. Maibohm hatte vom Nachtportier erfahren, daß sie um acht Uhr geweckt werden wollte.

Der große MUNDIAL-Karton stand leer in einer Ecke. Er war vollgepropft gewesen mit Prospekten, Rechnungen, Karteiblättern, Briefen, Flug-, Eisenbahn- und Busfahrplänen, Landkarten, Telex-Fahnen, Broschüren und manch anderen bedruckten und beschriebenen Papieren, wie sie zutage treten, wenn Schränke, Regale und Schubladen eines aufgegebenen Reisebüros leergefegt werden.

»Das hier hätte nicht auf den Müllwagen, sondern in den Reißwolf gehört«, hatte Maibohm denn auch gleich zu Anfang gesagt, »aber die halten wohl nichts von Datenschutz.«

So war ihnen die dritte Mahnung an einen *señor* Carlos Vergara Muñoz zur Zahlung von zweitausendsechshundertfünfundvierzig Dollar unter die Augen gekommen und das Schreiben eines Passagiers, der Beschwerde führte über die üblen Ausdünstungen seines – immerhin namentlich genannten – Nachbarn auf einem Flug nach Europa, ebenso eine gewitzte Aufforderung, die Agentur möge die Rechnungen ihres Kunden bitte so abfassen, daß, je nach den Umständen der Reise, die Steuerbehörde, die Firmenleitung oder die Ehefrau an der Entstehung gewisser Nebenkosten keinen Anstoß nehmen könne.

Hinter Nielson, der gerade Blatt für Blatt einen Kalender des laufenden Jahres durchsah, stand das etwa vierzig Zentimeter lange Modell einer Boeing 747. Zwar war der Plastik-Jumbo nicht mehr ganz unversehrt; sein Fahrwerk war eingeknickt, das Seitenleitwerk verbogen, und auch der Rumpf hatte ein paar Dellen, aber vorstellen konnte man sich dennoch, wie werbewirksam der schmucke Flieger auf einem der MUNDIAL-Schreibtische gestanden haben mochte.

»Deprimierend«, sagte Thaden, »wenn man nach etwas sucht und nicht weiß, wonach.«

»Genau«, meinte Nielson. »Dagegen ist die Suche nach einem Schiff 'ne klare Sache. Aber mal dir bitte aus, da taucht plötzlich der Brief eines Herrn Pohlmann oder Leuffen auf, mit Adresse!«

»Nun greif nicht gleich nach den Sternen!« sagte Maibohm. »Eher müssen wir wohl damit rechnen, daß diese Maulwurfsarbeit überhaupt nichts bringt. Na ja, wenigstens kriegt man mal wieder mit, wie schön die Erde ist. Hier zum Beispiel...«, er hob einen auseinandergezogenen Faltprospekt hoch und schwenkte ihn hin und her, »Sri Lanka! Wirklich eindrucksvoll. Aber ich muß aufpassen, darf mich nicht verzetteln!« Er warf den Prospekt hinter sich.

Thaden stand auf, holte Bier aus der Zimmerbar, schenkte jedem ein Glas ein. Sie machten eine Pause, tranken, und danach ging es weiter, Blatt für Blatt, Rechnungen, Briefe, Fahrpläne, vor allem aber vielfarbige, blickfängerisch aufgemachte Prospekte voller Fotos von den Stränden Hawaiis und den Wäldern Kanadas, von pulsierenden Millionenstädten und verträumten Dörfern, von alpinen Schneelandschaften und ebenso weißen Luxuslinern.

Thaden erwischte ein buntes Heft mit Aufnahmen von Washington, und flüchtig erinnerte er sich an seine nächtliche Busfahrt; sie schien ihm lange zurückzuliegen und war doch schon Teil gewesen derselben Jagd, die ihn jetzt dazu zwang, in diesem Papierhaufen herumzuwühlen. Sorgfältig überprüfte er jede einzelne Seite, immer auf der Suche nach einem dienlichen Hinweis, irgendeinem handschriftlichen Vermerk, aber dann wich auch er von der eigentlichen Aufgabe ab und verlor sich für eine Weile an die Bilder, an das beleuchtete Jefferson Memorial und das Capitol, an das Blaue und das Rote Zimmer der amerikanischen Präsidenten und die Wasserfontänen vor dem Weißen Haus, an die Kirschblüten am Ufer des Potomac und an John F. Kennedys Grabstätte auf dem Ehrenfriedhof von Arlington. Und er dachte an Sigrid und Arndt und daran, daß er diese Stadt irgendwann zusammen mit ihnen besucht hätte.

Nielson, offenbar ausgestattet mit einem feinen Gespür für derlei Abschweifungen seiner Mitarbeiter, sagte: »Ihr sollt keine Reisepläne schmieden, sondern nach Spuren suchen!«

»Aye, aye, Sir!« erwiderte Thaden und legte den kleinen Reiseführer zu den bereits erledigten Papieren, fügte aber noch hinzu. »Da wir gerade von Reisen reden... also die, die wir jetzt machen, geht auf mein Konto. Klar, daß ich diese Kosten allein trage!«

»So klar ist das nicht«, antwortete Nielson, »immerhin hab' auch ich mit Pohlmann was zu regeln.«

»Trotzdem, ich möchte es!« Thaden sagte es mit viel Nachdruck, und da gab es keinen Widerspruch mehr. Sie arbeiteten weiter, still und ausdauernd, bis Nielsons Aufschrei kam. Sein *»Caramba!«* war so laut, daß die beiden anderen ihn erstaunt ansahen. Und was tat der Kapitän? Er bot ihnen eine ergötzliche Einlage. Sein Papier in der Hand, machte er vor lauter Eifer eine halbe Rolle rückwärts, zerquetschte dabei den hinter ihm geparkten Jumbo, rollte wieder nach vorn und kam mit dem so gewonnenen Schwung auf die Beine. »Hört mal«, sagte er, »was auf der Rückseite von diesem Telex steht, mit der Hand geschrieben: ›*Dile que después me voy a la Madrugada!*‹«

Auch Thaden und Maibohm waren aufgestanden. Zu dritt betrachteten sie den Fund. Das Telex war nur eine Mitteilung über die voraussichtliche Beendigung eines Fluglotsenstreiks, aber die private Notiz hatte es in sich, jedenfalls nach Nielsons Meinung. »Da ist sie wieder«, sagte er, »unsere *Madrugada!*«

»Was heißt das Geschreibsel denn auf deutsch?« fragte Maibohm.

»Daß der Betreffende, also der, der das geschrieben hat, sich zur *Madrugada* begeben will.«

»Bist du sicher?« fragte Thaden. »Oder will er in der Morgenfrühe irgendwohin? Dann wär's nur 'ne Zeitangabe.«

»Nein, nein, es ist eindeutig. Die Zeit wird durch das Wort *después* bestimmt; das heißt *nachher*. Außerdem ist *Madrugada* großgeschrieben, das deutet auf einen Eigennamen hin.«

»Wie heißt der ganze Satz noch gleich?« fragte Maibohm.

Nielson wiederholte: *»Dile que después me voy a la Madrugada!«* Auf deutsch also: Sag ihm, ich geh' nachher zur *Madrugada!*«

»Geh'?« Maibohms Stimme verriet Begeisterung. »Wenn es in der MUNDIAL geschrieben wurde, und das ist ja wohl anzunehmen, dann wollte derjenige zu Fuß dahin, und das…«

»Nein.« Ganz entschieden kam Nielsons Einwurf. *»Me voy* benutzt man auch, wenn man fahren oder fliegen oder von mir aus auch reiten meint. Es heißt so etwas wie ›Ich will nachher in die...‹, na ja und so weiter. Ich frag' mich nur: Warum hat er das aufgeschrieben?«

»Ganz einfach«, meinte Maibohm. »Miranda telefonierte gerade, und da hat Morro, falls er der Schreiber ist, ihr den Zettel hingeschoben. Das Dumme ist nur, daß wir damit noch immer nicht wissen, was die *Madrugada* ist und wo wir sie finden können.«

Alle drei sahen ein, daß sie wieder mal etwas Interessantes, wenn nicht gar Aufregendes entdeckt hatten und trotzdem keinen Schritt vorangekommen waren. Sie legten das Telex auf den Nachttisch, und obwohl sie noch eine ganze Stunde weitersuchten, blieb es bei diesem einen besonderen Stück Papier, und ebenso blieb es dabei, daß sie nichts damit anfangen konnten, außer sich bestärkt zu fühlen in der Annahme, die Morgenfrühe, wiewohl vom Wortsinn her eine Zeitangabe, sei für Pohlmann oder Leuffen, sofern der noch lebte, ein bedeutungsvoller Ort.

Um halb zwei war die Arbeit beendet. Doch bevor Nielson und Thaden das Zimmer verließen, sagte Maibohm zu ihnen: »Morgen geh' ich noch mal zu meinem neuen mexikanischen Freund, Antonio. Dann sind hoffentlich auch die Handwerker da, und ganz vielleicht wissen die ja irgendwas. Könnte doch sein, daß sie ihre Leitern und Farbtöpfe schon angeschleppt haben, als die Leute von der MUNDIAL noch da waren. Und natürlich knöpf' ich mir auch Antonio wieder vor. Ich werde mir heute nacht das Hirn zermartern, um auf Fragen zu kommen, die ich ihm noch nicht gestellt hab'. Das ist es nämlich, ich weiß es doch von meinem Job her: Oft kriegt man nur deshalb das Falsche raus, weil man die falschen Fragen gestellt hat. Und ihr denkt bitte ebenfalls nach, womit ich Antonio noch löchern könnte!«

Am nächsten Morgen kam es zu einer dramatischen Situation. Sie frühstückten, hatten sich wieder einen Tisch im Hintergrund gesucht, als plötzlich Luise Pohlmann an der Rezeption erschien. Und was sich durch ihren längeren Verbleib am Tresen schon ankündigte, wurde gleich darauf bestätigt durch den Hotelpagen, der ihr Gepäck brachte. Wieder mußten die drei eine blitzschnelle Entscheidung treffen, denn zumindest einer hatte ihr zu folgen. Wahrscheinlich würde es eine Fahrt zum Flughafen werden, und dann kam es darauf an, ob sie nach Deutschland zurückflog oder nach Guadalajara reiste, um dort das MUNDIAL-Pärchen ausfindig zu machen. Vielleicht würde sie aber auch einen ganz anderen Ort aufsuchen oder nur das Hotel wechseln. Die Männer beschlossen, daß Thaden sie überwachen sollte. Er eilte in sein Zimmer, um sich mit dem Nötigsten zu versorgen. Unterdessen ging Maibohm zur Rezeption und frage Luise Pohlmann, ob sie zufällig nach Deutschland fliege und eine Postkarte mitnehmen könne. Zum ersten Mal war er ganz in ihrer Nähe, und obwohl sie wieder unter ihrer Drapierung versteckt war, empfand er auf Anhieb, daß von ihrer Erscheinung, ihren Bewegungen und ihrer Art zu sprechen eine starke Anziehungskraft ausging.

»Nein, tut mir leid, Deutschland nicht. Ich mache noch ein bißchen Urlaub in Mexiko.«

»Dann geht's wohl nach Acapulco?«

»Vielleicht, ja, aber auch Cuernavaca ist sehenswert, ebenso Puerto Vallarta und Guanajuato und natürlich San Miguel Allende und Ixtapan de la Sal.«

Verdammt, dachte er, warum gleich ein halbes Dutzend Reiseziele?

Sie bezahlte ihre Rechnung mit Travellerschecks, was zum Glück einige Zeit in Anspruch nahm.

»Aber eine Frau und dann noch so eine . . . ganz allein in diesem Land, in dem es von Machos nur so wimmelt?«

»Eben«, sagte sie nur.

Er war verblüfft, fragte aber gleich weiter: »Haben Sie sich denn schon das Anthropologische Museum angesehen und die Pyramiden von Teotihuacán?«

»Das stimmt so«, sagte sie zu dem Mann an der Rezeption, und der antwortete: »*Thank you very much, madam!*«

»Oder die *Plaza Garibaldi* mit den Mariachi-Kapellen?« versuchte Maibohm sie aufzuhalten, denn Thaden war noch immer nicht zurück.

»Wissen Sie, alles, was touristisch ausgeschlachtet wird, sollte man meiden.«

»Da haben Sie auch wieder recht.«

Endlich! Der Freund kam aus dem Lift, in der Hand seine kleine Reisetasche.

»Okay«, sagte Maibohm zu Luise Pohlmann, »ich wünsche Ihnen noch einen schönen Aufenthalt.«

»Danke gleichfalls.«

Für die Fahrt zu Antonio mußte er sich ein Taxi auf der Straße suchen. Diesmal hatte er Pech mit dem Fahrer. Der schon ältere Mann, der außer dem Gekreuzigten und der Jungfrau Maria noch anderes Bibel-Personal vor die Windschutzscheibe gehängt und dann auch noch das Armaturenbrett mit frommen Sprüchen garniert hatte, war so fromm wohl doch nicht, denn nachdem Maibohm ihm das Ziel genannt hatte, schlug er die falsche Richtung ein, fuhr am *Palacio de Bellas Artes* vorbei, überquerte die *Lázaro Cárdenas* und erreichte schließlich den *Zócalo* mit dem Nationalpalast und der Kathedrale. Von seinem Stadtplan her wußte Maibohm, wo sie sich befanden und daß die zu erwartende Erklärung des Fahrers, er ziehe die weniger verstopften Straßen vor, nichts als eine faule Ausrede sein würde. Aber auf sein energisches »*I said Insurgentes!*« kam nur ein schlichtes »*Perdóneme!*«, und nach einem halsbrecherischen Wendemanöver, bei dem die gesamte Heilige Familie Zustimmung zu nicken schien, ging es auf Gegenkurs. Da trotz der erheblich verlängerten Strecke am Ende ein akzeptabler Preis herauskam, zahlte er den Betrag ohne Kommentar.

Als erstes versuchte er es an der Tür der MUNDIAL, aber sie war verschlossen, und so betrat er die Cafeteria, begrüßte Antonio mit Handschlag.

»Einen Espresso?«

»Ja, gern.«

Wenige Minuten später saßen die beiden Männer an eben dem Tisch, über den in wohldosierten Schritten die dreißig Dollar gewandert waren.

»Ich muß Sie noch einmal fragen: Ist Ihnen nicht doch irgendwann die *Madrugada* untergekommen, ohne daß damit die wirkliche Morgenfrühe gemeint war? Haben Gregorio oder Miranda den Ausdruck vielleicht mal benutzt?«

Antonio gab sich Mühe, antwortete nicht spontan, kniff sogar die schwarzen Augen zusammen und legte die braune Stirn in Falten, was in der Tat nach fast grimmig betriebenem Nachdenken aussah. Aber dann folgte doch nur das Bekenntnis: »Es tut mir leid, *señor*; mit der Morgenfrühe hatte ich höchstens als Junge zu tun, in der kleinen Bäckerei meines Onkels. Da mußte ich schon um vier Uhr aufstehen; aber sonst . . .? Nein, wirklich nicht. Was soll sie denn eigentlich sein, Ihre *Madrugada*?«

»Das weiß ich eben nicht; vielleicht irgendeine Firma. Aber lassen wir das! Sie haben gestern gesagt, die MUNDIAL hätte nicht viel Zulauf gehabt. Kann es sein, daß sie nur zur Tarnung als Reisebüro gearbeitet hat? Sie wissen, es gibt Geschäfte, die nach außen hin ganz normal erscheinen, in Wirklichkeit aber ein Umschlagplatz für Waffen, Drogen und ähnliches sind. Könnte . . .«

»Nein, nein, den Eindruck hatte ich nicht!«

»Gab es denn irgendwelche Leute, die regelmäßig kamen, vielleicht keine Kunden, sondern Personen, die mit Gregorio oder Miranda auf andere Weise zu tun hatten, zum Beispiel Freunde von ihnen?«

»Ja. Luciano war manchmal da, Gregorios Bruder. Er kam immer in einem langen, schwarzen CADILLAC mit getönten Fensterscheiben.«

Maibohm stutzte. Von einer langen, schwarzen Limousine mit dunklen Scheiben war schon einmal die Rede gewesen, nämlich als Heinrich Nielson erzählt hatte, mit was für einem Auto sein blinder Passagier in Veracruz abgeholt worden war. Natürlich, es konnte sich um eine zufällige Übereinstimmung handeln, aber immerhin hatte, wie er jetzt erfuhr, ein auffälliger schwarzer Wagen an einem Ort gestanden, an dem Luise Pohlmann erschienen war, um sich Informationen zu holen.

»Kennen Sie die Nummer des Wagens?«

»Leider nein, aber ich hab' gesehen, daß er aus dem Staat Tlaxcala war.«

»Und wo liegt dieser Staat?«

Antonio zeigte mit dem Daumen über die Schulter. »Es ist die nächste Provinz im Osten.«

»Und wie heißt die Hauptstadt?«

»Tlaxcala, wie der Staat.«

Maibohm machte sich ein paar Notizen, und dann fragte er: »Wissen Sie, was dieser Luciano beruflich macht?«

»Gregorio hat mir nur ganz allgemein erzählt, sein Bruder hätte einen tollen Job.«

»Fuhr er den Wagen selbst, oder saß er hinten?«

»Warten Sie, da muß ich überlegen! Ja, mehrmals kam er mit Chauffeur, aber manchmal hat Luciano den langen CADDY auch selbst gefahren. Ich hab' noch zu ihm gesagt: Bei der unverschämten Länge brauchst du ja eigentlich zwei Lizenzen.«

»Wie oft war er hier?«

»Na ja, vielleicht zehn- oder zwölfmal in dem ganzen Jahr.«

Maibohm steckte das Notizbuch ein, fischte eine Zehndollarnote aus seiner Jackentasche und gab sie Antonio, sagte dabei: »Aber der Espresso ist gratis, nicht?«

»Na klar!«

Im Hotel erstattete Maibohm Bericht. Nielson war gepackt von der Neuigkeit, daß wieder ein langes, schwarzes Auto mit dunklen Scheiben ins Spiel gekommen war. »Vielleicht«, sagte er, »können wir jetzt endlich Nägel mit Köpfen machen. Ich glaube, vom *Distrito Federal* abgesehen, ist Tlaxcala der kleinste Staat der Republik, und so viele schwarze CADILLACS wird es da nicht geben.«

»Wie gehen wir am besten vor?«

»Erst mal erkundigen wir uns in Tlaxcala nach dem Wagen, ja, und dann ist es vielleicht an der Zeit, meinen Freund in Puebla zu besuchen. Ich hab' das Gefühl, ein Einheimischer könnte uns jetzt nützlich sein.«

»Würde dein Freund denn bei einer so heiklen Sache mitmachen?«

»Ehrlich gesagt, Freund ist ein bißchen übertrieben; aber das hat den Vorteil, daß wir ihn wahrscheinlich mit Geld dazu bringen können, uns zu helfen.«

»Wär nicht schlecht. Woher kennst du ihn?«

»Vor Jahren war ich mal sein Käpt'n. Nicht auf der CAPRICHO. Er fuhr bei mir als Koch, und als er meinte, genug verdient zu haben, ging er nach Puebla, wo er aufgewachsen ist, und eröffnete ein Restaurant. Es hat einen guten Namen, aber trotzdem kommt er nur schwer über die Runden. Eine kleine Finanzspritze würde ihm sicher willkommen sein.«

»Sehr gut!«

»Wenn wir jetzt bald aufbrechen, wissen wir heute nachmittag vielleicht schon mehr, und je nachdem, wie das aussieht, richte ich meine Puebla-Reise ein.«

Maibohm fand den Vorschlag gut. Sie packten ihre Koffer, aßen dann im Restaurant des Hotels zu Mittag, und so kam es, daß Thaden sie telefonisch dort noch erreichte. Er war inzwischen in Guadalajara angekommen und hatte sich, wie Luise Pohlmann, im Hotel ROMA einlogiert.

9 Nielson und Maibohm waren ein gutes Stück außerhalb der kleinen Stadt Tlaxcala in einem einfachen, ländlichen Hotel abgestiegen. Sie hatten, was den Komfort betraf, Abstriche gemacht und lieber für ein höheres Maß an Sicherheit gesorgt, denn sollten sie bei ihren Nachforschungen in irgendeiner Weise auffällig werden, wäre eine Gegenaktion nicht auszuschließen. Vielleicht würde man sich für ihren Aufenthaltsort interessieren, und darum hielten sie es für besser vorzugeben, sie wären nur auf der Durchreise. Ihr HOSTAL SAN CLEMENTE lag elf Kilometer vor Tlaxcala in Richtung Westen.

Es war jetzt früher Nachmittag. Sie saßen in Maibohms Zimmer, das zwar spartanisch eingerichtet, aber geräumig und vor allem sauber war. Gleich nach der Ankunft hatten sie im Hotel ROMA in Guadalajara angerufen und für Thaden ihre neue Adresse hinterlassen.

»Wir haben keine Ahnung«, sagte Maibohm zu Nielson, »ob Pohlmann sich tatsächlich in dieser Gegend verkrochen hat oder ob er gerade in der *Fifth Avenue* von New York spazierengeht oder vielleicht in Hongkong seinen Tee trinkt oder am Ende doch schon zu den Toten gehört. Aber falls er in der Nähe ist, könntet ihr durch einen dummen Zufall aufeinandertreffen. Kann doch sein, daß er ausgerechnet in der Amtsstube sitzt, in der wir ansetzen wollen, oder er kommt die Treppe runter, wenn wir sie raufgehen. Darum, meine ich, sollte ich mich erst mal allein umsehen.«

»Im Prinzip hast du recht«, antwortete Nielson, »nur bezweifle ich, daß man es hier mit dem Englischen schafft. Mexico City, Acapulco, Cancún, auch Veracruz, die Häfen überhaupt, das sind Orte, in denen Tourismus und Handel dafür gesorgt haben, daß die Leute englisch sprechen. In der Provinz ist das anders, und wenn mein Spanisch auch nicht vom Feinsten ist, so kann ich mich zumindest mit den Leuten verständigen.«

»Na gut, dann müssen wir's wohl drauf ankommen lassen.«

Um vier Uhr stiegen sie in ihren neuen Mietwagen, einen RANGE ROVER, und fuhren in die Stadt, parkten an der *plaza*, fanden dort nach kurzem Suchen das Rathaus. Aber plötzlich hatte Maibohm Bedenken, nun einfach da hineinzumarschieren und nach einem schwarzen CADILLAC zu fragen. Er wußte, mit jeder Frage, die man stellt, teilt man auch etwas mit, nämlich die eigene Neugier, und die kann den anderen hellhörig machen. Er blieb stehen und hielt Nielson fest. »Besser doch keine Behörde«, sagte er, »lieber 'ne Kneipe. Da können wir uns aussuchen, wen wir fragen wollen, und wir können auch wieder kehrtmachen, wenn die Leute uns nicht nach der Nase sind. Auf einem Amt muß man immer gleich die Hosen runterlassen, und dann weiß Pohlmann womöglich fünf Minuten später Bescheid.«

Nielson nickte und zeigte auf eine kleine Gaststätte, und kurz darauf saßen sie dort an einem mit Wachstuch bezogenen Tisch, hatten beide Bier bestellt. Es mochten etwa zehn Männer sein, die sich in dem Schankraum befanden, und zwei weitere spielten im Hintergrund Billard.

»Wir können«, sagte Maibohm, »nach dem schwarzen CADIL-LAC, nach Luciano Morro oder nach der *Madrugada* fragen. Aber wenn wir die Leute nach dem Auto aushorchen, denken sie vielleicht an irgendeinen Vorfall mit Fahrerflucht oder an ähnliches und halten sich lieber raus. Ja, und mit der *Madrugada* hat man hierzulande offenbar so wenig am Hut, daß ich finde, wir sollten uns nach Morro erkundigen. Pirschst du dich mal eben ran an die drei, die hier neben uns ihre Buttermilch trinken?«

»Das ist *pulque* und keine Buttermilch.«

»Um so besser! Wenn die Frage verfänglich ist, kriegen sie das vielleicht gar nicht so richtig mit.«

»Die sind durchaus noch klar im Kopf, reden über Geschäfte, genauer gesagt, über Schweinepreise.«

»Wie willst du's anpacken?«

»Auf keinen Fall mit Geld. Bei deinem Antonio war's das richtige Mittel, aber die *campesinos* können da sehr empfindlich sein.« Nielson stand auf, trat an den Nebentisch. Die dort geführte Unterhaltung verstummte sofort.

»Verzeihung, *señores*, ich hab' ein Problem. Wir sind auf dem Weg nach Veracruz, und jemand hat uns Grüße aufgetragen für einen Mann, den wir nicht finden können. Wir wissen nur, daß er in dieser Gegend wohnt.«

»Und wie soll er heißen?« fragte einer der Männer.

»Luciano Morro.«

»Morro? Ich kenne keinen Morro.« Auch die beiden anderen schüttelten ihre Köpfe. Doch Nielsons Vorstoß hatte nicht nur die drei, sondern alle übrigen Anwesenden ebenfalls verstummen lassen, und sogar die Billardspieler hatten sich aufgerichtet. In die so plötzlich entstandene Stille hinein rief ein hagerer

Alter, der allein an einem Ecktisch saß: »*Luciano Morro es el administrador de la hacienda La Madrugada.*«

Nielson ging sofort zu ihm.

»Darf ich mich für einen Moment an Ihren Tisch setzen?« fragte er.

»Ja.«

Nielson nahm Platz und rief den Wirt herbei. Ob es recht sei, wenn er ihn zu einem Glas *pulque* einlade, wandte er sich wieder an den Alten. Die Zustimmung erfolgte durch leichtes Nicken. Nielson bestellte, bat für sich um ein neues Bier.

»Wo finde ich Luciano Morro und seine *Madrugada*?«

»Es ist nicht seine, aber er hat da das Kommando. Wenn Sie... sind Sie mit dem Auto unterwegs?«

»Ja.«

»Also, wenn Sie nach Osten fahren, kommen Sie durch Huamantla, und ein paar Kilometer weiter biegen Sie links ab. Da geht es nach Altzayanca. Aber so weit dürfen Sie nicht fahren. Vorher führt links eine Privatstraße zur *Madrugada*.«

Die Getränke wurden gebracht. Nielson hob sein Glas. »Vielen Dank, *señor*! Auf Ihr Wohl!«

»Danke. Auch auf Ihr Wohl!«

Sie tranken, und dann fragte Nielson: »Kennen Sie Luciano Morro näher?«

»Nein. Er stammt zwar aus dieser Gegend, aber ich hab' nie mit ihm zu tun gehabt.«

»Die Leute, von denen ich ihm Grüße bringen soll, sagen, er fährt einen schwarzen CADILLAC.«

»Ja, den hab' ich schon mal gesehen. Ist auch nicht sein eigener, sondern gehört *señor* Hamilton, dem *haciendero*.«

»Hamilton? Ein Amerikaner?«

»Ich glaube, er kommt aus England.«

»Kennen Sie ihn?«

»Wo denken Sie hin! Solche Menschen kennt unsereiner nicht.«

»Und wie lange gibt es die Hacienda schon?«

Der Alte hob kurz die Schultern. »Das weiß ich nicht. Auf jeden Fall ist sie älter als ich, und ich bin einundachtzig.«

»Donnerwetter, einundachtzig! Ob Hamilton auch so alt ist?«
»Er soll ein noch junger Mann sein.«
Nielson spürte die Enttäuschung fast körperlich. Sein ebenso
kühn wie eilig errichtetes Gedankengebäude brach zusammen.
Aber es richtete sich ebenso kühn und ebenso schnell wieder
auf, denn der Alte ergänzte: »So um die Fünfzig.«
»Fünfzig? Dann ist er kein junger Mann mehr!«
»Doch. Verglichen mit mir.«
Nielson mußte lachen, und bevor er dann etwas sagen konnte,
fuhr der Alte fort:
»Soviel ich weiß, hat *señor* Hamilton die *Madrugada* im letzten
Jahr gekauft.«
Nielson stand auf. »Haben Sie vielen Dank! Jetzt können wir die
Grüße an den Mann bringen.«
»Reisen Sie heute noch weiter?«
»Ja.«
»Veracruz ist eine schöne Stadt.«
»Ja. Nochmals danke!« Er kehrte zu Maibohm zurück, und
wenig später brachen sie auf, fuhren in Richtung Huamantla.

Sie erreichten die Privatstraße, die, wenn der Alte sie richtig
informiert hatte, zur Hacienda führte. Maibohm bog zwar ab,
stoppte dann aber und wendete.
»Was ist los?« fragte Nielson.
»Ich hab' plötzlich das Gefühl, wir müssen vorsichtiger sein.
Stell dir vor, das hier ist tatsächlich Pohlmanns Grund und
Boden, und er kommt uns auf halber Strecke entgegen! Die
Straße ist verdammt schmal, und auf das Agavenfeld kann man
nicht ausweichen. Also hätte er dich vor der Nase, und alles wäre
aus. Besser, ich guck' mir den Laden heute nacht allein an. Und
du fährst morgen nach Puebla! Wenn irgend möglich, kommst
du noch am selben Tag zurück und bringst deinen Freund mit.
Der erste Kontakt zu Pohlmann darf auf keinen Fall durch
einen Deutschen entstehen, denn er würde mit Sicherheit sämtliche Antennen ausfahren, sobald in dieser gottverlassenen
Gegend ein Landsmann aufkreuzt und an seine Tür klopft.«

»Das glaub' ich auch«, sagte Nielson. »Und mein Pepe sieht wirklich nicht nach einem BKA-Mann aus. Hoffentlich treff' ich ihn überhaupt an!«

10 Eigentlich hatte Luise Pohlmann schon nach ihrem Besuch bei der Stadtverwaltung kapituliert, als sie ein paar Häuserblocks zu Fuß gegangen und an der Kreuzung Hidalgo/Alcalde in ein wahres Verkehrschaos geraten war. Nur fünf bis zehn Minuten hatte sie dort gestanden und auf ein Taxi gewartet, aber selbst ein so kurzer Zeitraum hatte ausgereicht, sie an den Rand eines Nervenzusammenbruchs zu treiben. Wieso muß ich mich diesem höllischen Streß, diesem Lärm und dieser verpesteten Luft aussetzen, hatte sie sich gefragt, nur um einem Gregorio Morro nachzujagen, von dem ich ja gar nicht weiß, ob er die Spur zu meinem Mann preisgibt. Wahrscheinlich ist viel eher mit dem Gegenteil zu rechnen, daß er mich nämlich, auf Anweisung seines Auftraggebers, in die Irre führt oder noch Schlimmeres mit mir anstellt! Im Taxi war sie dann wieder zur Ruhe gekommen, hatte ihre Mutlosigkeit besiegt und schließlich die Suche doch fortgesetzt, weil die Namen Morro und Schulze Olloquiegui und die Stadt Guadalajara nun mal die einzigen Anhaltspunkte waren, über die sie verfügte, und weil sie in dieses Land gekommen war, um sich den brutalen Übergriff auf ihr Haus und ihr Leben teuer bezahlen zu lassen.

Nun war es sieben Uhr am Abend. Sie saß im Speisesaal ihres Hotels, hatte sich eine Hummercremesuppe servieren lassen. Neben dem Teller lagen ihre Reiseunterlagen. Der Mann an der Rezeption hatte für sie in Flugplänen geblättert, mit einer Agentur telefoniert und herausbekommen, daß sie noch am Abend entweder in die Hauptstadt oder in die USA fliegen und am nächsten Morgen nach Deutschland weiterreisen könnte. Bis jetzt war sie sich nicht schlüssig, neigte jedoch mehr und mehr dazu, ihr Unternehmen abzubrechen und dann als erstes in einer Schweizer Klinik die Hauttransplantationen durchführen zu lassen. Die Suche nach ihrem Mann konnte sie ja anschließend wiederaufnehmen, ohne Eile, ohne Streß, gut vorbereitet und vielleicht unterstützt von jener Detektei, die ihr schon einmal behilflich gewesen war. Die Polizei würde sie nicht einschalten. Sie war heilfroh, daß Becher und Replin und, wie es den Anschein hatte, auch die deutsche Öffentlichkeit die Horror-Story vom Sterben Ernst Pohlmanns geschluckt hatten. Becher hatte ihr sogar mitgeteilt, daß die Ermittlungen nun eingestellt worden seien. Nicht zuletzt war es dieser Bescheid gewesen, der sie zu ihrer Cancún-Reise ermutigt hatte, denn damit stand fest, daß man sie unterwegs nicht beschatten würde.

Viereinhalb Stunden lang war sie in Guadalajara von einer Stelle zur anderen gefahren, hatte zunächst, ohne Erfolg, das Einwohnermeldeamt aufgesucht und dann im Amt für Gewerbeaufsicht nachgefragt, ob ein Gregorio Morro und eine Miranda Schulze Olloquiegui kürzlich in dieser Stadt ein Hotel oder eine Pension eröffnet hätten. Der Beamte hatte sich viel Mühe gegeben, ihr aber nicht weiterhelfen können. Auch beim Hotelverband waren die Nachforschungen negativ verlaufen. Auf ihre Frage hin, ob das neue Hotel vielleicht erst im Entstehen sei, hatte man sogar im Bauamt angerufen. Nein, davon sei nichts bekannt, war die Antwort gewesen. Schließlich hatte sie ihre Suche auf einzelne Hotels ausgedehnt, weil ihnen ein künftiges Konkurrenzunternehmen vielleicht noch früher bekannt geworden war als den Behörden. Sie war im CAMINO REAL, im MALIBU, im MARRIOTT, im HOLIDAY INN und im TAPATIO gewesen, auch in ein paar Häusern der Mittelklasse, hatte Mexikos zweitgrößte Stadt kreuz und quer mit dem Taxi durchstreift und die Aktion erst abgebrochen, als die Rush-hour ihren Höhepunkt erreichte.

Sie hatte keinen Appetit, schob den nur halb geleerten Teller beiseite und ließ sich einen Mokka bringen. Er tat ihr gut, belebte Körper und Geist, und plötzlich kam ihr ein Gedanke, der die Entscheidung, so schnell wie möglich nach Hause zu reisen, herbeiführte:

Natürlich! Warum ist mir das nicht eher eingefallen? Ein Ernst Pohlmann wird es darauf angelegt haben, daß für jeden, der im Umfeld der ehemaligen Reiseagentur MUNDIAL nach Spuren forscht, von Anfang an die Weichen falsch gestellt sind. Also hat er den Wirt in der Cafeteria, den wichtigsten, wenn nicht den einzigen potentiellen Informanten, mit falschen Fakten füttern lassen. Dieser Mann hat Guadalajara in seinen Kopf gekriegt, während Morro und das Mädchen nach Acapulco oder nach Cuernavaca oder vielleicht sogar ins Ausland gegangen sind. Und womöglich ist es gar kein Hotel, das die beiden an ihrem neuen Standort eröffnen, sondern ein Waschsalon oder eine Hühnerfarm oder auch, weil sie das nun mal gelernt haben, wieder ein Reisebüro, allerdings bestimmt nicht mit dem Namen MUNDIAL. Und wenn der Mann in der Cafeteria Auskunft gibt, kann er, wie hoch das Trinkgeld auch ausfällt, nur das sagen, was er weiß. Also sitze ich mit Sicherheit in der falschen Stadt. Ja, so muß es sein, und darum werde ich noch heute abend aufbrechen!

11 Sie hatten ihren Plan umgestellt. Nielson sollte die nächtliche Inspektion nicht abwarten, sondern sich sogleich in Marsch setzen. Da Maibohm zu den Bewohnern der Hacienda auf keinen Fall Kontakt aufnehmen durfte, war als Ergebnis seiner Unternehmung ohnehin nichts weiter zu erhoffen als die Gewißheit, daß es irgendwo hinter Huamantla die *Madrugada* tatsächlich gab.

So saß Nielson nun in einem Reisebus der Linie FLECHA DE ORO und war auf dem Weg nach Puebla. Er hatte es sich bequem gemacht, hielt die Augen geschlossen. Aber er schlief nicht, sondern dachte an das bevorstehende Wiedersehen mit José Dominguez, genannt Pepe, jenem Mann, der an Bord immer wieder versucht hatte, das Schiffsvolk für die mexikanische Küche zu erwärmen. Bei seinem Kapitän war ihm das gelungen, aber die Besatzung hatte an den scharf gewürzten

319

exotischen Speisen keinen Geschmack gefunden. Es war schon acht Jahre her, daß sein früherer Koch der Seefahrt den Rükken gekehrt hatte. Viermal war er seitdem bei ihm gewesen und immer fürstlich bewirtet worden, aber trotzdem war ihm nicht verborgen geblieben, daß der verheiratete und mit fünf Kindern gesegnete Mann viel Mühe hatte, für das an der *plaza* von Puebla gelegene Lokal die hohe Miete zu erwirtschaften, sein Personal zu bezahlen und die große Familie durchzubringen.

Um Viertel nach neun hatte der Bus die Stadt erreicht. Nielson nahm sich ein Taxi, war selbst beim Einsteigen noch unschlüssig, wohin es gehen sollte, zum Privathaus in der kleinen, stillen Straße *Carril Rancho de la Rosa* oder ins DON PEPE, entschied sich schließlich für das Restaurant.

Als er an der *plaza* ausstieg, dachte er wieder einmal, wie recht Pepe daran getan hatte, sich an diesem Ort niederzulassen. Es war zwar laut hier, und es wimmelte von Autos, Bussen und Fußgängern, aber gerade sie verhießen ja Kundschaft, und überdies bot die lichterbesetzte und durch Scheinwerfer angestrahlte prächtige Kathedrale eine imposante Kulisse.

Durch die Fensterscheiben sah er, daß im DON PEPE Hochbetrieb herrschte. Nur wenige Tische waren unbesetzt. Er trat ein, ging sofort nach hinten und stieß die Schwingtür zur Küche auf. Da stand er, der Chef, stand da in seinem weißen Küchendreß am Herd und rührte in einem Topf. Er hob den Blick, um zu sehen, wer es wagte, das Heiligtum zu betreten, denn soviel hatte er aus den Augenwinkeln wohl mitbekommen, daß der plötzlich inmitten der Küchendünste aufgetauchte große Mann nicht zum Personal gehörte. Und dann erkannte er seinen Kapitän! *»Dios mío!«* rief er, drückte dem ihm nächststehenden Gehilfen den Löffel in die Hand und lief auf Nielson zu.

Sie umarmten sich, klopften sich gegenseitig auf die Schultern, immer noch einmal, bis Pepe seinen Besucher ins Lokal zog. Sie setzten sich an den Tisch, der gleich neben der Schwingtür stand. Obwohl sie an Bord englisch miteinander gesprochen

hatten, waren sie auf Nielsons Wunsch hin schon bei seinem
ersten Besuch zum Spanischen übergegangen, und dabei war es
geblieben.
Eine halbe Stunde lang ging es um die Fragen nach dem Befinden, nach der Familie, den Freunden und nach dem, was die
vergangenen Jahre dem einen und dem anderen gebracht hatten. Über den Fall Pohlmann sprach Nielson jedoch nicht, wohl
aber über den in New Orleans aufgedeckten Drogenschmuggel.
Pepe hatte, so fand er, von seinem feurigen Temperament ein
wenig eingebüßt. In den Bewegungen war er ruhiger geworden, in der Mimik beherrschter. Das einst pechschwarze Haar
war nun durchgehend grau. Stark gekräuselt lag es wie ein
Päckchen Wolle auf seinem Kopf. In das tiefbraune Gesicht
hatten sich Falten eingegraben.
»Was möchtest du essen? Vorweg eine Avocado-Suppe und
dann vielleicht grünen Reis mit Scampi?«
»Gern.«
»Genau das hast du nämlich beim letzten Mal gegessen.«
»Das weißt du noch?«
»Oh, ich weiß noch alles!« antwortete Pepe, und seine Augen
glänzten plötzlich wie früher. »Bitte, entschuldige mich für
einen Moment!« Er verschwand, und kurz darauf wurde die
Suppe gebracht.
Als Nielson das Reisgericht vor sich hatte, kam Pepe zurück und
setzte sich wieder an den Tisch.
»Ich will dich aber nicht von deiner Arbeit abhalten«, sagte
Nielson.
»Meine Leute schaffen das auch ohne mich.«
»Es schmeckt phantastisch! Willst du nicht mitessen?«
»Hab' schon.«

Gegen elf Uhr, als das Lokal sich leerte, saßen die beiden noch
immer an ihrem Tisch. Sie tranken *café de olla* und rauchten
mexikanische Zigaretten.
»Wann kommt deine CAPRICHO in Veracruz an?«
»Ungefähr in fünf Tagen.«

»Dann bist du bis dahin mein Gast!«

»Danke, aber diesmal geht's leider nicht.«

»Warum?«

»Ich suche im Staat Tlaxcala nach einem Deutschen, mit dem ein Freund von mir und ich eine Rechnung zu begleichen haben.«

»Das klingt nicht gerade nach 'ner Ferienreise.«

»Ist es auch nicht.«

Nielson begann zu erzählen. Daß er manchmal geschmuggelt hatte, wußte Pepe, aber nun kam die Pohlmann-Geschichte, und Nielson erzählte sie in allen Einzelheiten. Die dramatische Szene im Funkraum schilderte er so anschaulich, daß Pepe ihm gebannt lauschte wie ein Kind dem Märchenerzähler. Hin und wieder antwortete er mit einem erschrockenen *»Dios mío!«* oder *»Madre mía!«*, und einmal rief er aus: *»Qué hombre miserable!«*

Es wurde Mitternacht, bis Pepe auch von Jacob Thadens Schicksal und von der Serie im KOMET, von dem vermutlich fingierten Tod in der Karibik, von Luise Pohlmann, der Agentur MUNDIAL, dem schwarzen CADILLAC und der *Madrugada* erfahren hatte. Als letztes beschrieb Nielson, mit welcher Raffinesse Ernst Pohlmann den Konkurs seiner Firma in einen persönlichen Triumph umgewandelt hatte, und da mußte der Mexikaner allerdings lächeln, lebte er doch in einem Land, in dem Korruption und betrügerische Delikte an der Tagesordnung waren. Aber er wurde schnell wieder ernst und meinte:

»Immerhin gab es in Deutschland Leute, die so was mit sich machen ließen; die Schuld teilt sich also auf. Und der Unfall in der Karibik, ich muß schon sagen, das war 'ne Glanznummer. Aber die Sache mit der MELLUM... ja, da hat der Mann gezeigt, was er in Wirklichkeit ist: eine Kanaille.«

»Das kann man wohl sagen!«

»Ihr geht also davon aus, daß er noch lebt?«

»Die hundertprozentige Gewißheit fehlt uns noch. Die müssen wir uns holen, morgen oder übermorgen, jedenfalls in den nächsten Tagen.« Nielson griff in die Innentasche seiner Jacke, holte einen Briefumschlag heraus, legte ihn auf den Tisch.

»Pepe, wir brauchen deine Hilfe! Natürlich kann ich dir als meinem Freund keine Bezahlung dafür anbieten, und mit den zehntausend Dollar, die hier auf dem Tisch liegen, verhält es sich auch ganz anders.« Eigentlich war er kein Mann großer Worte, doch diesmal hielt er es für notwendig, ein bißchen theatralisch zu werden, und so fuhr er fort: »Du mußt mich von diesem Geld befreien! Es ist der Betrag, den ich vorhin erwähnte. Pohlmann hat ihn mir gegeben und dem Funker noch einmal das gleiche, weil wir seine Anweisungen befolgt haben. Ich hätte natürlich sagen können, er soll sich sein Geld sonstwohin stecken, aber dann hätte ich ihn für seine Schäbigkeit sogar noch belohnt. Also hab' ich's genommen. Aber jetzt, mit einem Mann an meiner Seite, der durch die MELLUM-Katastrophe Frau und Kind verloren hat, und überhaupt, seit ich weiß, daß einundzwanzig Menschen dabei umgekommen sind, hasse ich dieses Geld. Ich könnte es verbrennen oder wegwerfen oder dir geben, nur darfst du es nicht als eine Bezahlung für deine Hilfe ansehen.«

»Bueno...«, Pepe nahm den Umschlag in die Hand, »verbrennen wäre keine gute Lösung, und wenn du es wegwirfst, ist es womöglich Umberto Villalpando, der es findet, mein ärgster Konkurrent. Er hat sein Restaurant drei Häuser weiter, und mit den zehntausend Dollar würde er sich sofort vergrößern oder sonstwas veranstalten, um mich auszustechen.«

Diese reichlich verschrobene Logik amüsierte Nielson, aber er ließ es sich nicht anmerken.

»Steck es ein!«

Der Umschlag verschwand in Pepes Hosentasche.

»Und was, wenn ich euch gar nicht helfen kann?«

»So oder so bleibt es dabei, daß ich mit diesem Geld nichts zu tun haben will.«

»Was soll ich machen?«

»So genau weiß ich das noch nicht. Auf alle Fälle müßtest du morgen mit mir nach Tlaxcala fahren. Wir wollen herausfinden, ob der Chef der Madrugada Ernst Pohlmann ist. Von uns dreien, also Thaden und dem Reporter, Maibohm heißt er, und mir, bin ich der letzte, der da erscheinen dürfte. Mich kennt er ja. Aber auch für die beiden anderen wäre es riskant. Sie sprechen zwar englisch, aber man hört doch, daß sie Deutsche sind. Bestimmt hat Pohlmann trotz der Gründlichkeit, mit der er sein Sterben vorgeführt hat, immer den Gedanken im Hinterkopf, plötzlich könnte die Polizei vor seiner Tür stehen. Kurzum, am besten ist ein waschechter Mexikaner.«

»Gut. Was soll der tun?«

»Kontakt aufnehmen. Du kannst vorgeben, ein Stück Land pachten zu wollen. Du hast ein paar Kühe geerbt und brauchst nun eine Weide.«

»Und wenn er mir dann wirklich was verpachten will?«

»Dann gefällt dir eben sein Preis nicht. Wichtig ist, daß du ihn fotografierst. Maibohm hat eine winzige Kamera, die gleichzeitig als Feuerzeug dient. Es müßte dir gelingen, ein paar Schnappschüsse zu machen. Aber wenn das nicht klappt, gibt's noch eine andere Methode. Im Hotel haben wir Fotos von Pohlmann, ungefähr ein halbes Dutzend. Die guckst du dir an, studierst sie regelrecht, bis seine Visage dir im Gedächtnis sitzt. Und wenn du ihn dann vor dir hast, weißt du, ob er unser Mann ist.«

»Land zu pachten ist 'ne gute Idee. Aber was wollt ihr denn mit ihm machen, wenn ihr sicher seid, daß er es ist?«

»Dann werden wir dafür sorgen, daß die Polizei ihn festnimmt.«

»Unsere?« Es war ein ungläubiger Blick, mit dem Pepe Nielson ansah.

»Natürlich wird auch die deutsche Botschaft informiert. Soweit ich weiß, besteht zwischen deinem und meinem Land ein Auslieferungsvertrag.«

Pepe wiegte den Kopf. »Du sagst, er ist stinkreich. Offenbar hast du keine Ahnung, wie schwer es hierzulande ist, einen stinkreichen Mann hinter Schloß und Riegel zu bringen, noch dazu einen, der sein Süppchen woanders gekocht hat. Fotografieren will ich ihn gern, aber damit habt ihr ihn noch lange nicht.«

Nielson war nachdenklich geworden. Er kannte die lateinamerikanischen Verhältnisse und wußte, daß Pepe recht hatte.

»Dann müssen wir uns was anderes einfallen lassen«, sagte er.
»Ob wir selbst ihn festsetzen sollten? Nein, das geht nicht. Es
wäre ein echtes Kidnapping.«
»Na und? Was hat er denn auf deiner CAPRICHO gemacht? Er
hat den Funker als Geisel genommen und euch damit an der
Rettungsaktion gehindert! Bei seinem Kidnapping sind einundzwanzig Menschen zu Tode gekommen! Also, ich würde mir
den Mann holen; das steht fest.«
»Und dann?«
»Wenn es meine Frau und mein Kind gewesen wären, wüßte
ich, was ich zu tun hätte.«
»Mein Gott, Pepe! Doch nicht Auge um Auge, Zahn um Zahn!
Nein, wir müssen einen Weg finden, bei dem absolut sicher ist,
daß er nach Deutschland gebracht wird. Am besten, wir schnappen ihn und informieren die deutsche Polizei und auch Interpol, bevor wir den Mexikanern was sagen. Dann kann er uns
nicht entwischen.«
Erst um ein Uhr verließen sie das Restaurant. Nielson übernachtete, wie er es bei jedem seiner Besuche getan hatte, in Pepes
Haus im *Carril Rancho de la Rosa*.

12 Maibohm war es gewohnt, sich einem Gegenstand
seiner Nachforschungen aus dem Hinterhalt zu nähern, sei es,
daß er – verdeckt von einer Säule oder einem Mauervorsprung
– im Foyer eines öffentlichen Gebäudes politischer Prominenz
auflauerte, um im geeigneten Augenblick zu seinem Interview
zu kommen, sei es, daß er im Schutz der Nacht an Türen und
Fenstern lauschte oder irgendwelchen Dunkelmännern folgte.
Heimlichkeit bei der Arbeit war ihm also nicht fremd. Dennoch,
der Einsatz in Mexiko unterschied sich erheblich von allem, was
er bisher gemacht hatte. Er kannte Land und Leute nicht und
hatte noch nie einen Ganoven vom Format eines Ernst Pohlmann im Visier gehabt. Außerdem ging es hier um ein eher
privates Interesse. Die Serie über den Untergang der MELLUM

war längst beendet, und aus Rücksicht auf Heinrich Nielson wollte er über die Auffindung der CAPRICHO nichts verlauten lassen.

Es war kurz nach zwei Uhr. Er ging die schmale Privatstraße entlang, an deren Ende die *Madrugada* liegen sollte. Links und rechts ragten gewaltige Agaven empor, reckten ihre bis zu zwei Meter langen, spitz zulaufenden Arme seitwärts und gegen den mondhellen Himmel. Den ROVER hatte er auf der nach Altzayanca führenden Straße abgestellt, aber nicht vor, sondern ein gutes Stück hinter der Abzweigung. Es war kühl geworden. Gut, daß er beim Aufbruch noch schnell nach seinem Pullover gegriffen hatte. Schon im Auto, dessen Heizung nicht funktionierte, war er ihm nützlich gewesen.

Er dachte an Heinrich Nielson, der vom Saulus zum Paulus geworden war. Ohne ihn wären Jacob und er jetzt vielleicht nicht mehr weitergekommen. Wie hätten sie wohl einen Einheimischen finden sollen, der bereit und fähig war, bis zum Besitzer der *Madrugada* vorzudringen? Und selbst wenn es ihnen gelungen wäre, hätte ein solcher Kundschafter jederzeit den Spieß umdrehen und, das bessere Geschäft witternd, denjenigen, den es auszuforschen galt, warnen können. Wirklich, ohne ihren Käpt'n hätten sie es verdammt schwer gehabt!

Eine Viertelstunde mochte vergangen sein, als er in der Ferne, abgehoben gegen den klaren Nachthimmel, die Silhouette eines langgestreckten Gebäudes entdeckte, und dann wurde von Minute zu Minute deutlicher, was sich da vorn erhob. Ja, es mußte die Hacienda sein! Schon waren, wenn auch vorerst nur als schwarze Tupfer im weißen Gemäuer, die Fenster des Obergeschosses zu erkennen. Er beschleunigte seinen Schritt, blieb jedoch wenig später abrupt stehen, weil er einen Schatten auf sich zukommen sah, und sprang dann mit einem gewaltigen Satz von der Fahrbahn auf das sandige Feld, lief in gebückter Haltung zu der am nächsten stehenden Agave. Sie war ein mittleres Exemplar, etwa anderthalb Meter hoch. Er hockte sich hinter die dicken, in Bodennähe noch wenig verzweigten Blattschäfte und spähte zur Straße hinüber, sah, daß es ein Radfahrer war, der sich da von der Hacienda wegbewegte. Pohlmann ist es bestimmt nicht, dachte er, und daß Morro den CADILLAC gegen einen Drahtesel eingetauscht hat, glaub' ich auch nicht. Na ja, was wird schon groß sein? Sicher hat ein Junge eins der Dienstmädchen besucht. Weiter nichts. Jetzt war der Mann auf gleicher Höhe mit ihm. Mexiko läßt nach, dachte Maibohm. Kein Pferd, kein Poncho, nicht mal ein Sombrero, nur ein simpler Radfahrer wie zu Haus in der Rothenbaumchausee...

Er kehrte auf die Straße zurück, setzte seinen Weg fort, und bald hatte er das Anwesen erreicht, war beeindruckt von dessen Größe. Aber etwas anderes beeindruckte ihn noch viel mehr. Auf dem gemauerten Bogen, der das hölzerne Tor nach oben begrenzte, stand: *La Madrugada!* Es waren mächtige dunkle Buchstaben, eingebrannt in helle Kacheln. Er trat näher, tastete die großen Türblätter ab. Sie ließen sich nicht bewegen. Links und rechts setzte eine etwa zwei Meter hohe Mauer an, die vermutlich das gesamte Areal umschloß. Obwohl er wenig Hoffnung hatte, irgendwo einen Durchschlupf zu finden, trat er den Weg an, wandte sich nach links, ging dicht an der Mauer entlang. Als er die Ecke erreicht hatte, blieb er stehen. Er hatte gut vierzig Schritte gemacht, nahm an, daß die Mauer rechts vom Portal ebenso lang war, und taxierte die Frontseite also auf sechzig bis siebzig Meter. Ein Blick um die Ecke zeigte ihm, daß dort die längere Seite des Rechtecks verlief. Also mußte der Garten mindestens acht- bis zehntausend Quadratmeter groß sein. Er ging weiter und erreichte eine kleine Tür, die aber auch verschlossen war. Also legte er die Hände auf den Mauerrand, zog sich ein Stück empor, setzte den rechten Fuß auf den metallenen Griff und drückte das Knie durch, konnte aus dieser Position heraus halbwegs bequem über die Kante blicken. Er sah einen großen gepflegten Rasen, ein Schwimmbad, Bäume, Blumenbeete, Sträucher. Das vielleicht zwanzig Meter lange Becken hatte einen breiten gefliesten Rand, auf dem ein paar Tische und Liegestühle standen. Das alles war deutlich zu erkennen, denn jetzt mußte er sich nicht mehr mit dem Schein des Mondes begnügen, sondern hatte dazu noch das Licht zahlloser kleiner Lampen, die über die ganze Anlage verteilt waren.

Und ein weiteres Licht entdeckte er, ein beleuchtetes Fenster ganz am Ende des Gebäudes. Er ließ sich wieder hinab, setzte seinen Weg fort. Nach zwanzig Schritten zog er sich erneut an der Mauer hoch, hatte das Fenster nun genau vor sich. Hier gab es keine Stütze für seinen Fuß, aber mit einiger Mühe schaffte er es, die Ellenbogen auf die Kante zu legen, und dann dauerte es nicht mehr lange, bis er einen regelrechten Logenplatz hatte: Er saß auf der Mauer und ließ die Beine ins fremde Revier hängen. Und sah durch das Fenster. In dem Zimmer stand ein Mädchen, das ein weißes Nachthemd trug und sich kämmte. Eine verrückte Zeit für so was, dachte er, doch sogleich fiel der junge Mann ihm ein, der auf dem Fahrrad von der Hacienda gekommen war. Dann hatte ich wohl recht, sagte er sich. Die beiden haben ihren Spaß gehabt, und nun ist sie dabei, sich wieder herzurichten. Ihr Gesicht konnte er nicht erkennen, denn sie stand seitlich zu ihm, aber er bestaunte das lange, bis auf die Hüften herabhängende schwarze Haar. Er bedauerte, sein kleines Fernglas nicht eingesteckt zu haben. In der Hemdtasche steckte nur das Feuerzeug, das zugleich ein Fotoapparat war. Das Mädchen verschwand aus seinem Blickfeld, und dann erlosch das Licht. Vorsichtig ließ er sich in den Garten hinunter, wollte so schnell wie möglich an die Hauswand gelangen. Das war gefährlich und nützlich zugleich. Einerseits verringerte jeder Schritt, den er tat, die Chance zu entkommen, andererseits verkleinerte sich damit auch das Risiko, entdeckt zu werden, denn in der Nähe des Gebäudes würde man ihn wegen des verengten Blickwinkels nur schwer ausmachen können. Jetzt hatte er das Schwimmbad erreicht, schlich sich an dessen Schmalseite entlang, trat aber nicht auf die Fliesen, sondern blieb weiterhin auf dem weichen Rasen, wollte gerade mit kleinen, behutsamen Schritten die letzten paar Meter zur Hauswand zurücklegen, da ertönte wütendes Gebell, und im selben Augenblick schoß ein großer, schwarzer Hund auf ihn zu. Er erschrak zu Tode, als er an dem bulligen Kopf und dem massigen Körper erkannte, daß es ein Rottweiler war. Doch zum Glück lief der Hund über die Kacheln an der Längsseite des Beckens, und die waren so glatt, daß die Pfoten nicht richtig faßten und der Lauf verzögert wurde. Er hörte das Stakkato der Krallen auf der harten Glasur und nutzte die einzige Chance, die ihm noch blieb. Mit drei, vier raschen Schritten war er am Beckenrand und sprang ins Wasser. Das aufgebrachte Tier machte es ihm nach. Sofort bewegte er sich bis zur Mitte des Beckens weiter. Hier war das Wasser gut anderthalb Meter tief, und das verschaffte ihm gegenüber dem Rottweiler einen unschätzbaren Vorteil. Er konnte stehend den Angriff erwarten und auch noch, was ihm schwimmend so schnell nicht gelungen wäre, den Pullover ausziehen und um seine Hand wickeln. Inzwischen war der Hund herangekommen. Mit der abgepolsterten Rechten versetzte er ihm einen Schlag auf die Schnauze. Das Resultat war die gesteigerte Wut des Vierbeiners, der es aber, wie Maibohm befriedigt feststellte, mit seiner Attacke nicht leicht hatte, weil ihm der feste Untergrund fehlte. Das kompakte, bestimmt fünfundsiebzig Kilo schwere Tier bewegte sich äußerst schwerfällig, und er war froh, daß er es nicht mit einem schlankeren, wendigeren Gegner zu tun hatte, einem Dobermann zum Beispiel. Trotzdem war es kein Kinderspiel, was sich nun in Sekundenschnelle abspielte. Er wußte, jeden Augenblick konnten, durch den Lärm aufgeschreckt, die Hausbewohner herbeieilen, und dann säße er in der Falle. Er streifte sich den Pullover ab, packte mit beiden Händen den Nacken des Hundes und versuchte, den schweren Körper unter die Wasseroberfläche zu drücken. Das gelang auch, hatte aber seinen Preis. Der Rottweiler reagierte mit einem Reflex, riß den Kopf herum und grub die Zähne in den Oberschenkel seines Widersachers. Maibohm verbiß den höllischen Schmerz und tat alles, damit eine solche Attacke sich nicht wiederholen konnte. Er drückte den Hund von sich weg und sorgte gleichzeitig dafür, daß die Schnauze unter Wasser blieb. Nun trafen ihn nur noch die Krallen der zuckenden Pfoten, brachten ihm ein paar Schürfwunden bei, und dann, ganz plötzlich, ließen die Kräfte des Tieres nach. Doch schon bahnte eine neue Gefahr sich an. Im Haus flammte Licht auf. Ihm war klar, gleich würden die Bewohner herausstürmen, und vielleicht hatten sie sogar Waffen bei sich. Er ließ das Tier los, sah, daß es zwar ein Stück hochkam, dann aber regungslos trieb. Mit einem gewaltigen Schwimmstoß gelangte er an den Beckenrand, packte dort die Kante und hechtete aus dem Wasser. Und dann rannte er, ignorierte dabei den mörderischen Schmerz in seinem Bein, denn er mußte, koste es, was es wolle, über die Mauer. Etwa zehn Schritte fehlten noch, da hörte er vom Haus her Rufe und aufgeregtes Reden. Noch fünf Schritte, vier, drei. Er erreichte die Mauer, nutzte den vollen Schwung des Laufes und schaffte es hinaufzukommen, ließ sich auf der anderen Seite ins Gras fallen. Doch verschnaufen durfte er nicht. Seine Verfolger würden, vor allem, wenn sie den bewußtlosen oder vielleicht sogar toten Hund gefunden hatten, nicht nur den Garten absuchen, sondern auch das weitere Umfeld. Also stand er auf, rannte wieder los, weg von der Mauer und hinein ins Agavenfeld, kam nur mühsam voran, weil die riesigen Kakteen nicht in Reih und Glied standen und er sich im Zickzackkurs hindurchwinden mußte.

Die Schmerzen waren fast nicht zu ertragen. Mehr als einmal war er nahe daran aufzugeben, sich einfach auf den Boden zu werfen; aber immer wieder machte er sich klar, daß er kurz darauf Pohlmanns Gefangener sein würde. Im Laufen griff er nach hinten an die Jeans. Ja, seine Papiere waren noch da. Er überlegte, ob er sich von dem kleinen durchweichten Bündel trennen, es kurzerhand in eine der Agaven stecken sollte, dorthin, wo die unteren Blattpartien einen Trichter bildeten, beschloß dann aber, es nicht zu tun oder jedenfalls erst, wenn er sicher war, nicht mehr davonzukommen.

Sein Pullover fiel ihm ein, der im Schwimmbad geblieben war. Doch der Sorge, ein so auffälliges Indiz hinterlassen zu haben, folgte rasch die Beruhigung. Er hatte das Kleidungsstück in Veracruz gekauft, weil es dort abends doch recht kühl wurde, und er wußte, auf dem Läppchen am Kragen stand: *100 % pura lana/hecho en México.*

Er schlug einen Bogen, wollte versuchen, die Hacienda zu umrunden. Danach würde er sich östlich halten und hoffentlich irgendwann auf den ROVER stoßen. Es war ein großer Trost, daß der Hund offenbar nicht mehr eingesetzt werden konnte. Mit ihm auf den Fersen hätte er, der ständig Blut verlor, keine Chance gehabt.

Etwa zehn Minuten später hatte er die Richtung inne, in der er seinen Wagen vermutete. Rechts mußte nun in einem Abstand von ungefähr fünfhundert Metern die Privatstraße verlaufen. Daß es so war, wurde ihm bald bestätigt, denn er hörte ein Auto. Sehen konnte er es nicht. Verteilt über einen so breiten Gürtel, bildeten die Agaven eine Wand, die keinen Durchblick erlaubte. Das Motorengeräusch verebbte bald wieder. Sicher setzte man die Suche jetzt auf der Landstraße fort. Er hoffte, die Verfolger fuhren in Richtung Huamantla und nicht nach Altzayanca; sonst würden sie auf den ROVER stoßen.

Das Feld schien nicht enden zu wollen. Längst hatte er die Kraft zum Laufen verloren, schleppte sich nur noch mühsam Schritt für Schritt voran. Aber schließlich war es doch geschafft. In etwa zwanzig Metern Entfernung entdeckte er sein Fahrzeug. Doch ob es wirklich so einsam und verlassen dastand, wie es den Anschein hatte? Vielleicht kauerten die Häscher hinter dem Wagen! Er überquerte die Straße, kontrollierte, so gut es im Mondlicht ging, die andere Seite des ROVERs, entdeckte niemanden. So wagte er es, lief die letzten Schritte, riß die Tür auf und warf sich auf den Sitz. Er öffnete seinen Gürtel, zog die nassen Jeans halb herunter, schaltete die Innenbeleuchtung ein. Vor lauter Blut konnte er die Wunde nicht erkennen. Er zog sein Hemd aus, wischte damit über den Oberschenkel und sah, was der Rottweiler angerichtet hatte. Ein Stück Fleisch, so groß wie ein Hühnerei, war regelrecht herausgebissen, hing zwar noch am Bein und würde, wenn er einen Arzt fände, wohl auch nicht abfallen, aber er mußte schnell behandelt werden.

Er nahm das Feuerzeug aus der Hemdtasche, legte es ins Handschuhfach, wickelte das Hemd um den Oberschenkel und machte mit den Ärmeln einen festen Knoten. Dann zog er die Hose wieder hoch, löschte das Licht und startete, ohne die Scheinwerfer eingeschaltet zu haben, in Richtung Altzayanca. Nach etwa einem Kilometer zweigte rechts ein schmaler Sandweg ab. Auf gut Glück bog er ein, und nach etlichen Kurven, Hügeln und vor lauter Unebenheit fast nicht passierbaren Wegstellen, über die er mit aufheulendem Motor hinwegsetzte, erreichte er tatsächlich die Landstraße. Er hielt an und überlegte. In Huamantla oder Tlaxcala nach einem Arzt zu suchen war bestimmt keine Lösung, denn vermutlich wußte man auf der Hacienda, daß er verletzt war, hatte auf dem Beckenrand und an der Mauer seine Blutspuren entdeckt und vielleicht schon die Ärzte und Krankenhäuser der Umgebung – viele würden es nicht sein – benachrichtigt. Ich hab' gar keine Wahl, dachte er, ich muß zu Nielson. Das DON PEPE wird zwar längst geschlossen sein, aber er hat mir gesagt, wo er notfalls zu erreichen ist.

Als er in Puebla ankam, war es halb fünf in der Frühe. Er konnte das Lenkrad fast nicht mehr halten, riß sich aber, so kurz vor dem Ziel, noch einmal zusammen, fand die *plaza* und parkte in der Nähe des DON PEPE in einer Seitenstraße. Er schleppte sich zur *plaza* zurück, winkte ein Taxi heran, fragte den Fahrer, ob er einsteigen dürfe, obwohl er von einem Motorrad angefahren worden sei und blute. Der Mann holte eine große Plastikplane aus dem Kofferraum, breitete sie auf dem Rücksitz aus und half ihm ins Auto.
»In die Klinik?«
»Nein, zum *Carril Rancho de la Rosa*.«
Eine knappe Viertelstunde später hielt das Taxi vor Pepes Haus. Als es davongefahren war, läutete Maibohm an der Tür. Es dauerte lange, bis jemand erschien. Es war ein Dienstmädchen in leuchtend rotem Wollmantel, unter dem das Nachthemd hervorguckte. Sie weckte den *patrón*. Pepe begriff die

Lage sofort, zog sich in Windeseile an, verständigte Nielson, und dann fuhren sie zu dritt zum Hausarzt der Familie Dominguez. Der schon etwas ältere, freundliche Mann erklärte nach einem kurzen Blick auf Maibohms Verletzung: »Sie müssen in die Klinik!«

Maibohm besprach sich mit Nielson auf deutsch, erklärte ihm, daß ein Krankenhausaufenthalt wegen möglicher Nachforschungen zu riskant sei, selbst noch in Puebla, und dann ging die Unterhaltung auf englisch weiter. Schließlich fand der Arzt sich bereit, die Wunde zu behandeln und den Patienten mit Medizin zu versorgen. Maibohm bekam mehrere Spritzen, auch eine gegen Tetanus.

»Aber Sie können jetzt unmöglich Ihren Urlaub fortsetzen«, sagte der Arzt, »Sie gehören ins Bett!«

Nielson bezahlte die Kosten in bar; umgerechnet waren es ganze dreißig Mark, die der Mann haben wollte.

Zu Hause gab Pepe dem Verletzten erst einmal neue Kleidung. Dann wurde Kriegsrat gehalten.

»Ich fürchte«, sagte Nielson, »du mußt auf dem schnellsten Weg zurück nach Deutschland.«

»Das fürchte ich auch«, antwortete Maibohm. »Ob du mich zum Flughafen bringst?«

»Natürlich.«

Aber ein paar Stunden wollten sie noch schlafen. In Nielsons Zimmer stand ein zweites Bett, das die *muchacha* schnell hergerichtet hatte. Bevor Pepe aus dem Zimmer ging – Maibohm lag schon, und Nielson zog sich gerade die Schuhe aus –, trat er an einen der beiden Nachttische heran, griff in die Taschen seiner Jacke, holte zwei Händevoll kleiner Päckchen heraus, legte sie auf die Glasplatte und sagte: »Das hab' ich dem Arzt weggenommen. Als er Ihnen ...«, er sah Maibohm an, »die erste Spritze gegeben hatte und sich über die Wunde hermachte, stand die Tür zum Giftschrank offen. Da hab' ich zugegriffen. Die Kosten machen mir keine Sorgen, denn mindestens zehnmal im Jahr setz' ich ihm und seiner Frau ihr Lieblingsessen vor, *enchiladas suizas*, mit Fleisch gefüllte *tortillas*, und zwar gratis.«

»Um Gottes willen!« Maibohm richtete sich sogar auf. »Das alles brauch' ich doch überhaupt nicht! Hab' ja Tropfen gekriegt, die ich während des Fluges nehmen soll, und drüben versorgt mein Hausarzt mich weiter.«

»Das ist auch nicht für Sie«, lautete Pepes Antwort. »Das ist für das Scheusal, hinter dem ihr her seid. Ihn nur den Behörden zu melden hätte wirklich keinen Sinn. Er würde euch garantiert durch die Lappen gehen. Da bleibt nur, ihn zu fangen, und weil er mit Sicherheit was dagegen hat, muß er friedlich gemacht werden.«

Und dann las Pepe vor, was er hinter dem Rücken des Arztes in seine Taschen hatte wandern lassen, hob jeweils die Schachtel in die Höhe: »Äther. Als Auftakt unentbehrlich! Scopolamin. Das kriegt er, wie ich sehe, in den Hintern. Scheint ein feiner Stoff zu sein. Curare. Weltbekannt als Einlage in die Spitzen der Indianerpfeile. Evipan. Stammt aus Deutschland. Davon hat der *doctor*, wie er mal erzählte, nach dem großen Erdbeben jede Menge zugeteilt bekommen. Damals landeten, weil die Krankenhäuser der Hauptstadt überfüllt waren, viele der Verletzten in Puebla. Ein wahres Zaubermittel soll das sein, muß allerdings, wie hier steht, intravenös gespritzt werden. Aber wir haben ja einen Käpt'n, der auch mal Zweiter Offizier und damit Bordarzt war. Weiter! Polamidon. Nimmt man in Wasser. Ich glaub', aus dieser Sammlung können wir ein paar schöne Cocktails mixen. Und hier ist ein Karton mit Spritzen.«

Was den schon schläfrigen Maibohm sichtlich aufheiterte, war nicht nur die Tatsache, daß Pepe so weit vorausgedacht und dann auch noch kurzentschlossen die sich bietende Gelegenheit wahrgenommen hatte, es war vor allem der engagierte Tonfall, mit dem er seine Beute anpries. Auch Nielson amüsierte sich über den Vortrag. Ihm war, als stünde Pepe in seinem Restaurant und redete auf noch unschlüssige Gäste ein: »*Guacamole!* Eine köstliche Paste aus der Avocado-Frucht, gewürzt mit dem unverwechselbaren *silandro! Ceviche!* Rohe Makrelenstückchen in einer hinreißenden Marinade aus...«

Ja, so klang es. Geradezu verführerisch.

13 Die Lage hatte sich geändert. Maibohm war wieder in Deutschland, und Thaden hatte die Verfolgung Luise Pohlmanns beendet, nachdem er auf dem Flugplatz von Mexico City herausbekommen hatte, daß sie ebenfalls zurückflog.

Am Schalter der LUFTHANSA hatte sich eine gänzlich unerwartete Situation ergeben. Dort waren Nielson, Maibohm und Pepe auf Thaden gestoßen, und dann hatte sich herausgestellt, daß Maibohm und Luise Pohlmann für dieselbe Maschine gebucht waren. Ja, die Frau des Mannes, den sie jagten, war sogar auf den Deutschen zugegangen, den sie aus dem Hotel ALAMEDA kannte und der nun, auf einen Stock gestützt, in derselben Reihe stand wie sie. Er hatte ihr von einem Verkehrsunfall erzählt, der ihn leider zwinge, seinen Urlaub abzubrechen, und sie hatte gesagt, sie müsse wegen einer dringenden Familienangelegenheit vorzeitig nach Hause. Dann war sie gegangen, und die vier Männer hatten gemeint, daß ein so langer Flug vielleicht die Möglichkeit bieten werde, mit ihr in näheren Kontakt zu kommen; denn sollte der Besitzer der Hacienda nun doch nicht Ernst Pohlmann sein und das Unternehmen *Madrugada* sich damit als Fehlschlag erweisen, würden sie auf neue Informationen angewiesen sein.

Jetzt, vierundzwanzig Stunden später, saßen Nielson und Thaden im Frühstücksraum des HOSTAL SAN CLEMENTE. Die Wirtin, *doña* Amelia, hatte ihnen schon zum dritten Mal frischen Kaffee gebracht. Die kleine, rundliche Tlaxcaltekin mochte den Eindruck haben, ihre beiden Gäste vertrieben sich in aller Beschaulichkeit den Vormittag. Aber so war es nicht. Sie steckten voller Ungeduld, warteten auf ein für ihr weiteres Vorgehen außerordentlich wichtiges Ergebnis. Am frühen Morgen nämlich war Pepe in seinem mit Firmennamen und Adresse versehenen Lieferwagen aus Puebla gekommen und eine halbe Stunde später zur *Madrugada* aufgebrochen. Den Plan, vom Chef der Hacienda Fotos zu machen, hatten sie begraben. Maibohms kleiner Apparat war im Wasser unbrauchbar geworden, und auf Thadens Vorschlag, in Mexico City Ersatz zu beschaffen, hatte Pepe gemeint, sie würden bestimmt lange suchen müssen, um etwas so Ausgefallenes zu finden. Und überhaupt, lieber sehe er sich Pohlmann in den Zeitungen gründlich an und nehme die Identifizierung dann nach dem Gedächtnis vor.

»Was machen wir«, fragte Nielson, »wenn er mit der Meldung zurückkommt: Der Mann hat mehr Ähnlichkeit mit Louis Armstrong als mit euerm Gangsterboß!?«

»Dann klemmen wir uns hinter die Pohlmann.«

»Über die gab's wirklich gar nichts zu erzählen, als Maibohm vorhin angerufen hat?«

»So gut wie nichts. Er hat nur einmal kurz mit ihr geredet. Sie saß in der ersten Klasse, und in der Maschine konnte er nicht mehr umbuchen. Na, und daß sie sich seinetwegen unters Volk mischte, war wohl nicht drin. Aber, verdammt, wenn Pohlmann noch lebt, darf er nicht ungestraft davonkommen! Wulf hat mich mal gefragt, ob ich Rache im Sinn hätte, und ich hab' ihm geantwortet, nein, das nicht, aber so große Rechnungen könnte man eben nicht offenlassen. Heute glaube ich, das war nur eine Umschreibung für Rache.«

»Mag sein. Aber da wir beim Thema sind: Du und ich und ebenso Maibohm, wir drei wissen genau, daß ich mitschuldig bin. Du willst Pohlmann, weil er deine Frau und deinen Jungen auf dem Gewissen hat. Ich will ihn aus demselben Grund und wegen der neunzehn anderen. Nur kommt bei mir noch etwas hinzu. Ich will ihn, weil er mir meine Schuld aufgezwungen hat.«

Nach diesen Worten schwiegen sie eine ganze Weile, hingen ihren Gedanken nach. Schließlich sagte Thaden: »Im Notfall machen wir uns nicht nur an Luise Pohlmann heran, sondern auch an den Skipper in Cancún.«

»Klar! Dafür würde ich sogar die CAPRICHO allein weiterreisen lassen.«

»Wann legt sie eigentlich in Veracruz an?«

»Donnerstag vormittag, sofern ihr kein Sturm in die Quere kommt. Wenn der über den Golf fegt, kann's länger dauern. Hast du damals, vor zwei Jahren, von dem Hurrikan GILBERT gehört? Wir fuhren von Corpus Cristi nach Buenaventura und waren mitten im Golf, da hatten wir ihn plötzlich um die Ohren. Und das auf der CAPRICHO! Anderthalb Tage wurden wir gebeutelt, kamen einfach nicht raus aus dem Hexenkessel. Unsere Ladung machte sich selbständig. Maschinenteile. Sie sausten hin und her, und bei jedem Schlag fragten wir uns, ob die Schiffswand nun wohl aufgerissen war. Aber es ging dann doch alles gut. Ich staune immer wieder, was dieser alte Zossen, wenn's drauf ankommt, noch aushalten kann. Die Krängung lag bei über vierzig Grad, und wer sich nicht festhielt, flog durch die Gegend. Na ja, so weit wollte ich eigentlich gar nicht ausholen. Also, wenn mein Schiff sich jetzt wieder einen Sturm einfängt, kann es auch Freitag oder Sonnabend oder sogar Sonntag werden, bis es ankommt.«

Thaden war Nielsons Bericht zunächst aufmerksam gefolgt, aber am Ende hatte er dann doch nicht die CAPRICHO, sondern die MELLUM im Kopf, und die Ladung bestand aus Bauxit, und der Sturm tobte zweitausend Meilen nordöstlich vom Golf, und er selbst saß auf dem schwankenden Rumpf.

Pepe ließ auf sich warten. Nielson und Thaden schätzten, daß er die *Madrugada* gegen neun Uhr erreicht hatte. Mittlerweile war es halb zwölf geworden, und das stimmte sie zuversichtlich, denn Pepe hatte, bevor er losfuhr, zu ihnen gesagt: »Wenn ich um zehn Uhr zurück bin, haben die mich gar nicht erst reingelassen. Wenn es elf wird, bis ich wiederkomme, kann es geklappt haben. Zwölf wäre noch besser. Dann hätte ich da bereits liebe Freunde gewonnen. Ab zwei Uhr sähe es schon wieder kritisch aus. Dann könnte es nämlich sein, daß sie mich dabehalten haben, vielleicht, weil sie meinen, ich wäre der Dieb von der vorletzten Nacht. Allerdings ist mir Maibohms Pullover mindestens drei Nummern zu groß, Gott sei Dank!«

Um zwanzig Minuten nach zwölf war er da. Sie hörten seinen Zweitonner auf den kleinen Parkplatz des Hotels fahren und liefen sofort hinaus. Ein nachdenklicher Pepe kam ihnen entgegen. Jedenfalls sah er so aus. Nielson aber kannte ihn und wußte, daß er gern seine Späße machte, verhielt sich also

abwartend, während Thaden beim Anblick des kleinen Mexikaners an einen Mißerfolg glaubte. Und dann hörten sie:
»Es sind nicht seine Augen, es sind nicht seine Haare, es sind
nicht seine Klamotten...«, plötzlich grinste Pepe übers ganze
Gesicht, und seine Augen strahlten, »aber ich schwöre euch, er
ist es!«

Sie sprachen englisch, vermieden die Namen Hamilton und
Morro und Wörter wie *madrugada* und *hacienda*, sagten statt
dessen *der Mann* und *sein Vertreter* und die *ranch*, jedenfalls, als
sie noch in der Gaststube waren. Doch dann zogen sie sich für
den ausführlichen Rapport in Nielsons Zimmer zurück, nahmen, um nicht gestört zu werden, genügend Getränke mit.

Da es nur zwei Stühle gab, setzte Nielson sich aufs Bett, und die
beiden anderen rückten in seine Nähe. Die Bierflaschen und die
Gläser hatten sie auf den Fußboden gestellt.

»Mit Gesichtern«, begann Pepe, »ist das so eine Sache. Ich hatte
mir seins ja lange genug auf euren Zeitungsausschnitten angesehen, und als ich dann in der großen Halle saß und der Mensch
mir unter die Augen kam, suchte ich in seiner Visage nach den
Merkmalen, die ich mir eingeprägt hatte. Und fand sie nicht.
Dann aber, schon nach ein paar Minuten, war da plötzlich ein
Ausdruck, der genauso war wie auf einem der Fotos. Beschreiben kann ich den nicht, weil's eben nicht die Einzelheiten waren,
sondern das Totale in einem ganz bestimmten Moment. Von da
an hatte ich keinen Zweifel mehr. Und Engländer soll der sein?
Glaub' ich nicht. Sein Englisch hat er jedenfalls in den Staaten
gelernt. Ich kann das beurteilen, war lange auf amerikanischen
Schiffen und hab' auch in meinem Restaurant viele Gäste aus
den USA. Wenn der von seiner Sprache her Engländer sein will,
bin ich von meinem Aussehen her mindestens Schwede. Noch
etwas. Seine Augen! Sie waren anders als auf den Fotos, und
doch waren es die gleichen. In Wirklichkeit sollen sie ja braun
sein; jetzt sind sie grau, und ich tippe auf eingefärbte Kontaktlinsen. Einmal redete er mit der *muchacha*, und ich konnte ihn
ganz ungeniert betrachten. Da hab' ich ihm die langen Haare
verpaßt, wie er sie auf den Fotos trägt, ihm den kleinen Kinnbart

338

abgenommen und die Chef-Kledage angezogen mit Schlips und Nadelstreifen und allem, was dazugehört. Na, ihr dürft mir glauben, da war er hundertprozentig euer Mann!«

»Leute!« Nielson hob sein Glas. »Dies ist ein großer Augenblick! BKA und INTERPOL sind an dem Burschen gescheitert, und wir – ein Koch, ein Gärtner, ein Zeitungsschreiber und ein Seemann – haben ihn gefunden!« Sie stießen an, tranken, und dann fragte Thaden:

»Wie sind Sie so schnell an ihn herangekommen? Was war mit Morro?«

»Ja, jetzt kommt die zweite Erfolgsmeldung! Schon morgen könnt ihr Pohlmann schnappen! Morro ist nach Pachuca gefahren, um Vieh einzukaufen, und darum bin ich gleich an den Chef geraten, der sich übrigens sehr nett mit mir unterhalten hat. Ich glaub', zwischen seinen zigtausend Agaven langweilt er sich zu Tode. Ich hatte von Anfang an das Gefühl, er war froh darüber, daß jemand auftauchte und ihm ... ach so, ihr wißt ja noch gar nicht, daß ich unseren Plan umgeschmissen hab'. Land zu pachten fand ich doch nicht so gut, und darum hab' ich mir auf der Hinfahrt was anderes überlegt, und es wurde ein Volltreffer.« Pepe machte eine Pause, schenkte Bier nach, trank und fuhr dann fort: »Ich hab' ihm erzählt, ich suchte für mein Restaurant einen Lieferanten. Rind- und Schweinefleisch, Geflügel, Eier, Mais, Bohnen, Obst, alles das brauchte ich und hätte deshalb mit *señor* Morro sprechen wollen, aber mit dem *haciendero* darüber zu reden sei ja noch viel besser.«

»Aha«, Nielson gab Pepe einen Knuff in die Seite, »du hast ihn ins DON PEPE eingeladen, damit er auch weiß, wohin seine Produkte gehen.«

»Genau das wollte ich, aber dann kam es andersherum, was natürlich günstiger ist. Er würde sich, sagte er, meinen Betrieb gern mal ansehen. In der Hauptstadt hätte er schon eine Menge Lokale besucht, aber in Puebla noch keins. Allerdings glaube ich, anfangs war da noch ein bißchen Mißtrauen oder zumindest Vorsicht im Spiel. Hätte ja auch sein können, daß ich gar kein Restaurant habe und mein Laster vor der Tür nur Augenwischerei war. Einmal nämlich verschwand er für ungefähr zehn Minuten. Ich nehme an, er hat telefoniert, vielleicht sogar mit meinen Leuten, um sich beschreiben zu lassen, wie ich aussseh'. Jedenfalls war er, als er zurückkam, noch netter. Ja, und nun haltet euch fest! Wir sind für morgen abend verabredet. Er kommt zwischen acht und neun ins DON PEPE, um da zu speisen. Ich hab' ihn nach seinen Wünschen gefragt, ihm ein paar Vorschläge gemacht, eingelegte Kaktusblätter und geschmorte Ameiseneier, aber so mexikanisch wollte er es dann doch wieder nicht. Er schwärmte von Schweinebraten in Pflaumensauce. Natürlich hab' ich das auf meiner Karte, *lomo de puerco en salsa de ciruela*. Das hat er mal in Sinaloa gegessen. Ich fülle ihn also morgen damit ab, dann macht er sich auf die Socken, und irgendwo auf der Landstraße schnappt ihr ihn euch. Hab' ihm geraten, nicht die Autobahn zu benutzen. Die andere Strecke ist tatsächlich wesentlich kürzer, vor allem aber einsam, und ich hoffe, zumindest auf der Rückfahrt nimmt er sie.«

»Aber wenn er sich chauffieren läßt, geht's nicht«, warf Thaden ein.

Nielson nickte. »Das meine ich auch. Man kann unmöglich den einen kassieren und den anderen laufen lassen.«

»Ihr seid die reinsten Glückspilze!« sagte Pepe. »Er kommt allein.«

Nielson erschrak. »Du hast ihn doch wohl nicht danach gefragt?«

»Enrique, für wie schwachsinnig hältst du mich! Die Frage, ob Begleitung oder nicht, entwickelte sich ganz von selbst. Zuerst haben wir uns lange über das Geschäftliche unterhalten, wobei ich feststellen mußte, daß er zwar flott mitschwatzte, aber von Preisen und Erntezeiten keine Ahnung hat. Übrigens hat er mir auch voller Stolz seine Stallungen gezeigt. Na ja, und als es dann später um das Essen in Puebla ging, hab' ich gesagt, er soll doch seine Frau mitbringen und gern auch *señor* Morro, falls der bis dahin zurück wäre. Und wenn er sich fahren ließe, wäre natürlich auch für seinen Chauffeur der Tisch gedeckt und so weiter, was man für solche Fälle an Sprüchen eben parat hat. Ergebnis: 'ne Frau hat er nicht, Morro kommt erst in ein paar Tagen zurück, und Jorge, seinen Chauffeur, läßt er zu Hause, weil der nämlich, wenn er und Morro nicht da sind, die Aufsicht hat. Was da sonst noch rumläuft, sind nur Weiber und ein paar Landarbeiter. Und Aufsicht, sagt er, muß sein, zumal kürzlich jemand versucht hat, bei ihm einzubrechen. Wer weiß, vielleicht hat euer Maibohm mit seinem Schwimmfest in Pohlmanns *alberca* sogar für morgen abend ein bißchen die Weichen gestellt.«

»Was ist übrigens mit seinem Hund?« fragte Nielson. »Lebt der noch?«

»Er hat nichts davon gesagt, und gesehen hab' ich den Köter nicht.«

Sie besprachen ihren Einsatzplan bis ins letzte Detail, unterbrachen die Sitzung nur für das Mittagessen, das sie in der Gaststube einnahmen, und danach ging es weiter. Einmal war Thaden die Frage auf, ob ein Überfall auf der Landstraße nicht doch zu riskant sei; zum Beispiel könne es unerwünschte Zeugen geben, und vielleicht sei es sicherer, Pohlmann schon in Puebla zu überwältigen, am besten noch im Restaurant; bestimmt gehe er mal pinkeln, und dann zeige man ihm einfach die falsche Tür, hinter der ihn der Lappen mit dem Äther erwarte.

Aber darauf sagte Nielson: »Das geht nicht, denn was auch passiert, auf keinen Fall darf Pepe mit der Geschichte in Verbindung gebracht werden. Wir beide ...«, er sah Thaden an, »verschwinden hinterher von der Bildfläche, aber Pepe bleibt hier, und sein Laden muß weiterlaufen. Die Polizei wird ohnehin bei ihm auftauchen, wird das Personal befragen, Gäste ausfindig machen und sie verhören, bei Nachbarn ermitteln, ob sie Hamilton haben abfahren sehen und so weiter. An Pepe darf nicht der geringste Verdacht hängenbleiben; sonst kann er einpacken. Daß Hamilton im DON PEPE gewesen ist, kriegt die Polizei im Handumdrehen raus, denn wahrscheinlich sagt er seinen Leuten, wohin er fährt. Also, je weiter weg von Puebla der Überfall

stattfindet, um so besser! Es muß nach einem normalen Straßen-
raub aussehen oder nach einem Kidnapping, bei dem die Gei-
selnehmer kalte Füße gekriegt haben und sich deswegen nicht
melden. Man findet nur sein verlassenes Auto. Noch einmal:
Pepe darf nicht in die Schußlinie geraten, und das passiert
unweigerlich, wenn niemand bezeugen kann, daß Hamilton das
Restaurant verlassen hat.«

Thaden schlug sich an den Kopf und bat Pepe um Entschuldi-
gung dafür, daß er so weit nicht gedacht habe, aber der tat das
großzügig ab mit der Bemerkung, sie seien schließlich keine
Kriminalisten, und dann könne man sich leicht mal in eine Idee
verrennen und ihre Folgen außer acht lassen.

Am späten Nachmittag fuhren sie die Route Tlaxcala–Puebla
ab. Sie hielten mehrere Male, fanden zwischen Amozoc und
Tepatlaxco einen für ihr Vorhaben geeigneten Streckenab-
schnitt. Zu dritt brachen sie von einer mächtigen Pinie einen
armdicken Ast herunter, halfen mit dem Taschenmesser nach
und hatten damit dank der sperrigen Zweige eine meterhohe
Barriere. Sie legten ihn am Straßenrand ab, wollten ihn in der
Nacht auf die Fahrbahn schleifen und damit den Überfall ein-
leiten.

Am Abend feilten sie in Nielsons Zimmer weiter an ihrem Plan,
und einmal mehr war Pepe mit gutem Rat zur Stelle, als es
nämlich um die heikle Frage ging: Und wenn wir ihn haben,
wohin dann mit ihm?

»Welche Behörde ihr schließlich einschaltet«, sagte er, »ist eure
Sache, und sie will gut überlegt sein. Aber erst mal muß er
irgendwo versteckt werden. Ihr könnt ihn nicht tagelang im
Auto durchs Land fahren, auch nicht, wenn ihr ihn mit unseren
Zaubermitteln friedlich macht. Irgendwann, an einer Ampel
vielleicht oder in einem Stau, fällt er den Leuten auf, zumal sein
Verschwinden dann bekannt ist und alle Welt nach ihm sucht.
Ich kenne in Boca del Río eine einsam gelegene, unbenutzte
und völlig verwahrloste Strandhütte ...«

14 Pepe hatte das mit einer Mischung aus pürierten Zwiebeln, Chili, Knoblauch, Salz und Pfeffer eingeriebene Lendenstück vom Schwein am Nachmittag in den Kühlschrank gelegt. Nun kam es, zusammen mit etwas Hühnerbrühe und einer aus Backpflaumen, Tomaten, Mandeln, Sesamkörnern und Nelken bereiteten Sauce, in den Ofen.

Es war sieben Uhr.

Den Tisch Nr. 1 hatte er schon decken lassen und das Schild mit der Aufschrift *reservado* dann selbst dorthin gestellt. Es war ein bevorzugter Platz an einem der großen Fenster mit Blick auf die Kathedrale.

Es waren erst wenige Gäste da.

In dem kleinen Büro neben der Küche saßen Nielson und Thaden. Pepe hatte ihnen heiße *empanadas* gebracht, die Nielson sich schmecken ließ, während Thaden vor Aufregung keinen Bissen herunterbekam.

»Also noch mal!« sagte Nielson. »Hier ist die Stelle vor der kleinen Brücke.« Er tippte auf seine Straßenkarte. »Wir schleppen den Ast auf die Fahrbahn, und Pohlmann muß anhalten. Er steigt aus, macht sich daran, das Hindernis aus dem Weg zu räumen, und dann schleichen wir uns von hinten an ihn ran. Du nimmst ihn in die Zange, ganz fest, und ich halte ihm das Tuch mit dem Äther vor Nase und Mund. Natürlich wird er sich wehren, aber nach ein paar Sekunden klappt er zusammen. Wir verfrachten ihn in Pepes Station-Wagen, und ab geht die Post nach Boca del Río!«

»Was machen wir, wenn er nicht aussteigt, sondern einfach wendet?«

»Pepe ist ja da und versperrt ihm mit seinem Fahrzeug den Weg.«

»Dann weiß er Bescheid, zieht vielleicht eine Waffe und schießt.«

»Pepe ist auch bewaffnet.«

»Eine Schießerei ist das letzte, was wir brauchen könnten, finde ich. Aber vielleicht reagiert er ja normal und steigt aus. Bleibt uns nur zu hoffen, daß nicht gerade ein Auto kommt.«

»Wir haben gestern mindestens eine halbe Stunde da verbracht, und kein einziger Wagen ist vorbeigekommen. Und das war am Nachmittag und nicht mitten in der Nacht!«

»Zu dumm, daß Wulf nicht mehr dabei ist! Hab' das Gefühl, wir sind verdammt wenig Leute.«

»Junge, du hast 'ne Menge auf dich genommen, bist jetzt fast am Ziel und kriegst plötzlich das Flattern?«

»Du hast recht. Ich hab' es so gewollt, und also wird es nun auch durchgezogen! Wie willst du deinen Check machen?«

Nielson zeigte auf ein an der Wand hängendes Fernglas, dessen Tragriemen Pepe, reichlich respektlos, um eine Marienfigur geschlungen hatte. »Damit kann ich ihn vom ROVER aus gut sehen. Er wird so sitzen, daß ich sein Gesicht vor mir hab'.«

Pepe kam herein und setzte sich. »Hört mal zu! Eine kleine Regie-Änderung. Aber denkt bitte nicht, daß ich kneifen will! Den Station-Wagen fahre nachher nicht ich, sondern das macht Manolo, mein Sohn, und er bringt euch auch nach Boca del Río. Aus zwei Gründen. Wir wissen nicht, ab wann man Pohlmann auf der Hacienda vermißt. Vielleicht noch heute nacht. Als erstes werden sie sich im Restaurant erkundigen wollen, wann er gegangen ist, aber dann haben wir längst geschlossen, und also erscheinen sie bei mir zu Haus, und ich bin nicht da! Das wäre schon mal schlecht. Womöglich müßte ich der Polizei, wenn ich zurück bin, ein Alibi präsentieren, und das könnte ich nicht.«

»Stimmt«, sagte Nielson.

»Es gibt«, fuhr Pepe fort, »noch einen anderen Grund. Sollte es dem Gefangenen irgendwie gelingen, sich zu befreien, wäre es aus mit mir, weil er mich kennt. Aber Manolo hat er noch nie gesehen.«

»Wie alt ist Ihr Sohn?« fragte Thaden.

»Dreiundzwanzig. Alt genug also.«

»Und Sie meinen, wir können ihn in die Sache mit reinziehen?«

»Er ist sowieso mit drin, weil ich drin bin. Bei uns gibt es keine Heimlichkeiten, und wir halten zusammen, was auch passiert. Also, ohne einen dritten Mann kommt ihr nicht zurecht. Einer muß den Station-Wagen fahren und einer den ROVER, und der im Station-Wagen muß einen Helfer haben, weil der Gefangene während der Fahrt aufwachen kann. Er ist zwar gefesselt, aber wer weiß, vielleicht zertrümmert er mit seinen verschnürten Füßen ein Fenster, oder es gelingt ihm, das Pflaster vom Mund zu entfernen, und er fängt an zu brüllen. Alles klar?« Die beiden nickten, und Pepe kehrte in die Küche zurück.

Kurz vor acht verließ Thaden das Büro und ging durch das Lokal, das mittlerweile zur Hälfte gefüllt war, nach draußen. Er wollte sich nach dem langen Sitzen die Beine vertreten. Gern hätte Nielson es ihm gleichgetan, aber eine zufällige Begegnung mit Pohlmann hätte das ganze Unternehmen beendet. Nach einer halben Stunde war Thaden zurück, und dann hockten sie wieder zu zweit in dem kleinen Büro und warteten darauf, daß Pepe hereinkäme und ihnen verkündete: Er ist da! Um Viertel vor neun war der Gast noch immer nicht erschienen. Ihre Ungeduld wuchs. Zehn vor neun. Fünf vor neun. Neun. Sie wurden nervös. Nielson rauchte Kette, und Thaden trank in vielen kleinen Schlucken von seinem Bier, nicht, weil er Durst hatte, sondern weil er die Hände nicht ruhig halten konnte. Viertel nach neun.
»Ich glaube, er hat es sich anders überlegt«, sagte Thaden. »Vielleicht hat er die so plötzlich entstandene Geschäftsbeziehung noch einmal überdacht und sich gesagt: In meiner Lage bedeutet jeder Fremde, der bei mir auftaucht, ein Alarmsignal, ganz gleich, wie mexikanisch er aussieht und wie plausibel sein Vorschlag sich anhört.«
Aber Nielson schüttelte den Kopf. »Ich glaub' eher an die notorische Unpünktlichkeit hierzulande.«
»Er ist Deutscher.«
»Lebt aber schon seit einem halben Jahr hier, und so einen Schlendrian übernimmt man schnell.«
Fünf vor halb zehn. Die Tür ging auf. Pepe steckte nicht nur den Kopf ins Zimmer, sondern kam herein und machte die Tür hinter sich zu. »*Mierda!*« sagte er dann.

Thaden kannte das französische *merde* und ahnte, daß ihr mexikanischer Freund soeben ein herzhaftes *Scheiße!* von sich gegeben hatte.

»Noch immer nicht da?« fragte Nielson.

»Er ist gekommen, aber guck mal unauffällig in den Saal! Nein, du lieber doch nicht, sondern Sie!«

Thaden stand auf, hörte noch, wie Pepe auf spanisch weiterredete, fragte aber nicht nach, sondern betrat die Küche. Nicht eine Spur der herrlichen, vom Herd aufsteigenden Düfte nahm er in sich auf, so angespannt war er. Vor der Schwingtür blieb er stehen und sah durch eins der beiden Rundfenster. Von den Fotos her erkannte er den Mann am Tisch Nr. 1 sofort. Es war Ernst Pohlmann. Aber da saß noch jemand bei ihm, ein junges Mädchen. Auf den ersten Blick eine Schönheit, auf den zweiten wohl doch keine. Achtzehn, vielleicht zwanzig Jahre alt. Lackschwarzes Haar, indianische Züge, karamelfarbener Teint, an den Ohren große Clips aus Malachit. Das Auffallendste war die volle, straffe Brust, aber gemessen daran, daß das Mädchen in einem Restaurant saß, bot sich dem Betrachter ein bißchen zuviel der Karamelfarbe dar. Pohlmann wirkte neben dem Mädchen wie ein alter Gockel. Er turtelte mit ihr herum, und sie ließ es sich ganz offensichtlich gern gefallen.

Jetzt hatte auch Thaden das Wort auf der Zunge, schob es leise und langsam durch die Zähne: »Scheiße!«

Sein Blick erfaßte noch mehr. Auf der Fensterbank neben dem Tisch stapelten sich Pakete, mindestens ein halbes Dutzend, und jedes war in glitzerndes Geschenkpapier eingewickelt. Also hat er sie erst mal eingekleidet, dachte er, damit sie in Zukunft präsentabel ist.

Er wandte sich ab, durchquerte die Küche und kehrte ins Büro zurück, hörte gerade noch, wie Pepe zu Nielson sagte: »...y sin duda es una puta!« Dann sagte er es für Thaden noch einmal auf englisch: »Sie ist bestimmt eine Nutte!« Sein ganzer Zorn schwang mit, als er hinzufügte: »Wenn sie hustet, springen ihre Titten auf den Teller!« Er stand auf. »Na, ich geh' jetzt mal wieder zu ihm; sonst wundert er sich. Wir blasen also alles ab;

nur den Test, den solltest du noch machen, Enrique.« Er verschwand.

Nielson nahm das Fernglas von der Wand, hängte es sich um.

»Ich komme mit«, sagte Thaden.

Sie verließen das DON PEPE durch den Lieferanteneingang, überquerten den Hinterhof und erreichten wenig später die kleine Straße, die zur *plaza* führte und an deren Ecke ihr Wagen stand. Sie stiegen ein. Schräg vor ihnen lag in etwa zwanzig Metern Entfernung das Restaurant. Durch das große Fenster konnten sie den Mann und das Mädchen gut sehen.

Nielson setzte das Glas an die Augen. Ein paar tausendmal hatte er das in seinem Leben getan, aber diesmal war es anders. Kein Schiff, kein Leuchtfeuer, kein Stück Küste in dem kreisrunden, stark vergrößerten Bildausschnitt, sondern ein Gesicht, ein verhaßtes. Schon die allererste Sekunde verriet ihm: Auch wenn er jetzt einen anderen Haarschnitt und einen Bart hat, das ist der Mann, der in Ellerups Funkbude polterte und uns beide mit der LUGER in Schach hielt! Genau wie bei unseren gemeinsamen Mahlzeiten führt er den Löffel zum Mund! Und dieses zustimmende Nicken, wenn irgendwas ihm besonders gut schmeckt! Wirklich, der Gast, der dort, durch das Fernglas ganz nah herangeholt, im DON PEPE saß und seine Suppe löffelte, war derselbe, den er als Eberhard Leuffen von Antwerpen nach Veracruz befördert hatte. Und daß Leuffen Ernst Pohlmann war, belegten die Zeitungsfotos zur Genüge.

»Der Kerl hat sich meinen Haarschnitt zugelegt«, sagte er.

»Er ist es also?«

»Hundertprozentig!« Nielson senkte das Glas.

»Um so ärgerlicher«, sagte Thaden, »daß er dieses Mädchen mitgebracht hat.«

»Ja, eine Riesenpanne! Komm, wir gehen wieder rüber.«

Sie kehrten auf demselben Weg ins Büro zurück, setzten sich hin, waren enttäuscht, mehr noch, deprimiert. Erst nach einer halben Stunde kam Pepe und klagte:

»Es ist ein Jammer, daß wir so gar nichts machen können!«

»Hast du rausgehört, wo er die Kleine aufgegabelt hat?« fragte Nielson.

»Nein. Er erklärte nur, ich hätte ja gesagt, er dürfte gern seine Frau mitbringen, und da er unverheiratet sei, hätte er sich eine Blume des Landes gepflückt. Er sagte tatsächlich *una flor del país*. Sie heißt übrigens Alicia. Aber aus welchem Puff sie kommt, hat er mir nicht verraten.«

Nielson raufte sich das Stoppelhaar. »Verflucht, was machen wir?«

»Nichts! Abwarten!« sagte Thaden. »Für heute jedenfalls hat Alicia uns die Tour vermasselt.«

»Und es schmeckt ihm so gut!« stöhnte Pepe. »Dreimal hat er sich vom *lomo* aufgeben lassen, und nach der Dessert-Karte hat er auch schon gefragt. Ich muß wieder hin und über seine Bohnen und Kürbisse mit ihm reden, über seine Schweine und Kälber. Dabei interessieren die mich einen Dreck, weil ich meine Sachen seit Jahren vom *Rancho de la Rosa* beziehe, erstklassige Ware und zu vernünftigen Preisen!« Und dann kam noch etwas Spanisch hinterher: »*Que Dios castigue a todas las putas!*« Schon war er wieder draußen, und Nielson übersetzte: »Möge der Herrgott alle Huren strafen!«

15 Mitternacht. Die meisten Gäste waren schon gegangen, aber Pohlmann und das Mädchen saßen noch immer an ihrem Tisch. Sie hatten gerade die dritte Flasche Wein bestellt.

Im Büro war Nielson auf seinem Stuhl eingeschlafen, und Thaden blätterte, wie er es schon seit einer Stunde tat, in mexikanischen Kochbüchern.

Plötzlich stand Pepe vor ihnen und erklärte: »Vielleicht gibt es doch noch eine Lösung!«

Nielson schreckte hoch. »Welche Lösung?« murmelte er.

»Hört zu!« sagte Pepe. »Ich hab' nachgedacht. Über den Umgang mit Huren. Man geht zu ihnen in die Puffs oder in die

Animierlokale. Man sitzt mit ihnen im Kino oder im Restaurant, fährt mit ihnen auch mal im Auto durch die Gegend oder geht sogar *shopping*, aber man nimmt sie nicht mit nach Haus, egal, ob man verheiratet ist oder allein lebt. Das tut man einfach nicht. Also wird er sie irgendwo abliefern. Vielleicht hat sie 'ne eigene Wohnung, oder er bringt sie zu dem Haus, in dem sie arbeitet. Jedenfalls ist damit zu rechnen, daß er danach allein zur *Madrugada* zurückfährt.«

»Und wenn sie nun doch keine Hure ist?« fragte Thaden.

»Dann bin ich die Heilige Jungfrau.«

Nielson war wieder ganz wach. »Pepe«, sagte er, »ich glaub', du liegst richtig.«

Aber Thaden wandte ein: »Vielleicht ist sie eins seiner Dienstmädchen.«

»Mit so 'ner frechen Bluse? Ausgeschlossen.«

»Also hinterherfahren«, sagte Nielson.

»Entweder das«, antwortete Pepe, »oder ihr lauert ihm kurz vor der *Madrugada* auf. Allerdings habt ihr da keinen Ast zur Verfügung. Na, euch wird schon was einfallen. Vielleicht fahrt ihr dem CADDY mal kurz in die Seite. Aber erst mal solltet ihr ihn verfolgen, sehen, wohin es geht, und die Chancen ausloten. Ich sag' jetzt Manolo, daß er sich bereithalten soll, und ihr entwickelt schon mal einen Plan. Sie werden bald aufbrechen.«

Um halb eins saßen Nielson und Thaden im ROVER. Nielson war tief hineingekrochen in seine Jacke, und auf dem Kopf hatte er eine Mütze mit breitem Rand, die Manolo gehörte.

»Kann ja auch sein, daß er das Mädchen in ein Taxi setzt«, sagte Thaden.

»Dann läuft alles wie geplant ab. Wir überholen ihn und legen unseren Ast auf die Straße. Aber ich bin sicher, er will noch seinen Spaß haben mit der Kleinen.«

»Und wenn er den schon hinter sich hat?«

»Hat er nicht. So was macht man nach dem Essen.«

»Da! Sie kommen!« Thaden ließ den Motor an. »Ich frag' mich nur, wie er mit so viel Promille seine Karosse fahren will.«

349

»Ja, das frag' ich mich auch.«

Sie sahen, wie Pepe sich von seinen Gästen verabschiedete und dann Pohlmann die Wagentür aufhielt.

»Da siehst du's!« sagte Nielson. »Sie muß ohne Hilfe einsteigen und tut das auch ganz brav.«

Die lange Limousine fuhr an, und dann kam plötzlich, mit Manolo am Steuer, der Station-Wagen, ein OPEL CARAVAN, um die Ecke, setzte sich hinter den CADILLAC. Thaden schloß sich ihm an. Nach einer gewissen Zeit, so war es abgesprochen, würde er aufrücken, damit Pohlmann auch mal ein anderes Auto im Rückspiegel hatte. Die Straßenlampen sorgten für reichlich Licht, und so hatten sie keine Schwierigkeiten mit der Verfolgung, zumal die zusätzlichen Bremsleuchten, die der CADILLAC in der Heckscheibe hatte, von Zeit zu Zeit aufleuchteten.

Jetzt ging es auf die Autobahn 150 D, Richtung Mexico City. Bei der Zahlstelle, an der die Gebühr verlangt wurde, kam es zu einem kurzen Stopp. Das hätte gefährlich werden können, aber es war Manolo rechtzeitig gelungen, einen Laster zwischen Pohlmann und sich zu bringen.

»Es muß«, sagte Nielson und schlug mit der flachen Hand auf das Armaturenbrett, »verdammt noch mal heute geschehen! Sonst schwimmen uns die Felle davon.«

»Unbedingt«, antwortete Thaden. »Kein Morro! Kein Chauffeur! Eine solche Gelegenheit kommt so schnell nicht wieder. Wie weit ist es eigentlich bis zur Hauptstadt?«

»Jetzt noch ungefähr neunzig Kilometer. Aber vielleicht geht's ja auch woandershin.«

Doch der CADILLAC blieb auf der 150 D. Sie begannen das Spiel mit den wechselnden Positionen, ließen manchmal den Abstand auf hundertfünfzig bis zweihundert Meter anwachsen, holten dann wieder auf, passierten die Ortschaften Texmelucan, Río Frío und Ixtapaluca und erreichten bald darauf den Stadtrand von Mexico City. Die Autobahn ging über in die von unzähligen Fabriken, Tankstellen, Läden, Restaurants, Imbißstuben und Mietshäusern gesäumte Ausfallstraße *General Igna-*

cio Saragossa. Nielson hatte inzwischen die Karte gewechselt, hielt jetzt einen Stadtplan auf den Knien und beleuchtete ihn mit der Taschenlampe.

Manolo wurde langsamer und zeigte damit an, daß nun wieder der ROVER die erste Position hinter dem CADILLAC einnehmen sollte. Thaden überholte, setzte sich vor den CARAVAN.

»Hier im Stadtgebiet können wir ihn leicht verlieren«, sagte Nielson. »Wir müssen dicht dranbleiben.«

»Will's versuchen«, antwortete Thaden.

In diesem Moment scherte der CADILLAC aus. Der ROVER folgte ihm. Nach einer Schleife ging es erneut auf eine Autobahn.

»Verflixt!« sagte Thaden. »Wohin will er denn jetzt?«

»Das ist der *Viaducto Miguel Alemán*, die Stadtautobahn. Nun wird's nicht mehr lange dauern.«

Sie fuhren auf der Außenbahn, der Schnellspur, für die eine Stundengeschwindigkeit von achtzig Kilometern vorgeschrieben war. Aber Pohlmann fuhr zwischen hundert und hundertzwanzig, und seine Verfolger mußten genauso schnell sein.

»Hoffentlich taucht kein Polizist auf!« sagte Nielson. »Für den wäre, weil er von hinten kommt, Manolo das erste Opfer, und natürlich würde er uns danach nicht einholen können.«

»Dann müßten wir die Sache allein durchziehen und versuchen, vor Tagesanbruch in der Strandhütte zu sein.«

»Das ist unmöglich. Bis nach Boca del Río sind es gut vierhundert Kilometer, und ... da! Er biegt ab!«

Auch sie wechselten die Spur. Nielson sah das Schild, das die Ausfahrt ankündigte. »Es geht in die *Insurgentes*«, sagte er.

»Aha, MUNDIAL!«

»Sicher nicht. Mit ihren siebenundzwanzig Kilometern hat die Straße noch ein paar andere Adressen.«

Sie verließen den *Viaducto*. Nach den ersten fünfhundert Metern auf der *Insurgentes* verringerte Thaden die Geschwindigkeit. Manolo überholte, und weiter ging es stadteinwärts. Immer wieder erwies es sich als hilfreich, daß der CADILLAC die zusätzlichen hochsitzenden Bremsleuchten hatte, so daß er, auch bei größerer Distanz, von anderen Fahrzeugen leicht zu unterscheiden war. Aber es gab auch kritische Situationen, vor allem auf den großen Ringanlagen. Sie endeten nur deshalb gut, weil die Verfolger das Gelb der Ampeln rigoros ausnutzten und zweimal sogar bei Rot über eine Kreuzung setzten.

Endlich bog Pohlmann ab. Er durchfuhr ein Geflecht ruhiger Nebenstraßen und hielt nach nur fünf Minuten in der *Calle Amsterdam* hinter einer Reihe parkender Autos. Manolo fuhr weiter, und Thaden folgte ihm. Sie parkten in der nächsten Querstraße, stiegen eilig aus und liefen zurück zur Ecke.

»Da ist ein Haus mit roter Lampe«, sagte Manolo. »Bestimmt gehen die beiden da rein.«

»Also hat dein Vater recht gehabt«, antwortete Nielson.

Im Licht der Straßenlaterne, die die Front der alten Villa beleuchtete, sahen sie den hochgewachsenen Deutschen und die kleine Mexikanerin mit dem Türsteher reden und dann ins Haus gehen.

»Das kann jetzt lange dauern«, sagte Nielson.

»Wir sollten uns seinen Wagen mal angucken«, schlug Manolo vor.

Sie machten sich auf den Weg. Als sie an der Villa vorbeigingen, rief der Türsteher ihnen zu: *»Aquí hay chicas muy guapas; no quieren entrar, señores?«* Hier gibt es schöne Mädchen; wollen Sie nicht reinkommen?

»Später«, sagte Manolo.

Nach etwa dreißig Metern stießen sie auf den CADILLAC, umrundeten ihn. Der Wagen stand im Dunkel, unter Bäumen, und da er überdies die getönten Scheiben hatte, konnten sie nicht hineinsehen.

»Ich geh' mal eben ins Haus«, flüsterte Manolo, »mich kennt er ja nicht.«

Er verschwand.

»Jetzt bin ich sicher«, sagte Nielson, »daß Pohlmann ohne das Mädchen zur *Madrugada* fährt. Junge, wir kriegen ihn heute nacht!«

Schon nach zehn Minuten kam Manolo zurück. »Sie haben an

der Bar einen Drink genommen«, meldete er, »und sind nach oben gegangen. Wir haben also etwas Zeit und können unsere Autos hinter den CADDY stellen. Aber der Alte vor der Tür sollte das lieber nicht merken. Wir setzen kurz zurück und fahren die *Amsterdam* weiter; sie führt im Bogen um einen Park und wieder hierher. Ich hab' in meinem Werkzeugkasten ein Stück Draht, mit dem ich die Wagentür aufkriege, und dann geben Sie mir die Ätherflasche und den Lappen, und ich setz' mich hinter den Fahrersitz. Aber Sie müssen das Haus im Auge behalten und mich warnen, wenn er doch nicht allein rauskommt. Dann hätte ich noch Zeit zum Aussteigen. Wir könnten ein Klopfzeichen vereinbaren ...«

Nach einer Stunde und zehn Minuten war es soweit. Pohlmann kam aus dem Haus. Thaden, der von der gegenüberliegenden Straßenseite aus den Eingang beobachtete, sah ihn, allein, durch den kleinen Vorgarten gehen. Da es außer der über der Tür angebrachten roten Lampe und der Straßenlaterne noch eine Gartenleuchte gab, konnte er ihn gut erkennen. Er lief los, überquerte erst auf der Höhe des CADILLAC die Straße, klopfte dreimal kurz auf das Wagenheck und zog sich dann hinter den CARAVAN zurück, wo Nielson schon hockte.
Manolo hatte das Signal gehört. Wenn es zweimal gekommen wäre, hätte er in Windeseile aussteigen müssen. So aber traf er die letzten Vorbereitungen, stellte die noch verschlossene Ätherflasche an die Spitze seines rechten Schuhs, damit er sie im Dunkel nicht verfehlte, legte den Lappen bereit und zog noch einmal seine Gummihandschuhe glatt. Jetzt war er es, der den Vorteil der eingefärbten Scheiben genoß: Selbst wenn Pohlmann sich an einem der hinteren Fenster die Nase plattdrückte, würde er ihn nicht entdecken.
Manolo war, wie sein Vater, von nicht gerade kräftiger Statur, der Gegner jedoch groß und robust. Deshalb hatten die drei sich eine besondere Strategie ausgedacht, eine Doppelattacke, die ihr Opfer für die Dauer der einen entscheidenden Sekunde irritieren sollte.

Da! Der Schlüssel im Schloß! Unwillkürlich senkte Manolo den Kopf noch etwas tiefer. Er hörte, wie die Tür aufging und der Mann sich in den Sitz warf, daß die Federn ächzten. Die Tür schlug zu, doch im nächsten Augenblick wurde sie von außen wieder aufgerissen, und Manolo hörte Thaden auf englisch sagen: »Keine Bewegung und keinen Laut! Sonst drücke ich ab!« Er wußte, daß jetzt die Pistole seines Vaters im Spiel war. Schon als die Tür zum zweiten Mal aufgegangen war, hatte er die Flasche entkorkt und blitzschnell den Lappen getränkt. Jetzt richtete er sich auf, beugte sich über die Rückenlehne des Fahrersitzes und preßte dem auf zweifache Weise Überrumpelten den betäubenden Stoff gegen Nase und Mund.

Kaum eine Gegenwehr. Nur ein kurzes, ruckartiges Zurückweichen des Kopfes. Die Arme blieben, wohl wegen der Waffe, unten. Wenige Sekunden, und der Körper sackte in sich zusammen.

Manolo verkorkte die Flasche, steckte sie in die Jackentasche und den Lappen dazu. Dann stieg er aus und half Thaden, der den Bewußtlosen schon halb aus dem Wagen gezerrt hatte. Sie zogen ihn ganz heraus, griffen ihm, nachdem Manolo die Tür geräuschlos zugedrückt hatte, unter die Achseln, einer links, einer rechts, und schleiften ihn zum CARAVAN. Dort hatte Nielson die Heckklappe bereits geöffnet. Zu dritt schoben sie Pohlmann auf die Ladefläche. Manolo hielt ihm noch einmal den Lappen vors Gesicht, während Thaden und Nielson mit den bereitgelegten Schnüren seine Hände und Füße fesselten. Danach breiteten sie eine dunkelgraue Zeltplane über ihm aus.

Nur drei Minuten nach dem Überfall setzten die beiden Autos sich in Bewegung. Manolo fuhr auch jetzt den CARAVAN, und Nielson saß neben ihm. Der ROVER folgte ihnen im Abstand von wenigen Metern. Sie bogen in die *Insurgentes* ein, fuhren weiter stadteinwärts, verließen sie kurz darauf und gelangten schließlich auf den Hinterhof einer kleinen Keramikfabrik.

Manolo stellte sich in die Toreinfahrt und hielt Wache. Sollte ihnen irgend jemand in die Quere kommen, müßten sie auch ihn mit Äther betäuben und so lange außer Gefecht setzen, bis

Nielson seine Aufgabe erledigt hätte. Der nämlich beugte sich in das Heck des CARAVAN und war dabei, dem Gefangenen, der jeden Moment wieder zu sich kommen konnte, die erste Spritze zu geben. Thaden stand neben ihm, die eingeschaltete Taschenlampe in der Hand. Das Evipan würde für einen zwei- bis dreistündigen Tiefschlaf sorgen, also etwa bis Orizaba. Dort war dann die zweite Dosis fällig.

Sie brauchten fünf Minuten. Pohlmann wurde erneut zugedeckt, und jetzt bekam er sogar einen wollenen Teppich als Unterlage, allerdings nicht, damit er es bequemer hatte, sondern weil die Stöße des Wagens ihn nicht vorzeitig wecken sollten.

Es ging weiter, erst zurück auf die *Insurgentes*, dann stadtauswärts bis zum *Viaducto* und danach auf die *Saragossa*, genauso, wie sie gekommen waren.

Nielson saß wieder neben Manolo im CARAVAN. Als sie auf der Autobahn waren, auch schon die Zahlstelle hinter sich hatten und in Richtung Puebla fuhren, sagte er: »Ich hätte große Lust, im *Carril Rancho de la Rosa* einen kurzen Stopp einzulegen, um deinem Vater zu sagen, daß wir's geschafft haben; aber ich glaube, das wäre zu gefährlich.«

»Ja«, antwortete Manolo, »die Nachbarn könnten was mitkriegen. Wir rufen ihn lieber von Córdoba aus an. Dann wird es ungefähr acht Uhr sein, und er sitzt beim Frühstück.«

16 Die Hütte in Boca del Río war ein ideales Versteck. Im Schutz von Palmen stand sie an einem einsamen Strandabschnitt, etwa vierzig Meter vom Wasser entfernt. Sie hatte zwei Zimmer mit je zwei eingebauten Betten, von denen allerdings nur noch die kahlen Holzgestelle vorhanden waren. Nicht einmal Strohsäcke gab es auf den Pritschen. Doch Manolo hatte ihnen den Teppich und zwei Wolldecken überlassen und ihnen auch noch beim Sammeln von trockenem Seetang geholfen. So waren sie in der Lage gewesen, sich provisorische Schlafstätten einzurichten, denn Schlaf, das war es vor allem, was Nielson und Thaden nach der langen, ereignisreichen Nacht brauchten.

Um zehn Uhr am Vormittag waren sie angekommen, und eine Stunde später hatte Manolo sich auf den Rückweg gemacht. Jetzt war es halb drei. Nielson schlief. Auch der Gefangene, den sie nicht nur gefesselt, sondern auch noch an das Bett gebunden hatten, war nach der dritten Spritze weit entrückt.

Thaden saß vor der Hütte, neben sich im Sand einen Becher Kaffee. Pepe hatte ein weiteres Mal seine Umsicht bewiesen und sich um den Proviant gekümmert. Der große Korb, der ihnen von Manolo in die Hütte gestellt worden war, enthielt sorgsam verpackte Sandwiches, gekochte Eier, Salami, Avocados, Melonen, Orangen, Bier, Coca-Cola und Mineralwasser in Dosen und eine Thermoskanne mit Kaffee.

Er sah aufs Meer. Gegen Mittag hatte er geschwommen und die Kleidung gewechselt. Bevor sie vom HOSTAL SAN CLEMENTE nach Puebla aufgebrochen waren, hatte *doña* Amelia für sie gewaschen und gebügelt, so daß sie mit allem versorgt waren. Aber nach wie vor gab es ein ungelöstes Problem: Sie wußten noch immer nicht, wie es mit dem Gefangenen weitergehen sollte! In dem Telefongespräch, das Nielson von Córdoba aus geführt hatte, war von Pepe noch einmal mit allem Nachdruck erklärt worden, daß eine Auslieferung Ernst Pohlmanns an die mexikanischen Behörden nicht nur ihren Erfolg vereiteln, sondern auch sie selbst in Schwierigkeiten bringen könnte, weil man ihnen Menschenraub vorwerfen würde.

Ein Geräusch aus der Hütte ließ ihn aufhorchen. Es war ein Stöhnen. Er stand auf, ging hinein und betrat das Zimmer, in dem die beiden Männer lagen, der eine an der linken, der andere an der rechten Wand.

Der Gefangene hatte sich halb aufgerichtet und sah Thaden aus trüben Augen an, wollte etwas sagen, brachte es aber nur zu einem unverständlichen Gestammel, fiel zurück, sank wieder in Schlaf.

Thaden sah lange auf ihn hinab. Trotz der Mittagshitze war das Gesicht weder gerötet noch verschwitzt, sondern bleich und schlaff. Der elegante hellgraue Anzug war verschmutzt, und auch das weiße Seidenhemd zeigte häßliche Flecken. Unter dem linken Jackenärmel guckte ein goldener Manschettenknopf mit eingestanztem Aztekenkalender hervor. Die Schuhe, weiße Slipper aus sehr weichem Leder, standen auf dem Fußboden.

Hattest dir ein so schönes neues Leben auf deiner Hacienda eingerichtet, dachte er. Aber damit ist es nun aus. Sigrid und Arndt und all die anderen sind dir dazwischengekommen.

Er sah auf die Uhr. Es war soweit, um drei sollte er Nielson wecken. Er trat an das andere Bett.

»Hallo, Käpt'n!«

»Ja, was ist?«

»Aufstehen!«

Nielson kam hoch, reckte sich. »Ist es schon drei?«

»Ja.«

»Was ist mit ihm?«

»Er schläft.«

»War er zwischendurch mal wach?«

»Ja, aber er kippte sofort wieder weg.«

»Dann hast du noch nicht mit ihm geredet?«

»O nein! Das mach' ich erst, wenn ich ganz sicher bin, daß sein Kopf wieder klar ist.«

Sie gingen vor die Tür und weiter bis zum Flutsaum. Nielson wusch sich das Gesicht, und dann sagte er: »Ich fahr' jetzt nach Veracruz, muß zum Hafenamt und auch zur Agentur. Da wird man mir sagen können, wann mein Schiff ankommt.«

»Okay.«

»Aber was machen wir bloß mit Pohlmann? Viel Zeit haben wir nicht mehr.«

»Ich meine, du solltest von Veracruz aus mit dem BKA in Wiesbaden telefonieren. Sagst denen, daß wir ihn haben, ihn aber der hiesigen Polizei nicht ausliefern wollen. Redest ganz offen mit unseren Leuten. Vielleicht schicken sie jemanden rüber, und dann läuft die Sache von deutscher Seite aus an.«

Nielson wiegte den Kopf. »Gefällt mir nicht, weil auch in einem

357

solchen Fall zuerst die Mexikaner am Zuge sind. Überleg doch
mal, Pohlmann soll mehr als eine Viertelmilliarde Dollar beiseite geschafft haben! Damit könnte er ein ganzes Heer von
mexikanischen Beamten zu Millionären machen und dann
immer noch leben wie Gott in Frankreich.«
»Hast du mal daran gedacht, daß wir die ersten sein werden, die
er zu bestechen versucht? Er wird sagen: Jungs, ihr kriegt jeder
zehn oder zwanzig Millionen Dollar, und dafür laßt ihr mich
laufen. Bist du käuflich?«
Nielson lachte. »Natürlich, das weißt du doch. Und überhaupt,
wer ist das nicht? Aber alles hat seine Grenzen. Ich werde nie
vergessen, wie ich dir auf der CAPRICHO Olafs Bild gezeigt
hab'. Das ist mein Sohn, hab' ich gesagt und dir dann meine
Geschichte erzählt. Ich dachte: So, das wird ihn beeindrucken.
Und dann kamst du mit deinem Bild und mit deiner Geschichte,
und das hat mich umgekrempelt.«
Thaden malte mit dem Fuß das Dollarzeichen in den Sand,
wischte es wieder weg, hielt den Blick aber weiterhin gesenkt:
»Ich krieg' im Winter eine Million Mark von der Versicherung.
Wie wär's, wenn wir damit irgendwas Neues aufbauen? Vielleicht ein gebrauchtes Kümo kaufen oder ein Elbfährschiff? Ich
könnte meinen Betrieb verpachten; ist sowieso nicht mehr der,
der er mal war. Außerdem glaub' ich, ich komm' von den Schiffen nicht wieder los, obwohl das Gegenteil viel einleuchtender
wäre: daß ich keine mehr sehen kann. Ich weiß nicht, warum das
so ist. Vielleicht, weil es ein Schiff war, auf dem ich Sigrid und
Arndt zuletzt bei mir hatte.« Jetzt erst hob der den Kopf und sah
Nielson an.
»Das wäre ...«, Nielson suchte in seinen Taschen nach den
Zigaretten, fand eine völlig zerdrückte Schachtel, steckte sie
wieder ein, begann von neuem: »Das wäre ... phantastisch!« Er
schluckte, schwieg eine Weile, fuhr dann fort: »Mir scheint, so
ein gemeinsames Kidnapping verbindet.«
Thaden lachte. »Vor allem, wenn man dann dasteht und nicht
weiß, wohin mit dem Kerl!«
Sie gingen zur Hütte. Pohlmann lag in tiefem Schlaf. Nielson

ließ sich den Autoschlüssel geben. »Brauchen wir irgend etwas aus der Stadt?«

»Eis. Kauf doch einen ganzen Klotz oder einen Sack Würfel! Ein bißchen wird schon noch nachgeblieben sein, wenn du zurück bist, und dann kühlen wir unsere lauwarmen Getränke.«

»Okay.«

Nielson blieb lange weg, aber Thaden machte sich keine Sorgen. Vielleicht hat er alte Bekannte getroffen, dachte er, oder er steht am Hafen und sieht sich endlich mal wieder Schiffe an.

Er saß vor der Tür und beobachtete durchs Fernglas die Möwen, die hinter der nur schwachen Brandungswelle ihre Kreise über dem Golf-Wasser zogen, dann und wann im Sturzflug niedersausten und mit einem zappelnden Fisch im Schnabel wieder aufstiegen. In der Ferne sah er drei kleine Schiffe. Sicher waren es Fischerboote, die nun mit ihrem Fang in den Hafen zurückkehrten, nach Veracruz oder Boca del Río.

Ein jämmerliches Rufen schreckte ihn aus seinen Gedanken auf. Ein ums andere Mal hörte er: »*Ayúdame! Help me! Ayúdame! Help me!*« Also hat er seine fünf Sinne wieder beisammen, dachte er; sonst wäre da wohl erst mal was Deutsches gekommen. Er stand auf und trat ein.

Pohlmann hatte sich so weit aufgerichtet, wie seine Fesseln es erlaubten. Sie hatten ihm die Hände und die Füße einzeln an die Pfosten gebunden und dabei viel Spielraum gelassen.

»Durst!« sagte er auf englisch.

Wortlos öffnete Thaden eine Dose Mineralwasser und gab sie Pohlmann, der sofort in gierigen Schlucken zu trinken begann. Als die Dose geleert war, ließ er sie auf den Fußboden fallen. Sie rollte unter das Bett.

»Was ist los?« fragte er.

»Ich bin ein Pohlmann-Geschädigter«, sagte Thaden auf deutsch.

Es dauerte lange, bis der Gefangene antwortete. »Quatsch!« stieß er schließlich aus, und diesmal hatte er auch deutsch gesprochen.

»Wieso Quatsch? Es gibt sie doch, die Pohlmann-Geschädigten. Hunderte, wenn nicht Tausende. Und einundzwanzig dazu. Und dann noch die Angehörigen der einundzwanzig.«

Erneut ein langes Schweigen. Dann: »Ich verstehe kein Wort.«

»Zumindest meine Sprache verstehen Sie.«

»Warum auch nicht? Ich habe als junger Mann sieben Jahre in Frankfurt gelebt und später noch einmal zweieinhalb Jahre in Hamburg.« Er ließ sich zurückfallen.

»Haben Sie Hunger?«

»Durst.«

Thaden gab ihm eine zweite Dose. Pohlmann kam wieder hoch und trank sie aus. Diesmal hielt er Thaden die leere Dose hin, und der stellte sie auf dem Fußboden ab. Dann sagte er: »Damit wir nicht lange drumherum reden, verrate ich Ihnen lieber gleich: Wir haben ein paar gemeinsame Bekannte. Zum Beispiel Ihre Frau Luise Pohlmann, den Skipper Howard Foreman aus Cancún und Kapitän Nielson, außerdem Luciano Morro und dessen Bruder Gregorio und *señorita* Olloquiegui. Na, und Alicia. Sie sehen, es hat keinen Zweck, mir die James-Hamilton-Geschichte aufzutischen. Ich finde, vor allem der Name Nielson ist interessant. Der Kapitän der CAPRICHO ist sozusagen der Mann aus dem Zwischenreich. Damit meine ich jenen Zeitraum, der von Antwerpen bis Veracruz andauerte und die Brücke von Ihrem ersten zu Ihrem zweiten Leben bildete.«

»Wo sind wir?«

»An einem sicheren Ort in Mexiko.«

»Und was haben Sie mit mir vor?«

»Ich werde Sie vor den Richter bringen.«

»Quatsch!« lautete wieder die Antwort.

Sie hörten Schritte, und gleich darauf wurde die Tür geöffnet. Nielson trat ein.

»Sie?« sagte Pohlmann. Es kam erstaunt und leise.

»Ja, ich!« Nielson setzte sich auf sein Bett, und dann wandte er sich an Thaden: »Zurr ihn mal etwas fester! Er kriegt eine neue Spritze.« Er machte sich daran, die Injektion vorzubereiten.

360

Thaden schnürte unterdessen Pohlmanns Hände ganz dicht an die Bettpfosten. Mit den Füßen machte er das gleiche. »Sie verhalten sich besser ruhig«, sagte er, »weil die Nadel sonst leicht ein paarmal danebengeht. Das kann schmerzhaft sein.« Und Pohlmann verhielt sich ruhig, ließ sich ohne Gegenwehr den Oberarm abbinden und leistete auch keinen Widerstand, als Nielson die Nadel ansetzte, einstach und langsam das Mittel aus der Kanüle drückte. Danach säuberte Thaden die Einstichstelle und lockerte die Fesseln ein wenig.

Sie warteten, bis der Gefangene eingeschlafen war, und gingen vor die Tür, nahmen die Getränke mit. Nielson hatte Eis, Bacardi, Gin und Plastikbecher besorgt, und so kamen sie endlich zu einem kühlen Drink. Nielson mixte sich eine Cuba Libre, Thaden nahm Gin und Mineralwasser.

»Hast du jetzt mit ihm geredet?«

»Ein bißchen.« Thaden gab das Gespräch wieder, und daraufhin meinte Nielson: »Dann weiß er also Bescheid. Hör zu, ich hab' mir überlegt, wie wir's machen, und bin auf eine gute Idee gekommen.«

»Du warst lange weg. Hat das mit deinem Plan zu tun?«

»Ja. Das Schöne an Veracruz ist unter anderem, daß das Leben da nicht so ernst genommen wird. Immer findet man Menschen, die einem helfen, auch wenn es mal nicht den geraden Weg geht, und läßt man was springen, tun sie's besonders gern. Unser Problem ist gelöst.«

»Du weißt jetzt, wohin mit ihm?«

»Ja. Es ist ein großartiger Platz.«

»Aber du willst ihn doch nicht irgendwelchen Leuten übergeben?«

»Sagen wir mal so: Irgendwelche Leute gestatten mir, ihn an einen Ort zu bringen, der nicht nur der strategisch beste, sondern auch der sinnvollste ist.«

»Mach es nicht so spannend! Wohin kommt er?«

»In meine *bodega*.«

»Mein Gott!« Thaden reagierte so heftig, daß er seinen Drink verschüttete. »Das ist . . . das ist ja . . .«

361

»Riesig, nicht wahr? Und dann ab mit ihm nach Old Germany, denn dahin gehört er.«

»*Sinnvoll* ist das richtige Wort. Einmal Veracruz und zurück! Aber wie kriegen wir ihn aufs Schiff?«

»Ich sagte dir doch: Die *veracruzanos* nehmen das Leben nicht so ernst, auch nicht ihren Hafen und was dazugehört. Morgen abend tuckert eine kleine Barkasse von Boca del Río nach Veracruz. An Bord ist eine Kiste, etwa zwei Zentner schwer, und sie hat Luftlöcher. Aber die PALOMA, so heißt der Kahn, legt an keinem Kai, sondern bei der CAPRICHO an, und meine Freunde von der Hafenbehörde machen die Augen zu, wenn unser Ladegeschirr die Kiste übernimmt und an Bord hievt. Ein paar Tage später stechen wir in See. Kriegst übrigens deine alte Kabine wieder ...«

17 Die Fracht, Mahagoni- und Zedernholz, war für Hamburg bestimmt. Sorgsam gestapelt, lag sie im Bauch der CAPRICHO. Aber es gab noch eine andere Fracht, und die steckte nicht in einer Luke, sondern in der *bodega*.

Sie hatten Veracruz hinter sich gelassen. Das Schiff machte gute Fahrt, zwölf Knoten über Grund; das war eine respektable Leistung für den heruntergekommenen Veteranen.

Am späten Nachmittag saßen Nielson und Thaden im Kapitänssalon. Nebenan herrschte Ruhe. Pohlmann war für die Zeit des Ausklarierens noch einmal ruhiggestellt worden, aber gegen Abend, so rechneten sie, würde er aufwachen. Außer ihnen und den eingeweihten Offizieren wußte niemand, daß er an Bord war. Nielson hatte seinen Helfern im Hafen und dem Skipper der PALOMA erklärt, es handele sich um nicht mehr als hundert Kilogramm ganz gewöhnlicher Konterbande, und angesichts der schon auf den Tisch gelegten Dollarnoten waren keine weiteren Fragen von ihnen gekommen.

In einer Tischlerei am Stadtrand von Veracruz hatten sie einen hundertvierzig mal hundert mal siebzig Zentimeter messenden

Mini-Container besorgt, ihn mit Lüftungsritzen versehen und rundherum abgepolstert und dann Pohlmann mit angezogenen Knien hineingesetzt. Alles Weitere war wie geplant verlaufen.

»Bin mal gespannt«, sagte Nielson, »wie unsere Behörden reagieren, wenn wir ihnen diesen Kerl bringen.«

»Wer weiß, vielleicht setzen sie ihn gegen eine hohe Kaution sofort wieder auf freien Fuß.«

»Das glaub' ich nicht, denn daß bei ihm Fluchtgefahr besteht, hat er zur Genüge bewiesen. Na, wir werden's erleben! Aber wie gehen wir vor? Soll ich, sobald wir in Hamburg angelegt haben, zur nächsten Polizeidienststelle laufen und sagen: Hört mal, Jungs, wir haben für euch einen der meistgesuchten Ganoven gefangen?«

»Ja, so ähnlich muß es wohl laufen.«

»Hab' 'ne bessere Idee. Dein Freund Maibohm, der dann hoffentlich wieder gesund ist, könnte Kontakt mit der Staatsanwaltschaft aufnehmen. Dann steht das Empfangskomitee an der Pier, wenn wir einlaufen.«

»Wär 'ne Möglichkeit.«

»Was wohl mit uns passiert? Wir haben ja auch so einiges auf dem Kerbholz, zum Beispiel Körperverletzung und Freiheitsberaubung, zwar an 'ner miesen Type praktiziert, aber da es eine Privatveranstaltung war, wird man uns sicher zur Rechenschaft ziehen.«

»Das wär mir egal«, sagte Thaden.

Es klopfte. Der Steward Conally brachte Kaffee und Gebäck. Er deckte den Tisch, schenkte ein, verschwand wieder.

»Es ist ein merkwürdiges Gefühl«, sagte Nielson, »nun denselben Mann an Bord zu haben, der vor gut einem halben Jahr in Antwerpen das Schiff bestieg, bei Nacht und Nebel.«

»Wie kam er überhaupt auf dich?«

»Am Tag vorher erschienen seine Unterhändler bei mir und erklärten, eine wichtige Persönlichkeit müßte unter größter Geheimhaltung außer Landes gebracht werden. Sie fragten, ob ich das machen würde, gegen gute Bezahlung. Du weißt, zu der Zeit lebte ich noch ein bißchen jenseits der Gesetze, und die

Verlockung war einfach zu groß. Stell dir vor, ich hatte sogar etwas Mitleid mit dem Mann, denn seine Leute hatten gesagt, er würde zu Unrecht verfolgt. Als ich ihn dann am nächsten Tag zu Gesicht kriegte, ahnte ich, wer er war, und weil ich bei dem EUROVIT-Skandal sowieso nicht durchstieg, hielt ich ihn für jemanden wie mich, also für einen, der nach meiner damaligen Auffassung kein richtiger Krimineller war, sonden nur, wie soll ich's sagen, diesen und jenen Spielraum nutzte, wobei ich mir natürlich darüber im klaren war, daß seine krummen Geschäfte andere Dimensionen hatten als meine. Ich empfand ihm gegenüber eine gewisse Solidarität. Ja, bis dann die Sache mit der MELLUM passierte . . .«

»Nielson!«

Der halblaute Ruf kam von nebenan. Die beiden lauschten, und bald hörten sie erneut, etwas lauter diesmal: »Nielson!«

»Es ist soweit«, sagte Thaden.

Sie standen auf. Nielson schloß die Tür zum Gang ab, klappte dann die Zierleisten um und öffnete die *bodega*, in der sie das Licht hatten brennen lassen.

Sie traten ein. Nielson setzte sich auf den Stuhl, Thaden blieb stehen. Pohlmanns Fesseln waren an die schweren Metallringe geknotet, die im Fußboden saßen und sonst zum Verzurren der Ladung dienten. Pohlmann trug noch immer den zerknitterten hellen Anzug und das schmutzige Seidenhemd. Aber im Gesicht sah er jetzt erstaunlich frisch aus.

»Sie haben es also geschafft!« Seine Worte kamen knapp und klar, ließen keinerlei Emotionen vermuten.

»Ja«, antwortete Nielson, »und es war ein hartes Stück Arbeit.«

»Mich interessiert, wie Sie es geschafft haben. Ich hatte doch alles Erdenkliche an Sicherungen eingebaut.«

»Das ist eine abendfüllende Geschichte, zu lang, um sie jetzt zu erzählen. Nur soviel: Ehe die Suche nach Ihnen begann, suchte jemand nach mir oder, besser gesagt, nach meinem Schiff, der CAPRICHO, weil sie, obwohl ganz in der Nähe, den Schiffbrüchigen der MELLUM nicht zu Hilfe gekommen war.« Nielson zeigte auf Thaden. »Es war dieser Mann, der sich auf die Suche machte und schließlich Erfolg hatte. Er fand mein Schiff. Den Grund, warum er es gesucht hat, sollen Sie auch erfahren. Seine Frau und sein sechsjähriger Junge sind im Atlantik ertrunken. Das hat er nicht hinnehmen wollen. Ja, und ich dann auch nicht.«

Es dauerte lange, fast eine ganze Minute, bis Pohlmann darauf erwiderte: »Es tut mir leid, wirklich! Wir sprechen noch darüber, aber jetzt hätte ich gern was anderes abgeklärt. Es ist verdammt heiß hier, und ich ...«

»Wir sind ja auch noch im Golf.«

»Ich will mich waschen.«

»Kommt alles«, sagte Nielson.

»Noch etwas! Wir sind auf See, und ich kann Ihnen nicht entkommen. Was spricht also dagegen, daß Sie mir die Fesseln abnehmen, damit ich mal ein paar Schritte in diesem Käfig machen kann?«

»Dagegen spricht, daß Sie schon einmal aus diesem Käfig ausgebrochen sind. Die Fesseln bleiben.«

»Er hat noch kein Wort geredet«, Pohlmann zeigte auf Thaden. »Sammelt er sich für die Strafpredigt, die er mir halten will?«

»Ironie paßt nicht zu Ihrer derzeitigen Rolle«, sagte Thaden. »Ich will Ihnen keine Strafpredigt halten; das werden andere tun, drüben in Deutschland. Aber ich hab' eine Frage: Nicht um sich das Leben, sondern um sich das Wohlleben zu erhalten, haben sie einundzwanzig Menschen in den Tod geschickt. Ist das nicht ein viel zu hoher Preis?«

»Eine gute Frage«, sagte Nielson.

»Sie ist falsch gestellt«, sagte Pohlmann. »Ich hab' von diesem Preis nichts gewußt, hab' nicht damit gerechnet, daß jemand umkommen würde. Ich bin kein Verbrecher!«

»Und warum werden Sie dann weltweit gesucht?« fragte Thaden.

»Also, die Sache mit dem Konkurs war ... ja, die war eher artistisch, und alles Weitere diente nur meiner Sicherheit. Was die MELLUM betrifft, so hab' ich an eine Rettung der Schiffbrüchigen von anderer Seite geglaubt. Ich könnte nicht mutwillig töten, niemals!«

»Doch!« fuhr Nielson ihn an. »Sie waren bereit, meinen Funker über den Haufen zu schießen.«

»Das war nur eine Drohung. Mein Gott, Nielson und ... wie heißen Sie eigentlich?«

»Er heißt Jacob Thaden«, sagte Nielson, »und seine Frau und sein Sohn hießen Sigrid und Arndt Thaden.«

»Also, ich will Ihnen beiden mal was sagen! Mein Wissen, meine Fähigkeiten, mein Besitz, das alles ist mir nicht in den Schoß gefallen; dafür hab' ich hart gearbeitet. In der Natur setzt das Starke sich durch, und in der menschlichen Gesellschaft ist es ganz genauso. Der Starke steigt auf, der Schwache unterliegt. Nur wer mit allen verfügbaren Mitteln kämpft, wird zum Gewinner, und ...«

»Danach sehen Sie aber im Moment nicht aus«, unterbrach ihn Thaden.

»Warten Sie doch ab, junger Mann! Im Hintergrund hab' ich noch immer große Macht und bin also in der Lage, Ihnen, die Sie jetzt Macht über mich haben, mit einem Angebot gegenüberzutreten. Auch Sie beide gehören zur Elite, haben Ihre Fähigkeiten unter Beweis gestellt, indem Sie mich nicht nur gefunden, sondern sogar überwältigt haben. Auch Ihre Methoden sind das Resultat von Intelligenz, Fleiß und Energie. Für Sie gibt es zwei Möglichkeiten: Sie liefern mich aus und haben nichts davon, oder Sie lassen sich von mir hoch bezahlen und liefern mich nicht aus. Sagen wir ...«

»Hören Sie auf!« Man merkte es an Thadens Stimmlage, daß er sich kaum noch beherrschen konnte. »Sicher haben Sie in Ihrem Leben eine Menge gelernt, aber doch nicht genug. Heute können Sie was dazulernen: daß nämlich alle Macht nichts nützt, wenn man die Rechnung ohne den Wirt gemacht hat. Wir wollen kein Geld! Unsere Rechnung läßt sich nicht mit Dollar oder D-Mark bezahlen. So einfach ist das!«

»Okay, dann anders. Haben Sie mal darüber nachgedacht, daß ich wahrscheinlich mit vier oder fünf Jahren davonkomme, von denen mir ein Drittel geschenkt wird, und ich in Kürze also wieder frei bin? So leicht lassen sich die Vorgänge bei der EUROVIT nicht in Knastjahre umrechnen.«

»Sie kriegen lebenslänglich«, sagte Nielson, »denn Geiselnahme mit einundzwanzig Toten im Gefolge läßt sich durchaus umrechnen.«

»Moment!« Pohlmann richtete sich halb auf. »Der Tatort war ein chilenisches Schiff; die deutschen Gerichte sind also nicht zuständig. Und auch die MELLUM war, rechtlich gesehen, wegen ihrer Fremdflagge kein deutsches Schiff, und die meisten Toten waren Filipinos!«

»Ach, zählen die etwa anders?« fragte Nielson.

Pohlmann überging den Einwand. »Sie lassen noch etwas anderes außer acht«, sagte er. »Es ist überhaupt nicht erwiesen, daß die Schiffbrüchigen gerettet worden wären, wenn die CAPRICHO den Unglücksort angesteuert hätte. Es war kalt, und an Unterkühlung stirbt man schneller, als allgemein angenommen wird.«

»Darauf kommt es nicht an«, sagte Thaden und wandte sich an Nielson: »Er ist und bleibt ein Scheusal.«

»Du hast recht.« Nielson stand auf.

»Aber Sie können doch jetzt nicht einfach wieder weggehen!« sagte Pohlmann. »Ich brauch' Bewegung und muß mich waschen.«

»Später vielleicht«, antwortete Nielson. »Im Moment binde ich Sie nicht los; ich mag Sie nicht anfassen.« Er spreizte die Finger und verzog den Mund. Dann löschte er das Licht und folgte Thaden, der die *bodega* schon verlassen hatte.

18 Um zwei Uhr nachts lag der Steward Conally noch immer wach in seiner Koje. Er war beunruhigt. Am Vormittag – da hatten sie die Zollgrenze schon erreicht, und die Plombe an der Tür des Stores war vom Kapitän entfernt worden – war er ins Warenlager gegangen, zu dem außer Nielson nur er einen

Schlüssel besaß. Er hatte Getränke in die Pantry gebracht und war in den Store zurückgekehrt, um zwei Stangen Zigaretten zu holen, die der Koch bei ihm bestellt hatte. Ja, und er hatte noch etwas anderes holen wollen, eine Flasche Fuß-Balsam für den Zweiten Ingenieur, hatte lange danach suchen müssen, denn das Mittel war seit mindestens einem Jahr nicht mehr verlangt worden. Aber es gab den Karton mit den kleinen grün-weißen Flaschen, das wußte er genau. Erst hatte er die unteren Regale abgesucht, war dann auf die kleine Trittleiter gestiegen und hatte weiter oben nachgesehen, schließlich auf dem höchsten Bord einige Kartons mit Seife, Waschpulver, Rasiercreme und Zahnpasta hin und her geschoben und dabei das Lüftungsgitter freigelegt. Leise, aber doch deutlich hatte er einen langgezogenen klagenden Ton gehört und sich gewundert, denn kurz vorher hatte er den Käpt'n, zusammen mit dem Passagier, an Deck gesehen. Er war von der Leiter gesprungen und in den Salon gelaufen; von dort mußte das unheimliche Geräusch ja gekommen sein. Doch da war niemand gewesen. Er war in den Store zurückgekehrt, hatte ein zweites Mal an der kleinen Öffnung gelauscht und wieder das Stöhnen gehört, schließlich seinen Putzlappen aus der Gesäßtasche gezogen und einen Zipfel davon durch das Gitter gesteckt. Abermals war er in den Salon gegangen und hatte dann sekundenlang verblüfft unter der Lüftung gestanden. Der Zipfel war dort nicht zu sehen gewesen! Noch einmal in den Store und den Lappen zurück in die Hosentasche! Aber er würde der Sache auf den Grund gehen, später, vielleicht in der Nacht! Den Fuß-Balsam hatte er schließlich in einem Seifenkarton gefunden.

So kroch er nun aus der Koje, zog sich an, nahm den schon bereitgelegten Schraubenzieher und eine kleine Stabtaschenlampe in die Hand, verließ sein Logis und schlich über den Gang. An der Tür des Kapitäns lauschte er mindestens zwei Minuten, aber da war nichts zu hören. Also zum Store! Er öffnete ihn, trat ein, machte die Tür hinter sich zu und schaltete das Licht an. Er stieg auf die Leiter und arbeitete sich vor bis an das Lüftungsgitter. Es war nicht so groß, daß es als Durchschlupf hätte dienen können, aber ein Blick hinter die Wand würde möglich sein. Behutsam drehte er an den vier Ecken die Schrauben heraus, und dann zog er das Sieb aus der Wand, legte es neben sich ab, kroch noch ein Stück voran, schob den Kopf durch die Öffnung, brachte, wenn auch unter Mühen, die Hand mit der Taschenlampe hindurch und leuchtete hinunter. Fast hätte er die Lampe fallenlassen, so sehr erschreckte ihn, was er sah. Ein an Händen und Füßen gefesselter Mann starrte nach oben, hatte offenbar gebannt das spukhafte Geschehen verfolgt.

»Hallo, Mister!« Conally flüsterte seine Worte, und der Mann antwortete ebenso leise:

»Wer sind Sie? Ich kann Sie nicht sehen.«

Für einen Moment beleuchtete Conally sein eigenes Gesicht. »Ich bin der Steward«, sagte er. Der Lampenstrahl ging wieder nach unten.

»Wie heißen Sie?«

»John Conally.«

»Hören Sie, John, man hat mich in Mexiko überfallen, gekidnappt und an Bord geschleppt. Nielson hat das gemacht, und ein Deutscher hat ihm dabei geholfen. Ich will hier raus, und ich will von Bord. Wo sind wir jetzt?«

»Im Golf.«

»Ich muß erreichen, daß das Schiff nach Veracruz zurückfährt. Das klingt verrückt, aber wenn ich die Mannschaft auf meine Seite kriege, kann es klappen. Ich bin einer der reichsten Männer von Mexiko und werde jeden, der mir hilft, fürstlich belohnen. Wie viele Leute sind auf dem Schiff?«

»Mit Nielson und dem Passagier zweiundzwanzig.«

»Jeder, der sich auf meine Seite schlägt, kriegt eine halbe Million Dollar, und Sie bekommen eine ganze.«

Conally stockte der Atem. Eine Million Dollar allein für ihn? *Heaven*, eine Million! »Was soll ich tun?«

»Beschaffen Sie mir ein Messer! Damit bring' ich Nielson in meine Gewalt, gleich morgen früh, und Sie müssen bis dahin mit den Leuten geredet haben.«

»Das geht nicht so schnell.«

»Muß es aber. Wir sind sonst zu weit weg von der Küste.«

»Okay, ich hol' das Messer.« Er legte die Lampe ab, kroch zurück, ließ sich vom Regal herunter, immer darauf bedacht, jedes Geräusch zu vermeiden. Er öffnete die Tür, schlich in die Pantry, nahm das Brotmesser aus der Besteckschublade. Es hatte eine etwa zwanzig Zentimeter lange Klinge. Auf dem Rückweg lauschte er noch einmal an Nielsons Tür, hörte nichts, setzte seinen Weg fort, war gleich darauf wieder im Store. Sollte er das Messer einfach runterwerfen? Nein, besser an einem Band nach unten lassen! Er sah sich um. Da, der verschnürte Karton! Mit vor Aufregung zitternden Händen löste er den Knoten. Ja, die Länge würde ausreichen. Er umwickelte den Griff des Messers mit der Schnur, machte eine Schlaufe, zog sie fest und stieg auf die Leiter. Gleich würde er es geschafft haben. Daß sein Vorgehen Meuterei war, kam ihm nicht in den Sinn; auch nicht, daß es schwer sein würde, die anderen in so kurzer Zeit auf seine Seite zu ziehen. Er hatte nur einen einzigen Gedanken, und der hieß: eine Million Dollar!

Jetzt war er oben. Er steckte die eingeschaltete Taschenlampe in den Mund und zwängte seinen Kopf durch die Öffnung, ließ das Messer herunter. Er beobachtete, wie der Mann sich von seinen Fesseln befreite und dann aufstand.

»Ich mach' hier lieber kein Licht«, hörte er ihn flüstern. »Die andere Wand hat auch ein Gitter, und vielleicht steht die Tür zu seinem Schlafzimmer offen. Dann kann er das Licht von seinem Bett aus sehen.«

»Kann er nicht; er müßte schon um die Ecke gucken. Außerdem schläft er. Aber wenn Sie wollen, laß ich Ihnen meine Taschenlampe da.«

»Sehr gut.«

Conally reichte sie herunter. Der Mann nahm sie, leuchtete nach oben und sagte: »Verlassen Sie sich darauf, Sie bekommen Ihr Geld, sobald wir wieder in Mexiko sind! Eine Million Dollar! Und jeder andere, der mitmacht, eine halbe. Aber ich hab' noch eine Frage: Hat Nielson eine Waffe?«

»Ja, in seinem Schreibtisch liegt ein Revolver. Mister, ich verschwinde jetzt.« Conally kroch ein Stück zurück, schraubte das Gitter wieder an, kletterte nach unten und machte Ordnung im Store. Dann schlich er in sein Logis, legte sich angezogen auf die Koje.

Schlafen konnte er nicht. Die Sache mit dem Messer war ja ganz einfach gewesen, aber nun mußte er sich überlegen, wie er die anderen rumkriegen könnte. Er ging sie alle durch, fing bei den Offizieren an, stufte sie ein in mögliche Mitmacher, Fifty-fifty-Kandidaten und Gegner, und plötzlich hatte er das Bild eines wilden, sich auf dem Deck ausbreitenden Gemetzels vor Augen. Er wurde immer verzagter, immer schwankender. Männer, die er anfangs als todsichere Überläufer eingestuft hatte, hielt er bei der zweiten Prüfung für Getreue des Kapitäns. Der Koch zum Beispiel! Er kannte die Geldgier von Jan de Boers, aber jetzt wurde ihm bewußt, daß der Holländer ein vorsichtiger, ja, ein mißtrauischer Mensch war, der bei der Proviantübernahme am liebsten alle Tüten, alle Kartons, alle Konservendosen öffnen würde, um nachzusehen, ob sie auch tatsächlich das enthielten, was draufstand. Klar, daß der als erstes fragen würde: »Wo ist die halbe Million?« Und sie war natürlich nicht da, konnte nicht da sein, weil der großzügige Spender ein Gefangener war.

So kam Conally erst auf dem Umweg über den Koch zu seinen eigenen Zweifeln, aber als sie dann da waren, zernagten sie den schönen Traum vom Reichtum. Natürlich, dachte er, wer in der Tinte sitzt, verspricht das Blaue vom Himmel, damit er freikommt. Jedenfalls hat er im Moment bestimmt keinen einzigen Centavo in der Tasche, und woher soll ich wissen, ob er wirklich einer der reichsten Männer von Mexiko ist? Und wenn's stimmt, wie soll in Veracruz die Bezahlung stattfinden? Ist er erst mal von Bord, sehen wir ihn vielleicht nie wieder! In seiner Verzweiflung versuchte er zum dritten Mal, eine Truppe von Verschwörern zusammenzustellen. Und fand nicht einen Mann. Im Gegenteil, er sah sich zum Gespött werden. Scheiße! dachte er, wie konnte ich diesem Kerl ein Messer zuspielen?

Aber er wußte: Den Käpt'n durfte er nicht verständigen. Er

wäre nicht nur seinen Job los, nein, man würde ihn auch noch festsetzen, ihn ins Kabelgatt sperren und später, an Land, als Meuterer vor Gericht bringen. Er zermarterte sich das Hirn mit der Frage, wie es nun weitergehen solle, und nach langem Grübeln entschloß er sich, die Dinge ihren Lauf nehmen zu lassen. Kann ja sein, dachte er, daß es dem Mann gelingt, Nielson als Geisel in seiner Gewalt zu halten und dadurch die Rückkehr nach Veracruz zu erzwingen. Dann wird er selbst es sein, der den Leuten die halbe Million verspricht. Ob sie ihm trauen, muß abgewartet werden. Wenn er die Oberhand behält und wirklich so reich ist, wie er behauptet, bleibe ich für ihn der entscheidende Mann, denn ich war's, der ihm das Messer gab, und dann komme ich vielleicht doch zu meiner Million. Ja, so sah sie aus, die naive, die halbherzige Strategie des Stewards John Conally aus Norfolk/Virginia.

Ein Tag, wie er von der Witterung her nicht schöner hätte beginnen können. Windstille. Ruhige See. Die Morgensonne spiegelte sich im blanken Wasser. Am Himmel keine Wolke. Dreiundzwanzig Grad Lufttemperatur. Nielson hatte sich gewaschen und rasiert. Er knöpfte gerade das Hemd zu und war auf dem Weg in den Salon, als es an die Tür klopfte.

» »Yes!«

Thaden trat ein. Sie begrüßten sich, und dann zog Nielson seine Litewka an.

»Draußen ist es so schön«, sagte Thaden, »daß es mir schwerfällt, ins herbstliche Europa zurückzukehren. Hab' manchmal das Gefühl, ich hätte auch Seemann werden sollen.«

»Wärst sicher ein ganz brauchbarer geworden.«

»Was macht unsere Einquartierung?«

»Verhält sich ruhig. Ich werde ihm heute ein paar saubere Klamotten geben und ihn auch mal an den Wasserhahn ranlassen. Hygiene-Entzug ist 'ne Art Folter, und so was machen wir nicht.« Er ging ins Schlafzimmer und holte ein paar Kleidungsstücke, eine dunkelblaue Hose, ein weißes Hemd, Strümpfe. »Unterwäsche kriegt er nicht; das ist mir zu intim.«

»Lief es heute nacht ohne Spritze ab?«

»Ja.« Er ging zur Wand, klappte die Leisten zurück, öffnete die Tür zur *bodega* und trat ein. Eine Sekunde später schrie er auf. Thaden stürzte hinzu, prallte auf Nielson, sah, was mit ihm geschah: Pohlmanns linker Arm umklammerte seinen Hals, und die Rechte drückte ihm von der Seite her ein Messer an die Schlagader.

»Folgen Sie meinen Anweisungen!« sagte Pohlmann zu Thaden, »sonst steche ich zu. Da im Schreibtisch liegt ein Revolver. Den geben Sie mir jetzt, mit dem Griff voran!« Um seinen Worten Nachdruck zu verleihen, verstärkte er den Druck des Messers. Nielson stöhnte auf.

Thaden lief zum Schreibtisch, zog die oberste Schublade auf, hatte die Waffe vor sich. Aber er zögerte, sie herauszunehmen.

»Los, ich warte nicht!«

Thaden begriff, daß er keine Wahl hatte. Er schob die Waffe auf Pohlmann zu. Der packte sie, entsicherte sie, schleuderte das Messer in die *bodega* und zielte mit dem Revolver auf Nielson.

»Ab in die Sessel!«

Die beiden setzten sich. Pohlmann ging rückwärts zur Tür, drückte auf die Klingel, blieb dort stehen. Wenige Sekunden später klopfte es.

»Herein!«

Conally trat ein.

»Alles okay, John?«

Der Schwarze senkte den Blick. »*Yes, Mister.*«

»Wer von den Offizieren und Ingenieuren ist dabei?«

»Ich bin nicht ganz sicher.«

»Was heißt das?«

Der drohende Tonfall hatte Conally eingeschüchtert, und so sagte er: »Rodriguez, der Erste.«

»Hol ihn her!«

»*Yes, Mister.*« Conally ging hinaus.

Damned! Der Steward wankte durch die Gänge, wurde den Blick nicht los, mit dem sein Käpt'n ihn angesehen hatte. Alles, was einen Verräter wie ihn fertigmachen konnte, hatte darin gelegen: Ungläubigkeit, Erstaunen, Entsetzen, Zorn, Verachtung. Was mach' ich? Herrgott, was soll ich bloß machen?

Auf dem Offiziersdeck, zwei Meter vor der Tür des Ersten, hielt er inne. Er war nahe daran loszuheulen und war auch wieder versucht, gar nichts zu tun und die Dinge ihren Lauf nehmen zu lassen, ja, am besten wäre es, sich im entlegensten Winkel des Schiffes zu verstecken. Da kam die Idee. Sie meldete sich in Form einer Erinnerung. Norfolk, Feierabend. Landgang. Die Heuer in der Tasche und im Kopf die große Freude auf Marys kleine Pussy. Der Weg über den nur schwach beleuchteten Kai. Neben ihm Piet Snock, der Dampfhammer aus Terneuzen. Und dann, ganz plötzlich, die vier Gestalten aus dem Hinterhalt, die scharf waren auf das Geld der beiden Seeleute. Fürchterliche Hiebe mußte er einstecken, und wegen der feindlichen Übermacht gab er Piet und sich selbst keine Chance. Doch dann das große Wunder! Das Krachen von Knochen und die Schreie der Männer. Piets Rechte sauste wirklich wie ein Dampfhammer auf die Köpfe nieder. Schließlich war Ruhe.

Also muß Kraft her! schoß es ihm nun durch den Kopf. Er machte kehrt und stieg weiter die Treppe hinab, bis ganz nach unten, wo die Unterkünfte der Matrosen waren. Er klopfte, wartete das Herein nicht ab, sondern trat gleich ein, und als er das Muskelpaket vor sich hatte, stimmte endlich wieder die Richtung in seinem Kopf. Er sagte: »Ein Gangster hat den Kapitän und den Passagier in der Gewalt, hält sie in Schach mit einem Revolver...«

»Was soll meine Waffe in Ihrer Hand?« fragte Nielson. »Sie haben doch gesagt, Sie könnten niemanden töten!«

»Halten Sie den Mund!«

Die Tür ging auf. Erst trat Conally ein, und dann kam Piet Snock, barfüßig, ungekämmt, unrasiert. Grotesk sah er aus in seinen riesigen bunten Bermuda-Shorts.

»Das soll der Erste Offizier sein?« Pohlmann mußte sogar lachen.

Conally schien Mut gefaßt zu haben, denn er antwortete ganz dreist: »Die CAPRICHO hat solche Offiziere.«

»Wie heißen Sie?«

»Snock.«

»Sind Sie auf meiner Seite?«

»Klar.«

»Als erstes sperren wir die beiden ein, aber hier ist es nicht sicher genug. Ich brauch' was ohne Bulleyes. Und mit einem Posten davor.«

»Vielleicht nehmen wir den Zoll-Store?« fragte Conally. »Ist gleich nebenan.«

»Also los!«

Die fünf Männer setzten sich in Bewegung. Voran ging Conally. Thaden und Nielson folgten. Dann kam Piet Snock, und den Schluß bildete, mit der Waffe in der Hand, Pohlmann. Während der wenigen Schritte über den Gang sagte niemand ein Wort.

Conally schloß den Store auf.

»Los! Rein da!« rief Pohlmann.

Es war eng auf dem Gang, und als Thaden und Nielson eintreten wollten, entstand plötzlich eine unübersichtliche Lage, weil die fünf Männer zu dicht aufeinandergerückt waren. Piet Snock, der Pohlmann am nächsten stand, nutzte sie, drehte sich mit einer schier unglaublichen Geschwindigkeit um, hob die Hand und ließ sie so wuchtig auf Pohlmanns Arm niedersausen, daß die Waffe zu Boden fiel.

»Sind Sie verrückt?« schrie Pohlmann. Doch er hatte sofort begriffen, daß er entmachtet war, rannte also los, riß die Tür zum Deck auf, stürmte hinaus. Piet Snock hatte den Revolver aufgehoben, lief nun dem Flüchtenden nach. Der war schon weit gekommen, war über die eiserne Treppe ein Stockwerk tiefer auf das Bootsdeck gelangt. Ob er ganz diffus im Anblick des Backbord-Rettungsbootes eine Chance für sich witterte? Er wußte es wohl selbst nicht, lief aber auf die Davits zu. Snock hinterher. Doch wenn der Holländer auch so manches konnte, was zum Kampf Mann gegen Mann gehört – den anderen schlagen, zerquetschen oder durch die Luft wirbeln –, eines konnte er nicht, nämlich schießen. Und trotzdem schoß er, einmal, zweimal, dreimal, viermal, immer daneben. Die Kugeln schlugen gegen Metall und machten viel Lärm, sonst nichts. Pohlmann hatte das Boot erreicht. Er versuchte, daran zu hantieren, natürlich ohne Erfolg. Snocks nächster Schuß ging in die Bootswand und zersplitterte das Fiberglas. Das war Nummer fünf. Nummer sechs schließlich, aus drei Metern Entfernung abgefeuert, traf Pohlmann in die linke Schulter. Einen siebten gab es nicht mehr. Snock drückte noch ein paarmal auf den Abzug, aber es klickte nur, und so warf er die Waffe weg. Langsam ging er auf Pohlmann zu. Der schleppte sich weiter, die rechte Hand auf die Verletzung gepreßt. Er schob sich außen am Boot vorbei und war damit auf einem Abschnitt des Decks, der weder durch die Reling noch durch irgendeine andere Barriere geschützt wurde, was er mit Entsetzen feststellte, aber durchaus hätte wissen können. Genau dort mußte ja im Notfall das Boot ausgebracht werden, und der Platz hatte daher frei zu sein von jeglichem Gestänge. Doch es war zu spät. Ein Zurück gab es nicht mehr. Sein bulliger Verfolger stand unmittelbar vor ihm und grinste ihn sogar an.

»Mann, helfen Sie mir! Ich gebe Ihnen soviel Geld, wie Sie haben wollen! Eine Million! Mein Ehrenwort!«

Piet Snock bewies, daß er Humor hatte. Er streckte die Hand aus, aber nicht, um das Ehrenwort zu besiegeln, sondern um die Million entgegenzunehmen. Pohlmann glaubte, diese unbekümmerte Geste böte ihm vielleicht eine letzte Chance. Er packte Snock am Handgelenk, wollte ihn mit einem Ruck über die Kante befördern. Doch er hatte die Standfestigkeit seines Gegners unterschätzt. Nicht einen Zentimeter rückte Snock nach vorn. Er tat etwas ganz anderes, nutzte den körperlichen Kontakt seinerseits für eine Attacke, zog den Bedrängten ganz nah zu sich heran und stieß ihn gleich darauf von sich weg. Er tat es so schnell und mit soviel Kraft, daß der Griff des durch den Schulterschuß Geschwächten sich löste. Die Wucht des Rückstoßes war es dann, die Pohlmann ins Meer schleuderte.

Nielson, Thaden, Conally und ein paar andere Mannschafts-mitglieder, die inzwischen auf dem Deck versammelt waren, hatten das Duell beobachtet. Nielson hatte Snock sogar zuge-rufen, er dürfe den Mann nicht über Bord werfen, aber die Weisung hatte den von Kopf bis Fuß auf Kampf eingestellten Matrosen nicht erreicht.

Das Geschehen war auch von der Brücke aus verfolgt worden. Der wachhabende Offizier ließ die Maschine stoppen und gab das Signal »Mann über Bord«. Nielson eilte hinauf.

Das Bootsmanöver verzögerte sich, denn es gab ein Palaver um den Einschuß in der Glasfiberwand. Der Maat war der Meinung, man solle rasch nach Steuerbord überwechseln, aber der hinzugekommene Offizier hielt den Schaden für gering, und so blieben die Männer an Backbord, fierten das Boot weg.

Pohlmann war schon weit entfernt, und immer noch vergrö-ßerte der Abstand sich, weil die Fahrt der CAPRICHO so schnell nicht zu stoppen war.

Als das Boot halb heruntergelassen war, geschah etwas ganz und gar Ungewöhnliches: Der Kapitän und sein Passagier erschienen und bestanden darauf, sich an der Rettungsaktion zu beteiligen. Sie hangelten sich an den Tauen hinunter ins schwebende Boot. Im ganzen verstrichen neun Minuten, bis es endlich gewassert war und die Matrosen zu rudern began-nen. Daß man vergessen hatte, dem über Bord gegangenen Mann einen Rettungsring nachzuwerfen, ging Nielson erst jetzt auf, doch der Fehler war nicht mehr zu korrigieren.

Sie kamen gut voran. Das Loch in der Bootswand erwies sich als unbedeutend, da es oberhalb der Wasserlinie saß. Nielson, der sich auf der Brücke noch schnell sein Fernglas umge-hängt hatte, suchte die weite Fläche ab und mußte erleben, wie schwierig es war, selbst bei ruhiger See etwas so Winziges wie den Kopf eines Menschen im Meer auszumachen.

Da! Endlich entdeckte er ihn. Nur ganz mühsam schien Pohl-mann sich durch gelegentliche Bewegungen des rechten Armes über Wasser zu halten. Als sie näher herangekommen waren, sahen sie die dünne Blutspur, die sich durch das türkis-farbene, sonnendurchflutete Wasser zog.

Es war Thaden, der als erster bemerkte, daß nicht nur sie die Spur wahrgenommen hatten. Er hob beide Hände an die Schläfen und schrie:

»Nein! Nein!« Langsam ging sein Arm in die Höhe, und der zitternde Finger zeigte auf die dunkle, aus dem Meer ragende Flosse, die wie das Schwert eines kieloben treibenden Bootes aussah und mit makabrer Eleganz durch das Wasser schnitt, auf den hilflosen Schwimmer zu.

»Nein!« rief nun auch Nielson, und der Maat trieb seine Männer mit wilden Gesten und lauten Rufen zur Eile an.

Doch sie schafften es nicht. Der andere machte das Rennen. Ganz plötzlich war er weggetaucht, und das nächste, was die erschrockenen Seeleute in sich aufnahmen, war Pohlmanns entsetzlicher Schrei. Thaden und Nielson und auch der Boots-mann waren aufgesprungen, und die Matrosen an den Riemen hatten sich umgedreht, sahen ratlos dem furchtbaren Gesche-hen zu, das sich etwa zehn Meter vor ihnen abspielte.

Pohlmann schrie: »Hilfe!« Immer wieder: »Hilfe!« Auf deutsch. Aber ihm war nicht mehr zu helfen. Der letzte verzwei-felte Ruf erstarb ihm in der Kehle, als er in die Tiefe ging. Da war die Verfärbung im Wasser schon kein dünnes Rinnsal mehr, sondern ein dicker, dunkler Schwall, kaum als ein Rot auszumachen, eher ähnlich dem schwarzen Ausstoß einer Krake.

John le Carré

Perfekt konstruierte Spionagethriller, spannend und mit
äußerster Präzision erzählt.
»Der Meister des Agentenromans« DIE ZEIT

Wilhelm Heyne Verlag
München

Alistair MacLean

Todesmutige Männer unterwegs in gefährlicher Mission – die erfolgreichen Romane des weltberühmten Thrillerautors garantieren Action und Spannung von der ersten bis zur letzten Seite.

Wilhelm Heyne Verlag
München

Marc Olden

Cool, rasant und unglaublich spannend – Marc Olden ist ein
Meister des Fernost-Thrillers.

Giri
01/6806

Dai-Sho
01/6864

Gaijin
01/6957

Oni
01/7776

TE
01/7997

Do-Jo
01/8099

Dan tranh
01/8459

Wilhelm Heyne Verlag
München

HEYNE
BÜCHER

Robert Ludlum

»Ludlum packt in seine Romane mehr an Spannung als ein halbes Dutzend anderer Autoren zusammen.«

THE NEW YORK TIMES

Wilhelm Heyne Verlag
München

John Grisham

Der "König des Thrillers" *FOCUS*
Die neuen Weltbestseller im Heyne-Taschenbuch!

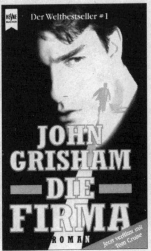

01/8822

Außerdem erschienen:
Die Jury
01/8615

Wilhelm Heyne Verlag
München

Gisbert Haefs

Ein großer historischer Roman über den letzten Helden der
freien alten Welt – »ein Versprechen für Stunden der Ferien-
schmökerei« SÜDDEUTSCHE ZEITUNG

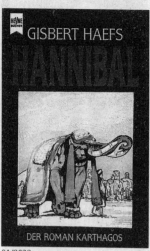

01/8628

Wilhelm Heyne Verlag
München

Mary Higgins Clark

Ihre psychologischen Spannungsromane sind ein exquisites Lesevergnügen. »Eine meisterhafte Erzählerin.«

Sidney Sheldon

Wilhelm Heyne Verlag
München

Ridley Pearson

Ridley Pearson schreibt packende, psychologische Spannungsromane der Spitzenklasse.

»Ein herausragender neuer Thrillerautor.« LOS ANGELES TIMES

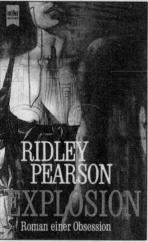

01/8668

Wilhelm Heyne Verlag
München